罪与赎

万象惊魂记 上

西百草 著

国际文化出版公司
·北京·

图书在版编目（CIP）数据

罪与赎：万象惊魂记 全2册/西百草 著.—北京：
国际文化出版公司,2016.11
　　ISBN 978-7-5125-0882-8

Ⅰ.①罪… Ⅱ.①西… Ⅲ.①长篇小说 – 中国 – 当代
Ⅳ.① I247.5

中国版本图书馆CIP数据核字（2016）第228577号

罪与赎——万象惊魂记

作　　者	西百草
责任编辑	宋亚昍
统筹监制	别　飞　　冯广翔
装帧设计	永承（北京）文化传播有限公司
出版发行	国际文化出版公司
经　　销	全国新华书店
印　　刷	阳谷毕升印务有限公司
开　　本	710毫米×1000毫米　　16开 51.25印张　　　　　　　781千字
版　　次	2016年11月第1版 2020年1月第3次印刷
书　　号	ISBN 978-7-5125-0882-8
定　　价	98.00元

国际文化出版公司
北京朝阳区东土城路乙9号　　邮编：100013
总编室：（010）64271551　　传真：（010）64271578
销售热线：（010）64271187
传真：（010）64271187-800
E-mail: icpc@95777.sina.net
http://www.sinoread.com

导语

  我是一名业余小说作者，一天夜里，我正在死去活来地构思某小说情节时，一个叫"胡三娃"的好友申请跳进了我的 QQ 对话框。

  我看了一下他的资料，一个很土的名字，系统默认的头像，资料上也没什么特别亮眼的内容，这是一个普通得掉到土堆里都捡不出来的 ID。

  "我有一个故事，你一定要记下来，要快，否则可能再也没命跟你讲了！"

  通过好友验证之后，他没头没脑说了这样一句话。故弄玄虚的人我见得多啦，多半都不是什么了不得的事情。

  但横竖也正在为自己的故事情节犯愁，就姑且听他讲讲吧。

  结果这一听不打紧，把我整副大脑神经都快崩断了，这胡三娃给我讲了一个比我构思的小说惊奇一万倍的故事。不过他并没有讲完他的故事，因为着急忙慌找到我时，故事的结局他还没有经历，他只是已经预感到故事将以他的惨死作为最终结局，而且无可避免。所以才急急忙忙找到我，希望他那么奇特的人生故事不要飘落在历史的尘埃里随风而散。

  最后他说："如果我有幸还活着，那就再亲口来告诉你结局，如果死去，报纸必定会报导这件事情，你也可以从媒体上获知答案，所以你最终还是可以完成这个故事的。那样我也就死而无憾了！"

罪与赎
——万象惊魂记

我一听心里也慌得很，提出要尽其所能帮助他共同应对这场莫名的灾难，但胡三娃坚决拒绝了："你要真心帮我，就把我的故事好好写出来，如果你也投入进来，只怕将来给我写故事的人都没有了！那才是最大的灾难！"

我和胡三娃不在一个城市，又有繁重的正常工作，而且胡三娃也不提供具体地址给我，虽然为他焦心，也只好无奈作罢。唯有默默为他祈祷。

从此之后，胡三娃的 QQ 头像再也没亮起过，打他电话也关机，他的事也没见诸报章，这个人就此消失，仿佛从来没存在过一样。

没有结局的故事不是好故事，我也不会写它。随着胡三娃的消失，我也淡忘了这件事，恢复了我的正常生活。

然而聪明的你们一定早就猜到，胡三娃总会再出现的，否则你们就不会看到前面的文字了。很久之后的一天，"胡三娃"给我打来了电话，他开门见山地说："抱歉，我当了三个月植物人，刚醒不久，久未联系，还望海涵！"

我内心涌起惊涛骇浪，却只是淡淡地说："没事，我等结局等好久了，开讲吧！"

胡三娃却说："现在倒不急了，反正我也最终没死，我可以慢慢悠悠地讲，你也可以慢条斯理地写，我这么好的故事素材，千万别浪费哪怕一丁点哦！"

我急切地说："你就赶紧说结局吧，知道结局我才能纵览全局，才知道怎样布局谋篇啊！"

胡三娃嘻嘻一笑，总算把他那一锅凄惨的结局端上桌来。

听着这个结局，我心神也跟着一阵惨烈地晃荡，然后，这个故事怎么写，也就了然于胸了！

目录

一 / 1

二 / 15

三 / 31

四 / 51

五 / 65

六 / 79

七 / 97

八 / 115

九 / 145

十 / 163

十一 / 185

十二 / 205

十三 / 229

十四 / 249

十五 / 267

十六 / 281

十七 / 305

十八 / 325

十九 / 349

二十 / 375

罪与赎
——万象惊魂记

胡三娃是个苦命人，他出生于南方某省一个穷苦农家，父母皆为文盲。严格来讲，他的家族史就是一部人类悲剧史，他本来应该有两个哥哥，为了省点去医院的钱，胡大娃在刚出生就被村里的接生婆误杀了，胡二娃胜利成长到3岁，掉入池塘淹死了，胡三娃在胡二娃的周年祭日出生，为了纪念他那两位兄长，父母直接给他取名胡三娃。胡三娃本人的生长还算顺利，但不幸却降临在他的父母头上，胡三娃的父亲在他上高中那年上山挖野菜时不幸坠入悬崖丧生。母亲含辛茹苦供他上学，却在他大学毕业那年胜利在望时被淋巴癌夺去了生命。

胡三娃大学读的是本省一所不入流的医学院，虽然学校不怎么样，但学医勉强也还好，可他偏偏读的是里头最冷门的公共卫生学院，毕业之后找工作成了大难题，再加上他闲云野鹤式的性格，大学毕业后，他二话不说卷起铺盖卷就回了老家，用自己的余钱买了一头牛，放牛耕地，做起了放牛娃。孤身一人在乡下放牛耕地，虽不算富足，倒也落得自在。然而偶遇的一位来自万象市的外科大夫，永远地改变了他的命运。

那天，他一边晒太阳一边思考，一个器宇轩昂、文质彬彬的中年人悄无声息出现在他身边，神态安详，微笑着注视着他，若有所思。

两人寒暄几句之后，中年人这样说道："我是来自万象市（化名）的一名外科医生，这次是到你们这边来休假，很喜欢你们这里的山山水水，闲来就自己一个人到处游山玩水，刚才是无意间发现你躺在这里出神地望着天空，就想着过来和你认识一下，请别介意！"

万象市是胡三娃曾经向往却从未去过的地方,而且这人还是一名外科医生,多多少少算得上是自己的同行,戒心立刻去掉了大半。

胡三娃略一沉吟,说:"要说我思考的问题也没有什么保密的,我还挺乐意跟人分享,我甚至觉得您是一名外科医生,由于对人体有深刻的了解,或许更能对我思考的问题有独到的见解呢!"

中年人一听,更是兴趣大炽:"哦,看来你思考的问题和人体有关,我更想知道了,而且如你所言,我或许真能给你一些有用的想法!"

胡三娃点点头:"是的,其实我也是学医的,只不过学的是公共卫生,所以我思考的问题虽然不是人体,却也和人体有关,那就是人体的思想,呵呵,您别觉得可笑!"

中年人如同高山流水遇知音般惊喜万分:"真的吗?哈,咱俩太有缘了,不仅学习的领域相通,而且思考的问题也相近,我也是对人的心理和思想非常感兴趣,因为在我的行医生涯中,我发现我的病人有太多的痛苦无法通过我对人体的认识而得以消除,甚至不止是精神上的痛苦,连生理上的痛苦也因为受到精神的影响而无法通过我的医疗技术加以根除,所以我就产生了要探索人类思想之源的念头,因为只有了解了人的思想的根源,才可以采取有针对性的办法,去舒缓他们的生理和心理之痛,但是由于我本人思考力有限,至今也没有形成什么有价值的思考方法,惭愧啊,很希望听听你的思路!"

胡三娃对中年人的话深有同感,毫不犹豫道:

"那我就讲讲我到目前为止得到的一些感悟,可能还比较幼稚,请叔叔多加指教!"

中年人连连点头:"好,我一定知无不言言无不尽!"

胡三娃心情豪迈,启开了话匣子:"应该说,我一直试图将人类对思想的认识推进到原子水平,经过长时间大量的总结思考,我已经基本构思出了一个大致的思想管理体系……"

对不起,各位读者,我无法将胡三娃和中年人的这一番思想碰撞原原本本地描述出来,因为一方面有无这些内容并不影响故事的阅读,另一方面,如果这样做的话,

罪与赎
——万象惊魂记

完全可以写成另外一本书，这个工作我或许留待将来完成，现在我只想将胡三娃的故事讲给大家听。

两人相谈甚欢，胡三娃更是如醍醐灌顶，茅塞顿开。

中年人说话的语声突然变得异乎寻常地温和舒缓，他那浑厚低沉的男中音有一种让人迷醉的魔力。

不知道是不是经历了刚才大量的思考，脑子变得疲累，胡三娃的意识慢慢沉入一种朦胧混沌状态，周围的一切都好像随风远去，天地之间，只剩下了他自己。

蓦然醒转时，发现中年人已然不在，他赶紧翻身跳起，急急地抬目四顾，这才发现中年人什么时候已经走下了山坡，正在山腰上渐行渐远，此时黄昏已经完全沉降，夜色苍茫中，他的影子马上就要杳然无踪。

胡三娃大急，连忙扯开嗓子呼唤道："叔叔，你还没有告诉我你的联系方式呢，还有你的名字！"

一阵山风袭来，轻吟的风中夹杂着中年人若有似无的声音：

"小伙子，我的名字和联系方式对你来说都不重要，从此以后，你必须依靠你自己，你的思想管理理论也已经告诉你了，如果事情还没开始，你就已经打定要依靠别人的主意了，那你在通往成功的路上已经不经意间倒退了一半！"

山风拂面，胡三娃心头一震，大脑一片清透。

胡三娃为免后顾之忧，卖掉了牛和老房子里所有值钱的东西，凑了一小笔社会闯荡基金，于一个阳光明媚的早晨，踏上了来万象市的道路。

结果刚到万象市，他钱包就被偷了。直至随着火车站揽客的大姐投宿时才发现，二话不说就被撵了出来。

此时，他站在这个偏远郊区的黑店门口，望着前方的万千气象，好一阵茫然。

很意外地，虽然几近身无分文，此时他心头竟没有无家可归理应造成的烦恼，对小偷可恶行径所激起的一时愤慨也逐渐在他宽厚的心怀里得以稀释，胡三娃略略辨认了一下方向，不自觉便迈步向着那片楼宇林立、大厦高耸的城区走去。

这条斑驳马路径直延伸，连接的恰好就是那片城区繁华地带，倒给胡三娃省了不少走弯路的麻烦，他也不知道自己为什么下意识地就往那个方向走。当然，他本就是到大城市里来闯天下的，或许只有在那片深邃明丽的天空下才能找到属于他的庇荫。

前方不远处便是车水马龙、人声鼎沸的街区，虽然烈日炎炎，但丝毫不减人们的兴致，临街的各色漂亮建筑物大门口，人流涌动，热闹非凡。

胡三娃穿过公路，走上街边的人行道，汇入那片热闹的气息里，他土气的穿着以及孤寂的气质，在这个城市大熔炉里，也就瞬间荡然无存了。

不觉间来到下一个十字路口，正犹豫着要往哪个方向去的时候，突然右侧街道边上传来一阵骚乱。

胡三娃讶异地扭头看去，眼前是一番各路小摊贩鸡飞狗跳的盛景，推着手推车的，骑着三轮车的，开着小货车的，肩挑手提的，左拥右抱的，全都开足了属于他们的马力，风卷残云般四散而逃。

原来是城管出来巡逻，无证小摊贩们自然要各显神通，迅速消失得无影无踪。

刚才还挤挤攘攘的街边人行道顿时空空如也。只有一些残落的菜叶、纸片、塑料袋子在地上打着卷儿。

如此，一个可怜的身形却格外分明地凸显出来。

那是一个急得冒烟的身形，离胡三娃也就十来米距离，但见他高高地撅着屁股，正在慌乱地自地上的书摊上往一个纸箱子装书，一边还紧张地歪头往渐行渐近的小皮卡瞥上一眼，豆大的汗珠自苍白的脸皮上滚滚而下。他想尽可能地多挽回一些书籍，直至再不逃走就肯定会被逮住的临界点，他才甘心弃书而逃。

胡三娃不容多想，连忙飞奔过去，帮着摊主一起往纸箱子里装书，还剩下一小片书的时候，一看再不走肯定来不及了，胡三娃当机立断，立刻将作为地摊的那块破布的四角揪在一起，顺势一提，便形成一个包裹卷，将剩下的所有的书全部兜在里边，对那个可怜摊主急声道：

"快跑！"

然后撒腿往刚才来时的方向飞奔。

两人一直跑出好远，感觉肯定不会被追上，才在路边停下来，仰着脖子大口大口喘粗气。

罪 与 赎
——万象惊魂记

胡三娃此时瞧得清楚了，才发现这竟然是一个和他年龄相仿的年轻小伙，只是刚才远远望去，满面尘灰烟火色的样子，再加之腰背略略有点佝偻，头发也并不黑亮，让他差点误以为是个中老年。

胡三娃咧嘴笑笑道："你卖的东西也太笨重了，你为什么不像他们那样卖菜呢，帆布卷随意一兜，撒腿就可以跑！"

年轻人竟一脸严肃："小时候我妈妈总是吓唬我说，如果不好好学习，长大以后就只有卖大白菜的命，所以我从小就赌咒发誓地告诉自己，长大以后绝不卖菜！"

胡三娃苦笑道："所以你就通过卖书来实现自己不卖菜的伟大理想！"

年轻人不好意思地挠一下头，憨笑道："其实我也很想把书念好，但我真的就不是念书的料，怎么努力也不行，后来阴差阳错干上了卖书这一行，想想也不错啊，书念不好，如果能把它卖好，那也是本事啊！"

胡三娃啼笑皆非："可是被城管撵得团团乱蹿，我看不出半点可以把书卖好的迹象啊！"

年轻人皱着眉头一脸疑惑："其实我认真的考察过，这一带也就刚才那条街道附近，以前城管从来不来的，要不我肯定不会在地上毫无顾忌地摆开那么多书，也不会把所有的书都拿过去卖！"

顿了顿，突然一拍脑门，懊恼道："难道这真的就是天意吗？老天爷非得不让我好过吗？"

"怎么又扯到天意了？"

"兄弟你又该笑话我愚笨了，我通过一段时间卖书的经验，总结出卖得比较好的书的清单，身上的钱全买这些书了，连一个子儿都没给自己留，还想着今天下午能够大卖一笔，大把回收资金呢，哪想到往常毛都见不到一根的城管今天下午来了，兄弟你说这不是天意还能是什么呢？"

"你倒是挺有头脑的，只是一时运气不济而已，别灰心，你不卖菜的理想终归是会实现的！"

"呵，谢谢兄弟鼓励，对了，能说说你是干什么的么？"

"不怕兄弟笑话，我比你更不济，我是个无业游民！"

"兄弟跟我开玩笑的，别看你穿得不咋地，但是你透露的那股气质和风度，绝不是一般人！"

"你很会说话嘛！都这样了，就别恭维我啦！"

"兄弟，我觉得跟你很投缘，本来也该请你吃顿饭，咱哥俩好好聊聊天，但刚才也说了，我现在身上已经没钱请你吃饭了，实在不好意思，但请你给我留下电话，等我书脱手挣到钱了，我专程去请你吃饭！"

胡三娃淡淡一笑："不用了，好意心领了，你专心赚钱就是了！"

突又意识到什么，忙道："看你匆匆忙忙的，是不是也还没有吃过午饭呢？"

年轻人微苦一笑："本来想着一鼓作气多卖些书，晚饭好好犒劳一下自己，哪想到闹这么一出！"

胡三娃想起自己兜里仅存的十几块零碎钱，由于囊中羞涩连带着面上也不经意间显露出几丝惭愧之情，他望了望前方不远处一个小门脸的饭店，墙上一个价目表模模糊糊难以看清，他犹豫片刻，鼓起勇气道："兄弟抱歉，我目前也算是陷入了困境，或许在那小店里吃碗面条还是可以的！"

"这是什么道理？怎么还能反过来让你请吃饭呢？不行，不行！"

"你看咱俩刚才消耗了多少能量啊，如果不及时补充，你还能搬得动这些书吗？搬不动这些书，你怎么卖它们啊？反正我也得吃饭了，就当请你陪我吧！"

年轻人面露尴尬之色，迟疑不决，肚子恰逢其时地骨碌响了一下，似乎也在做他的思想工作，他终于还是做出重大决定似的点点头："那就实在不好意思，要让兄弟破费了！"

胡三娃热情一笑，就站起身来，俯身抱起自己坐过的纸箱子，往那个小饭店步履沉重地挪了过去。

年轻人提起刚才胡三娃制造的包裹卷，三脚两脚追上胡三娃，想要换回来，却已经办不到了。

很幸运的是，小饭店的面条只要三元一碗，一大碗也只要四元钱，胡三娃慷而慨之地要了两大碗面条，虽然他并不爱吃面条，但如今情境下，这已是无与伦比的大餐了。

罪与赎
——万象惊魂记

哥俩边吃边聊。胡三娃这才知道小伙子叫牛志远,湖北人,高中肄业,志存高远,为了不卖菜的理想已在万象市打拼多年。牛志远不仅是个精明的地摊书商,还自诩是个厨艺高手,不过他又解释因为做菜跟卖菜性质也差不多,所以他也没考虑去做个厨师。

两人一边吃饭一边聊,相谈甚欢,相见恨晚。

吃完饭,出得门来,兀立门外,望着眼前苍茫大地,两人一时间竟不知何去何从。

"对了,胡兄,你怎么知道我住在这边啊?"

"我不知道你住在这边啊?"

"那你刚才怎么拎起包裹卷正好往我家这个方向跑呢?"

"这么巧啊,我刚才就在这边找住宿的地方,习惯性地就往回跑了。"

"难道你还没有住的地方吗?"

"我今天是第一天来到万象,刚从火车站那边过来的!"

"火车站离这里这么远,这边又没有你要投奔的人,为什么跑这么远来找住地啊?"

胡三娃叹口气,将自己怎么被中巴车带到那边的小旅店,怎么发现自己钱包被盗的倒霉事简要讲给了牛志远听。

牛志远浓眉紧蹙:"那胡兄你接下来什么打算?"

胡三娃满不在乎地耸耸肩:"天无绝人之路,活人也不会让尿憋死,继续往下走就是了,总会有办法的!"

"兄弟愿意屈尊去我那个破地方住几天吗?"

"兄弟能接济我一晚上,就感激不尽了!"

"好,那胡兄请跟我来吧!"

兄弟俩在这城市边缘的无序地带曲里拐弯走迷宫一般,终于在一条偏远的水泥马路边上一栋楼房前停下来,水泥路坑坑洼洼的比较残破,楼房也斑斑驳驳地近乎古迹。

牛志远带着胡三娃往这栋暗沉沉灰溜溜的楼房的大门口走去。

胡三娃打趣道:"牛兄,你还能住得起楼房,对我这个住茅草屋的人来说,已经算富贵逼人了！"

牛志远苦笑一下，却将手指指向大门旁边一处比较隐蔽的所在："我住的是地下室，一会儿进去了，你就只会说阴气逼人了！"

胡三娃笑道："地下室也不错啊，大夏天的住地下室最好不过，凉快，透心凉，一般人还享受不到呢！"

牛志远调侃道："那好，那我就用这五星级地下室来接待远方的最尊贵来客吧！"

牛志远在这个"迷宫"某条中空隧道的某个角落里的一间房门前终于停下脚步，这个房间即便在深邃迷宫里也处于孤寂的位置，偏安一隅，门前四周都是冷森森黑黢黢的石壁环绕，倒是一个独门独院的小别院。

房间分外狭小，一张单人床就占据了将近一半的空间，一边床头顶着墙壁，另一边床头和墙壁之间放着一个简易的衣柜。顶着墙壁的床头旁还放着一张小学生上课用的那种课桌。课桌里放着一些碗筷、生活用品，课桌上摆着一摞书，除此之外，屋里就只剩一小片仅可容身的空间了，最欠缺的当然还是一扇窗户。

"实在对不起，胡兄，太简陋了，有点委屈你了！"

胡三娃欣然笑道："虽然窄些，我倒觉得很踏实，食不过三餐、睡不过一席，地方太大反而睡不安寝！"

牛志远眼中闪过一丝奇怪的神色，点点头道："胡兄能这么想，那我心里也就踏实了！"他随后打开床头的衣柜门，先将胡三娃的背包塞了进去，然后又变魔术般地自里边取出脸盆、毛巾、放着洗浴用品的小提篮，对胡三娃一招手道："走，兄弟你旅途奔波一路风尘，我带你洗个澡去！"

胡三娃惊讶万分："这里头还有浴室吗？"

牛志远笑道："生活纵有千难万难，也架不住我有千方百计啊！兄弟跟我来吧！"

胡三娃连忙找出换洗衣服，跟在牛志远身后在地道里逶迤行去。

七拐八弯之后，来到了一处大门前，一股异味扑鼻而来，看来，浴室便是在这公共卫生间里了。牛志远在公共卫生间里自制了简易淋浴，虽然简陋，但用很低的成本解决了洗澡的问题，也是很神奇。

胡三娃洗完澡，回到牛志远的房间，房内已经有了天翻地覆的变化，在单人床

罪与赎
——万象惊魂记

旁仅可容身的方寸地面上，已经摆了一个地铺，刚才还在单人床上的那套被褥，已经转移到地铺上，而单人床上铺上了新的床单被褥，虽然也是旧物，但看上去干净整洁、蓬松柔顺，一种十分温暖的气息扑面而来。

牛志远指着那张舒适的单人床说："兄弟旅途劳累了，先好好睡个香喷喷的觉，睡他个天昏地暗，我有点困了，也在下边陪你睡会，等你睡醒后咱哥俩再好好聊天！"

胡三娃虽然不愿意让主人把床让给自己，但拗不过牛志远，只得从命。旅途疲累，又加之初来乍到就经历被盗被揍的不幸，胡三娃的确有点身心俱疲了，刚洗过的清爽身子突然挨着这么温顺绵软的被子，由不得一阵猛烈的困意袭来，胡三娃悠悠荡荡沉入了甜甜的梦乡，当真睡了个酣畅淋漓、日月无光。

待他悠悠醒转时，眨了眨清新的眼睛，伸了伸快活的懒腰，就侧转过来，想看看牛志远睡醒了没，却发现地铺上空空如也。

胡三娃起身穿好衣裤鞋子，跑到房间外边，没看见牛志远，又根据自己记下来的路线跑到卫生间，水池前已经有好多胖胖瘦瘦的人光着膀子在洗漱洗头洗衣服的，里头却没有牛志远。

胡三娃心道牛志远可能出去办事去了，就回到屋里，不再理会，斜躺在床上，百无聊赖之下，自床旁课桌上随手扯过来一本书翻看。

这是一本《本草纲目》，胡三娃不由一愣，不知道是牛志远用来卖的，还是自己读的，再看看别的书，有《中国古今菜谱大全》《蔬菜栽培学》《实用植保手册》之类的，这下胡三娃便有点恍然大悟了，看来牛志远确实在厨艺方面很有钻研，而且试图在药膳食疗领域闯出新天地吧。

胡三娃对这些书没什么兴趣，就回到床上思考他的下一步出路，眼下已几近身无分文了，无疑，找工作已成了目前唯一的主题。

正在他设想着自己应该找个什么样的工作比较合适的时候，门吱呀一声响，牛志远探身走了进来。

他手里拎着一个塑料袋，里头有几个白色塑料盒子，面上则挂着胜利的笑容。

他把塑料盒子往课桌上一放，笑盈盈道："胡兄，睡得还好吧，没有老鼠进来找你玩吧！"

"睡得挺香挺沉的,你啥时候走的啊,我一点都不知道!"

"就是想让你睡个囫囵觉啊,要惊醒了你就罪过大了!"

胡三娃感激地笑笑:"你出去干什么去了?"

牛志远指了指课桌上的塑料袋,说:"出去给咱哥俩要饭去了啊,要不咱哥俩晚上喝西北风啊,而且还是这地下室里过了保质期的西北风!"

胡三娃咧嘴笑笑:"哪要来的啊?你的钱不都用来投资了么?"

牛志远调侃道:"要饭要饭,自然是像叫花子那样乞讨来的哦!"

胡三娃干脆配合着他说:"那兄弟你太不像话了,讨饭这么具有技术含量的工作,你不叫上我一块,你愧对咱们的兄弟情义!"

牛志远哈哈笑道:"兄弟你还挺风趣,不逗你玩了,我趁你睡熟了,下午又出去摆书摊了,下班那会人气旺,生意比较好,今天生意还确实不错,把中午那会儿的晦气全补回来了!"

牛志远将课桌上的那一摞书移开,取出塑料袋中的盒子,一份尖椒鸡蛋,一份土豆丝,一份小炒肉,还有满满两盒米饭,实在可谓大餐了。

饭后,两人洗漱一番,躺下开聊。

哥俩当真是相见恨晚,总觉得有聊不完的话题,而且两人的家乡竟是邻省,很多民俗风情都有渊源,聊起来更是百无禁忌。

聊着聊着就聊到了找工作的事。

"胡兄,你是大学生,你一定能找个体面的工作,什么政府要员、公司白领的,有句话叫什么来着,对,叫白骨精,白领、骨干和精英,你就是一个即将上任的白骨精!"

"现在大学生多得是,你以为大学生还是个什么值钱的玩意啊!"

牛志远想想也是,憨憨笑了一下,挠头使劲想胡三娃作为大学生的非同凡响处,突然一拍脑门道:"对了,胡兄你是医科大学毕业生,学医的那可了不得,那医生多牛啊,谁见了都得点头哈腰!"

"那是医生牛,可不是学医的牛,正是因为学医的要当医生非常难,所以当了医生以后才那么牛的!像我这种二流医学院的毕业生,而且还不是学临床的,是学

罪与赎
——万象惊魂记

公共卫生的，那更不可能当医生了！"

"啥？"牛志远不解道："公共卫生？公共卫生间还需要学习吗？难道那些打扫卫生间垃圾的阿姨都学过公共卫生？"

"兄弟你不懂，公共卫生指的是如何通过医学和卫生学知识及技术来保证公众身体健康的学问，如果非要问公共卫生间里的卫生问题算不算公共卫生专业领域，那么它应该可以归入到公共卫生里的环境卫生学的范畴，就是怎样消除环境中的危害健康的因素，防止疫病传播等等之类的知识。"

牛志远想了想："那我在蹲坑上造的那个淋浴器，算不算公共卫生领域！"

胡三娃乐不可支："淋浴器洗澡可以冲洗皮肤上的有害微生物和粉尘及人体排泄物，又使得人感觉舒适，情绪疏朗，精神愉快，这样可以促进人体身心健康，从这个角度讲，当然也算公共卫生了。"

牛志远满意地点点头："嗯，没想到我还是个公共卫生专家！"

胡三娃不由开怀笑了。

哥俩就这样有一搭没一搭地神侃瞎聊着，逐渐地睡意再次奔袭而来，不知不觉又沉入了梦乡。

从第二天开始，胡三娃便使出了他能想到的所有招数找工作。然而他有几点致命的缺陷：第一，专业冷门；第二，毫无社会工作经验；第三，气质跟招聘需求比较旺盛的行业不搭调；第四，理论和思维太虚幻，可以神乎其神地把面试考官说晕，却无法把面试考官说通，因为面试官需要的是程序完整性能明确的机器人，而不是天马行空的仙人；第五，没有手机。

所以好几天下来，胡三娃都没有找到工作。

为了克服第五项弱点，在前几天找工作的惨淡收场后，他把牛志远的手机号留在了求职简历上，后来牛志远干脆把手机借给他用，这稍稍改善了他获得面试机会的状况，然而毕竟他无法克服另外那四项弱点，只是面试机会多了一些而已，经过两个多星期的折腾，他再也顶不住内外交迫的压力了，决定另谋出路。

不能说胡三娃缺乏毅力和耐心，或许他再坚持下去，未必找不到工作，但这几个星期胡三娃一直靠牛志远接济，而且牛志远把床让给了胡三娃，睡眠质量明显降低。胡三娃的愧疚之情便与日俱增，终于到了无法承受的程度。

他决定告别牛志远，只要他还和他生活在一起，就是无法拒绝牛志远的帮助的，至少，牛志远每天买给他的盒饭他无法拒绝吧。

这天晚上，两人各自躺下，简单聊过几句，胡三娃突然说：

"兄弟，谢谢你这段时间以来的悉心照顾和鼎力相助，明天我得跟你告别了！"

地铺上的牛志远蓦地翻过身子来，声音微颤道："兄弟找到工作了？"

胡三娃尽量让自己的声调平静而坦然："还没有！"

"碰到熟人，有落脚点了？"

"还没有！"

牛志远沉默片刻，如同听到一个大笑话似的大声笑道："没找到工作，也没碰到熟人，你告什么别啊，哈哈！"

"兄弟，我也不跟你曲里拐弯地说话了，我是实在不忍心再住在你这里了，你看，我占着你的床，每天还用着你的钱，我感觉你每天挣的钱都搭在我身上了，我心里哪里安定得下来，所以我不得不走了！"

"要是因为这个，你想都不要想，我睡地铺舒服着呢，每天也没给你几个钱，我挣的钱多着呢，你可别小看我的生意啊，还有伙食，我每天不也得吃饭嘛，加双筷子而已，我还可以用招待朋友作为借口给自己提高生活水平呢，我感谢你还来不及呢，你不安个啥啊，赶紧打住，别瞎想啊！"

"兄弟，咱俩说话没顾忌，我知道如果再这么等下去，还没把你折腾死，我自己就先得愧疚死，所以我必须得离开了！谢谢你，兄弟，也对不住你，兄弟！"

牛志远沉默了好一会后，沉声道："那兄弟你现在啥都没有，从这走了之后，吃什么，住哪里？这些现实问题你没法回避吧！"

"这个我已经想好了，有一些招临时工的地方，有固定的地点，可以找个包吃住的活先干着，这样就能暂时解决燃眉之急。"

牛志远惊呼道："兄弟不行啊，那都是些什么人，你可是堂堂正正的大学生啊，有文化有思想有能力，怎么可以去跟他们混呢！"

胡三娃耸肩微笑道："我跟他们有什么区别吗？我本来也就是跟他们一个阶层

罪与赎
——万象惊魂记

的人,上了大学只不过镀上一层薄膜,被寒风稍微一吹,立刻就灰飞烟灭了!"

牛志远静默片刻后,突然提起声气:"你真的愿意干这样的工作?"

胡三娃坦然一笑:"当然,这样的工作有什么不好的,自己劳动谋生,踏实又安定,这本身就是一种幸福!"

牛志远爽脆道:"好,既然这样,我给你介绍个工作,比这些临时工强多了!"

"什么工作?"

"我有一个老乡,在一个粮油食品公司当老总,他们公司前不久走了个保安,需要补招一个,以我跟我老乡的关系,推荐你去绝无问题!"

胡三娃略一呆愣道:"你既然有这样的关系,为什么不去他那工作,而要在这里卖书呢?"

牛志远讪讪一笑:"我嘛,喜欢自由自在,很不喜欢那种要被别人管束的工作,你看我现在多舒适,想睡到几点到几点,想啥时候去卖书就啥时候去,简直就是皇帝一般的生活啊!"

生存有了转机,胡三娃心情也不自禁好转起来,不由得开玩笑道:"好啊,你在这里过帝王一般的生活,却要推荐我去过奴隶般的生活!你很不厚道哦!"

"是你自己放着皇帝般的生活不过,非要去过地狱般的生活,我不得已才将你提升到奴隶般生活的待遇哦!"

"你放着这么好的当奴隶的机会不早说,所以我赖在你这里这么久都是你自找的,跟我可没关系了,我心里突然之间都没有愧疚感了!"

"我实在是想不到你堂堂大学生还愿意干保安工作啊,要不肯定早说了,不过看你现在露出一条白眼狼的本色,你还真是活该做保安!"

"好啦,废话少说啦,赶紧给我想想明天怎么跟你那个老总推荐我,这事一定得马到成功哦!要不成的话,责任在你,我就又可以心安理得地赖在你这里了!"

哥俩心情豁然开朗,逐渐地,两人相继沉入恬适的梦境。

愉快的夜息在狭小空间里两道明快的呼吸声中悠悠消退,光明的一天终于姗姗来迟地降临到了这个地下宿舍暗黑的光影里。

罪与赎
——万象惊魂记

第二天一早,胡三娃去卫生间洗漱时,牛志远已跑到地上打电话去了,等他回来时,面上已然洋溢着胜利的笑容。事情果然办成了。当然,这个事情如果没办成,那么这本小说就成了难兄难弟的苦难日记,也没有后来跌宕起伏的那些事情了。

得知自己工作已经定下来的胡三娃心情分外地好,他走出地下室,走在马路边,迎面一轮初升的太阳,正在远方天际清澈的晨曦中缓缓地扬起她美满的笑脸,将火红而温热的光芒,悠悠荡荡地泼洒下来,笼罩着前方那片依然朦朦胧胧、懵懵懂懂的迷幻大地。

胡三娃和牛志远依依惜别,按照牛志远给的路线换乘了好几次公交和地铁,终于抵达这个庞大城市的另一头,与牛志远所在城郊可谓东西对峙、遥相呼应。看上去,这边的城区比那一头的城区还要繁华,胡三娃所立足之地虽然已进入这边的郊区,但城市的繁荣气息还是扑面而来。

这就令人费解了,牛志远在这边有一个当老总的老乡可依靠,而这边又要繁荣昌盛得多,买卖自然要更为旺盛一些,牛志远为什么不在这边经营他的卖书大业呢?

胡三娃沿着城郊马路继续前行,此时,太阳已经高悬天顶,融融日光就像用沸水清洗过一般,绽放出晶莹热烈的光泽,胡三娃不禁精神一振,加快脚步,这个街区走到头,就是最终目的地。胡三娃要找的这家企业是这一大片厂房中最有排场的一家,一栋华美的五层大楼横亘在大院最前端,自它的两翼延伸出尖利高挺的铁栏杆,无限地蔓延开来,将硕大无比的一片地盘森严地包揽在它的怀里。

最为气派的还是五层大厦前边那个宽阔的广场,由又大方又规整的一块块大理

二

石铺就，延绵开去，看上去悠远而辽阔，和街头延伸过来的城市大马路几乎连成一体，广场的四周边缘停满了各式各样的豪华轿车，广场中央部位还有一个又圆又大的喷泉池，此时虽然没有喷水，但池子里却依然流水淙淙，给人一种别具一格的感觉。尤为特别的是，广场与马路融为一体的那边还有一个高高竖立的旗杆，插在一个高大方正的石台上，石台四周有台阶可拾级而上，现在石台周围却插着铁栏杆，围着铁链，被尘封了。而那个旗杆也不只是纯粹的旗杆，它似乎还是一个高音喇叭播放器，在高高飘扬旗帜的尖顶，竟安放着一个奇形怪状的音箱，此时从里头飘扬着雄浑的音乐。

五层大楼的大门也就是整个大院的大门，大门顶上用铁杆支着一溜方正大字"俞氏粮油食品有限责任公司"，门口有个值班岗亭，有个身体略见发福的中年保安正在里头值勤。

胡三娃安然走了过去，对那保安行了个礼："大叔好，我是黄总的老乡推荐过来的，麻烦帮我通报一声！"

中年保安立刻绽开笑脸："呦，来了，你是小胡吧。"

胡三娃恭声道："是的，我叫胡三娃，大叔多关照。"

中年保安满意点头道："好好，不用通报了，你直接进去吧，黄总在二楼228房间！"

胡三娃道过谢后，径直走入大门，心里想着，如果自己能留下来，刚才这位保安就是自己的同事了，看上去挺面善挺热情的，有这样的同事还真不错。

胡三娃走上二楼，找到走廊尽头的228房间，调整了一下呼吸的频率，小心翼翼地敲了敲门。

门里一个浑厚的嗓音奔袭而出："请进！"

胡三娃略略有点紧张地走了进去。

这是一个朴素的办公室，不大不小，一张办公桌，一把办公椅，贴墙一个文件柜，办公桌上竖着几个文件夹，窗户外边射进几缕阳光，除此之外，再无他物。

而它的主人此时已经自办公椅上站了起来，一双炯炯有神的大眼正在细细地审视着造访者。

罪与赎
——万象惊魂记

胡三娃也不遑相让地盯着眼前的这个头面人物认真观瞧。

此人大概三十来岁,方面大耳,细眉大眼,天庭饱满却身材细瘦,个头不高却自有一股气派,穿衣打扮也十分干练而简约。

特别让胡三娃有一种难以理解的感受就是,他觉得眼前的这个人和自己似乎总有几分相似之处,但具体要说在哪里像,他又说不上来。

两人如同十年不遇般相望多时,终于还是胡三娃打破了沉寂,恭恭敬敬地说:"黄总您好,我是牛志远的朋友胡三娃,请多指教!"

黄总脸上浮上了明亮的笑容,微一点头:"我知道,欢迎你来我们公司!"

他突然想起什么,说:"你等一下,我去给你拿把椅子啊!"

然后他就转身进了另一道门,胡三娃这才发现原来这屋子还有一个套间,刚才只顾着打量黄总了,竟然没留意到。

一会,黄总搬出一把椅子,带着歉意的微笑道:"抱歉啊,我这屋里太简陋了,平常会客我都去会议室,所以连张沙发都没有,就委屈你坐一下椅子啊!"

"哪里,黄总您这么看得起我,还特意在您的办公室里接见我,我已经受宠若惊了!"

黄总亲切地拍拍胡三娃的肩头:"你是牛志远的兄弟,就叫我黄哥吧,别黄总黄总的了,听着别扭。"

胡三娃连声道:"那怎么行,您本来就是黄总,如果我能成为贵公司员工,您就更是黄总了!"

黄总咧嘴笑了笑:"没事,你就跟着牛志远叫我黄哥吧,他一贯都是这么叫的,你是他朋友,自然也应这么叫!"

说完,他走回到自己的办公椅上坐下,招手让胡三娃也坐下,然后他若有所思地点点头道:"胡老弟,我虽然不会看相,但一看你就知道是很有抱负的人,你真的甘心在我手下做一个小小的保安吗?"

胡三娃不自然地笑笑,坦然道:"黄总,如果我说十分乐意在您这里做个保安,那肯定是不负责任的说法,但在目前,我却十分乐意获得这份保安的工作!"

"那等你渡过眼前的难关,是否就要甩手而去?"

二

"当然不会,既然我已经决定做这份工作,那就必须要负起这个责任,如即便我想离职了,也肯定会提前跟您说,直到您找到接替我工作的人,自己的行为不能给他人造成损失和伤害,这是最起码最基本的行事原则。"

黄总沉静地盯着胡三娃凝望了好久,突然站起身来,爽朗地说:"好吧,我决定用你了,来,跟我去交接一下工作吧!"

随后,黄总径直将胡三娃带到了大门口的岗亭处,对中年保安说:"秦叔,今后三娃兄弟就是你的兵了,你一会儿给他安排一下吧,请多照应他!"

中年保安连忙点头说:"黄总放心吧,刚才跟这位小兄弟已经照过面了,感觉挺投缘的,我们一定会互相照应好的!"

黄总满意地点点头,又对胡三娃道:"三娃兄弟,你以后就好好跟着秦科长学习吧,他是个很好的人,会关照你的,但毕竟他年纪也大了,所以有些事情你还得多分担点!"

"当然当然,我年轻力壮,这是肯定的!"

黄总似乎对这样的安排和态度都挺满意,他再吩咐了几句,然后对中年保安道:"秦叔你带他去宿舍安置一下吧,这里我帮着盯一会!"

胡三娃暗暗诧异一个大公司老总竟然随和到可以替一个保安站岗的地步,孰料秦叔也好像习以为常一般,丝毫不以为意地点头说"好",然后爽爽快快地领着胡三娃进入公司。

"黄总好平易近人啊,一点架子都没有!"

"那当然,黄总当年可也是我的兵哦,不过黄总确实就是个大好人!"

"你的兵?难道你以前不是保安队长吗?"

"我一直干的保安哦,只是黄总以前也是保安,想不到吧!"

"真的啊,这么厉害?"

"所以啊,小伙子,做保安也可以有大出息,你好好干吧,不定哪天出头之日就轮到你了!"

胡三娃当然不会相信有这样的运道,只是很是好奇黄总怎么能从一个保安干成一个大公司的老总。

罪 与 赎
——万象惊魂记

　　秦叔将他领到后院一角的一栋三层小楼门口，同样的小楼并排一共有4栋，这是最前边的一栋，这里已经不怎么听得到机器轰鸣声了。

　　小楼很简易，就是一排过道，外侧是栏杆，里侧是一间间房间的那种，一楼的过道很狭窄，甚至不能说是过道，只是房间前面的过渡空间。

　　秦叔将胡三娃领进一楼楼梯口的一间房里："这栋楼就空着这间房了，靠着楼梯口，大家上楼下楼的，可能有点吵，你克服一下吧，如果不乐意住这的话，就得住到后边那些楼里去，但那些楼空无一人，你要住的话就得一个人住一栋楼，挺冷清的，尤其夜里阴森森的，你愿意去住吗？"

　　胡三娃不由自主打了个寒战，好奇道："为什么有那么多楼空在那里，这里却挤着这么多人呢？"

　　秦叔叹口气说："这事说来话长，以后有机会再讲给你听吧！你还是先选宿舍吧！"

　　胡三娃打量了一下这个楼梯口的房间，十来平方米，有一张单人床，一张书桌，一个衣柜，还有一把沙发椅，墙上还挂着空调，这条件较之牛志远的地下室已经不亚于天堂了，那就住这吧。

　　定下住处，秦叔又领着他去看了卫生间、洗浴间、食堂、商店以及厂区一些其他的公共区域，然后回到宿舍楼前，对胡三娃说："现在我给你分配工作任务吧，咱们保安队目前就咱们两人，公司要求24小时值班制，所以咱们一人得盯12小时，暂时这么安排，我从早上八点盯到晚八点，你从晚八点盯到早八点，可能有点辛苦，但目前阶段现实条件如此，我们也只好克服一下了，待将来有合适的人选咱们再招人，现在只好辛苦你先顶一段时间了。"

　　胡三娃有点吃惊："一天要值12个小时班吗？"

　　秦叔笑了笑："是的，不过值班也就是在那岗亭里呆着，如果有人来访，就登记一下，帮着通报一声，告诉他怎么走，非上班时间呢，注意一下有没有小偷小摸的，除此之外基本没啥事，不费脑子不费体力的，就是熬时间，你这么年轻力壮的，相信你没问题，我就是年纪有点大了，所以占点便宜值白班，如果啥时候你值夜班值烦了，咱也可以换换，这个都好说！"

二

胡三娃连忙摇头道："这个倒不用，夜班挺好的。我只是觉得好奇，怎么还有这种排班制度？为什么这么大一个公司的保安队才两个人呢？"

秦叔面色有点寂然，叹了口气道："这也是源于公司以前的一场大变故，当时黄总临危上任，仅仅利用公司当时残存的资源力挽狂澜，后来黄总就一直秉持一种理念，用尽量少的人办尽量多的事，保安队的编制一直就没再增加。"

顿了顿，马上又补充道："当然，黄总是个非常仁义的人，他对每一个为公司效力的人绝不会亏待，不仅不会亏待，还会好到让你发慌的地步！比如我们保安队吧，你之前是小朱和我搭伙干，这工作听上去这么辛苦，但我们干了这么久，没有任何怨言，不仅没有怨言，而且巴不得千年不变，小朱是因为家里出了事不得不辞职，否则还轮不到你来干呢！"

胡三娃忙不迭道："我感觉出来了，黄总确实是个仁善的领导，秦叔你放心吧，我会好好干的！"

秦叔把房间钥匙交给胡三娃，再嘱咐几句后就离去了。

胡三娃开门进入房间，稍微收拾了一番，又去痛痛快快洗了个澡，然后回房间睡觉，生存的重压突然自心头彻底卸下，这里又是一片如此宽松的环境，胡三娃身心感到一阵无与伦比的畅爽，各路神经完全放松下来，头一挨着枕头，就瞌睡虫奔涌，酣然入睡。

胡三娃睡醒之后又去食堂吃了饭，刚好来得及赶上晚班。胡三娃来到公司大门前，看到广场上灯火通明，亮如白昼，到处都是载歌载舞的人群，好不热闹。秦叔看到胡三娃，朝他一招手道："怎么样？够热闹吧，所以在这样的地方值班一点都不会觉得枯燥的！"

"真没想到这里会这么热闹！"

"以前这个广场可冷清了，一到夜里别说活着的人没人来，就是死了的鬼都没个影儿，后来黄总为了增加人气，把这里打造成了附近最著名的休闲广场，就越来越热闹了，我们俞氏公司的产品也因此名气大增，卖得越来越好！"

胡三娃由衷赞道："黄总真有本事，找机会一定得跟他好好学习！"

秦叔赞同道："是的，小胡你还年轻，你应该多向黄总学点本事，说不定哪天

罪与赎
——万象惊魂记

就成了黄总的得力助手！"

胡三娃笑了笑，说："秦叔你回去休息吧，明天上午啥时候来接班都行！"

秦叔想了想道："不过别看这里现在热闹得很，但一旦过了十点，大家一散伙，这里立刻就冷冷清清了，除非是有节日或活动啥的，才能持续到十二点多，所以你也别指望一直有这么多人陪你，大部分时间你都得一个人在这里熬着，你得有这个心理准备！"

"放心吧，秦叔，我其实正好是个喜欢安静的人，这种情况我求之不得呢！"

秦叔当然以为胡三娃不过是在说漂亮的客套话，不过他也没什么可说的："那好吧，我就下班了，有啥事随时给我打电话就行，电话号码已抄在电话机旁的纸上了。"

说着，他指了指岗亭里的电话机，转身刚要走，看大门口并肩走出两个人来。他恭恭敬敬地叫了两声：

"董事长好！"

"黄总好！"

胡三娃没见过董事长，连忙转身去看。

这"董事长"居然是一位风华绝代的美女！

董事长也就二十三四的年龄，她身材高挑，及踝的长裙朴素典雅，却将身体线条突出得更加优美，精致的面容略施粉黛，加上及肩的长发，在夜灯的映衬下更带着一点格外的妖娆。

她紧紧地挽着黄总，他们的关系一定非常亲密。等他们走到保安岗亭附近时，她和黄总一起望向了胡三娃。

胡三娃不由自主地赞叹道："你们真是天造地设的神仙眷侣啊！"

黄总爽朗地笑道："三娃兄弟，马屁拍得很到位嘛，来，我给你们介绍一下！"

黄总扭头对董事长柔声道："萍音，他就是胡三娃，今天刚来咱们公司，各方面感觉都不错，所以我擅自做主把他留下了，现在算是先斩后奏啰！"

董事长对胡三娃友好地笑了笑："欢迎你来到公司。"胡三娃连忙点头道谢。

黄总又走过去拍拍胡三娃的肩头微笑道："三娃兄弟，她就是咱们公司的董事长，也是我女朋友，叫俞萍音，本来公司进人得先经过她的同意才行，我是自作主张就把你留下来的，不过我刚才跟她说起你，她也表示很欢迎你能来我们公司，希望你能好好干，别辜负董事长的期望哦！"

胡三娃连忙表态说："董事长，黄总，你们放心吧，今后公司如有什么差遣，我一定鞍前马后、竭尽所能！"

两人听完，相望会心一笑。

黄总掏出一张银行卡和一部手机，塞到他的手里，说："三娃兄弟，这是你的工资卡，我替你从财务科预支了这个月的3000元工资，虽然不多，但也可以稍解你燃眉之急，今后有什么急需用钱的地方可以直接跟我讲，进了公司，就是一家人，一点都不要客气。这部手机是我淘汰下来的，希望你不要嫌弃，这年头没个手机还真是太不方便了，回头你手头宽松了再去换个新的，现在你先凑合着用吧！"

胡三娃非常感动，一时间激动得说不出话来。

黄总看他不说话，说："怎么，三娃兄弟貌似情绪不高哦，是不是觉得钱少啊，那也没办法，暂时只能给你这么多哦，所以不高兴也得憋着！"

胡三娃回过神来，回应道："如果这也叫憋着，那我心甘情愿在咱公司憋一辈子！"

在场诸人都不由得哈哈笑了。

与胡三娃这边的事情办完，这对情侣携手走过岗亭，汇入了音乐广场的人群中。

胡三娃目送他们的身影消失在五彩的夜色里，好奇地问秦叔："俞小姐怎么这么年轻就当上了董事长呢？"

"因为公司就是她家的啊！"

"那她爸妈不管公司吗，交给这么小一个女儿来打理？"

秦叔脸上显出惶然神色，如同往事穿越时空在他脸上映现了一般，他沉沉地叹了口气："唉，别提了，俞总当年莫名其妙地被人害死，公司差点崩溃，多亏黄总挺身而出，力挽狂澜，才使俞氏公司得以保存到今日，想起当年的情况，那真是惨啊，现在还心有余悸呢？"

罪与赎
——万象惊魂记

"秦叔您能给我讲讲当年是什么情况,黄总又是怎么挺身而出救公司于水火的呢?"

秦叔动了动嘴,欲言又止,干脆挥了挥手,说:"算了,往事不堪回首,提起来除了徒增伤心没有任何意义,咱们干好现在的工作,让公司发展得越来越好,就是忘记悲伤最好的药方!"

胡三娃看他的表情,也不好再刨根问底了,任由疑云在脑海里翻滚。

秦叔摆了摆手说:"你好好值班吧,我走了,有啥情况直接给我打电话就行。"

欢腾的人群到十点钟果然就散了,喷泉和乐声戛然而止,人们三三两两地往各个方向走去,不大一会儿就全都走没了。又过了一会儿,自公司大门走出一位老年妇人,穿着帆布衣服,手里拎着一个黑色垃圾袋,显然是要去清理广场上人们扔弃的废物。

她经过岗亭时,看到胡三娃,好奇地驻足观望了一下,胡三娃向她友好地打招呼,她却没什么回应,面无表情地走开了,胡三娃好奇地目送着她走了一程,看她在广场上四处转着圈子,也就没什么兴趣了,收回目光开始漫无目的地在大门处东张西望了一会儿,觉得没啥可看的,就掏出黄总给他的手机研究起来。

他很快就弄清楚了这个手机的使用方法,发现这个手机的短信并没有清空。他想了想,看黄总的短信是不是不合适呢?不过他转念一想,黄总既然把手机送给他了,也就意味着这里头的全部东西都送给他了,敏感信息肯定都被清除了,剩下的一定都是可以翻看的内容。

短信的时间跨度甚至长达三年,多半都是问候和广告短信,还有一些简单的生意来往信息,没什么值得看的东西。然而其中有一条短信迅速吸引了他的目光。

因为那条短信来自于一个叫"黄二愣"的人。

他迅速点开短信:

"黄二愣,你得小心点了,一切的繁荣和美好都是假象,平安和幸福都是美丽的肥皂泡,争斗和罪恶才是这个社会唯一的主题。等着吧,你会为你的逍遥自在而痛悔的,你的敌人就要来了,他将把你杀死或者被你杀死,然后彼此再坠入一个新的罪恶的轮回。好吧,现在请庆幸吧,你的敌人姗姗来到了,做胆小鬼还是做勇士,

二

全看你的了！"

一个叫"黄二愣"的人给另一个叫"黄二愣"的人发短信危言恐吓，或者说是发挑战书，这真是千古奇闻，当然，也有可能是"黄二愣"自己给自己发短信警告自己。

黄总宅心仁厚、温顺和蔼，他在个人生活中与人结下私仇的可能性不大，那么最可能的敌人就只能来自两方面：商业竞争对手或者情敌。

一念及此，胡三娃不禁为黄总隐隐产生了担心，黄总的敌人就是自己的敌人，无论是什么人，要是伤害了黄总，那自己拼上全部也要和他干到底！

正在他被这条短信弄得百感交集的时候，突然前边一个洪亮的声音响起：

"三娃兄弟，辛苦你了！这么晚还要在这里值班！"

胡三娃骤然抬头，黄二愣惊现在眼前，他紧张得差点把手机掉下来。

他一看黄二愣是一个人站在面前，好奇地问道："黄总，你怎么不回家啊？"

黄二愣微笑道："我现在就是回家来了啊！"

"难道你也住在那栋宿舍楼里？"

"不是，你今天在我办公室看到我那个套间了吧，我就住在那里头，也算是以办公室为家了！"

胡三娃好一阵恍然，嗫嚅道："那，那俞董事长呢？"

问完，又似乎觉得不妥，不由得有点尴尬地笑笑。

黄二愣倒不介意，油然一笑："我知道你想问啥，我们还没结婚，所以还没生活在一起！她在城里头住，我刚把她送回家去了！"然后微笑着摆了摆手，就向着大门悠然走去。

胡三娃目光紧紧盯着他的背影，想要看出点什么来，但是，除了一个高大宽厚的属于男人的背部之外，其它什么也没有。

当然，又好像有点什么，像是一种深沉的寂寥，不过那也可能是大门口已经沉寂下来的凄迷夜光给他染上的一种黑色的情绪，那便算不了什么了！

毕竟时间已经到了凌晨，胡三娃再次看看手机，瞧到了手机屏幕上的时间已经显示为零点多了，才恍然感慨时间长了飞毛腿，远远把他身体里的时间感应器甩在后边了。

罪与赎
——万象惊魂记

他想起对黄二愣的承诺,便再次抬目去扫视广场,意图将所有的情形捕捉过来,以便使自己的第一次值班不辱使命。

眼前空空如也的广场令他心里突然产生一个意识,刚才那出门清理垃圾的老妇人去哪里了,难道她已经捡完垃圾回公司了吗?

不,这不太可能,那么大一个人从他眼皮子底下过,即便他当时在玩手机,也绝不可能毫无察觉。

要么就是她捡拾完垃圾后就走掉了,没有再回公司,那么她算是公司哪一类员工呢?专门等着广场休闲活动结束后清理完垃圾再下班回家的员工吗?

如果是这样,明天晚上一直关注着她便一目了然了。

胡三娃如此想着,基于刚才黄二愣来到身前尚未被他发现以及老妇人突然自眼皮底下消失这两桩失败的体验,他不敢再玩忽职守了。

由于第一天上班就领到了数千元工资,黄总又对自己如此慷慨,又由于白天已经美美地睡了一大觉,尽管夜色越来越深,他也没有丝毫困意。

早上七点左右,广场前边那条马路上就热闹了起来,但令胡三娃倍感诧异的是,那么多人来来往往,却一个进公司大门的都没有。

直到过了七点半快八点的时候,才有一辆车开上了广场,开到最靠近大门的这一边停下,自车里走出一个人,径直向着大门走来。

胡三娃好不容易盼到一个他把守的大门处通行的人,如同看到久违的亲人一样亲切,瞪着辛苦了一夜略显矇眬的眼睛,热切地期望着来人。

来人走近了,瞧清楚是个矮胖的中年人,他腋下夹着公文包,圆乎乎的胖脸,头发梳得油光发亮,一副派头十足的样子。

他随意一抬眼发现了胡三娃,面上一怔,停住脚步,问道:"你是新来的保安?"

"是的,请问您是来上班的还是来找人的?"

"我是公司的副总,叫高宜和,黄总没跟你说吗?"

"高总您好,我叫胡三娃,黄总还没将大家伙儿介绍给我呢!"

中年人面有不悦地嘀咕了一声什么,然后朝胡三娃摆摆手,信步走入大门。

一会儿,秦叔就大摇大摆着过来接班了,远远地就问有啥事没有,胡三娃没啥

二

报告的,秦叔又问第一次值班感受如何,胡三娃就说一夜都在找存在感,生怕自己一飘忽,就飞向虚无的夜空。

秦叔笑骂他一声小鬼头,就让他回去休息了。

胡三娃去食堂吃过早饭,回到宿舍囫囵睡了一觉,午后就醒过来了,再去吃完午饭,就没睡意了,然后在厂院四处闲逛了一下,发现这厂院里除了生产车间以外,其它区域时不时便可见绿树草坪、回廊曲径、小桥流水,风光自是大好。但是一大圈逛下来,他总感觉到空气中蒙着一层若有似无的阴影,而他也说不好是因为什么。

胡三娃特别想找个人详细了解一下这个公司的前前后后,但他发现,自己的时空与他们的没有任何交集,这个公司的上班时间为早八点到晚八点,而在上班时间,大家都是匆匆忙忙的,那栋宿舍楼也是空空荡荡的,大白天只有胡三娃一个人睡在里头。而到了晚上大家下班休息的时候,胡三娃却要在公司大门口站岗。

第一天值班时见的那个老妇人没再出现过,他问过秦叔公司有没有安排专人负责广场之夜后的清洁卫生,秦叔说来广场休闲娱乐的人都很自觉,所有的垃圾都会自己带走,公司后勤只会每个月对广场进行一次大清扫。胡三娃觉得世事千奇百怪,多这一件不多,也就没再深究。

黄二愣每晚快八点时总会和俞萍音甜情蜜意地相依相偎着走出公司,但无论如何,他总会在凌晨十二点左右返回胡三娃把守的公司大门。

每天早七点多,更早也有六点多的时候,那个叫高宜和的高副总总会开车过来上班,表情淡漠地从他眼前进入公司大门,除此之外,他再也没见过上班第二人。不知道是其余员工都住在公司那栋宿舍楼里呢,还是八点之后他已经离开岗亭了才过来。总之,他也懒得探究这些无关紧要的事情了。既然他想了解黄二愣本人的奇特经历总不能如愿,那么这些鸡毛蒜皮的事情就更是无法提起他的兴致了。

这就是胡三娃最初数月在这个俞氏粮油食品公司的全部见闻。

在胡三娃看来,这一夜也是已经过去的那近百个平常又不凡的黑夜中的一个,然而他做梦也没想到,这一夜是他命运的转折点。

十二点左右的样子,黄二愣一如既往地回来了,他一如既往跟胡三娃热情打过招呼后,神态闲适、步履轻快地迈入了大门,消失在了楼门深处。

罪与赎
——万象惊魂记

胡三娃如同又受到了一次工作动员一般，昂扬的工作热情又提起几分，他将目光分成四组，交叉逡巡着广场的四个方向，确信在他犀利而密不透风的视线里，飞鸟难渡、水泄不通。

同时，他脑子中思想的暗流也开始涌动，发出吱吱呀呀的声音。

这种神经质般地思想发作也有一种重要功能，能使他保持着异常清晰的意识，直至第二天清晨。

一如往常，将近7点的时候，秋日的晨曦虽然并不十分明亮，但天光已经柔柔地笼罩着大地了，高副总开车来到他一贯停车的地方，下得车来，以他一贯冷淡的态度自胡三娃眼前走过，胡三娃早已习惯了他这幅傲慢的姿态，照常对着他冷酷的背影问安，就在他张嘴刚说出一个"高"字的时候，眼前的高副总突然惊呼了一声，迈向大门的腿猛地拽了回来，一转身向着侧前方跑去。

胡三娃略一愣怔，目光随着他的身影奔向前方，这一扫视之下，惊出一身冷汗。

公司大厦是坐北朝南东西走向的，而就在大厦前广场的东北侧一角边缘地带，冰凉的大理石地面上微微蜷曲着一个人体。

可以对天发誓，前一秒钟胡三娃的视线还扫射过那里，那里还是空空荡荡的，而且那个方向正好和岗亭是直对的，假使胡三娃要收回目光休息一下疲累的眼睛，那区域依然在自己眼皮底下。

如果非要对此现象做出解释的话，也只能说有天神下凡不慎摔落在那里。

他心神震荡的时候，高副总已跑到了那具人体身边，他略略弯了一下腰，便如见鬼魅般一连往后退了三步，身形摇晃着，几欲跌倒。此时，他嘴里才爆发出了惊天的呼叫。

随后，他掏出手机打了几个电话，又转身对着岗亭大喊："胡三娃，你过来！"

胡三娃知道出大事了，忐忑不安地走了过去，但在走的路程中，他也还没有把问题的严重性预估到那么可怕的程度。

直至他把惶然的目光投向地上静静躺着的那个身体的脸面，整个人僵住了，目瞪口呆，血管里的血液一瞬间全部停止流动，震惊使他丧失了一切思想和行为。

高副总爆喝一声，将他惊醒，他回过神来，奔跑到那具一动不动的身体跟前，

二

绝望般地拿手指去探他的鼻息，无疑，就凭那副身体扭曲、面如死灰、眼白翻出、瞳孔涣散、口眼歪斜、口唇酱紫、舌根塌陷、青筋爆裂的样子，他这个动作摆明了是多余的。

高副总冷冷地说："我已经叫了120，你就别瞎折腾了，你老老实实等着警察来就是了！"

胡三娃尚自惊魂未定，听高宜和这么说，又平添几丝惊慌，无力地辩白道："高副总，我真地是才看到，哦，不是说我开小差没看到，我一直都很认真地在四处察看着，这个方向更是察看的重点，可是不知道怎么回事，黄总突然就出现在这个地方！"

高宜和皱了皱眉，冷然道："你跟我说都没用，等警察来了，你跟他们好好解释吧！"

胡三娃想想也只能这样，不过他现在倒不关心自己会遭受怎样的牵连，最重要的是黄二愣的性命。他自己虽然不是当医生的，但终究也是医学院毕业的，凭着他仅有的医学神经来判断，黄二愣基本应该是回天无力了。

但他还是不敢相信这样残酷的事实，一个几个小时前从他面前经过时还栩栩如生的大活人，几个小时后，就这样惨死在他的眼皮底下，而他一点都不知情。

这实在是超出了他的想象，他焦急地盼望着救护车的声音响起，暗暗祈祷着老天爷在他恩人的尸体上再创造一次奇迹。

很快，自公司大门口涌出大量人群，向这边飞奔而来，随即，救护车急骤的声音和警车悚然的声音几乎同时在马路那头响起。

围过来的人们发出一声大过一声的惊呼尖叫，清寂的广场上空瞬时充溢着一种令人窒息的热闹气息。

秦叔也过来了，他衣衫不整，两腿哆嗦着，呆望着眼前的惨烈情景，脸上的血液如同被一个高功率的吸尘器一下子吸光了一般，奇怪的是他并没有惊叫，而是好像坠入了一种悠远的沉思。

救护车和警车先后开上广场，连带着后边也跟了好多看热闹的人群。

救护车上的医护人员拎着急救箱和担架迅速地跑了下来，几个人急匆匆跑到黄

罪与赎
——万象惊魂记

二愣的身边,俯身弯腰稍微摆弄了几下,他们的匆匆身形立刻就变得悠闲起来,开始慢慢悠悠地收拾器具准备离场。职业性的动作是欠缺情感的,饱含情感的行为却又偏离理智,胡三娃跳身拦在准备离去的医护人员身前,哀求道:"恳请你们救救他,无论如何你们也得尝试一下!"

一个医生白了胡三娃一眼,冷然道:"早干嘛去了,身子都死透了,还救什么?"

胡三娃没太理解他的话,茫然道:"什么意思?我们也是刚发现啊!"

医生肩膀一耸道:"那就是你们的事了,起码死了两三个小时了!"

说完,再不理睬胡三娃,走向紧随而至的几个警察,跟领头的警察耳语了几句,就领着部下扬长而去。

接下来自然就进入警察刑侦程序了,主角从地面颓然躺着的黄二愣转向了地上木然呆立的胡三娃。

领头那个警察虎背熊腰,浓眉大眼,虽然面目严峻,但看上去还不算太凶恶,他发出指令,很快就有人拍照,有人划警戒线,有人取证,各自忙活着。

他带着胡三娃和高宜和回派出所接受调查。

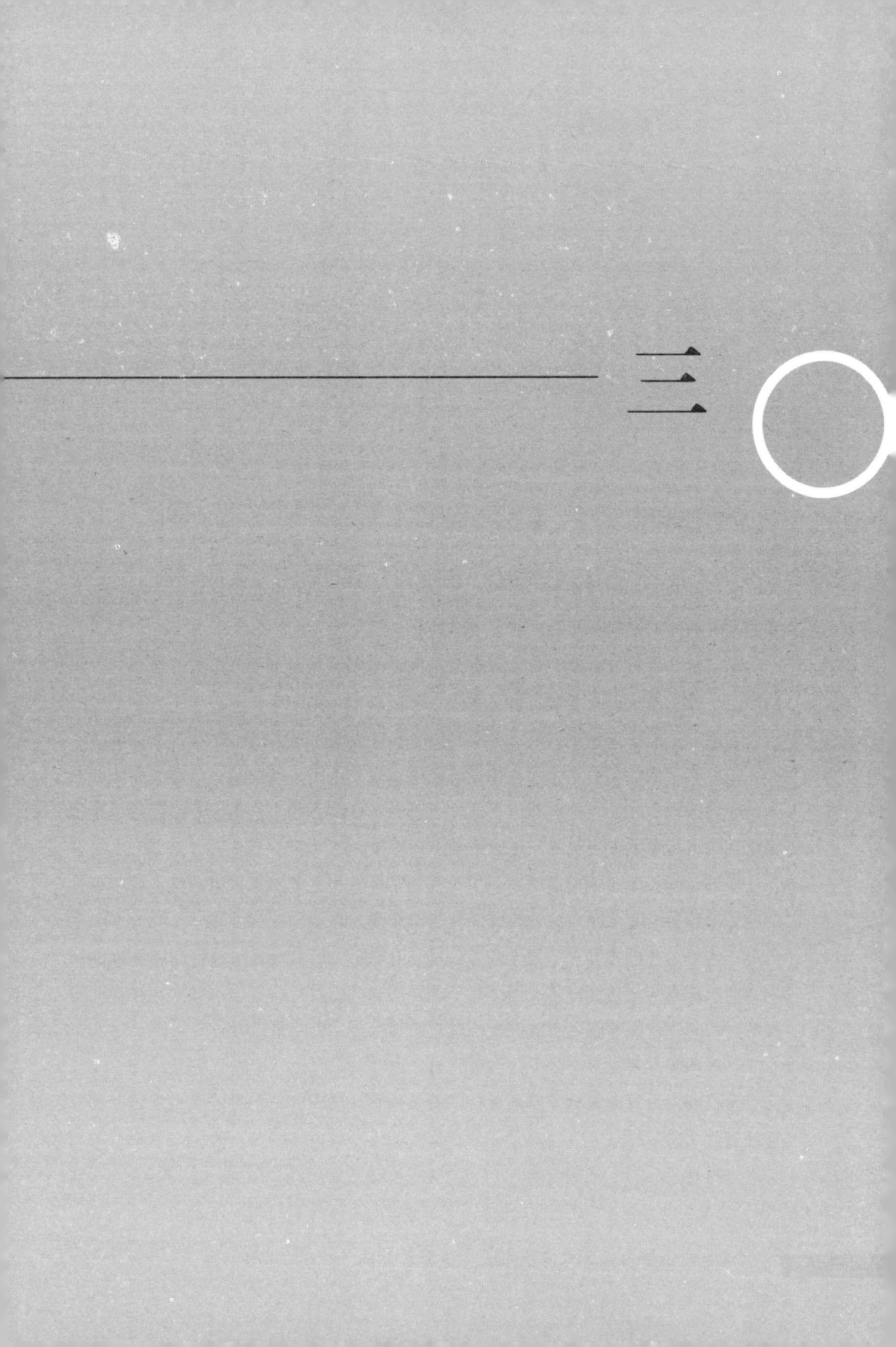

罪与赎
——万象惊魂记

派出所就在附近,一个新建的小别院,临街的主楼是一栋五层的楼房,后院里有几排平房。

胡三娃和高宜和被带到一排平房前,然后又走来了几名警察,两两一组将胡三娃和高宜和分别带到不同的讯问室录口供。

胡三娃从未想过有朝一日会被警察讯问,虽然这只是例行公事般的调查,但他依然有一种被当作犯人审问的屈辱感。

当然,这种屈辱感相对黄二愣的突然惨死带给他的悲伤感,是微不足道的。

陌生人在他眼皮底下惨死,他在感情上也会受不了,何况是一个有大恩于他的人死在他的眼皮底下,他竟然一无所知,痛苦、惭愧、自责、迷茫、惶恐的复杂情绪交相压迫、轮番攻击着他,让他完全不知所措。

他被带到一个四壁粉白的屋子里,在胡三娃眼里,此时那种惨白色不亚于死亡的颜色。各自坐定,那个领头的警察对他展开调查。

"您好,我叫辛正刚,警号XXX,他叫陶强,警号XXX,由我们俩负责向您调查俞氏粮食公司总经理黄二愣今晨于公司门口离奇死亡一案,请如实回答我们所提的一切问题,这对破案非常重要,对于您的配合,我们非常感谢!"

"对不起,我要纠正一下,不是死于公司门口,而是公司的广场边上。"

辛正刚不经意地笑笑,肃然道:"既然你不认可,就改一种说法也无妨,其它你还有什么质疑的吗?"

"没有了!"

三

"那好，咱们开始吧，请说一下您的名字！"

"胡三娃！"

"啥？"

"胡三娃！"

"一二三的三，娃娃的娃？"

"是的！"

"这名字倒挺别致！"

"嗯！"

"籍贯？"

"XX（省）XX（县）！"

"什么时候来万象的？"

"今年7月1日！"

"哦，什么时候到俞氏公司上班的？"

"7月16日！"

"详细说说你看到黄二愣死在门…，广场边上的经过吧！"

"不是我看到的，是我们公司的副总高宜和看到的！"

"难道不是你在门口值班吗？"

"是我值班，但我确实没看到！"

"什么意思？你值班你没看到，别人没值班别人先看到？"

"我也不知道怎么回事，在高总看到之前，我的视线还往那个地方查看过，那时确实是没有黄总的！然后高总快进门时突然喊了一声，我跟着他的视线看过去，黄总就躺在那里了！事实就是这样，我要有半点虚言，让我舌头烂掉！"胡三娃苦不堪言地陈述着，知道自己的描述听起来过于离奇，不得不连赌咒发誓这一套也用上了。

原本以为辛正刚会疾言厉色地训斥他胡诌的，不料他却没有发作，而是好像沉入了某段回忆，面上则显出不可思议的神情，这又让胡三娃如坠五里迷雾。

辛正刚沉思片刻，正声道："那就说说你昨晚值班时发生的情况吧，你从几点

罪与赎
——万象惊魂记

开始值班的,中间发生过什么没有?比如什么可疑的人和事?"

"我从昨晚八点开始值班的,八点的时候,广场上很热闹,是附近的居民在这里休闲娱乐,但是到十点以后,大家就都散了,广场上也空无一人了,然后十二点左右的时候,黄总从外边归来,从大门口进去了,再之后广场上就再没出现过任何人,也没有任何异常的声音,直至清早,高副总来公司上班,之后的事你们都知道了!"

"你说黄二愣在夜里十二点左右从外边回来进了公司大门?"辛正刚语带兴奋。

"是的,不过他每天都这样,不是单单昨晚才这样的!"

"每天都这样?他干什么去了?"

"我曾经问过他一次,他说是送女朋友回家,他女朋友住在城里!"

"他那么晚还回公司做什么呢?"

"他就住在公司的办公室里,那里有个套间!"

"他为什么住办公室?"

"这我就不知道了,他曾经戏说是以办公室为家!"

"你了解他女朋友么?"

"他女朋友就是公司的资产所有者,叫俞苹音,大家都称呼她董事长!"

"你见过吗?"

"见过!"

"说完啦?"

胡三娃眨了眨眼,恍然道:"哦,她长得特别漂亮,我长这么大还没见过这么漂亮的女孩!"

辛正刚咧了咧嘴:"他们两个平常关系怎么样?"

胡三娃郑重道:"非常亲密,两人在一起,很幸福,这点毋容置疑,所以一点都不要怀疑这方面的原因!"

"你确定?"

"百分百确定!"

"黄二愣昨晚回来时,情绪怎样?"

"平静得很,没有一点不正常的地方!"

三

"没跟你说什么？"

"没有，就是打了个招呼，每天都这样！"

辛正刚沉吟片刻道：

"据你所知，黄二愣平素在公司跟谁有什么仇怨没有？"

"辛警官，坦白说，我来公司这几个月，就跟我们保安队长秦方泰聊过天，其他人也就黄总礼貌性地说过几回话，还有跟高副总打过照面算是认识，别人我都没交往过，所以你这个问题我没法回答！"

辛正刚若有所思地缓缓点头，片刻后，他目光炯炯地再次盯着胡三娃："还有什么要补充的吗？什么都可以说，也许你觉得不重要，但对案件的侦破却是至关重要的！"

胡三娃脑子里闪电般冒出那条短信，便找出手机给辛正刚看。

辛正刚目光犀利地看过短信后，好奇地问道：

"黄二愣的手机怎么会在你手里？"

胡三娃据实相告。

辛正刚沉吟着点点头，把发信者"黄二愣"的手机号、接信者"黄二愣"的手机号及短信内容，让陶强一一记录下来，并用自己的手机将短信拍了照，然后将手机还给胡三娃，淡淡道："如果你再没有什么补充的了，调查就到此结束吧！"

胡三娃却感到有点怀疑："那，我可以走了？"

"当然，不然你以为会怎样？"

"可是黄总就这么在我眼皮底下惨死，我自己都觉得说不过去，你们就不怀疑我吗？"

辛正刚咧了咧嘴："难道你还特别期待我们怀疑你吗？"

"那倒不是，只是觉得不可思议，感觉自己可能有大麻烦，没想到这么快就没事了。"

"只是今天的调查到此结束，没说你就从此没事了，你理解得没错，你的大麻烦还没开始呢。"

"啊？"胡三娃暗暗咋舌。

罪 与 赎
——万象惊魂记

辛正刚狡黠一笑，掏出一张名片递给胡三娃："这上边有我的电话，还想起什么情况或者又发现什么情况随时联系我，你呢，也把电话留下，有什么事的话可能还会找你，你得随时听候我们传唤。"

胡三娃终于明白，自己卷入了一个无底的漩涡，想脱身已经是不可能的了。

完成剩余手续，在派出所门口告别时，辛正刚突然拍一下胡三娃的肩膀低声道："老弟，看你这个人挺实在，我也不想让你太不安，跟你透露一下吧，你们俞氏公司的前老总俞伟民，也是在你们现任的这个已过世的黄老总的眼皮底下死亡的，连地点都一模一样，当时，黄二愣也跟你一样是个站岗的保安，他描述的情形跟你今天说的也几乎一样，所以，我们倾向于比较相信你的话，你得感谢死者三年前跟你同样的一场经历。"

胡三娃惊得下巴都快掉下来了，张嘴欲言，辛正刚推一下他的肩膀："跟你说这个就已经不合规了，别指望我再跟你说什么，赶紧回去吧，你们公司应该已乱成一团了。"

从派出所出来，胡三娃感到自己有点精神恍惚，一边机械地向前走，一边大脑飞速运转。

三年前，黄二愣经历过跟自己一样的经历？

那么，黄二愣是怎么洗脱嫌疑的呢？

为什么同样的事情还会再发生一次？

他如同梦游一般走回到了公司广场上，此时，广场上已经恢复了往常的样子，那里已是空空荡荡，黄总的尸体已然不在了，人群也都散去了，原本冷清的广场罩上了一层肃杀的气息。

他此时都不知道自己还该不该回公司，因为他是黄总招来的人，现在黄总已经不在了，他是不是也应该识趣地卷起包裹跟着走人呢？

不知不觉就走到了公司大门口，一扭头惊讶地发现秦叔还在岗亭里值班，不由得停住脚步，呆呆地望着他。

秦叔脸色比刚粉刷过的墙壁还要苍白，他也像个木头人一般枯坐着，呆望着前方，视线似乎还落在黄总刚才置身的地方，可以捕捉到他眼神里那丝难以置信的

三

幽光。

　　看到胡三娃，他枯黄的眼珠转了转，喃喃道："没事吧？"

　　胡三娃摇了摇头，好奇道："秦叔，你怎么还在这站岗呢？"

　　秦叔惨笑了一下："现在是我值班时间啊，为什么不呢？"

　　胡三娃哀叹道："可是公司出这么大变故了啊！"

　　秦叔惨淡的面容上竟神乎其神地浮上一丝坚毅之色："你知道一个公司的生命力来自什么地方吗？它不是来自雄厚的资本、繁荣的市场、坚定的口碑，而是：当灾难降临的时候，除非被摧毁了最后一丝生命，否则，它就要按照自己的意志存活下去，这就是一个公司的全部生命力之所在！"

　　胡三娃难以置信："秦叔，你，作为一个保安，竟有如此的认识？"

　　秦叔苦涩地笑笑："这是黄总说的！我不过是记住了而已！"

　　胡三娃略一愣："黄总真是个奇人啊，可惜就这么离开我们了！"

　　"不，黄总还没有离开我们！"

　　"啊？"

　　"我不相信他已经离开我们！"

　　"秦叔，你还是回去休息吧，我来替你值班好了！"

　　秦叔缓缓摇头，突然一直盯着胡三娃。

　　胡三娃有点发愣："秦叔，你有什么事吗？"

　　秦叔面现郑重之色："小胡，虽然我是相信你的，但我希望你还是亲口跟我说一下，今天早上，在高副总之前，你确实没有看到黄总？"

　　胡三娃正色道："天地良心，没有看到！"

　　秦叔庄重点头道："好，那我再问你一句，黄总待你不薄吧？"

　　胡三娃重重点头道："说恩重如山也不为过！"

　　秦叔叫了一声好："小胡，那我希望你能解开黄总的死亡之谜，让他能在黄泉路上走得安心！"

　　胡三娃讶异道："难道警察不会解开黄总的死亡之谜吗？"

　　"小胡，你上次不是问我咱们公司几年前发生的一次大变故，我却没说，你现

罪与赎
——万象惊魂记

在想听听吗？"

胡三娃精神一振："我非常乐意听！"

"好，事情到了这个份上，我也无所顾忌了，就一五一十都告诉你吧！"

接下来，秦叔悠缓低沉的语气如同魔幻的时空机一般，载着胡三娃来到了三年前的时空。

三年多前，俞氏公司在万象市东部非常了得，不是红透半边天，而是覆盖整片天，整个万东区所有大型超市、大型粮油批发市场、大的粮油贸易公司都被他们的产品占领了，万东区其他粮油企业只能捡一些俞氏公司看不上的市场，然而盛极必衰、物极必反，繁荣和衰败就在一步之隔。

2010年3月18日，社会各界红红火火热热闹闹过完消费者权益保护日的第三天，爆发了万东区史上最惨烈的食品中毒事件，数百人出现食物中毒症状，卫生监督所的调查几乎不费吹灰之力就找到了罪魁祸首，出现食品中毒症状的人无一例外都食用了俞氏公司的强龙牌食用油做的饭菜，经过卫监所和质监局的抽样检测，鉴定为用地沟油勾兑过的食用油，有害细菌数量及有害毒素含量严重超标，由于俞氏公司的产品覆盖范围太广，所以造成了大面积的食物中毒事件，甚至波及整个万象市。

消息传出，舆论哗然、轰动一时，俞氏公司的产品不管是不是食用油全部都被超市下架，从各大公司撤出，一时间人们谈俞氏色变，在他们眼里，俞氏公司摇身一变成为毒王的化身，每天成百上千的人跑到公司来要求赔偿，公司也无力分辨是真的中毒还是来闹事的，只要来人闹就给一笔钱，只希望尽快平息事态。

更可怕的是，中毒致死者开始陆续出现。随着事态的升级，整整折腾了三个多月事情才逐渐平缓下来，最后共有两百多人确认出现了程度不等的食物中毒症状，五人死亡。公司赔偿了很大一笔钱才算了结。

最终事件也调查出了结果，公司原副总王天武妄自违反公司规定从非法游商手里以低廉价格购进成品油，实际上就是地沟油，与公司自制的食用油进行勾兑后制成成品，用合格产品逃过质监局的出厂抽检，买通工商局分管抽检工作的副局长，逃过了市场监管。王天武声称自己并不知道购买的就是地沟油，以为只是质量稍微差一点的便宜油，但他们交易的场所就是荒郊野外明显就是个地沟油作坊的地方。

三

最后王天武和那个收受巨额贿赂的副局长都被判了无期徒刑,那个非法地沟油贩卖商被发了通缉令,但根本抓不到人,至今还在逃。公司老总俞伟民也因对公司监管不严、对属下工作失察而被判了一年有期徒刑、缓期两年执行。其他一些相关政府职能部门也有不少人受到牵连,受到不同程度的处罚。

公司为此元气大伤,几乎倾家荡产,名声扫地。不仅产品滞销,还有传言说王天武不过是个替罪羊,罪魁祸首其实是俞总及其在政府的某位大靠山。这样,俞总本人的声誉也完了。

不过好在俞总非常有韧性,为了公司能够起死回生忍辱负重,在媒体上进行深刻的反省,并适时推广新的产品理念,也靠着之前的一些关系推动了几乎僵死了的原有客户关系。随着时间的推移,公司也恢复了一点点生命力了。然而就在这个时候,公司又经历了灭顶之灾。

和黄总的遭遇一样,俞总也是突然惨死在这个广场上,而当时的黄总,也就站在胡三娃守着的保安亭里。

后来的程序跟今天差不多,就是高副总叫120、110,120来了宣布俞总已死,警察介入调查,也对俞总进行了尸检,结论是俞总死于窒息及多器官衰竭。由于俞总身上没有任何伤痕和指纹,尸体上没有任何搏斗的痕迹,现场也没有他人的脚印,经过调查走访也没找到俞总最近和谁结仇的信息,警察一开始把黄总当嫌疑犯,但一方面俞总身上确实没有他杀的证据,另一方面,黄总也深受俞总的恩惠,不具备杀人的动机。最后警察也没什么头绪,宣布俞总是精神压力过大加上日夜操劳引发突发疾病而身亡。

这当然说不过去,俞总是个韧性十足的人,最艰难的时刻都挺过去了,现在公司有起色了之后怎么又挺不过去了呢?但是现实就是冰冷而残酷的,俞总一死,刚刚建立起来的客户关系全部崩塌,退货、毁约的声音此起彼伏,公司的员工知道公司气数已尽,也纷纷辞职,有的连辞职都省了,直接走人,不到一个星期功夫,公司只剩下不到100个对公司忠心耿耿的人不忍心就这么离去。

故事就是这样。胡三娃听秦叔讲完一时间不知道说什么好,感觉自己得好好消化消化。

罪与赎
——万象惊魂记

秦叔看胡三娃不说话,就接着说:"当时黄总还在我手下做保安,我对他说过刚才问你的那些话,让他一定要解开俞总的死亡之谜,他当时像你刚才一样——对了,你还没有答应我呢——总之,他坚定地答应我了,而且这些年他一直在履行自己的承诺,所以,黄总这次出事,一定跟俞总当年的事情有关!而假设真地是这样的话,那么当年那股害死俞总的力量可以使警察那么草率地做出俞总死于突发疾病的结论,也自然有办法让警察如今继续造孽。这就是请你调查黄总死亡之谜的原因!你现在明白了吧!"

胡三娃静静地听完,内心波涛汹涌,血液奔腾,皮肤上的每个毛孔都快裂开大口了。

秦叔的结束语像个平静的炸弹扔进他的耳朵,他感觉到一种无声的爆炸般的力量在撬动他的心胸。

他强作镇定:"秦叔您的意思,俞总是被某股黑暗中的潜在势力害死的,而黄总的调查可能已经触动了他们,所以也被他们除掉了!"

秦叔好像突然意识到什么,说:"如果真是这样的,那黄总的死,我也有责任。如果我不让他去调查,那黄总也许就……如今我让你去调查,这不把你也推向危险了么……"

"不,秦叔您放心,如果那帮杂碎接连害死了俞总和黄总,我要是不管那我还是人吗!"

秦叔含泪看着胡三娃,说:"黄总当年也差不多是这么跟我表态的,你们都是好样的,都是我秦方泰最好的孩子!"

"秦叔,现在可能又回到了当初俞总死时的情形,黄总一死,会不会也树倒猢狲散呢?"

秦叔毫不犹豫摇头:"绝对不会,当年经得起考验的人,现在也一样经得起考验,而且他们接受过黄总的恩惠后,会对公司更加忠诚!因为自从公司经历那次生死变故后,再没招聘新人,公司这几年,就依靠这些老员工又发展起来的。这些年,黄总对大伙也特别好,现在黄总的离奇死亡只会激发他们更大的斗志,使他们变得更加团结!那种分崩离析的局面不可能再出现了!"

三

胡三娃心中大为感动，由此突然想到一个问题："黄总是怎么当上总经理的呢？"

秦叔长叹了口气，说："俞小姐本来和本区区长大人家的第一公子相恋，那公子哥儿确实不同凡响，仪表堂堂、谈吐不凡，据说还是喝过洋墨水的。后来俞总出事了，俩人也就吹了。俞小姐从小被宠着，父亲死得不明不白，对象也吹了，一时想不开就寻了短见，幸亏抢救及时。后来黄总调查她父亲死亡之谜的事赢得了她的信任和依赖，她逐渐喜欢上了黄总，并让黄总当了她生意上的帮手，黄总没有让她失望，几年的功夫，让公司重新焕发出了生机，虽然离当年的辉煌还差得远，但是能有现在的发展已经相当不错了！"

胡三娃听完，不由得大为担心起俞萍音来："俞小姐知道这事了么？她现在情况怎么样？"

秦叔面色忧郁地点点头："刚才警察要求通知家属，怕俞小姐会出事，财务科谷科长领着一名女警察直接上她家里去了，还一直没过来，应该是直接上公安局去了吧！"

胡三娃沉沉叹了口气，陷入了难以言喻的沉郁心境。

秦叔语气中虽仍难掩悲声，但已平静了许多："小胡你去好好休息吧，也不用来接我班了，以后你就多花心思在黄总这件事上就是了！"

胡三娃连忙摇头："那哪行，你一个人怎么顶得住？"

秦叔朗然道："放心吧，虽然我年纪大了，这点活儿有啥顶不住的！"

胡三娃苦笑道："你总不能一天二十四小时，一年365天都钉在这儿不动了吧！"

秦叔满目清肃道："我倒希望这样，我要看看这个广场上到底有啥名堂，怎么能连番出这样的怪事！"

胡三娃怔了怔，一脸苦笑。

秦方泰还要再说什么，胡三娃摆了摆手："秦叔我先去休息会儿，一会儿再过来接替你！"

胡三娃转身走入公司大门，步履不经意间已显沉重。

公司大厦的楼道里静悄悄的，沉浸在一种难以名状的低沉气息里。但公司后院的各个车间，依然机器轰鸣，虽然气氛较平时更加沉重，但仍旧透着顽强的生命力。

罪与赎
——万象惊魂记

　　胡三娃冲了个澡回到宿舍，翻来覆去地折腾了好久，才勉强睡了过去。经过无比漫长的噩梦，晚上准时醒来，吃过饭，去接了秦叔的班。

　　广场上清清冷冷，虽然音乐和喷泉一如既往，但也只是稀稀疏疏地走着一些人，显然因为死人事件，无关紧要的人们反而受到了更大的惊吓。那些寥寥落落的人们大概还未闻知广场上的凶讯，可能正在纳闷今儿个广场上怎么没人了！

　　胡三娃放弃了对广场那种大而无当的地毯式巡查，凝望着前方那片幽暗而朦胧的案发地，这里显然是疑点最多的地方。

　　他想起了120医生冷冰冰的话"早干嘛去了，尸体都凉透了，起码死了两三个小时了"，这意味着高副总看到黄总第一眼的时候，那已经是一具在地上至少躺了两个小时的尸体。

　　而他那时又明明在片刻之前还用视线逡巡过那个地方，那里显然是啥都没有的。

　　那么只有一种可能，尸体是在他的视线从那个地方移开到高副总发现尸体的那一刹那之间的某个时刻点以闪电般的速度来到那里的。

　　这样的话，事情就变得玄幻了，一具已经死亡三个小时的尸体是不会自己走到那里的，那一定是凶手将尸体放到了那里。于是就产生了很玄幻的两处疑团：第一，什么人能在顷刻之间将一具尸体放在那里，却让人察觉不到；第二，他既然杀人目的已经达到，又何苦非把尸体移到广场上来？

　　最可怕的是，这种事情三年前已经发生过一次，他为什么要如法炮制地非得再来制造一个一模一样的凶杀现场？

　　胡三娃思绪至此中断，进行不下去了。凭空想下去是不行的，现在他只有安静地等待警方做出的结论了。

　　随后几天平静的等待中，胡三娃感觉到了层层暗流涌动，就像是风暴来临前的宁静。

　　在这几天中，他见了俞萍音一次。

　　大概九点时分，她从公司大门口走了出来。她要走过岗亭时，似乎想起什么，问胡三娃："胡大哥，我想跟你求证一件事！"

　　胡三娃忙不迭点头："好，董事长请讲！"

三

"请问你那天清早值班时确实没有看到黄总怎么死的吗?"

"是的,详细的我想你都了解了,在高副总看到之前,我确实没有看到,但在此之前我真的查看过那里,什么都没有!"

俞萍音点点头:"好的,我知道了,谢谢您!"

然后,她再没多话,转过身去,低着头缓缓行去。

就在这样艰难的等待中,终于等来了警方的调查结论。

调查结论还是通过秦叔传达给他的,如果没有秦叔,他几乎感觉不到自己和这个公司有任何瓜葛,他每次去接替秦方泰的岗位时是最踏实的时候,只有这时他才能感觉到自己的存在感。

这天接班时,秦方泰脸色阴沉如铁,连带着空气也变得凝重如冰,胡三娃大致知道怎么回事了,他心里开始紧缩。

果然,静静对视片刻后,秦方泰愤愤地说:"你知道他们居然得出啥结论了吗,我本以为他们会和上次一样用突发疾病糊弄过去,我真是太缺乏想象力了!简直王八蛋!"

胡三娃不安地瞅了秦方泰一眼,急切问道:"怎么说的?"

秦方泰义愤填膺地说:"他们说黄总是自杀的!"

"啊?!"胡三娃再怎么有思想准备也还是将自己的神经震荡了一下。

秦方泰唯有不停地摇着头,郁闷而又无奈地苦笑,半响,他又喃喃自语道:"我一直以为人类的无耻是有底线的,但是这次,我不得不佩服某些人承受无耻的超强天赋!"

胡三娃兀自沉思了一会,凝眉道:"他们有什么依据?"

秦方泰悲愤地耸耸肩膀:"还需要什么依据呢?想让你怎么死就怎么死,据说是经过调查走访,说黄总有抑郁症,那不是扯淡吗!但他们居然还找出科学道理来了,说是俞总去世给黄总心底深处造成了严重惊吓,虽然这些年表面上未曾表现,但日积月累地就成了抑郁症了,有抑郁症的人是容易有自杀倾向的。黄总的尸检结果和当年对俞总的尸检结果几乎完全一样,都是窒息和多器官功能衰竭导致的死亡,而他们反过来拿这样的尸检结果作为黄总系抑郁自杀致死的佐证,黄总因为抑郁成

罪与赎
——万象惊魂记

疾，时时在脑海中浮现当年俞总的死亡情状，并受到这种心理暗示的影响，自杀时也倾向于采用这样的死亡图景来结束自己的生命，于是处心积虑、想方设法地给自己制造了这样一场自杀景象，最终得以解脱自己的痛苦！这鬼话有人信吗？"

胡三娃听着这些荒诞不经的叙述，自然也和秦方泰一样愤怒，但也只能自我解嘲："按照他们的理论，我大概过个三五年，也要在这广场上处心积虑给自己制造一场自杀场景以此告慰我那已抑郁了的心灵，从而得大解脱大自在！"

秦方泰愣了愣，也被气乐了。

两人对望无语，沉默了好一会儿，秦方泰突然说："不管他们了，小胡，你答应过我的话还做数吧！"

胡三娃坚定地点头："当然！"

秦方泰合掌一击："好，从现在开始你不用来值班了，全心全意去弄这件事吧！需要我秦方泰做什么，我肝脑涂地，我也算是公司的元老级人物了，各方面都还卖我个面子，所以你可以得到公司的全力支持！"

胡三娃想了想："我还需要跟警方最后沟通一次，一方面是了解他们的态度，另外也可以了解一些情况。不知道秦叔你能不能帮上这个忙，派出所那个辛警官我感觉人还不错，秦叔你在这里做保安队长多年，是不是跟他相熟？"

秦方泰点点头："没错，跟他有些交情，我跟他打个招呼吧，不过现在有点晚了，应该下班回家了，明天行不？"

"可以！"

秦方泰立刻拿出手机给辛正刚打了个电话，简单寒暄几句后，直截了当说明了意图，辛正刚在那边犹豫了片刻，最终还是答应了，约定明天中午午休时分在派出所大门斜对面的一个茶坊见面。

因为明天要和辛正刚正面交锋，需要养精蓄锐，积聚气势，所以胡三娃没再执意坚持晚上值班，只是有点心疼地望着秦方泰，秦方泰安慰说他会找人中途过来替他，他才算是心里稍微踏实一点地回到宿舍安睡去了。

由于是几个月以来的第一次夜里睡觉，他还有点不适应，翻来覆去好久才睡着。

第二天，胡三娃在约好的地方等了很久，直到临近午休结束，辛正刚才风风火

三

火地赶到，一把握住他的手，连声道歉："抱歉抱歉！临时有点急事！"

胡三娃把他恭恭敬敬让进小包间，请他随意点单。

辛正刚一屁股坐在沙发椅上，也不客气，接过菜单点了茶点茶饭和茶品，待服务员走后，一把靠在椅背上，伸了个无比惬意的懒腰："还真是有点饿了，做警察就是这样，饱一餐饥一餐的，吃饭没个准点，真羡慕你们做保安的，作息时间精准得可以掐秒表！"

胡三娃苦笑一下，顺势进入主题："要是真有个秒表掐就好了，这样我就能精确地计算出我们公司的黄总是在我没留意到的哪一秒钟悄然来到广场上自杀的！"

辛正刚略一愣，打着哈哈笑道："小胡兄，看你话里又是针头又是刺的，是不是对我们的结论有情绪啊？"

胡三娃不自觉就义愤上涌，慨然道："老实说，我不是有情绪，而是怒不可遏！"

辛正刚并不恼，只是皱了皱眉："哦，我倒是想弄明白，它在哪方面激起了你这么强烈的情感？"

胡三娃冷冷一笑："我不知道你们懂不懂得一个道理，在死人身上插刀子比在活人身上插刀子还要罪恶一万倍！"

辛正刚眉毛不自觉一扬，板着面孔道："好吧，那你说说，我们的刀子长什么样？插在死人什么地方了？我希望你的话能够平息我现在心中所起的波澜！"

"你们对一个已故之人的诋毁远比一把嗜血的钢刀狠毒，你们这把狠毒的钢刀一刀子砍断了死者亡魂前进的道路，使他永世不得安息！"

辛正刚面现异色，暗暗吸了一口凉气："小胡兄，话不能张口就来，尤其一些分量很重的话，讲出来是要负责任的！"

胡三娃冷哼一声："你们不为死者负责，我还得为死者负责呢！"

辛正刚叹口气说："好吧，我不跟你做无谓的辩论了，你今天找我不会就是为了向我泄愤吧？"

胡三娃稍微冷静了一些，说："对不起，这事确实跟你没啥关系，我有点失态了，请原谅！"

辛正刚微一耸肩："没关系，可以理解，不过说实话，老弟，你别介意啊，我

罪与赎
——万象惊魂记

是出自真心,在这个黄二愣事件中,你没受什么影响吧?"

胡三娃愣了愣,说:"我能受什么影响?哦,我知道了,你们认为我也受到了惊吓,也要忧郁成疾,正在一步步重蹈黄总的覆辙!是这个意思吧?"

"你看你看,你怎么就是一只敏感的小刺猬一般,随便一句话,就变成一个刺球!"

胡三娃郁郁一笑:"不好意思,我可能确实还没从黄总的死亡中完全走出来,可能真如你们所言,心底里自觉不自觉地还是受到了一些惊吓吧!"

辛正刚微一摇头,一脸郑重道:"小胡兄,不管你认不认同我的话,还是听我一言,尽早离开俞氏公司吧,黄二愣可能就是发生当年的事情后,没有选择离开,才导致了今日的横祸!"

胡三娃紧问道:"您这么说,是不是在说黄总是被人害的?"

辛正刚连忙摇头:"你可别瞎解释,我是说黄二愣本来已经受了惊吓,在心理上产生了阴影,如果及早脱离这个导致他这一不幸的环境,或许心理的创伤会逐渐痊愈,也不会走上今日的道路,结果他一意孤行,偏要在黑不见底的深渊旁战战兢兢,那真是谁也救不了他了!"

胡三娃有点愠怒了:"你看,你始终就认为黄总因为那次事件得了心理疾病,但我可以明确地告诉你,这件事可能确实会对视觉上造成很大冲击,但对心理上的刺激真地是微乎其微的,绝不至于到产生心理疾病的程度!到精神病就更不可能!就像我现在虽然心情很低落,但依然可以情绪饱满、字正腔圆地和你谈话,这是一个有心理疾病的患者能够做到的么?"

辛正刚淡定至极:"我有说黄二愣在俞伟民死后的那几天就表现不正常了么?还有,你自己有没有对比过,你今天如此言辞激烈、情绪激昂地谈话,跟你以往一贯的风格是否有所不同呢?"

胡三娃张了张口,一胸腔的话卡在嗓子眼,噎得直翻白眼。

这时,服务员将他们点的菜品陆续端上桌来,辛正刚赶紧招呼胡三娃:"来来来,赶紧吃饭,消消闷气,清清胃火!"

说完,摆出一副无比豪迈的样子,伏案大嚼。

三

　　胡三娃镇定了一下情绪，犹自苦笑了一下，低下头，象征性地将一些点心胡乱扔进嘴里。

　　辛正刚吃饱喝足，拿起纸巾快意地抹抹嘴巴，对胡三娃笑道："老弟，看在你这顿美味佳肴的面子上，也是看在不能眼看着一个郁郁寡欢的小伙子就此沉沦下去的份上，我就告诉你一件事吧，免得你老觉得我们就是无中生有、胡作非为的恶魔！"

　　胡三娃骤然抬头，急切地望着辛正刚。

　　辛正刚自得一笑道："实话告诉你吧，我们在黄二愣的办公室里找出了一本病历本，里边有他看过心理门诊的记录，内容大概就是他有神经衰弱和抑郁的表现，我们咨询过大夫，说这些虽然不能构成抑郁症的诊断，但已经可以诊断为抑郁状态了！"

　　胡三娃好一阵愣怔后，断然摇头："仅仅这些是不足为据的，一方面抑郁状态只是一种轻微的抑郁表现，甚至可以说我们每个受到过情感和心灵创伤的人都会多多少少表现出这么一种状态，而这样轻微的症状是绝不会导致自杀的，另一方面，黄总作为一个公司老总，那么多人的前途寄托在他身上，公务繁忙，压力缠身，产生一些情绪反应在所难免，因此去进行一下心理咨询也在情理之中，就凭这些怎能做出你们那样惊人的结论！"

　　"他那条看心理门诊的病历记录是很久以前的事了，并非最近的时间，所以不能说明他最近的精神状态还是这么轻微！"

　　胡三娃如同一条被松开七寸的蛇一般立刻昂起脖子："你看，我就说嘛，坎坷人生之中，谁没有过心灵困扰的时候，一次简单的寻求心灵帮助的记录，竟被你们发挥得如此深远，你们看黄总现在事业有成、爱情美满，正是人生最幸福的时光，说他抑郁那不是无稽之谈嘛！"

　　辛正刚摇头苦笑道："谁都爱把事情朝着自己理想的方向去解释，我们还认为他本已有心理疾病的萌芽，后来又不接着去寻求治疗，结果雪上加霜，日益严重，最终导致不能自拔只能自杀的境地！"

　　胡三娃深感无奈地望着辛正刚："好吧，就算你赢了，黄总确实抑郁了，而且确实抑郁得不自杀不行了，那他找个山清水秀人杰地灵的地方美美地自杀好不好，

罪与赎
——万象惊魂记

非要跑到广场上死成那样一副惨状？你不觉得可笑吗？"

辛正刚也是一脸正色："一点都不可笑，这正是他心中的梦魇作怪所致，他的抑郁症状来源于广场惨景，这便成了他心中颠扑不破、挥之不去的梦魇，最终他完全被这个梦魇所控制，从而不惜牺牲自己的身体来让这个梦魇复生！"

胡三娃哭笑不得："你刚才说得没错，谁都爱把事情朝着自己理想的方向去解释，你们为了把这件事情说圆乎了，连这样的奇思妙想都能应运而生！"

"你非要这么理解，我也没法说服你！"

"好吧，就算这些奇思妙想多多少少还是基于联想，有那么一丁点的思想基础，但有件事情，你想牵强附会都做不到了，那就是，为什么惨景在我们眼皮底下发生，黄总和我都没有看到，就算俞伟民是突发疾病而死，黄总是抑郁自杀而死，他们死的过程总不会在几秒钟之内完成吧，但凡有5秒的功夫，他们就逃不过我们的眼睛！这你们又要怎么解释呢？"

辛正刚眉梢掠过一丝异色，嗫嚅道："这个嘛！呵呵，这个其实也不太难解释！"

胡三娃目光炯炯地逼视着他："如何？"

辛正刚如有神助地昂起头："这个其实很好解释，你们俞氏公司的做事风格历来另类，比如上班制度吧，一个班次12小时，这对于别的工种可能还好说，可是对于你们在大门口站岗放哨的保安，那就是一种对眼力和耐心的极大考验。试想一下，要用眼睛对一大片区域连续巡视12个小时，就是神仙也难免有犯困打盹的时候，更何况肉眼凡胎。要是经过长年累月的磨练，已经打磨出一双火眼金睛和一颗打不碎揉不烂的耐心也还好解释，而事故发生时，恰恰黄二愣和你都是保安战线上的新兵，短短几个月的磨练还没有让眼睛变得坚忍起来呢，事情就发生了，试想一下，当你们的眼睛处于疲倦不堪状态中时，浓浓黑夜中出现一个模模糊糊的身影，你们没看到也就不足为奇了！而一旦白天来临，你们的眼睛在日光的帮助下逐渐恢复正常视力，于是造成了一瞬间看到惨烈景象的恐怖印象，这又有什么说不过去的呢？"

这番近乎天方夜谭般的阐述象一朵飘忽不定的云彩在胡三娃的耳朵里胡冲乱撞，连带着他的心脏一阵揪急的苦楚，他深感无奈，苦笑道："辛警官，我可以明确地告诉你，我的眼睛不会发昏，别说晨曦清亮的早晨了，就是晚上，那广场上也

三

并非象你所说的浓黑一片，虽然光线是有点黯淡，但尚不至于影响视觉，而且，有很强烈的职业责任感支配着我，我敢拍胸脯说我没有辜负那每个月数千元的工资！"

辛正刚无奈耸肩："不这样解释就没办法解释了，你非要钻牛角尖，那就没着了！"

胡三娃正色道："没办法解释不等于要胡乱进行解释！"

辛正刚坦然自若："如果没有解释就不能结案，不能结案，你想让这么一件无厘头的案子把我们拖入泥沼啊？"

胡三娃愤然道："难道你们就为了结案而结案吗？难道你们警方不可以先存疑不论，再去寻找更多的破案线索，然后逐渐揭开真相，这难道不应该是你们的职责所在吗？"

辛正刚苦叹一声："老弟，别犯傻了，这样一桩没有任何证据没有任何线索可循的无厘头案子，你非得让我们自己给自己设个套往里头钻，永远也钻不出来吗？"

顿了顿，又道："就算黄二愣是被人杀害的，抓不到凶手，黄二愣也怪不得别人，谁让他没给广场安装一个摄像头呢！这是他自己给凶手留下的宽松的杀人环境啊！有怨气到底下慢慢消化吧！"

胡三娃气恼道："死者为大，你怎么可以这么不尊重他呢？"

辛正刚装出一副告饶的样子道："好啦好啦，我收回我的话，但我收不回我们已经做出的结论，除非你有百分百的证据能够推翻它，可惜你现在有的只是满腹的义愤和一腔感恩的热血，这些东西听上去令人激情澎湃，但实际上苍白无力得令人怜悯。好啦，如果你再无什么可说的，我可得回去啦！"

说着他根本不等胡三娃回答，就已经召唤服务员买单。

胡三娃暂时顾不得心头愤懑，连忙要起身掏钱，却被辛正刚牢牢按在沙发上，他悠悠笑道："我刚才已经把你气得够呛的，要还不识好歹，再让你掏钱买单，你还不得在心里把我吃了，为了我自身的生命着想，这个单是绝对不能让你买的了！"

他说到做到，手中牢牢用力，愣是不让胡三娃起身，抢着把钱付了。

然后他微微一笑，松开手，拍拍胡三娃的肩膀道："老弟，你的脾气是挺倔的，但是你的力气似乎还不够啊，至少抗衡不过我的力量！"

罪与赎
——万象惊魂记

一摆手，转身向大门走去。

胡三娃听他话中有话，心中憋闷，连忙一振身形跟上去，反唇相讥道："一颗是非分明的心是能够源源不断产生力量的，我现在就感觉这种力量正在心底蒸腾，我会在它的指引和推动下坚定走下去的！"

两人一前一后走到大门口，快要分道扬镳时，辛正刚突然转过身来，以一种不无玩味的语气道："小胡兄，实不相瞒，当年的黄二愣也在事后跟我进行过如此一番针锋相对的交谈，也象你今天这样表现得勇敢而坚定，也在最后临别时有过跟你刚才几乎一样的表态！"

胡三娃惊诧地望着辛正刚，说不出话来。

辛正刚淡淡一笑："不过你千万不要理解为我是在鼓舞你，告诉你在你前进的路上有一个志同道合的战友，我只是想告诫你，既然你们之前都有着同样的过程，那结果呢？"

胡三娃心中悚然一跳："你是说，我如果象当年的黄总那样执着地查下去，也会象他今日一样惨死在广场上，而岗亭里站岗的或许会变成另外一名倒霉的保安？"

辛正刚洒然一笑："哈，我可没这么说！"

他转身待走，似乎又想起什么，回头道："坦白说，虽然我不太认同你可能即将进行的工作，但不管当年的黄二愣还是今天的你，你们所表现出来的正义和勇气我还是比较欣赏的，不过我是帮不了你什么了，警方对此案已经定案，作为一名小警察我只能对它表示服从，但我还是可以给你一个建议，如果你真地想把这些谜团搞清楚，你可以去找一个人，回头我把他的联系方式短信发给你，对于你们这种未受过刑侦训练的人，他可以提供很好的帮助，但我也必须得告诉你，我当年可也把他推荐给了黄二愣，后来发生了什么，我就不知道了。"

这下，他干脆利落走了。

胡三娃望着辛正刚的身影直至隐没在派出所的大门口，好一会儿才缓过神儿来，步履沉重地往公司走去。

四〇

罪 与 赎
——万象惊魂记

　　胡三娃快走到岗亭了，才强打精神，正想着要去向秦方泰汇报一下见辛正刚的情况，一抬眼却见秦方泰一脸惊慌地向他招手。

　　胡三娃心里不自觉颤动了一下，紧走几步，忐忑道："秦叔，咋啦？"

　　秦方泰喉头抽搐了好几下，才把这句因为急于出来反而紧张得卡在嗓子眼的话说出来：

　　"你，你快去医院看看，俞小姐又自杀了！发现及时送医院抢救了，不过不知道现在什么情况！"

　　"啊！"胡三娃惊得浑身内脏移位、血液倒流。

　　"哪个医院？"

　　"区人民医院！"

　　最后一个字话音未落，胡三娃便撒腿奔向马路，招手打了一辆出租车，汽车一路贴着超速线驶向医院。

　　胡三娃跑遍了急诊大楼，循着急诊分诊台一路问到抢救室和留观室，最后才得知俞萍音经抢救后已经被转入了急诊病房。终于，在廊道的尽头的小单间病室，胡三娃找到了俞萍音。病床边上还坐着一个女警察，她上身端直地坐在椅子上，面目沉肃，一言不发。

　　令胡三娃倍感惊讶的是，寻了短见的俞萍音现在并不是一张绝望而惨白的脸，那张脸平静得像一潭秋水，甚至看不到一丝涟漪。这张脸上呈现出的是更加可怕的淡漠，她已经将内心彻底封闭，与世隔绝。

四

胡三娃见俞萍音暂时没事了，悬在嗓子眼的心算是放下了一半。他暗叹一口气，把头转向旁边的女警察。女警察也在直盯盯看着他，带着一丝好奇。

胡三娃见这个女警有着几分熟悉，似乎在哪里见过，愣了一下，友好地说："警官您好，我是病人公司的员工！过来看看她！"

女警察点点头："我知道你是谁，那天出警时我也去了。"

胡三娃不好意思地笑了一下："我当时都懵了，啥都注意不到了！"

女警察微微摇了摇头，说："我能理解，谁碰到这种事都得慌了神，不过希望你能尽早恢复，不要让它影响你太久太深！"

胡三娃不愿在此问题上再多费口舌，直入主题问道："我们董事长现在情况怎样？没有生命危险了吧？"

女警察摇了摇头，无奈地说："生命危险暂时是没有了，我们把病室里所有带刃口带尖刺的东西也都全部清理掉了，她一时半会儿还找不到替代品。"

胡三娃心中一沉，问道："她还想寻死吗？"

女警察轻叹一声："是的，她在家里割腕自杀，被送到医院抢救过来后，又趁人不注意，找出一把小刀，把原来腕上的伤口再次割开了，这种自杀被救过来后再自杀的，做了这么多年警察，我还是第一次碰到！"

胡三娃这才注意到俞萍音的手腕，包着厚厚一层棉纱，并用绷带牢牢地缠住，按照一般外科常规，伤口上是不应该绑扎得那么严实的，右臂还绑着一根固定带，目的原来为了防止她再次破坏伤口。

胡三娃回想起俞萍音在黄二愣死后那副风平浪静的模样，才明白原来她当时已经有了必死的信念，她只是安静地等着黄二愣的死亡结论而已，这种等待过程对她倒是一种深重的折磨了。

眼前的这个人，当务之急不是挽救她的生命，而是先要激活她对生命的欲望，虽然这已经显得过于奢求了。

胡三娃转而问女警："从她第一次自杀到现在有多长时间了？"

"早上九点钟在她家里发现的，紧急送到医院抢救过来了，快十二点的时候发生了第二次自杀，然后我就被派来守着她了。"她忽然想起了什么，说，"对了，

罪与赎
——万象惊魂记

你是你们那个高副总派来照看她的吧？"

听到"高副总"三个字，胡三娃愣了一下，问道："不是啊，高副总来过了么？"

女警察点了点头说："她没有其他家属了，只好通知公司领导过来，你们高副总交了住院押金，然后说回去找人过来照看她！"

胡三娃茫然点点头，想了想道："警官，您能否出去一下，我单独跟她聊聊。"

女警察略一愣，黛眉微蹙地望了胡三娃一眼，叹道："如果你是想要劝她打消自杀的念头，我看你还是省了这份心吧，我们轮番劝了不下一百次了，但凡有一丁点作用，我们也不至于这么愁眉苦脸！"

胡三娃微微一笑："相信我吧。"

女警察还是警觉地望着胡三娃，有点举棋不定。

胡三娃说道："如果你怕有什么闪失，就在病室门口透过门窗监视着。"

胡三娃诚挚的神情还是打动了女警察，她点点头，稳步走出了病室，将门掩上。

胡三娃也不去关注她是否在门口监视，而是轻轻地走到女警刚才坐的椅子上坐下。他观察俞萍音的视线，因为俞萍音双眼此时只是自然地痴望着一个空白的地方，就像一个冰冻人一般，然而她并不是没有表情，她的表情更是温热的，神态是坦然的，面容是微笑的，姿态是优雅的，只不过那是一种被冰冻了的温热，被塑封了的坦然，被冷凝了的微笑，被硬化了的优雅。

"节哀顺变""化悲痛为力量！""死者长已矣、生者犹可追！""人死不能复生，活着的人尤须珍重！""好好活下去就是对死去亲人最好的告慰！"等等诸如此类的话，大概就是女警察嘴里所说的劝过不下一百次所使用的话语了，这肯定是没用的，得用别的办法。

片刻之后，胡三娃缓缓而坚定地说："董事长，你现在至少还能够看出我是谁吧！"

俞萍音无动于衷。

"我知道你不会回答，也不用你回答，你心里只管明白现在有我这么个人站在你面前就可以了。"

俞萍音一如雕塑。

四

　　胡三娃语声像涓涓溪流一般继续缓缓流出：

　　"你认不认识我不要紧，我要说，我就是那个黄总惨死那天在岗亭值班的保安，黄总就是在我眼皮底下莫名其妙惨死的！"

　　俞萍音形同木头。

　　胡三娃暗叹了口气，继续道："你以为我也是劝你打消自杀念头的，其实你们都想错了，你看刚才我把警官也支走了，我其实是想来告诉你，你自杀是对的，你确实应该自杀！"

　　俞萍音的眼珠微微动了一下，凝固的面容似乎也动了一下。

　　"这没什么不能理解的，对于至死不渝的爱情来说，另一半的猝然离世，留给活着的这一半只有永不消逝的痛苦。要化解这种痛苦，只有一条路，那就是一起离世，到另一个世界再继续爱情！"

　　俞萍音眼角里突然现出了一颗晶莹的泪珠。

　　胡三娃心中酸楚不胜，却只能强抑悲声，平缓地说道："你已经没有其他家人，你的父亲也在三年前以同样的方式死亡，而你的爱人很有可能是在查找你父亲的死亡之谜过程中遭遇不测，总之，你现在已经没有任何在世的亲人需要牵挂，所以你去阴间相会你的爱人，这自然再好不过了。"

　　俞萍音的珠泪已然连成了串。

　　胡三娃此时话锋一转："但是，我却由此也同时意识到一个问题，你们在阴间相会之后，黄总必定会问你，萍音，你这次必然是带着好消息才下来找我的吧，警察破案了吧？是谁害死咱们的父亲和我的？凶手已经被绳之以法了吧？你又怎么回答呢？黄总那么爱你，当然不会发脾气，但是他心里得有多遗憾啊，害他的人还在人间逍遥法外，唯一能指望替他报仇的亲人却不管不顾也下来了，他心里带着这种遗憾，你们在阴间相会难道就会幸福吗？"

　　胡三娃的这番话起到了不小的作用，俞萍音的眼泪就再也刹不住了。

　　"我要说，虽然你自杀的选择是完全正确的，但是自杀的时机选择却大错特错，爱一个人，不仅要热爱他的朋友，还要消灭他的敌人。杀害黄总和你父亲的凶手还在逍遥法外，能为他报仇的只有你了，你要是真爱他，就把凶手揪出来让他付出十

罪与赎
——万象惊魂记

倍的代价。现在的你,连死你都不怕,你难道还怕什么?想死随时都可以,何必急在这一时!你说我的话对不对?"

此时的俞萍音已经泣不成声了。

好一会儿,她强忍住哭泣,聚集起说话的力量。

"你那样说我,是不,不公平的!"

说完这句,她似乎有点接不过气来,停下来一阵激烈喘息,伴随着悲愤难抑的哭腔。

胡三娃忙安抚她:"别着急,慢慢说,要喝点水吗?"

俞萍音点了点头,却把没被固定的左手吃力地抬起来,伸向胡三娃手里的杯子,显然,她也确实渴了。

俞萍音一口气喝完了杯中的水。胡三娃心中欣慰,忙要再去倒一杯,俞萍音摇了摇头,气息幽幽道:"不用了,让我躺平吧!"

喝下一杯水,她气色似乎要好转了很多。胡三娃心中暗喜,扶着她躺好了,又给她披好了被角。

俞萍音安静地躺了一会,双眼望着此前一直空望着的那片空白的地方,不过此时已经不再是那种木然无神了,而是一种深沉的忧伤。俞萍音不说话,胡三娃也不去追问她刚才想要表达什么意思。

沉默了好久,俞萍音终于开了口:

"我怎么可能不负责任地就去地下找你呢?你这么说,真是让我太伤心了。我每天夜里咬着毛巾才能不哭出来,我挺到今天是为什么?那不都是为了等到警察的调查结论出来,等到伤害你的人得到应有的惩罚再下去和你相会吗?警察说你死于自杀,死于抑郁,刚听到这个结论,你知道我有多恨你吗?你让自己痛快,留下我一个人在这世间,你不是口口声声说爱我吗?我们的爱也不能挽救你抑郁的心情吗?你倒是说说看啊?"

胡三娃心中如巨石压顶,连忙说:"董事长,你千万别相信警察的结论,黄总遇害,又被冤枉,如果再被误解,那就太委屈了,一定无法安息的!"

俞萍音并未接茬,只继续说:"所以我思来想去,无论如何也不能相信你是自

四

杀身亡的，但是不相信又能怎么样，警察的结论已经做出来了，不可能因为我的毫无根据的愿望而更改，如果要弄清楚你的死亡真相，就只有依靠自己去继续追查，但我在这个世上已经举目无亲，仅仅靠我这样一个孤苦伶仃的弱女子，我不敢想象要怎么查下去，也根本不敢想象能得到什么结果，更重要的是，我已经没法承受没有你的世界。从那天到现在，再多一天我都熬不下去了，以后那么多昏天黑地的岁月，我拿什么熬过去？我决定立刻下去找你的时候，我发现我的痛苦一下子就消失了，外面的世界好像一下子就在我眼里消失了，我如同已经行走在一条通往你之所在的路上，路上虽然没有鲜花，没有蔓草，没有织锦，没有生命，有的只是干得冒烟的土疙瘩和朽烂的腐叶，还有一个孤零零走在上边的我，我前后左右都是漫天飞卷的死亡的云霞，但我感觉此时却是自己有生以来最幸福的时光，虽然我自己是在从生命之地走向死亡之境，但感觉恰恰相反，对于我而言，没你的地方就是死亡之地，有你的地方就是生命之境，我恰恰是在从死亡走向新生。这是多么幸福的事情，所以我兴奋地走啊走，无比快乐和满足，不为别的，仅仅因为前方有个你！然而，你却如此残忍，我还没触摸到你的气息，你却派来一个使者，在我耳旁一声惊天怒吼，把一个被梦幻和幸福感麻醉了的人一下子惊醒，又一巴掌把我赶回到了残酷的现实中，滞留在那个没有你的死亡之地，你为什么要对我如此绝情，不让我享受见到你的快乐？而要我在这里承受这种没着没落、心无所依的巨大痛苦？这到底是为什么？"

俞萍音说完，把头转向了胡三娃，眼角似乎要射出火来。

胡三娃从俞萍音身上感觉到了前所未有的重压，但他知道自己决不能退缩，这时候，推她一把就把她推进了死亡的深渊，拉她一把，她也就回来了，。

"俞小姐，原谅我不再叫你董事长，因为我觉得咱俩现在就是朋友之间的推心置腹。我想告诉你一个被我们常常忽略的道理，那就是，人的身体比心灵承受能力强得多。人的精神被压垮的时候，身体常常根本就满不在乎。即便是人的肉体受了伤，既不会哭天喊地，也不会寻死觅活，只会自己默默复原。可你呢？你受不了了，不愿意活下去了，就要杀死你的身体，可它受得了啊，它愿意活下去啊。你的身体会象你刚才质问我一样来质问你，你为什么活不下去？我能活下去，为什么你就活

罪与赎
——万象惊魂记

不下去？只在于你一念之间的选择！选择活得下去固然身心和谐，选择活不下去，那请你也不要对你的身体动邪念，你可以熄灭使你妄生恶念的精神之火，但不要碰你老实本分的躯体之舟！"

俞萍音有点惊讶地望着胡三娃，陷入若有所思之境，半晌，她面带困惑道："如果精神之火熄灭了，还留着躯体之舟，不就等于行尸走肉了么？"

胡三娃淡定一笑道："行尸走肉又有何不可？行尸走肉是最好伺候的了，给它一个信念，它无所畏惧，力量无穷！如果你不信，我们来做个实验，黄总死了，我和你都是行尸走肉，我们给这两幅行尸走肉里注入相同的信念，就是一定要把黄总死亡的真相揭示出来，消灭制造这一切的罪人，你看看它会爆发出怎样惊人的力量！"

俞萍音沉默良久，突然眼神变得凌厉了许多："你倒是点醒了我，既然我已经决计去死，那还用担心什么孤身一人斗不过那些恶人，就算死也要死在与他们的斗争中！而不让那些丧尽天良的人活得那么逍遥自在！这也算是我将来下去与二愣哥再次相会的一份见面礼！"

听到俞萍音这么说，胡三娃心里一块石头落了地。他不无愉快地说："而且你现在不是孤掌难鸣了，你要知道你面前的这个人心中的这份信念绝不亚于你！我刚才可是说假设我们都是行尸走肉，我就是那另一具行尸走肉，黄总死在我眼皮底下，这是个千斤重的包袱，我必须弄清楚黄总的死因，否则我活着也是受罪了！"

俞萍音惊奇地打望着胡三娃，如同他这番话不是感动了她而是惊动了她一般，她眼中泌出一种古怪的神采。

胡三娃微感异样，倒也不太在意，镇定自若地回望着她。

俞萍音沉默良久，叹了口气，说："我们不应该连累你，你不必介意，这事与你无关，我想，二愣哥在底下也不会怪你的！"

胡三娃微一耸肩道："我知道，因为黄总也跟我有过一样的体验，他自然是能谅解我的，但现在我的思想和行为都由我自己做主，我一定要查清真相。"

俞萍音一脸感激，但还是摇了摇头，说："二愣哥调查我爸的死因，可能将那些杀害我爸的恶人逼上了绝境，于是他们故伎重施，将他也残忍地杀害了，我抱着

四

必死之心什么都不怕,你跟这个事情没关系,为什么非要牵扯进来?"

胡三娃淡定一笑,合掌轻击道:"好啦,董事长,我心意已决,你也别劝我了。咱们虽然用不着缔结盟约,但今后一段时间也算是志同道合,你可得快快康复过来,我们彼此都需要一个好帮手!"

俞萍音叹了一口气,生命力已然开始在她的眉梢显现,她望着胡三娃,苦笑了一下,说:"我不知道该恨你还是该谢你,我寻死的念头已经不是那么强烈了,这样我跟二愣哥的相会不知道要到什么时候了!"

胡三娃心中酸涩,不动声色道:"只要咱们全力以赴,相信揭开真相的时间不会太久的!"

俞萍音微微点头,默然片刻道:"胡大哥,谢谢您,我没事了,你回去忙吧!"

胡三娃有点迟疑地望着她,终是放不下心来。

俞萍音凄然一笑:"我知道你还不敢完全相信我,这样吧,我把这个东西给你,你就该放心了!"

说着,她输着液的左手往被窝里头一缩,然后,再伸出来时,手掌心竟神奇般地攥着一张纸片,也不知道她先前把纸片藏在了哪里。

她略略有点吃力地将那张纸片递向胡三娃,胡三娃连忙俯身接了过来。

在俞萍音示意的目光下,他好奇地打开纸片:

我,俞萍音,俞氏粮油食品公司前董事长俞伟民先生之女,现任公司继承人,身份证号:(略),因爱人黄二愣离世,已无心尘世,决意随之而去,现对我的后事做如下安排:

1、俞氏公司所有财产,全部折合成股份共计100万股,按照公司现有人数97人,平均每人持股1万股后,剩余的3万股,由公司副总高宜和增持1万股,生产科长于新安、销售科长方明远、财务科长谷玉芬、保安科长秦方泰各增持5000股,由高宜和、于新安、方明远、谷玉芬及秦方泰组成公司董事会,由高宜和任董事长。

2、我所拥有万东区万宝路23号院A栋一单元308房产一套,请公司

罪与赎
——万象惊魂记

董事会予以变卖，所得资金注入黄二愣先生生前设立的俞氏扶孤助残公益基金，继续按照既定章程用于原有公益事业。

3、请公司董事会将我和黄二愣先生的骨灰安葬于黄二愣先生的家乡（略）的祖坟旁。

以上遗愿，万望执行！不胜感激！

立遗嘱人：俞萍音

2013年10月31日

胡三娃惊讶地从纸片上抬起头，呆呆地望着俞萍音。

俞萍音苦笑道："你现在后不后悔呢？如果你不把我劝回来的话，你可是一个大公司1万股份的持有者了！"

胡三娃摇摇头说："说实话，无功不受禄，我刚来公司不久，你立这份遗嘱时不应该将我考虑在内的！"

俞萍音苦笑了下，脸上又不经意间浮上一股忧伤，她低低地叹息道："实不相瞒，我立这份遗嘱时其实也从未考虑过自己内心的想法，应该说这都是二愣哥的想法！"

"啊？"胡三娃惊讶地抬头望着她。

"呵，你别误会。二愣哥经营公司时一直反复强调的一个理念，公司就是一个大家庭，只要成了公司的员工，那就是自己的家人，他这绝不只是喊喊口号，他对待公司每一位员工真的就像对待自己的父母兄弟姐妹一样，这些年，不管哪位员工出现任何生活困难，他都会不遗余力地去帮助解决。我在这世上也没什么亲人了，公司的员工是我最后的家人，所以就这么分配了。如果是二愣哥来立这份遗嘱的话，估计他会将公司的财产严格按照97份平均分配给公司的所有员工们，我是考虑到高副总、方科长、谷科长、秦科长是跟着我爸创业的元老，于科长是公司重金聘来的技术人才，所以多给他们考虑了一些，算是有了一点私心了，因此胡大哥，如果真的分配给你一万股份，绝对是出自二愣哥的真心实愿，你完全可以心安理得地接受下来。"

四

胡三娃摇头苦笑一下，突然意识到一个问题，赶忙问："既然进入公司会得到这么大的关照，要引进一个新人应该是件非常慎重的事情，为什么我这么轻而易举地就进入公司了呢？"

俞萍音似乎也没考虑过这个问题，想了想才说："可能因为你是牛志远大哥推荐过来的原因吧！"

胡三娃紧问道："这么说，牛志远和黄总的关系很好吗？"

"是的，他们是老乡，当年，二愣哥也是牛大哥推荐到公司来的，所以二愣哥一直很感激牛大哥的！"

胡三娃惊呼道："什么，黄总也是牛志远推荐过来的？"

"是啊？怎么啦？"

胡三娃不自在地笑笑，掩饰道："哦，没什么，我就是觉得好巧啊！"

俞萍音面现困惑之色，轻轻点下头。

胡三娃想了想道："既然牛志远能够推荐黄总来公司，那说明牛志远当年也在公司工作吧？"

"是啊，他当年是食堂师傅，做的菜可好吃了！"

胡三娃恍然大悟，看来他说自己厨艺盖世真不是吹的。

但听俞萍音又叹了口气："只是可惜的是，当年我爸出事之后，公司走了一大片人，他也没能坚持下来！"

胡三娃又觉困惑："既然黄总和牛志远有这么深的渊源，那现在公司已经发展起来了，黄总为什么不把牛志远再重新招聘回来呢？"

俞萍音困惑地摇摇头："具体我不是很清楚，但二愣哥的意思好像是，既然当初在公司困难时候不能坚持下来，就说明对公司不够忠诚，再招回来的话，对忠实的员工们是不公平的。"

胡三娃点点头，不禁有点为牛志远抱憾。

俞萍音继续道："虽然不再招他进公司，但二愣哥对牛大哥一直很照顾的，也总是用自己的工资去接济牛大哥！不过不知道为什么，牛大哥一直不太乐意接受二愣哥的关照，不到非常困窘的时候，他都不愿意要！"

罪与赎
——万象惊魂记

顿了顿,她又兀自解释道:"可能牛大哥也是个很有骨气的男子汉吧!"

胡三娃想起牛志远对他自己不进公司的解释是,不愿意被束缚了手脚,想过自由自在的生活,现在看来还真有可能是在给自己找尊严,真算是个死要面子活受罪的有骨气的男子汉了!

他在心头善意地嘲笑了他一下,同时又为他不惜面子而为自己引荐工作油然而生一种感激之情。他自我解嘲道:"也许黄总这么爽快让我进公司工作,其实是间接对牛志远进行补偿吧,那我可真是一个捡到金元宝的叫花子了!"

俞萍音忙摇头:"不是的,二愣哥对你确实很赏识的,他说他看人很准的,说你绝对是个人才,所以他还挺感激牛大哥呢!老实说,因为二愣哥生前对你的重视,我甚至想把你直接定为董事会成员,不过想了想,你是刚入公司的新人,又只是一个站岗的保安,会让其他老员工们不服的,所以还是打消了这个念头,说了这个,你心里不会埋怨我吧!"

胡三娃淡然一笑:"说实在的吧,假设我没把你劝回来,你的遗嘱真的生效了,我在得知自己也获得一份财产时,除了暗暗吃惊外,肯定不会接受的,如果法律非得让我接受,我也会把它转赠到那个俞氏扶孤助残基金里头去。因为我还不具备接受一份丰厚惠赠所应有的心理基础,那东西在我手里只会像烫手的山芋、挠心的猫爪,反而会成为我心里的沉重负担!毕竟还是靠自己的智慧和劳动踏踏实实赢取的财富才能令自己心安!"

俞萍音默默凝望着胡三娃,如同这番话勾起了她什么回忆,她面目清寂,若有所思。

默然片刻,她眨动一下眼皮道:"好啦,现在也不用说这些了,胡大哥,总之谢谢你今天这么开导我,你回去忙吧,我想自己一个人再静静地好好想想!"

顿了顿,又补充道:"你让李再芬警官也回去吧,我没事了,别耽误她的工作!"

胡三娃盯着俞萍音看了几秒,俞萍音坦然地和他对视,她的眼睛里确实不再是那种深沉的淡漠了,胡三娃才终究放下心来。

他点了点头,朗然微笑道:"行,那你先好好休息吧,我改时间再来看你!希望董事长能尽快康复出院,我们大家都等着你回公司主持大局呢!"

四

俞萍音淡苦一笑,头微微动了动,也不知道是点头回应还是只是单纯地动了动。

胡三娃转过身来,信步走向病室门口。

在病室门口,和女警李再芬闲聊寒暄两句,就要回公司。

就在胡三娃要走的时候,李再芬似乎下了决心,说道:"我也不知道该不该说,或许你还会觉得无聊,就是我总有一种什么感觉,感觉你和那个刚刚死去的黄二愣总有几分相像,不是说长相啊,而是神情姿态、言谈举止之类的,就我刚才从玻璃窗窥视你和她聊天时的样子,这种感觉愈加强烈,而且现在即便从长相来看,要是仔细看也能看出你们是挂相的,当然,也有可能是受到自己心理暗示的影响吧。"

胡三娃愣了半晌笑笑,然后又踮起脚尖,望向病室内,发现俞萍音又在静静地凝望着刚才凝视过的那片虚空,视线却明显有了穿透性,如同在穿越一片片思想的回路,这也让病室内的空气有了质感,不再是一片虚无和死寂。

他彻底放下心来,和李警官道了别,便赶回了公司。

五〇

罪与赎
——万象惊魂记

在大门口,他迎着秦方泰焦急的眼神,向他泰然一笑以示安慰,然后将探访俞萍音的情况向他进行了简要汇报。

秦方泰绷紧的神情总算缓和下来,仍有点心有余悸:"小胡你确认萍音那丫头不会再做傻事了?"

"应该不会了。"

"你其实不要回来,应该一直看守着她才好的!"

"现在有警察在看着她。"

"警察?哼,我现在听到这两个字就来气,还想让我相信他们!"秦方泰忿忿不平地说。

"呵,其实秦叔你也别太激动,很多警察也是身不由己的。"

"好啦,不提他们了,说说你下一步打算怎么做?"

胡三娃默想片刻道:"当务之急还是先让董事长康复出院,接下来,不论是公司经营,还是追查案件,她都是主角!"

秦方泰缓缓点头,沉吟不语。

"所以我赶回来也是想让秦叔您向高副总请示,请他尽快派专人去医院照顾董事长!帮助她尽早康复!"

"高副总给我打过电话了,就说要派你去!我说已经让你去了,他也就没再说什么!"

"他为什么想着派我去呢?"

五

秦方泰略一犹豫道:"他说现在整个公司也就你闲一些了,说你是惹事者,不能反而像个没事人一样。"

胡三娃气恼道:"我怎么就成了惹事者,这话怎么说的?"

秦方泰拍拍他的肩膀:"高副总可能也是被一连串事情弄得焦头烂额,说的是气话,你别往心里去就是了。再说,能被派去照顾董事长,对你也是个机会,你可以趁机获得董事长的信任,对于你在公司的前途,以及下一步追查案情,都是很有好处的!"

胡三娃皱着眉说:"我倒不是说不愿意去照顾董事长,而是高副总说的那话太瘆人,我顶多是个当事者,怎么能说是个惹事者呢!情绪再不好也不能信口开河啊。"

秦方泰苦笑道:"好啦,这一点我会适时提醒他的,你就甭闹小情绪了,赶紧回医院照顾萍音去!"

胡三娃点点头,又摇了摇头:"这会董事长需要一个人单独呆会,暂时不宜去打扰她,我先回宿舍休息会,晚上再过去照顾她!"

秦方泰略带迟疑地缓缓点头:"这样也好!"

胡三娃回到宿舍,在床上静静地躺了会,将现在获得的信息重新梳理了一遍,脑子中的思路开始若隐若现,经过逐渐推敲,他基本确定了三点推论:其一,黄二愣绝不是死于简单的自杀,其中必有隐情;其二,辛警官都不太相信定案结论,但这么离奇的结论也出现了,在此事件中必定有手眼通天的人在幕后;其三,自己被卷入这一事件并非偶然,而有某种神秘意义。那么,他们急于掩盖的跟黄二愣的死有关的事实到底又是什么呢?而自己在此事件中的神秘意义是什么?源于何处?

思来想去,不得要领,不由得苦笑着摇摇头,然后顺势一想,就想起了牛志远,自己是牛志远推荐过来的,如果真的有什么用意的话,牛志远这边是不是源头?

一念及此,他立刻又连带着想起一个事实,牛志远作为黄总的朋友,怎么毫无动静呢,不见人来探访,也没有电话过问,这是否能够喻示什么呢?他心中不由得咯噔一跳,忙掏出手机给牛志远打电话,电话中却提示无法接通。胡三娃看了看时间,此时已近黄昏,牛志远已钻入地下室的可能性还是存在的,想想自己这阵子焦头烂额也没有想着将黄二愣的死讯告诉牛志远,而牛志远并不是一个喜欢主动给别人打

罪与赎
　　——万象惊魂记

电话联络感情的人,他既然不怎么给自己打电话,习性使然,想来也很少给黄二愣打电话,那么,他不知情的责任反而在于自己了,想到这,他忙给牛志远发了一条短信,发完短信便去睡了。

　　再次醒来时,已是夜幕垂垂。

　　他晃晃脑袋,振起精神,自床上一跃而起。

　　稍事收拾,他就奔往医院。

　　到了病房,胡三娃看见李再芬还在里头坐着,正在和俞萍音愉快地聊着天。原来上次俞萍音自杀,就是李再芬照顾她,两人早就情同姐妹了。

　　李再芬从早上一直陪护俞萍音,见胡三娃来接替自己也就回警局复命了。

　　他在病床前默默地陪伴了一会俞萍音,俞萍音也没有赶他走的意思,但俞萍音也没什么想和他说,沉默中略带尴尬,胡三娃就不好意思再陪侍下去了,跟俞萍音告辞,走出了病房。

　　胡三娃走出病室却并没有回公司,这原本应该是他在公司大门口站岗的时间,因为黄二愣的离奇去世,也不用站岗了。当班医护人员也允许他在病房外面守着,毕竟有人能彻夜替她们看守一个有自杀倾向的病患,她们也是求之不得的。胡三娃走到自己无意间划定的那个新岗位上,他似乎又找到了那种在公司大门口站岗值班的感觉,看来他天生就是一个站岗者的材料,只有这样,才能放任他那时刻都在翻波涌浪的奇特大脑自由运作。

　　思潮滚滚,一夜无事,胡三娃再回到公司宿舍休息。

　　就这样白天公司睡觉,晚上病房站岗,一下子变得无比平淡的日子在胡三娃的额头悄然刻下几道印痕。

　　一天傍晚,胡三娃照旧来到病房。

　　一走进病房廊道,他就感觉空气中漂浮着一股异样的气息。

　　他心中茫然,不觉间加快了脚步,一路抬头昂视,果不其然,在俞萍音的病室门口,廊道尽头的窗台边上,巍然屹立着两个大汉,其中一个三十来岁,五大三粗,一脸横肉,面色黝黑,貌相狰狞,脖子上挂着牛尾巴粗的项链,把玩着两大坨铁滚珠;另一人虽然也挺壮实,但相对而言就要文弱得多了,虽然故作老成,但稚气未脱的

五

相貌和不安分的眼睛还是出卖了他,应该才只是个十来岁的少年。

看到胡三娃走过来,两人将目光齐刷刷地聚集在胡三娃的脸上,铁塔壮汉的视线也变得森然冷厉起来,不过他也没有发作,只是默默注视胡三娃。

胡三娃走到病房门口,抬眼一望,发现屋里俞萍音的病床旁边那张椅子上坐着一个陌生男人,这才觉得事情不对。

他抬手正待推门而入,那壮汉却冷不防跨前一步,粗壮的手臂往胡三娃面前一伸,挡住他的胳膊,冷冷道:"干嘛?"

胡三娃的手臂如同被石头撞了一下,不禁暗自吸了一口凉气,说:"怎么啦?我进去看病人!"

壮汉说:"不能进去!"

胡三娃奇道:"我进去探望我的病人,关你什么事?"

壮汉耍横道:"我说不能进去就不能进去!"

胡三娃好气又好笑:"这就奇了怪了,你一不是医生,二不是病人的什么人,你有什么权力阻拦我?"

壮汉怪眼一瞪:"你没长耳朵是吧?再啰嗦我就揍你!"

胡三娃知道跟这等莽汉是没法讲理的,只好苦哈哈一笑,迈步准备去找医生过来开道。

这时屋里的男人听到门外的响动,起身走了过来。

他推门而出,好奇地望了一眼胡三娃,然后转头问壮汉:"怎么啦?"

壮汉态度立刻变得无比恭顺,恭声说:"老大,他非要进去!"

那男人道:"进去就进去呗,吵什么啊?"

壮汉愣了愣:"老大,你不是不让别人进去打扰你和俞小姐谈话么?"

那男人将一双精明的眼睛在胡三娃脸上凝视片刻,竟出奇地平静:"他不是别人啊!"

壮汉面色一呆,哑口无言。

那男人对胡三娃微微一笑:"如果我没猜错的话,兄台就是胡三娃吧!"

胡三娃惊奇地打量着眼前这个男人,跟自己年龄相仿,身材适中,瓜子脸型,

罪与赎
——万象惊魂记

面相斯文，神态淡定，鼻梁上架一副金色无框眼镜，穿着一身休闲便装，嘴角带着和气的笑容，一副平和友善的样子，一个有着那么凶恶下属的人，竟然是如此一副温文尔雅的绅士摸样，让胡三娃暗暗称奇。

这样和善的面容也令胡三娃迅速熄灭了心中的火气，他也冲年轻人回礼一笑，淡淡点头道："是的，不知道兄弟您是哪位？"

年轻人侧身做了个礼让的手势："咱们到屋里去说话吧！"

胡三娃点点头，径直走了进去。

俞萍音对胡三娃每天来访早就习以为常了，奇怪的是，虽然她一贯都是那副清清淡淡的样子，也会在刚进来的时刻释放一个礼貌性的微笑表示欢迎，但这次她脸上反而冷若冰霜。

胡三娃倒也不以为意，他侧身闪在一旁，让出那张扶手椅给身后紧随而至的年轻人。

年轻人却友好地揽住他的肩膀执意将他推到那张椅子上坐定，笑呵呵地说："这是你的专座，我小坐了一会，请你不要介意哦！"

胡三娃不知道他葫芦里卖的什么药，也就随意寒暄了一句："兄弟见笑了，想来你也是我们董事长的朋友，就不要客气了！"

年轻人意味深长地叹了口气："是啊，曾几何时，我又何须客气，但世事沧桑，现如今不客气不行了！"

说完这句话，他就大有深意地望着俞萍音。

但俞萍音根本不为所动，只是定定望着眼前那面快被她看破了的墙壁，嘴角不经意间也浮上了一丝鄙夷之色。

年轻人又自怨自艾地叹了口气："唉，当然这也不能全怪世事无常，也怪我当年年幼无知，不懂得珍惜，才酿成今日苦果！"

胡三娃听明白了，这人十有八九便是俞萍音最早的那个男朋友，在她家出现变故时弃她而去的薄情寡义之人，那个本区区长大人家的公子。

一念及此，他对眼前这个人刚刚萌生的些许好感瞬间烟消云散，说："虽然我不知道你当年做了什么错事，但现在能够这样反省自己也还是挺难能可贵的，希望

五

你这样的反省不只是安慰了别人，同时也能真正拯救你自己！"

年轻人惊诧地望了一眼胡三娃，若有所思地缓缓点了点头，然后就哈哈一笑道："看来胡兄还真不是一般人物，说话水平很高嘛，怪不得能以区区保安之身坐享陪侍美女董事长的权力！"

俞萍音仍然一言不发，却厌恶地皱了皱眉头。

胡三娃脸上不由得一阵发烧，心中大感不妥："朋友请注意你的言辞，我只不过是被公司派来照顾董事长的一名普通员工，也就是工作，没你说得那么邪乎！"

年轻人眼珠骨碌一转，油然笑道："想当年黄二愣也是这么说的吧，后来却成了公司老总，美女董事长的快婿！"

话音未落，一直沉郁不言的俞萍音突然怒喝一声："贾仁剑，请你离开这个屋子，这里不欢迎你！"

贾仁剑见俞萍音动怒，非但不恼，反而喜上眉梢，看样子他是存心要气俞萍音的，他自得一笑道："哈，萍音你总算跟我说话了，我还以为你真的打算再也不理我了呢！"

俞萍音气得直颤，但又很无奈，狠狠瞪了他一眼，索性侧过身子，不再理他。

贾仁剑兀自笑笑，又长叹一声道："萍音我刚才已跟你解释了，我真是刚从国外回来，一听说你出了这样的变故，立刻就赶过来了，要是我早知道此事，是绝不会让你接着再遭受这么多痛苦的！"

俞萍音不知是气是怒，她冷冷地笑了一下。

贾仁剑耸耸肩："萍音你看你还在生我的气，如果你还不谅解我，我准备向你道一万次歉，接受你一千次责难，直至你对我不再有成见为止！"

俞萍音连对他表示鄙夷之情都省了，哼都不哼一声。

贾仁剑丝毫不以为意，眼睛灵活地眨动了几下，眉梢掠过一丝微不可查的戾气，面有得意地撇撇嘴角："萍音我说句话也许不中听，但我觉得还是得尊重事实实话实说，你想想咱们当年多么恩爱，那么深厚的感情怎么可能说散就散呢？那是不符合天理的，所以老天爷都是看在眼里的，它给你安排个黄二愣不过是一段小插曲，后来自己也看不过去了，就让黄二愣给咱俩让路了，所以一切看似是个意外，其实

罪 与 赎
——万象惊魂记

那都是天意！"

"滚！"俞萍音蓦地侧转身来，怒不可遏地暴喝一声。

贾仁剑总算受了点惊吓，面色变了变，错愕地望着俞萍音，戛然失声了。

看来这人也没见过俞萍音这样大发雷霆，一时间超出了自己的心理准备。

俞萍音见他并没有听从指令就地滚开的意思，就将眼珠转向胡三娃冷声道："保安，有人骚扰你公司的董事长，请负起你的职责，把这个人请出去！"

胡三娃愣了愣，尴尬地笑笑，也将脸沉下来，正色道："朋友，对不起了，请便吧！"

本以为贾仁剑会仗势欺人，不料他眼珠一转，神色竟是淡定如初，悠然一笑："也罢，萍音你现在情绪还不稳定，很多事情还想不透，我今天来知道你一切平安就放心了，来日方长，等你平静下来再谈也不迟，我今天就先走了！"

说着，他自作多情地冲俞萍音挥手作别，转身待走时，他突然眼珠滴溜溜一转，对胡三娃道："兄弟，借一步说话！"

然后，他指了指病室门外，就大步向门口走去。

胡三娃诧异地和俞萍音对望一眼，朝俞萍音沉毅地点点头，就跟着向门外走去。

贾仁剑把胡三娃引到病房一角，站定，似笑非笑地望着他。

胡三娃感觉有点不自在，话语中也没啥好气："朋友你有啥话就请快点说！"

贾仁剑微微一笑，语含讥嘲道："兄弟，你是不是想做下一个黄二愣？"

胡三娃心中有点发毛，疑惑道："什么意思？"

贾仁剑促狭地笑笑："兄弟装傻功夫一流啊！"

胡三娃有点恼火道："有话请明说，没话我就回去了！"

贾仁剑摆摆手，邪笑道："当年黄二愣也是在萍音出事后鞍前马后地献殷勤，结果成了她的男朋友！你现在可不也是玩的那一套！"

胡三娃怒斥道："胡扯！"转身就要走。

贾仁剑连忙拉住他的胳臂，换出一副诚恳语气："别急嘛，我话还没说完呢，算我说错了，我道个歉还不成吗？"

胡三娃少有的不耐烦："如果你有正经话，就快说，没有的话，请自重！"

贾仁剑耸耸肩膀："我刚才只是试探你而已，下面的话很重要，你一定要听！"

五

胡三娃纳闷道:"试探我什么?"

贾仁剑一声叹息:"试探的结果挺令我失望!"

胡三娃气急道:"拜托你有话痛快说行不行!"

贾仁剑看似无奈地笑笑:"我原以为你是在追求萍音,看来不是这样的,我当然得失望了!"

胡三娃惊愕地望着贾仁剑,好一会儿,仍是不明其意,苦笑着摇摇头:"你叫我出来到底想说什么,直接点,别绕来绕去的好不好!"

贾仁剑笑了笑:"我怕你感到突兀,所以没有直截了当,话说到这份上,也就跟直说没啥区别了,痛快点,就是我希望你能够认真地去追求萍音!"

"啊?!"胡三娃不可思议地瞪视着年轻人。

胡三娃老半天才缓过神来,说:"且不说我会不会追求俞萍音,单是你的想法就不可理喻,你刚才不是在乞求她原谅你么?这么一会儿功夫就变心了?"

贾仁剑面上浮上沉痛的表情,苦涩地笑笑:"我当然迫切希望萍音能够回心转意跟我在一起,但她刚才的表现你也看到了,我当年伤她太深了,她已经不可能原谅我了!"

胡三娃凝视着他的眼睛,仔细玩味着他的话,感觉他这句话倒真是透着点真诚,心也不由软化了下来,他叹口气道:"诚心所至金石为开,只要你是真心悔改,真心实意想对她好,你就一点一点去感化她,终有一天她会被感动的。"

贾仁剑表情复杂地望着胡三娃,摇头道:"等到诚心化开金石,那太晚了,萍音现在为什么寻死,就因为她心中丧失了情感,为了从根源上避免她再做傻事,唯一的办法就是让她重新获得情感,其他的都不管用!"顿了顿,又说,"而现在看来,你是最好的人选,因为你现在所经历的一切,跟她刚刚丧失的那个爱人曾经的经历如出一辙,这种亲切的记忆是很容易在她心头重新唤起温情的!"

胡三娃心中波澜再起,不知道是一股乱流还是一股激流,总之,搅得他心慌意乱,他暗自深呼吸,故作淡定道:"如果只是因为这个,那你放心吧,我已经将她劝回来了,她不会再自杀了。"

贾仁剑摇摇头:"这是治标不治本的,如果她心中的痛苦没解除,就这么苟活着,

罪与赎
——万象惊魂记

那还真不如自杀了好，所以请你一定答应我的请求，追求她，救救她！"

胡三娃哭笑不得地望着他，心中衍生出一股难以自持的荒谬感，沉默片刻之后说："感情这东西不是可以人为设定的，你这一说法本身就是荒诞不经的，我无法作答！"

贾仁剑态度很坚定："不是的，关键在于你用不用心，想不想用心，只要用心投入，总能以心换心，获得芳心！"

胡三娃惊诧地望着贾仁剑，实在不明白他为什么突然如此热心地来撮合他和俞萍音，难道他心中所想真如他口中所言吗？看他的神情倒是有着有板有眼的真诚，胡三娃一时间茫然了。他想了想，说："贾兄，正如你所言，只要你真心投入，用心良苦，再加之你跟俞萍音本来就有感情基础，应该更容易重获芳心的！"

贾仁剑摇头："感情基础没崩塌前是基础，一旦崩塌，就是深渊了，不可能再填平，所以就不如没基础在平地上起高楼了！"

胡三娃微微一耸肩，不知道再说什么了。

贾仁剑兀自笑笑，友好地拍拍胡三娃的肩头，平静道："好啦，我的意思也都表达完了，希望胡兄不要让我失望，希望你们的美人儿董事长尽快有个胡兄这样的好情郎！"

胡三娃心中苦笑不堪，不过也懒得跟他解释什么了，不置可否地动了动脑袋。

贾仁剑把住胡三娃双肩往病室门口方向轻轻一推，意味深长道："兄弟去吧，好好地用心地照顾好你的董事长！用心拥有一切哦！"

胡三娃跟突然间似乎又变得亲切感人的贾仁剑友好地道别，转身向着病室门口走去。

快到病室门口时，似乎有一股什么力量促使他停下脚步，回过头去，便在一瞬间看到了贾仁剑脸上掠过的一丝阴冷的笑意。当然，也许是他的疑心导致了错觉，因为对方看到他回头时，又向他挥手致意，脸上洋溢着苦涩又热情的笑容。

胡三娃赶紧扭回头来，脸上不自觉地有点尴尬之色，心里也有点不同寻常的驿动，就好像他真的有一丝心绪走漏出来被年轻人看到了一般。

他强作镇定走入病室，将身后的门轻轻地关上，手上却暗自在门把手加了几分

五

力道，如同想要用门将自己刚才不慎跑漏出来的那丝心绪坚决关在门外。

他躲在门的阴影里暗暗地深呼吸了一口气，安定了一下心神。

结果一对上俞萍音的视线，刚才听到的那番话就起了奇怪的作用，整个人都尴尬了。

俞萍音也感觉到了胡三娃心神不宁，但她也没说什么。

胡三娃心中忙乱，只好没话找话："董事长您是不是觉得好点了？"

俞萍音蟒首微摇，目光仍旧紧盯着他："他刚才叫你出去做什么了？"

胡三娃面上隐现灰溜溜之色，讷讷道："呵，其实也没什么，他就是嘱托我好好照顾您！"

又忙补上一句："看来他还是挺关心董事长的！"

俞萍音冷哼一声，不屑道："胡大哥，今后你就当这人不存在，他的话就是一串空气颤动，连耳边风都算不上！"

语毕，她凤目微合，清瘦的粉颈歪回原位，视线随之平扫到她原来瞪视过的墙面，一副又要老僧入定的势头。

俞萍音话中寒意当然仅仅针对那个年轻人，胡三娃心中因浮尘飞扬而起的燥热之感却也因此降下温来，冷落的心情似乎有了重量，心中的沉着感又令他的心境变得踏实起来。

他小心翼翼地问道："你们之间到底发生啥了？"

俞萍音一脸不高兴地说："那都是多少年前的陈谷子烂芝麻了，只不过是年少无知时虚掷的一段时光，早就被后来沉甸甸的岁月冲走了，一点痕迹也没留下，没什么可讲的！"

胡三娃想起刚才和贾仁剑的对话，试探地说："董事长，我看他倒是真心有了悔意，如果您也不是绝对排斥他的话，不妨再试着改变一下对他的态度。"

俞萍音嗤之以鼻，不置可否。

胡三娃热心肠不堪冷面孔待遇，于是加重语气："如果您仅仅因为他在您落难时离开了您而怀恨在心，那他在您再次遭遇困境时又回到您身边来，是不是……"

"保安，你的职责是保护我的安全，其它不相干的，请你不要多管闲事！"俞

罪与赎
——万象惊魂记

萍音粗暴地打断了胡三娃，让他心中一惊，哑口无言。

俞萍音的反应让他有点失落，但也让他变得冷静下来，诚然，黄二愣雇佣他只是让他做保安，现在高副总派他来也只是为了照看俞萍音的安全，那他怎么就不知不觉管了人家的私事呢？一念及此，保安的身份顿时加了砝码，自知已经越过了雷池。

"对不起，胡大哥，我心里太乱，说话颠三倒四的，请您不要往心里去！"俞萍音可能是感觉自己话说重了，低声道歉。

刚才的话让胡三娃找回了自己保安的位置，也便没觉得多难堪，他淡淡一笑："董事长放心，我没事！"

俞萍音再望了他一眼，扭过头去，严肃道："胡大哥，我知道您是为我好，但关于刚才这个人，您真不要再提了，他就是一头狼，只不过现在披上了羊皮而已！"

胡三娃错愕地望着她，若有所思。

俞萍音并没有移转她的目光，继续痴痴地望着墙面，缥缈的视线却并不落在墙面上，如同在一墙之隔的远方有着她千年的守望一般，她幽幽自语："况且，现在是什么时候，二愣哥还沉冤未雪呢，我现在所有的心情都围绕着怎么能够为他洗涮冤屈，让害死他的人得到应有的惩罚，好让我能够带着这样的消息去告慰二愣哥的亡魂，这种情况下，哪里还有心情顾及其他？我知道您是为我好，但是您又哪里能够体会，我失去的岂止是一段感情，我失去的是我的生命啊！没有生命的土壤，又能再生出什么感情来呢？"

胡三娃听完她的话，感到无言以对。

俞萍音突又扭头望着他，以少有的坚毅语调说："胡大哥，您将我的命挽救回来，我已经是非常感激了，我现在已经铁下心来，一定要将伤害二愣哥的凶手揪出来，我已经是失去半条命的人，是不怕死的，但是您不一样，您跟这个事件本来是毫无关系的，您犯不着为此搭上生命危险，现在您已经尽到看顾我的职责了，如果您不愿意卷入这个事件，您完全可以退出来了，如果愿意继续在我们公司工作，我会非常高兴，如果想远离这个是非之地，我也会让公司给您一笔钱，足够您再找别的地方安身立命了！而我，不管您做何选择，对您的感激是丝毫不会减少的！"

五

胡三娃略一错愕，不自觉挺了挺身子，朗朗一笑道："董事长，这个问题以前跟您谈过，就毋庸多言了，我心意已决，你只要给我信任就好！"

俞萍音清肃的目光中泌出一丝温热的光芒，她突然直起身子："那好，胡大哥，麻烦您去帮我办一下出院手续！"

"医生让您出院了吗？"

"没有，但我不想呆在这里浪费时间了，接下来不知道有多少事需要去做呢！"

"那好吧，我去问问医生，如果可以，就马上接你出院！"

胡三娃赶忙去找医生，俞萍音的话也提醒了他，虽然他丝毫不缺要为黄二愣伸张正义的坚定决心，但这些天他却没有任何一点切实的行动，是到了必须采取行动的时候了。

事实上，俞萍音早就可以出院了，只是由于她是自杀入院的，医生怕她情绪不稳定，就一直没让她出院。

主管的刘大夫很快给他们办妥了出院手续。

走出医院大门，俞萍音停住脚步，抬眼望了一下远方，似乎在远眺天际如血的残阳，时间已悄然而至初冬时分，空气中已有了几许料峭的寒意，黄昏的阳光也不再那么热烈，反而暗含着阴凉肃杀之意。

俞萍音凝望天际少顷，凛然间秀眉一挑，眉梢眼角泛出一股刚毅之色。随之，侧脸微露的残阳便彻底沉没在血红的云团里，而一丝清白的晨曦晓色，已然甩开黎明的庇护，先行突破了黑夜的纠缠交迫，在血红晚霞黑影憧憧的腹地，拼发出清亮的微光。

在医院大门口坚实地面上几秒钟的凝立让俞萍音完全回到了人间，她微微一笑，招手呼唤了一辆出租车。

出租车司机询问地点，胡三娃则回望俞萍音征询意见。俞萍音犹豫了一下，说道："还是先回万宝路那栋房子里吧！"

六〇

罪与赎
——万象惊魂记

万宝路在万东区的中心。伴守着城中心的繁荣，却是一条林间大道，颇有点闹中取静的风骨。

路旁星罗棋布着小型庄园，园中的楼房掩映在青山绿水之间给人一种"山外青山楼外楼"的诗意感觉。

到了目的地门口，俞萍音开门而入，胡三娃则迟疑了一下，不知道自己跟着进去是否合适，但俞萍音也没有不让他进去的表示，况且他手里还拎着两大袋东西，理应给她送到家里。

高档社区的房子就是不一样，单元门进去先有一个公共客厅般的小厅，自成格调地摆着好些雅致的真皮沙发椅和茶几，还有一个小型吧台。小厅过去才是宽敞的电梯厅，墙壁上挂着好几个液晶显示屏，不同的显示屏正在轮次播放着天气预报、风景名胜、商业广告、电影预告、物业通知等服务信息。无论是走廊还是电梯轿厢，装饰都倍感奢华，胡三娃此时如同刘姥姥进大观园般，眼花缭乱，小心翼翼跟在俞萍音后面。

俞萍音掏出钥匙打开308的门，默默走了进去，胡三娃被小区华贵气息已经惊得够呛，心想董事长家里还不得跟皇宫似的富丽堂皇啊，结果却吓了一大跳。

这是一整套复式结构的豪宅，宽敞的大厅里，弧线形的有着漂亮栏杆的楼梯螺旋状升至二层，到了二层中厅既可以扶栏俯瞰一层各房间，布局让人看着就舒服，一看就是大设计师的手笔。然而，让胡三娃非常诧异的是，这套豪宅虽然宽敞气派，却基本没什么摆设，只有客厅中央摆着的一套一看就很名贵的沙发，显得异常空荡。

六

不过从各处隐约现出的一些痕迹来看,这个客厅一定也曾是充满了各种物件的。不过胡三娃对繁华的见识有限,很难想象这个客厅之前是什么样子。

胡三娃回过头来不可思议地望一眼俞萍音。

俞萍音呆呆地笑了笑:"胡大哥是不是想问,为什么房间这么大,却到处都是空荡荡的!"

他若有所思地点点头:"是有这种感觉,不过我好奇的倒不是它为什么这么空,而是它为什么会突然变得这么空?这应该不是它的本来面貌!"

俞萍音轻轻叹了口气,微微一笑:"这都是二愣哥的功劳,原来我爸在世时,这房子确实很气派很阔绰,后来二愣哥看过之后,就说有点太奢华了,说房子不过是睡觉的地方,弄得这么富丽堂皇也不会睡得更好。"说着,俞萍音微微笑了一下,眼角漫上来一丝温柔,如同回到了当年黄二愣和她在这里对话的真切场景里,片刻之后,继续说道:"我本来也一直觉得我爸把这房子弄得太华丽了,所以二愣哥那么一说后,我俩算是一拍即合。他那时正在筹建那个俞氏扶贫扶孤助残基金,我提出把家里很多华而不实的东西全部变卖,都注入那笔基金,二愣哥在别的方面都不愿让我付出,就这个方面他则爽快同意了,所以这个房子就变成现在这样了,那之后除了生活用品,基本上再没有添置过东西!"

胡三娃心中大为感怀:"董事长,您和黄总心肠实在太好了。"

俞萍音一直沉郁的脸上竟然生生露出一丝笑容:"这都是二愣哥的功劳,是他教会了我怎么做人,怎么做事,是他使我有了同情心,对恶人和坏人的愤恨感,所以真正的大善人是二愣哥,我顶多算作他的小助手。"

说完这番话,她刚刚有点自得的神色又暗淡了下去。

胡三娃连忙引开话题:"董事长,你刚病愈出院,身子骨还虚着呢,还得注意多休息,要不收拾收拾就准备休息吧!我也该走了!"

"哦,不,胡大哥,我叫您上来就是还想跟您商量一件事!"

"董事长尽管说。"

"胡大哥您已经看过我的遗嘱了,我想去一趟二愣哥的家乡,把他的骨灰送回去,给他办一下后事,顺便看看二愣哥成长的地方!但我没什么朋友,也没出过远门,

罪与赎
——万象惊魂记

如果您不介意的话，就陪我去一趟吧！"

胡三娃略一愣，说："这个倒是应该的，没问题，护送董事长也是我的职责，我是保安嘛。"

"那好，那就麻烦胡大哥辛苦安排一下，明天上午咱们去取一下二愣哥的骨灰，下午就出发去湖北吧！"

"这么仓促啊？董事长不再休息一阵子吗？"

"不用了，我身体恢复得很好了！"

"那是不是也应该先去公司安排一下，公司上下还都盼着您回去掌舵呢！"

"现在办理二愣哥的后事当紧，先由高副总全权代理吧，等回来后，再召开董事会做个明确安排就是！"

胡三娃看俞萍音态度坚决，也就不好再说什么了，略一沉吟道："那董事长准备怎么过去呢？坐飞机还是火车？"

"带骨灰坐飞机可能会很麻烦，还是坐火车吧，正好我也想好好感受一下二愣哥当初回家时所经历的路线！他曾经也说过要带我坐火车回他的家乡，一路上都会很好玩！"

说着说着，她眼圈也红了。

胡三娃不敢再就此问题跟她交流下去了："那好吧，我这就订票去，董事长在家里好好休息吧！"

说着话，就往房门口走去。

"胡大哥请等一会儿！"

然后她紧走几步，转身进入过道旁边的一个房间，不一会，就拿着一个鼓鼓囊囊的信封出来了。

她走到胡三娃身边，毫不忌讳地拉过胡三娃的胳膊，将那个鼓得发胀的信封一把塞在他手里："胡大哥，订票的钱也在里头，剩下的就是对您这阵子照看我还有要不辞辛劳护送我去外地的酬劳，钱不多，只是表个心意，务必收下！"

胡三娃手被烫着般连忙往后缩，口中连连道："不行不行，那哪行，黄…公司给我那么高的工资，现在就是我回报的时候了，给董事长做一切都是天经地义的，

六

哪里能要额外的酬劳！"

俞萍音则寸步不让："胡大哥，如果您不收下这个钱，我就不让您跟着去那么远地方了，为了让我更加心安理得，请您务必收下，对不起，我这也算是一种为了让自己能够安心接受你的帮助的自私行为！"

胡三娃苦涩地笑笑，只好接受了，捏着信封走了出去。

胡三娃回到公司，秦叔还在岗亭值班，听说俞萍音已经出院回家，面上神情大大放松下来。又听说胡三娃明日要护送俞萍音去黄二愣的老家，他神情变得十分复杂，不知是喜是忧。他最终也只说了这样一句话："三娃，你一定要照顾好萍音，俞氏公司的兴衰命运，可都是托付在你手里了！"

简单一句话，在如今这样的情势下，在胡三娃听来，却是惊心动魄。

胡三娃订了火车票，之后要求接替秦叔的班，却被秦叔拒绝了。硬要他回宿舍养精蓄锐。胡三娃拗不过秦叔，就回到了宿舍。

胡三娃到浴室精心洗漱一番，似乎有使者已经做出宣告，接下来，他就要以清白脱尘之身来直面命运的风云变幻。

首先面对的就是明日的旅行。

按说，胡三娃长年孤立于这个世界已经很久了，一向自立自强，区区一段旅程本不在话下，但当他躺在床上，想着明日的行程时，他却辗转反侧、难以入睡。

他突然想到牛志远，牛志远跟黄二愣是老乡，无疑，奔赴黄二愣和牛志远共同的家乡，在成行之前不联系一下牛志远是说不过去的。

可是这些天来牛志远音讯全无，手机怎么打也打不通，自己发给他的短信也如泥牛入海，虽然地下室没手机信号，但这家伙总不能冬眠在地下室里了吧，只要出地下室，就会收到短信，怎么能毫无反应呢？这家伙到底在搞什么名堂？

胡三娃掏出手机又拨打了一遍，依旧无法打通。

胡三娃真想去牛志远的地下室里去看个究竟，但这阵子他完全被这件事绑缚得紧紧的，本想着将俞萍音安顿好了就专程去探访一下旧友，谁知俞萍音又彻底剥夺了他喘口气的时机。

无奈之下，他放弃了念想，也不再逼迫自己睡觉，干脆任由思绪流淌，想象着

罪与赎
——万象惊魂记

远在天际的黄二愣和牛志远的家乡的情状,逐渐的,自己家乡的样貌也难以遏制地在脑海里翩然而至,虽然家乡已经没有亲人,自己是个不折不扣的孤儿,但那种人类与生俱来挥之不去的乡情乡思却并不因此有丝毫减损,而是像浓浓的雾气和五彩的烟云一般翻腾在他的脑海里,最后他已然搞不清他带着俞萍音到底是回到了黄二愣的家乡还是他自己的家乡,他只感到自己逐渐变得精神涣散、眼神迷离,恍然如梦,半梦半醒之间让无眠的时光化作了一段奇幻的旅程。

他正睡得神魂颠倒时候,手机骤然响起,抓起手机一看,屏幕上欢快地跳跃着三个字"未婚妻"。

胡三娃哑然失笑。这个黄二愣也是刻板得可爱,还把女朋友的名字用这么传统的方式存在手机里。此时这三个字又发出一种法律的威严,还带着一丝浪漫。

"胡大哥早,抱歉这么早打扰您,您起了么?"

胡三娃瞟了一眼窗外微渺的晨光,应了一句:"董事长早,我已经准备好了。"

"嗯,那您就在公司等着我,我开车去接你!"

"董事长身体状态能开车吗?要不还是叫公司派个车去接你吧?"

"没事,放心吧,我没那么软弱,你先去食堂吃早饭吧,然后在公司大门口等着,我到了就直接走!"

撂下电话后,胡三娃揉揉惺忪睡眼,自床上一跃而起,自柜子里取出压箱底已有一段艰辛岁月的旅行包,翻出几件像样的衣裤,凭感觉噼里啪啦穿戴一新。又到水房揽镜自照,洗漱打理后再观照一番,自觉已经有董事长保镖的气息了,才略感宽慰。

他对即将进行的这场独特的旅程实在缺乏理解和想象,不知道应该以如何一副姿态和心态加以应对,不胜惶惑之下,他只好自作主张地用大保镖的架势和妆容对自己瘦弱的身板进行了定义和改造。

捯饬完毕后,担心俞萍音即将来到,也不敢再去食堂吃饭了,径直来到公司大门口。

秦叔正在岗亭里尽职尽责,虽然难掩一脸的疲惫,依然睁圆一双老练的眼睛巡视着广场,他的眼光中隐约闪烁着一种奇异的幽光,如同他还置身在数月前惨案发

六

生时那一个阴郁凄迷的夜里。他看到胡三娃出现,会心一笑。

"三娃早啊,怎么这么一副行头?"

"这不是要护送董事长出远门么,所以装装样子,也许能唬住几个小山贼。"

秦叔轻笑一声:"你这样子,只怕不是唬住几个小山贼,而是吸引几个小山贼哦!"

胡三娃有点发窘地笑了。

秦叔突又轻叹一口气,面色沉肃下来:"三娃啊,你这次护送萍音去黄总的家乡,保护她的人身安全是其一,安抚情绪、疏导心理恐怕还要更为重要一些,你觉得呢?"

"是的,秦叔您提醒得对。"

说话间,不远处一辆银灰色小汽车已经自广场边上的马路上直驶而来,一会儿就穿越广场,径直来到岗亭前停了下来。

胡三娃瞅了一眼车,胡三娃原本不懂车,但当门卫时日久了,高低大小各种档次车辆也算是有点见识,这款车应该是他站岗以来所见过的从这扇巍峨大门前晃过的最朴素的车了。

若不是俞萍音推开车门自小车上款款走下来,他都不敢相信这是俞萍音的座驾,一个多少也算是规模不小的大公司董事长,居然只配备这样的简易行头,实在是在朴素的路上走得过于深远了。

俞萍音全身素服,一件黑色呢子大衣里面是白色毛衫和黑色裤子,在腰际处扎了一根束带。此时应和着她一脸的肃静,俨然一副守节的架势。

俞萍音扫了一眼胡三娃,转过身来对秦叔说:"秦叔叔好,这段时间公司又出变故,我也做了些傻事,给您和公司全体添了不少负担,真是劳烦您们了!还请多原谅!"

秦叔自她下车,就一直审视着她,确信她已无大碍,才满脸慈和地笑道:"萍音你没事了就好,你年纪轻轻的就经历了这么多大事,确实不容易,我们这帮老家伙都能理解,你不用任何顾虑,去做你想做的事吧,公司这边我们都能撑得住,一切都好!等你办完了,只管回来接手就可以了!"

俞萍音感激地点点头:"那有劳你们了,也烦请秦叔叔跟高叔叔说一声,待我

罪与赎
——万象惊魂记

从南方回来后再来公司报道！"

两人随即告别秦叔，驱车赶赴骨灰堂。

俞萍音一踏入骨灰堂外的园林，一路上一直凝结在她脸上的凄楚之情愈加浓郁，一时间竟似要形成乌云遮日之态势，看这架势，真见到黄二愣的骨灰，只怕脸上瞬间就要大雨倾盆。

俞萍音应该是已经来过这里，他们很快找到地方办好手续，领到了骨灰盒。

那是一个四四方方的黑色小匣子，木质朴素、纹理庄严，一如黄二愣生前待人接物的风格和气质，一个那么高大丰满的形象，如今就屈身在如此狭小的一个空间里。

俞萍音的眼眶里泪光盈盈，她自衣兜里掏出一块锦绣方帕来，上边绣着游龙戏凤、鸳鸯戏水的图案，雪白底色、晶莹图彩，看上去材质高雅、芳香袭人，想来应该是俞萍音自己珍爱的贴身饰物或闺中用品，她用心至极地将一方轻罗小帕覆盖于黑色小匣的周身，小心翼翼地调整其方位，轻敲细打地将丝帕折叠系好，直至黑色小匣完全包裹在雪白丝帕的温馨怀抱里。

然后她将它紧紧地横抱在锦绣芳怀里，凄然一笑："胡大哥，咱们走吧！"

胡三娃眼中酸涩，也只是点头回应了一个字："好！"

两人取回骨灰之后直奔火车站。

考虑到俞萍音身体尚未完全恢复，胡三娃订了软卧票，俞萍音上车之后明显犹豫了一下，但也没说什么，只稍作安置，便在铺位上靠车窗一端坐下，将黄二愣的骨灰盒护在臂弯和胸怀之间，出神望着窗外。

胡三娃不敢打扰俞萍音的出神，更是放弃了劝俞萍音吃午饭的念头，只是将面包和点心放在俞萍音视线可及之处，就轻轻地躺在自己的铺位上闭目养神。

火车很快就启动了，这个软卧包厢的两个上铺竟然没有旅客，胡三娃不知道这对他来说是幸运还是不幸，幸运的是不会有其他人来打扰俞萍音的作息，不幸的是他本指望能有两个陌生旅客来稀释他和俞萍音独睡一室的尴尬，看来也没指望了。

不过俞萍音根本没让他有尴尬的机会，只是静静地凝望车窗外，她的思想早已神游天外就好像胡三娃并不存在一样。她虽然难掩满心满腹的忧郁，但终究还是姿

六

态安定、心平气和地坐在了属于她的那一方生命空间里，他的心神便放松下来，睡意也潮涌而来。

然而，由于整整一天粒米未进，胡三娃肚子里边一阵敲锣打鼓，将他残忍地唤醒了。

他茫然地睁开眼睛，下意识地望向俞萍音白天端坐的地方，人并不在那，又扫了一眼铺位，被铺整齐码放在原有的地方，纹丝未动。

胡三娃额角开始渗出冷汗，低头扫了一眼俞萍音床铺的底下，旅行箱还在，食物也原封不动，只是俞萍音和骨灰盒不见了！

胡三娃望望窗外凝固般的黑夜，赶忙拿出手机看看时间，已是午夜靠近凌晨时分，看样子俞萍音根本一夜未睡。

胡三娃赶紧拨俞萍音的手机，然而对方已关机。

胡三娃的心一下就悬了起来，俞萍音该不会抱着骨灰盒殉情了吧？！

火车还在向前行进，似乎之前也没有发生骚乱，俞萍音应该还在车上，这样的判断令他稍许安静下来。

他在软卧车厢里来回走了一遭，并没有发现俞萍音的身影。胡三娃定了定神儿，决定去找列车乘警。

胡三娃急匆匆地快步走过各个车厢，然而在一节硬座车厢上，末端那排座位上一个孤零零端坐的身影跃入眼帘，显得十分卓尔不群。

那不是俞萍音又能是谁？

胡三娃忍不住惊呼了一声，虽然没有吵醒旅客，却还是将俞萍音凝重的身形撞动了一下。

她微微抬起头望了一眼胡三娃，点了下头算作招呼。

胡三娃一颗高悬的心落地，在俞萍音对面的空荡座位上落座。而黄二愣的骨灰盒，就在他们面前的小桌上。

他跟着俞萍音一起凝望窗外，夜已深沉，除了远方闪烁的渔火或星星点点的未眠灯火，几乎没有什么可瞻望的。

他回转目光看着俞萍音，惊讶地发现那张脸上竟然显出一种幸福的神态来，想

罪与赎
——万象惊魂记

到俞萍音也未曾吃东西,便劝慰道:"董事长,要不还是回去吃点东西睡会儿觉吧!你这样熬下去,我都担心你还能不能顺利到达黄总的家乡!"

俞萍音凤目幽幽一眨,呢喃道:"我现在正在和他一起看旅途的风景呢,看着看着,他老家的风景就跳进眼帘,然后之前看到的风景就一扫而光,眼里心里就只剩下他家乡的风景了,他当初可是这么说过的!"

胡三娃长叹了口气。

这一声长叹似乎才让俞萍音意识到胡三娃的存在,她收回目光,羞赧地笑笑:"胡大哥您不用担心我,我没事的,放心吧!"

顿了顿,又道:"我看您睡得香甜,不忍心吵醒您,就擅自跑出来了,还请原谅啊!"

胡三娃苦笑一下:"要看风景,软卧车厢也可以啊,为什么非跑这么远?"

俞萍音轻轻摇了摇头,说:"二愣哥自小家境贫寒,养成了吃苦耐劳、勤俭节约的习惯,即便后来做了公司老总,每次坐火车回家也都是坐最便宜的硬座,所以要带他回家,只有坐硬座才能让他觉得自在,也只有和他一起坐硬座,我才能感觉到是在和他一起回家!"

胡三娃讷讷一笑:"这样啊,实在抱歉!"

俞萍音忙道:"胡大哥,您不要误会,我没有怪您的意思,我只想说明我只愿意和二愣哥一起坐在这里,至于您,我倒认为您确实应该在软卧好好休息,让您跟着我一路吃苦受累的,要是还不能休息好,我这心里得多愧疚啦!"

胡三娃还想再客套一下,俞萍音接着又说:"胡大哥,您回包厢好好休息去吧,我在这真没事的,我就只是想重温一下二愣哥当初坐火车回家时的情景,感受一下和他一起回家的那种心情,仅此而已,放心吧!"

胡三娃领会到俞萍音其实是在和黄二愣以一种独特的形式进行灵魂的交会和情感的融合,自己出现在这已经给这对恋人的谈情说爱造成很大影响了,俞萍音没有对他展现丝毫怒容,算是宽宏大量至极。

他暗道惭愧,连忙起身:"那我就先回去了,董事长多保重!"

转身就往回走。

六

俞萍音竟又喊住他，他回过身来，疑惑地望着她。

俞萍音脸上竟溢出一丝关切神色来，说："胡大哥，您不要受我的影响，该吃吃，该喝喝，您好像是一天没吃东西了，看您那副憔悴的样子，赶紧回去吃点东西，一个大男人不吃饭哪能行，不像我们女人家，身子骨薄，本来就不需要多少补养！"

胡三娃悠然一笑，轻快地点点头。俞萍音不仅没事，也完全恢复了正常的情感，他自然感到特别高兴。

回到软卧包厢，也便不再客气了，一口气把桌上的东西都吃了。

吃完东西，在铺位上躺下，头一沾枕头就又睡着了，由于心中的石头已经落了地，这一次睡得特别沉，直到通知到站的广播响起才醒过来。

对于黄二愣的家乡，俞萍音露出格外的新奇感和向往的神色，沉郁已久的眉眼间甚至跳跃着丝丝兴奋之色。

实际上火车只是到了武荆地区，离黄二愣真正的老家还相距甚远，但俞萍音的情绪细胞已经明显开始启用了，刚一踏上火车站的月台，她的心就已经融入了这片大地，脸上尽是脉脉温情。

两人随着稀稀拉拉的旅客快步走出了火车站，此时还是凌晨时分，冬日的阳光尚在将醒未醒状态，渺茫难辨，火车站前小广场上的路灯贫瘠无力，广场四周的街道和建筑物更是冷冷清清，间或有几家旅社的招牌闪动着有气无力的幽光。

胡三娃迟疑道："董事长，天还没亮呢，你一夜没睡，要不找个旅馆休息好了再走？"

俞萍音语声坚定："不了，二愣哥回老家从来没中途睡过旅馆，就在那边有个汽车站，那应该就是二愣哥提起过的汽车站了，他每次都是下了火车直奔汽车站的，咱们过去吧！"

遗憾的是，最早开往宁汉县的车也要在三个多小时之后，胡三娃捏着两张车票，忐忑回到俞萍音身边，无奈道："最早的车也还得等三个多小时，要不董事长还是找个旅馆休息会儿吧？"

俞萍音黛眉微蹙，想了想，还是坚决摇头："不了，我就陪着二愣哥在这候车了！"

顿了顿，又道："如果胡大哥累了的话，可以去找个旅舍休息一会儿，到点我

罪与赎
——万象惊魂记

打电话叫醒你！"

胡三娃苦笑摇头："那咱就去候车的地方呆着吧！"

转身待走时，耳畔响起一个浓浓的乡音："两位是要去哪里涅，不如就坐俺的车撒，马上就可以走，价钱公道！"

一个粗衣布裤的乡里汉子，眉眼神情间还沾着几分泥土气息，憨态可掬地露出讨好的笑容，试图揽到这笔生意。

俞萍音竟毫不犹豫点头："我们要去宁汉县的新树乡，你去吗？"

乡里汉子喜形于色："真哒，俺家就在那儿撒，这样好哒，俺给最优惠价嘎！"

俞萍音也不问价钱："那好，我们就坐你的车，走吧！"

胡三娃苦笑不迭："等等，我去把票退了！"

俞萍音歉意地笑笑："不好意思胡大哥，给您添麻烦了！"

退完票，两人走出车站，在旁边一条小巷里上了一辆小型面的，车很破旧，车座也皱皱巴巴、污渍斑斑。

胡三娃还担心俞萍音会介意，但俞萍音毫不在乎地坐在了座位上。

胡三娃则小心翼翼地在俞萍音旁边捡了个座位坐下。

乡里汉子招呼一声，车就上路了，不一会儿车就开出了城郊，驶入了一片崇山峻岭。

此时虽然晨曦初露、黎明微见，但道路两翼的山岭还是黑黝黝暗沉沉的，或远或近，或巍峨或壮阔，暗哑浅淡的山影轮廓在远近高低各不同的地方或层层叠叠或连绵起伏。

胡三娃心中沉睡的小算盘被前方这段看上去悠长深邃的征程挑拨了一下，蓦然醒转，他忙询问此行价格。

乡里小伙一副亲切的腔调："收你们八百元撒！"

胡三娃心中咯噔跳了一下，比刚才买的汽车票价还是高出了太多，不过他确实不知道按照当地打车的价格，这个价格算不算高。于是狐疑着问道："朋友，您这价格是不是要得有点高了？"

乡里小伙继续口吐浓郁的乡土气息："大兄弟小妹子撒，俺是个实诚人哒，价

六

格绝对公道嘎，俺看着你们觉得亲切，价格还更优惠了些撒！"

胡三娃心道，不管价格高不高，反正已经坐上车了，而且已经满足了俞萍音归心似箭的心愿，从这个角度看，也算值了吧。

一直静坐一旁的俞萍音此时却突发感慨，幽幽一叹："唉，真是抱歉，二愣哥，我本来是想照你的方式和你一起回这趟家的，哪知道还是一时冲动没控制住。你以前天天跟我讲勤俭节约，所以现在肯定在心里埋怨死我了，但二愣哥啊，你也一定要理解我呀，因为我实在想早一些带你回家啊，所以二愣哥，你一定要理解我的苦心，要原谅我呀！"

然而，当俞萍音话落的时候，小面的竟停住了。随后乡里汉子蓦地掉过头来，满脸惊惶之色地望着俞萍音正搁在手心里温情脉脉端详着的骨灰盒。

胡三娃莫名惊讶，连沉醉在对黄二愣切切悼念中的俞萍音都不禁回过神来，困惑地望着乡里汉子。

乡里汉子眨巴一下干涩的眼皮，惶惑道："小妹子，你刚才叫他什么？二愣哥？"

俞萍音惊讶道："是啊，他就是我的二愣哥啊，怎么啦？"

乡里汉子颤声追问："是黄二愣吗？"

俞萍音凤目瞬间烟雾缭绕："对啊，难道您也认识他吗？"

乡里汉子面色瞬间煞白一片，他颤抖地指向用锦绣方帕包覆着的四方小盒，声音已经抖颤了："他……他……他就在这里边，这，这，这是他的骨灰盒？"

俞萍音双眼含泪，悲伤地轻抿嘴唇，凝缓点头。

乡里汉子仰天悲叹一声："天啦！我苦命的愣子哥撒，你这是咋啦哒？"

俞萍音一阵悲从中来，两颗圆滚滚的情泪自眼角滚出。

胡三娃心中也不好受，但也不知道如何是好，在一边保持沉默。

三人任由情绪奔涌好一会，乡里汉子抬起皱巴巴的袖子胡乱抹了一下泪渍麻花的面庞，望着胡三娃："大兄弟哒，您能告诉我咋回事撒？"

胡三娃迟疑片刻，问道："请问朋友，您跟黄总什么关系？"

"俺跟他是一个村的，俺们没有亲戚关系，但愣子哥对俺非常照顾，比亲人还要亲撒！"

罪与赎
——万象惊魂记

　　胡三娃望了一眼珠泪涟涟的俞萍音，略作迟疑，还是斟酌着将黄二愣遇害的事情做了简要说明。

　　乡里汉子听完后，兀自摇头不止："愣子哥是自杀的？不可能撒，他在大地方混得那么好，那么风光撒，他人又那么好，俺们全村人都受到他的照顾，都感谢他撒，他怎么可能自杀涅？不可能的！"

　　胡三娃苦笑一下："好啦，朋友，这个问题咱们就先不讨论了，现在我们着急回到黄总的老家去，您还能开车吗？"

　　乡里汉子情绪已经平静不少了，看着可怜巴巴望着他的俞萍音以及她整整揽在怀里的骨灰盒，连忙点头："没问题撒，马上就走涅！"

　　车子继续启动，乡里汉子也带上了急迫的心情，车开得比刚才快了好多。

　　直到中午，小车才开进一个山谷间的小镇里，再往里面就没有汽车可以走的路了。两人只能下车。可胡三娃要付车钱的时候，结果这乡里汉子执意不要。

　　胡三娃惊讶道："您不是靠这个挣钱的吗？"

　　乡里汉子轻轻点头又摇一下头，忧伤地望一眼俞萍音胸怀中的骨灰盒，苦笑一下道："俺这辆车就是愣子哥资助俺买哒，你说我还能不能要这个钱撒！"

　　胡三娃不自禁望一眼俞萍音，她脸上微微有点惊讶，但随即化为温情，不自觉将怀里的黄二愣又抱紧了一些。

　　乡里汉子悲叹口气："愣子哥每年都会回趟老家的撒，每次回家除了看望他的叔叔外，其实就是资助村里的苦命人哒，俺家一家老小就俺一个有劳动能力，家里穷得叮当响，愣子哥看我会开车撒，就资助俺买了这台车，让俺好好挣钱好好发展，还鼓励俺说有朝一日能够把车开进俺们村里，拉着满车货物，让村里不再世世代代憋屈在那个小山窝里受穷，他就没有白资助俺！唉，可是俺……"乡里汉子面现愧色，继续说，"可是俺…俺，没…没有好好地在山里跑货运撒，却到城里火车站拉起客人来，辜负了愣子哥的愿望，俺，俺真是该死哒！"

　　话落，他可怜巴巴地望着骨灰盒，竟然抬起手掌甩了自己一记耳光。

　　胡三娃制止不及，心中倍感沉重，望了俞萍音一眼，俞萍音面现凄然之色，对他点点头。

六

　　胡三娃心领神会，一把拉过乡里汉子的胳膊，将车费硬塞在他的手心里。

　　乡里汉子连连缩手，硬是不肯接受。

　　胡三娃说："朋友，既然您是黄总生前资助过的老乡亲，那继续帮助和扶持您也一定是黄总的遗愿，至于您开车拉客人那也是自食其力，没什么愧对黄总的，不必耿耿于怀，这个钱您拿着，算是我们代替黄总对您的继续支持！"

　　乡里汉子手臂颤抖了一下，木然地握住钱，眼中含泪，不再推脱了。

　　俞萍音对乡里汉子伤感地笑了笑，似鼓励又似同病相怜，然后款款起身，便准备下车。

　　乡里汉子搔头不已："车是开不进去了撒，马车还可以继续前进到下一个村，剩下的路程只能靠走路了撒，路挺不好走的哒，而且好远，不知道你们二位能不能受得了撒！"

　　俞萍音毅然点头。

　　胡三娃知道俞萍音立志要重走黄二愣回家路，自然也就没啥可说了，向乡里汉子抱拳道："那就麻烦朋友再给我们找一辆马车，我们希望尽快到达！"

　　乡里汉子找来马车，跟两人一起上了路，穿过丛林深处的泥泞小道，剧烈颠簸了大约一个小时后，终于晃到了一个人烟零落的山村，自一座山谷中的便道穿出来，就到了村庄的尽头，从尽头延伸过去的路面，已经完全透迤腾落地和高山峻岭中的野地融为一体。

　　乡里汉子和马车夫低声嘀咕了几句，马车夫就调转马头，打道回府了。

　　乡里汉子镇静地站在茫然四顾的两位客人身旁，抖索精神道："接下来就得考验两位的脚力撒，俺们趁着太阳还没落山，得赶紧走了哒！"

　　胡三娃诧异道："朋友您也跟着我们一块走吗？您不做生意了吗？"

　　乡里汉子神情一肃："俺虽然平时都在外边刨活，很少回村里撒，但今天您们两位远道而来的贵客，而且是愣子哥的朋友，俺是无论如何都要护送到村里去的哒！"

　　胡三娃和俞萍音交换了一下眼神，如此苍茫的群山险壑，确实需要向导，也就不再客套，拍了拍乡里汉子的肩膀表示感谢。

罪与赎
——万象惊魂记

三人稍作休整继续赶路。

这是一条完全靠人力踩出来的山路,是山里人们祖祖辈辈前仆后继用脚板心建造和维护出来的,路一会逶迤在谷地里,一会又盘旋在山坡上,路面尽是嶙峋突兀的石子,路旁尽是五花八门的杂草和荆棘。

路边的风景也是秀丽,虽是冬日,但绿意仍旧滔天而起,在半空中交织成一片天幕般的翠绿织锦,刚进入县城时看到的那条大河突然又出现在苍茫群山之中,此后基本上都紧紧伴随着山路而存在,只是偶尔会被某座或某几座调皮的山峰劈裂,分成好几条不屈不挠的小河,之后又坚贞不屈地汇合在一起,河床一下子又变得豁达大度,河流再次奔腾不息,悠悠绿水激起白浪,映射着遥远山巅的阳光,和远山的云海和雾气搅和成一片,妖娆而壮丽。

胡三娃见惯了这等景色,自然不觉得怎样,但对自小生活在城市的娇小姐俞萍音来说就大不一样了,她完全被这景色吸引住了,虽然怀里的骨灰盒越抱越紧,脚步却是不自觉放缓下来,眼中也有了更多光彩。

当三人爬到一座显得格外奇骏的山岭的半山腰时,乡里汉子喘着气告诉两位客人,绕过这座高大山峰,就到他们古木村了。此前俞萍音揽着黄二愣的骨灰盒一直沉醉在壮美而旖旎的河光山色之中,听闻乡里汉子的说明,才微微动容,展望一下前方的山路,眼中泌出热切神情。

走着走着,突然,从坡上的山林里,传出一阵清脆的歌声:

远望情哥对面来,
扇子遮脸头不抬。
人多难讲恩爱话,
放歌一曲下山来。

走在头里的俞萍音愣了愣,下意识地望一眼骨灰盒,然后诧异地望向因歌声而变得神秘的深邃丛林,略一沉吟后,竟轻启樱唇高声应和起来:

六

> 情哥不是你的哥,
> 情妹不是我的妹。
> 情话唱完一千曲,
> 一阵山风吹冰湖。

俞萍音的歌声虽然声音清脆悦耳,旋律也优美婉转,但柔美的声音唱出冷冷的心声,立刻让上边那人噤声不言了。

胡三娃没料到俞萍音能够对得上来,觉得十分诧异,乡里汉子也被逗乐了,他们对望一眼,笑了起来。

俞萍音羞涩地笑笑,又叹了口气:"两位大哥别笑话我,这山歌对唱是二愣哥教我的,他说他老家青年男女爱通过情歌对唱传情达意,他爱搞恶作剧,专门编些大煞风景的山歌来瞎搅和,我觉得挺有意思,就缠着他学了几支,刚才一听比较应景,就信口唱出一支来!"

胡三娃没料到曲曲一支山歌也牵扯着俞萍音对黄二愣的挂念,刚刚有点松懈的心情又沉重下来。

乡里汉子叹惋道:"是的嚜,愣子哥是个重情重义又活泼风趣的好人撒,唉,可惜呀!"

三人继续默默前行,绕过这座高大山峰群也足足用了将近一个小时,走到山峰的另一面,便从群峰秀谷中隐约看见了庄里人家,一条连接山路的下坡路曲折向下,通向那山底下遗世独立数百年的村庄。

下坡路两旁出现了房子,掩映在树木和岩石之中,那是依山而建的简易民宅,村民们觅得一片稍许平整的山地,就依靠在周围的树干和石头上搭建起自己的家园来。

这样的布局使得整个村庄的房子杂乱无章,也可以说层层叠叠、错落有致,唯一整齐划一的就是各家各户的房子都是由树干、荆条和茅草等天然材料构成,偶尔能够在树屋茅房的后院看到一些土砖构成的小屋舍,也能听到一些家禽家畜的声音。

黄二愣家的老房子在谷地里,从半山腰下到谷底也足足耗了半个小时。抵达谷

罪与赎
——万象惊魂记

地后,天已经完全黑下来,而且整个村庄的房子并不密集在一起,而是三三两两地四处散布,整个大山谷异常宽大,从一处房子到临近的房子之间似乎都隔着千山万水,若不是有乡里汉子做向导,两人是很难寻找到黄二愣家的老房子的。好在月亮紧接着太阳就出来了,山村的月亮显得格外清亮,明亮的光影泼洒在墨绿色的山谷里,在山径上投下闪闪烁烁的光斑。

乡里汉子要带两人回自己家去吃饭,被思家心切的俞萍音谢绝了。乡里汉子无奈作罢,带着两位客人继续前行,在谷地边缘一所依撑在山崖上的老木屋前停住脚步。

这木屋一共有五间房舍,紧靠在高山脚下的崖壁上,屋前有个大院子,左右两边各有一排土砖瓦房,屋顶上和院子里都长了些杂草。此时整个屋子在高山脚下显得沉寂而阴森,只有月亮白茫茫的幽光冷冷清清地照在它身上。

乡里汉子叹道:"唉!愣子哥唯一的亲属,他叔叔几个月前刚刚去世哒,现在愣子哥也死涅,这屋子真是成了空屋了撒!"

胡三娃看俞萍音已经左顾右盼着迈步往院子里走了,忙自包里又掏出一些钱,一把塞到乡里汉子手上:"朋友,今天真是太感谢您了,耽误您做生意了,来,这是给您的补偿!您赶紧忙去吧!"不容分说,已经跑进院子追随俞萍音去了。

乡里汉子犹豫片刻便转身走了。

而俞萍音早已跑进了院子。

七〇

罪 与 赎
——万象惊魂记

木门没有上锁，轻轻一推便开了，月光从门口涌了进去，将小屋内照得通明。

两人进入每一间屋舍参观，俞萍音进入了爱人的家里，面上挂着一种难言的肃静，在月光的映衬下，显得分外庄严。然而从她微微急促的呼吸声中，能明显感觉到她此刻心情的波澜壮阔。

挨个屋子观赏完毕后，最后她在堂屋左侧第一间厢房里停住了身形，这房间里有一张床，一个木柜子，一条木凳子，一把竹椅子。此外空无一物。

俞萍音将骨灰盒放在床上，惘然伫立，面对着它，轻轻叹了口气，用一种忧伤凄切的语调幽幽诉说道："二愣哥，我终于带你回家了，你原来说过是要带我回家的，谁知道现在变成我带你回家了，不过也不要紧，谁带谁都一样，反正结果都是我们一起回家了！你现在觉得怎么样？一路走来是不是很累，回到家里是不是很惬意！那就什么都别管了，好好休息吧，美美地睡一大觉，你以前实在是太累太辛苦了！终于可以放下一切睡大觉了！真好！"

她又默默然深情望了一会骨灰盒，转身对胡三娃说："胡大哥，这间房子是二愣哥的卧房，我今晚就在这里呆着了，您到旁边找间房子休息吧！明早我们再给二愣哥办后事，把他安葬到祖坟里去！"

胡三娃点了点头："董事长您从昨天到现在还没吃过饭呢，我这包里带了些吃的，您必须吃点东西才行！"

俞萍音摇摇头："今天早晨在火车上我已经吃了很多东西的，现在还不饿呢，我包里也有吃的东西，等饿的时候我会吃的，你放心吧！"

七

顿了顿,又道:"胡大哥你今天陪着我跋山涉水的,太辛苦了!你吃点东西,然后就好好休息吧!"

说完,她转过身去,再次凝望着骨灰盒。

胡三娃无奈退出,但怕俞萍音在这陌生土地上有什么闪失,也不敢去另一侧厢房睡觉,只好在堂屋里找了把椅子,悄悄地坐下来,静静聆听隔壁的动静。

俞萍音在黄二愣的房间里一动不动,毫无声响。胡三娃怕俞萍音听出自己在隔壁守护,也压抑住了呼吸。

也不知道过了多长时间,黄二愣的卧房里依然没有动静,院子里却传来了脚步声。

一个熟悉的声音破门而入:"三娃兄弟嚏,俺带晚饭来了哒,把你们饿坏了撒!"

原来是乡里汉子从家做好晚饭送过来了,胡三娃悄然起身,蹑手蹑脚绕到另一侧厢房的门口,才一边嘴里应着一边大步流星地迎过去。

乡里汉子一手提着一个竹篮,快步走进屋来,一边往堂屋里的桌子上放一边问:"愣子嫂涅?她一个姑娘家走这么远撒,肯定累坏了哒!喊她过来吃饭嚏!"

胡三娃忙竖起食指做了一个嘘声的动作,指了指隔壁厢房。

乡里汉子低声道:"睡了撒?"

胡三娃摇摇头:"她好像在祷告,您把饭菜摆好吧,我进去看看!"

胡三娃在厢房门口俯身探头往里边瞧了一眼,发现俞萍音啥时候已然由端立屋中央改为静坐在黄二愣的床上,连忙走了进去。

走近床旁,才发现俞萍音正在无声无息流泪,那眼泪就像个幽灵一般,在月光下发出幽绿的荧光,倒是没有伴随哽咽和啜泣,也就愈加显得深沉而凝重。

胡三娃茫然呆立,不知如何是好。

熟料俞萍音却突然于珠泪涟涟中盈盈一笑:"胡大哥您是叫我出去吃饭吧,我确实饿了,您先去吃,我马上就出来!"

胡三娃诧异地看她一眼,倒也没啥异样,点头退了出来。

一会儿,俞萍音就擦干眼泪走了出来,又恢复了白天的沉着模样。

乡里汉子已经将饭菜摆满了一桌子,还在桌上点了根蜡烛。

罪与赎
——万象惊魂记

他张罗道:"俺们这里都是些山野粗饭撒,没有你们城里的饭菜精致有味哒,请你们莫见怪嚎!"

胡三娃连声道谢,一边给俞萍音拉开凳子,请她入座。

俞萍音朝乡里汉子感激地点点头,又朝胡三娃微微一笑,也不再客气了,津津有味地吃起来,一开始还只是细嚼慢咽,慢慢地就大口大口吃起来,全然不顾淑女的风范了。

短短一段时间的端立和静坐,她态度竟有如此大的改变,要么她确实是饿坏了,要么她与自己的心灵进行了重要对话。

饭后,俞萍音没有急着回黄二愣的卧房,在堂屋里静静地坐了一会儿。胡三娃在一旁默默地陪坐着。

良久,俞萍音抬起头来,欲言又止:"胡大哥,不知道……"

胡三娃鼓励地望着她:"董事长有事只管直说!不用顾忌!"

俞萍音仍是迟疑了一会,嗫嚅道:"不知道能否请您帮个忙,但……但我不知道如何开这个口!"

"董事长尽管吩咐,无论什么事,我必定竭尽全力!"

俞萍音垂下眼皮轻抿柔唇,终于下定决心:"我想赶在二愣哥明日安葬之前跟他办一场简单的婚礼,想请胡大哥帮下忙!"

"啊!"

俞萍音凄然一笑:"我知道您肯定会觉得奇怪,但我就是解不开这个心结,胡大哥您不知道,二愣哥如果没有遇害,他和我本来就是要在这个国庆节到这里来结婚的,谁知道他突然遭了毒手!"

胡三娃大感愕然之下,又不免心中一动:"国庆节到这里来结婚?是董事长您的愿望还是黄总也这么决定的?"

"我们俩商定的,今年年初,二愣哥他叔叔去世了,我想跟着他回来,他没同意,说我和他还没结婚,还不算他的媳妇,根据老家习俗不能带未婚妻回老家奔丧,后来我就缠着他结婚,最后他同意在国庆节结婚,我在城里没有亲人了,他虽然在这边也没有亲人了,但毕竟老家在这,也还有很多乡亲可以祝福我们,所以就商定

七

回这边来结婚，哪想到最后以这样的形式回来！唉！"

俞萍音越说越伤感，凄然一叹。

胡三娃心中惘然，想从俞萍音的话中抓住点什么，却又不知道从何抓起。

俞萍音接着说："所以我心中一直有这么个心结，如果没有了此夙愿，我真是不甘心啦！"

"我能理解，不过在这件事上，我又能帮上什么忙呢？"

俞萍音举起桌上的蜡烛，站起身来："请跟我来吧！"

胡三娃好奇地跟着她走进黄二愣的卧室，被引导到了黄二愣的床旁，俞萍音指了指床上，胡三娃惊讶地瞪大了眼睛，只见在床上躺着一件洁白婚纱，一套西服西裤。原来刚才俞萍音就是坐在婚纱上默默哭泣。她连结婚礼服都带过来了。

胡三娃也感到心里难受，眼泪在眼眶里打着转。

他偷偷地眨一下眼睛，轻轻地抽动一下鼻子，故作平静："董事长想让我怎么做，尽管说吧！"

俞萍音犹豫片刻："这套西服是照着二愣哥的身材订做的，现在他是没办法穿上它了，我……我想请胡大哥替……替二愣哥穿上这套西服和我一起照个相，因为你，你们的身材也很相似！"

俞萍音说完这番话，满脸绯红，将蜡烛的白色光焰都映红了。

胡三娃一时间回不过味来，不知如何作答。

俞萍音凄然道："我知道让胡大哥扮演一个过世的人，这请求是有点过分了，我也是实在心里太苦，所以想法就有点颠三倒四，还请原谅！就当我没说过这话吧！"

胡三娃大摇其头："董事长多虑了，别说您的吩咐我一定会听从，就是能够扮演黄总本身也是我莫大的荣幸啊，黄总是我极为敬重的人，就不知道我扮演他会不会是对他的一种不尊重。"

俞萍音眉宇间跳过一丝困惑之色，犹疑道："您只是替他穿一下衣服，我在心里也还是把您当成他的，他不应该会不高兴吧！"

胡三娃点点头："反正董事长您来斟酌吧，您怎么说我就怎么做！"

罪与赎
——万象惊魂记

俞萍音对着黄二愣的骨灰盒默念了一小会儿，下定了决心："那就请胡大哥去换上二愣哥的西服吧！"

胡三娃换装出来，俞萍音也已经穿好了婚纱，在皎洁的月色和皓白的烛光交相辉映下，一袭洁白长裙的她如同仙女般高贵而优雅，真好似天仙般的一位新娘子，穿上婚纱的俞萍音也抛去了一路上挥之不去的悲伤，满面娇羞，风情万种。

胡三娃不禁看得眼睛发直。

俞萍音望着西服笔挺的"黄二愣"，也是秋波流转、满目柔情，温柔地向他招手致意。

"黄二愣"惴惴不安地走到新娘子身畔，新娘子拉着他走到床边，在骨灰盒旁边给他选定一个位置，帮助他摆好姿势，然后就走到屋子中央已经架设好的相机架前，调整好相机，迅速跑回"黄二愣"身畔，亲昵地挽着他的胳膊，刚好做出相依相偎、相亲相爱的姿态，相机闪光灯就适逢其时地咔嚓一闪。新娘子意犹未尽，如在梦中，还亲密地挽了一会儿"新郎"的胳膊，然后才在大山里叽喳的虫鸣声中梦醒，随后幽幽叹了一口气，带着无比复杂的心情，放开了"新郎"的胳膊，缓缓地站起身来，对"新郎"轻声道了声"谢谢！"

"新郎"整个过程中心情则无法言说，真正的主角本应在此刻体现出飞扬神采和风流气概，但此时却已被封印在小小的盒子里，替身虽然履行着自己替身的职责，但浑身上下却充满了尴尬，大脑一片空白。

结婚典礼就这么一闪即逝，"黄二愣"褪下礼服，迅速还原成了胡三娃，俞萍音却久久不愿脱下婚纱，她抱着黄二愣的骨灰盒，又请胡三娃用相机给他们新婚夫妻俩照了很多婚礼写真。

一直折腾到午夜，万籁俱寂，静夜的气息嗡嗡作响，如同在灵魂深处吹响睡眠的号角，俞萍音终究是累了，不仅是身子，灵魂也累了。她静静地将相机、西服、婚纱等一应婚礼用品忧伤地塞入了旅行箱的箱底，人生啊，最珍贵最沉重的东西往往都是放在心灵最深处的，拿出来放在人生舞台表演的往往都是些浅薄轻贱、不值一提的东西。

婚礼散去，葬礼该登场了！

七

俞萍音谢别胡三娃，她揽着黄二愣，轻盈地躺在了他们的婚床上，怀抱着洞房花烛夜的美梦，悠然睡去。

胡三娃怕她冻着，将各个房间里搜罗出来的被子都盖在她的身上，看着她酣然入梦的恬静睡态，才稍稍放下心来，从卧室退出，看见木屋四处的木门都无法锁住，心里一番激烈斗争，终究还是放弃了去房间睡觉的想法，就在堂屋里安静地坐了下来，默默地伴守着俞萍音，放眼凝望着屋外的夜景，那是一个被雪白月夜染成了银色的山谷，树木泛着银光，水波载着风吟，偶来寒鸦数点，激起犬吠声声。

这样的守夜对胡三娃已经太过稀松平常，且不说他是夜班保安，就是在自己的老家，他也经常在夜不能寐时对着夜空彻夜思考。所以这样的夜晚又如同让他回到了自己的老家，这里虽然是黄二愣的老家，但今天托俞萍音的福，他以那样一种怪异的方式体验到了黄二愣的心境，似乎有一瞬间，他真以为自己就是黄二愣，甚至感觉恍惚之间在黄二愣的心灵空间里捕捉到了什么东西，但又说不上来那是什么。

等到东方破晓有阳光出面做护卫，胡三娃心神放松下来，便在椅子上浅睡了过去。

等他睁眼，发现自己已经裹在一床棉被里，俞萍音的身影背对着他，在屋门外站着抬头望着远方。

阳光已普照大地，新的一天开始了。

他揉揉惺忪的睡眼，从椅子上站起来。俞萍音听到动静，回头望了他一眼，感激地一笑："胡大哥醒了啊，您昨晚又给自己加了个夜班吗？呵！"

胡三娃挠头憨笑："没事，值夜班习惯了！"

顿了顿又道："董事长休息好了么？您在看什么呀？"

俞萍音点点头："昨晚那个热心的老乡大哥早上已经送来早饭了，就在桌上，您去趁热吃吧！我请他今天再帮忙领我们去二愣哥家的祖坟，他说回去办点事就过来，我正在等他呢！"

胡三娃找到屋子的厨房，简单洗漱了一下，早饭是米粥、玉米饼和鸡蛋，俞萍音也还没有动筷，她似乎又回到了之前那个胃口全无的状态，任凭胡三娃如何劝他，也只是默默站在那里，望着远方。

罪与赎
——万象惊魂记

胡三娃只好草草吃了几口，站到俞萍音身边，陪她一起守望远方。

黄二愣家的小木屋似乎是个孤岛，后边是悬崖陡壁和直耸入云的高峰，前方是丛林，左边是旱地，右边则是水田。自哪个方向望过去都一副茫无人烟的气象。

大概半个小时后，前方丛林里传来了喧哗声和闹哄哄的脚步声。

很快，大队人马自丛林里快速走了出来，前边领头的正是那乡里汉子，还有一个白发苍苍、骨架清瘦的老头。

乡里汉子领着这么多村民过来了，不知道他葫芦里卖的是什么药！

等大伙儿风风火火地走到院子里，胡三娃还没来得及在喧闹的人群中瞧个究竟，就见人群中一个身影呼叫着向他奔了过来。

还没瞧清楚眉眼呢，来人已经一把将他抱在怀里，紧紧揽着他的肩，兴奋得大喊大叫："三娃，三娃，怎么是你啊？你怎么跑到这儿来了啊？"

听着熟悉的声音，过往的种种经历浮光掠影般闪过他的脑海，他蓦然顿悟了，惊呼道："志远，是你吗？真的吗？"

牛志远抬起身来，双手把住胡三娃双肩，往外推开几许，将脸儿调皮地伸到他眼前，嬉笑着说："这还能有假，如假包换！"

可不就是牛志远，他比上次在城里分别时又要瘦了些、黑了些，眼神少了些城市的风尘，多了些乡村的烟云，全身沐浴过山里的风雨，带着一丝明显的土腥味儿。

胡三娃如同见到亲人般，他使劲敲打着牛志远的肩膀，竟把黄二愣出事以来一直憋在心里的委屈情绪闹出一些来了，颤声道："你啊你，你这头笨牛，竟然躲到这里享清福来了！你就不能回一下短信吗？"

牛志远纳闷道："你给我发短信了吗？"

胡三娃气恼道："难道你不看手机的吗？"

牛志远苦笑一下："在这深山大沟的异世界里，手机只能算个有点魔法的石头了，你掏出你的手机看看就知道了！"

胡三娃不信邪地掏出手机看了看，果然，屏幕呈现的是信号报警的界面，屏幕上的文字都在微微晃荡着，好像在垂死挣扎一般。

他恍然点头："那你为什么不在城里老实呆着，回老家干嘛来了？"

七

牛志远眉眼一动:"对了,这话得我问你,你像个神仙一样突然降临我们这个小山村,这也太古怪了吧!"

胡三娃凄苦一笑:"他们没跟你说吗?你不知道黄总出事了?"

牛志远面色惊惶起来,紧张道:"只知道张嘎子满村转悠着喊大伙儿到二愣家里来看看,说什么有人带着二愣回来了,让大伙儿紧急过来商量些事情,我这刚睡醒,迷迷瞪瞪跟着人群跑过来,还没搞清楚状况呢!"

胡三娃张了张嘴,第一声愣没说出话来,只得又沉沉地叹了口气,才哀声道:"黄总过世了!"

"什么!?"牛志远抓着胡三娃的手骤然松开,不自觉地退了好几步,他难以置信地眨眨眼睛,才惨然道:"你是说二愣死了?"

胡三娃点点头。

牛志远面色惨白,兀自摇头不信:"这,这不可能吧!这,这玩笑有点开大了!"

胡三娃回头找俞萍音,才发现俞萍音已经和乡里汉子、白发老头等一帮乡亲们进屋里去了。

此时从山谷里四面八方闻讯赶来的乡亲们不断涌来,越聚越多,院子里、屋廊下、屋子里,到处人头涌动。

胡三娃拽住牛志远的胳臂:"去看看你可怜的二愣兄弟就明白了!"

他生拉硬拽着悲沉的牛志远,穿过人群,走进了黄二愣的卧室。

卧室里熙熙攘攘挤满了乡亲,穿着各种各样的粗衣布裤,很多人衣服上还沾着泥巴,此时个个脸上泛着悲戚之色、郁郁之情,都在无声地悼念黄二愣。

人群中间,靠近床旁,俞萍音臂弯里紧紧揽着骨灰盒,一脸倔强的神色,白发老头则在吹胡子瞪眼地激动地说着什么,听不大懂。

牛志远是听得懂的,听了一会儿,他逐渐接受了现实,绝望地摇了摇头,悲伤地叹了口气,哭丧着脸,默默拨开人群,走了进去,对俞萍音说:"嫂子您好,好久没见了!"

俞萍音凄然看他一眼,无声地点点头。

牛志远咬着嘴唇凝神望了一会黄二愣的骨灰盒,扭头对白发老头沉静地说:"大

罪与赎
——万象惊魂记

伯,只怕这次您还真得听二愣家媳妇的,二愣的丧事不宜大操大办!"

白发老头回头瞪了他一眼,稍微平息了一会儿,语言也就平顺多了,仍然还是激动不已:"你这小崽子怎么也吃里扒外呀?你忘了愣娃子对咱们村有多大的恩情?你自己在外边难道没有受到过他的关照?好啦,现在人不幸去世了,往地里草草一埋就把他打发了,这事说得过去吗?不说愣娃子在地下会寒心,乡亲们心里这个坎能迈过去吗?这种摆明了让死者不能安息生者不能安心的事,俺们是绝对不能答应的!"

牛志远被劈头盖脸一顿训斥,面上露出讪讪之色,无奈叹口气,又转头对俞萍音说:"嫂子您看,二愣哥大仁大义,在他生前,俺们村的乡亲们基本上都受过他的救济和照顾,个个都对他深怀感激,如果不让他们表表心意就让二愣哥草草下葬,他们心理上确实很难接受,要不您就通融一下?"

俞萍音微一摇头,一脸决绝之色:"这事没得商量,二愣哥生前崇尚简朴,死后也绝不会贪图浮华,平平淡淡、朴朴素素入土为安一定是他的遗愿,我不能在他一生中最后入土环节拂逆了他的心愿,给他清白一生抹上污点,他在地底下也会觉得憋屈的,这事绝对不能这么做!"

牛志远苦笑着挠挠头,想了想道:"乡亲们也都是一番好意,要不村里只有德高望重的老人家去世才会享受这样的厚葬待遇的,不过嫂子您说得也有道理,我看这样吧,就折中一下,咱也不搞守灵护灵、安魂敬神、大摆社戏那一套了,就让二愣在这祖屋里再呆三天,设个简易灵堂,让乡亲们轮番来吊唁一番,表表心意、表表哀思,怎么样?"

俞萍音丝毫不为所动,只是缓缓而坚决地摇头:"不了,乡亲们的好意我和二愣哥都心领了,但死者为大,咱们尊重一下他的遗愿,让他清清白白、安安静静尽快入土为安吧!"

白发老头忍不住了,气得胡子直翘:"你这个小妮子怎么这么倔涅?你有什么资格替愣娃子做主呀?他是俺们村的人,现在没有旁的亲人了,就得由俺们村里人做主!"

俞萍音冷哼一声,口出惊人之语:"我是他的妻子,只有我能替他做主!"

七

全场哗然，大家面面相觑，白发老头更是瞪眼望着牛志远，寻求答案，牛志远望了俞萍音一眼，茫然摇头。

白发老头皱皱眉头："我说你这小妮子，别什么事情都张口就来，俺咋不知道愣娃子已经结婚娶媳妇了呢？"

俞萍音不以为然："我和他结婚，不一定非得通知您老吧！"

白发老头为之气结，好一会儿，肃声道："这你就错了，只要是俺们村的年轻人，不管在外边走得多远，结婚必须回村里办一场婚礼，这是老祖宗传下来的规矩，谁也不能违背，否则婚姻得不到老祖宗的承认！"

俞萍音肃然一笑："那刚好，我和二愣哥结婚是得到他家祖先见证的，就在这祖屋里举行的！您老可以没话说了！"

人群中又是哗然一片。

白发老头哭笑不得："你这小妮子，怎么说你好呢，你不能为了达到目的，完全信口开河吧！"

俞萍音闪动一双清亮的剪水双瞳，目光越过人群，向胡三娃寻求帮助。

胡三娃拨开人群，走到了里边。

他向白发村长简要讲明情况，在村长的要求下，又帮助俞萍音找出照相机，把照片调出来，给村长过目。

村长边看边摇头，苦笑不迭，一脸忧伤，自第一张由胡三娃冒充新郎官产生的合照开始检阅，一一看过俞萍音和骨灰盒的各种写真合照后，最后又回到第一张照片，仔细端详着照片上的"黄二愣"，冷不丁又回头斜睨了一眼胡三娃，竟兀自点头，自言自语道："真怪，看模样倒也不太像，穿上婚礼服咋这么像涅，简直一模一样！"

胡三娃听着这不着边际的话语，心里涌起一股荒谬感。

白发老头再凝视一会儿照片，略一沉吟道："这样吧，看小姑娘你对愣娃子一片真心，着实不易，虽然这方式有点欠妥，但俺们也能理解你的苦心，俺们尊重你为愣娃子做出的决定，就不再大办后事了，但至少你得给乡亲们一天的时间，让他们哀悼一下愣娃子，别让他们心里憋得太委屈，明天一早就将愣娃子安葬入土，这总行了吧！"

罪与赎
——万象惊魂记

俞萍音还要犹豫，胡三娃忙贴到她旁边低声说："董事长，乡亲们确实一片诚意，我想黄总回到老家了，也愿意跟乡亲们交交心的，一天时间也折腾不出啥花样来，再说，咱不同意的话，他们也不会痛快告诉咱黄总家的祖坟在哪里，事情不也难办么？"

俞萍音哀声叹了一口气，无奈地望一眼村长，终于低迷地点了一下头。

白发老头如闻仙乐，面色一阵激越，他朝乡里汉子还有另外几个老者挥挥手说："走撒，咱赶紧分头办事去哒！"

随之，乡亲们也很快风云散去，留下一少部分乡亲开始屋里屋外忙活起来，再过一会儿，乡亲们又三三两两地回来，手里拿着各色物什。尤其是六个粗壮汉子竟抬着一口宽大厚实的黑木棺材来了。据说是匆忙之下再难为黄二愣专门打造棺材，村里一个德望甚重的老人便将为自己"百年"后准备的"千年屋"贡献了出来。

俞萍音黛眉微蹙，却已无力阻拦了。

很快，堂屋里灵堂搭建起来，花圈、挽联环绕着棺木，布幔、阴幡飘摇于堂上。

唢呐队来了，铜号队来了，炮铳队来了，社戏队来了，烟花爆竹来了，火盆来了，锅碗瓢盆烟酒茶来了，猪羊牛狗来了，承担葬礼各式角色的乡亲们穿着红蓝黄绿各色服装来了。

喧闹和悲伤在这个高山脚下的小木屋四周日夜回响。

俞萍音勉为其难认可了这一仪式之后，她如同忍痛割爱，暂时将黄二愣借给了乡亲们，她完全置身事外，默然无声地坐在小木屋一个安静的角落，有时深情望着那口装着黄二愣骨灰盒的棺材，有时则好奇地瞭望一下深谷四处的乡村风景。

牛志远也投入了忙忙碌碌的人群，他是城里回来的大厨师，自然担当起丧礼厨师的重任。

胡三娃本想揪住他好好聊聊，关于黄二愣的离奇死亡，他还有很多问题要问他，但看他指挥着一群村姑农妇洗菜切肉烧火忙得不亦乐乎，也就强忍住了。一时间无所事事，就一边暗暗观察着俞萍音，一边看着事情的发展。

乡亲们陆陆续续地扶老携幼来到黄二愣的灵堂里哀悼，在深沉的黑漆棺木前放着一个草蒲团，蒲席前点着三根大红蜡烛，吊唁的乡亲们不分男女老幼俱皆在蒲团

七

上跪下来连磕三个响头，包括一些白发苍苍的老者都不例外。

在司仪放声唱念下，在蒲团上磕完响头，再举着一根香烛围着棺木连转三圈，这样才算完成一次祭拜。由于乡亲们人数太多，几乎全村出动，看样子这个深谷里藏着一个很浩大的村庄，祭拜也一直延续至午夜才变得稀落。

虽然祭拜仪式变得稀落，但葬礼场面却变得更加热闹非凡。

入夜之后，唢呐队、铜号锣鼓队悲沉而哀伤的乐声鼓声就再也没有停过，火铳的轰鸣声，烟花爆竹的炸裂声此起彼伏，穿着奇装异服打扮得稀奇古怪的社戏演员们在临时舞台上或放声哀嚎或幽幽啜泣。似乎连夜鸟都加入了进来，在这与世隔绝的山谷共唱一曲悲歌。

葬礼的场面完全超出了俞萍音的意料，她虽然极力想置身事外，生怕黄二愣在黄泉底下责怪她铺张浪费，但还是难掩满心的新奇感，好奇地查看着各种稀奇的场景，而最后视线又总要不安地落在黄二愣的棺材上。

整个过程中她只在吃饭时说过一句话："这是牛大哥做的菜，还是那么好吃！"

然后她就开开心心地大吃大嚼起来，眼神里也闪出一股回忆往事的光芒，如同她已经穿越到过去某段岁月某个欢快的场景里，用那个时候的喜乐冲刷走了眼前的忧伤。

这是一个不眠的山谷之夜，悲咽成河、哀声震天。

第二天一早完成出殡仪式，终于到了送葬环节。

在这最后环节里，俞萍音执意将黄二愣的骨灰盒揽在自己怀里，她宁愿让他躺在自己怀里走完这人生最后一程，而不愿意让他孤零零地躺在棺材里孤苦无依。

村长拗不过她，只好让六个壮汉抬起一口空棺，滑稽地跟在她的身后默默随行。

浩浩荡荡的送葬队伍在山谷的丛林里逶迤蛇行，去往黄二愣家的祖坟所在地。

无巧不巧，黄二愣家的祖坟坐落的地方恰好就在两天前黄昏时分，俞萍音走在半山腰的山路上跟神秘陌生人对唱山歌的那条岔道所在处。

即便已是冬天，依然野花缀地，花香扑鼻，这里分布着几十块墓碑，每块碑石后边鼓起一块或大或小的坟包，上边爬满了野草和荆棘。其中偏西一些某个位置处有个坟包，身上还是光秃秃的泥土，显然是座新坟。

罪 与 赎
——万象惊魂记

在这个新坟包旁边数寸远的地方,被挖掘出一个又大又深的坑,坑洞的形状四四方方、坑洞里边宽阔平整,一个琐碎的土疙瘩都没有,就是为黄二愣准备的。

俞萍音抱着黄二愣的骨灰盒,就地坐在挖出来的黄土坡上,呆呆地望着眼前这个黄澄澄的大洞发怔,乡亲们默默站在她身后,哀伤像是凝固了,陪着她一起哀思。

十分钟左右,俞萍音站了起来,走到旁边的棺材处,俯下身,将骨灰盒轻轻地置于棺材底。最后深情望了一眼,就直起身来,对着旁边的村长点点头,然后别转目光,望向远山深处。

待乡亲们将黄二愣彻底掩埋,随着烟花炸放,最后一阵哀乐齐鸣、悲声震天的时候,胡三娃注意到俞萍音将哀切的目光投向了黄二愣坟包旁边数寸远的地方,那目光中原本的浩瀚忧伤神奇般地骤然减少,取而代之的是一种难言的殷切神情,胡三娃不禁心头一沉。

丧事结束回到小木屋已过响午,大家再默默吃过一顿团圆饭,大部分乡亲便各自散去了,村长指挥少部分乡亲将小木屋内外重新收拾整理干净。一切就又恢复了平静。

村长邀请两位客人去他家里,俞萍音则坚决婉拒,村长只好将他们托付给仍然留下未走的牛志远,也就离去了。

喧闹了一昼夜的小木屋顿时人去楼空,只剩下了三个孤零零的影子。

三人默然相对了一会儿,牛志远打破沉默:"三娃,嫂子,你们接下来什么打算呢?要不在我们这小山村里呆一段时间,我们这里没啥好玩的,但风景还不错,我带你们好好转转!"

俞萍音摇摇头:"现在让二愣哥入土为安,来这里的任务就完成了,本来想立刻就启程回去了,但还想为二愣哥守一夜灵,所以就只能明早再回去了!"

牛志远点点头:"那今晚就去我家里住吧,我给你们做一顿好吃的,好好接待一下你们,嫂子好像是蛮喜欢吃我做的菜!"

俞萍音忧伤地笑了笑:"想当年,你可是我爸的御用厨师,我跟着享了不少口福,只是可惜后来你离开公司,就没有那份口福了!"

牛志远讪讪一笑:"那今天晚饭我卖力一些,一定要让嫂子享尽口福,把过去

七

欠缺的一并补上！"

俞萍音大摇其头："不用了，牛大哥你辛苦两天了，赶紧回去休息去吧，我要为二愣哥守灵，也不可能离开这座小屋的！"

说完，她转身就向黄二愣的卧室走去，好久没再出来。

胡三娃拍拍牛志远的肩膀："她说得有理，你别管我们了，回去休息吧，明早要有空的话，就来送送我们，没空的话，就此告别吧！"

牛志远擂胡三娃一拳："这算什么话，兄弟你千里迢迢跑到我老家来了，我跟你见一面就此告别？想什么呢？门都没有，你们不愿去我家，今晚我就在这里跟你们混了！"

"你倒是愿意跟我混了，弟媳妇愿不愿意呢，别自作主张，下不来台！"

牛志远嘴一撇："别说你还没弟媳，就是有，十个弟媳妇也拽不住今晚我要跟你厮混的心！"

顿了顿，又道："你等着啊，我回去将我老娘安顿一下，然后就过来给你们做饭！"

他快步离去，不到一个小时，他就又回来了，一只手里拎着一只呱呱叫的肥硕大公鸡，另一只手里拎着一个鼓鼓囊囊的大麻袋，一麻袋的食材。

胡三娃看俞萍音在黄二愣的卧室里安静地睡觉，放下心来，完全投入到和牛志远重逢的喜悦中，和他一起杀鸡烧水，洗菜做饭，兄弟俩一边忙活一边谈天说地，暂时忘却了悲伤。

至此，胡三娃才知道牛志远每年冬天都会回到这大山里来照顾老娘，因他老娘有风湿病，每到冬天寒气很重的时候就基本上举步维艰，生活不能自理，在黄二愣出事之前他已经回到这大山里来了，所以对黄二愣的事情一无所知。

晚饭做好后，他们唤醒俞萍音吃饭，俞萍音这次毫不推脱，她饱餐了一顿，并连连竖起大拇指向牛志远表示赞许，一时间似乎也已经忘却了所有的忧伤，然后她心满意足地抹抹嘴巴，洗漱也免了，继续回房酣酣大睡。

胡三娃确定她确实睡了，就继续和牛志远叙旧，临近午夜时分，再去黄二愣的卧室看了看，小姑娘依然睡着，就彻底放下心来，兄弟俩也在旁边找了个卧室，一如当初在地下室的时光，聊着聊着也就睡过去了。

罪与赎
　　——万象惊魂记

　　胡三娃也不知道睡到什么时候，迷迷糊糊中，一阵悠扬的乐声将胡三娃唤醒，那乐声忽有忽无、忽大忽小，此时万籁俱寂，乐声乍然响起时，恰有一种于无声处听惊雷的震撼感，尤其和着月亮的皎洁光影一股脑儿甩在他的眼皮上的时候，他眼皮关闭着的迷幻世界里突然闪过一股电闪雷鸣的光。

　　他被这股奇幻的光影惊醒了，一骨碌翻身坐起，恰好那股清透的乐声奔袭而至，声线细如蚊蚋却扣人心弦，如同一条清丽的带子在雪白的月光里翻转。

　　他心中一个激灵，匆忙下床，跑到俞萍音的卧室一看，果然，俞萍音已经不在了。

　　他吓一大跳，又跑回自己的卧室，牛志远已经被惊醒，正自床上爬起身来，揉着惺忪的睡眼，不明就里。

　　胡三娃叫道："老牛，快，俞萍音不见了，咱们赶紧出去找找！"

　　牛志远惊呼一声，睡意全无，跳下床来，跟着胡三娃往屋外跑。

　　来到屋外，那时隐时现的乐声正好响到分明处，一阵激越的旋律借助山风的魔力，在幽幽天籁的陪衬下，如雷贯耳。

　　笛声！

　　两人同时做出了判断。

　　再循着笛声往深谷里奔跑一阵，声音便清晰起来了，那笛声时而清透空灵，时而凄怆深沉，饱含着悲伤和柔情，带着心灵深处发出的力量，在万籁俱寂的山谷里激荡回响着，一时间令山谷四处百鸟缄默、万虫噤声。

　　奔在前边引路的牛志远突然慢下脚步来，胡三娃急忙刹住身形，差点撞在他身上。

　　他埋怨道："你怎么突然停下来，快点啊！"

　　牛志远淡定地说："我听明白了，不用着急了，这是黄二愣最爱的笛子曲，你看声音正好从那边山峰里坟地的方向传来，就可想而知了！"

　　胡三娃感到一阵毛骨悚然，声音都打颤了："啥？黄二愣吹的笛子曲？"

　　牛志远嘿嘿笑道："瞧你这幅怂样，当然不会是黄二愣在吹，一定是俞小姐跟着他学会了这首笛子曲，这会正在坟地上跟他合奏呢！嘿！"

　　胡三娃脑子一阵恍惚，忙推了一把牛志远："不管啥情形，快走，先找到她再说！"

七

山里的月亮真是皎洁，将丛林中的山路照得如同白昼，也将兄弟俩的影子投射在路边的草丛和山涧中。

月光下两缕影子急速奔行，很快便到了坟地。

果然，被树叶间洒下的斑斑月光弄得影影绰绰的坟地里，山风拂拭激起四处树影婆娑，唯有一团悲伤而轻盈的幻影端坐不动，笛声正是从那里传来的。

两人的到来并没有惊扰那团幻影，她依然用笛声倾诉着心底的忧伤和满怀的思念，沉醉在自己营造的幻梦空间里，早已忽视了外面的一切。

胡三娃一阵揪心疼痛，心中不禁升起怜惜之情，他怕打扰俞萍音的美梦，拉着牛志远就地坐了下来，两人背靠背悄无声息地坐着，侧耳倾听那美妙的笛声，像一首美妙的月光曲，跟着月光一起下山来，投入山脚下的河流里，激起叮咚叮咚的旋律。

直至晨曦初露，俞萍音终于停止了吹奏。她在黄二愣的坟头上沉坐默念了将近一个小时，才抖抖身形，站了起来。

胡三娃连忙拉着牛志远也站起来，向她迎过去。

俞萍音有点吃惊："抱歉，把你们俩也给惊动了！"几乎不容回应，紧接着就是第二句话，"胡大哥，咱们这就回去吧！"

远方山巅传来一阵山鸟的鸣叫，那是来自远方的呼唤。

俞萍音没有再回小木屋，胡三娃和牛志远回去取来行李，两人离开了古木村。

俞萍音在回城的路上不再显得那么心情低落了，似乎黄二愣的后事尘埃落定，她的心头也卸下了重担。毕竟，经历了如此一场向黄二愣的心灵告白，无论多么沉痛的心灵，也该脱胎换骨、浴火重生了！

八〇

罪与赎
——万象惊魂记

两人从黄二愣的老家回来,凌晨5点多抵达万象市。入冬的万象市已经非常寒冷,俞萍音却仍然穿着临走时那身单薄的衣服,但她根本不在意这些,从火车站出来就开车回了公司。

到达公司广场时恰好临近七点。广场上冷冷清清,灰蒙蒙一片,胡三娃还是第一次在这个时刻点穿越广场回公司,他联想到了黄二愣出事的那一天早上,也是这个时间,广场氛围也都相似,都是这样雾朦胧鸟朦胧一片。那次是高副总穿越广场走向他胡三娃眼皮底下,这次则是他和俞萍音穿越广场走向秦叔眼皮底下。

走到大门口的时候,他心中突然萌发一种荒诞的想法,他也学着高副总那副姿态,一边抬脚迈向大门方向,一边扭头去看当初黄二愣陈尸之地,结果,那边居然真躺着一具尸体,一阵凉意蹿遍他的脊梁,他难以自制地像高副总那样惊呼出声,迈向大门方向的那只脚也一样生生撤了回来。几乎同时,他也听到了岗亭里边的呼叫,不过那是惊喜的呼叫。

他转过身来,看到秦叔从岗亭里奔出来。一边向俞萍音愉快地问候着,一边跑向他,揽住他半边肩膀连连叫好。

然而,胡三娃现在完全被恐惧占据,顾不得和秦叔打招呼了,他颤抖着手指指向那具尸体,颤声问道:"秦,秦叔,您,您看到那具尸体了吗?怎么又,又出现了?"

俞萍音因为没有经历过当初凶案现场那一幕,并不知道这是怎么一回事,听胡三娃这么说,感觉惊奇,使劲瞧了过去。

秦叔歉然一笑:"呵呵,抱歉,没想到你们来得这么早,还没来得及撤走那家

八

伙呢！"

"啥？"

"你等会儿啊，我去拿过来你就知道了！"

原来这是一个涂成黑色的橡胶模特。

"秦叔，您让一个橡胶人躺在那里干嘛呀？"

"呵呵，我这不是一直很好奇黄总出事那天你怎么会看不到么，所以趁着今早值班模拟一下当时的现场，想看看在什么情形下有可能看不到！"

"那您有什么发现没有？"

"那么大个东西，好像很难看不到，想装作熟视无睹都不行！"

胡三娃头皮一阵发硬："这么说，那秦叔是不是可以下结论了，是我当时撒了个弥天大谎？"

"没有没有，哪有的事，小胡你别那么敏感，我是就事论事而已！"

"我知道秦叔是信任我的，问题是我自己都不相信自己，我这两只干巴巴的眼睛难道真只是吃干饭用的，一到关键时刻就不灵！"

"好啦,别自怨自艾了,这事不怨你。不过,当然,你是有责任把真相挖出来的！"

他看一眼默不作声的俞萍音，接着说："既然一切外围的事情都扫清了，从今天起，就得紧紧围绕咱们的核心任务展开了，小胡，你说呢！"

"是的，秦叔提醒得对，我不能再懈怠了，接下来看我的吧！"

俞萍音感激地看了一眼胡三娃，跟秦叔挥手道别，往大门里走去。

胡三娃望一眼自己熟悉的岗亭，看一眼疲惫的秦叔，有点犹豫不决："秦叔，要不我替您站会儿岗，您去休息一会儿吧！"

秦叔在他背上大力一推，打趣道："去你的吧，傻小子，今后想在这里躲清闲，门都没有！"

胡三娃会心一笑，大步追向俞萍音。

俞萍音直接来到黄二愣的办公室，办公室显然被人动过，原本整洁的摆设显得有点凌乱，文件柜里的书散乱地摆放着，各种文件夹横七竖八散落在桌子上，而且到处都蒙着薄薄一层灰。

罪与赎
——万象惊魂记

俞萍音凝立屋中央伤神地望了一会,然后就走到文件柜旁边动手整理起里边的书来,胡三娃跟着整理办公桌,屋子里扬起淡淡的灰尘,四下里一望,在外屋没看到抹布,便打眼望向里边的套间,将征询的目光望向俞萍音。

俞萍音略一沉吟,点点头:"没事,二愣哥已经搬走了,他不会再呆在这里受苦了,胡大哥你请便吧!"

胡三娃惴惴不安走进去。

从外边看上去神秘深邃的套间,只有一张低矮的小木床,一个床头柜,一把床头椅,墙上贴着一张画,什么内容看不清楚,因为屋里连个窗户都没有,暗淡昏黑,死气沉沉,似乎连外屋的晨光都不愿意进来。

唯一有点生趣的是,靠里边墙壁一角有个瓷白色的盥洗盆,上边横着一个简易的洗漱台,挂着洗脸毛巾,摆着洗漱杯具,贴墙还有一面镜子。

胡三娃走过去细细寻找一番,也还是没有看到抹布,又不能拿黄二愣的洗脸毛巾当抹布,他灰溜溜地从里间退出来,对俞萍音说:"董事长,里边也没有抹布,只好下次再来擦洗灰尘了!"

俞萍音摆摆手说:"先别管这个!"

说着话,她径直走到黄二愣的办公椅旁,一屁股坐了上去,默然凝望前方虚无的空气,发了一会呆。

蓦然想起还在一旁长身孤立的胡三娃,歉然道:"不好意思,胡大哥,您去把椅子搬出来坐吧,我得跟您商量个事!"

待胡三娃落座,她端了端身子,开门见山:"胡大哥,多话不说了,一会我要组织召开董事会,我想授权您代理总经理一职,您看怎么样?"

胡三娃惊得差点从椅子上蹦起来,连连摆手:"使不得使不得,董事长别开这种玩笑!"

俞萍音神情一凛:"我不是在开玩笑,我已经决定了,除非胡大哥您不打算再查二愣哥的案子!"

"案子肯定是要查的,但这总经理也肯定不能当,这,这,实在有点荒唐了!"

俞萍音郑重其事:"如果胡大哥还是一如既往地决心挖出二愣哥遇害的真相,

八

那这总经理必须得当!"

"为啥?"

"道理很简单,这个任务有多艰苦有多危险,我不用多讲,如果没有一定的资源来调用,你拿什么去调查?"

"如果需要帮助,董事长您可以尽力支持我啊,这不一样么?"

"肯定不一样,一方面您什么事情都要经过我,做起事来就太碍手碍脚了,另一方面,我目前也确实需要一个总经理,新总经理上任之后,您觉得我还能放开手脚来支持您么?"

"可是以我这资历,突然间要当总经理,也难以服众啊!尤其是那个高副总,他还不得气炸了肺!"

俞萍音郑重地点点头:"所以接下来我们就要面临一场挑战,但为了二愣哥的案子,这个关卡我们必须闯过去!"

接着,又柳眉一挑:"不过我很有信心闯过这一关,因为当初二愣哥就是这么当上总经理的,后来的事实证明,这个决定绝对英明,公司能有今日的发展,靠的就是二愣哥经营有方,这在公司是有目共睹的,也是大家伙的共识,包括高副总!"

胡三娃心中一动:"当年黄总当总经理也没遵循常规?"

俞萍音面露得色:"没有,当初也是我一意孤行,硬生生地让他当上这个总经理!"

"那您当初为什么有这么大的勇气,完全不按章法办事呢?"

俞萍音苦涩一笑:"当初也是差不多的情形,那时候很为我爸的死鸣不平,心里根本放不下,也没有别人可以依靠了,只有二愣哥不畏艰险地愿意帮助我,所以就毅然决然地做了这个决定,唉,现在想来,虽然刚才说这个决定很英明,那是站在公司经营角度说的,而对于二愣哥个人而言,可能就是这个决定害死了他!"

说到这,她突然抬眼直视胡三娃:"所以,胡大哥,要说以前我让二愣哥来帮我,不知道还有这种危险,现在我则真不知道能不能让您冒这个险!"

胡三娃摇摇头,说:"这一点上,董事长大可把心放回肚子里,以前咱们已经交流过这个话题了,就不多说了!"

罪与赎
——万象惊魂记

俞萍音满含感激地望了他一眼，沉静地点头："那我做这个决定也就不那么纠结了，就请胡大哥一会配合我，在董事会上把这个事情敲定了吧！"

胡三娃仍是有点犹豫："虽说当了这个总经理有利于查案子，但毕竟总经理的职责不是办案的，主要还是要经营公司的，这样草率的决定，是不是对公司不太公平啊！"

俞萍音毫不犹豫道："第一，我今后的心思也不可能再沉下来将这个公司打造得多么辉煌，我没有这份能力，也没有这个野心，第二，胡大哥您怎么就知道自己没有经营公司的能力呢？二愣哥没有上过大学，都能将公司经营得这么好，您还是堂堂医学院毕业的高材生，难道就这么认输了？"

一席话立马激发出了胡三娃心中的豪情，他冲俞萍音一耸肩膀道："好吧，董事长您安排吧！"

俞萍音立刻拿起桌上电话通知办公室主任安排公司董事会开会。办公室主任叫宋红琳，同时也是唯一的干事。

宋红琳办事很利落，不到一刻钟，就回电告知董事会已安排好。

俞萍音带着胡三娃走了出来，此时已到上班时间，二楼各个办公室的门已经打开，四处生机勃勃的样子，看来俞萍音不在的这段时间，高副总将这个公司料理得还不错。

会议室就在二楼廊道的中间位置，他们走进去的时候，里头已经有五个人落座了，一位年轻姑娘在沏茶倒水、前后张罗着，她瓜子脸，短发，眉清目秀的，穿着黑色职业裙装，显得干练又文秀，那就是宋红琳了。

看到俞萍音走进来，她停止手中活计，迎过来，好奇地看了一眼后边跟着的胡三娃，然后就恭恭敬敬地将俞萍音往椭圆形会议桌的主席上引导就坐，对胡三娃，她就有点不知所措了，只是诧异地打量着他。

更惊诧的是高副总，他皱着眉头，警觉地望着胡三娃，眼中射出冷森森的光芒，其他不怎么认识胡三娃的三名中层干部也好奇地望向胡三娃。

胡三娃尴尬地笑迎着来自各方的目光，浑身如同毛刺在背，颇不自在，好在有秦方泰那双亲切的眼睛在给予他鼓励，使他踏实了不少。

八

俞萍音不管不顾，招手让胡三娃在她身旁坐下来，这给宋红琳解了围，却将胡三娃置于风口浪尖。

公司最高级别的董事会，一个看门的保安不仅列席了，而且直接坐在董事长旁边的重要席位上，俨然董事长的左膀右臂，这实在是让人摸不到头脑。

高副总大概猜到了要发生什么，他紧皱眉头，脸色阴沉如铁，难看得很。

俞萍音清了清嗓子："大家到齐了，那我们就开始吧！"

俞萍音正要继续往下说，一个硬邦邦的声音传来："这是公司最高级别的董事会，多少会涉及公司的一些机密吧，怎么能让一个看大门的保安参与呢？"

正是高副总咄咄逼人地发声质问。

那三名中层领导中有两人也有此心声，忙附和着点头。

另有一名星眉朗目的中年男士则似乎持中立态度，只是冷眼瞧着，不动声色。

俞萍音微微一笑："请高副总放心，本次大会的目的就是要让这位保安同志今后参与到公司的一切机密事务中来，对于这一公司人事方面的变动，倒是可以作为公司的一个机密，请高副总暂时保密！"

高宜和脸色瞬间变成黑铁，愤然道："小姑娘你想搞什么名堂，这是堂堂一个公司，可不要由着你的性子胡来！"

俞萍音寸步不让："高副总既然知道这是公司董事会，请注意你的措辞，不要把生活中的语言带到这么严肃的会谈中来！"

高宜和为之气结，好一会儿，脖子一梗道："好吧，我尊称你一声董事长，但是也请你注意董事长的身份，做好董事长的事情！"

俞萍音玉肩一耸，娇声道："很好，这话说在点子上了，那我现在就正式履行董事长的职责，我宣布今天董事会的主题就是，任命新的总经理！"

虽然大家大都猜到了要发生什么，但俞萍音正式宣布后，还是引起一片哗然。

俞萍音摆手示意大家平静下来，继续道："我现在已经有了总经理的最佳人选，我提议任命保卫科胡三娃同志为公司新的总经理，请大家发表意见吧！"

不待响应，她就立即冲着秦方泰微笑道："秦科长，胡三娃同志是在您的部门任职，请您先说说意见吧！"

罪 与 赎
——万象惊魂记

秦方泰会心一笑:"小胡同志虽然来我们保卫科时间不长,但他工作尽心尽力、尽职尽责,工作能力强,业务素质很高,又是医学院毕业的本科大学生,文化素质也很高,从这一点上看,我完全相信他也能用出类拔萃的思维能力创造性地做好公司的经营工作,所以我完全同意由他担任总经理!"

高宜和气得浑身直颤,狠狠地瞪视着秦方泰,秦方泰则向他愉快地眨眨眼。

俞萍音随即转向高宜和:"高副总,您是公司的副总经理,由胡三娃同志来做您的搭档,您意下如何,请发表您的意见吧!"

高宜和调整了一下气息后,毫不掩饰他的愤慨:"我不同意,虽然我们不是什么大公司,但也是有着公司规则和组织程序的,让一个毫无经营管理经验的毛头小伙突然来当总经理,这无论如何也是说不过去的!请董事长再三斟酌、慎重决策!"

俞萍音想也不想反唇相讥道:"我记得三年多前,在我任命黄二愣做总经理的董事会上,您也说过同样的话,但后来黄总经理还是临危受命,将公司经营得红红火火,事业蒸蒸日上,从这个角度讲,我们是不是可以说,多亏当初没有听你的劝告,所以才有公司今日的发展呢!那么再引申一下,这一任命是不是就完全可以说得过去了?"

高宜和张了张嘴,噎得一句话也说不出来。

俞萍音又连忙放眼望向那三名中层领导。

其中那名短头发宽脸庞显得富态端庄的中年女性略一沉吟道:"我觉得任命胡三娃当总经理也未尝不可,毕竟咱们公司已经有先例可循了,黄总经理虽然保安出身,但确实经营有方,将公司打造得井井有条的,相信胡三娃同志也会有这样的能力,但是,话说回来,高副总当了多年副总了,也对公司作出了很多贡献,咱们要重视年轻人的闯劲,也不能忽略老同志的稳劲,是否可以考虑让胡三娃同志先当个副总,先跟着高副总学学经验呢?"

另外那名瘦高个子有着一张长条脸两撇浓眉的中年男性连忙附和道:"谷科长言之有理,年轻人即便有才干,毕竟没经验,对公司的文化和愿景之类的核心价值体系理解也还有限,这样贸然就提拔为总经理,根基还不牢树干就升空了,和风细雨的都没问题,一来暴风雨就得连根拔起,这对年轻人的成材反而适得其反啊,所

八

以建议先给他放在一个适中的岗位,既能发挥才干,又能积累本事,等时机成熟了,再挑起大梁来!"

俞萍音冷冷一笑,望向那名一直冷眼观天下的中年男人,眼神中有所期待,示意他发表意见。

那人剑眉一挑,淡然一笑:"谷科长和方科长都发表高见了,我也就别想当南郭先生了,关于是不是同意胡三娃同志担任总经理,我觉得自己没有发言权,不敢说三道四的,我只是想单纯谈谈对黄二愣总经理的印象,可以这么说,黄总经理是我于某人有生以来最为尊崇的青年才俊,不是因为我是他引进公司的才这么说,而是他的远见卓识、他的完全有异于常人的思维能力,他一举手一投足的英雄气概,他的人格魅力,他的高尚品德,无论哪方面,都深深地打动我,让我佩服得五体投地。不仅是我,在座各位不也都很服他吗?所以,单纯从黄总经理的经历来看,我对破格任用年轻人担任领头羊不存任何偏见!我的话完了!"

俞萍音听完,一边眼含泪花,一边连连点头。

俞萍音感激地望了他一眼,回望众人:"大家意见都发表完了,我总结一下,总体而言,除了高副总外,大家都不反对胡三娃同志担任总经理,谷科长和方科长稍稍有点担心胡三娃经验不足,需要向高副总再学习学习,我的意见是,即便胡三娃同志担任总经理,也不妨碍他向高副总学习,高副总作为公司的元老,经验丰富,帮助公司的年轻人成长,本身也是他的愿望,所以他一样可以多多指教胡三娃同志,公司有任何重大事情,也一定是大家商量着来做出决定,谁当总经理也不会是一言堂,包括黄总经理生前经营公司,有困难有大事情也是要向高副总请教的,所以这个不成其为问题,至于高副总的疑虑,认为年轻人就没资格当公司的总经理,于科长已经从他的亲身感受加以反证了,希望高副总能够以更高的姿态更开阔的视野来看待这件事情!"

说完,她转向一直在身旁的胡三娃,说道:"胡三娃同志,您作为今天总经理的候选人,给大伙儿说几句吧!"

胡三娃已经逐渐稳定了心神,他本就不是个胆小怕事的人,只是第一次进入这种场合略微有点不适应而已,一旦调整好心态,就什么都不怕了。

罪与赎
——万象惊魂记

他清清嗓子，发表了自己的竞职演说：

"董事长、高副总，各位前辈，按说我是没有资格在这里跟大家说话的，但我突然有个感受，我今天不是代表自己来参会的，而是代表黄总经理，对，就是大家都爱戴的黄总。

"你们别惊讶，我为什么这么说呢？我其实是在走投无路落难之时投奔的黄总经理，承蒙黄总怜恤，收留了我，说黄总是我的救命恩人、再生父母也不为过。滴水之恩当涌泉相报，更何况是救命之恩，我今生已经做好了要将这一生的抱负完全供黄总驱遣的决心，肝脑涂地、在所不惜。

"我本以为我自己总有一天能够为黄总效劳，哪里料想得到黄总突遭横祸，就这么离我们而去了，你们作为黄总的同事，都难免难过得不行，而我，决计用一生去回报黄总的报恩者，又如何受得了这番悲痛和失落，我这心胸中喷涌的恩情必须要有出口，否则我将生生被它们憋死。

"很自然的，现如今唯一能够解开心结的就是将黄总未了的心愿继续替他了结，那就是继承他的遗志，将他的灵魂附体，以他的身份行事，辅佐董事长，将俞氏公司的事业办得越来越红火、越来越辉煌，决不能让那些预谋害死了黄总的恶魔得意，只有让他们品尝惨败的恶果才是对黄总的最好告慰。

"虽然这份担当会充满风险和危险，但是我说过了，我现在已经是黄总经理的第二次生命，如果第二次生命都不为自己的第一次生命而战，还有谁会为自己的第一次生命呐喊呢？所以，请大家伙相信我，继续挑起黄总用他的生命力量传递到我肩膀上的战斗大旗，我将浴血奋战、不遗余力！"

胡三娃话音未落，会场上掌声已经哗然响起，有俞萍音带头鼓掌的引导因素起作用，不过但凡鼓掌的又无不发自内心。

除了高副总面带惊愕之色，不可思议望着胡三娃外，其他诸人都不由自主起立鼓掌，经久不息。

待掌声平静下来，俞萍音趁热打铁："好吧，大家的意见都发表完毕，那我们现在就来举手表决吧！"

她庄严宣告："同意胡三娃同志担任总经理的请举手！"

八

一边说着，一边高高举手。

秦方泰和于新安也毫不犹豫地举起手来，谷玉芬和方明远犹豫地看一眼高宜和，举了手。

高宜和脸色铁青，垂着眼皮，一言不发。

俞萍音柳眉梢上浮上了一丝得意神情，又狡黠地笑笑："现在是五名董事举手同意，那么反对胡三娃同志担任总经理的请举手！"

高宜和哼了一声，没有任何表示。

俞萍音自得一笑，欢声道："好，现在我宣布表决结果，五名董事同意胡三娃同志担任总经理，一名董事弃权，那么，根据董事会议事规则，胡三娃同志担任俞氏粮油食品公司总经理一职的决议就顺利通过，胡三娃同志已当选总经理，我们向他表示祝贺吧！"

说完，她带头鼓起掌来，带动起屋里的掌声稀稀拉拉响了一阵子。

她这才转向宋红琳："红琳，麻烦你将会议记录让各位董事签个字，然后回头给各个部门发个文，之后就尽快协助胡总经理将工作开展起来吧！"

宋红琳点头表示回应。

俞萍音又转对胡三娃，调皮地眨眨眼睛："请胡总经理谈谈感受吧！"

胡三娃心中有种说不出的感觉，既觉庄重又觉荒诞，想了想，还是挺身站起，对着在场诸人弯腰鞠了一个躬，一脸肃静："感谢各位前辈对我的信任，多话不说了，看我的行动吧！"

这一时刻，他在心中是真的把自己置于一个公司总经理的位置上的。和俞萍音的想法略有不同，他知道自己真的担任这个总经理后，就得为公司近百号员工的生计负责，而不是像俞萍音所设想的那样只是一门心思为黄二愣报仇。

在他表态后，高宜和一脸郁愤地站起来，先是瞪了他一眼，然后转向俞萍音，说道："萍音，这公司是你的，你当然有权做任何决定，但我作为同你爸当年一起打拼的战友，要在这里郑重地提醒你，这公司是你爸为之奋斗一生的心血，可以说他为之付出了生命也不为过，如今传到你身上，希望你一定要倍加珍惜，你已经先后两次硬推举保安当总经理，不敢说你就是在拿公司的性命开玩笑，但至少是不太

罪与赎
——万象惊魂记

负责任的,好吧,就假设你慧眼识珠,保安也不一定就没有才干,姑且可以一试身手,那么我希望你作为董事长,也一定要负起你的责任来,真正担当起一个公司掌门人应担负的重担,带领好你选出来的人才经营好公司,公司上下一百号人可都眼巴巴地指望着呢,希望你选出来的人不负众望!"

俞萍音眼中闪过一抹复杂的神色,故作镇静道:"高叔叔您放心吧,我们不会让大家失望的!"

高宜和冷笑一下:"但愿如此吧,但今天你的表现却不那么让人放心,你看看你,这是公司最高级别的董事会,多么严肃的场合,你瞅瞅你都穿着什么衣服来开会了,我是实在不愿意说那个词,怕伤你颜面,要光是衣服不合适也就罢了,可你再瞅瞅你那副灰头土脸的样子,是的,知道你出了趟远门,那你也总得先回家收拾收拾再来组织开会吧,这会没急到那种不马上开公司就要倒闭的程度吧?所以关键还是你的态度,以小窥大,你目前对待工作和公司的态度,很令人堪忧,希望你能好好反省一下,尽快调整过来!我就说这么多吧,既然总经理选完了,没事我就先走了!"

话落,他迈着大步快速走出了会议室。

俞萍音让他抢白了一顿,不自禁地瞅瞅自己的穿戴,确实有点不得体,不由得尴尬地低下头去。

散会后,俞萍音先将胡三娃领到了她的办公室,董事长的办公室也在二层,在楼道另一尽头,和宋红琳的办公室门对门。

董事长办公室里的陈设也很简朴,几乎是黄二愣办公室的翻版,稍微不同的就是没有那个卧室套间,靠墙角多了一张长条沙发,旁边有个饮水机,墙上斜斜挂着一把古琴,古琴旁边的墙壁上挂着两张装在相框里的照片,装裱得很精致,一张上边是一个微胖的中年男人,一身休闲服饰,面上挂着慈和的笑容,踌躇满志地站在一所艺术学校的大门口,俞萍音则穿着短袖衫制式的校服,带着美少女的烂漫笑容,撅着小嘴在中年人怀里撒娇。另一张是黄二愣和俞萍音的情侣照,黄二愣穿着蓝衬衫黑西裤显得干练有型,英挺的眉宇间带着清净的笑容,俞萍音一袭草绿色连衣裙,依偎在黄二愣身旁,一脸幸福而陶醉的表情,照片背景是一群活蹦乱跳的小孩。

俞萍音任由胡三娃欣赏完照片,解释说:"左边的照片是我爸送我上艺术学院

八

的时候照的，他送完我就要走，我舍不得他，吊在他脖子上耍赖，旁边一个同学咔嚓给我们照下来了，右边的照片是我和二愣哥去孤儿院探访小孩时即兴照的，当时觉得满院子小孩漫天瞎蹦满地乱跑的情景特别有意思，就缠着一向不怎么爱照相的二愣哥照了一张，二愣哥可能到死也没理解这张照片的喻意，其实我就是希望嫁给他然后给他生一屋子的小孩，让我们那个大房子里变得热热闹闹、人丁兴旺，这其实也是我爸生前最向往的事情，可惜，到头来还是一场美梦成空！"

俞萍音脸上神情流转，从甜蜜回忆一下子跌入残酷现实，不由得惆怅地叹了口气，静静走回办公椅上坐了下来。

胡三娃心情跟着惆然坠地，向俞萍音投去安慰的眼神。

俞萍音示意胡三娃在沙发上坐定，突然面容一肃："胡总，你对刚才他们说的话怎么想的呢？"

胡三娃一时间对这个称呼还有点不适应，苦笑道："董事长，我明白您想问什么，我知道我这个总经理是干什么的，您放心就是了！"

俞萍音微一摇头："其实我也不像高副总说的那样没有责任感，我知道作为董事长应该负起对公司全体员工的责任，但我现在很难再装进这些东西了，刚才细想了一下，我是没这个能力了，但胡大哥你还是自由的，你不必强求自己一定要怎样怎样，反正现在你是总经理了，该怎么当好这个总经理你自己定义吧，不必太顾虑我的感受，总之，我信任你，我相信你能把很多事情做好的！"

胡三娃心中直起波澜，俞萍音的话虽然简单，但暗含着的力量却如泰山压顶，让他透不过气来。

然后俞萍音宣布胡三娃的工资待遇和之前的黄总同样规格，而相比公司总经理的头衔，黄总的工资也并不高，胡三娃也没什么可推辞的。办公室还用黄总那一间，俞萍音担心胡三娃会介意在黄总的办公室套间睡觉，然而胡三娃却并不介意，那就更方便了，总经理办公地点继续维持黄二愣之前的样子就好。

处理完这些事情，胡三娃说："工资办公室问题您都解决了，接下来咱们进入主题，我想跟你谈谈咱们要做的事！"

俞萍音眼神中露出殷切之情，问道："嗯，咱们是该谈这个了，你打算怎么做呢？"

罪与赎
——万象惊魂记

胡三娃暗中对这个问题早已思虑再三，微微颔首道："我想既然这个案子从后边往前推理实在毫无头绪，那就只能从前往后推进，我打算沿着黄总当年查找您父亲案件的轨迹重新捋一遍线索，但能否将这条失落的神秘线索重新抓紧拉直了，就要走着瞧了，希望老天爷帮忙，给我们好运！"

俞萍音一惊："重走二愣哥当年走过的路？可他就是因为走这条路，才惨遭不测的，你还这么走下去？"

胡三娃则满不在乎地笑着说："不入虎穴焉得虎子，我还真想在这条路上时空再现般地再会一会那个恶魔，我倒要看看当又一个黄二愣出现在他面前的时候，他会不会魂飞魄散呢！"

俞萍音面色大动，眼中射出不可思议之感，同时又伴随着一股莫名的兴奋神情，如同已经看到未来或者不如说过去那惊心动魄一刻的到来。

胡三娃一看勾起了俞萍音的向往之心，颇感欣慰，又道："不过这一思路一定得有个前提，那就是得熟知至少得了解黄总曾经的探案轨迹是什么，哪怕不是全部知道，至少大体轮廓应该知晓，细节或者断轨的部分再通过推理和进一步调查加以补缀，然后从完整的探案轨迹里去摸出那条神秘线索来，从理论上讲，这是可以完成的任务！"

俞萍音频频点头，她凝神望着胡三娃，似有所感。

胡三娃继续道："所以，这就得依靠董事长的大力配合了，因为在黄总探案的那段时间里，董事长是黄总最亲近的人，对于他的情况，理应是最了解的，哪怕曾经的只言片语，可能都是一条绝好的线索！"

俞萍音若有所思地点点头，半晌，又苦笑着摇摇头："胡大哥你说得很有道理，可是遗憾的是，二愣哥当初因为担心我的安全，从来不跟我交流他探查我爸案件相关的事情，说是要让我成为这件事情的绝缘体，让我远离是非，要多远有多远！"

胡三娃不由得皱紧了眉头，眼神中露出失望之色。

如此看来，黄二愣确实是个大仁大义的人，他本来就是路见不平拔刀相助的英雄，获得当事人俞萍音的帮助是理所当然的，可他宁愿自己只身犯险，绝不牵累俞萍音。

八

  如此观照自己，事情尚未开始就已然想着要从俞萍音那里获取帮助，至今还从未产生过要将俞萍音置身事外的考量，倒显出自己的狭小格调来了。

  他想了想："要是这样，这一思路实施起来就比较困难了，不过我觉得黄总即便不想将你卷入是非，但我不相信他能完全做到滴水不漏，至少他在探案过程中产生的一些情绪波动或者神态变化总是会多多少少流露在你面前吧，还有一些无意中提及的事情或者只言片语，你当时觉得很普通，如今结合一些别的事情一分析可能就大有文章呢？"

  俞萍音缓缓点点头："也许吧，但现在我一下子想不起来，你看看需要了解什么，你问吧！"

  胡三娃摇摇头："现在一切都在云里雾里，还不知道应该问些什么，等到以后根据特定事件和情境再慢慢回忆吧，今天先告诉你这么回事，你从现在开始就可以慢慢回忆，曾经和黄总在一起的点点滴滴，重要的信息不妨用本子记录下来，或许将来就能帮助我拨云见日呢！"

  俞萍音连忙点头道好。

  "那好，今天就到此为止，董事长您得听一下高副总的话，在这一点上他是完全正确的，您应该赶紧回家去好好收拾一下自己，然后再彻底地休息好，咱们才有精力投入下一步的战斗当中去！"

  "胡大哥你今天也给自己放一天假，回宿舍休息去吧，明天起再正式开始做总经理！"

  胡三娃送走俞萍音，返回宿舍洗了个澡就躺下了，然而这些天发生的事情太多，他躺床上好半天才睡着，就算睡着了也无法安稳，一个奇怪的梦境又来搅扰他。

  胡三娃梦见自己端坐在黄二愣的办公室椅上，黄二愣敲门进来，胡三娃见到黄二愣，就要把总经理的位置还给他，黄二愣却不答应，只说自己走投无路，请求胡三娃给他一个保安的岗位，说那个岗位才是他真正的归宿，胡三娃只得答应他再做保安。相安无事数月后，胡三娃突然莫名其妙死在了公司大门前的广场上，就在值班的黄二愣的眼皮底下发生，胡三娃的灵魂久久不愿散去，一直飘散在公司四处的空气里，等待着有人为他报仇雪恨。黄二愣说自己亲身经历过这样的事，由他来揭

罪与赎
——万象惊魂记

开这个谜团易如反掌，于是他接替胡三娃再次担任总经理，就此展开了调查，他的第一项调查任务就是在公司四处走访，走访的第一处场所就是胡三娃曾经睡过觉的宿舍，黄二愣满脸悲痛地走到胡三娃宿舍的床边，俯下身子来，向他的床上伸出手去……

胡三娃惊出一身大汗，骤然醒转，梦境就在这一情景处生生中断。

片刻之后，他平静下来，再仔细回味一下梦境的内容，又直恨自己太过怯懦，既然在梦境里已经从人变成鬼，怎么也不应该被从鬼变成人的黄二愣吓醒，这是不合逻辑的。这梦做得太没道理，本来也许老天爷是想通过这一梦境来向他揭示黄二愣到底是如何探案的，而自己不合逻辑的思路把这个线索给堵死了。

接下来，胡三娃又躺在床上，伸脖子蹬腿的，试图将自己再次送入同一梦境，然而他连睡都睡不着了。

他瞪着眼睛发了一会儿呆，苦笑着从床上爬起来，躺在床上瞎想是没意义的。现在时间刚到午后，太阳明晃晃的，他也无心吃午饭了，直接去了办公楼，找到宋红琳，请她带他在公司四处转转。

宋红琳把手头的活儿放到一边，微笑着说："胡总您和黄总的做事风格还真是一样，都是一样的雷厉风行，都是在上任第一天就巡视公司情况。干脆我就领着你按照原来黄总的路线走一圈吧！"

宋红琳领着胡三娃去向的第一站是离办公室不远的财务科，在走向财务科那扇写着财务重地、闲人免入的大铁门时，胡三娃心中升起一股冲动，想要告诉宋红琳黄二愣去的第一站其实是自己住的宿舍，蓦然想起自己把梦境和现实搞混了，才暗自苦笑，按捺住了冲动。

跟谷玉芬及她的几名下属客套一番后，就走了出来，然后就在办公楼二层各行政科室转悠起来，二层虽然人气很旺，但也不是每一间房间都开着，像挂着人力资源部标牌的房间就大门紧闭，门上蒙上了一层淡淡的灰尘。

转悠完行政科室，随后开始逛荡生产车间。

冬天的寒冷削除了厂院里所有的绿色，河面结了薄冰，小桥流水的意境也荡然无存。

八

宋红琳显然鲜明地记着当年陪黄二愣巡视时的情景,她如同再次亲临其境,滔滔不绝地讲解着每一座厂房每一个车间当年的盛景,俞伟民死后的大萧条,以及黄二愣当年听她讲解完之后的感慨。

巡游的路线是从阴冷萧条的那一片区域开始的,一座一座废弃厂房从两人眼前晃过,此等荒芜景象着实过于凄迷,宋红琳突发感慨:"别看这里这么多废弃的厂房,实际上也不完全是俞总死后就自然淘汰的,其中有很多是黄总特意要求淘汰的!"

"为什么?"

宋红琳一脸的朦胧:"这是黄总的经营对策吧,也可以说是被迫的,当年俞总突遭横祸,树倒猢狲散,赫赫一个大公司立刻土崩瓦解,人员四散,很多业务根本无法开展,黄总临危受命,将业务重新梳理了一遍,最后决定,只专心做粮油,所有的食品尤其是需要真空包装的食品车间全部关闭,把那些车间里没有弃公司而去的忠诚员工全部合并到粮油车间来重组,这样,占据俞氏公司大半壁江山的食品生产从此便销声匿迹,大半片厂房就这样转眼成空了,当时,很多公司元老级人物是不同意黄总这一策略的,他们认为让俞氏公司遭受惨变的恰恰是粮油,如果因为员工数量不够支撑太多的业务范围,那要关闭的也是粮油车间,而应依靠当时还颇受市场欢迎的食品来重整旗鼓,但黄总在俞小姐的大力支持下执意坚持既定策略,后来的事实证明这一策略是英明的,俞氏公司从哪里跌倒就从哪里爬起来,现在粮油产品已经重新获得老百姓信任,为俞氏公司赢得了勃勃生机!"

胡三娃暗暗为黄二愣喝了一声彩,不禁开始畅想自己将给俞氏公司带来什么样的未来。

走着说着,在快要走出这一大片荒僻的厂院,切入那边那片繁盛之地时,一座废弃车间里头却人声鼎沸、机器轰鸣,这座厂房本应隶属于寂寞和荒芜,如今却如此繁闹。

他扭转行进方向,向着厂房大铁门走去,边走边询问宋红琳。

宋红琳解释道:"在俞小姐住院这段时间,不一直是由高副总主持公司大局么,他调整了经营思路,决定将原来的食品生产再重新拎起来,尤其是真空包装食品的生产,他其实一直以来就有这个雄心壮志,只是一直没有得到黄总的同意,这次自

罪与赎
——万象惊魂记

己能做主了,就大干快上了!"

胡三娃心中茫然:"公司就这么些人,如果再起炉灶,怕是人手会不够吧!还不如集中精力做好先前的产品!"

"所以高副总决定向社会招兵买马,他雄心很大,要逐渐将俞氏公司重新打造成俞总那个时代的巨无霸粮食企业!"

胡三娃心中蓦地一沉:"再向社会招聘?这事只怕不妥,这跟黄总的经营风格和管理理念完全不合,难道高副总要全盘否定、推倒重来吗?公司既然在黄总的思路和策略下良性运转了这么多年,这么突然连根拔起,只怕会给公司带来不好的变数!"

说着话,他快速走进了车间。

车间里流水线一样分布着大大小小十几台机器,有的老旧得都生锈了,有十几个工人正在分别操纵调试这些机器。

胡三娃搞清楚了他们只是在奉命调试机器,还没到投入生产的程度,他暗暗松了一口气。

沿着古旧的生产线饶有兴味地巡查起来,走到一个形状奇特的真空包装机面前,不由得停下脚步,包装机的钢架上边,随便耷拉悬挂着一些小的真空包装袋,形状也是扁圆形,灰头土脸的样子,应该是当年厂房废弃、工人四散时尚未来得及清理掉的包装袋。胡三娃观摩了一会,没看出个所以然来,就走出车间,继续去向那片繁闹的厂房区域视察。

这片的厂房虽然外表看上去一样的古旧暗淡,但车间里头却是热火朝天的,生命力透墙而出,给房屋的外表也染上一层生命的颜色。

在一个热火朝天的车间里头,胡三娃碰到了正在指挥生产的于新安,于新安看到胡三娃,颇为欣喜地点点头,就陪着胡三娃在车间里巡视起来,对于一路看到的各色机械和物品,声如洪钟做着非常专业详细的讲解,胡三娃是个门外汉,在机器轰鸣声中也只能听个一知半解。

巡视完毕,由于车间声音嘈杂,胡三娃拉着于新安到厂房外边交谈,于新安干脆将胡三娃和宋红琳领到他的办公室里。于新安将他的办公室安置在了生产第一线,

八

是唯一一个不在行政楼里办公的公司领导。

他的办公室既干净整洁又简单大方，从墙角的垃圾桶到办公桌上的文件架，处处都显出一丝不苟的样子。墙壁上张贴着国际国内的食品质量标准文件和食品卫生安全法律法规，几乎占满了四面墙壁。尤为突出的是，俞氏公司的食用油中毒事件赫然放在展板上，图文并茂非常醒目。在办公室一角就有个小型开放式会客室，三人围着茶几在沙发上坐下。

胡三娃指指墙上的公示材料说："于科长很专业，想必这些关于食品的质量标准和法律要求都能在咱们的产品里得以不折不扣地执行吧！"

于新安得意地耸耸肩："何止这点，现在我们的产品标准比这些还要严格！"顿了顿，说："我倒想建议国家质检总局能够采用咱们的生产标准作为行业标准，这样，就咱一家独大！"

胡三娃笑了笑，疑惑道："生产标准提高了，是不是投入成本就会增加呢？成本增加了，产品价格是不是就得升高？"

于新安摇头："也未必，要根据生产标准的构成因素，如果是工人的技术不够格、生产线设置的不科学、管理流程的不合理导致的，那就可以不增加成本地提高生产标准、提升产品质量。不过我们不仅仅满足于优化生产环节，我们在产品自身的精益求精上下功夫，生产成本还是高了一些的。"

胡三娃突然想到："对了，于科长，记得在今天董事会上，您提到您是黄总引进公司的人才，这是什么情况呢，方便讲讲么？"

于新安看了一眼宋红琳，说："这个我讲就不方便了，让小宋给你讲讲吧！"

"是这样的，胡总，咱们俞氏公司自从黄总临危受命后，就定下死规定，绝不再从社会招聘员工，但唯一有个破例，那就是将于新安科长重金从南方一家著名粮油企业里挖了过来，这事也同样是黄总强烈要求的，他说生产型企业重在生产，文化可以重塑一切，但却无法重塑生产，俞氏公司是在生产环节倒下的，依靠自身已经无法再从生产环节站起来，所以必须引进外人引进能人，只此一枚、下不为例，这是黄总的原话，所以就将于科长这枚金蛋引进来了！嘻嘻！"

宋红琳露出小姑娘的俏皮天性，她调皮地向于新安吐舌头做个鬼脸。

罪与赎
——万象惊魂记

　　于新安自得一笑："小宋刚才说的话基本都对，就一个地方不准确，那就是我不是重金挖过来的，在收入上，我跟其他科长是一样的待遇，钱是谷科长发，不信可以去问她！"

　　宋红琳尴尬地笑笑，调侃道："那就是黄总许以重金把你忽悠来的！生米煮成熟饭后，你也不得不接受了！嘻嘻！"

　　于新安连忙摇头，面目一肃："绝对不是，黄总是我见过的人品最好的人，他绝不会采用这种伎俩的，他就是跟我开诚布公地讲了公司情况和自己的经营理念，能够给我的待遇也完全交了实底，我被他的真诚和理想打动，包括他的公司收入分配模式也很吸引我，我就这样心甘情愿地抛家舍业来到这里，事实证明我的选择是正确的，我在这里工作得很开心！"

　　顿了顿，又悲伤地叹口气："唉！只是可惜黄总这么好的人怎么就突遭横祸了呢？然后突然又冒出一个跟黄总似乎差不多的胡总来，简直就像演戏一样，我实在是看不懂啊！"他面带苦笑地盯着胡三娃看了会儿，又意味深长地说，"当然，即便这里头没那么多玄的虚的，我也还是凭直觉就相信，胡总一定能沿承黄总的优良传统，将俞氏公司的红火事业继续发扬壮大的！"

　　胡三娃不自在地摸摸脑袋，笑了笑："像黄总那样真诚实在也许我能做到，但像黄总那般见识深远可真是有点难为我了！"

　　于新安微笑着看着胡三娃，眼神中含着期待。

　　胡三娃缓缓点头，又凝眉一想道："于科长，我想听听您对高副总要重新开办食品生产的意见？"

　　于新安略一沉吟："这个啊，我一辈子只从事过粮油生产的质量控制工作，食品生产我是外行，黄总把我招聘进来，也表明了只是要重振俞氏粮油品牌的决心，现在高副总要弄食品生产，这有点违背黄总的经营理念，原则上我也不太认可，但人家是副总，我得听人家的，如果非要弄，我也只能再从头学起呗！"

　　胡三娃不自觉眉头紧皱，眼前不远处也出现了一团迷雾。

　　和宋红琳巡视完毕，吃过晚饭，回到办公楼，胡三娃便请宋红琳从办公室找出厚厚一大摞有关公司的资料，各种规章制度、会议记录、公司发文、报表数据等等，

八

林林总总、应有尽有。然后就和宋红琳一人抱着一大捆，搬到了楼道另一头的黄二愣的办公室，堆放在办公桌上，像小山一样。

宋红琳临走时仍然有点狐疑："胡总，你真打算以后就在这里办公吗？"

"是的！"

宋红琳眼中流露出又佩服又诧异的复杂神色："那好吧,我打扫一下这个屋子！"

"不用了，我现在急于看资料，你这一清扫，不定清扫到什么时候，我岂不是没法安心看下去了！以后再说吧，不急在这一晚上！"

"那这样吧，我明天叫个保洁，你不在屋里的时候打扫干净，她们专业干这个的，动作快！"

"也不用了，我明天抽空自己打扫吧，没必要花这份冤枉钱！节约也应该是一个公司的经营之本！"

宋红琳面色一怔："呵，于科长没说错，你和黄总还真是风格一样，别说说话的语气了，连说话的内容都差不多，当年我领着黄总到这个办公室时，他也这么说过！"

胡三娃心中起了一阵异样的感觉，一点也没觉得宋红琳是在夸他，他安慰自己道："这算是常识吧，也许因为我跟黄总都来自农村的缘故，勤俭节约的观念比较强，嘿，你呀，别瞎琢磨这个了，赶紧下班回家休息去吧！"

宋红琳看看时间说："咱们是八点下班，现在还早着呢，其实我一般也会在办公室加班到很晚，睡在办公室的时间更多一些，胡总你有什么事尽管呼叫我就是了！"

宋红琳走后，胡三娃就埋头于资料堆了。通过海量阅读，胡三娃完全知晓了俞氏公司的来龙去脉，从俞伟民带领王天武、高宜和、秦方泰、谷玉芬、方明远五位儿时好友一起创业开始，直到黄二愣去世，之间公司的各种起起落落。以下三点内容是最引起他的注意的：

其一，和俞氏公司并存于世的另一家公司是蔡氏粮油食品有限责任公司，如同俞氏公司的连襟兄弟一般，两个公司的名字在各类文档中几乎总是并列在一起进行各种比较，两家企业此消彼长，俞氏称霸万东区的时候，蔡氏集团只能偏安一隅，

罪与赎
——万象惊魂记

如今俞氏马失前蹄不行了，蔡氏则把俞氏丢掉的市场统统吃下去，取代了俞氏集团的位置。

其二，当年俞氏公司食品中毒事件发生后，公司内部紧急召开了董事会进行应对，一起创业打天下的六人发生了激烈争论，意见严重分歧，最后王天武挺身而出、力排众议，说明自己是管生产的副总，无论如何难辞其咎，责任只能由自己承担。实在没有别的好办法了，大家最终同意了王天武的英勇赴义，并商定给予王天武的家人最好的照顾。遗憾的是，这场董事会最终也没有探讨这场食品灾难事件的真正原因，所以依然是一笔糊涂账。

其三，黄二愣接手公司后，进行大刀阔斧地改革，集中既有人力资源专心做粮油生产，颇有点想要绝处逢生的意思，并且在公司大兴勤俭节约之风，极大地缩减公司运营经费，全力投入产品生产和销售，确保公司产品质优价廉物美。黄二愣的管理理念和经营策略与高副总产生了较大分歧，高副总主张公司经营要广开门路，并且要给员工以充分自在的工作环境，办公经费上不能让员工太束手束脚，避免很多工作因无法施展拳脚而办不成办不好。其中有一件事，几乎使两人的分歧达到白热化的程度。俞伟民死后，高副总建议给公司安装安防监控系统，但黄二愣认为在公司经费捉襟见肘的时候，再投入巨资购买安防监控系统，只会把公司拖入泥潭，坚决不同意高副总的意见。最终，黄二愣因为得到董事长俞萍音的大力支持，获得了胜利。

材料很多，胡三娃看了很久，他将这三条信息反复消化了几遍之后，感到一阵困意袭来，眼睛都睁不开了，掏出手机看看时间，已是凌晨三点。

他吃力地抬起身子，准备回宿舍睡觉，站起身来，下意识望了里边那个小黑屋一眼，冷不丁冒出一个想法，干嘛不睡在里边呢？在黄二愣曾经睡过的房间里，也许能捕捉到一些蛛丝马迹呢？一念及此，他居然觉得很兴奋。被这个念头牢牢控制，已经无法挣脱了。

他走过去将办公室的门关好，小心翼翼走进里边的套间，打开灯准备睡觉。胡三娃已经困得脑子一片麻木，和衣躺在床上，本想适应一下环境再去关灯，结果根本挡不住困意，一挨枕头就呼呼入睡了。

八

这一觉没有任何人打扰他，一下睡到自然醒。

他从床上爬起来，然后想起自己睡前没有关灯，就走到墙壁去摁开关，让他惊讶的是，小屋里竟骤然一亮，也就是说，他想着的是关掉灯，其实是在打开灯。

难道，他昨晚其实是关灯了的？

可能是自己困得一塌糊涂，迷糊间产生错觉了，以为自己没关灯呢。

这样强行安慰着自己，胡三娃变得平静下来。

他在水盆边上拧开水龙头，由于好久没有使用了，水龙头里首先吱呀喷出一股带气的黑水，然后才慢慢变得清亮，胡三娃捧起凉水洗了把脸，不敢使用黄二愣的洗脸毛巾，抬起袖子在脸上抹了两把，就走出卧室，来到外屋办公室，准备将未读完的资料一气呵成看完。

他走到办公椅边，悠闲自得地刚一落座，视线随意一扫，又"啊呀"一声，马上从椅子上惊跳起来。

他目瞪口呆地瞪视着桌面上的东西，开动他那可怜的脑子使劲地思索着，心还在刚才的惊惶中砰砰直跳。

那其实也不是什么面目狰狞的东西，而不过是一个真空包装袋而已，就是胡三娃在食品生产车间碰到的那种真空包装袋，当时悬挂在那台真空包装机机身的铁杆上，它呈扁圆形，灰白色，样子普普通通，一副朴素平凡的样貌，但此时却是那样的真实感人！

它就摆在那一堆小山般的资料旁边的桌面上，恰好是胡三娃埋头苦读的位置，此时桌面倒是干干净净的，但胡三娃已经判断不出来到底是他的衣袖拂拭干净的还是这天外飞仙般突然降临的真空包装袋拂拭干净的。

总之，他的衣袖上有灰尘的印迹，那真空包装袋本身也是灰头土脸的。

还有一点确凿无疑，昨晚睡觉前，桌面上肯定没有这玩意儿！

胡三娃看了一眼屋门和侧墙上的窗户。门和窗户都紧闭着，与睡觉前毫无二致。

这下他心里有点慌了，一看时间已过了上班点，连忙给宋红琳打电话，让她马上来一趟。

宋红琳很快就一路小跑过来，敲门而入。

罪与赎
——万象惊魂记

胡三娃把她引到桌边，指着桌面说："红琳，你今早是不是进来清扫桌面卫生了？"

宋红琳望一眼桌面，茫然摇头："没有啊，胡总不是不让打扰您么？怎么啦？"

胡三娃眉头瞬间皱紧了："那还可能有谁会进来么？"

"这屋子的钥匙就你、我还有董事长有，董事长这个时间还在家里呢，不太可能进来过。"

胡三娃满心惊疑，将昨夜的怪事讲给宋红琳。

宋红琳也被吓了一跳，她惊惶地四处扫视了一番，把目光定在了靠墙而立的书柜上。

她几步走到书柜边，打开书柜门，探头进去仔仔细细搜寻一番，然后又一脸迷惑，直起身来，一边关柜门一边摇头。

胡三娃好奇道："你打开柜门想找什么呢？"

宋红琳苦笑道："我想看看柜子里还有没有这样的袋子，结果没有！"

"如果有的话，你想得出什么结论？"

"那就可以认为是有人把袋子从柜子里移到桌子上！"

"可是我确信没有这么做过啊！"

"那就是另有其人！"

"这屋子里就我一个啊，门窗都关得严严实实的，不可能有人出入过！"

"所以很奇怪，难道？"

"难道什么？"

"呵呵，我想多了，我想到了原来的屋主人！胡总别介意哦！"宋红琳调皮地做个鬼脸。

胡三娃心中一阵轻晃："好啦，都什么时候了，还开这种玩笑，快想想，还有什么别的思路没有？毕竟你最熟悉办公室的情况！"

宋红琳强行思索了一小会，皱着眉头苦笑道："真是想不出来了！"

胡三娃失望地耸耸肩膀，望着那袋子又要陷入沉思。

宋红琳突然瞪视胡三娃道："胡总，有没有这种可能性？"

八

"请讲？"

"就是你夜间梦游了，昨晚咱们谈到过要打扫卫生，所以你在梦中也想着要清扫桌面卫生，就不知道从哪里找出这么个袋子当抹布，也没认真干完活就扔在桌上，然后继续回里屋睡觉，顺手把灯关了！"

胡三娃听得心里直发毛，摇头不止："我刚才也这么想过，但我从来没有梦游的毛病，不可能突然就犯这病，这种可能性几乎为零。"

宋红琳想了想道："这种袋子只在真空食品生产车间有，昨天咱们巡视那车间时见过，如果这袋子不是这屋里本来就有的，那就一定来自那个车间，咱们可以去那看看，看有没有什么线索！"

胡三娃正有此意，忙点头应和。

两人锁门出来，满心期待地奔向那个车间。

车间大门已经打开，里头机器又像昨天巡视所见时那样在轰隆隆响着。两人来到那个真空包装机前，挂在各处铁条横杆上的真空包装袋一副完整无缺、岿然不动的样子，胡三娃直恨自己昨天没有数一下袋子的数量，这么多的袋子里头突然少一袋两袋的，从外观上根本看不出来，从痕迹角度看，也没什么大变化，所以这趟等于白来。

两人又追问到了最先开门的工人，结果表明，早上大门是紧锁的，没有任何异常。

一无所获，两人只好讪讪而归，回到总经理办公室门前，胡三娃掏出钥匙正要开门，却蓦然发现门已然是开着的，只是虚掩着，露出一条窄缝。

胡三娃惊出一身冷汗，和宋红琳对望一眼，大眼瞪着小眼，眼神俱皆写满了惶惑。

胡三娃咬一下嘴唇，鼓起勇气敲了敲门。

里头传出一个熟悉的声音："请进！"原来是俞萍音，两人赶忙推门而进。

她此时端坐在黄二愣的办公椅上，聚精会神地翻阅着桌上摊开的一本书册。

她抬头望见宋红琳也跟着进来了，不由一怔，微笑着冲两人点点头。

"董事长您来这么早啊！"

"跟你这么勤奋的总经理比，我这根本不算早了，这不是才到上班点么，怎么，你已经看过这么多资料了？"

罪与赎
——万象惊魂记

"我昨晚就开始看了,凌晨就睡这屋里了,然后要不是早上起来发现一件怪事,也许已经看完了!"

俞萍音端了端身子,两眼紧盯着胡三娃:"发生什么怪事了?"

胡三娃又讲了一遍昨夜的怪事,俞萍音听完,"刷"地从椅子上站起,四处审视起这间办公室的各处来。胡三娃和宋红琳面面相觑,宋红琳惊奇不已,胡三娃则充满了担忧。

俞萍音来来回回走了好几圈,视线停留在一个死角处,又过了好半天,她才收回心神,默默走回到椅子上端庄坐下,对屋里呆立着的两人说:"你们不用感到奇怪了,我知道是怎么回事了!"

两人均好奇地盯着她。

她眼含柔情,微微一笑:"二愣哥回来了!"

"啊!"

胡三娃与其说是感到惊讶,不如说是感到焦虑。俞萍音如果总是触景生情又想不开了可怎么办呢。他试探着问:"董事长,您要不还是回家休息吧!"

俞萍音显然看穿了胡三娃的想法,淡定地说:"胡总放心,我没事,现在咱们需要紧急商量一件工作上的事!红琳,你去把高副总叫过来吧!"

宋红琳满心惊奇地点点头,领命而去。

俞萍音对一脸忧虑的胡三娃笑了笑,说:"胡大哥放心吧,你也许觉得我有点神叨了,但这事一定是出自二愣哥的心愿,通过什么方式表达出来不重要,重要的是他的心愿我必须履行!"

"什么心愿呢?"

"一会儿等高副总来了你就知道了!"

宋红琳领着高宜和几乎是应声而入。

高宜和冷冷地望了一眼胡三娃,对俞萍音恭顺地点点头:"董事长你找我?"

俞萍音对宋红琳说:"你去给高副总搬一把椅子出来!"

高宜和连忙摆手制止:"算了,就站着说吧,这屋里我坐不惯!"

俞萍音面色一沉,冷笑一声:"也好,坐不惯那就站着吧,高副总,我知道您

八

一直不信服黄总，本来不该把您叫到他的办公室来谈话，但今天要谈这事还就是在他的办公室里比较贴切，还请多多包涵！"

高宜和不以为意："没什么可介意的，说吧，什么事？"

"虽然黄总已经过世，但死者为大，还是请您尊重一下他吧！"

"我虽然不怎么瞧得起他，但还不至于不尊重他，不知道董事长指的是什么？"

俞萍音冷冷一笑，指着办公桌上的真空包装袋说："麻烦高副总看看这个就明白了！"

高宜和视线落到袋子上，眼神闪烁了一下，说："这不是真空包装袋么？搁在这儿干嘛呢？"

"高副总不要装糊涂了，黄总生前废止真空包装食品生产，您一直耿耿于怀，现在他尸骨未寒，您就立刻跟他对着干，您不觉得这是对他的不尊重么？"

"我是对事不对人，我觉得公司发展生产就得多元化，不能那么单一，我只是要破除他的糊涂策略，对他本人没有任何意见！说故意跟他对着干那更是无稽之谈！"

"那好，既然不涉及个人恩怨，那就好办，现在黄总对您破坏他的经营策略很不满意了，要求您撤销刚做出的重开真空包装食品生产的决定，请您执行吧！"

高宜和吃了一惊，说："他不是已经死了么？"

俞萍音则用非常庄重的语气回应到："黄总昨夜再次降临此屋，留下了他的心愿，想通过继续在这里办公的胡总将他的不满心情转告于您！"

"董事长恕我愚钝，请您有事明说吧！"

俞萍音就将胡三娃昨夜碰到的离奇情节择要跟他讲了讲，重点强调真空包装袋神奇出现在案头的重要喻意。

高宜和惊讶地听完这番奇谈怪论，转脸冷冷对着胡三娃，眼中寒意闪闪。

胡三娃也很困惑，只好耸耸肩。

高宜和突然声色俱厉地说："你想搞什么鬼，你要是因为我反对你做总经理而心生怨恨，大可以直接冲着我来，犯得着这么麻烦，编个鬼故事来妖言惑众吗？"

胡三娃一脸无辜地说："高副总误会了，我对您没有任何不满，您不同意我做

罪 与 赎
——万象惊魂记

总经理也是出于对公司负责的态度,我完全理解并十分尊重您,怎么可能去编个故事跟您作对呢?要编也编不出这样的故事来啊,这是真实发生了的!"

高宜和嗤之以鼻,又转头对俞萍音说:"萍音,我现在是以你爸爸战友的身份跟你说话,虽然你这些年一直不顺,遭受了很多伤害,做叔叔的看在眼里、疼在心里。但现在毕竟咱们不还是坚强地走过来了嘛,既然坚挺过来了,那就得好好珍惜眼前的一切,我们这帮老家伙也会一直不离不弃地辅佐你、帮助你,你还年轻不懂事,难免有些小孩子心性,不时地胡闹一番,这个我们也都能理解,也都由着你去了。但是这也只能限于小打小闹啊,一旦涉及大是大非的原则性问题,这个是不能迁就的。现在公司到了转型升级的最关键阶段,迈过去了,公司就能重回当年你爸带领公司时的辉煌时代,在这样的关键时候,你应该跟我们齐心协力、攻坚克难,共谋公司发展,却怎么能跟一个不知道从哪里冒出来的小孩子一起瞎胡闹!先是让他当什么总经理,接着又跟他一起装神弄鬼来嘲弄我,要光是小孩贪玩,拿我这个老头子开开玩笑也没什么,如果因此破坏公司发展大计,那就完蛋了?!"

俞萍音则冷冷地说:"高副总,我们没有在装神弄鬼,更没有心情跟您开玩笑,这是真实发生的事!"

高宜和不屑地瞥了胡三娃一眼:"董事长你凭什么这么相信,又不是你亲眼所见,这么古怪的事怎么可能发生呢?十有八九是有人居心叵测,胡编乱造、图谋不轨!"

俞萍音抬头望了望虚无缥缈的空气:"这跟胡总其实也没关系,我早就有灵觉了,我的二愣哥他不会就那么离开我的,他迟早还会回来的!"

高宜和惊愕地望了她一眼,眼神中逐渐弥漫上几许忧色。

俞萍音望着这个前辈,语气和缓下来,但态度决然:"高叔叔,您一心为公司发展的心愿我很理解,也很敬重,但现在既然二愣哥不同意您的方案,我想自有他的道理,我不愿意违背他的意愿,所以就终止那个真空包装食品生产计划吧,请多包涵!"

高宜和眼睛里都冒出火来,但他仍旧克制着没发作:"萍音你不要胡闹啊,不要以这么一种荒唐可笑的理由断送公司大好的发展良机!"

沉默已久的胡三娃这时说话了:"高副总,我也同意董事长的意见,暂时先终

八

止真空食品加工的生产计划吧。我的理由当然不是要尊重黄总的意见，而是我觉得目前还不是扩大生产规模的时机。黄总刚刚去世，人心难免浮乱，公司现在应该以求稳为重，此时如果扩大生产规模，就要再招聘大量工人，更加会对现有公司员工造成心理冲击，黄总原有的公司文化是公司一家亲，全体公司员工都是一家人，也享受到一家人的待遇，所以才有向心力，这是我们公司在困境中再次崛起的关键。如果此时大量招聘新人，这种企业文化就散了，粮油方面的市场也可能失守，这是得不偿失的。所以我的观点是，公司既然已经在黄总营造的企业文化和经营模式下良性运转了这么多年，现在黄总突然离世，更应该努力保持这种企业文化和经营理念不受影响，使得公司能够平稳度过这个困境。至于扩大生产规模，要等将来时机成熟了，再循序渐进地完成，现在确实不宜操之过急！"

高宜和本来就恼怒万分，这时候再被一个他瞧不起的小屁孩板着面孔一番说教，面上更是红一阵白一阵，最后他恼羞成怒道："你一个小毛孩懂什么？我在公司打拼时，你还在娘胎里打滚呢，快哪里凉快哪里呆着去！"

胡三娃被这样一激，不禁也来了气："不管怎么说，我现在是公司总经理，在董事长组织召开董事会罢免我之前，我还是有最终决策权的。我现在宣布，暂时终止真空包装食品生产计划，这也是董事长的意愿。宋主任，请去发一道文将这个决定传达到公司各个部门吧！"

宋红琳犹豫地看一眼高宜和，又望望俞萍音，俞萍音冲她点点头，她这才放心离去。

高宜和气得浑身直颤，他指着胡三娃，对着俞萍音直眉瞪眼："俞萍音，我最后问你一句，你就打算一直这么惯着他？"

俞萍音语气平和，态度坚决："高叔叔，请您相信，我们不是胡来，我们的决定是正确的，我不是在惯他，只是听取了他的正确意见！"

高宜和气得鼓鼓的，转身拂袖而去。

胡三娃和俞萍音也陷入了尴尬的沉默。

好一会儿，胡三娃打破了沉默："董事长请您相信我，我昨晚在这屋里的离奇遭遇是真事，一点也没有胡编乱造！"

罪与赎
——万象惊魂记

"胡大哥不用强调,我完全相信您,其实,我老早就已经开始想象过这事了,什么时候二愣哥的灵魂会来找我呢,没想到是以这样的形式!"

"董事长,我说我不是胡编乱造的,并不是希望您以这样一种解释来理解这件事,这世界上不会有鬼魂的,即便发生了鬼事,那也一定是有什么东西在搞鬼!"

"不,世界上有没有鬼魂我不妄加评论,但这事一定是二愣哥的意愿的体现,是人是鬼闹出来的我不知道,但我冥冥之中在充满灵气和驿动的空气中是感知到了二愣哥的,并且我还听到了他的另一个心愿,刚才只是讲了针对高副总的一个心愿而已,还有一个针对我的心愿没有讲呢!"

"什么心愿?"

俞萍音面色沉醉,满目凄清:"他在我心里发出了质问,问我为什么过去这么久了,怎么还没有人调查他是怎么死的!"

九〇

罪 与 赎
——万象惊魂记

胡三娃听到俞萍音这样说，脸上写满了愧意。不过他这些日子虽然没把调查黄二愣的事情作为重点，但脑子一直也没闲着。他压低声音说："关于黄总的事情，此前我从来未曾怀疑过高副总，可今天这番话看来，他似乎也是有嫌疑的啊。"

俞萍音大摇其头："高叔叔肯定不会跟案子有关联，他只是倚老卖老，瞧不起年轻人，尤其瞧不起穷苦出身的孩子，像二愣哥这样的从保安出身直接当了公司老总，超出了他能够接受的极限，所以他的思想几年都缓不过劲来，表面上总要装出一副跟二愣哥水火不容的架势来挽回他的面子，其实他也从来没有违抗过二愣哥发布的经营指令，尤其是二愣哥将公司经营得红红火火、有声有色的，他其实在心底里已经暗暗松动了对二愣哥的成见，只是死要面子硬装出一副不可一世的样子来！"

胡三娃心中快速盘算着，暂时将高副总排除出了他的调查名单，至于如何去让高副总对自己刮目相看，他则是无暇顾及了。接下来，他的主要工作其实是探明真相。

于是，两人进行了下面的分工：公司的事务主要由俞萍音打理，胡三娃表面上做总经理，实际上按照黄二愣的路线重新展开调查。

胡三娃离开办公室，回到宿舍洗漱一番，穿戴一新，揽镜自照，颇有几分唬人的气概了，才出门而去。

他的思路也基本理清了，确定了自己的行动方案。

黄二愣的死，只有两种可能性：

其一，跟他调查俞伟民的死无关；

其二，跟他调查俞伟民的死有关。

九

第一种情况又有三种可能性：

其一，跟情有关，那就是他和俞萍音的爱情激发了情敌的杀气，说具体点，就是贾仁剑下的手；

其二，跟利有关，黄二愣将俞氏公司经营得红红火火，侵犯了竞争对手的利益，惹来杀身之祸，说具体点，就是那个蔡氏粮油食品公司下的手；

其三，跟恨有关，黄二愣的存在使某人恨得咬牙切齿，非得除之而后快，说具体点，就是高副总下的手。

但如果是这三种原因，凶手都完全没有必要模拟一个完全一样的凶案现场。

况且上述当事人这样做的可能性也很小。贾仁剑如果为了得到俞萍音而杀害黄二愣，不可能又极力怂恿他胡三娃去追求俞萍音；现在的俞氏公司只在粮油市场有一点市场，蔡氏公司犯不上因为这点市场策划杀人案；根据俞萍音的说法，高副总恨黄二愣，但那更接近鄙视，也不会因此动手杀人，加上他对公司是极富感情的，更不会在黄二愣把公司经营得有起色之后杀害他。

综上，以上三者的动机都不够让他们杀人，加上黄二愣重复俞伟民死亡方式的这个事实，这三者杀人的可能性就更低了。

所以，黄二愣的死一定跟他锲而不舍追查俞伟民的死因有关。

至此，也就可以做出这样的推论，黄二愣在追查死因过程中无限逼近了或者已经得知了真相，正待昭告天下之时，凶手的罪恶之手扼住了他的咽喉，将已经涌到黄二愣喉咙口的秘密扼杀并掩埋在了黑暗的肚肠之中。至于为什么要用俞伟民的死法来重塑黄二愣的死，那似乎是凶手想借此惨烈而诡异的情形发出警告：谁要敢多管闲事，谁的下场就和俞伟民一样！

一念及此，胡三娃更加坚定了自己的判断，同时也从心底深处涌起豪情，自古邪不压正，邪恶可以一时猖獗，但正义之剑永悬天际，正义之心生生不息，追求正义的人们从来都会前仆后继，直至将邪恶彻底铲除！

黄二愣能作为一只侦探方面的菜鸟毅然决然投入战斗，并且能够让真相水落石出，他胡三娃凭什么做不到呢？

况且黄二愣已然探索出了一条侦探之路，虽然这条路已经随黄二愣一起葬身大

罪与赎
——万象惊魂记

地,但路过的人们多多少少总还保留着些许对这条路的点滴或片段记忆吧!也许路上仍旧荆棘遍地、险象环生的路况丝毫未变,但前行的方向已经很明确了,面对已知的危险总比未知的恐惧要容易得多。

他已经找到了这条路的起点,他很容易就想到了辛正刚警官上次跟他见面分别时提到的那句话。无需多虑,胡三娃调出了辛正刚发给他的那条短信,打通了这个号码。

辛正刚介绍的人叫邹恒明,电话里的声音浑厚洪亮,性格听上去粗犷豪迈,接到胡三娃的电话,听明白来意后,立刻就爽朗地笑了起来:"哈,好啊,没想到我这么个招人讨嫌的人也还有点人缘,居然享受被推荐的待遇了!"

两人约好了见面的地点,就在邹恒明的公司里。站在这个挂着"井口之蛙信息咨询服务有限公司"牌匾的门口时,胡三娃都有点不相信已经到了目的地了,公司旁边就是个复印社,该公司的规模和那个复印社就是等同的,两扇玻璃门后面一把梨花木太师椅上大模大样坐着一个膀大腰圆的七尺壮汉,正在笑眯眯地望着他。

胡三娃仍然有点不放心,还是敲门问了一下:"请问邹恒明邹总是在这里吗?"

玻璃门里边传出的声音声如洪钟:"进来吧,我已经恭候多时了!"

胡三娃推门而入,邹恒明起身相迎,一脸热情的笑容,将胡三娃迎到屋子里边一张长条桌旁坐下。

胡三娃顺势打量了一下屋内设置,除了门口摆着一张写字台和那把邹恒明刚才就坐的太师椅外,就只有这张长条桌及桌旁配套的八把沙发椅,写字台上倒是放着一个打开的笔记本电脑,自电脑腰身上五花八门地连着很多仪器设备,其中一台看上去高端大气的打印机比较醒目,也许还兼着传真、扫描、复印及电话的功能,另外还有一个身份证识别鉴别仪。墙上挂件挂饰也不多,其中一块牌子上写着公司的经营范围:

人力资源信息咨询、人才信息咨询服务、人才中介服务、就业信息咨询、旅游信息咨询、文化教育信息咨询、医疗卫生保健信息咨询、商务咨询、财务咨询、市场调研、商业谈判、债权债务谈判、其他各种生活类信息咨

九

询服务。

胡三娃阅读完公司经营范围，有点懵懂，他将目光回落到邹恒明笑眯眯的大脸上，困惑道："邹总，你们公司不是只提供各种信息咨询服务么？"

邹恒明笑道："我如果在上边标明'谜案追踪、疑案侦查、案犯追缉、隐私挖掘、债务征讨、奸情捕捉'等等之类的业务范围，政府还能让我开张么？你今天还有机会见到我么？哈！"

胡三娃恍然大悟，一时间倍觉有趣，不由得咧嘴笑了。

邹恒明眼珠一转，又压低声音神秘笑道："你可别小看我这小门小脸的，这只是我们公司的一个门市部，对外的一个幌子而已，井口之蛙嘛，当然是从井底跳出来的，我们的专用仓库就是我们的井底，各种设备都有，绝对能实现上到拨云见日下到挖土掘墓等各种你想达到的目的，就看你今天找我来干嘛了！辛警官介绍过来的，不外乎奸淫盗抢、烧杀劫掠之类案子吧，不知道我猜得对不对，呵！"

胡三娃略一思忖，开门见山道："邹总，就不转弯抹角了，我来向您了解黄二愣当年向您求助的情况！"

邹恒明大感愕然："黄二愣？哪个黄二愣？"

"就是俞氏粮油公司的总经理，黄二愣，中等个头，挺干练的！"

邹恒明恍然道："哦，你说黄总啊，这我想起来了，有这么回事！"

歇口气，紧接着又说："这都多少年的事了，怎么啦？有什么问题吗？"

胡三娃疑惑地望一眼邹恒明，看他一副完全不明就里的表情，不由得叹口气道："他死了，您还不知道吗？"

"什么啊？"邹恒明惊呼起来，差点坐不住。

胡三娃无奈耸耸肩，一脸忧伤。

邹恒明不可思议道："他真死了？怎么死的？"

胡三娃凝神望着他的眼神，看不出什么异样来，苦笑道："看来他最近并没有找过您？"

邹恒明面露忧伤："我跟黄总确实好久没有联络了，不过我对他印象不错，他

罪与赎
——万象惊魂记

不是在追查俞氏公司原董事长俞伟民之死的真相么？我还等着他告诉我真相到底是什么呢，怎么突然就死了？真是人生无常啊！"

"这么说，您并没有参与到他的查案过程中去？"

"没有！"

"他不是在辛警官推荐下，来找您寻求帮助，跟他一起探案么？"

"帮助他不假，但是我可没有接受他的雇佣！"

"这么说您并没有接他这一单生意？"

"没有！"

"为什么？"

邹恒明站起身来，到大门口左右张望了一眼，才返身回来，坐回椅子上，俯身向前，以近乎耳语的声音说："据我对案情的分析，此案可能牵涉到政府，根据我们公司做买卖的原则，凡是牵涉到政府的生意一律不做，就这么简单！"

"为什么？"

"惹了政府，还能有饭吃吗？"

"我问的是你为什么认为此案可能牵涉到政府？"

邹恒明神秘一笑："这样的事情我本不该说，尤其还是妄自揣测无凭无据的事情，但看在你是辛警官推荐过来的，而且应该是为黄总之死而来，我就斗胆再多嘴一次！"

他眨眨眼睛，突又话锋一转："对了，我得先确认一下，你来找我问黄总的情况，目的何在？"

"既然你还不知道黄总之死，那就干脆把来龙去脉告诉你吧！"

胡三娃一五一十地将黄二愣之死的全部情形如实相告。

邹恒明眉头紧皱听完，赞许地点点头："你的分析应该没错，我当年提醒过黄总，告诉他可能很危险，但是他坚持要干下去，结果看来他还是为他的勇敢付出了生命的代价。所以你刚才表现出来跟他同样的决心时，我心里其实不知道是什么滋味，不知道该为你鼓掌喝彩，还是该对你当头棒喝。"

胡三娃微微一笑："邹总您什么都不用做，只需把我那个疑问回答了！"

九

邹恒明拍拍手掌，笑着说："好，有豪气，真是自古英雄出少年、三娃更比二愣强，你是明知山有虎、更向虎山行，我没这样的胆气，最起码也不能小气吧，我会知无不言、言无不尽！"

他缓了一口气，然后才以一个私家侦探应有的冷静说道："关于俞伟民那件案子，我是这么理解的，俞伟民之死有个大背景，就是当年闹得沸沸扬扬的俞氏公司强龙牌食用油中毒案，俞伟民费尽九牛二虎之力，好不容易将这一事件摆平了，本以为留住了青山，可以慢慢起死回生了，哪料想又突遭不测，那么结合这个大背景来看，想弄死俞伟民的人可能有这么几种来源，第一类，在食用油中毒事件中遭遇丧亲之痛的受害者家庭，他们的杀人动机很简单，就是替亲人报仇雪恨；第二类，在食用油中毒事件处理过程中被俞伟民弄出来做替罪羊的职员或者被此事牵连的官员，现在他们还在坐大牢，所以他们的家属怀恨在心，起了杀心也不排除；第三类，就是跟公司存在同行竞争的其他公司，虽然俞氏公司遭遇中毒事件几乎元气大伤，但俞伟民很有商业手腕，竞争对手担心他会东山再起，那本来老天爷已经免费送给他们的竞争优势又得白白交回，所以干脆落井下石、一巴掌将垂死挣扎中的老虎拍死，这样歹毒的心理也不是不存在。粗粗看来，这三种可能性都有均等的发生几率。但是如果结合俞伟民蹊跷的死亡情形以及后续警察办案的情况，思路就陡然而出了。明眼人都知道，俞伟民虽然死因不明，但肯定不会单纯死于自身因素。可是警察调查后的最终结论是什么？突发疾病！突发疾病在哪里发作不可以，非得在一个保安眼皮底下发作？而且还可以做到让一个大眼睛保安视而不见？对于这种特殊情形下的死亡事件，匆匆下一个草率的结论，显然不符合警察一贯的办案作风，尤其当案子还牵涉一个势单力薄的底层保安时，警察对他表现出来的格外的宽容更是完全偏离了常态，令人忍不住就要遐想一番。我这样揣测：有人急于掩盖真相，权力之手助他遮天。至此，对上述三种凶手来源的可能性，我们就有了一个新的考量角度，那就是，谁更有本事借来权力之手，谁是凶手的可能性就更大。这就是我的结论，也是我当年为黄总指引的调查思路。虽然方向还是很模糊难辨，但有一点我基本上就可断言了，那就是权力肯定参与了此案，对于我们这种也要靠权力庇荫才能生存的主儿，凡是有权力的地方，我们都是避之唯恐不及的，所以我当年没有参与案件

罪与赎
——万象惊魂记

调查，今天你虽然还没提出这个要求，我也要斩钉截铁地告诉你，你趁早别提这事！嘿！"

胡三娃边听边思索，心头漫布的重重迷雾中似乎透出了一丝微弱的光亮。

"那邹总，您认为这三类人中，谁借来权力之手的可能性最大呢？"

"这个不好说，非要说，也可以从跟权力远近的角度来做一番探析，第二类人直接就是官员的亲属，和权力是最亲近的，但亲近不等于最近，反而是第三类商人，反倒是有可能和权力走得最近的，不过第一类人群也不能忽略，一共涉及五个受害者家庭，那么多家庭成员里，难保谁就不会和权力有着千丝万缕的联系，跟权力挨得很近很近，因此，亲近、靠近、挨近，哪一种工具都可能挥动权力之手，导致这一谜案的发生！"

胡三娃苦笑着望着邹恒明，一头雾水。

邹恒明鼓起嘴角，甩甩脸上的胖肉，狡黠一笑："所以，你真要调查，就得全方位调查，铺天盖地不留死角，不定哪一天就循着笋头挖出竹根，接下来你要做的就是找笋头的工作，就按照我提供给你的思路去找吧，好啦，我能提供给你的东西就这些了，祝你好运！"

说完，邹恒明站了起来，灿烂地笑着，明显一副送客的架势。

"邹总，您当年跟黄总说的，跟今天和我说的，完全一致么？"

"是的！"

"再没别的信息了？"

"对！"

"如果我以后碰到什么疑惑和困难，还可以再向您请教或者求助？"

邹恒明潇洒地挥挥手："只要别拉我下水，在岸上怎么帮你都行！"

告别邹恒明，来到茫茫的街道上，走在熙熙攘攘的人流中，阳光明媚地照耀着，却似乎一点也无法洞穿胡三娃心头的疑云。

这一趟探访邹恒明，似乎一无所获，又似乎满载而归，他心头说不上是个什么感受。

但不管怎么样，至少邹恒明的分析还是辅佐了此前一直盘旋在他心头的想法，

九

这便进一步坚定了他要逐一走访那三类人群的决心。

即便是龙潭虎穴，也非得闯一闯不可了！

想来，当年黄二愣拜访完邹恒明之后，一定也是同样的感受，同样的决心。

那么当年他是按照什么顺序进行接下来的这个大规模的系列调查走访工作呢？既然他决计重走黄二愣当年的老路，他干脆希望连每个脚印的先后顺序都是一样的。

无疑，先简单后复杂先易后难的逻辑顺序是人类普遍喜欢遵从的，黄二愣应该也不会例外。

就这个调查任务而言，他们要调查的三类人群分别是民众、商人、官员，按照他们能够接触到的难易程度排序，从易到难分别就应该是民众、商人、官员。

所以，他们的第一站应该是那五个受害者家庭之一。

他在前晚阅读公司历史文件资料时，看到了赔偿协议副本，这五个家庭的具体住址都在上面，胡三娃也将它们一一抄录在了随身小本上。黄二愣当时应该也会这么做。

而对于这五个家庭的走访顺序，他唯一能想到的就是根据其离公司距离远近的顺序来进行，因为再无别的信息，只能这么排列。无疑，黄二愣当年也应该只能这么考虑。

那么第一个受访家庭住址就是：万东区万祥路35号院4号楼2单元501室（王怀林、薛素萍）。

接下来的四个地址顺序分别是：

万东区云照大街56号D座C门1902室（舒婉雯、舒婉斐）

万东区民宝路细石子胡同7号院103（齐曼华）

万中区医学院路9号院12号楼805室（谢云在、宋菲婷）

河南省信阳市固金县大别村12组102（万象市暂住地：万西区包岭镇李家坳村前进路5号楼219室）（周向明）

第一个受访地址正好也是离邹恒明公司最近之处，他决定立刻前去拜访。

出租车一直带他到城乡交界处的一座大杂院前停了下来，这个院落里横七竖八、杂乱无章地散布着十来栋楼房，楼房应该有些年头了。

罪与赎
——万象惊魂记

他很快找到了王怀林的家,驻足片刻,暗自鼓舞了一下自己,才摁动门铃。

门铃响了半天也没人来应门,胡三娃还以为家里没人,正要离开,结果门突然开了。

胡三娃有点猝不及防。

但是当他第一眼看到开门人时,差点将眼珠子瞪爆了。

"老奶奶,您好!没想到是您啊!"

这个人正是他第一次在俞氏公司门前值夜班时,手持黑色垃圾袋自他值守的大门口走出来的那位老妇人。

老妇人对于他的造访似乎并不惊讶,对于他的问候也只是似懂非懂地点点头,一幅犹在梦中的神态,她随后向胡三娃招招手,转过身去,走进屋里。

胡三娃心情奇特地跟着她走了进去,这是一个普通的居民房,两居室的结构,客厅方方正正、简简单单,没什么陈设,电视柜上一台古旧的电视机,上百年都没开过的样子,连沙发都没有,只有几把椅子,唯独特别的是客厅墙壁上挂满了一个青年男子的照片,各种生活照、黑白照、艺术照,以及,遗照。

遗照上的男子斯斯文文的样子,戴着一副无框眼镜,面带微笑,端庄地望着眼前的一切。

老妇人给胡三娃倒了一杯白开水之后,她就在客厅的一把椅子上坐下来,信手拿起旁边椅子上的一个物件,深情款款地抱在怀里,似乎一转眼间就将胡三娃忘了个精光。

胡三娃扫了一眼老妇人怀中的东西,正是墙上张挂着的遗照相框的一个活动版。

胡三娃顿时明白过来,这一定是在俞氏食用油中毒事件中丧命的受害者,不知道和老妇人是什么关系。

他心中一沉,在她对面坐了下来,投以友善的目光,试图融入她的心灵世界。

然而老妇人只是望着他憨憨地笑着,视线仿若穿透了他的身体,投向了另一个世界。

胡三娃无奈叹了口气,说:"老奶奶,能和您聊聊天么?"

老妇人眨眨眼睛,收拢视线好奇地望了一眼胡三娃,如同她才意识到眼前刚才

九

进来了一个人。

然而只一瞬间,老妇人又回归那种憨傻的快乐和平静。

胡三娃苦笑了一下,只好默默地陪着老妇人静坐。

不知道屋子哪个角落有个挂钟,只听时间滴滴答答地流淌着,一点一点地带走生命。

时针在某个时刻突然格外清脆地响动一下后,老妇人眼神一阵恍惚,直了直身子,扭过头来放眼打望着胡三娃,眼中射出好奇的光芒。

胡三娃觉得这一眼神熟悉而亲切,不由得想起当初他在俞氏公司大门前站岗,老妇人从他眼皮底下经过时歪头好奇瞧着他的情景。

他忍不住问道:"老奶奶,您那次拿着垃圾袋从我们公司院子里走出来,是在忙活什么呢?"

老妇人诧异地眨眨眼睛,眉眼间浮上困惑之色,她皱眉凝神,如同在努力回忆是否有这么一回事一样,终于,还是茫然地摇摇头。

胡三娃有点失望,但看着老妇人一脸无助的表情,他心中又腾起怜惜的火焰,微笑道:"老奶奶没关系,我只是随口一问,想不起来就别想了!"

老妇人却瞬间在脸上写满庄严的神色,她非常认真的摇了摇头,然后眨巴一下眼睛,又歪头想了想,突然从椅子上站起身来。两手仍紧紧抱着那个相框。

她朝胡三娃点点头,转身就向着屋门口走去。

胡三娃略一愣,跟了上去。

出门,下楼,径直走出大杂院,这老妇人要带他去哪里呢?他还没有向老妇人说明来意,她就这么自作主张地引领他前行?

老妇人带着胡三娃一路前行,终于在一家挺豪华的饭店门前停下脚步,饭店生意相当火,此时已过饭点,不仅连个空桌都没有,候餐的食客们都排到店外面去了。

老妇人回头看胡三娃跟上来了,就进了饭店大门。

难道她饿了,想让自己请她吃饭?

饭店规模不小,有三层楼,装修风格很古色古香,但无论是灯饰还是桌椅摆设,都透着难以掩饰的豪华,一看就是个高档大饭店。

罪与赎
——万象惊魂记

老妇人无视四周的一切,一直向前走,直接走到了饭厅最深处的一个角落,在靠墙的一张小木桌旁边坐下来。这张小木桌旁边的一棵假树伸过来一根树枝,在小木桌顶上形成一个象征性的伞盖,看起来并不是供食客用餐的餐桌,倒像是为老妇人私人定制似的。

老妇人入座后,再也没有后续行动,还是双手将相框紧紧揽在怀里,一脸笑意地望着胡三娃,不言不语,一动不动。

胡三娃望着老人家,一时间不知如何是好,只好柔声道:"老奶奶,您是不是饿了,我请您吃饭吧,您随便点!"说完,胡三娃转身向远处的服务员招手。

一个打扮成村姑模样的女服务员应声跑了过来,一抬眼发现了泰然端坐的老妇人,恭恭敬敬唤了声:"老板娘好!"

老妇人回之以憨憨一笑。

胡三娃惊诧地望了一眼老妇人,难以置信道:"你叫她什么?她是你们的老板娘?"

"是啊!难道你不知道吗?"

胡三娃困惑地摇摇头:"那你知道她为什么到这儿来吗?"

"你跟她一块来的,你问我什么原因?"

"她一句话也不说,就领着我到这里来了,来了也不说话。"

"我们这位老板娘倒确实不爱说话,但老板挺能说会道的,也许是要找他吧!"

胡三娃心里一动:"老板在么?能拜访一下么?"

"他现在忙着呢,要见估计也得等他忙完了再说!"

末了,她才恍然记起自己的职责似的,声明道:"你还点餐吗?不点我可得忙活去了!"

"我点我点!"

他接过服务员手里的菜单,菜单做得也很精美,菜品琳琅满目、五花八门,主打的还是川鄂湘一带的风格,正好也符合胡三娃的口味,于是干脆利落点了满满一桌子菜品。

老妇人始终憨笑着望着他,丝毫没有制止之意。

九

  点完餐，服务员径直往后厨走去，胡三娃这才瞅见后厨就在旁边不远处，从小木桌所靠墙壁的拐角望过去就是，四面玻璃墙壁围成一个很大的厨房，厨房里头一览无余。

  胡三娃见老妇人也不愿意跟自己说话，就打了一声招呼，去参观厨房了。

  和很多饭店脏兮兮的后厨不同，这间厨房非常干净整洁，各种设施上都不带油污，各类食材摆放得也很有条理。令胡三娃无比意外的是，在这间厨房里，所有的食用油清一色都是"强龙食用油"，正是俞氏公司的产品！

  他忽然想起自己现在就是俞氏公司的总经理，心里难免产生了一股强烈的自豪感和使命感。

  看见这么好的饭店只用自己公司的食用油，胡三娃安然回到小木桌旁，温和地笑了笑，老妇人也咧嘴憨笑了一下，那应该是一种最纯真最自然的反应了。

  胡三娃将筷子恭恭敬敬、亲切有加地递给老妇人，老妇人也不推辞，乖乖地接了过去，但她只是木讷地握着，丝毫没有动筷子夹菜的意思。

  胡三娃像哄孩子一般说："老奶奶快吃呀，不吃会饿坏肚子的哦！"

  老妇人只是呆望着胡三娃，一脸期待的神情，手上仍是无动于衷。

  胡三娃以为老人家忘了怎么吃饭，慢慢演示如何用筷子吃饭，试图让老妇人看个清楚明白。

  老妇人仍旧痴痴望着胡三娃，她眨眨眼睛憨笑一下，对胡三娃摇摇干瘦而苍老的脑袋，抿着的嘴唇也微微张开了。

  胡三娃明白了，老妇人是要自己喂她吃。

  他连忙举筷子夹起一筷子菜，越过桌顶向老妇人递送过去，小心翼翼地将菜递进老妇人的嘴里，直至老妇人将菜肴都含住了，才轻轻地将筷子退出，生怕自己一不小心弄疼或者弄坏了老妇人。

  老妇人津津有味地嚼着，眼神温情地望着胡三娃，一脸满足而幸福的神情。

  胡三娃感动不已，静静地等老妇人咽食完毕，又夹起另一筷子菜递送过去，熟料老妇人这次却忙不迭摇头。

  胡三娃困惑不解地望着她。

罪与赎
——万象惊魂记

她竟然调皮地伸了一下舌头，举起筷子指了指胡三娃的嘴巴。

胡三娃即刻会意，微微一笑，便将这一筷子菜转向送进自己嘴里。

然后再夹起一筷子菜递给老妇人，老妇人这下接过去，脸上的笑容如花绽放。

就这样，胡三娃和老妇人一人一筷子菜地慢慢地吃着，如同一老一少两个小孩在玩着一个温情的游戏，两人乐此不疲地沉迷在游戏当中，心旷神怡之下，连肚子的装载能力都大增，喂进嘴里的饭菜也不再是为果腹所需，而成为一种情感交流的需要，一种灵魂交会的需要，不知不觉间，满桌的佳肴均化作了精神的养料，在老人和青年人的心怀中默默流转着一种生动、深切而别致的情怀。

终于，他举起筷子在空空如也的各个菜盘里再也夹不到东西了，他才骤然一惊，下意识地低头望望自己的肚子，不可思议地抬头望望对面的老妇人，老妇人一副浑然不觉的样子，只是脸上的幸福表情愈加浓郁，原本干瘪枯槁的面容因为饭食的滋养和情感的滋润，竟隐约显出圆润的光。

正在胡三娃犹豫是不是要加菜的时候，背后一个低沉的声音叫住了他。胡三娃回头望去，是一个中年男人，浓眉大眼、身架粗大，然而人却非常消瘦。

中年男人迈着方步走了过来，随便拉过来一把椅子在桌旁坐下。

胡三娃问："请问您是？"

"我是她爱人。"

"啊？！"

"怎么？很意外吗？"

"感觉这位老奶……哦，不，这位老阿姨年龄要大很多啊！"

"其实我比她大很多，自从我们的儿子死后，她就一天比一天苍老，怎么挡也挡不住，短短几年间，就到了现在这幅又老又傻的模样，其实我也老了很多，只是没她老得这么快！"

"这么说，您就是王怀林大叔了？"

"你怎么知道的？"

"不瞒您说，我是俞氏粮油公司的现任总经理，我叫胡三娃，我的前任是黄二愣！"

九

中年男人略一愣:"从你刚才那模样举止,我倒是猜出你应该跟二愣子有关系,只是没想到你竟然替代他当了总经理!"紧接着又问:"那二愣子呢?他到哪里躲清闲去了?"

"看来大叔你们跟黄总关系很好?"

"关系很好谈不上,但也不是一般关系吧,你刚才不是给你阿姨喂饭了么,当初二愣子也是一来就给你阿姨喂饭,一来二往的,就熟悉了。刚才我还以为是二愣子来了呢,细看才发现不是,但是你们的模样还真是有点挂相,而且一来都是给你阿姨喂饭,不会是他教你这么干的吧?"

胡三娃听得汗毛都立起来了,怎么会这么巧呢?不对,不应该是巧合!难道是冥冥之中自有天意?

当然,也有可能是老妇人思子心切,逮住谁都希望能够母子戏耍一番,自己跟黄二愣脾气相近,产生相同的行为也不足为奇。

这样一想,悬着的心才算放下,受惊的思绪又回归正途。

他微微一笑:"大叔见笑了,我只是感觉阿姨一副不晓得怎么吃饭的样子,一时情急,就只好喂给她吃了!"

王怀林点点头:"你还没回答我问题呢,二愣子把你派过来,他自己跑哪里去了?"

胡三娃张了张嘴,却吐不出一个字来。

王怀林困惑之色愈加浓郁,两眼紧盯着他。

他虚虚实实地迎着他的目光,苦笑一声:"他已经死了!"

"啊!"王怀林从座位上惊跳起来,嘴唇哆嗦着,好久说不出话来。

老妇人则一如既往地盯着胡三娃和他的筷子,一副风平浪静的模样。

胡三娃望着王怀林郑重点头。

好一会儿,王怀林回过神来,他眉头沉郁不堪,一屁股跌坐到椅子上,喃喃细语着:"我的儿啊,你怎么又死了呢?"

胡三娃惊诧道:"大叔您说什么?谁又死了?"

王怀林抬起头来痛苦地笑了笑:"这二愣子呀,我们已经把他当成我们的又一

罪与赎
——万象惊魂记

个儿子,哪里会想到他也……老天爷真是对我们太不公平了!"

说着,他猛然抬头,老泪纵横的眼珠子直直对着胡三娃:"他是怎么死的?"

胡三娃将黄二愣之死简明扼要地讲给王怀林听,老妇人也似有意无意地倾听着。

王怀林听完后,目瞪口呆,好半天,一言不发。

终于,他愤愤道:"那么,到底是谁杀死他的?"

"现在还是一个谜,但我一定会揭示这个谜底的!"

"这么说,你今天就是为这个目的来的?"

"是的,我想了解一些情况!"

"说吧,想知道什么!"

"据我所知,黄二愣当年来找你们的初衷可能其实只是为了探查原来俞氏公司老总俞伟民的死因,不知道我这一说法对不对?"

王怀林面现怒色,说:"没错,我知道你的意思,当初二愣子也有这样的猜疑,以为我们要为孩子报仇。可是,我们没有这份胆量,没有这份歹毒,没有这份能力,只能苟且偷生,我们孩子的亡魂不得安息,我们也茫然无措!"

胡三娃叹了口气:"大叔,你误会我的意思了,我没有猜疑你们的想法,我只是想了解一下黄总曾经做过的事情,探索一下他曾经走过的轨迹,这样能帮助我挖掘他的死亡真相,毕竟,你肯定也希望我能把黄总之死的原因找出来吧。"

"这是必然的,放心吧,你有什么想问的就直接问,我就是发发感慨而已,你不必介意,而且我要请求你,一定要把杀二愣子的凶手揪出来!"

"我还想了解的一点是,黄总当年找你们了解过关于俞伟民之死的情况后,后来还跟你们保持着经常的联系吗?"

"是的!"

"那有否发生过什么特别的事情?"

王怀林不解地望一眼他,摇摇头:"还能有什么特别的事情呢?就是他可怜我这老婆子想儿子,主动提出做我们的干儿子,时不时过来陪陪我这傻婆娘,在店里吃吃饭啥的,再没什么别的事情了!"

胡三娃再不犹豫:"那你们店里使用俞氏公司的强龙牌食用油是什么情况?是

九

一直就使用还是黄总跟你们有交情后才使用的？"

"哦，你说这个啊，以前就一直使用，后来出了中毒事件后，停过一段时间，风波过去后，就又用了，当然，也是因为对二愣子有了信任。而且，二愣子当老总后，这产品质量确实不错，我们饭店的声誉很大因素也得益于它！"

胡三娃想了想道："好吧，我想了解的暂时就这么多，今天就到此为止吧，给我账单，我要结账。"

"不用，不用了，你照料我老伴吃饭，我还收你的钱，哪有这样的道理！"

"一码归一码，是我主动提出请阿姨吃饭的，这也是我的心意，请满足一下我表达心意的需求吧！"

王怀林眉宇间浮现一缕奇异的神色，说："那好吧，那就恭敬不如从命，谢谢你，小伙子！"

胡三娃爽朗地笑了笑，站起身来，转身待走时，感觉老妇人的目光仍在痴痴地瞅着自己，眼神中有着难以言表的痴迷和依恋，就如同老妇人心怀中已经长出了一根缠绵而柔韧的情丝附着在了自己身上，自己稍稍一动，便牵扯出老妇人心绪万缕。

他心中一下子涌上了浓情，顿住脚步，用温情而真挚的眼神对视着老妇人痴缠的目光，由衷地说道："王大叔、薛阿姨，如果你们不嫌弃的话，那就让我接着做你们的干儿子吧！"

老妇人痴迷如幻的眼神如同被激荡了一般，闪耀出一阵明快的质感，她那已然明显变得激越而丰沛的干瘦脑袋也情不自禁地点了下头。

王怀林好一阵茫然，才长叹一口气："不知道怎么回事，总觉得怪怪的，二愣子当初也是这样当了我们的干儿子，我们那会当然是很高兴的，但现在真不知道该不该答应你的好意，事情变得越来越古怪了！"

胡三娃心中也不由自主升起一丝荒诞感："大叔，别的我不好说，但请您相信我，当你们的干儿子，好好地伺候大娘，孝顺大叔您，这的的确确是我的肺腑之言，不过不用急于答应，来日方长。"

"谢谢你，小胡，你是个热心的小伙子，我们能再次碰到你真是荣幸，你早点回去休息吧，欢迎你再来！"

罪与赎
——万象惊魂记

胡三娃告别王怀林夫妇，已经到了晚上，他一边往回走一边思索今天的收获。

站在王怀林的角度，俞伟民公司有毒粮油几乎害他家破人亡，他怎么恨俞伟民都不为过。

但是从他今天的反应来看，他对黄二愣是没有仇恨的，而且黄二愣的存在对他的家庭非常重要。基本上可以排除他对黄二愣下手的可能性，由于黄二愣的死因和调查俞伟民的事情有关，那么也可以推论王怀林否认自己参与谋害俞伟民的事也多半不是谎言。

虽然并没有得到什么有价值的信息，但这毕竟只是迈出的第一步，而且这一步也并不坏，一步步走下去吧！

罪与赎
　　——万象惊魂记

　　胡三娃打车回了俞氏公司。公司门前广场还是一样地冷冷清清，走过秦方泰把守的岗亭时，和他招手打个招呼就要走过去了，突然心中一动，停住脚步，转过身来。

　　秦方泰本来就有意要问他一些什么，只是看他心事重重而不便开口，这下率先发问："今天怎么样？三娃老总！"

　　胡三娃笑笑道："我今天去拜访了一个叫邹恒明的私家侦探，还走访了一户当年受害者家庭。"

　　"有收获么？"

　　"要说收获嘛，那就是疑惑加重了！"

　　"这话怎么讲？"

　　"你知道我看到谁了吗？"

　　"谁？"

　　"就是上次我跟您提过，那个持黑色垃圾袋从公司大门里走出来的老阿姨！"

　　"啊，她就是那个家庭的成员吗？"

　　"是受害者的母亲！"

　　"那她怎么解释的？"

　　"她痴痴傻傻的，根本无法正常交流！"

　　"哦，不会是装疯卖傻吧？"

　　"肯定不是！"

　　"那小胡你怎么看待这个情况？你觉得其中有什么问题吗？"

十

"秦叔您后来值班时,有没有再见过她从公司院子里走出来?"

"没有!"

"所以很奇怪,她那次从院子里走出来就透出一股邪劲儿,现在只能是个谜!"

"那小胡你觉得她这古怪行为和二愣的死有关吗?"

"不会,首先,这样的行为虽然怪异,但和黄总的离奇死亡情节还是八竿子打不到一块来,再者,黄总和这个家庭已经建立了深厚的感情,不亚于他们的又一个儿子,尤其老阿姨对黄总是十分依恋的,不可能伤害他!"

秦方泰眉头微蹙,陷入沉思。

"秦叔,关于这一户只留下一对苦命老人的受害者家庭,黄总当初走访调查之后有没有跟您交流过什么呢?"

"几乎没有提过什么有用的信息,不过,二愣倒是跟我说过这个家庭的基本情况,也知道他和他们建立了很好的关系,时不时还去他们的饭店吃吃饭!"

"那凭您得到的间接经验判断,这个家庭有没有可能对黄总下手?"

"这就不好说了,世事难料,谁知道不定什么时候就冒出什么意外情况呢!"

"嗯,我知道了!秦叔,您辛苦了!"

胡三娃向秦方泰摆手告别,干脆利落地走进了公司大门,他现在一心沉入了这个谜案,连跟秦叔表明要替他值班的客套话都省了。

到了楼梯口,他想也不想就径直上了楼,直奔办公室。

此时俞萍音正坐在黄二愣的办公桌后边,胡三娃就对她温和地笑了笑:"董事长还没有下班啊!"

俞萍音微一摇头,直截了当问道:"胡大哥辛苦了!情况怎样?"

胡三娃简明扼要地把今天的事情全告诉了俞萍音,也包括老妇人走出公司大门的这一细节。

俞萍音听完后,沉思良久,说:"这能说明什么呢?"

"先不着急做什么结论,先把各方面的信息搜集过来再说,这就像拼图,现在还只是一个搜集拼图碎片的过程!"

"嗯,那倒是,辛苦您了!"

罪与赎
——万象惊魂记

说着,她缓缓点下头,又一副垂头沉思的架势。

胡三娃忙道:"麻烦问下董事长,当年黄总走访完这户家庭后,有没有跟你交流过什么呢?"

俞萍音凝眉思索好一会儿,努力挖掘着当年的记忆,最后还是无奈地摇摇头,叹息道:"二愣哥没怎么跟我交流过这事,我只知道他对这两个老人很好,像儿子一样孝顺着他们,两个老人跟他相处也挺融洽的,我也就知道这么点情况。"

胡三娃默默点点头,他原本是想到这办公室来接着研究资料,晚上继续睡在这里,没料想却碰上了俞萍音,该汇报的都汇报完了,看她一点也没有回家的意思,也不好撵她走,胡三娃就有点茫然无措了,只好傻站在这。

俞萍音娥眉微蹙、蛾首低垂地发了一会愣怔,突然意识到胡三娃还站在这,忙抬起头来,说:"抱歉!胡大哥您累一天了,赶紧回去休息吧!"

胡三娃尴尬地笑笑:"董事长为什么还不回去呢?"

俞萍音轻轻摇下头:"我不回去了,晚上就睡在这里!"

"啊!这,这不合适吧?"他缓过神来,嗫嚅地说着。

俞萍音好奇地看他一眼:"这有什么不可以的?"

"你一个姑娘家睡在这里怕不安全,尤其还出了那档子怪事。"

"这不是怪事,这应该是二愣哥显灵了,正因为有这事,我才要睡在这里的,我要看看晚上二愣哥还会不会出现!"

"董事长,你就别跟自己开玩笑了,回去好好休息吧,你身子骨还没彻底复原呢!"

俞萍音神情突然变得无比庄重,瞪了胡三娃一眼:"胡大哥,我要在这里和二愣哥幽会,请您尊重一下我的愿望,好么?"

俞萍音的郑重其辞和疾言厉色如一柄利剑刺中了胡三娃的心灵,他情不自禁地心颤了一下,茫然而慌乱地回望一下俞萍音,终究败下阵来,灰溜溜地点了下头。

"放心吧,胡大哥,我回家也是一个人睡,没有任何问题!"

胡三娃心说,昨天那怪事还不定是什么性质的呢,要真是黄二愣闹出来的鬼事倒也罢了,如果是什么妖孽在兴风作浪呢?越想他越胆寒,不过他还不能说出来,

十

要不俞萍音该找他拼命了!

他只能苦巴巴地干笑一下,说:"那好吧,董事长如果有啥事一定要第一时间给我打电话,我手机24小时开着机!"

"好的,请放心吧!"

事已至此,胡三娃也不便再留下来了,确认门已经关得严严实实了,才再转过身来,缓步离去。

胡三娃回到宿舍,躺在床上却怎么都睡不着。在各种努力都失败之后,他终于醒悟,将俞萍音自己留在办公室,他无论如何也放不下心来。

但贸然打扰俞萍音又不合适,思来想去,权宜之计也就只能是悄无声息地来到黄二愣办公室的门边,默默地蹲守在墙根下,凝耳倾听办公室里的动静,真有什么可怕的事情发生,立刻破门而入,为俞萍音提供最大可能的及时护卫。

他不再犹豫,自床上翻身跳下,自柜子里翻出一件压箱底的破旧棉衣,加在身上。

夜已经很深了,厂院各处黑灯瞎火,远处的路灯释放出一些淡泊朦胧的灯光,到这里已经基本上只剩下些光线的残渣。

胡三娃悄无声息顺利来到黄二愣办公室。

他扫视了一下四周,楼道尽头的磨砂玻璃窗户关得严严实实,将夜色牢牢地挡在窗户外边,楼道另一头的长廊完全沉浸在深沉的黑暗里,幽远而深邃。俞萍音在屋里头安安静静没有一丝一毫的声响,唯有自门底缝隙里隐约透射出来的些微亮光表明俞萍音似乎还没睡。

胡三娃捕捉到了俞萍音在屋子里头平静的呼吸便放下心来,轻手轻脚地挪到走廊窗台底下的墙角处,将身子歪斜着靠住墙根,紧了紧身上的破旧棉袄,就这么将自己安顿下来。

说来也奇怪,温软的大床上他翻来覆去睡不着,在这天寒地冻的墙角,心安下来转眼就睡过去了。

这一觉倒是睡得很香,等他醒过来,太阳都升起很高了。

蓦然想起自己睡在俞萍音屋门口的墙角根,这要让她知道了,如何得了!他赶紧沿着墙根爬起来,然而抬手一撑,摸到的却是绵软的被子,心中咯噔一下,抬目

罪与赎
——万象惊魂记

四顾，目瞪口呆。

这哪里是那个墙角根，分明就是在自己的寝室里嘛！

这一惊着实非同小可，他揉搓太阳穴，瞪圆迷蒙的双眼，仔细回想着。

难道昨晚只是在做梦，根本就没从床上起来？

他无法弄清楚昨夜到底只是南柯一梦，还是发生了什么古怪的事情。

窗外阳光明媚，万物欢唱，一看时间，已近中午。

不管怎样，自己这个总经理刚上任才几天就这么消极怠工实在是说不过去，他拍拍脑袋，自床上一跃而起，匆匆洗漱一番，往办公室跑去。

二楼各办公室都已开放，大家都在工作，快到黄二愣办公室门口时，胡三娃放慢脚步，调整一下呼吸节奏，才放步走了过去。

门是虚掩着的，他不知道到底是什么状况，心里惴惴不安，小心翼翼地敲了敲门，里头的俞萍音似乎呆怔了一会儿才反应过来，应声道"请进！"

胡三娃轻推门，走了进去。

俞萍音端坐办公椅，双肘撑在桌上，双手支腮，似乎正在凝神思索着什么。

看到胡三娃走进去，她也只是扫了他一眼，再入沉思之境。

胡三娃不知道昨晚自己到底有没有来过这里，见俞萍音看到他并没有什么异样神情，也就稍稍放下心来，当然更不敢向她探问什么了，只要没有惊动过她，一切就都还在掌控之中。

他找把椅子默默地坐一会儿，见俞萍音不理他，就清清嗓子，打破沉寂："董事长，您昨晚没事吧？"

俞萍音骤然一惊，仿佛才缓过神来，眨眨眼睛，叹了口气，又笑了笑："没事，胡大哥您放心吧！"

胡三娃觉得她刚才也许只是在想点心事，便点点头："那如果没啥事的话，我就继续去走访第二家了？"

俞萍音"嗯"了一声。

"关于公司方面的事，董事长有什么需要跟我交代的么？"

俞萍音又如同被惊醒般地"啊"了一声，呆望一会儿胡三娃，才坚定地摇摇脑袋：

十

"公司没啥事，胡大哥放心去调查吧！"

胡三娃再盯着她审视了一会，觉得怪怪的，但又确实找不出什么蛛丝马迹来，而且看来昨晚确实也不可能有什么大事发生，也就不管了，告辞出来，按既定计划，向舒婉雯、舒婉斐姐妹的家进发。

出租车都已经快驶入云照大街了，手机却急促地响了起来。

一看是宋红琳的电话，连忙摁键接听。

"胡总，您在哪里呢？"

"哦，我在外边，办点事！"

"您那事情急么？不急的话有个公司的急事先处理一下吧！"

"什么事？"

"本来今天公司跟鑫鑫连锁超市要交接一大批货的，可是他们拒绝收货了！"

胡三娃还是平生第一次碰到这种生意往来上的事，一时间有点发蒙，好一会才试探着问道："咱们跟他们应该有供货合同的吧？"

"没有，黄总在的时候，都是靠交情，靠信誉跟他们做生意，一开始还有合同，慢慢地就再没签订过了！"

胡三娃眉头紧皱："跟董事长汇报过这事了么？"

"汇报过了！"

略作停顿，她又道："董事长不让我跟您说这事，说她自己想对策就行，但我看她愁眉苦脸的，确实也想不出什么好招来，就只好找您了！"

胡三娃这才有点恍然大悟，俞萍音一副神情恍惚的样子，看来是被这事困住了，可是她宁愿自己困顿不堪，也不愿意打搅他探案的脚步，可见她真是把她人生的重心倾注于此了。

胡三娃苦然一叹，俞萍音不理智，他却不能跟着犯糊涂，公司上下近百人的生计，绝对不能开玩笑。

"把那个连锁超市的地址告诉我吧，我现在就去一趟！"

宋红琳声音中立刻充满了欣慰，告诉地址后，又补充道："方科长已经在那了，您随时联系他就是！"

罪 与 赎
——万象惊魂记

  出租车掉个头，向着新的方向奋进。
  令胡三娃意外的是，那个鑫鑫连锁超市的总店就在王怀林的饭店所在的那条大街上，在饭店的斜对面，在马路靠近郊区的那一侧，和饭店有点遥相呼应的意思。
  胡三娃一下车，就奔往超市老总的办公室。
  他本来还想给方明远打个电话，确认一下他在不在那里，却已经听到屋里不算激烈也不算平和的争辩声，仔细一辨认，很显然其中有方明远的声音。他竟觉得有点兴奋，也许就要直面人生第一场商战了，与生俱来的豪气被激发了。
  他有礼又有力地敲了下门，厚实的楠木门板发出了脆亮的声响。
  里头有个粗厚的声音应道："请进！"
  胡三娃推门而入，一股浮华的气息扑面而来，办公室面积很大，部分地面铺着地毯，气派华贵的老板椅所倚靠的那一面墙上，挂着一幅"江山如此多娇"的大幅书画。
  一个威风八面的粗壮汉子，将臃肿的五短身材堆放在老板椅上，但见其面色黑中泛红，脖子上戴着牛尾巴粗的项链，一副暴发户的样子。桌子上随意摆着一副无框金丝眼镜，显然是戴着不舒服而不得不摘取下来的。
  方明远侧身坐在客厅区域的真皮沙发椅上，一脸焦急。
  见到胡三娃，他愣了愣，连忙站起来，向胡三娃打声招呼后，就将胡三娃引见给红脸汉子。这红脸汉子便是鑫鑫连锁超市的大老板刘金鑫。
  刘金鑫看了胡三娃一眼，收起眼中散漫的笑意，站起来和他握了一下手，再认真打量了一番胡三娃，然后指着沙发道："幸会幸会，请坐请坐！"
  胡三娃落座后，对红脸汉子抱拳一礼："抱歉，不请自来，打扰刘总了！"
  刘金鑫在椅子上欠欠身子："哪里哪里，胡总这么年轻就已经是大公司老总了，实在是让我佩服，你能光临，是我的荣幸啊！"
  "哪里是什么大公司啊，根本就入不了您刘大老板的法眼啊！"
  "哈，这话怎么说的，老弟你这就有点埋汰我了哦！"
  "事实摆在眼前嘛，刘大老板已经瞧不上我公司的产品了，要是我公司在您眼里是大公司，估计我们的产品不会是这样的待遇吧！"

十

"哈，胡总太敏感了吧，产品是产品，公司是公司，这完全是两码事嘛！"

"那就更惨了，如果在刘老板眼里，我们公司还算是大公司，但是生产的产品却没有得到相应尊重，那这产品得坏到什么程度了啊！"

"胡总冤枉我啊，我可没说你们的产品很坏哦！"

"那这就有点古怪了，公司是大公司，产品也不赖，那刘老板突然不肯接受我们的产品，又怎么理解呢？"

"老弟你有所不知啊，最近你们公司的产品销量不太好啊！我虽然很想支持你们的产品，但我也是要养家糊口的，如果产品卖不动，挣不了钱，我不能眼睁睁看着一家人饿死啊，也就只能忍痛割爱了！但是……即便我不再卖你们的产品了，也不影响我对贵公司的敬重，更不影响我对这么年轻有为的胡总的景仰！"

"既然产品品质并未下降，为什么突然就卖不动了呢？"

"胡总这个问题也一直困扰了我很久啊，我也是百思不得其解，后来我左思右想，觉得可能还是跟原来你们公司黄总这个人有关！"

"哦，愿闻其详？"

"你想啊，你们公司最近唯一的变化就是黄总的突然离世，其他什么都没变，这样看，肯定是黄总的去世产生了什么莫名其妙的影响，导致了你们产品销量的下降，至于到底是什么原因，我也想不清楚，这个就得你们去努力探索了！"

胡三娃一想，其实这个大老粗的话也未必没有道理，只是自己一直未曾考虑过公司经营上的事，只好恳切地说："那刘老板能不能够给我们一些时间，先不急于撤销跟我们的合作，让我们弄清楚其中的原因，然后有的放矢加以消除！"

"那不行啊，生意上的事是刻不容缓的，我不能一边看着白花花的银子从身边溜走，一边眼巴巴地望着你们找原因啊！胡老弟啊，你大哥我是个急性子，受不了这样的折磨，再说……"他突然顿住不说了。

"再说什么？请刘大哥一定跟小弟直说！"

刘金鑫眉眼一抖，刺啦啦笑道："其实你大哥我是个直肠子，有啥说啥，小弟你不要生气哦！"

胡三娃忙不迭摇头："肯定不会的，刘大哥您放心就是！请不吝赐教！"

罪与赎
——万象惊魂记

刘金鑫突然庄重了起来,说:"其实我当初愿意还跟你们做生意,完全在于黄总的个人魅力征服了我,当然,现在黄总不在了,我相信你们公司的产品,不会马上就变质,但是黄总当初影响的肯定不只是我一个,我可以继续保持忠诚,但是我在你们公司的生意链条上只是其中一个环节,别的其他环节呢?不论哪个不知道的环节出了问题,整个公司的生意都会受影响。而且说实话你别不爱听,我很难相信还有人能达到黄总那样的魅力。现在他不在了,你们公司的产品销量又出现松动,我自然就得重新考虑我们的合作了,这也合情合理吧!希望你们能够理解!"

说完这番话,他脸上又回复那副玩世不恭的神色。

胡三娃听出了他的心声:他不信任公司、不信任产品、不信任胡三娃这个毛头总经理。

胡三娃脑子里快速闪念着,一时间却苦无对策。

如何才能继续取得他的信任呢?光靠磨嘴皮子是没用的,一定得有什么东西来证明自己或者得有什么情境来触动他才行。

一念及此,胡三娃也不打算在此再虚耗下去,他默默地凝视着刘金鑫虚浮的笑脸,沉吟片刻后,就站起身来,微微躬身一礼:"谢谢刘大哥跟我说的这番交心话,感激不尽,未能取得您的信任,这是我们的问题,没有别的可说,也没有别的可做,接下来唯一要做的就是继续堂堂正正办公司、踏踏实实做产品、清清白白做人,好的,今天就此告辞,感谢刘大哥的热情接待!"

刘金鑫非常意外,一时间有点不知所措。

胡三娃转头对方明远说:"方科长,咱们走吧!"

刘金鑫回过神来,连忙站起来,嘴里甩出一串脸盆大的哈哈:"哈,胡总果然是个爽快人,这干练劲儿,我喜欢,咱们买卖不成仁义在,随便往哪里一搁,还都是实打实的兄弟嘛!"

他眼珠滴溜一转,又直言不讳地说:"再说,现在不合作,那都是暂时的,坦白说吧,咱都是生意人,商机在哪里,交情就跟到哪里,机遇是随时都在千变万化的,指不定啥时候咱们两大公司就又强强联合了呢!"

胡三娃点点头:"刘大哥说得对,刘大哥见多识广,经验丰富,今后还请多多

十

指导小弟，不管有没有生意来往，都是要经常向您请教的！"

刘金鑫从老板桌椅后踱了出来，掏出一张名片递给胡三娃，握住胡三娃的手，拍着肩，嬉笑连声："好说好说，今后互相切磋，多交流！"

胡三娃扫了一眼篆刻着烫金大字的名片，用力回握了下刘金鑫的手，坦然笑笑："不怕刘大哥笑话，我连名片都没有，回头我把号码发信息给您吧！"

刘金鑫眼神闪烁了一下，连声道好。

胡三娃说："方科长，走吧！"

方明远略显犹豫，还是站了起来，朝刘金鑫点头道别。

两人告辞出来，太阳已高悬天顶，凛冽之意中又蕴含着稍许和煦之情，照在两人阴沉沉的心头，倒是驱走了不少心间的阴霾，两人决定先去吃个午饭。

"会不会是刘老板有些什么特别的要求先不提，故意刁难一下咱们，然后作为提出要求的筹码呢？"胡三娃问。

"依我对他的了解，他还是比较爽直的一个人，不太会也不擅长玩这等猫腻！"方明远答。

"这么看来，销售量确实有所松动了，这是一个信号，咱们得引起重视，一定要找到根源。"

方明远神情凝重地点点头，默不作声。

两人说着话，往饭店方向走着。

沉默过后，胡三娃突然又问道："那眼下这个困境，方科长有什么好的对策么？"

方明远抬眼愕然望着胡三娃，愣了半响，无奈地摇摇头。

胡三娃沉吟片刻："根据我目前对公司的了解，咱们公司的客户群体主要是分布在城乡结合部的这些超市和市场，这样的超市和市场是星罗棋布的，市场面很广泛，如果放弃鑫鑫连锁超市这一个客户，理论上讲，应该对公司不至于造成太大的影响吧？"

方明远将头摇得像拨浪鼓，说："胡总有所不知啊，一方面这个鑫鑫连锁超市是万东区规模最大、影响最广的城郊连锁超市，失掉这个客户就等于失掉大半壁江山；另一方面，更可气的是，那个刘黑胖也不知道撞上哪路好运，竟然还当上了万

罪与赎
——万象惊魂记

东区乡镇零售企业商会的会长,他要是一带头不要咱们的产品,你想想后果,咱们公司还有活路吗!"

胡三娃这才真正意识到问题的严重性。

方明远叹口气:"所以刚才我其实还不太想走,还想跟他再求求情,说说好话,看能不能让这个财神菩萨再动动恻隐之心!"

胡三娃沉声道:"生意场上靠求情是没用的,'利'的浓度太大了,抗拒力横扫一切,'情'是根本渗透不进去的,咱们只能弄清楚原因,把那个刘黑胖重新拉到咱们的轨道上来,这是唯一的思路了!"

方明远突然以惊诧的眼神望着胡三娃,有那么一会儿后,才重重地点了一下头。

两人说话间,已经来到饭店大门口。

饭店门前和门廊下一如既往地排着大队,放眼尽是耐心等候的忠诚食客们。

照这样排下去,不知道猴年马月才能吃上饭呢,胡三娃现在实在是没有时间耐心等候了。虽然他认识这个饭店的老板,可是他又不是一个愿意夹塞搞特殊的人,这可咋办?他想起饭店里头的那个奇特座位,那个座位应该不参与公众餐桌的排队叫号系统,一念及此,他心里也就踏实了,朝方明远神秘地眨眨眼,招手让他跟着自己走。

胡三娃看了一眼特殊座位,顿然一愣。

原来老妇人薛素萍正端端正正地坐在桌边,姿态平静,神态安详,脸上依然挂着痴憨的笑容,静静地望着桌子正前方,但她如有心灵感应一般,胡三娃一出现,立刻就歪头向这边看过来,一看到胡三娃,立刻眉开眼笑,眼里发射出兴奋而温情的光芒,向胡三娃直招手。

胡三娃看了下那个只能坐两个人的小桌子,扭头对方明远歉然一笑:"方科长,只怕要放你鸽子了,外边等座的人太多,原本打算带你走捷径坐在那张小桌上用餐的,没想到饭店老板娘也来了,那就坐不开了,只能说抱歉了!"

方明远满不在乎:"没关系,不一定非得在这儿吃,咱们换个地儿就是了!"

胡三娃讪讪一笑:"呵呵,方科长,不好意思,这次放你鸽子就放得有点远了,你看她不停向我招手了没有,只怕我午饭得和她一起吃了!"

十

方明远惊讶地望一眼胡三娃，又好奇地望向薛素萍，说："那好吧，你去吧，我这没关系，外边随便找个地儿就解决了！"

胡三娃连声道歉。

方明远拍拍胡三娃的肩膀，转身待走时，又停下脚步问："那我找地儿吃完饭，还需要等着你吗？"

胡三娃琢磨着这顿午饭要照昨天那样缠绵悱恻的样子，一时半会肯定完不了，他摇摇头："不用了，你吃完就直接回公司吧！"

方明远转身要走，又被胡三娃叫住："方科长，你回公司汇报工作的时候，不要说我也去过，就说你自己去的就行了，然后汇报内容就说情况有转机，刘金鑫已经松口了，只是还得再考虑考虑，让咱们耐心等他答复，总之，原则上就是这个意思，一定要讲到，细节上你自己把握吧！"

胡三娃生怕俞萍音着急上火生出病来，只能施展缓兵之计。

方明远惊诧万分地望着胡三娃："这样欺骗董事长，不太好吧！"

"我不知道你指的是哪一点，关于谎说我没有去找刘金鑫的事，我是有不得已的苦衷，但这绝对是为董事长好，也是为公司好，你放心就是，绝无私心，至于说刘金鑫已经松口一事，刚才一进饭店，我灵感就来了，差不多已经找到解决办法了，我相信刘金鑫迟早会这么说，只不过我把他以后会说的话提前透露出来，让你转达给董事长，这应该不算欺骗吧！"

方明远将信将疑："什么办法？能说说么？"

"现在还只是个想法，还没有形成成熟方案，待我再琢磨琢磨，推敲推敲，有可能还需要你的协助，到时候你就知道了，不必急在一时！你相信我就是！"

"好的，那就这么着吧！我先走了，回见！"

他干脆利落，迈开大步，从拐角处的枝繁叶茂中消失了。

胡三娃定了定神，径直走到桌旁，朝老妇人热情地笑了笑，安然落座。

老妇人笑逐颜开，手里做了个比划筷子伸缩的动作。

胡三娃会心一笑，招呼服务员点餐，想着昨天午饭老妇人吃得那么欢快的样子，估计菜品很合她的口味，便照着昨日的菜单，依样画葫芦，又是满满当当点了一桌子。

罪与赎
——万象惊魂记

菜品上桌后,胡三娃轻车熟路地夹菜喂向老妇人的嘴巴,老妇人动作娴熟地微微张嘴迎合着,两人意向之一致、配合之默契,宛如这已是在人间演绎了上千年的专业演出,唯一不同的是,它饱含真情、发自肺腑,纯粹本心本愿出演,带动空气中真爱无限,令目睹者无不动容。

用餐完毕,胡三娃抽出纸巾,小心翼翼地给老妇人擦了嘴巴。

老妇人容光焕发,满面笑容地凝视着他。

胡三娃虽然心中仍然洋溢着温情,但一旦回到现实,被暂时搁置的苦恼又晃晃悠悠漫上心头。他回身望了一眼后厨方向,主意更加坚定了,便定定地望着老妇人,柔声说道:"薛阿姨,我有个不情之请,想要征求您老人家的同意,不知道当讲不当讲?"

老妇人柔柔地望了他一眼,快乐地点头不止。

胡三娃心中踏实下来:"我想邀请鑫鑫超市的刘金鑫老板来参观一下咱们饭店的后厨,不知道可不可以?"

老妇人愣愣地望着他,一脸茫然。

胡三娃斟酌着说道:"是这样的,咱们饭店使用的食用油不都是我所任职的俞氏公司的强龙牌食用油么,我第一次跟您来的时候,恰好参观后厨时看到了,齐刷刷地一大片。然而,就在今天,鑫鑫连锁超市的刘金鑫老板,愣是对我们公司的食用油油品产生质疑,不肯接收我们的供货,他是我们公司的第一大客户,要是失去了这个客户,我们公司生存就很艰难了,以后估计就很难有实力生产出这么好的油了,这对我们公司和广大用户都是极大的损失啊!我想,如果能邀请他参观这一大片金黄灿烂的强龙食用油,肯定胜过千言万语的宣传广告,不信他不会动摇想法,从而重新考虑与我们公司的合作前景。我就是这个意图,不知道表达清楚了没有?"

老妇人呆呆地听完,眼皮微微地眨着,如同又在思考什么似的,当然,她脸上那篆刻着的幸福的笑意却从来未曾消失过。

胡三娃心中忐忑,却也只能耐心等候老妇人表态。

约一刻钟,老妇人似乎拿定了主意,她突然绽颜一笑,转身向着饭店大门方向走去。

十

胡三娃茫然失措。

走了几步，老妇人看胡三娃没有跟上来，又转身朝他招手，微笑着眨眨眼。

胡三娃恍然醒悟，连忙跟上。

老妇人这回倒是步伐矫健了，径直出了饭店。

她心无旁骛，脚步匆匆，如同被一个坚强的信念支撑着，前方有着一个神秘的事物在强烈地吸引着她，以至于她归心似箭、急不可待。

胡三娃被老妇人突兀的举动弄得好奇心大增，什么也顾不上了，甩开大步，这也才能堪堪跟上老妇人的脚步。

老妇人带着胡三娃沿着饭店门前那条大街疾行了约十来分钟，来到一个公共汽车站，等了很久，最终带着胡三娃上了一辆开往近郊的公交车。

车驶过原野，进入一片山区，这片山区如同受到什么神秘力量滋养一般，弥漫着一股勃勃生机。阳光被枝条和树叶撕碎了，落在车上已是七零八落、斑斑点点。有几片残阳飘落在老妇人的脸上，映照着她那有着几分肃然也有着几分兴奋的苍老脸庞。

车在一个山间小镇上停了下来，老妇人带着胡三娃率先下了车。

老妇人不做片刻停留，沿着小镇上的马路继续前行，很快就进入了连着小镇马路的另一条山间小径。

小镇位于深谷地带，抬头仰望，天穹如盖，并隐约能感受到周遭群山连绵、万峰叠翠的巍峨气势，可是一钻进山间小径，就又莽莽苍苍不知所在了。

一老一少就这样在群山腹地的幽深小径上默默地快速行进着，也不知道走了多长时间，最终到了哪里，越过一座山角后，在前边引路的老妇人突然停住了脚步。

胡三娃精神一振，几个大步跨越过去。

放眼一望，顿时恍然。

眼前一片豁然开朗的世外桃源，在三座巍峨高山之间夹闭着一块宽阔的谷地，谷地呈现平缓的山坡状，平稳爬升，最尽头处连接着谷底高山的半山腰，这一头则竖立着一座宏大的山门，山门口连着一条宽阔的石板马路，石板马路曲折钻入前方的山林。整体看来，这片山间谷地既有开阔无垠之势，又有幽闭深邃之境。

罪 与 赎
——万象惊魂记

此等人间仙境、世外绝景，你道是什么地方？

没错，这是一个供养逝者、安放灵魂的陵园墓地。

那宏大的山门当空有块巨幅石头匾额，上面凌空飞舞着四个深刻的楷体大字"天幕陵园"。

老妇人抬步向着陵园的山门走去。

山门大开，畅通无阻，老少二人大摇大摆走了进去，进入了一片宏阔无边的绿色天地。

老妇人熟视无睹地穿过山门里侧的大广场，朝着两片绿树林当中一条大石径径直走去。

胡三娃也无暇流连奇景，大踏步紧随其后。

两人在绿树青草和回廊幽径之中曲来拐去，也不知道走了多长时间，去向何方，突有一个悲悲戚戚的哭泣声自前方树林中破空而来，那声音如泣如诉、痛彻心扉，令人闻之肠断魂销。

老妇人身形丝毫未受哭声阻滞，依然我行我素，忘我前行。

沿着一条宽阔平整的石板路前行了大概五十米，就是那片传来哭声的树林，自树林边上绕过去，眼前豁然开朗，原来是浩浩荡荡的一片碑石，齐刷刷地林立在一块宽大无边的绿草地上。

哭声正是从其中一块墓碑侧后方传来，定睛一看，能看到一个妇人的半侧身影正匍匐在墓碑和后方的坟堆相交际的地方，那身形过于悲恸，软耷耷地瘫作一团，几乎与草地融为一体。从妇人的身段和穿着来看，年龄并不大，算是少妇吧。

那墓碑前边的石板祭台上，摆着一束洁白的鲜花，旁边放着一个果盘，那花瓣在微微的寒风中随着妇人的呜咽声颤动着，一颤一颤地释放出冷幽幽的光芒，果盘中的各色水果则坚如磐石，冷眼旁观，丝毫不为妇人的哭声所动。

尤令胡三娃惊奇的是，如此凄切的哭声已经撩拨得他快要肝肠寸断了，身边的老妇人却充耳不闻，脚步没有丝毫凝滞，神情没有丝毫波澜，只管埋头奔赴她的目的地。

无巧不巧的，她的目的地竟然就是哭泣妇人所痴缠墓地旁边的那座墓地，她走

十

到那座墓地的墓碑前,在石板祭台边上停住了脚步。她身形一凛,开始默默地凝望眼前的墓地,眼神中如炊烟袅袅般流露出无限的柔情,面上神情则是莫名的兴奋和喜悦。与此时此刻此情此景烘托出的氛围是完全不搭调的。更是与旁边那个痛断肝肠的妇人形成鲜明的对比。

老妇人触景生情,一时间竟忘记了胡三娃的存在。

一老一少两个妇人就这样互不相干却又默默交流,她们完全忽略了世界的存在,此时在她们的心灵深处,只有墓地里冰凉躺着的那个人儿鲜活多姿。

这样一种境况倒给了胡三娃浏览时间和遐想空间。他发觉还有两座一模一样的墓地端立在这两个妇人各自陪伴的两座墓地后边,四座墓地整整齐齐地排列着,正好构成一个小型墓葬群,周遭环境也是出奇地诡谲,为了配合这个小家族的独特风情,正好在这四座墓地的外围,林木显得异乎寻常地莽苍,草地上的荆棘格外的繁茂,掺杂其间的野花尤为冷艳,或皓白或苍黄,俨然已不再是一种娇弱美丽的颜色,而是一股向万丈之上的晴天丽日呐喊的无比气势,务必要喊出它们怀抱当中这四个冤魂激荡的心声一般。

胡三娃离两位悲喜交加的妇人还有一定距离,蓦然感觉自己有点置身事外了,便即产生一种想要彻底融入这一片境界的冲动,情不自禁迈开大步走了上去。

靠得近了,少妇呜呜咽咽的悲鸣声也便听得真切了:

"你这死鬼啊,你这没良心的啊,我的死鬼啊,我的老公啊,我的大哥啊,你这挨千刀的啊,你这不负责任的啊,我该怎么叫你好啊,啊…啊,你倒好啊,说走就走了啊,你是清闲了,你睁开眼睛看看我啊,我过的什么日子啊,没有你的日子还能叫日子吗,我想跟着你去啊,你这个狠心的,没良心的,没人性的死鬼,我的死鬼老公,我管不好你的儿子了啊,你留个这样顽劣的儿子啊,要不是为了你这个儿子,我还活着干嘛啊,可是我实在管不好他了,我还活着干嘛啊,你倒是回来呀,你儿子怕你,听你的,你为什么要走啊,你不走啊,他哪有这么混蛋啊,你现在看看他是什么样子了,胡作非为、无恶不作,混世魔王一个,你要走,干嘛要留个这样的儿子给我呀,我的老公啊,我的死鬼啊,我求求你了,教教我吧,怎么办,让我死吧,我活不下去了,你回来吧,我跟你走,你带着你儿子,我跟着你,我的死

罪与赎
——万象惊魂记

鬼老公啊，我的死鬼大哥啊，你这个没良心的，你这个挨千刀的，你这个不负责任的死鬼，我想你啊，我的死鬼，我的老公，啊……啊……"

这些话通过妇人一耸一耸的肩膀传送出来，挥发在忧伤而沉重的空气中，又逐渐凝集，如冰雹般纷纷落下，像千万记重锤一下一下狠狠敲击在胡三娃的心灵之鼓上。

他实在于心不忍了，准备硬生生打断妇人的哭诉，故意大声咳嗽一下，又大踏步哗啦哗啦走到妇人的身旁，那妇人的忧伤太过浓重，似乎将周围的空气都凝结成墙了，以至于胡三娃的大声喧哗都没有波及到她的身形，更别说影响她的心灵了。

胡三娃只好俯下身来，在礼节允许的范围内尽量贴近妇人，柔声劝慰道："大嫂，别太伤心了，保重身子当紧，这世间没有什么过不去的坎！"

妇人依然故我地沉湎在她忧伤的倾诉中。

胡三娃想了想，又道："大嫂，看你年纪轻轻的，想必你儿子顶多也就是个少年，小孩子嘛，天性顽劣，随着年龄增大，经历的事情多了，慢慢也就懂事了，你不必急于一时，就让时间和世事慢慢磨砺改造他吧！"

胡三娃温软的套话灌入妇人伤心的耳孔里，如同泥牛入海、杳无影踪。

胡三娃无奈摇头，暗笑自己太过迂腐，仔细琢磨了一下，暗一咬牙，横下心来，就算诓骗妇人也好，先将她从惨痛的深渊中救出来再说。

他酝酿了一下情绪，慨然一笑鼓舞一下自己，然后俯首帖耳，温声软语地劝哄道："大嫂，我深知一个女人家带一个大男孩的难处，如果你不介意的话，我可以代替大哥帮助你调教你的孩子！"

这话即便不是惊雷乍响，起码也是小雨淅沥，妇人被尘封了的心径，就这样被润物细无声。

她娇弱的身形微微打了个晃，哭声骤停，陡然抬起头来，突然一句话脱口而出："你，你是黄二愣？"

胡三娃没料到她会这样说，愣了好半响后，哈哈一笑："哈，大嫂认错人了，我不是黄二愣，我叫胡三娃！"

她难以置信地微一摇头，呢喃道："好奇怪，怎么会这么像呢？"

十

胡三娃内心升起一股异样的感觉，讪讪一笑道："我和黄总也就是背景和经历相似，其他应该没有什么雷同的，大嫂可能是看花了眼！"

妇人抬起袖子随意擦了一下眼睛，细细瞧了一下胡三娃后，说道："样子倒确实不怎么像了，是给人的感觉，说话的神情语气，甚至包括内容，都有着几分神似，让我恍惚间还以为是黄二愣转世了呢！"

胡三娃仔细看了一眼那妇人，虽然哭花了脸，但眉眼其实也很秀丽。他讪讪一笑："大嫂咱们先别讨论这个话题了，我有个问题，照大嫂的话看来，你是认识黄总的，而且看似你也已经知道黄总去世的消息了？"

妇人茫然望一眼他，静静点头道："是的啊，我那孽障儿子天天在外边胡混，倒是什么消息都知道！再说……"她停顿下来，瞥了一眼旁边的薛素萍，微微一努嘴说："大姐她也知道了啊，我哪能不知道呢！"

胡三娃将注意力转回老妇人，才发觉这会老妇人已经不再如老尼入定般驻足默默凝视坟地，而是也依偎在墓碑上跟墓主人嗫嚅细语。

胡三娃突然想到了什么，忙问少妇："请问大嫂，这几块墓地是不是都是俞氏中毒事件中不幸罹难者的坟地呢？"

少妇点点头，苦痛之色又跃然爬上眉梢。

胡三娃再打眼望了一下这块小墓葬群，心中顿时被一股浩瀚的悲怆感占领了，他回想着当年那段不堪的苦痛岁月，不自觉就抬步走到四块墓地中间，默默地低头哀悼片刻，既是对逝去生命的追思，也是对曾经罪恶的反思。

不知道是什么力量促使胡三娃瞬间将自己代入这片情境，好像此时此刻，他无论是作为个体还是俞氏公司的现任老总，都义不容辞、责无旁贷。

满脸肃穆地沉思默想了一会儿，他才步伐沉重地返回到两位妇人的身旁。

他收整好心情，准备跟少妇再了解些情况，这时老妇人突然站起身来，满脸笑容地走过来，牵过他的手，将他拉到他儿子的墓地前站住，然后给他整理了一下衣装，摆弄好他胳膊的位置，又让自己和他并肩站好，脸上变戏法般浮现庄重神情，如同她正在张罗着什么重大仪式似的。接下来，她郑重面对墓碑，嘴里就叽里呱啦地说开了。

罪与赎
——万象惊魂记

胡三娃使劲辨听，愣是一个词语都没听懂。他只好硬着头皮，凝视墓主。

好一会儿，老妇人才终于将心愿表达完毕，停歇片刻，就放开胡三娃的胳膊，对他嘻嘻笑着。

眼神中有着急切的神情，似乎在询问他的意见。

胡三娃丈二和尚摸不着头脑，一时间有点茫然失措，望望老妇人，又望望少妇，唯有傻笑以对。

少妇这会已经从悲痛欲绝中逐渐平缓过来了，她抬起袖子擦抹掉眼角和脸颊残留的泪珠，嫣然一笑："三娃兄弟，大姐已经征求过他儿子的意见了，现在问你的意见呢？"

胡三娃惊奇道："什么意见？"

少妇嘻嘻一笑："她想认你做她的干儿子，问你同不同意？"

胡三娃一时间惊讶得合不拢嘴，好一会儿，他才讷讷冒出一句："那她儿子同意了么？"

少妇莞尔一笑："你说呢？"

胡三娃不好意思挠挠头，憨憨一笑："其实我打小就是个孤儿，能再有个妈妈将是一件多么幸福的事情啊！而且还是这么一个慈祥善良、温和可亲的妈妈，我心里别提有多高兴了！只是，我有点不敢相信，薛阿姨真的是这个意思吗？"

少妇斩钉截铁道："这一点完全可以确定，你就放一百二十个心吧！"

胡三娃疑惑道："你能听懂她的话？"

"当然，她所有的意思我都听明白了，她还跟他儿子倾诉说你对她特别好，就像她儿子当初对她一样一样的，让她儿子放心，现在又有一个她儿子的化身来到她身旁，她会得到很好的照顾和关爱的！一点也不会受苦不会难过的！"

胡三娃不自禁有点鼻子发酸，眼眶湿润了："如果薛阿姨真的是这个意思，而且也确实觉得我这么个儿子合她心意，我高兴还来不及，是没有任何意见的！"

"放心吧，我也算作见证人了！"

"大嫂，实话实说，薛阿姨刚才说的那些话我半个字都没听懂，你又怎么听懂的呢？"

十

少妇微微一笑，故作神秘地眨眨眼，看得胡三娃微微一怔。

少妇眉宇间浮现一缕怅惘的神色，微微惆怅间，凄然一叹："三娃兄弟，不瞒你说，大姐今天在她儿子墓前的这番表白，以及拉着你一起向她儿子倾诉的情状，我已经不是第一次见到了！"

胡三娃心立马提了起来："大嫂请接着说！"

"几年以前，二愣兄弟就跟着这位大姐来过这里，也差不多就是你今天这么一番情形，所以你们刚才的表现就如同当年的时空再现一般，我心里都觉得好神奇呢！"

胡三娃愕然张嘴，半天再说不出一句话来。

"三娃兄弟，我能给你解释的就这些了，大姐还在等着你的答复呢，你有没有意见都赶紧表个态吧！"

胡三娃望了一眼正一脸期待地望着他的老妇人，情不自禁地走上前去，将老妇人连胳膊带身子一起熊抱在怀里，答案不言自明。

而他的心里，一股温热的情感袅袅升起，他的眼眶里，热泪止不住洋溢而出。

他似乎觉得，他怀里的老妇人在微微的颤动，有一股呜咽的气息在他的胸怀里激荡，带着悲怆也带着狂喜，不知道具体属于何种情怀，只知道，那种呜咽声被涌动的情感包裹住了，压抑住了，一点也没有释放出来。

少妇在一旁凄然地注视着，眼角再次泪眼朦胧，和着天上流荡的白云，伴着陵园里飘忽的亡魂，在绿草和墓碑的世界里，见证着这一场凄绝的奇遇和浩瀚的奇缘。

直至夕阳西垂，暮色和阴气笼罩了墓地的每一个角落，这因缘而聚的三人才依依不舍地告别他们的亲人，回到城里，又依依惜别地各自回家。

胡三娃留了少妇的电话，约定时间上她家拜访，并顺便结识一下她的儿子，为下一步调教她的儿子制定计划。这个少妇就是齐曼华，在他的探访行程计划里原本是第三家，现在因为这个意外插曲提前到了第二家。

胡三娃将老妇人送到家里，回到宿舍时，已是夜幕垂垂了。他错过了食堂晚餐，也懒得再吃了，在浴室里好好洗浴一番，回想着白天的遭遇，情绪浮游不定，久久难以平静。

罪与赎
——万象惊魂记

洗漱完毕回到屋里，他虽然困倦已极，却没有上床睡觉，而是下意识地穿衣着装，给自己穿戴得更加整齐了，想也不想，出门就往黄二愣的办公室走去。但他突然想起昨晚在黄二愣办公室门前的离奇遭遇，不由得停住脚步，有点进退维谷。

不知道昨晚自己是怎么从黄二愣办公室的门前回到宿舍的。俞萍音干的？还是某一股神秘力量？无论是谁干的，今天晚上再出现都不太合适。

再者，他今天没有按照和俞萍音的约定去探访那第二户受害者家庭，而是自作主张去跟客户谈生意去了，见了俞萍音也不好交代。

他想了想，改变了行进方向，来到行政办公楼西侧的小空地上，这片小空地躲藏在行政楼的西墙和厂区的围墙夹角处，十分隐蔽，而黄二愣办公室嵌在西墙里的那扇窗户正好就对着这片空地。

窗户的亮光证明俞萍音就在屋里，不知道过了多久，窗户里的光影突然黯淡下去，俞萍音睡觉了，他接下来干嘛呢？

他本来也想着撤回宿舍睡觉，但一想昨天的怪事，现在首要任务就是保护俞萍音的安全，便又就打消了这个想法。

他不知道自己为什么对俞萍音会有如此强烈的责任感，或许是因为俞萍音的生命是他劝回来的，他有责任继续保护好，或许纯粹出于对一个身世凄零的小女孩的同情和怜悯，他要给予她父兄般的关爱和呵护，或许还夹杂着别的原因，他说不清楚。

总之，他感觉自己义不容辞。

他再不犹豫，默默地走到围墙和屋墙的夹角处，斜倚着墙根坐了下来，正好能够望见窗户。然而由于太过疲累，再加之屋里的俞萍音一切静好，警觉的神经被彻底淹没，一双眼皮啪嗒一合，就跟打开了睡眠开关一样，咔嚓就睡过去了。

这一觉睡得悠长而密实，等他悠悠醒转时，他只觉浑身温暖，神清气爽，没有丝毫寒冷彻骨的感觉。他恍然记起自己睡前是在什么环境，睁开眼睛，又令他倒吸一口冷气。

他怎么又回到了自己温暖的宿舍里？

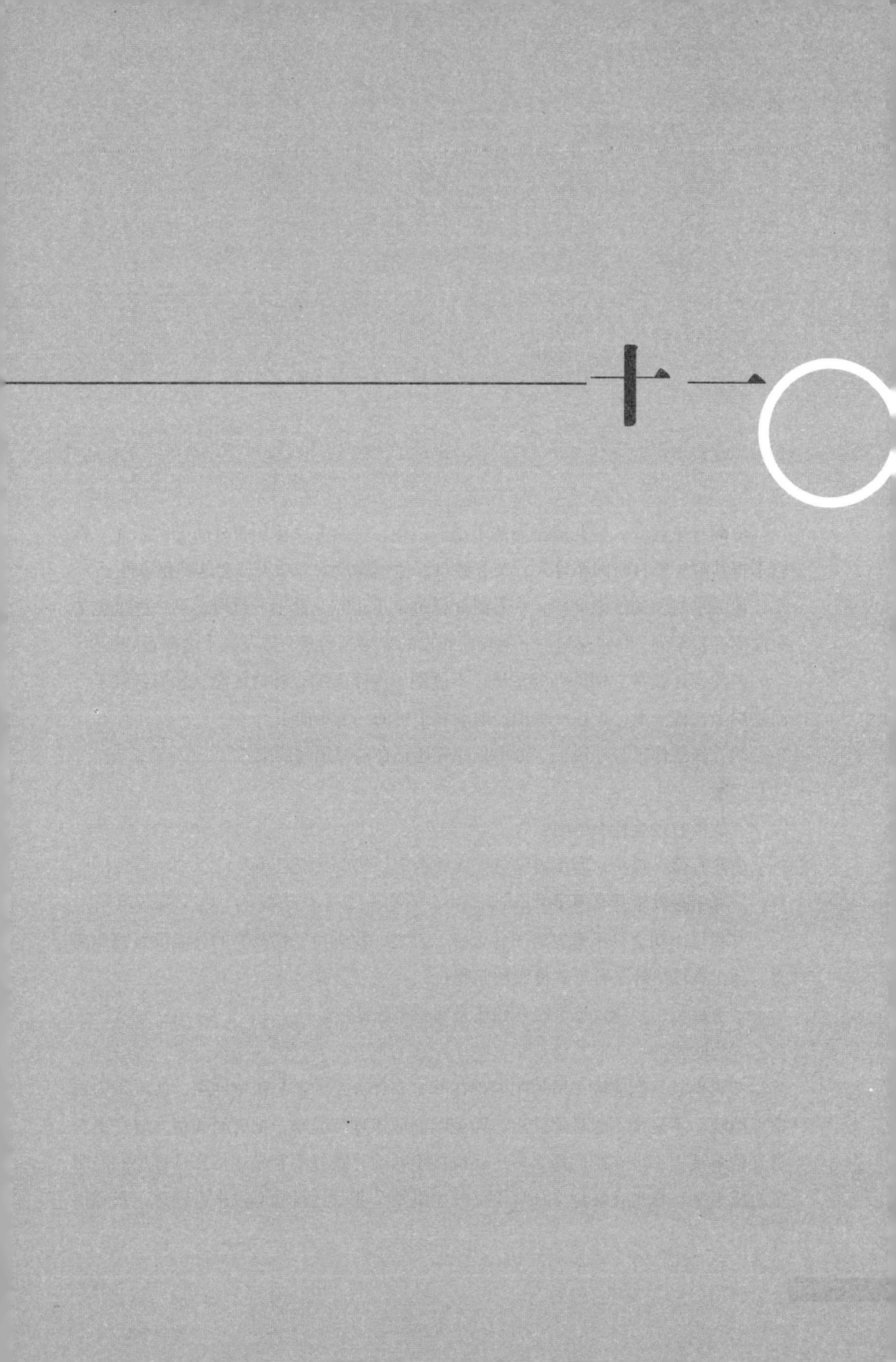

罪与赎
——万象惊魂记

他翻身坐起,一会儿望望肖然不动的门板,一会儿又望望窗外明媚的阳光,百思不得其解。不过时间不等人,杂务缠身,他也就没太多功夫理会这神秘事件了。

他去水房匆匆洗漱完毕,一看时间已过了上班点,他不敢怠慢,第一件事先去向俞萍音报个到,顺便探测一下他自己昨夜的神秘经历是否波及到了俞萍音的屋里。

俞萍音还在黄二愣的办公室里,不过倒不像昨天那么神情恍惚、愁眉苦脸了,而是端坐在椅子上,正在一本正经地翻看手里的一本小册子。

胡三娃故作平静地说:"董事长昨晚还是在这屋里睡的吧?"

"嗯。"

"那没有发生什么事吧?"

俞萍音微一摇头,紧接着又急忙摇头否定,然后又点点头。

"那就是发生什么事了?"

"我也不知道算不算发生了什么事,总之,我觉得二愣哥真的可能没有完全离去,他正在以另外某种形式慢慢回归呢!"

"董事长,我建议您今晚开始还是回家里睡觉吧!"

"为啥?"

"董事长,您应该很清楚咱俩现在的主要任务是为黄总报仇伸冤,而不是为他招魂纳魄,不是说不想做那件事,而是咱们应该理智起来,把时间和精力放在更有意义的事情上,现在咱们那么多事还应接不暇呢,我好不容易才将您从思想的泥潭里打捞上来,你现在在这个环境下又开始沉沦,我就还得分心过来看顾您,我真怕

十一

我自己会力不从心啊！"

俞萍音微微一笑："胡大哥你放心吧，我不可能再回到当初那个状态中去了，而且我刚才的话也不是在谈神论鬼，我有我自己的理解，你不必太过在意，放心，我这边你丝毫不用顾虑什么，只管放开手脚去做你的事，至于还睡不睡在这屋里，我会看情况的，不过肯定不会一直睡这里的！"

胡三娃凝重地盯着她的眼睛，看她神情认真，态度庄重，不像一个犯了魔怔的人应有的神态，也就放下心来。

俞萍音突然话锋一转："胡大哥，你昨天探访情况怎样呢？"

胡三娃老脸不由得一红，欢声一笑掩饰道："昨天没找着本来想去找的那一家，不过有其他意外收获，我又去找了那第一家想深入了解下情况，结果第一家那女主人带着我去了趟郊区的公墓，一是实地查看了受害者墓地的情况，二是还结识了另外一户受害家庭的女主人，更重要的，是那第一家的女主人，她在她儿子的墓地前认我做了她的干儿子，我想，有了这层关系，对于今后探案将会很有帮助的！而且……"

他差点想说做了老妇人的干儿子，对于俞氏公司的生意也将很有帮助，不过还是生生打住没说。

俞萍音没有在意他欲言又止的话，而是扑闪着一双玲珑美目，分外好奇道："真的吗？薛阿姨也认你做了干儿子？"

胡三娃反问道："是不是因为她曾经也认黄总做了干儿子，所以你觉得好奇！"

俞萍音更加惊讶："是的啊，你怎么知道的？"

"今天恰好在墓地凭吊的另一户受害家庭的女主人告诉我的，薛阿姨认黄总的整个场景她也见证了！"

俞萍音凤目轻眨，难以置信："真的啊，这也太巧了吧！"

胡三娃耸耸肩膀调侃道："确实是赶巧，不过无巧不成书嘛！"

俞萍音失神地笑笑，若有所思。

胡三娃想起交货的事，旁敲侧击道："董事长，我听红琳说咱们的货物被一个大超市拒收了，不知道现在情况咋样了，需要我去处理一下么？"

罪与赎
——万象惊魂记

俞萍音强作镇定地瞧了胡三娃一眼:"哦,没啥大事,我已经让方科长去处理了,处理得还不错,现在等对方的答复呢,问题不大,你不用管,专心忙咱的计划就是!"

胡三娃心中暗赞方明远。

他冲俞萍音微笑点头:"那好吧,如果董事长没什么指示的话,我就继续忙活去了!"

俞萍音也对他绽颜一笑,娴静地点点头。

看俞萍音心情明朗,胡三娃大为放心了,如果俞萍音住在黄二愣的屋子里每天保持心情舒畅,也未尝不是一件好事!

也罢,只要自己夜里对她加强守护就是了!

可是,他能做到吗?从这两天的经历来看,似乎有什么东西不让他如愿!

胡三娃走出公司大门,立刻给方明远打了个电话。

方明远接通后,胡三娃直截了当:"方科长,谢谢你昨天跟董事长说了真话!"

"呵呵,我怎么感觉自己说的是假话呢!"

"应该就要假话成真了!"

"此话怎讲?"

"方科长,以你跟刘金鑫多年来生意上的交情,请他出来吃个饭应该不成问题吧!"

"这个当然不成问题,就是让他请咱吃个饭也不成问题哈!"

"好,那就事不宜迟,请他今天中午去'素林饭店'吃饭吧,就是昨儿中午咱们去的那个饭店!约好后你给我回个话!"

结束通话后,感觉诸事都上了轨道,胡三娃心情舒畅些了,打车直奔齐曼华家里。

齐曼华是个急性子,昨天听说胡三娃愿意帮着她管教儿子,就约请胡三娃今天上她家登门探访。可见她那捣蛋儿子给她造成了多大困扰!

出租车穿越摊贩林立的繁华路面,拐进了细石子胡同,在一处看上去颇有些破败小杂院门前停下了。小杂院的大门是虚掩着的,胡三娃推门而入,迎接他的是一条窄小的巷道,狭长逼仄,阴冷昏暗,和旁边房子低矮的屋檐一起构成一种无声的压抑感,胡三娃在弯弯曲曲的巷道里拐了好几个弯也找不到,只好给齐曼华打了个

十一

电话，不一会就听到了齐曼华的吆喝声，循着吆喝声走过去，就看到在巷道的一个拐角处有个岔口，齐曼华自那里探出了头，热情地向胡三娃招手。

胡三娃快步走过去，跟着齐曼华进了巷道的岔口，才发现岔口里头另有一番小天地，有一个窄小的院子，院子里有些堆砌的生活用品，还有两户人家，门脸相对，每户的房子各靠着一个犄角旮旯，随形就势，都是三间砖板房的规模。

齐曼华家在西侧，进去是个小厅，电视、沙发、茶几、饮水机虽然老式，倒是应有尽有。齐曼华把胡三娃让到沙发上坐定，又忙活着给他沏上茶。

然后就坐在胡三娃旁侧的沙发椅上，盈盈笑望着他。跟昨日在坟头哭得死去活来的悲怆模样，判若云泥。

胡三娃抬眼四顾："你家小少爷呢？"

"那混账小子要能在家里安生呆着，我也就不用这么犯愁了！"

"那他这会在哪里呢？"

"理论上，他这会应该在学校上课，实际上不知道在哪里吃喝玩乐呢！"

"社会对孩子的诱惑太大，如果社会不对青少年设立保护措施，光靠你一个妇道人家要管教住一个生龙活虎的青春少年确实困难！"

"三娃兄弟说得对，原来孩子他爹在世的时候，这混账小子还能收敛些，不敢太明目张胆，勉勉强强也能上点学，后来他爹不幸离世，这臭小子就彻底放羊了，在外头撒欢了地玩，完全成了个野孩子，根本收不回性子了！"

"大嫂，对付这等顽劣孩子，我也没经验，不知道能不能帮上您的忙，但我会竭尽全力的！"

"三娃兄弟，有您这句话，我就觉得有了力量，谢谢您！"

她眉眼舒展多了，又说："那我就把那混账小子叫回来，让你们认识一下吧！"

"不是说他这会跑得没影了么？"

"虽然他基本上无时无刻不是无影无踪的，但有两种情况他还会惦记着我这个娘，一是没钱花了，二是想吃我做的饭菜了，前些天，这混账东西跟我要钱，我故意没给他，所以这会我只要一个电话，保准他屁颠屁颠回来！"

胡三娃无言以对，唯有苦笑。

罪与赎
——万象惊魂记

果然，她一个电话三言两语就把那小子的心勾住了，看样子是满口答应即刻赶回。

在等小魔王回来的时间里，胡三娃便逐渐将话题引入他本次登门拜访的正题来，他装作若无其事的样子说道："大嫂，按理说，你们家坠入现在这样的窘境，跟大哥的不幸离世是直接相关的，那就此而言，您对俞氏粮油公司给你们家造成的伤害应该一直也不会释怀吧！"

齐曼华愕然地看了他一眼，沉声一叹："你说得没错，要在以往，不论什么时候，不管是谁，只要一提起这家公司，我就控制不住想咬牙切齿，恨不得把牙齿咬碎都不解恨，但是，到现在，我也想开了，基本释怀了！这啊，主要得归功于一个人！"

她故意停下来，卖个关子。

胡三娃眼中一亮，满目期待地望着她。

齐曼华眼神中不知不觉浮上来一丝温热的神采，平和地笑笑："当年，那家公司倒是给了我们一笔钱作为补偿，但是，我们的心碎了，精神崩溃了，眼前一团漆黑，心中一片绝望，那种困苦，没有人能看得到，也没有人能做出补偿，但是又有什么办法呢。要说那点钱就将我们安抚住了，不再怨恨那家公司了，只有鬼才信。不过好在，终于有一个人及时出现了，使我们终于释怀了！这个人不是别人，就是黄二愣，我称呼他二愣兄弟，俞氏公司的老总，现在应该叫前老总了吧，可以说，他的前任老总对我们制造的精神伤害和情感洗劫，他都用他厚实的肩膀一肩挑了，一一地补报给我们了，都是同一个公司的老总，一个造了孽，一个来洗罪，我们也就无话可说了！可惜的是，好人命不长，这样一个大好人，就那么突然离开了我们，不瞒您说，那些日子，我心中的痛苦不比当初我爱人去世时所感受到的要少，可以说，我也才从这段痛苦中刚刚走出来没多久！"

胡三娃平息静气地听完这段感慨，心中早已五味杂陈。

黄二愣当初本为探案，没想到还承担着这样的职能，完全始料未及，而且从他业已探访过的这两家来看，黄二愣确实为俞氏公司还清了孽障，帮助俞伟民获得了受害者的谅解。

如此看来，黄二愣当年到底是在探案，还是在还债，似乎已经扯不清楚了！

十一

　　自己现在继承了黄二愣的衣钵，是不是也要将他还债的遗愿给承担下来呢？

　　他苦涩地笑了。

　　齐曼华又感慨万千地说道："其实啊，坦白说吧，三娃兄弟，昨天我哭诉我爱人的狠心离去，从内心深处来讲，有没有捎带着对二愣兄弟不辞而别的怨恨，我还真的分不清楚，一抬头看到你，当成是二愣兄弟时，我内心的悲喜交加和百感交集的复杂感受，你是无法理解的，虽然最后辨清了你不是二愣兄弟，但是不知道怎么回事，我还是觉得温暖，觉得得到了安慰，也许我的理智告诉我，你不是黄二愣，但是我的感觉告诉我，你其实就是黄二愣，也许直至现在，我还当你是黄二愣，呵，请你不要介意！"

　　胡三娃心里五味杂陈，苦笑道："也许是因为昨天的情境太像当年黄总在那坟地时的情境了，所以您在那样的心境下移情了，把对黄总的感情寄托到我身上来了！"

　　齐曼华略作思索，笑道："也许吧！其实不管您和二愣兄弟有没有关系，我觉得您和他就是一类人，也很有亲和力，很平易近人，我就权当您是他吧，嘿嘿！"

　　这妇人竟兀自笑了，弄得胡三娃不自禁红了脸。

　　他趁势说道："既然如此，那我干脆冒昧地问一些黄总当年跟您家交往的情况，不知道方便讲讲么？"

　　"当然可以，您想知道什么？"

　　"您先告诉我，黄总和您初识的情景吧！"

　　"您今天不是也已经经历过了么？"

　　"黄总跟您在坟地也只是初识吗？"

　　"是的！"

　　"那次黄总也是跟着薛素萍去的坟地么？"

　　齐曼华面现好奇之色，缓缓点头。

　　胡三娃心中升起一股难以言说的荒诞感，紧问道："您知道黄总怎么就跟着薛素萍去了坟地么？"

　　"这就不知道了！"

罪与赎
——万象惊魂记

"好啦,不讲这个啦,嫂子您就讲讲黄总后来跟您是怎么交往的,比如第一次拜访您家,说了什么,做了什么,经历了什么之类的!"

齐曼华歪着脑袋神秘地说:"你想想你刚才说了什么,做了什么,经历了什么,不就知道了么?"

胡三娃略一错愕,苦哈哈道:"怎么着,连接下来的一言一行我都跟黄总保持步调一致了?"

齐曼华俏皮地眨眨眼睛,笑道:"呵,逗你的啦!"

胡三娃刚要松一口气,她又接着说:"不过,嘿嘿!"

"不过什么?"

"不过,打着要帮我调教孩子的幌子,上门调查来了,这一点你们俩如出一辙!"

"哈,嫂子,您别误会,想跟您家小少爷认识一下,确实出自本意,至于调查嘛,呵,也谈不上,只能算顺道了解!"

"三娃兄弟你就别忽悠我了,二愣兄弟当初上门是为调查那个姓俞的死亡之谜,你现在登门大概就是想调查二愣兄弟的死亡之谜吧!"

"嫂子您这么一说,我都不知道该怎么回答了,好像我是别有用心似的,但我又没法否定您的说法,也许说我的来意比较复杂,这么说更为贴切一些吧!"

"三娃兄弟无需多虑,你的心情要在以前我可能一时间无法理解,但自从有过与二愣兄弟的交往经历后,要理解起来就并不困难了,你想调查二愣兄弟的死因,我是绝对要全力支持的,我还特别想知道那么鲜活的一个大好人怎么凭空就没了呢?要是真有罪魁祸首,你把他揪出来,我第一个上去扇他两个耳刮子再补两板砖!"

"呵,被嫂子你这么一说,现在连我都说不清了!"

"三娃兄弟,你跟二愣兄弟的心地一样宽厚,这点是很容易感知出来的。二愣兄弟当年虽为查案而来,但着着实实不少帮助过我们孤儿寡母,所以你也不要纠结于是否用心不纯,不管纯不纯,只要用心端正就无愧于心了。而且我还特别希望你调查二愣兄弟的死亡之谜呢,至于帮助我这个残破的家庭,你有这愿望我就已经很知足了!"

十一

听闻这妇人一番温言巧语，又言辞恳切，胡三娃的心着实踏实下来，当下一笑："好吧，既然嫂子这么痛快，我也就不扭捏了，我此番造访肯定是有调查黄总死亡之谜的因素在内，要调查黄总的死亡之谜，就绕不开黄总调查俞伟民的死亡之谜这件事，所以，黄总当年登门向嫂子您了解过相关情况，不知道什么情形？"

齐曼华肃声道："没错，二愣兄弟当年是想从我嘴里套话来着，想知道我或我们是否还对那个姓俞的给我们造成的伤害余怒未消，以至于非得通过什么方式出一口气不可，就这一点而言，坦白说吧，即便那个姓俞的现在已经死了，我们，至少是我，现在还对他耿耿于怀呢，一想起来就怒火中烧，余恨难平！要想对他没有怨恨，恐怕只有等死了才做得到！"

说着说着，齐曼华的声气就提高了，那真的是一种愤慨和怨怼的自然激发。

"后来的调查表明，罪魁祸首是俞氏公司的副总王天武，为什么对俞伟民那么大的愤恨？"

齐曼华粉脸通红，冷哼一声："那都是骗鬼的，谁信啊！无非找个替罪羊来糊弄我们罢了，但我们一介草民，又能有什么办法？如果再闹下去，恐怕连赔偿款都拿不到了，家里的顶梁柱塌掉了，再没有赔偿，这个家还怎么撑下去？只好咽下这口恶气。但眼看着罪魁祸首逍遥法外，当真是生不如死，好在天网恢恢疏而不漏，老天开眼，让那个姓俞的死于非命，给我们报仇雪恨了，心中那叫一个痛快啊！所以实话实说，当年二愣兄弟要调查姓俞的死亡之谜，要将替我们报仇雪恨的那位神秘义士找出来，我是绝对不支持的。今天你要调查二愣兄弟的死因我鼎力支持，这是你和二愣兄弟在我这里的经历中唯一不一致之处，不过即便如此，我当年也没对二愣兄弟隐瞒什么，有一说一、有二说二，你们不都怀疑姓俞的死和我或者我们有关么，那我明确跟你说吧……"

门外突然响起了一阵叮里哐啷的脚步声和撞门声，一个略显稚嫩的粗野嗓门欢叫着："哈，老妈，你家大儿子回来啦！"

齐曼华脸上瞬间去掉了肃杀之气，换上了一脸母性的柔情和光辉，对胡三娃无奈耸耸肩，苦笑道："瞧吧，这小祖宗，为了钱，回来得有多快！"

人随声到，那粗蛮的少年一阵风般自门帘处闯了进来，进门朝他母亲嘻嘻一笑，

罪与赎
——万象惊魂记

目光移转，看向胡三娃。

两人四目相对，惊呼失声。

齐曼华的儿子竟然就是那日由贾仁剑带到病房的那个纤弱少年。

少年显然也没想到，他老大的情敌竟然会在他家里出现。

胡三娃很快神情自若，热情招呼："小兄弟，你好！"

少年并不领情，也许还惦记着当初在病房因立场不同而产生的嫌隙，冷冷地瞪了一眼胡三娃，转问他母亲：

"老妈，这人上咱家干嘛？"

齐曼华亲昵地将他拉到自己身边，抚摸一下他的头，佯装不满地训斥道："怎么这么没礼貌，胡叔叔跟你打招呼呢，怎么也不应一下？"

少年一撇嘴："他泡我老大的马子，我才懒得理他呢，不削他就不错了！"

齐曼华大感错愕地望望胡三娃，又望望少年："怎么？你们认识？"

胡三娃微苦一笑，将当日情形简单说明。

齐曼华略带愠怒地轻拍一下少年的脑袋，嗔怪道："叫你不学好，都跟什么人瞎混啊，不好好学习，去当黑社会，活腻歪了，想蹲牢房了是不是？"

少年不满地甩甩肩："老妈，你就别来这一套了，学习有个屁用，我不好好混，不练点本事，要是有人来欺负你这个寡妇，怎么保护你啊？"

说完，他煞有介事地又狠狠瞪了胡三娃一眼，好像胡三娃就是来欺凌寡妇的色狼。

齐曼华又气又羞，她不由得加力拍了一下少年的脸，羞恼道："掌嘴，你再这么胡说八道，看我不打烂你的嘴！"

少年吃痛，不满地呼叫一声："啊，老妈，你怎么不识好歹呀，我是为你好啊，你要不领情，我也懒得管了！"

接着他指着胡三娃又狠声说："这个人不是个好东西，到处泡妞，老妈，你可别上他的当！趁我现在还在，赶紧把他赶跑吧！"

说着，他就挣开齐曼华的手，想要对胡三娃采取行动。

齐曼华赶紧拽住他，气急道："小兔崽子，你胡说什么，你再这样胡闹，别想

十一

从我这拿钱了啊！"

这话立竿见影，少年马上停止了挣扎，转身对他母亲嘻嘻一笑："嘿嘿，老妈，别这么狠毒嘛，没钱我怎么活呀，那你快把钱给我吧，我还有很多事呢！"

齐曼华没想到胡三娃和他儿子之间早有过节，真怕这混账小子戾气涌上来，会对胡三娃不利，只好眉头紧皱，自兜里掏出一把钱来数，还没数到两张呢，就被少年一把抢夺过去了，嘴里嬉笑着："老妈也太小气了吧，这么点钱还数什么数啊！"

一边说着，一边自己快速地数了一遍，然后抬起头来不满地嘟哝道："啊呀，老妈，太少了啊，还不够塞牙缝的，再来一把吧！"

齐曼华爱也不得恨也不得，只好沉着脸不说话。

少年又假情假意地软语相求，齐曼华强忍着无动于衷。

少年失去了耐性，干脆伸手直接到她兜里去掏钱，齐曼华气得一把打掉他的手，身子微微发颤着，看来真气着了。

少年痛呼一声，直翻白眼。

胡三娃见这对母子僵在这里，只怕会越闹越糟，就从自己兜里掏出一把钱来，数也没数，上前几步，递给那顽劣少年。

这一反常举止令少年好一阵错愕，不过见钱眼开，他很快就眉开眼笑，哪管得了这钱是谁给的，一把拽过来，也不数了，往兜里一塞，还对着胡三娃极不领情地横眉瞪眼："小子我跟你讲，别以为拿这钱就能讨好我，这钱只能算作你今天闯入我家的罚金，以后一样不允许你再到我家来！小爷有事先走了，不陪你们玩啦，拜拜！"

他对他妈做个鬼脸，一溜烟就钻出门帘，早跑没影了。

胡三娃苦笑不迭，无奈地摇摇头。

齐曼华恍然如在梦中，还在愣愣地望着胡三娃发呆。

胡三娃只好摆摆手，对她笑道："嫂子，我算见识你家小少爷的风范了！"

齐曼华这才回过神来，长长地叹了口气："你不应该这么纵容他的，告诉我，你刚才给了他多少钱，我还给你！"

胡三娃油然一笑："嫂子说什么话呢，我给我家小侄子见面礼，难道你也要

罪与赎
——万象惊魂记

干预!"

齐曼华感激地看看胡三娃,摇摇头又点点头,一脸的复杂神色。

胡三娃轻快地耸耸肩,正要跟她接续中断的谈话,电话突然响起来。

一看是方明远,他忙接听,原来饭局已安排好,他们准备出发了。

"嫂子抱歉,我公司有点事得赶回去了,应该请你吃个午饭再走的,这样吧,下次我请你吃饭,咱们边吃边聊,如何?"

"本来想留你在家里吃饭再走的,既然你有事,就下次吧,下次还上家里来,我做几个拿手菜,让你尝尝我的手艺!"

胡三娃愉快地点头道好。

告别出来,紧赶慢赶,他比方明远和刘金鑫还更早一步到达,他先去方明远订的包间看了看,大小适中,装修豪华,环境清幽,想来应该能令刘金鑫满意,尤为重要的是,这包间离后厨不远,胡三娃即便不太适应这里边的奢华气息,也还是感觉满意了。

查看完毕,他走出门来,不由自主就往那个犄角旯儿里的奇特桌位走去,然而,在几棵装饰树的掩映下,那个桌位空空如也。

胡三娃竟然略感失落,细细一想,又觉宽心,他是来宴请客户的,如果老妇人在此,他还真不能踏踏实实陪客户用餐了。

想了想,他又到前台服务员处问明了王怀林办公室所在,找到王怀林,跟他知会一声。

王怀林爽快地答应了,并且说薛素萍已经跟他说了这事,既然他老伴已经认了胡三娃做干儿子,那胡三娃也就是他的干儿子,胡三娃在自家店里,完全可以自由发挥。胡三娃没想到会得到王怀林这么有力度的支持,心怀大慰,再跟王怀林商量了一下细节,又留了他的电话,就感谢不迭地告别出来,回到包间时,恰巧方明远带着刘金鑫走了进来。

刘金鑫老远就打着哈哈,快走几步握住胡三娃的手,使劲晃着不撒手:"哈,胡总真是太够意思了,请我到这么高档的饭店吃饭,我这个土老帽真是进了大观园,看得那叫一个眼花缭乱哈!"

十一

胡三娃欢声附和着:"哪里哪里,以刘大哥的尊贵身份,我实在是找不到一家够气派够规格的饭店来宴请您了,只好请您屈尊在这家饭店迁就一下!不周之处,还请刘大哥多多包涵!"

刘金鑫开怀笑道:"哈,胡总这嘴皮子真是厉害,明明知道是假话,依然听得我心花怒放!"

这才撒开胡三娃的手,在包间里一边细细环顾,一边若有所思。

方明远连忙打躬行礼,请刘金鑫上座就位,同时大声呼喊服务员。

服务员应声而至,熟料刘金鑫却对她摆摆手:"先不忙,我们再商量一下!"

胡三娃心中咯噔一跳,生怕有所变故,紧张地望着刘金鑫。

方明远忙道:"刘老板,这已经是这个饭店最好的包房了,要是有哪里不合您心意,我让他们马上过来改进一下!"

刘金鑫泰然笑道:"这么好的包房,我要还不满意,那真是没有天理了,不过……"

方明远紧张道:"刘老板有什么要求尽管提!"

刘金鑫爽朗笑道:"我啊,今天特别想返璞归真,不想在这么豪华的包间里吃饭,我知道在这个饭店有个特殊座位,虽然在犄角旮旯里,简陋陈旧,灰不溜秋的很不起眼,但是据说只有特殊身份的客人才能在那里用餐,我今天就特别想享受一下这个特殊待遇哦!不知道二位兄弟能否满足我这个不情之请呢?嘿嘿!"

那个位置还有这么特殊的涵义,胡三娃还是第一次听说,略作思忖,迟疑道:"我倒是知道这么一个桌位,不知道是不是就是刘大哥所指,但那个桌位很窄小,只是两人位,现在我们可是三个人呢?而且在那么简陋的地方请刘大哥用餐,真是太委屈您了啊!"

刘金鑫摇头摆手:"旁边加一把椅子就可以了,至于委屈啊,如果两位兄弟今天不能满足我这一心愿,那才真正叫我心里憋屈呢!"

胡三娃不好再推却:"那就恭敬不如从命了!"

扭头对服务员说:"麻烦您去后厨旁边那个靠墙角的桌位张罗一下吧!"

服务员有点迟疑:"可那个桌位,老板娘经常中午在那里用餐的啊!"

胡三娃摆摆手:"她今天中午肯定不来,您放心吧,有问题包在我身上!"

罪与赎
　　——万象惊魂记

　　服务员见过他和老板娘一块用餐的情景，不再置疑，领命而去。
　　三人相谈甚欢地往那个桌位走去，那个桌位离这个包房直线距离也不远，但需拐过几条走廊，此时饭店用餐的人群多起来，刘金鑫边走边点头："早听说这个饭店食客众多，远近闻名，还真是名不虚传！"
　　胡三娃趁机敲边鼓："是啊，我听说这个饭店主要是靠食材好，其实味道嘛，虽然是好，但也不会比别家好得太多，在这个时代，保证食材的健康是最重要的！"
　　刘金鑫郑重地望了胡三娃一眼，若有所思地点点头。
　　三人拐过装饰树构成的小径，来到了那个桌位处，服务员手脚很麻利，已经在旁边添加了一把椅子。摆好了三套碗筷，这三套碗筷已经差不多占据了三分之一的桌面。
　　胡三娃把刘金鑫让到了薛素萍经常坐的那个位置，这样他就直面后厨方位。
　　胡三娃笑道："刘大哥，这桌面再摆三个大菜估计都悬，您今天是摆明了要让我将自己掩藏起来的小家子气逼出来啊！"
　　刘金鑫哈哈笑道："好说好说，今天这顿饭以享受特殊待遇为主，不以大吃大喝为主！"
　　说完，就招呼服务员上菜单。
　　他接过服务员递上的菜单，一边翻看一边笑道："为了免除你们点菜左右为难的窘境，这项服务工作就由我来完成了哈！"
　　说完，他就只是点了几个特别普通的家常菜，对于宴请，实在是有点寒酸了。
　　方明远还要客气一番，刘金鑫早已将菜单还给服务员，坚决让她照单下菜去了。
　　不一会饭菜上桌，方明远看着那几个盘子，苦笑道："刘老板，本来还想着请你喝点好酒，但这些菜样都不是下酒菜，而是戒酒菜啊！我都不知道该上什么酒好了，要不您来定？"
　　刘金鑫大摇其头，笑道："今天滴酒不沾，喝了酒就不能好好感受这特殊待遇的滋味了！嘿嘿！"
　　胡三娃听他话里似乎大有深意的样子，却一时间又不知如何着手进行挖掘，只好附和着笑道："看来刘大哥今天是找我们吃忆苦思甜餐来了，要是这样的话，我

十一

这顿请吃也还算有点意义,我这心里也能踏实一些!"

刘金鑫爽声笑道:"好说好说,胡总醉翁之意不在酒,既然已经把我请到这顿鸿门宴上来了,意义应该早就已经诞生了吧!哈!"

胡三娃用意被揭穿,尴尬地笑笑:"刘大哥见笑了,主要还是想跟刘大哥攀攀交情,巩固一下联系,至于其他的,顺其自然就好!"

刘金鑫飒然耸耸肩:"好吧,那咱就开吃吧,虽然这特殊待遇不以吃为主,但没吃可也不行!"

刘金鑫在吃的过程中,一直对菜的味道赞不绝口。几乎每一道菜,他都好评如潮。用餐完毕,他大大咧咧地抬手背一抹嘴巴,美美地打了个饱嗝:"吃得太爽了,道道菜都是那么清甜可口,回味无穷,真是好多年没吃到这么好吃的饭菜了,怪不得这店生意这么火!"

胡三娃见机行事,装出一副触景生情的样子:"对了,刘大哥,既然您觉得这饭菜这么美味,咱们正好就在这饭店的后厨附近,不妨就近参观一下,看看这美味的饭菜是怎么做出来的如何?"

刘金鑫茫然望了后厨方向一眼,迟疑道:"人家饭店的后厨,能让咱们参观么?"

胡三娃淡然一笑:"没问题,我跟饭店老板熟,跟他打声招呼即可!"

说着,他就掏出手机,正要给王怀林打电话,这时一个爽朗的声音从旁边传来:"不用打电话了,我亲自带你们去参观吧!"

正是王怀林,他泰然自若走了出来,脸上挂着热情的微笑。

胡三娃忙给王怀林和刘金鑫引见。一番客套之后,王怀林带着他们去了后厨。

无疑,后厨玻璃房里一面墙的强龙牌食用油闪耀而出的莹润光泽首先切入了刘金鑫的眼帘,震撼着他的眼球,直抵他的内心。

不出所料,他盯着那集团军般阵容强大的油瓶阵列,发了好一会呆,眉眼间闪耀着一股异样的神采。

这一幕的确具有超乎寻常的感染力,刘金鑫脸上不由自主地动容生色,情不自禁地频频点头。

胡三娃暗中察言观色,自是心怀大开。

罪与赎
——万象惊魂记

参观完毕,王怀林道别离去,一行三人又返回桌位旁坐下。

刘金鑫好整以暇地笑望着胡三娃,也不说话。

胡三娃讪讪一笑:"刘大哥有何指教?"

刘金鑫微一点头,似笑非笑道:"胡总不简单啊,小小年纪,当真有当年黄总的风范!"

"刘大哥火眼金睛,小弟跟您比还是差得远呢!"

"我原本想着倒要看看你今天葫芦里到底要卖给我什么药,我一概不买,你能奈我何?可万万没想到,一不留神,你这小药片已经无声无息地渗透到了我的心里了啊!"

"刘大哥明鉴,虽然是我强买强卖,可我硬给大哥注射的可是良药,顶呱呱的强心药,从这一点上讲,我还是挺厚道的,大哥应该不会怪罪于我吧!"

"你这剂猛药不仅给我强了心,还使得我耳聪目明了啊,甚至还驱走了我脑子里的糊涂虫,要不我这一时糊涂,差点真断送了一个好产品!所以,我该谢谢你!"

胡三娃情不自禁站起来握住刘金鑫的手说:"刘大哥,请您相信,我们俞氏公司不是孬种,更不是坏蛋,做不出差产品,更不愿意做缺德的产品,当然,也没有什么伟大的志向,平生只做一件事,那就是为老百姓生产出健康安全的食用油来!"

刘金鑫也顺势站起来,动容地说:"胡总的人品我是感知到了,不瞒您说,几个回合下来,我已经能够断定胡总的人品及能力和已故的黄总是一脉相承的,既然原来我愿意和黄总做生意,自然就愿意和您胡总做,胡兄弟您放心吧,明天就将货照常运过来吧!不过……"

两人刚刚放下的心又提起来,紧张地投去征询的目光。

刘金鑫左右张望一眼,压低声音:"不过,我得提醒你们,为什么我突然不跟你们公司做生意了,一方面你们的产品确实是销量有所滑坡了,这一点希望你们不要掉以轻心,要好好调查一下。另一方面,你们公司有某位领导,他希望你们公司能够扩大产品范围,但在现在食用油一枝独秀的局面下,他无力扭转方向,所以想趁着食用油势力有所减退的情况下干脆再踩一脚,让你们公司上下都知道单一经营的致命缺陷,然后重视起他的经营主张来。至于他如何怂恿我使我接受了他的请求,

十一

这个你们就不用知道得太多了。总之，我就说这么多，好的赖的，有用没用的，你们捡着听就是了！"

方明远听完，气得脸色铁青，不由自主地握紧了拳头。如果面前不是一张小桌子，他早就拍案而起了。

胡三娃也义愤填膺，但不动声色，他轻轻拍拍方明远的肩膀，冲刘金鑫抱拳行礼："感谢刘大哥的信任，将这么重要的信息都透露给我们了，感激不尽，有您这样的支持和信赖，我相信咱们的合作前景将无限广阔！"

刘金鑫悠然一笑："胡兄弟是青年才俊，也是黄总的衣钵继承者，跟你合作，感觉又回到了当初和黄总合作的那种情景里，所以对于咱们的合作前景，我是信心十足的。至于我今天跟您提到的信息，您就吞到肚子里，更别到处宣扬是我提供的信息，其实，要依我的建议，你们就防着点你们那位领导，注意别让他再使绊子作祟即可，他本意其实并不坏，也是想让公司发展得更好嘛，只是年纪大了，容易犯糊涂，犯拧，所以，别跟他一般见识，逐渐让他变成个闲人就行了！"

胡三娃点头："我懂了，刘大哥放心吧，今天这事就止于我们三人知道，方科长，你同意吧！"

方明远忙不迭点头应和。

"哈，我只是个外人而已，只是确实对胡兄弟的风采有种似曾相识的感觉，不由自主就想着要攀交一番，所以才对你们公司内部的事指指点点，按理说，这都有点有失道义了。哈，就此打住吧，胡兄弟，今天就到此为止吧，谢谢你这顿既有物质又有精神的丰盛大餐哈！"

胡三娃和方明远对望一眼，会心一笑。

三人走出饭店，分道扬镳。

待刘金鑫走远了，胡三娃才和方明远边走边谈："方科长，您这就回去准备明天供货的事，顺便把今天这事跟董事长汇报一下。不过要记得两点，第一，同样不要提我参与了这事，就说是你全程拿下来的；第二，高副总作祟的事，也不要跟董事长说！"

"这两件事我都觉得有必要跟董事长说道说道，第一，帮助公司扭转危局这么

罪与赎
——万象惊魂记

大的功劳,您不能让我一个人扛;第二,公司出这么大的内鬼,这么大的罪责,怎么能够就此罢休?甚至连董事长都瞒着,这有点说不过去!"

"我有不得已的苦衷啊。第一,我现在正在受董事长委托办一件特别重要且紧急的事情,我不想让她知道我中途分心出来忙活别的事情去了;第二,关于高副总的事,既然咱们答应刘金鑫了,就要遵守承诺,诚实守信,既是经商之本,也是做人之本,绝对不能突破!否则便是公司另一场大难的开始!"

方明远叹口气道:"好吧,就算高副总的事是这么个道理,但你说的第一点,我有点不敢苟同,公司这么大的困难,你都力挽狂澜加以解决了,董事长只会对你办事能力更加认可,怎么会反而质疑你呢?这可说不通!"

胡三娃摆摆手,说:"我说的不是能力认不认可的问题,而是专心不专心的问题,这一点很重要,再者,我让你把功劳一肩挑了,还有另外一个原因!"

"什么?"

"虽然高副总这事咱可以不提,但不代表他就不会受到惩罚,我会从别的角度跟董事长吹吹风,慢慢地就应该让他赋闲了,那么他一旦赋闲了,谁更有资格做副总呢?公司销售很重要,但生产也很重要,所以谁来挑大梁,还真不好说,到时甚至可能出乱子,但是将此次公司危局的解除主要归功于你,那么在公司人事变动时你肯定就是众望所归了!所以,我这其实不是为你个人考虑,而是为公司将来的人事安排及发展大局做铺垫呢。"

方明远眉眼连动,频频点头,不过他毕竟老练,没有得意忘形,面现庄重之色:"要说这样当上副总确实胜之不武,不过高副总这次确实太离谱了。至于谁来当副总,几个中层领导都不错,也不一定就是我,到时候还是董事会决定吧!"

胡三娃点点头,略作思索,又道:"方科长,我还有一事不明,不知道能否指点一二?"

"请讲,我一定知无不言!"

"按理说,你跟原来的俞总、高副总他们都是一块打天下的,感情应该不错吧!"

方明远点了点头,突然意识到什么,又警觉起来:"怎么?胡总对我有怀疑?"

胡三娃微微一笑:"不是,我是想说,既然你跟高副总都是俞总的左膀右臂,

十一

而高副总又是这样一个心胸狭隘的人，为什么当年是他成了副总，而不是你呢？"

方明远苦笑着摇摇头："职务升迁嘛，因素很复杂，而且说句良心话，高副总当年意气风发、气宇轩昂的，不像现在这么越老越糊涂、越来越没有气度了！"

胡三娃若有所思地点点头："接下来还有个问题，就是高副总有没有在公司经营上给黄总也使个什么绊子，就类似蛊惑刘金鑫这样的事件？"

方明远回想片刻："据我所知，没有发生过这样的事，其实当年虽然一开始他对黄总确实很是不屑，但随着公司经营状况的好转，他表面不说，心里还是认可了的，只是不知道现在为什么突然神经发烧，竟干出这样的蠢事来！"

胡三娃听知黄二愣当年没有同样的经历，不知道怎么心里竟产生些许欣慰感，继续问："其实我对今天的事还略略有点困惑，我没想到会这么轻松就把刘金鑫拿下，本来我已经做好要打一场艰苦卓绝的战争的准备的，依你对他的了解，你觉得他今天的反应正常么？尤其是他今天特意要求到那个小桌上用餐，这一点更是令我费解，不知道他是何用意？"

方明远笑道："这一点胡总尽可放心，刘金鑫这个人虽然滑头，但还是说话算话的，既然答应了，就绝不会反悔！至于用餐地点的问题嘛，胡总有所不知，其实刘金鑫昨天午饭也是在这个素林饭店吃的！"

"到底怎么回事？"

方明远狡黠地笑道："昨天中午我准备去外边找地方吃饭，刚出饭店门，就恰好碰到刘金鑫和他的一帮朋友来吃饭，他们早已订好了包间，刘金鑫就邀请我跟他们一块用餐，我当然也就不客气了。然后刘金鑫就问我怎么就我一个，问你去哪里了，我当时灵机一动，就把他带过去悄悄地看你和薛素萍用餐，他当时就想上去跟你打招呼，被我给拦住了。我看得出来，他很感动，后来回来路上，他跟我说你给老妇人喂饭的情景和当年黄总给老妇人喂饭的情景如出一辙，简直就是电影的回放一样，让他倍觉亲切，当时就产生了也要找个时机在那里用一回餐的想法，没想到你第二天就提出来要请他吃饭，他自然顺水推舟了！嘿！"

胡三娃憨然一笑："没想到我这点私事也让他瞧去了！真是怪难为情的！"

方明远连连摇头："这个可不难为情，这个很有感染力，我觉得刘金鑫被你的

罪与赎
　　——万象惊魂记

这番情怀打动了,他会觉得和你做生意其实就是在和黄总做生意,没什么两样!"

　　胡三娃顺势说道:"今天这件事之所以顺利取得成功,和方科长你关系重大,所以你是本次事件中最大的功臣,当之无愧!"

　　方明远连连摆手,满面愧色:"胡总你就别埋汰我了,这是谁的功劳,咱俩心知肚明!"

　　"那好吧,咱俩也就别互相客套了,就按照我刚才说的,你先回公司吧,我得去忙另外的事了。"

　　两人就此挥手告别。

罪与赎
——万象惊魂记

胡三娃顺手打了个车,朝云照大街疾驰而去,他急于将他的第一轮走访工作快速完成。

从刘金鑫事件来看,公司经营上的事务将会越来越多,虽然俞萍音明确跟他讲了不用他参与公司事务,但他既然当了这个总经理,就不可能置身事外。即便偷偷摸摸不让俞萍音知道,他也得不遗余力参与进来,否则他这个位置肯定是保不住的,他倒不是贪恋这个职位,而是如果没有这个职位,他的调查工作也就没办法进行下去了。

云照大街位于万东区的市中心,是寸土寸金的黄金地段,真有如一团五彩祥云普照在这条大街上一样,街道两旁的建筑物都是金光闪闪的,这是一条繁华的商业街,但也夹杂着一些居民楼,56号大楼是一座商住两用大厦,看上去很气派。

胡三娃逐一辨认门牌标号,终于在偏离大街的一侧的拐角处找到了对应的号码,这边不临街,没有商铺,进楼门都需要电子门禁,胡三娃按照门禁上的说明输入房间号码进行电子呼叫,没有得到回应。

琢磨着姐妹俩可能都不在家,正要打道回府时,正好有一个住户要进门,他尾随在后边就跟着进去了,进去便是一个敞亮的大厅,直抵电梯间。他正庆幸呢,立刻就从旁边一个楼道里蹿出一个穿着整齐制服的保安来,将他拦住了,厉声喝问。

胡三娃吓一哆嗦,赶紧赔笑说:"保安兄弟好,我进来找朋友的,刚才摁门铃没反应,就跟着别人进来了!"

保安沉着脸说:"那不行,得确认业主在家,联系好了,通知保安室,才能进去!"

十二

"摁门铃没反应,得上去看看才能确认啊!"

"你不会打电话确认啊!"

"我没她们电话啊!"

"不是你的朋友么?怎么连电话都没有?"

"现在还不太熟,算是陌生朋友嘛!"

"嗐,真有你的,那指定不能让你进去了,请回吧!"

"要不,麻烦兄弟您帮我确认一下她们是否在家!"

"我哪有业主的电话啊!"

"兄弟,我也是做保安的,咱们算是同行呀,能不能帮帮我,我不进去,你用什么办法帮我确认一下,如果她们在家,就帮我通报一声,就说有访客有很重要的事情求见!"

保安一听是自己的同行,将胡三娃仔细打量了一下,面色上还真是缓和下来,微带笑意道:"那你就说说要求见哪一家吧,这楼门里的住户我差不多都了解一些情况!"

"就是1902室的,姐妹俩,叫舒婉雯、舒婉斐!"

"奥,找她们啊,那你请回吧,现在肯定不在家!"

"为什么这么肯定?"

"这里头哪家哪户的行踪规律不在我掌握当中啊,更何况这一家的行踪规律是最有规律的,进出个几次就完全清楚了!哥们,看来你还不懂得做保安这一行的最高境界啊!"

胡三娃满脸诚挚道:"那请兄弟先告诉我这家的行踪规律吧,以后有机会再向兄弟请教职业上的本事!"

"这家姐妹俩啊,妹妹在艺校上学,只有周末才回来,一般周五晚上到家,周日晚上离开。姐姐不知道做什么工作,要么不回来,要回来基本都是深更半夜了,而且转天响午过后必走,所以很不巧,今天这姐姐刚好已经离家了。你要来找她,得等到深夜,但是深夜我们这里肯定不让进了,别说你是我同行,就是我同舍,也肯定不能放你进去!"

罪与赎
——万象惊魂记

"那兄弟,你知道这家妹妹在哪个艺校上学么?"

"这个我就不知道了!"

胡三娃无奈作罢,谢别保安,在楼门外的甬道上茫然站了一会儿,正要离去,一抬头间,却在前面不远处望见一个熟悉的面孔,仔细一辨认,却是齐曼华的儿子,不由大感愕然,一时间茫然失措。

那少年也望见胡三娃了,也不前来打照面,只是冷冷地瞥了胡三娃一眼,然后甩腿就跑,一溜烟就没影了。

胡三娃呆愣地望着少年远去的方向好一会儿,才回过神来,百思不得其解,也就作罢。

他心绪迷茫,不知不觉绕过楼宇,沿着云照大街走了好一会儿,试图理出个思绪,然而他的思维毕竟跨不过脑沟间无情的黑暗,终究未能如愿。抬头看看天色,日已西倾,繁华的街上也自然而然地浸染着几丝落寞的气息,决定结束今天的走访,先回公司再说。

回到公司已近晚饭时分,他本想去食堂吃饭,突然灵机一动,想起认识俞萍音这么久了,还没和她一块吃过饭呢,趁着今天还有点闲时,不妨请她吃个饭,边吃边聊。一念及此,他转身直奔黄二愣的办公室。

不出所料,俞萍音果然还在办公室里,敲门进去后,发现俞萍音正端坐在黄二愣的办公椅上,她也许每天最期盼的就是胡三娃来向他汇报调查情况的时刻。

她示意胡三娃坐下说话,胡三娃则开门见山:"董事长,正好已到晚饭时间,咱们认识这么久还没一块正儿八经吃过饭呢,要不请您赏光,我请您一起吃个饭吧,咱们边吃边聊!"

俞萍音眉眼微微一动,略作思忖,点点头:"也好,胡大哥你也该吃饭了,那咱就边吃边聊!"

她雷厉风行,说着话,已经站起来穿衣戴帽,收拾东西。

胡三娃嘻嘻一笑:"我干妈家的素林饭店,菜的味道相当不错,要不就请董事长去那里吃吧!"

俞萍音略一犹豫,摇摇头:"用不着那么麻烦了,就在食堂吃点吧!"

十二

胡三娃忙不迭摇头："那哪行，好不容易请董事长吃顿饭，怎么着也得有点样子吧！"

俞萍音黛眉微蹙："二愣哥不让我去那个饭店吃饭的！"

"啊，董事长，您？"

"胡大哥放心吧，不是说二愣哥现在这么说的，是他生前就已经不同意我去那边吃饭了！"

"这是他干妈的饭店，按理说他应该要尽力照顾那饭店的生意才对啊，怎么反而不许您过去吃饭呢？"

俞萍音凤目含烟，困惑地摇摇头："不知道，他曾带我去吃过一阵子，后来突然就不带我去了，也不同意我自己去吃！"

胡三娃使劲思量，也找不出什么头绪来，只好就此搁置，淡然一笑："那好吧，就换个别的饭店，好饭店有的是！"

"不用那么麻烦了，我带你去一个地方吧，正好我也好久没去了，还挺想去的！"

胡三娃看她心意已决，也就点头答应了。

俞萍音并没有带着胡三娃往大门口方向走，而是往公司大院里头走，摆明了就是要去公司食堂用餐。胡三娃有点啼笑皆非，本来想着要请俞萍音找个高档优雅的地方好好吃顿大餐表表忠心，到头来还是俞萍音用自家的食堂请他吃了饭。

两人走进食堂大厅，俞萍音叫过一个师傅来，跟他吩咐了几句，朝胡三娃一招手，领着他穿过食堂大厅，径直来到了紧里侧那面墙壁的角落处，进了一个自带厨房的小包房。胡三娃一直没想到这个大食堂还套着一个小食堂。

包房里有一张八仙桌，配套四把太师椅，皆古色古香。胡三娃又跑到里间的小灶房察看了一番，里边锅台灶具、锅碗瓢盆一应俱全，不折不扣地一个家庭厨房。只是许久未动了，蒙了些淡淡的灰尘，连带里间空气也变得凄迷落寞起来。

胡三娃惘然退出来，俞萍音招呼他入座。

外间餐桌倒是经常有人收拾，一副干干净净、亮亮堂堂的模样。

胡三娃用手摩挲着太师椅的扶手，惊叹道："没想到咱的公共大食堂还有这么一个雅致的餐厅，这可比外边的大饭店强多了！"

罪与赎
——万象惊魂记

"能让胡大哥满意,我把你强拽到这儿也就不惭愧了!"

"这个餐房就是专门供董事长用餐的地方吗?"

"算是吧,这是我爸专门开辟出来用餐的地方!"

胡三娃不解地望着她。

俞萍音俏脸上逐渐浮上来几许怅惘之色,呢喃道:"是啊,当年我妈甩手离开了我们,我爸受到了很大打击,就一心扑在了事业上,后来更是一头扎进公司,吃住行都在公司,所以干脆就在公司大食堂里创立了这么一个小餐厅,有客人接待,有时候也放在这里,倒是便利了许多!"

胡三娃恍然点头,不自禁想起俞伟民的变故,进而想到黄二愣在自己眼皮底下的惨死,心里顿感一片沉重。

俞萍音被回忆激发了绵绵思绪,又兀自一叹:"想当年我还在艺校上学,吃住行基本都在学校,所以和我老爸也没什么交流。那段时间他很消沉,我反倒是过得没心没肺的,也想不起去安抚他,就在学校自由自在地快活,反而因为他无心来管我更觉逍遥了。现在想来,真是对不起他,在他那样难过的时期,没有给他情感的抚慰,没有尽到一个女儿的责任,他那时一定很绝望,或许他后来遭受的变故,也跟缺乏了我的爱的支持有关吧!"

说着说着,她悲从中来,眼眶都变得湿润了。

胡三娃连忙温言抚慰:"董事长,您那会儿还是个不经世事的小女孩,哪里懂得了那么多人情世故,所以您无需自责,至于您父亲后来遭受的变故来自于他的生意场,就更是跟你毫无关系了!"

俞萍音眉眼一动,凝视着胡三娃:"您确认我父亲的死是因为他的生意吗?"

胡三娃迟疑片刻,苦然一笑:"现在还不好下这个结论,但不管最终是因为什么直接原因,根源是他的生意,这一条应该毋庸置疑!"

俞萍音凝神思索片刻,叹道:"也是,如果我父亲当初不下海经商,好好地在机关呆着,应该不会遭此横祸!"

胡三娃心中一动:"您能跟我讲讲当年您父亲辞职下海的情形吗?比如有些什么特别之处没有?"

十二

"也没有，就是被我妈出走事件刺激的，发誓要混出名堂来，就一气之下辞掉公职了，我爸原来当过兵，带着秦叔叔等几位儿时好友和战友一起创办了这个公司，想想也没什么特别的，跟那时很多下海经商的人经历差不多！"

胡三娃点点头，不置可否。

俞萍音自顾自接着说："咱们还说这个餐厅的事吧，后来我爸去世，二愣哥接班做了总经理，我那会儿对我爸愧意渐浓，可是子欲养亲不在，很是苦闷。为了排解心里对我爸的怀恋，我就经常来这里用餐，想象着陪我爸用餐的情景。每次二愣哥提出要带我去外头饭店吃饭，我都缠着他到这儿来，后来时日久了，倒形成了习惯！"

俞萍音缓了缓情绪，接着说，"只是不知道咋回事，突然有一天，二愣哥死活都不愿意再带我来这里用餐了，理由是在这里他吃腻了，而且不想让我再沉溺在对父亲的缅怀里出不来。别的方面他对我都是百依百顺，就这点怎么着都不行了，最终还是我拗不过他，后来他去世了，我就更是提不起精神来这里了！"

说着说着，俞萍音不由得被伤感情绪侵袭了，唏嘘良多，怅然一叹。

"黄总怎么突然就态度大变呢，他说的理由您相信么？"

"不相信又能怎样，所以就还是相信了吧！"

两人说话间，菜就上来了。

师傅将饭菜摆好，又自旁边角落的柜子里拿出来两副餐具安放好，倒上茶水，彬彬有礼地说："请两位领导先吃着这两个菜吧，还有几个菜一会再端上来！"

说完就出去了。

俞萍音举起杯子，微微一笑，驱走些许伤感情绪，说："胡总不辞辛劳就任我公司老总后，我还没有感谢过您呢，现在就以茶代酒，向胡总临危受命、勇挑重担的奉献精神表示崇高的敬意和深深的谢意，我先干为敬，您随意！"

说完，她就像饮酒一样一饮而尽。

胡三娃心中洒然，也端起茶杯来一饮而尽，滴水不漏。

两人对视一笑，心情轻快了好多。

俞萍音主动为胡三娃夹了一筷子菜，盈盈一笑："快尝尝，味道还可以吧？"

胡三娃吃过，忙不迭点头叫好。

罪与赎
——万象惊魂记

俞萍音先是莞尔一笑，感叹道："其实这还不是这餐房里的专属味道，只不过是替代品而已，原来我爸可会享受了，有自己的御用厨师呢！那做出来的味道，当真是美味极了！"

胡三娃恍然点头："哦，那厨师不会就是牛志远吧，听他老吹嘘自己的厨艺如何高超！"

俞萍音笑着点头："胡大哥真聪明，不过牛大哥可不是吹牛，他做菜当真不错，要是放在古代，肯定早被皇帝老爷给挖走到御膳房去了，哪还有我爸享受的机会！"

胡三娃油然一笑，不自禁也替牛志远感觉出一份骄傲来，可是很快又代之以惋惜之情。

俞萍音面带笑意，如同仍在回味当年的惬意味道和场景，但很快又被现实摇醒了："只是可惜，我爸去世后，牛大哥也离开了公司，这天下至味，也就与公司无缘了！"

胡三娃想了想，试探道："其实，如果董事长愿意的话，可以再将牛大哥招聘进来，我做做工作，他或许会同意！"

熟料这话如同触痛了俞萍音未愈的伤口一般，她断然摇头，声调也变得严厉起来："胡总，我又不是没跟您讲过二楞哥的经营之道，危难时抛弃过公司的员工，是不能得到饶恕的，否则会让忠诚的员工丧失对公司的信念，所以这一念头您趁早扼杀掉，讲都不要讲，就在这小屋里止住！"

胡三娃心中骇然，连忙点头道好。

俞萍音默然片刻，犹自一笑："胡大哥，不瞒您说，这些日子来，我心中越来越产生一种怪怪的感觉，总感觉您和二楞哥有着很多神似之处，有时候恍惚间，也难免张冠李戴，少不得还得替自己尴尬一番。但刚才您这一句话，立马就使我心头彻底踏实下来，您和二楞哥完全不一样，因为思想观念最能决定一个人的形状，而形状的不同最印象鲜明，一目了然！"

一言不合，友好氛围顿时消止。

随后，胡三娃向俞萍音报告了他今日的行踪和收获，当然隐瞒了和刘金鑫通过吃饭谈成生意的情况，不过貌似俞萍音也提不起多大兴趣了，有点心不在焉地听着。

十二

好像终于彻底将胡三娃和黄二愣区分开来并没有像她所说的那样如释重负，反而给她心头造成了不小的冲击。

胡三娃本来还打算吹吹耳边风，旁敲侧击地让俞萍音考虑将高宜和赋闲的事提上日程来。但一看她闷闷不乐的样子，也只好忍住不发。

两人吃完这顿饭，师傅再次端上来的大菜也撩不起二人多大的兴趣了，倒有点不欢而散的意味。

胡三娃不自觉间又陪着俞萍音来到黄二愣办公室门口，就有点犹豫要不要再随她进屋，因为时间上来讲，也是到了可以休息的时分了。

俞萍音看出了他的心思，直言不讳：“胡大哥，您今天辛苦奔波一天了，就不用再忙工作了，早点回去歇着吧！”

她脸上挂着一幅公事公办的庄重神情，摆明了她晚上还要占据胡三娃的办公室，并且胡三娃还不能涉足片刻、染指丝毫。

胡三娃眼看着她眉眼深处弥漫上来的忧郁之色，终究放不下心来，不由温言相劝："依我看，董事长已在这儿呆了不止一晚了，如果黄总真能显灵，也早该下来和您相会了，所以，董事长还是面对现实吧，毕竟这里不是一个睡觉休息的好地方，您身子骨还没完全复原好呢，还是请董事长回家休息去吧，如果这边有什么异常情况，我会及时反馈给您的！"

熟料俞萍音竟将黑宝石般晶莹的眼珠斜睨过来，硬生生横了他一眼，娇声中已有几分愤懑："胡总，请您做好自己的份内工作，至于我的个人私生活，就请您不要操心了，也不要掺和进来，好么？"

胡三娃心中陡然一颤，面色惘然。

俞萍音又歉然一笑："抱歉，胡大哥，我情绪一来，就控制不住，请谅解！不过，虽然语气是重了点，但我的意思是明确的，您真的不用替我担心，我只是想要跟二愣哥独处一下，说说话，聊表哀思。您要是掺和进来，我们没有私密空间，二愣哥当然就难以无所顾忌地来和我幽会了，因此，我未能和二愣哥灵台相会，或许还真得发您的牢骚呢！"

胡三娃不自禁脸颊微红，讷讷一笑："可是我并没有掺和进你们的私密空间啊！"

罪与赎
——万象惊魂记

"私密空间不只是指的这间屋里,这门口处的环境对于私密氛围的营造或许更重要,就干脆直言不讳吧,我知道胡大哥您是出于对我的关心才夜里守护在这里,这一点我非常感动,也很感激,但这同时给我造成了很大的困扰,也干扰了我想要与二愣哥相会的心神,胡大哥您不知道,那天夜里我看到这墙角根蜷缩着一个黑影,我当真以为是二愣哥显灵了,一时间欣喜若狂,高兴得忘乎所以,都有点到了精神失常、行为失态的地步了,你理解这是什么意思的,可最后看清楚是您躺在这里,我骤然间从巅峰跌入低谷,情绪所产生的巨大的波动,您是可想而知的!您想想,这样的失魂落魄下,我又如何做得到与二愣哥灵台相会、灵魂相交呢?"

胡三娃一下子闹了个满脸通红,他挠挠脑袋,尴尬至极:"原来董事长您什么都知道啊,这么说,我后来……"

"是的,是我叫人来这里将您送回宿舍休息的!"

胡三娃很不自在地笑笑,想了想,仍有几分迷茫:"那昨夜呢?昨夜您又是怎么发现我的?"

他想起自己躲在楼底下的围墙根下,而且在遥远路灯的渺茫阴影里,俞萍音理论上是不可能看得到的。

俞萍音吃了一惊,圆睁杏眼:"怎么?难道您昨夜也还来过?"

胡三娃一听她对昨夜之事竟全然不知,也不免暗暗吃惊。虑及昨夜之事可能会引起她恐慌,就决定还是隐瞒不说为好,赶紧想出了一套说辞:"因为前天夜里我从这里回到了宿舍,把我完全弄懵了,又不便询问,所以昨夜就想着再试探一下,不过我换了个方位,靠在了墙壁的另一侧,谁知我刚坐下,就听到屋里您清清嗓子咳嗽了一声,我就以为是您故意咳嗽警示我,让我知趣而退,这么说来,难道咳嗽不是给我听的吗?"

俞萍音困惑地眨眨眼睛,仔细回想了一下,实在回想不起来那些琐碎的细节了,就只好苦笑摇头。

胡三娃故作轻松地调侃道:"那看来我是虚惊一场了,我现在真是特别理解那些小偷的心理了,真是草木皆兵啊!"

俞萍音莞尔笑笑,转瞬又恢复严肃神情:"胡大哥,谢谢您的好意,但无论如何,

十二

请您不要再来替我守夜了，一方面我受不起，另一方面非但无此必要还干扰我的心境，且您需要全力以赴去帮我查案，如果分心来做这样没有意义的事，反而会让我感到寝食不安的！"

他重重地点了下头："董事长放心吧，既然董事长睡在这里没发生啥事，又不喜欢我的这种方式，那我就从明天起全力投入查案吧！"

俞萍音欣慰点头，想了想："胡大哥您刚才说今天去拜访舒婉雯、舒婉斐姐妹俩没在家，是吧？"

"是的，看门的保安说姐妹俩作息规律与众不同，姐姐基本不在家，深更半夜才回来，妹妹在一个艺校上学，但不知道是什么艺校，要等到周末才能回家！"

"我不知道胡大哥明天怎么安排，如果您还打算继续走访那舒氏姐妹，不妨先去艺校找找舒婉斐！"

"可是我不知道她在哪个艺校？更不知道具体哪个班了？"

"胡大哥还记得那天去我办公室参观时看到的那张我爸送我上艺术学院的照片吧，其实不瞒您说，我跟舒氏姐妹俩是校友，我跟舒婉雯甚至是同一届的，只是不同专业，后来我跟她都因故离开了学校，舒婉斐算是小师妹，也认识！她的专业和班级，都知道。"

胡三娃没想到事情会这么巧，既感新奇又觉欣慰。

俞萍音顿了顿，补充道："您不是让我把我所知道的关于二愣哥探案的一些事情告诉您么，那这就算是一桩吧，因为当初二愣哥也是去家里拜访没找着她们，然后告诉我，我也就这么跟他说的，他后来也是这么照做的！"

"对，就是这个意思，以后像这类与探案相关的事情，董事长尽管如实相告！"

俞萍音郑重点头，将舒婉斐的情况告诉他。

胡三娃告别归来，洗漱一番，上床准备休息，可是翻来覆去还是睡不着。

回想自己昨晚从俞萍音睡觉的楼底下被移转到了温暖的宿舍里，虽然看似这股神秘力量并无恶意，但是否心怀鬼胎谁也不知道，就这样放任俞萍音置身于这样诡秘未知的复杂环境中，实在是放心不下。

他自床上匆匆爬起，给自己加厚了保暖装备，又来到了那个墙角处，害怕自己

罪与赎
——万象惊魂记

又睡过去，干脆也不坐了，直接像在广场的值班室站岗一样，笔挺地站着，确保整个晚上雷达开放。他已经下了决心，即便连续好几夜这样不眠不休，也一定要搞清楚这是怎么回事，彻底排除隐患。

唯有如此，他才能放下心头负担，全力以赴去做下面的事。

这一个晚上他果然没有合眼，然而这一晚风平浪静，万事皆无。

日将破晓，胡三娃失望地扫视最后一圈，心事重重回到宿舍，略加休整，又更换了行头，出发探案去了。

他首选目的地还是舒氏姐妹家，想碰碰运气，希望舒婉雯昨夜回家了，并且还没有出家门。

在路上，他接到了齐曼华的电话，邀请他去她家吃午饭，顺便继续昨日的话题。他爽快答应了。

正是上班高峰时段，抵达目的地已经差不多半个上午过去了，在单元楼门前，他停下来歇一会，并随意抬眼望向楼门，恰此时，一个年轻人也从楼门里走出，那不是别人，正是齐曼华家的小少爷，那位曾几何时跟胡三娃结上梁子的少年革命家。

胡三娃快步向前，希望能够跟他说说话，哪料想他一溜烟跑掉了。

胡三娃望着他瘦削单薄的身影消失在前方的拐角处，苦笑着收回目光，迈步走向那个单元楼门。

快到门口了，他又灵机一动，拐了个方向，到不远处一个小卖铺买了一些零食和几瓶饮料，回到楼门口耐心等了好一会儿，楼门才从里边打开，走出一个人来，好在那是一个男人，若是一个女人，不管年龄多大，或许胡三娃都会脱口问她是不是舒婉雯。

他钻进门洞，走进去没几步，保安又出来了，幸运的是，还是昨天那位。

那保安脸上挂着熟络的笑容，打趣道："怎么着，保安兄弟是要来替我值班还是怎么着？"

胡三娃一把抓过他的手，将食品袋挂在他的手心里，笑道："不好意思，兄弟，又来打扰您了！您值班辛苦，给您带来点水喝喝，润润喉咙！"

保安惊诧地望一眼手上的东西，下意识地掂量一下他的轻重，然后举目望着胡

十二

三娃，眼神中泌出奇异的色彩。

　　他将右手的塑料袋欣然笑纳到左手腕上，用右臂亲热地揽着胡三娃的肩膀："真不愧是同行好兄弟啊，懂得我们工作的辛苦，很有心！走吧，进屋里坐坐！"

　　"不啊，兄弟，我是来办事的，事务当紧，以后等有时间了再向您专门请教！"

　　"我还能不知道你要办什么事吗？但是你又走空了，那姐姐昨夜没回家哦！"

　　"哦，这么不巧啊！"

　　"既然来了，也别白跑一趟，屋里坐坐，喝杯热茶暖暖身子！"

　　胡三娃自然是谢绝了。

　　不过他倒是很想留下这位热心保安的电话，于是就毫不客气地表达了交换电话的请求。

　　保安欣然应允，立刻掏出手机来，说了自己的号码，胡三娃将数字挨个敲入手机，敲着敲着，突然有个惊奇的发现，就是他的手机里已经存了这个号码，号码对应的姓名是"张合军"，等最后一个数字敲入，就完全证实了这一事实。

　　他立马明白过来，这个手机本就是黄二愣用过的，而黄二愣也曾经来这个楼门里调查走访过，只是无巧不巧地，没想到他当年也遇到了这个张合军，似乎还与他建立了交情。

　　他心中唏嘘不已，怡然一笑："合军兄弟好啊，真是幸会！"

　　张合军惊讶得张大了嘴巴："我还没说呢，你怎么就知道我的名字？"

　　胡三娃恶作剧般神秘一笑："或许我给您拨过去，您就知道了！"

　　说着话，他已饶有兴趣地将电话拨过去。

　　张合军的电话很快响了，他颇感好奇，格外认真的关注着手机屏幕上的反应。

　　果然，他一看屏幕上的来电显示，顿时惊讶得下巴都要掉下来了。

　　"兄弟您怎么有黄大哥的号码？"

　　"不是有他的号码，而是有他的手机，呵！"

　　张合军挠头憨笑："呵，我就是这个意思，我嘴笨，不会说！"

　　接着马上又问："对啊，黄大哥的手机怎么在您手里呢？"

　　"我是他的下属，黄总人好，我当初去他公司上班时，他看我没手机，就把他

罪与赎
——万象惊魂记

的手机转赠给我了，我就一直用着了！"

"是的，是的，黄大哥真是个顶好的人！我们兄弟们也没少受他的关照！"

"对了，合军兄弟你是怎么认识黄总的呢？"

"这不跟认识你是一样的嘛，他当年也是来这儿找舒家姐妹俩，也被我拦住了！嘿！"

"你刚才说你们没少受他的关照，指的是什么呢？"

"这个嘛，就跟你刚才一样，他也经常给我们拿些好吃好喝的过来啊！嘻嘻！"

"就指的这个啊！"

"逗你玩的啦，想让你以后经常给我拿吃的来！"

"没问题啊，我还正发愁下次找什么借口进来呢，这下好了，以后拎着东西就可以大摇大摆进来了！"

"放心吧，这下咱们也熟了，而且兄弟你又是黄大哥的同事，我怎么着也得帮你啊，这样吧，等那舒婉雯或舒婉斐哪天回家了，我给你打电话，你再来，免得白跑！"

"好，好，谢谢合军兄弟了！"

"好说好说，这点忙还是帮得上的！"

胡三娃欣然笑笑，就要告辞离去。

刚一转身，张合军连忙叫住："对了，兄弟，你还没告诉我你的名字呢？"

胡三娃歉然笑道："抱歉抱歉，瞧我这糊涂脑袋，一打岔就一团糨糊一样，我叫胡三娃，一二三的三，娃娃的娃，很通俗的名字！"

张合军油然笑道："你连名字都跟黄大哥那么相像，我说怎么越看你越觉得亲切呢，还真不是无缘无故的！"

胡三娃听着这话，心里却不知道是何滋味，他应和着笑笑，甫一转身，又被叫住了。

"不知道胡大哥方不方便把黄大哥的电话告诉我呢，他既然把手机连号码一起给你了，那我就没他的号码了！"

"黄总把手机给我之后，你们没再联系过吗？"

"黄大哥那么大的官，那么忙，我们这等小保安哪敢轻易打扰他呀，都是他给

十二

我们打电话，或者来这里看望我们！"

"那他最近一次联系你们是什么时候？有什么不同寻常的表现没有？"

"得好几个月前了，也没什么，就是过来跟我们唠唠嗑，问有什么困难没有，然后谁家有点什么困难，他都会帮着解决！要说，黄大哥这个人真不错，仁义大方，对我们这些小保安真如同自家亲兄弟一样！"

"我们黄总当然是个大仁大义、大智大勇之人，要不他怎么能把这么大一个公司管理得这么好，大家都很服他！"

张合军眉开眼笑，连声附和："就是，就是！"

胡三娃暗叹口气，坦然一笑："不过要说抱歉，合军兄弟，黄总的电话我不能随便给你，有机会还是让他自己给你吧，我有事得走了，谢谢你今天的款待，我还会再来看你的，拜拜啦！"

话落，他就调转身来，毅然决然走掉了，好在张合军这次没再叫住他。

直至大街上，他才仰天长叹一声，长长地出了一口气。

眼下已经进入了深冬，春节将至。以前在老家，他孤家寡人一个，无牵无挂，忙时种种菜、耕耕田，闲时赏赏花、看看月，节时也在四里八乡走走亲访访友，也能过个像模像样的春节。而今卷进这样一件事，心中还真是百种滋味说不清楚。或许，尽快将真相查清，在节前就能给了俞萍音一个交代，自己就可以重返美好的往日时光了。

然而至今为止，他唯一得到的收获就只是证实一个事情，那就是黄二愣是个好人。

而这一点对他的死亡之谜的破解反而是有害无利的。

一方面这解除了很多人杀害他的动机，另一方面，这一点认识只会让他和俞萍音为黄二愣讨回公道的欲望更加强烈，而这样的急切心情或许只会破坏他的步调。

比如此刻，他就按捺不住想要一股脑儿赶紧将所有涉案之人全部调查完。

不过不管怎样，加快调查进度，势在必行！

胡三娃走进齐曼华家的小院，就闻到了一股炒菜的香味，令人垂涎，他大声打趣："嫂子，你要手下留情啊，你这菜做得香飘十里，勾得我这胃里头馋虫乱飞，摆明

罪与赎
——万象惊魂记

是不想让我活啦！"

齐曼华从厨房的窗户里探出头来，举起炒菜铲子向胡三娃致意："正想着打电话催你呢，你先进屋坐着，我还有两个菜要炒，一会就好啊！"

"好的，不要做太多啊，别一次就美死了！"

齐曼华开怀地笑笑，缩回脑袋在厨房继续忙活起来。

胡三娃跨步走进堂屋，屋里已经支开一张小方桌，摆了好几个菜碟和海碗，上边倒扣着碗盖，却盖不住那漫天的香味。

方桌边上摆了三把椅子，看来，那暴戾的少年也要加入这次家庭聚餐。

又要直面这个顽劣的少年，胡三娃心中生出一股怪怪的感觉。

也许是触景生情，他竟然觉得自己和这个小子很像，不由得回想起自己当年在父亲去世后和母亲一起过的那种孤儿寡母的日子。而且少年除了性格暴戾之外，其它各方面都与自己何其相似，可以说这个少年就是他胡三娃的暴戾版。想到这些，眼眶都有点湿了。

恰好齐曼华端了个菜碟出来，诧异地望了他一眼，取笑道："三娃兄弟饿红了眼啊！"

"你这菜味道太香了，不止鼻子有感觉，五官哪里都有感觉，胃里头就更甭提了！"

"三娃兄弟太会说话了，你要是饿了，就先吃点垫吧垫吧肚子吧，我给你拿筷子来！"

说着，将手里那盘小炒猪肝放在桌上，就去取了碗筷过来。

胡三娃只好接过来，待齐曼华走进厨房，他便将筷子放下。

门外一声吵嚷破门而入，人未至声先闻，倒是那乖戾少年的一贯风格。

"老妈，你家大儿子回来了，菜做好了么？"

齐曼华欢声应道："马上就好，你先进屋陪你胡叔叔坐一会儿，很快就开饭了啊！"

少年身影小旋风般扑入了堂屋大门，他伫立堂屋当中，两眼冒火一般瞪着胡三娃："小子，你是活得不耐烦了还是怎么的？把小爷的话当耳边风，还敢来？"

胡三娃站了起来，迎着他往前走了几步。

十二

少年立刻警觉起来，小手立刻握紧拳头，单薄的身子板拉开架势，厉声喝斥："怎么着，想打架？"

胡三娃柔声道："小兄弟，看来你对我误会很深，我自始至终都对你没有任何恶意，你那位老大那天跟我也没有发生什么矛盾啊，你都是看在眼里的，怎么无缘无故就把我当敌人呢？"

少年梗着脖子冷哼一声，根本听不进去。

胡三娃又伸出手来做想要握手状，继续抚慰他："你现在不相信没有关系，慢慢你就会相信的，咱们现在先握手言和吧，至于将来你能不能把我当朋友，就看我的行动吧，一切都由你来决定！"

少年恶狠狠地怒目而视，根本就对他伸出来表示友好的手置之不理。

他冷哼一声，兀自走到桌边坐下，拿过来胡三娃放在桌上的那双筷子，将扣着的碗盖悉数揭开，不管不顾地大吃大嚼起来。

胡三娃本来还想问他到舒氏姐妹家所在楼里去干什么，一看他那副爱答不理样子，也便不再自讨没趣。

等齐曼华端着最后两个菜碟出来时，少年已经将桌上的菜吃了大半。

"我的小祖宗！平日里你这样也就罢了，今天可是有客人在，你怎么就一丁点礼貌也不懂呢？"

少年根本不理她。

齐曼华无奈一叹，将菜碟子放在桌上，招呼胡三娃赶紧入座用餐，待她回去取了两副餐具出来时，那两盘新菜也被洗劫半空了。

齐曼华正要斥责两声，少年已经抬袖子抹抹嘴巴，站了起来，一副吃饱喝足的满足样子，还不忘瞪了胡三娃一眼，然后说："老妈，我吃好了，拜拜！"

齐曼华急道："你这么急匆匆干嘛呀，不陪陪你胡……，你老妈了吗？"

少年肩膀一斜，嘴巴一歪："我可不和这个小子一块吃饭，老妈，你今后别让他再来了，他想泡你呢，要是再看到他，我可就不饶他了！"

他雄赳赳气昂昂，掀开门帘，哼着小调出门而去。

齐曼华又气又羞，恨得直跺脚，嘴里连声嚷嚷："你看你看，就这么一个小孽障，

罪与赎
——万象惊魂记

我上辈子做什么孽啊！"

胡三娃同情地说："没事，嫂子放心，他现在还小，不懂事，慢慢就会成长起来的，你要有信心，我也会竭力相助！"

齐曼华抹一抹眼角溢出的眼泪，难为情地笑笑："你看你看，我本来是请你上家里来吃饭的，却闹出这样的不愉快来，这饭菜也让这孽障糟蹋了，我再重新去做几个菜去！"

胡三娃连忙扯住她胳膊："不用不用，一个小孩子能吃得了多少，还这么多菜呢！"

齐曼华瞅了一眼桌面，犯愁道："可是都被他糟蹋了啊！"

胡三娃朗然笑道："哪有长辈还嫌弃自家孩子吃过的东西的！再说，孩子吃了这么多，说明这菜好吃！"

齐曼华破涕为笑。

接下来，两人对桌面稍作收整，然后便一边聊天一边吃。

在这融洽的氛围里，胡三娃差点忘了自己的使命，好一番聊天后，他才骤然醒转，适时切换话题：

"对了，嫂子，上次您话没说完，现在接着说呗！"

齐曼华脸上变戏法般瞬间换上愤慨之色："还能有什么话呢！无非是愤怒愤怒再愤怒呗，真是不能提此事，不能提那人，一提起就伤筋动骨、难以释怀！"

胡三娃叹了一口气，苦笑说："我理解你此时的心情，但你上次想要表达的却不是这个哦！"

齐曼华眨巴着眼睛："哦，你说这个啊，这个就更简单了，我是说我要明确地告诉你，我们诅咒那姓俞的不得好死的心肯定是有的，但这世间有心无力的事太多了，我们恨不得他死，但却没有那份歹毒的用心和残忍的手段啊，毕竟我们还是人，没法像姓俞的那样灭绝人性！"

胡三娃心中冷飕飕的。

他不甘心道："嫂子你那天想要说的就只是这个吗？"

齐曼华黑亮的眼帘扑闪一下："不然你想听到什么呢？想让我告诉你，俞伟民

十二

就是我杀的吗？"

胡三娃尴尬地耸耸肩："那倒不是，嫂子多虑了，只是想多了解些俞伟民之死的情况，好解开黄总之死的谜团！"

齐曼华一脸落寞地点点头，叹道："那姓俞的要真是我杀的就好了，或许就不会有二愣兄弟之后的惨死了！"

"此话怎讲？"

"如果姓俞的真是我杀的，二愣兄弟那么好的人，保不齐哪天我就跟他坦白交代了，他也就用不着之后再去经历那么多凶险，最后被人暗杀！"

"你认为他的确是被人暗杀的？"

"这是可想而知的，有人杀了姓俞的，二愣兄弟穷追不舍，杀手一旦发觉快要原形毕露了，只好杀人灭口！"

"嫂子我不要你的推论，你只说你知道的，希望嫂子知无不言！"

齐曼华沉吟着点点头："这件事情其实我也很迷茫，我也所知甚少，就连受害者家庭这一方面，我也只能谈谈我自己的情况，还有那四户，各自是什么想法，有些什么行为，我都一无所知，除了我们这方面的因素，还有来自其他方面的多种险情，这些情况都交织在一块，可以说是危机四伏、险象环生，当年二愣兄弟一头扎进去，结果以惨剧收场，你难道不怕重蹈覆辙吗？"

胡三娃头摇得像拨浪鼓："我知道嫂子关心我，但请放一百二十个心，这条路上我不可能退缩的，无论前方是火坑还是深渊，我都将义无反顾！"

齐曼华眼睛亮闪闪地望着胡三娃，声音微颤："不知道是不是我产生了幻觉，三娃兄弟，我咋觉得你越来越像二愣兄弟了，说句不太恭敬的话，我感觉似乎二愣兄弟还魂到你身上了！"

胡三娃心中直泛冷气，苦笑着望着她。

齐曼华羞涩地笑了笑，收回她那不经意间释放的异样神采，叹了口气："抱歉，我有点神叨了，好啦，不聊这个啦，再聊下去，我非得精神分裂不可！"

胡三娃极不甘心："嫂子，别在关键时刻停下啊，你至少得讲一下你所知道的黄总后来遇到了什么险恶之事啊！"

罪与赎
——万象惊魂记

齐曼华略作踌躇:"我原本想讲讲,或许能让你知难而退,但一看你那么坚决的决心,讲不讲也就无所谓了,或许由你自己去慢慢体会更好!"

"那不对,你讲这个不单纯是一个激励的问题,还可以为我提供线索!"

"要是二愣兄弟遭遇的那些事能为案件提供线索,他早就把案子破了,也不会一步步陷入泥潭,最终惨死也没把事情真相揭示出来!"

"哦,嫂子指的是?"

"因为那都是些鸡毛蒜皮的事,似乎跟案件八辈子也扯不上关系,但毫无疑问,应该都是根源于查案这件事的,不过就是让你毫无头绪、无从谈起!"

"嫂子但说无妨!"

"其实二愣兄弟他很少跟我讲里边的来龙去脉,我基本不知道,所以我也就不胡说了,不过,二愣兄弟为这件事住过两次院的事,我倒是知道一些,因为他就住在我工作的医院,我也就了解了一些情况!"

"什么?住过两次医院?快给我讲讲!"

"看上去,两次都是因为争风吃醋这样的事情,第一次据说是被俞伟民女儿的前男友暗中派人打伤的,最后打人凶手被判了一年徒刑,那个前男友是个官家公子,不承认参与了打人事件,也就逍遥法外了。第二次则是因为舒婉雯,也就是另外一户受害者家庭中的成员,二愣因为调查工作跟她走得近了点,也是被她男友暗中派人打伤了入院,也是以打人凶手被判了一年徒刑而告终,听上去就这么普通,虽然想想很不同寻常,但是要真细究起来却还真揪不出什么来!总之,大概就是这么个情况!"

胡三娃听得心惊肉跳,茫然道:"讲完了?"

齐曼华点点头:"也就这么点事!"顿了顿,又说,"但这点事对过去的二愣,或许也要对现在的你,那可是伤筋动骨的大事!"

胡三娃沉吟片刻:"我跟那个官家公子倒是有过接触了,凭直觉,貌似他不太可能派人打我,至于那个舒婉雯的男友,我正好要去走访舒氏姐妹,倒是趁机了解了解,他打人是否真的只是争风吃醋这么简单?"

齐曼华苦笑道:"你真是明知山有虎偏向虎山行,他打了一次打上瘾了,你还

十二

敢自动送上门去?"

胡三娃满不在乎:"身正不怕影子斜,我公事公办去调查走访,他吃哪门子醋?如若不是吃醋这么简单,那我就正好顺藤摸瓜了!"

他突然感到内心深处传来一阵莫名的兴奋,如同被一股神秘的力量推动,马上站起来,说:"正好我下午想去走访舒氏姐妹,嫂子,那我就告辞了,感谢您今天这顿大餐,改日我一定找个好饭店回请您!"

"想吃美味就上家里来,还上什么饭店,怎么,难道嫌弃嫂子做的菜?"

"那嫂子就做好准备吧,你家里今后会时不时就有不速之客的!"

胡三娃走出胡同巷子,打了个车,直奔万象市艺术学院。

艺术学院坐落于万东区清和路,属于万东区的核心路段,周围被好几条大街环绕着,街旁商厦林立,街上豪车毕至、贵人云集,信手拈来皆是盛世华彩,放眼望去无不纸醉金迷。

站在艺术学院的大门口,望着那块高悬的校牌,胡三娃不禁想起俞萍音办公室墙上挂的那张照片,就是以这个大门作为背景照的。

他无视艺术学院校园的独特风情,只顾东张西望寻找路标和楼房的号牌。

黄二愣曾经因为跟舒婉雯接近而被其男友殴打到住院的地步,这给了他很大的刺激和鼓舞,他隐隐约约感觉到,或许这将是一条极为关键的破案线索,尽快将这条线索揪住,他将少走很多弯路,离事实真相又将靠近一大步。

至于很有可能存在被她的什么男友不分青红皂白暴打一顿的风险,他倒一点没有放在心上了,即便被打,至少,他也比黄二愣少挨一顿揍,少住一次院,这也算是一个极大的进步了!

他在一个十字路口迷茫起来,此处路标十分不明朗。旁边一个少年凑上前来,热心询问他要去什么地方。

这少年虎头虎脑,憨态可掬,煞是可爱,胡三娃连忙告诉他自己要找戏剧学院。

少年说他正好路过,让胡三娃跟着他走。

胡三娃颇感欣喜,便跟着少年,一路跟他攀谈起来,扯一些少年学的什么专业,家是哪里人之类的闲话。

罪与赎
——万象惊魂记

熟料少年应答起来却是有一搭没一搭,煞是冷淡,跟刚才的那番热情劲儿没法相提并论。

胡三娃颇感诧异的时候,少年已经将他带到了一条小路上,旁边是一片小树林,这里应该算是学校的偏僻一角了。胡三娃起了疑心,便停住脚步,正要询问少年时,少年却转过身来,面露古怪的笑容,那笑容三分狰狞七分得意,跟他那稚嫩的面盘极不相称。

胡三娃暗道不好,知道有诈,便想转过身来快速离开,已经来不及了,小树林里一下子蹿出六七个少年,一阵乱棍被打倒在地,丝毫动弹不得。

胡三娃痛得龇牙咧嘴:"你们想干什么?"

那个引诱他至此的少年狞笑道:"二货,你得罪我们老大了,不吃点苦头是不行的!"

胡三娃惊愕道:"你们老大是谁?我怎么就得罪他了?"

"哈哈哈!"

这时,又从小树林里甩出一串箩筐大的"哈哈"声,然后,一个少年背着手,装出一副大哥的架子,一摇三摆、气定神闲地踱步走了过来。

胡三娃听着声音倍感熟悉,勉力挺胸抬头一看,顿时什么都明白了。正是那齐曼华家的好儿子。

他吊儿郎当地踏着方步,来到胡三娃的身旁,晃悠着蹲下身来,竟然轻抚着胡三娃的脑袋,皮笑肉不笑道:"怎么样,臭小子,竟敢不把小爷的话放在心上,吃了熊心豹子胆了,是吧!"

胡三娃又气又急:"小兄弟,不要胡闹了,快让你的朋友们住手!"

"什么?"那个引诱他的少年故意找茬:"你竟敢说我们的脚是手,你还敢骂我们,真是欠揍,我日你大爷的!"

"哐啷!"他扬起木棒又是一下子。

胡三娃"啊!"地一声,痛得差点晕过去。

齐家小少爷笑嘻嘻地摆摆手:"这些小账兄弟们要跟你清算,我也没办法,你就忍着点!我不管,我只管算我自己的账,告诉我,我警告过你几次了,让你不要

十二

再去我家！"

胡三娃腿痛得撕心裂肺，实在没有心情回答他的问题了，就瞪了他一眼，闭住眼睛抵抗疼痛。

齐家小少爷冷笑道："你想回避是不可能的，告诉你，我警告过你至少不下三次，你一次又一次地把小爷的话当耳边风！"

胡三娃只跟他交谈过两次，不知道他这三次怎么算出来的，不过他也懒得跟他计较这个了，也无力跟他胡闹了，他的全部精力都得用来抵抗疼痛，自腿部潮水般袭来的疼痛。

齐家小少爷见他不应话，更是气不打一处来，怒斥道："我警告你不要上我家来，不要打我妈的主意，你不听小爷的话倒也罢了，小爷大人不记小人过，已经忍气吞声放你一马了，现在你倒好，又来打起我码子的主意，这还得了，简直无法无天了，小爷要是再容忍，就他妈的不是男人了，兄弟们都得笑话我了！"

他这话一出，他那帮小兄弟们应景般地哈哈笑起来。

齐家小少爷感觉被嘲笑了，就更迁怒到胡三娃身上，恼羞成怒道："他妈的，你听听，全是你这混账王八蛋干的好事，兄弟们都开始笑话我了，小爷他妈的今天不在你身上找补回来，小爷就跟着你姓！"

"着！"他也顺手甩下一棒子。

"啊！"胡三娃痛得脸都惨白了，再也忍不住了，瞪着眼珠怒吼道："小混蛋，你能不能学点好，小小年纪，你找什么码子？我找你妈妈也好，找舒婉斐也好，都是为了调查一件事情，根本不是你胡想的那样，你着哪门子急啊！"

他联想起齐家小少爷几次三番出没在舒氏姐妹家的楼道里，以及此番来艺校斗殴，便明白了是怎么回事。

这不亚于捅了老虎屁股，再加之旁边一个少年添油加醋："老大，咱们别跟他墨迹了，赶紧打完撤吧，那边好像来人了！"

齐家小少爷的脾气顺风长三尺，哪里还按捺得住，气急败坏道："他妈的，真是活得不耐烦了，兄弟们，给我打断他的狗腿，看他以后还敢不敢来找我码子！"

这帮暴戾少年早就蠢蠢欲动了，老大有令，那还不借势发威，群呼一声，又是

罪与赎
——万象惊魂记

一阵乱棍交加，拳脚伺候。

胡三娃已经忍痛到了极限，这一下哪里还吃得住，一阵钻心的疼痛感潮涌般袭上心头，头脑里一阵敲锣打鼓般的眩晕，眼前一阵金光闪烁的黑蒙，囫囵咽下最后一口怨气，咯噔一下，昏厥过去。

十三

罪与赎
——万象惊魂记

等他悠悠醒转时,已经不知道过去多少时候,他午后时分出来的,此时天色已经有点发昏了。

他以为自己还躺在地上,便挣扎着想要站起,身子略微一动,一阵剧痛传来,忍不住"啊!"地痛呼一声。

旁边也紧跟着传来一声惊呼:"啊!你醒了啊!"

他骤然一惊,扭头望向声音来源处。

一双熟悉的黑亮眼眸带着急切之情也在向他望来。

他惊讶之极,一时忘乎所以,一扭身又要起来,又是一阵钻心的疼痛,嘴里倒呼一口冷气,差点晕厥过去。

那人连忙扶住他的肩头,连声埋怨道:"你看你看,能不能老实点啊,受这么重的伤还敢乱动!"

胡三娃受此一惊一吓一疼,已经从迷糊中醒过味来,他好生不解,什么时候他已经被移送到了医院,旁边照料他的人却是齐曼华。

他支着脑袋,瞪视着齐曼华好一会儿,才不可思议道:"嫂子,怎么是你?这是怎么回事啊?"

齐曼华秀目含烟,一脸怜惜:"我还正要问你呢?你怎么突然受这么严重的伤啊?这是怎么回事呢?"

"你先告诉我,你是怎么知道的?"

"我下午正在医院上班呢,就接到电话,问我是不是你的亲属,说你受伤了,

十三

让我赶紧过去，我赶过去，然后叫救护车把你送到医院来，就这么简单！"

"那人是谁？你认识么？"

"不认识！"

"你把他电话告诉我，我给他打个电话道个谢！"

"他没留电话啊！我要他留，他不肯！"

"他给你打电话，你手机上应该有来电号码啊？"

"他是用你的手机拨打的，你手机里最近一个通话是跟我打的，他就回拨给我了！"

胡三娃恍然点头，心里突然觉得很是失落，或者一种说不上来的怪怪感觉。

他神思恍惚之下，默默望着齐曼华，一言不发。

齐曼华继续追问："现在该你告诉我了，你是怎么受的伤？"

胡三娃突然受此重创，他就是再宅心仁厚，也难保不在心头对施暴者生出怨念和仇恨，即便施暴者是个未成年的少年，然而他现在面对的不是施暴者，而是一个跟他一样为施暴者所累所害的可怜母亲，此前不久她还请求自己帮助他管教孩子，并且就在上午才刚刚向他提及当年殴打黄二愣的暴徒入狱一年之事，如果现在让她知道是她自己的儿子犯下此等令人发指的罪孽，她这一副柔弱的身板只怕真的承受不了！

他暗叹一口气，若无其事地说："嫂子，我的伤到底怎么样，要紧吗？"

齐曼华满面凄清："一条腿粉碎性骨折，一条腿严重骨挫裂伤，你这到底是怎么啦，到底怎么受的伤？想当年，二愣兄弟……"

说到这里，她似有所觉，欲言又止。

胡三娃忙道："二愣兄弟怎么啦？"

齐曼华凄然笑笑："二愣兄弟那两次住院也没受这么严重的伤啊，只是一条腿被打断了！"

顿了顿，她下意识地左右张望一下，压低声音说："三娃兄弟，你老实告诉我，这次是不是也是黑社会下的手？"

胡三娃心中苦闷地想着，不知道你儿子带一帮不学无术的小混混胡作非为，够不够格当黑社会来论处，估计这小混账自己是很乐意入列黑社会仙班的！

他苦然一笑："嫂子你指的是什么黑社会呢？"

罪 与 赎
——万象惊魂记

齐曼华低声道:"就是当年毒打二愣兄弟的那同一个人呗,如果是他,我去举报他,他这属于累犯,必定要受到加倍严惩!他身后那个罪魁祸首,这次只怕也没那么轻省了!"

胡三娃心中一动:"嫂子你能不能讲讲当年打黄总的是个什么样的黑社会?"

齐曼华使劲眨着眼睛回想了一下,点点头:"一个大黑胖子,五大三粗的,像樽铁塔一样,脖子上的项圈都得有牛尾巴那样粗!"

胡三娃心中咯噔一跳,脑海里瞬间弹出了一个形象,也就是那次在俞萍音的病室门口拦住他的那位大黑胖。

如果简单推理一下,这一胖一瘦、一黑一白是官家公子贾仁剑的左膀右臂,在上次殴打黄二愣行动中他使用了大黑胖,这次为避免指向性太明显,也是避免属下因再犯而加重刑罚,则启用小白肉,听起来也是入情入理。

难道此次少年打人事件也同样不是争风吃醋那么简单?

一念及此,他又追问道:"嫂子你认为大黑胖毒打黄总是受贾仁剑指使,有什么根据没有?"

齐曼华略一愣:"贾仁剑是谁?"

胡三娃笑了笑:"就是你说的那位官家公子哥,叫贾仁剑!"

齐曼华鄙夷地冷哼一声:"真是好名字,亏他还敢这么叫!"

胡三娃苦笑着耸耸肩:"嫂子似乎对他很有成见,那就讲一讲他吧!"

齐曼华满脸不屑:"他有什么好讲的,无情无义,见风使舵,我最鄙视这等小人了,那俞伟民当年一垮台之后,他们就赶紧跟人家划清界限,而俞伟民一丧命,更是掉头就跑,无情地抛弃了俞家姑娘,你逃之夭夭倒也罢了,再也别回来了啊,跟人家从此两不相干倒也勉强还算个人样,可你猜怎么着,俞姑娘在二愣兄弟的扶持下又打翻身仗了,事业红火起来,这家伙又眼红了,不甘心了,又回来讨好缠扰俞姑娘了,你要真有本事再把俞姑娘劝哄到手也行啊,可是这畜生,文的不成,就动粗,使出那样歹毒的手段对付二愣兄弟,这哪里还是个人,狼心狗肺、禽兽不如啊!虽然那俞家是我的仇人,我还是抑制不住要为她打抱不平!"

说着说着,她一阵义愤填膺,已经无所顾忌地提高了声气。

十三

好在胡三娃的病室是个单间，否则，这话在医院里说还真是不合适。

胡三娃苦笑连连："嫂子，说到底，你还是想当然地认为贾仁剑是因为争风吃醋而对黄总怀恨在心，所以指使人殴打了他，还是没有任何依据啊！"

齐曼华皱眉道："警方查案都查不出依据，我又能找出什么依据来！但是司马昭之心路人皆知，这完全是可想而知的嘛！"

胡三娃苦笑着摇摇头："那当年大黑胖是怎么应对警方调查的呢？"

齐曼华冷笑道："他倒是直言不讳，就说贾仁剑是他的兄弟，他的好哥们，那俞家姑娘是他未来的嫂子，被二愣兄弟欺负了，他看不过去，要为他大哥讨回公道，就殴打了二愣兄弟，但他坚称只是他自己的主意，死不承认贾仁剑参与了此事，那贾畜生又是个官家公子，更奈何不了他了，就这么逍遥法外了！"

胡三娃暗自叹口气，知道在齐曼华这里再也掏不出什么有用的信息了，就对着她恍然点点头："好啦，不聊那些陈年恨事啦，还是说说眼前的当务之急吧，我这伤情医生怎么说，是不是需要做手术了？"

齐曼华凄迷地点点头："这是肯定的，而且算是个大手术了！"

顿了顿，她马上道："不过你放心，我多少也算是医院的老员工了，各方面都卖个面子，已经跟我们急诊外科主任打过招呼了，他会安排最好的骨科医师给你做手术的！"

胡三娃打望了一下这个单间病房的环境，条件算是相当好了，他向齐曼华感激地点点头，感叹道："嫂子，你一定费了不少心力，我真不知道该怎么感谢你！"

齐曼华亲昵地拍拍他的肩膀："跟嫂子就别这么客气了，自家兄弟不帮，我帮谁啊！"

胡三娃笑了笑："可是，让我住这么好的单间我还真是不习惯，感觉不符合自己的风格啊，要不，我还是住个普通的病室吧！"

齐曼华忙不迭摇头："那不行，嫂子就这么点能耐，此时不用更待何时，费用上你放心，不会让你花比普通病室更多的钱的！"

胡三娃苦笑一下："倒不是因为钱，只是苦日子过惯了，现在享受特殊待遇，真是不习惯！"

齐曼华白了他一眼："难道你现在还不苦吗？你还要怎样才叫苦！"

罪与赎
——万象惊魂记

胡三娃笑笑，歪了下脑袋，视线随意落在前面的墙壁上，突然，他心中一凛，对这个房间产生似曾相识的感觉。

他情不自禁又要坐起，想要换个角度观望一下房间，甫一动，又是一阵龇牙咧嘴的疼痛，自然少不得齐曼华一番嗔怪。

胡三娃死死盯着前边的墙壁，想着当初俞萍音空洞的目光穿越墙壁直视千年万里的凄迷场景，愈加确信这个病室就是当初俞萍音住过的病室了。

他歪头望着齐曼华："嫂子，这个病室是不是专门接待重要病人的贵宾病室？"

齐曼华欢快点头："是的，所以说，嫂子就这么点能耐，一定要让自家兄弟享受到啊！"

如此说来，当真不知道今日之事是福是祸了！

他油然一笑："谢谢嫂子了，我也有机会当一回贵宾，真是不枉此生了！"

齐曼华横他一眼，嗤笑道："行啦，别再拿自己穷开心了，你现在可是得住院一段时间了，有什么事情要跟单位讲，赶紧安排一下吧！"

"那好吧，嫂子你先去忙活吧，别耽误你工作！"

"你在万象没有其他亲属吧，接下来就得由我来充当你的亲属了，但我确实也有工作，不能时刻守在这里，我想替你找个护工，我呢，只要有空就过来照料你！"

胡三娃忙不迭摇头："护工就不用了，嫂子你也不用老操心我，以你的工作为重，真有闲时了，再过来陪我聊聊天！陪护这一块，尽量交给医院解决吧，我也给公司打个电话，看看能做什么安排吧！"

齐曼华点点头："也罢，你先跟公司说说看怎么安排吧，我去把工作上的事交代一下，回头再来商量下一步方案吧！"

说着，她雷厉风行地站起来，跟胡三娃摇手告别，健步走到门口时，又回头道："对了，被你东绕西绕，都给忘了，你这伤到底怎么回事？关于受伤这个事？还需要我做什么？比如，报警？"

胡三娃摇摇头："嫂子放心，没你想得那么复杂，这事容我慢慢思量以后再说！"

齐曼华狐疑地望了他一眼，没再坚持，转身离去。

胡三娃想着该不该给公司打个电话，越想越觉得纠结，伤透了脑筋。心情沮丧至极！

十三

他倒不是为自己的伤情本身沮丧，而是为他的调查工作要因此中断数月而惴惴不安，所以他更不愿给俞萍音打电话了，俞萍音那么迫不及待地想要查明真相，如果知道他们的计划要就此搁浅好几个月，真不知道她会作何感想，如果一下子失去耐心，后果不堪设想。可他又没法不打这个电话，他要是好几个月不能再出现在公司，无论他编什么理由也是瞒不过去的。

她可能不会埋怨他但肯定会就此绝望。

一念及此，他无奈地摇摇头，茫然无助地呆望着前方的墙壁，深切地体会到了当初俞萍音这样躺着时那种锥心噬肺的孤独无助感。

他几次三番举起手机，又三番五次地将手机放下，他绞尽脑汁也不知道该如何向俞萍音说明这件事情还能宽慰她的心。

正在他茫然不知所措的时候，病室的门突然打开了，他内心烦闷，就有点不耐烦地扭头想去看看谁这么不知趣，这一看之下，眼睛都瞪直了！

来的人正是俞萍音！

她来到病床边，毫不扭捏地一把抓住胡三娃的手，紧紧握住，急声道："胡大哥，你的伤不要紧吧？"

关切之情溢于言表。

连紧随俞萍音身后跟进来的几个人他都几乎没看在眼里。

他迎着俞萍音关切的目光热烈地笑笑，一时间悲从中来，又懊恼地摇摇头："对不起，董事长，让你担心了！"

俞萍音摇摇头："我没事，只是你的伤情要不要紧，还疼吗？"

胡三娃故作轻松道："我的伤不碍事，骨头上出了个小裂缝，做个手术镶个铆钉，很快就齐活了！"

俞萍音和随行的人都被他逗乐了，不由得噗哧一笑。

胡三娃这才注意到俞萍音身后还有好些人，一看可是吃惊不小。

都是清一色的老朋友，上次俞萍音的主管医师刘大夫，以及派出所的辛正刚警官和李再芬警官。

辛正刚微微笑着，李再芬则面露忧色，凝神望着他若有所思。胡三娃有点不好

罪与赎
——万象惊魂记

意思地咧嘴笑了，跟众人一一打声招呼。

刘大夫走上前去，给胡三娃查了查体，问了问他的病状，然后起身对辛正刚说："辛警官，没问题，病人身体状态能配合调查！"

然后他又扭头对胡三娃解释道："小胡，派出所两位警官找你了解下你受伤的事情，你现在病情稳定，没什么事，不用担心，尽管接受调查就是了！"

说完，他就跟众人挥手作别了。

胡三娃迷茫地望着这两位警官朋友，他们的嗅觉怎么如此灵敏，自己刚受伤，他们就闻风而动了！

他定了定神，望向俞萍音："董事长，你是怎么知道我受伤的？"

俞萍音凄苦地望他一眼："李警官告诉我的，我就跟着他们来了！"

李再芬说："有人看到你受伤了，正好之前又看到一群形迹可疑的人持械逃跑，就向我们报警了，我们赶到事发现场，你已经被送来了医院，我们又追踪到医院，才知道是你受伤了，你那会昏迷不醒，我们就让刘大夫在你醒后通知我们，然后又赶紧把这事通报给你的单位领导，俞董事长也就跟着来了，事情就是这样，现在轮到你来回答我们的问题了！"

胡三娃一时间感慨丛生，哑然无声。

李再芬清了清嗓子，故作威严道："喂，问你话呢，该你回答问题了！"

她已经手脚麻利地掏出了一个记录本，持笔做记录状。

胡三娃对这个事情还没考虑周全，本想有时间再细细思量，哪料想警察来得这么突然，一下子猝不及防，根本不知道如何作答。

但他架不住李再芬色厉内荏的麻辣劲儿及辛正刚温和逼人的眼神，还必须硬着头皮予以回应，他微苦一笑道："你们想了解什么？"

李再芬一撇嘴嗔怪道："你这个人怎么这么不识好歹，我们可是在帮你呢，你说我们想了解什么？"

"那你也没问我什么问题啊，我怎么知道回答什么？"

李再芬清叱一声："切！还犟上了！"

辛正刚微微一笑，摆手拦住她的话头，悠然道："那好吧，那我来问吧，小胡兄，

十三

请告诉我们,谁打的你?因为什么?"

胡三娃已经做出了决定,他绝不能将齐家小少爷招供出来,那是齐曼华的心头肉,支撑她活下去的唯一理由,如果小顽主要被抓去坐牢,齐曼华将遭受怎样的煎熬和打击!简直无法想象!至于他自己所受到的伤害和委屈,也罢也罢,就算是替俞萍音的俞氏公司还债吧,俞氏公司对齐曼华造成过家破人亡的伤害,如今就让他以骨破筋亡来还债吧!

一念及此,他再无犹豫:"辛警官,看来你们误会了,没有人打过我哦,我这伤是自己不小心摔了一跤,又不幸撞在石块上,倒地姿势花哨了一点,就这么着壮烈受伤了!"

"哦!"辛正刚愣了愣,哑然失笑了。

俞萍音和李再芬也不由得咧嘴而笑。

辛正刚摇摇头:"三娃兄弟,我很佩服你的乐观和大度,但是在我们眼里,只有罪和罚,犯罪了就得惩罚,你不许隐瞒,实话实说,请记住,我不是在为你讨回公道,而是必须惩罚罪犯!你作为公民,也有义务配合警察查案!"

胡三娃心中凛然,不动声色:"我不懂你们那么多罪啊罚的,我只知道自己走路不长眼睛,又碰上石头作祟,算是倒霉透顶,要犯罪也是自己对自己实施犯罪,如果必须被抓,那就抓我好啦!"

"切!这都什么人啊!"李再芬气得直跺脚。

辛正刚耸耸肩膀:"好,既然你纵容罪犯,我们也没什么好说的了,只希望你快康复,因为还有好多被你们这样纵容的罪犯在等着呢!"

胡三娃满心憋屈,却只能强忍着,不为所动。

辛正刚泰然自若地再望了他一小会,见他无动于衷,就对李再芬一招手道:"既然这样,李警官,咱们走吧!"

说完,他兀自一笑,向门口走去。

李再芬狠狠白了胡三娃一眼,如同向胡三娃示威一般,虎虎生威地跟上辛正刚。

辛正刚走到门口了,又返转身来,悠悠一笑:"忘了告诉你了,小胡兄,通过路口的监控视频,我们已经找到那伙暴徒了,并且已经将他们控制起来,现在只需

罪与赎
——万象惊魂记

你的一句证词,就可以将他们定罪了,是放是留,就全在你一句话了,你现在的权力可比我们大多了!我随时恭候你的指示哈!"

话落,他便潇洒转身,和李再芬痛快离去。

他甩下的这句话,如雷贯耳,让胡三娃本已铁板一块的心里又稀烂成一锅粥,呆望着他俩离去的方向,迟迟不能收回视线。

俞萍音柔声道:"胡大哥,你也别想那么多了,喝点水吧!"

然后,她就放开胡三娃的手掌,站起身来给他去倒水。

这让胡三娃骤然间回过神来,他下意识地想要重新握住俞萍音的手,手本能地往前移动了半尺,蓦然间意识到自己的失态,脸上飘过一阵微不可察的晕红,又赶紧将僵在半空的手撤了回来,嘴里连声掩饰:"董事长,我不渴,不渴,哪能让你给我倒水啊!"

俞萍音已经倒上一杯热水,先抿了一小口试试热度,感觉温度合适了,然后又坐回椅子上,一只手轻轻扶着胡三娃的肩膀,一只手将水杯递送到胡三娃略显干枯的嘴唇边。

胡三娃其实喝水完全可以自理,但理解到这是俞萍音出于愧疚和同情而做出的姿态,太扭捏了也不好,况且被俞萍音这种才貌过人的姑娘这样伺候一下也是十分受用的事,也便坦然接受了,配合着俞萍音的动作慢慢把水喝下。

服侍他喝完水,她就端坐在椅子上,默默地望着他,眼神中闪烁着疑问和困惑。

胡三娃刚刚心中乱绪飘零,缓了缓神,他感慨地笑道:"现在反而让董事长来服侍一个小保安,真是要天下大乱了!"

俞萍音目光坚毅地摇摇头:"胡大哥,你到底是小保安还是总经理都不重要,我只知道你现在已经是我最信任的人,也请你信任我!告诉我,谁打的你?为什么要对警察隐瞒?"

胡三娃无奈地闭上眼睛,长叹口气。他不知道该如何向俞萍音描述这件事。

俞萍音紧追不舍:"是不是贾仁剑那个混蛋指使的?"

胡三娃脑袋随着心跳一动,他睁开眼睛:"你为什么会认为是他干的呢?"

俞萍音执意问道:"这么说真是他干的了?"

十三

胡三娃摇摇头:"我没这么说,只是想弄清楚你为什么首先想到的是他?"

俞萍音凄楚地笑了笑:"实不相瞒,胡大哥,当年二愣哥为我的事奔波的时候,也被人打伤住院过,打人的就是贾仁剑!"

"黄总被那人打伤过,难道就代表我也会被那人打伤吗?"

俞萍音秀目眨了眨,尴尬地笑笑:"我是有点想当然了,我也不知道自己为什么要这么想,或许,或许是因为你跟二愣哥的经历太相似的原因吧!"

胡三娃心有戚戚焉:"嗯,也只能这样理解了!"顿了顿,他似有所感,又追问道,"你刚才说黄总是被贾仁剑打伤的,有什么依据吗?据我所知,当年殴打黄总的只是贾仁剑的一个手下,是他擅作主张打人的,贾仁剑并没参与!"

"你已经知道这件事了呀?"

"我这些日子在调查过程中了解到的!"

俞萍音面露愧色,歉然道:"对不起,胡大哥,这些事情我没跟你说,一方面我没觉得这些事情跟查案有什么关系,另一方面我做梦也想不到它还能重新发生,所以就没什么警觉心,或许我提前告诉你的话,你就能加以防范了!"

"董事长,这些事情该发生始终要发生的,拦是拦不住的,你不用在意,只管告诉我你有什么依据认为黄总是贾仁剑打的!"

俞萍音狠声道:"肯定是他幕后指使的啊!"

胡三娃苦笑了笑:"你不会告诉我也是凭推论做出的判断吧!"

俞萍音摇摇头,面色中拼射出一股愤慨之气,郁愤地说:"不是,在二愣哥被他们打伤后,贾仁剑那混账王八蛋到我面前示威过,说这只是对二愣哥的小小警告,如果他继续纠缠我,就不止是打断他的腿那么简单!"

胡三娃一下子直起了腰板,颤声道:"他真这么扬言过?"

俞萍音愣楞地看看他,点点头。

胡三娃想了想道:"董事长,我顺带问你一个问题,在你和黄总交往这件事上,贾仁剑是持一个什么态度?一贯这么强硬吗?"

俞萍音不解地望望他,断然点头:"那是肯定的啊,那混账不知道反省自己,居然还有脸想要拆散我和二愣哥,不过他只能是痴心妄想了,我想想自己当初真是

罪与赎
——万象惊魂记

瞎了眼，怎么能够看上那么个玩意儿！"

她一提起贾仁剑，就恨不得咬牙切齿，可见这个人当年伤她有多深。

胡三娃有点迷糊，不过瞬间他又感到些许安慰，贾仁剑打压黄二愣和俞萍音的交往，而怂恿自己去追求俞萍音，这是至今为止，他和黄二愣的经历中，唯一迥然不同的地方。

如果他继续沿黄二愣的经历走下去，那么他也正在一步步走向黄二愣的结局，这使他心里实在瘆得慌。

现在突然有这么一丝不和谐的音符出现，反倒给了他一种荒唐的安慰感。不在乎事情后边的真正意义，只要获得一种形式上的安全感，足矣！

危机四伏的胡三娃，就这样自欺欺人地捕捉着万里高空中飘来的安全感。

他强自镇定地笑笑："好吧，就算当年贾仁剑是殴打黄总的幕后黑手，但那也只能代表过去，并不能因此就想当然地推论如今也是他幕后指使的！毕竟情况年年有不同嘛！"

俞萍音仔细玩味着他的话，还是困惑地摇摇头："那到底是谁打的你啊，你只有说出来，一起分析一下，才可以做出判断啊！"顿了顿，又道，"而且你还不愿意告诉警察，这真的让人费解！"

胡三娃本想告诉俞萍音算了，但是又怕她知道真相后去报警，她对齐曼华可没什么责任感和情感，出于对自己的保护一气之下伸张正义完全有可能。

他淡淡一笑："董事长你放心吧，这次打人事件可能真的没那么复杂，就是争风吃醋这么简单，让人误解了，挨一顿揍也就消灾免祸了！"

俞萍音狐疑道："对啊，二愣哥被毒打也是因为争风吃醋，这么说，还真就是那条恶棍了？"

胡三娃连连摇头，苦笑道："这次不是为董事长争风吃醋，是为别的女人！"

俞萍音黛眉微蹙，好奇道："谁啊？"

胡三娃转念一想，就势问道："我干脆问你一个问题吧，你跟舒婉斐不是师姐妹么，那你应该了解她男朋友的情况吧！"

"哦，你是说婉斐啊！"

十三

　　继而又诧异道:"不过婉斐一心扑在学业上,立志要做一名杰出的戏剧表演艺术家,她是拒绝一切男人的追求的,没听说她交男朋友了啊?"

　　胡三娃心中顿悟,看来齐家小少爷自称舒婉斐是他码子,只是剃头挑子一头热,人家小姑娘根本没把他当回事,只不过是他自己自封为护花使者,在她周边上蹿下跳的。

　　如此看来,自己挨这一顿胖揍倒是有点冤枉了!

　　他不由得自我解嘲地苦笑起来,奚落道:"她倒是不交男友,但是蔷薇盛开蝴蝶自来,自有男人把我当采花大盗,为她强行出头哦!"

　　"谁啊?我怎么从未听她提及过啊?"

　　胡三娃打算就此敷衍过去:"一个小混混,你不认识的,好啦,不谈这个了,谈谈工作的事吧!"

　　俞萍音却执着地说:"既然只是个小混混,干嘛不报警呢,不能让他逍遥法外啊,再说……"她欲言又止。

　　"再说什么?"

　　"你肯定是因为去调查舒婉斐时被她那个追求者误解吧,那如果不给他点惩罚,他会越来越猖狂,你以后还怎么去调查她?"

　　胡三娃想了想,强找借口:"如果得罪了他,他只怕会变本加厉,惹不起总躲得起吧,下次再调查时,小心一些不让他知道就好了!"

　　俞萍音知道没法劝动他了,只好闷闷不乐地点点头。

　　两人陷入了片刻沉默,各自想着心事。

　　过了一会儿,俞萍音突然叹口气说:"胡大哥,我真不知道还该不该让你继续查下去,也许我太自私了,不能把你这个无辜的人牵连进来受这样的苦!"

　　胡三娃望着佳人伤感的神情,心中怜惜之情大盛,忙劝慰道:"你瞧,又来了,这可不是你让我来查这个案子的,这可是我自己的职责和义务,跟你丝毫关系都没有!而且,当初决定查这件案子的时候,这些磨难就早已在预料之中了,你想想啊,这么疑难复杂的大案,如果没有查案者的千辛万苦、层层苦难相呼应,那就太掉价了,太没有成就感了!"

　　顿了顿,又道:"况且,这件事情还跟查案没关系,只不过因查案而牵扯出来

罪与赎
——万象惊魂记

的小插曲而已！"

俞萍音点点头，又摇摇头："胡大哥，你真觉得这事跟查案没关系吗？我总觉得怪怪的，当年二愣哥被打是因为争风吃醋，现在你被打又是因为争风吃醋，有这么巧吗？而且，还有件事我现在也得告诉你，当年二愣哥因为被人争风吃醋后来还被打过一次，也是因为舒家姐妹，不过那次是姐姐舒婉雯，她的男友吃醋，那次二愣哥也受伤住院了，你说，这世界上哪有那么多争风吃醋的事啊！"

胡三娃沉吟道："目前姑且理解为争风吃醋吧，否则脑子里太乱，具体真相则有待深入调查，慢慢揭开！"

"只是！唉！"他不免又沉沉叹了口气："我这一伤估计就得好几个月才能恢复行动了，希望董事长不要着急，耐心等候我的蓄势待发吧！"

俞萍音满面凄清地笑了笑："我倒是不着急，只是实在有点不忍心让胡大哥再去冒险了！"

胡三娃双眉一挑，豪气干云道："我再申明一下哦，这事绝对不是董事长指派我去干的，如果董事长肆意阻拦我去干，我还非得跟你势不两立呢！"

俞萍音微微笑了笑，感激地看了他一眼。

胡三娃又道："即便这几个月，我也不会闲着的，正好抓住这腿不能动的契机，好好地用用脑子，把这阵子搜集到的信息好好整理分析一下，升华为理论，然后再用理论指导下一步的实践，磨刀不误砍柴工，说不定这段沉寂期会有大爆发呢！"

俞萍音莞尔一笑。

胡三娃心情好了很多，话题一转，又询问工作上的事情。

俞萍音神色朗朗道："胡大哥放心吧，工作上一切顺利，超市拒绝收货的事情已圆满解决，方科长很能干，有我爸这帮老战友鼎力支撑，公司几个月内绝对垮不了，你就放心疗伤吧！"

胡三娃心中暗笑，又觉几分酸楚，方明远保密工作做得还不错，当然，也许他在胡三娃的蛊惑下，决意将功劳据为己有，逐渐向高副总的宝座发起攻击，即便他有这样的野心，但对公司是忠诚的，所以把他归结为公司的顶梁柱，也还说得过去，但高宜和那个老贼，为了一己私心、区区薄面，竟然不惜以整个公司的生死存亡作

十三

为赌注来拼死一搏,满足自己的权欲。实在是可恨至极!

他趁机道:"董事长,你别当我是嚼舌头,也别认为我是打击报复,你爸的其他老战友,我不太了解,没什么意见,但高副总这个人,他心中的小算盘拨得哗哗响,很有可能会破坏公司的发展大计,我建议,逐渐地就该让他退休了,公司那么多年轻人,应该给他们机会了!"

俞萍音茫然地望了他一眼,若有所思地点点头:"高叔叔确实有点老糊涂了,也对你有点成见,跟不上年轻人的思想,我看看吧,根据情况,如果他确实不适合继续担任这个岗位了,就请他退下来!"

胡三娃一脸严峻:"我看他不止是老糊涂的问题,也不单纯是怀恨在心的问题,要只是这两者,这都不叫事,不至于伤筋动骨,怕就怕他存有不臣之心啊!"

俞萍音疑惑道:"没这么严重吧,高叔叔可是我爸当年最要好的战友,最器重的属下,我想,要不是当年我爸死得突然,一定会像古代君王驾崩前向自己的老臣托孤一样,将我托付给高叔叔的,他怎么着都会念及旧情,不会糊涂至此的!"

胡三娃耸耸肩膀道:"人心不古,谁知道他怎么想的呢,总之,董事长小心为上,至少,不能再对他委以重任了!"

俞萍音秀眉微蹙,脸上有点犯难:"我还琢磨着这些天要把公司工作都委托给他处理,我好抽出身来医院照顾你呢!"

胡三娃心中难免起了涟漪,俞萍音说要来照顾他,说不期待那是不可能的,然而,大是大非面前绝不能感情用事,事情的轻重缓急他还是拎得清楚的。

"董事长,万万不可,你就专心管理公司就是了,绝对不能把大权交给高副总,否则后果不堪设想,你相信我。至于我这伤情,根本不需要专人照料,不放心的话随便找个护工都行,总之,你绝对不能因此将公司置之不理!"

俞萍音看胡三娃说得这么郑重其事,有点相信了,她沉吟着缓缓点了点头。

突然病室外一阵急匆匆的脚步声传来,一个人行色匆匆地走了进来,几乎可以说是闯了进来,一股焦灼之风也随之扑面而来。

屋内两人都大吃一惊,俱皆抬头望了过去。

来人却是齐曼华,脸上如同着了火,身形步伐完全方寸大乱,风风火火的样子

罪与赎
——万象惊魂记

如同发生了世界大战一样，与此前不久的她判若两人。

齐曼华看到俞萍音也在病室，也是吃惊不小，她愕然望着俞萍音，骤然停步。

胡三娃朝她招招手："过来，嫂子，给你介绍一下，这位就是我们公司的董事长，俞萍音女士！"

齐曼华冷冷地应了一声："哦，我们认识！"

胡三娃愣了愣，细一想也就恍然了，她一直视俞氏公司为不共戴天的仇人，自然对俞家的后裔也不会有什么好感。

奇怪的是，俞萍音脸色也并不好看，她冷冷地望着她，也不打招呼。

胡三娃分外惊奇，在她们之间虚与委蛇道："过来，嫂子，既然咱们都认识，就一块聊聊天！"

齐曼华摇摇头："三娃兄弟，我有点事急需跟您单独聊聊，不知道能否行个方便！"

她这话当然是说给俞萍音听的，俞萍音微一耸肩，冷然一笑道："好吧，既然你们有不可告人的秘密要谈，我就不打扰你们了！"

又转对胡三娃道："胡大哥，那你安心休养，我先回公司处理事情，等你做手术时，我再过来！"

说着话，如同赌气一般，不等胡三娃回应就走了。

胡三娃无奈目送着她直至脚步声消失不见，才收回目光，迎向齐曼华急切的视线，苦笑道："到底发生什么事情了？"

齐曼华从猛然见到俞萍音的尴尬中回过神来，心头的急火再次占据了她的心灵，她满脸凄切地望着胡三娃，一滴豆大的泪珠生生自眼角蹦跶了出来。

胡三娃一时间有点慌神，腿脚又动不了，只好热切舞动双手："嫂子有什么困难尽管直言，我一定全力相助，不用这么着急！"

齐曼华再也抑制不住心中的酸楚，竟香肩一耸，呜咽呜咽哭起来了。

胡三娃慌了手脚，却偏偏脚还不能动，更加憋屈了，急声道："嫂子你有啥事得说出来，你这哭哭啼啼的，我干着急没办法，非得把我的腿也急坏了不可！"

齐曼华抬起袖子抹抹眼泪，凄楚地点点头，突然噗通一下跪在胡三娃床前啜泣道："三娃兄弟，对不起，嫂子向你磕头认错，求你放过我家娃娃！"

十三

胡三娃一时间猝不及防，急道："嫂子，你这是干什么，你快起来，这像什么话！"

齐曼华兀自涕泣道："我家娃对你犯下这么大的罪行，我只有跪地才能表达歉意！"

胡三娃倍感无奈："好吧，我接受你的歉意了，请起来吧！"

齐曼华倔强地摇摇头："还有，请您大人大量，高抬贵手，放过我家娃！我今生今世，做牛做马也愿意报答你！"

胡三娃心中酸涩难忍，哭笑不得："你快起来吧，求你了，放不放过他，也不是我说了算的啊！"

齐曼华啜泣着："你这么说，还是没有原谅他！"

胡三娃实在不堪忍受这种局面了，急得要爬起来制止她，结果动一下差点疼晕过去。

齐曼华吃了一惊，这才霍然站起，急切跑过去查看他的伤情。

胡三娃担心她故伎重施，一把抓住她的手，气恼道："嫂子，你真是折煞我了，你可不要再这么胡来了，有什么事好好商量嘛！"

齐曼华脸上已经被悲戚之情淹没了，她苦不堪言道："我听说那个小畜生犯下这样的恶行，如同五雷轰顶，神志大乱，现在还没变疯已经很不错了，三娃兄弟，求求你，请你理解嫂子的苦衷！"

胡三娃叹口气道："我理解是理解，但是又能有什么办法呢！我又没法让派出所放人啊！"

齐曼华嘴角一瘪，满腹的心酸似乎又要倾巢而出，她语声哽咽道："三娃兄弟你还是不肯原谅他，也是不肯原谅我，养子不教母之过，所有的罪责应该都归结于我的头上，我知道我没有资格请求您的原谅，但请您看在我们孤儿寡母这些年实在过得不容易的份上，也请您看在是俞氏公司让孩子的父亲过早离世导致孩子无人管教的份上，放过我们这一回，您的大恩大德，我没齿难忘，铭记一生！"

说着说着，她身子一沉，貌似又要自胡三娃手掌心滑落下去行下跪大礼。

胡三娃使劲拽住，苦着脸道："好吧，嫂子你说吧，需要我怎么做！"

齐曼华一听有了转机，喜上眉梢，忙定了定身子，颤声道："三娃兄弟你答应了！"

胡三娃无奈苦笑道："除此之外，我好像别无选择了！"

罪与赎
——万象惊魂记

齐曼华紧紧地抓握住胡三娃的手，眼里闪动着激动的泪花，连声道谢。

胡三娃淡淡地笑望着她。

她亢奋了好一会，才抬起袖子擦擦眼泪，破涕为笑了。

"说吧，需要我怎么做！"

齐曼华一时间都不好意思说出口，酝酿了好一会，才期期艾艾地说："其实，就是，唉，我这造的什么孽，要编这样的瞎话，就是想让三娃兄弟帮着编个谎，等警察来调查你受伤这件事时，你就，嗨，你就说是自己不小心摔的，或者其它什么说得过去的借口，总之，不要承认是被那小孽障带一帮人打的，不好意思，这有点太委屈你了，我都简直说不出口，但是，但是，我这日子你也知道，就这小孽障算是唯一的精神支柱了，我离不了他啊，呜呜！"

说着说着，她悲从中来，又要大放悲声。

胡三娃连忙摆手制止："好，我听你的，只是，你要确信一件事，我不承认，孩子就能被放出来吗？"

齐曼华忙不迭点头："我咨询过法律界朋友了，因为路口的摄像头只拍到孩子们逃跑的场面，没有直接证据证明孩子打人了，只要受害人不承认被打了，警察就是明知是孩子打的人，也无可奈何，过了24小时就得放人的！"

胡三娃好整以暇地望着齐曼华："很好，不过我还得告诉你一件事，警察已经来这里调查过我了，也都做了记录！"

"啊！"齐曼华瞬间花容惨变，惊恐万状地望着胡三娃，身子软软地就要瘫倒下去。

胡三娃使劲提气拽住，不敢再给自己找麻烦了，苦然一笑道："你不用害怕，我完全照着你的意思说的，一点多余的意思都没有！"

齐曼华凄惶地凝望着他，兀自不敢相信。

胡三娃耸耸肩："我知道这有点超出你的意料，不瞒你说，也超出了我自己的意料，但我也搞不清楚，我怎么就这么高尚，这么富有牺牲精神，愣是帮着残忍伤害自己的人掩盖罪恶，这到底因为什么，我实在掰扯不清，也罢，不去想了，就这么着吧！"

十三

齐曼华身形如木雕泥塑一般,她不可思议地瞪视着胡三娃,逐渐,眼神中泛出了迷蒙的光,这迷蒙的光连成片聚成团,变得云蒸霞蔚、波光粼粼,终于汇集成感动的海洋。于是,泪水自晶莹的眼角汹涌而出,在齐曼华凄楚的脸上一派汪洋。

胡三娃实在没法照料她,手头也找不出纸巾来。对此澎湃的情怀,又不能无动于衷,他就只好感慨地笑道:"抱歉嫂子,你现在是不是特别后悔,刚才白下跪了!"

齐曼华噗嗤一声,破涕为笑,她举起小手亲昵地敲敲胡三娃的脑袋,脸上不自觉飘过一丝红云。

她心中百感交集,语声仍有几许哽咽:"你这个小坏蛋,还敢嘲笑嫂子,不比那个小混账好到哪里去,你们就联合起来气死我算了!"

胡三娃望着她,心里不免大动恻隐之心,想想她还只是三十多岁的年华就守了寡,为了孩子而孑然一身,还要天天担惊受怕,着实过得太不容易,不禁暗自庆幸自己这次没有做出伤害她的行为。

他悠然一笑,指着她珠泪涟涟的脸说:"都成一个大花猫了,我舍不得笑啊,快拿纸巾擦擦吧,要不我忍不住还得笑!"

齐曼华不好意思地笑笑,自兜里掏出一块洁白的手绢来,将脸上的泪迹细致地擦去。

这时刘大夫带着几个大夫进来查房,查完房后,一个护士进来抽血,做术前检查,还要安排进行一次影像检查。

时间早已过了下班点,胡三娃让齐曼华回家歇息,齐曼华则坚持陪着去做检查,她笑说:"反正那个小混蛋在局子里还要呆到明天,我回家也就没什么事了,今天晚上就以照顾你打发闲时了!"

胡三娃执意不肯,但拗不过她,最终还是就范了。

接下来,齐曼华陪他检查,给他买饭、打水、交费,忙得不亦乐乎。

尤其一件事情令胡三娃尴尬不已,就是他憋着尿,最后实在忍不住了,想要小便,像他这种骨折病人,根本不可能去卫生间,只能由陪护人员拿便盆接尿,因为他没请护工,而齐曼华又自告奋勇成了他的陪护,所以这一重任首当其冲地落在了齐曼华头上。

罪与赎
——万象惊魂记

一开始，胡三娃死活不肯让齐曼华接尿，一直嚷嚷着要求助病房的医护人员。最后，齐曼华一掐腰一瞪眼："我就是这个医院的护士，一个资深的护士专门来护理你，你还要求助哪门子医护人员？"

胡三娃哑口无言，只好就范。不过，他很快也就适应了这一尴尬的局面。主要是，齐曼华确实专业，既给他接住了尿，又掩饰得很好，让胡三娃感觉她连一眼都没看到。

齐曼华果然坚持着陪护了她一夜，一身兼着亲属和护士两份职责，前半夜的时候，除了伺候他的吃喝拉撒、关注他的各项生命体征的变化外，还不停讲些生活中的趣事为他解闷，后半夜的时候，就哼着小调像哄孩子一般哄他睡觉。

胡三娃望着她欢颜背后隐藏着的憔悴和苦恼，很是于心不忍，假装睡了过去。

齐曼华轻轻唤了他两声，确认他睡着了，这才长长地深沉地叹了口气，尽情释放掉她心头积压了好久的委屈和酸苦。

她给胡三娃察看了一下腿上的固定器，确认没有问题了，然后才把被角掖好，轻轻地踱步到那张可以倾斜下来当躺椅的休息椅旁，坐在上边发了一会呆，低低地叹了一会气，才缓缓地斜靠在椅背上，安静地睡了过去。

直至她鼻翼间发出轻轻的呼吸音，胡三娃才又睁开眼来。

齐曼华一把辛酸泪，他又何尝不是满腹烦心事！

齐家小少爷揍他这事，到底是什么性质呢？

是争风吃醋还是暗流涌动？

其实，从心底深处而言，这事件要仅仅是争风吃醋，他倒反而会觉得愈加沮丧。如果不止是争风吃醋，他放齐家小少爷一马反而是不经意间走了一步好棋，既然敌人放出了小少爷这诱饵，那他也不能将这诱饵浪费在监狱里，他要紧紧咬住它，即便嘴角鲜血直流，至少他就能发现那个鱼钩和那根鱼竿长什么样！

一念及此，他愈加认定情形绝非那么简单了，心中也不由得信念和豪气大增，如果不是顾忌身边人的安睡，他真想振臂高呼一声"一切牛鬼蛇神，你们放马过来吧！大爷的钓鬼竿，也正在等着你们呢！"

后半夜，他疲倦至极，迷迷糊糊总算睡着了。

十四

罪与赎
——万象惊魂记

早上,大夫们的例行查房将胡三娃弄醒了,醒来后发现齐曼华已经不在病室了,刘大夫带着大大小小一帮大夫给他查体,讲解病情,考问实习医生。例行公事结束后,刘大夫就告诉他说他的术前检查结果都出来了,没有手术禁忌,准备做手术了,需要进行术前谈话签字,通知家属尽快来院参加谈话。

胡三娃心道自己哪有什么家属,就问:"刘大夫,就我本人签字可以吗?我在万象没家属啊!"

刘大夫想了想,摇摇头道:"你的伤情比较严重,风险不小,尽量要求家属参加,而且不仅是了解风险的事,万一术中出现什么意外情况,采取一些重大救治措施也需要家属签字!"

胡三娃心中好不失落,这才深切感受到孤家寡人的落寞和无助,他想了想,问道:"昨晚在这里陪护我的那位女士呢?"

"你说的是齐护士长吧,她应该回她们病房上班去了吧!"

胡三娃这才知道齐曼华原来是个护士长,他略一思忖:"刘大夫,我知道了,你先去忙吧,我再想想辙,等人来了,我通知您!谢谢!"

刘大夫点点头:"要尽快,你这手术宜早不宜迟!"

说完,一帮人呼啦啦就出了病室。留下胡三娃孤零零一个人继续空空荡荡地呆着。

他望着眼前的墙壁发呆,一筹莫展。

他想着让齐曼华来当自己的委托代理人,但人家是护士长,那么繁重的工作,

十四

而且还要去派出所接她儿子,哪件都不是省心的事,无缘无故让人家来签字承担自己手术的风险,实属不该!

又想着俞萍音,但俞萍音跟自己非亲非故,而且是自己的领导,他请自己的领导来替自己干事,本来就有以下犯上之嫌,而且干的还是签字承担风险这样的事,万一她心中不乐意,碍于面子和客气做了这事,那他罪过就大了。况且,她现在急需专心致志在公司抵御高副总的兴风作浪,心无旁骛最好!

那还能有谁呢?他在万象市举目无亲,倒是有一个难兄难弟牛志远。

他突然念及牛志远,不免心中一动,忙拿出手机拨打,令他大失所望的是,手机中还是那样的反应,也是,这马上要过春节了,牛志远不可能在这时节回到万象来。

他一下子陷入孤立无援的境地当中。一双酸涩的眼珠滴溜溜乱转,努力在虚无中寻找着生机。

正当他四顾茫茫、两眼泪汪汪的时候,病室门又骤然推开了,齐曼华走了进来。

胡三娃如同身处悬崖之下拽住了一根救命稻草,不由得双眼发亮。

齐曼华微笑着走到他身边,给他倒了杯水,帮助他喝下,笑吟吟道:"昨晚休息得怎样?"

"还行!"

"本来应该早点给你带早餐来的,但想着你今天要手术,需要全麻,不能吃饭,就干脆在病房把活儿忙得差不多了才过来!"

胡三娃心中倍感温暖:"其实嫂子你不用过来的,你工作那么忙,还得去派出所接人吧,你忙你的就是了!"

齐曼华断然摇头:"那哪行,一会儿得进行术前谈话了吧,你身边没个亲人,术中术后谁替你签字,那小混账就让他在派出所多呆会吧,多受点教训也好!"

胡三娃心中一下子暖流涌动。

他没想到她连这样的细节都思考到了,连声道谢,将刘大夫刚才的交代悉数告知。

齐曼华麻利起身道:"没问题,我这就过去叫他过来谈话吧!你这手术确实得尽早做!"

罪与赎
——万象惊魂记

一会儿,她就将刘大夫叫了进来。

因为他行动不便,谈话他又必须参加,所以就干脆将术前谈话现场挪到了他床旁。

刘大夫例行公事做了一些程序性的交代后,就开始逐条逐项给他们讲解手术知情同意书上罗列的那一大堆风险。

刚一开头,病室的门又突然开了,一个清脆的声音夺门而入:"她又不是他的亲属,跟她讲什么讲呀!"

几个人都惊讶地抬起头,看清来者,胡三娃略一愣后,心中难免又一喜。

来人竟是俞萍音,此时她端立一旁,俏脸生寒,对齐曼华怒目而视。

齐曼华被人突然抢白,脸上红一阵白一阵,缓过来之后,才嘴角一撇,反唇相讥:"我不是他的亲属,你也不是啊,现在三娃兄弟需要帮助,我鼎力相助,有什么不对吗?"

俞萍音理直气壮道:"我是他单位领导,他需要帮助,好像也还轮不到你来操心哦!"

齐曼华还要争辩,刘大夫就赶紧打圆场:"好啦好啦,都是为病人好,目的是一致的,就都一块听听吧,正好都了解一下风险,真有什么事,也可以一块齐心协力!"

胡三娃也赶紧应和:"董事长,谢谢您和单位还惦记着我!非常感谢!"

俞萍音白了他一眼,意犹未尽:"什么话啊?你有困难了,单位不惦记着你,谁惦记你啊?你有困难不找单位,去找不相关的人,你什么意思啊?"

她这话连批评带嗔怒,再带含沙射影,弄得胡三娃心中百感交集、五味杂陈。

齐曼华有点气昏了头脑,为了获取辩论赛的胜利,竟然口无遮拦:"谁是不相干的人啦?不瞒您说,俞大小姐,三娃兄弟这次受伤我负全责,我不仅要照料他,替他签字,承担全部风险,而且承担所有费用,可就跟你的俞氏公司半毛钱的关系都没有了!您说说,到底谁才是不相干的人?"

胡三娃一听心中着了急,俞萍音冰雪聪明,一点就通,这话岂能不引发她猜疑?

果然,她秀眉一蹙,惊奇道:"他受伤你负全责?你凭什么负全责?难道?"

十四

胡三娃连忙岔开话题:"好啦,你们都别为了斗气信口开河啦!我这手术可是着急做呢,得赶紧履行完手续等着上手术台呢!"

刘大夫也见机行事,连忙表态说急诊手术,不能拖延。

两个女人这才顾全大局、摆手言和,各自端坐下来,分庭抗礼。

刘大夫终于将风险讲完,轮到签字环节了,又生插曲。

手术知情同意书及患者授权委托书的患者家属签字一栏,齐曼华和俞萍音都争着说对方不是亲属,只有自己才有义务和资格代理家属职责,齐曼华自称和患者是叔嫂关系,俞萍音则坚称患者没有家属的时候应由单位出面负责。就好像两人争抢的不是责任和风险而是遗产一样!

一波未平一波又起,正在两人争执不下、互不相让的时候,病室的门又骤然大开,一对人影匆匆而入,一个洪亮的声音先声夺人:"你们谁都别争了,亲属来了!"

众人俱皆惊讶,抬目相迎。

胡三娃看清来人后,半天合不拢嘴。

他做梦也想不到,王怀林和薛素萍竟然也来了,尤其是薛素萍,一改平日里走路晃晃悠悠的风格,竟是急急忙忙来到胡三娃的床旁,一把握住他的手,焦急的眼神打望着他的全身,虽然默不作声,但挚爱之心、关切之情溢于言表。

胡三娃眼眶有点湿润了,喃喃道:"阿姨,叔叔,你,你们怎么也来了?"

刘大夫已经有点晕头转向了,他望着胡三娃哭笑不得:"小胡,你不是说没家属吗?我看你不是没家属,是家属太多了!到底委托谁来签字,你尽快决定吧!"

王怀林立刻响应:"这还用说,我们是他干妈干爹,当然我们来签字了!拿来,在哪里签?"

刘大夫没有立刻给他,而是坚持要患者决定。

胡三娃左右为难,从内心深处讲,他不希望将任何人牵连进来,如果不是医院执意要求有家属签字负责,他肯定拒绝任何人的好意。

但现在既然必须有一个人替他签字,那接受一方的好意也就意味着对另一方好意的伤害,看样子就得要么全拒绝,要么全接受了。

他试探着问:"能不能让大家都签字呢?"

罪与赎
——万象惊魂记

刘大夫想了想道："按理说最好明确一个人，但既然你们大家都这么热心肠，就都签上也无妨，不过事先要声明，如果真有什么意外发生，到时希望你们能够通力合作，而不是互相扯皮！"

胡三娃忙替众人回答："这个请刘大夫放心吧，他们目的都是为我好，大是大非上绝对保持步调一致！"

刘大夫耸耸肩："那好吧，那你们都赶紧签上字，我好去安排手术了！"

大家便再无争议，挨个签上字，气氛骤然变得友好起来。

刘大夫终于完成仪式，长出一口气，安排手术去了，他走后，麻醉医师紧接着过来，又是一通洋洋洒洒的麻醉风险告知，众人又全都签上了字。

应该是齐曼华的力量所在，手术安排得相当迅速，胡三娃还没来得及跟俞萍音和王怀林夫妇俩好好交流一下呢，手术推车已经进来接他去手术台了。

众家属护送他直至进了手术间，然后就在手术间外边的等候区静候。

虽然医师和麻醉师将他的手术风险说得风生水起的，但胡三娃的心头却感觉格外的踏实，作为一个孤儿，他从未像今天这般感觉幸福过，所以，他其实得感谢这次被毒打事件，这让他知道，他在这个世界上并不孤独！

急诊骨科一个资深的医师给他做的手术，手术很大，股骨胫骨腓骨里头都植入了很多固定钢钉，但手术也还是相当顺利的。没有出现刘大夫和麻醉师危言耸听般的诸多意外。不过手术时间可是很长，足足做了五个多小时，可见其伤情之复杂。

从手术室出来，已是夜幕降临，王怀林夫妻俩因为照料饭店生意，提前离开了。齐曼华因为去派出所接孩子，也中途外出了一趟。只有俞萍音一直守候在手术室等候区，齐曼华重新回到等候区时，发现她坐在等候椅上睡着了。

因为是全麻，胡三娃全然不知，这些都是在他麻醉苏醒后从齐曼华嘴中知道的情况。

俞萍音护送他到病室后，也回公司去了，所以他彻底醒过来，睁眼望见的只有齐曼华。

齐曼华见他醒来，就对他悠悠一笑，待到胡三娃可以出声交流了，她就将手术室内外的情况都跟他讲述了一遍。

十四

包括王怀林夫妻俩知道他受伤的事，也是她转告的。

胡三娃感怀在心，连声道谢。

齐曼华摆摆手，面现愧色："我为你做再多的事，也丝毫报答不了你高抬贵手放过我家孩子的大恩大德！"

胡三娃摇摇头："这一点就不要再提了，我答应过你，要替你管教好小孩，管教好小孩的前提是他要健康平安，所以，这不是什么恩德，而是承诺，是义务！"

齐曼华感动不已地望着他，叹口气道："三娃兄弟，你太大仁大义了，只是可惜我家那小孽障，他什么时候才能真正懂得你的心意啊，唉！"

她抬起袖子随意擦擦眼睛，懊恼道："就在今天，我接他回家时，跟他讲了你的惨状，还有你不惜委屈自己保全他的壮举，他竟然丝毫不为所动，我想带他来跟你道个歉，他死活不来！三娃兄弟，我真是拿他没办法了，希望你能原谅他！"

胡三娃微微一笑道："嫂子放心吧，我不会跟一个小孩子一般见识的，他不肯来不代表他心里没愧疚，他只是好面子，你可不知道，他在那一帮小屁孩当中充老大不可一世的得意样子，现在让他低头认错，实在太损他老大的尊严了！"

齐曼华无奈叹口气，唯有一脸苦笑。

胡三娃想了想道："嫂子你回去照顾他吧，他在派出所里呆一天，那滋味肯定也不好受，心里难免受到一些波动，正需要你的安抚呢！"

齐曼华苦笑着摇摇头："他心里要是能受到哪怕一丁点波动那真得烧高香了，回家连屁股都没往凳子上放一下，撒腿又到外边疯去了！"

顿了顿，又道："再说，你这刚做完手术，需要人陪护，我也不能走啊！"

胡三娃忙道："嫂子，我这要老是拖累着你，真的过意不去，你还有那么繁重的工作呢，我这边你不用管了，我有办法的！"

齐曼华耸耸肩奚落道："有什么办法？找你那个美女董事长吗？"

胡三娃张了张嘴，哑口无言。

齐曼华讪讪一笑："你那个美女董事长好像还挺关心你的，你放心吧，我不会耽误你和她亲密接触的，我已经跟她分好工了，我白天要工作时她来接我班！"

顿了顿，她又神秘兮兮道："你那个美女董事长好像不太喜欢夜里在外边呆着，

罪 与 赎
——万象惊魂记

一入夜,就着急回去,不会是有什么情况吧?"

胡三娃愣了愣,想着俞萍音也许是着急回去幽会黄二愣,也就释然了。对着齐曼华摇摇头,不置可否地笑笑。

两人再闲聊了一会儿,胡三娃就觉疲困不堪,看来这手术的打击还是太大,要在平常,这个时刻他不可能觉得困的,彻夜不眠他都不困,何况这么早呢!

都不用齐曼华哼唱催眠曲,他聊着聊着,眼皮缓缓合上,就睡过去了。此后,齐曼华再忙活些什么,他就全然不知。

他再次睁眼,眼前已是另一张俏脸,没有齐曼华那样浅笑嫣然,甚至有点冷若冰霜,但眼中那种深切的关心和担忧,还是一目了然的。

俞萍音见他醒来,脸上神情变得温热多了,声音也很欢快:"胡大哥醒了啊,感觉怎样?"

胡三娃睡得不错,精神状态极度好转,朗笑道:"我没事了,就等着人类进化到直立行走的那一天了!"

俞萍音嘻嘻一笑,然后脸上又复归忧伤神情。她从床头柜上拿过来一个餐盒,打开来,却是早点盒,一个格子里是小笼包,一个格子里是莲叶粥,还咝咝冒着热气。

她小心翼翼地用筷子夹着包子,喂给胡三娃,间或用勺子盛一勺粥,递送到胡三娃的嘴里。

胡三娃也就老实不客气地来者不拒了,这一顿早餐硬是吃出了宫廷御膳的味道,就是皇帝老儿亲自来找他更换早餐,他也得断然婉拒。

饭罢,俞萍音并不像齐曼华那样爱跟他聊天,而是收拾收拾碗筷,打打热水,问问胡三娃的症状,就又像她上次住在这病室一样,望着眼前那已然在上次被她看得千回百转的墙壁兀自发呆。

也许是触景生情,同样的环境勾起了她心底沉沉的怀念和忧思。

胡三娃怕她沉沦在回忆里伤心伤肺,就用相对震撼的话题来打扰她:"董事长,有个问题也许有点冒昧,但我挺好奇的,不知道当讲不当讲?"

俞萍音抬起眼睛愕然看他一眼,点点头:"你说吧!"

胡三娃略作斟酌:"我看你一向都是平易近人的,可为什么一碰到齐曼华就那

十四

么冷淡生硬呢？你们之间有什么过节吗？"

俞萍音面色又变冷了，她静静地看胡三娃一眼："你这个问题跟查案有关吗？如果无关，我不想回答！"

胡三娃愣了愣，苦笑道："也许有也许没有，我现在说不上来，如果你不想说，我也不勉强！"

"那现在我还不想谈这个问题，如果有必要，或者某天我想告诉你了，再说给你听吧！"

胡三娃沉吟着缓缓点头。

俞萍音轻轻叹了口气，又抿着柔唇，陷入沉寂。

胡三娃的电话响了起来，拿起一看，竟是张合军。

"胡哥，舒婉雯昨天半夜回来了，这会儿还在家里，可能要下午才走，你有空过来么？"

他很兴奋，声音很洪亮，如同终于可以向胡三娃邀功请赏了一般。

胡三娃为他忠于职守而欣喜，却为自己眼下的困境而郁闷，他尽量让自己的声音不要那么低落："嗯，知道了，不过我最近事比较多，一段时间内可能过不去了，等我有时间再告诉你，还是谢谢你啊，合军兄弟！"

张合军声气有点回落："没事，那胡哥有空就过来啊，兄弟们也都挂念着你呢！"

"没问题，有空一定去好好看看大家！"

结束通话后，俞萍音这下很自觉抬起眼睛，疑惑地望向胡三娃："是张合军？"

"是的，董事长认识他吗？"

"听二愣哥提起过，他找你干嘛？"

"还不就是为了调查舒婉雯姐妹俩的事，我在她们家楼道里安插了这么一个眼线，方便找到她们！"

俞萍音有点惊讶："你也是这么办的？"

胡三娃愣道："也是？这么说来，黄总当初也是这么办的？呵呵！"

说着，他自己都乐了。

俞萍音点点头，沉吟片刻后，又苦笑着摇摇头："你和他之间相似的地方太多了，

罪与赎
——万象惊魂记

我都有点搞糊涂了，这到底怎么回事啊？"

胡三娃心中瘆得慌，强行安慰自己："也许是因为我和黄总成长环境相同，所以思想观念、行为举止比较类似，就产生出这样近乎雷同的效果来！"

俞萍音摇摇头又点点头："也许吧！谁能说得清呢！"

沉默片刻，她突然提高声气："不过，不管怎样，胡大哥，你今后就别再调查那个舒婉雯了！"

胡三娃好奇道："为什么？"

俞萍音凄楚一笑，面色变得严峻起来："有了二愣哥的前车之鉴，你和他的经历又如此类似，我真隐隐有种担心，你这么发展下去，会重蹈他的覆辙！"

胡三娃泰然一笑："要真那样，就不是奇事，而是鬼事了，不闹鬼的话，不会有这么蹊跷的事情的！"

顿了顿，又道："放心吧，董事长，我会把握好分寸的！不会让舒婉雯的男友把醋胡乱撒在我身上的！"

俞萍音咧嘴笑笑，面色变得有点凄清，也不再辩驳了。

两人再静静地坐着发了一会儿呆，各自想着心事。

突然，病室外边又是一阵热烈而杂乱的脚步声，两人惊讶地抬头望去，病室门豁然洞开，两个人已经长驱直入了，一打照面，惊愕莫名。

来者竟是贾仁剑，后边跟着的是齐家小少爷。

胡三娃顿时警觉起来，绷紧了上身，苦于下肢不能动，否则也非得奋起不可。

俞萍音也惊得从座位上立起身来，皱着眉头，深怀敌意地瞪视着悠然前行的贾仁剑。

贾仁剑看到俞萍音，脸上堆满了谄媚的笑容："萍音你也在啊，好久没见了，你真是越来越漂亮了，我看天仙女都没法跟你比了！"

俞萍音厌恶至极地皱了下眉头，扭过脸去，不屑看他一眼，或者是不愿意让他邪恶的眼睛看到自己。

贾仁剑热脸蛋贴上冷屁股，毫不在意，自得其乐地呵呵一笑，将目光倾注在胡三娃脸上，竟然生生带出几分关切的神情："兄弟身子骨怎样了，没有大碍吧！"

十四

　　胡三娃搞不懂他葫芦里卖什么药，但既然他表面上假仁假义，他也就不能不虚情假意一番："托兄台的福，我身子骨还算硬朗！不知道贾兄找我有何贵干？"

　　贾仁剑油花花地一笑，却转向俞萍音道："萍音，我想跟胡兄弟单独说几句话，不知道能否行个方便？"

　　俞萍音愣了愣，不知所措地望向胡三娃。

　　胡三娃心想他在医院病房里应该不会做什么出格的事，倒是要看看他到底玩什么花样，就对俞萍音点点头："董事长，那就麻烦你回避一下吧！"

　　俞萍音想了想，眨眨眼睛道："好吧，我先回公司一趟，有事你给我打电话！"

　　俞萍音退出后，贾仁剑又走过去将门关上。

　　然后走回来，突然面目一肃，对一直肃立一旁的齐家小少爷断喝道："小兔崽子，还不赶紧给你胡大哥跪下道个歉！"

　　那少年果然有江湖风范，老妈的话可以置若罔闻，老大的话言听计从，贾仁剑的话音未落，少年已经重重跪在冰冷的地板上。

　　他一边跪下连磕三个响头，一边老气横秋地说道："谢谢胡大哥，你这次太够哥们，太讲义气了，小弟我十分佩服，对你的冒犯，请你原谅，今后如有什么盼咐，万死不辞！"

　　胡三娃被他俩的突兀举止弄得呆若木鸡，又听到少年那稚嫩嗓子说出来的江湖套话，滑稽之极，当真是啼笑皆非。一时间竟不知道如何回应。

　　直至少年磕头如捣蒜，大有他不发话他就不停止的无比霸气，他才惊醒过来，连声制止道："好啦好啦，知错就好，快起来吧！"

　　贾仁剑在一旁指挥着："小兔崽子，你胡大哥大人大量，这次这么轻易就放了你，你一定要懂得感恩，起来吧，给你胡大哥倒杯水表个诚意！"

　　少年快速爬起来，要去倒水，胡三娃连忙制止："好啦，心意心领了，我现在不渴，你们歉也道了，我也接受了，还有别的事吗？如果没有别的事，就请回吧！"

　　贾仁剑一耸肩膀："你看你看，胡兄，我们是诚心诚意前来道歉的，你要这么说，就不是诚心诚意接受我们的道歉！"

　　胡三娃苦笑道："我是想诚心接受，可我诚心接受了，又能怎样？"

罪与赎
——万象惊魂记

贾仁剑庄然道:"诚心接受了,我们就能开诚布公啊!"

胡三娃愣了愣:"你想开诚布公谈什么?"

贾仁剑叹口气:"胡兄,说实话吧,你是不是认为这小兔崽子揍你是受我指使的?"

胡三娃诧异地望他一眼,淡淡道:"是不是你指使的,你心里最有数,我是不知道的!"

贾仁剑两手一摊:"你看你看,我一猜你就这么想的,不过也能理解你的想法,毕竟这小兔崽子在我手下混,而且咱俩因为俞萍音的事你对我有成见,所以这么一联想,也算顺理成章!"顿了顿,接着说,"所以我今天非得登门来向你澄清不可,这小兔崽子确实揍了你,所以他必须向你道歉,但这事绝对跟我没关系,是他自作主张干的,我也必须跟你说明!"

少年连声附和:"是的,胡大哥,这事真跟我老大没关系,是我自己小心眼,找了一些小兄弟干的,都不是我老大这方面的人!"

胡三娃分别望了他们一眼,颇感怪异,不置可否。

贾仁剑接着解释:"当然,你们怀疑我的理由还可能牵涉到当年的一件类似的事,就是我的手下郭黑子揍了黄二愣那事,当时我没承认是我指使的,现在我可以坦白,其实那件事确实是我安排的!"

胡三娃惊讶地望着他,不明其意。

"你们当然有理由由彼及此,推断这次也是我指使的,所以我必须出面澄清事实,洗清冤屈,这就有必要讲讲,我当年为什么要揍黄二愣,现在为什么不可能揍你胡三娃。"

他说话抑扬顿挫,很有力度:"当年我揍黄二愣,是因为我还眷念着俞萍音,舍不得俞萍音,居然被一个小保安出身的黄二愣给我戴了绿帽子,你想以我当时年轻气盛不可一世的威风样子,我哪能接受得了,气得浑身都快散架了,就对俞萍音展开攻势,希望她能回心转意,然而一切都是徒劳,她似乎吃了秤砣铁了心,我当然就迁怒于黄二愣,以为狠揍他一顿,把他吓跑,俞萍音没了念想,也就会回心转意到我身上来。然而,后来的事实你是知道了的,我根本就是痴心妄想,黄二愣即

十四

便死了,俞萍音就算跟着去死,也不愿对我回心转意,这对我打击太大了,也就万念俱灰了,不再对俞萍音抱有什么幻想。但没有幻想是一回事,爱她的心却是至死不渝的!爱一个人,当然就是希望她好,希望她好好活着,这就回到我当初跟你说过的那番掏心窝的话了,她自杀跟着黄二愣去死把我彻底吓着了,我自己又已经丧失了她的信任,没法对她进行拯救,所以只好寄希望于你,希望你能够继黄二愣之后快速获得她的芳心,避免她再做傻事,这真是肺腑之言,这话我上次跟你说得很透彻了,这里就不重复了,你想想,我对你寄予这样的厚望,关乎着我心爱之人的生死存亡,我还能跟你去争风吃醋吗?我巴不得你赶紧能够与萍音喜结良缘,让她再也不可能产生轻生的念想,我还能派人去狠狠揍你一顿吗?我今天话就到这儿,里头的斤两和分寸,沟沟坎坎、虚虚实实的,你自己去掂量去评论,看我是不是在跟你演戏,在跟你套近乎,在跟你使绊子,在跟你打黑拳,你要真能感悟出这些来,我也就认了!我这三番两次找你,你可以仔细想想,我除了想挽救萍音外还可能被你揪出什么目的来!好啦,不说啦,话点到为止,说多了就没意思了!"

他骤然住口,庄严地望着胡三娃。

胡三娃仔细凝望着他的表情,玩味着他这番话,当真处处都透着十二分的真诚,令人无法不信。

他只能苦笑作答:"贾兄,我上次就跟你说了,如果你真心悔悟,就痛改前非,做个堂堂正正的好男人,用心去重新追求俞萍音,顽石都能点头,何况那么柔善的一颗人心!至于我,癞蛤蟆不敢吃天鹅肉,我自己几斤几两,清楚得很,从来不作非分之想,你就不用乱点鸳鸯谱了!"

贾仁剑皱皱眉头,啧啧不满道:"你看你又来了,我翻来覆去的累赘话真的不想再啰嗦了,我只向你提醒一点,根据我对她的观察,她虽然还谈不上已经爱上你了,但绝对对你存了心意,或许连她自己都还没觉察到,这就有待慢慢培养慢慢开发,所以今天你被我小兄弟揍了躺在这里,换一个角度想,其实又何尝不是一件幸事,你想啊,这是多么难得的和她朝夕相处的机会啊!此时不用,更待何时?总之,我可以断言,你跟她的关系内在基础、外在条件都已经具备,只要再接再厉,抓住一切可能的机会,巩固发展下去,必要时再加点助力,终有水到渠成、花好月圆的一天,

罪与赎
——万象惊魂记

你就相信我吧！响鼓不用重锤敲，你也别再跟我唧唧歪歪了，是真男人就拿出点大气魄来！老弟，加油！"

说着，他情不自禁地重重拍了一下胡三娃的肩头，如同真的给他加油助威一般。

完了，他就站起来朗朗笑道："好吧，我言尽于此，萍音估计还没走远，应该在急切盼着我赶紧滚蛋呢，我就遂了她的心意，不打扰你们俩继续郎情妾意了，哈！胡兄弟，祝你好运哦！"

然后，他对齐家小少爷道："阿良，跟你胡大哥道个别，咱就走吧！"

齐家小少爷低眉顺眼地跟胡三娃挥手道别，就灰溜溜地跟着贾仁剑快步离去了。

胡三娃平静的心湖被他扔了一颗重磅炸弹，犹自波涛汹涌、爱恨难平之时，俞萍音推门而入，一脸迷惘地走了进来。

胡三娃心中咯噔一跳，连忙回收四处飘荡的魂魄，防止被俞萍音瞧破了心神。

他迎着俞萍音傻傻地笑着。脑子快速盘算着如何应对她的疑问。

上次他和贾仁剑在病室外边交谈回来，俞萍音就是用一种咄咄逼人的目光把他弄得很狼狈。

这次虽然是他躺在病床上，但是俞萍音追求真相的愿望不会因此而减弱的。

俞萍音静静地走到椅子旁，安静地坐下，目光却没有像上次那样紧紧咬住胡三娃的视线，而是看都不看他一眼，依然故我地将目光落在那千年不变的墙面上。一言不发，一脸淡漠！

胡三娃满腔的防备顿时化作满脑的疑云，搞不懂俞萍音这次怎么如此淡定，一点猎奇心理都没有了！

可是俞萍音不说话，他纵有百般不解，也不敢出声打扰，他也不知道什么时候搞成这样一种状态，他在俞萍音面前总是处于被动，总是一副小心翼翼的样子！难道因为她是他的领导吗？好像也不尽然！

时间默默流淌，气氛渐渐凝重，情感纷纷零落。

突然，俞萍音说："胡大哥，你们刚才的谈话我都听到了！"

"啊！"胡三娃惊呼失声，老脸不由自主一阵潮热。

震惊过后，他随之心念一动，干脆在心头升起一股恬不知耻的期待，紧张地望

十四

着她。

俞萍音扭头瞟了她一眼，语声变得庄重至极："我能告诉您的就是，请您不要相信他的胡说八道！"

胡三娃提起的心被一阵冰雹狠狠砸了一下，重重回落。他如在喃喃自语："不要相信他的哪些话呢？"

俞萍音也如同自说自话："我前世今生下辈子都只可能爱着二愣哥，绝不可能再爱上别的男人了，以前曾经以为爱过那个混蛋，现在仔细想来，十分可笑，那根本就不是爱，后来结识了二愣哥，才让我真正明白了什么是爱，它不是短平快的感官刺激，它是精准狠的灵魂的触动，它是两颗心借助仰慕、欣赏、景仰、赞美之桥梁而直抵心底深处的交流融合，它是心灵的对话，是情感的润泽，是惺惺相惜的依恋，是依依不舍的牵挂，是品德和道德的结晶，是善良人的专利，是一种在灵魂深处荡气回肠的鸣响，是一片摒弃外表、财富、权势、甜言蜜语的遮盖才能拨云见日的朗朗晴空，是一片恶人、坏人、歹人、妖人永远不可企及的美丽星空！"

俞萍音突发如此一番洋洋洒洒的爱情宣言，以及对黄二愣淋漓尽致的真情告白，让胡三娃仓促之间猝不及防，已经有点异变所以显得不太结实的心灵之墙顿时被潮涌的感慨冲击得七零八落，他如同被抓住接受惩罚的小偷一般仓皇失色，凄惶地望着俞萍音，说不出话来。

俞萍音淡淡一笑，接着说："所以当那个混蛋嘴里说着对我的爱至死不渝的时候，我真的很想发笑，我真想当即找块黑板和板凳，找来粉笔和教鞭，让他老老实实坐在小板凳上，在我教鞭的鞭策下，规规矩矩地听我给他上一堂爱的启蒙课，但是，我哪还有精力和时间去度物造人，再说，一片品德沦丧、私欲熏心的腐败土壤，又怎么播得下爱情的种子呢？我可没有化腐朽为神奇的本领！"

她略一停顿，又自顾自地接着说："爱是自私的，所以也是唯一的，每一颗爱的心灵里都只有一个爱的洞穴，爱人生时，那是装他的洞房，爱人死时，那是埋他的坟墓，那个洞穴，生生世世、永永远远都是属于他的了，情敌挤不掉他，盗墓者挖不走他，纵有天崩地裂、宇宙毁灭，那他也一样在里边踏踏实实、高枕无忧！所以，就是这样！"

罪与赎
——万象惊魂记

说完这番话,她终于停歇下来,清秀的眉眼里因为感动和忧伤而波光粼粼,娇柔的身躯也因为激动而微微颤抖,好一会儿,她终于平息,脸上的表情慢慢淡漠下来,逐渐恢复静默状态,又呆望着那片历尽沧桑的墙面。

胡三娃心里则继续波涛汹涌,他当然心领神会俞萍音这番话的弦外之音,那就是告诉他,黄二愣已经牢牢地占据着她的心灵,其他人等就不要再有任何痴心幻想。

令胡三娃心怀波荡的,就是俞萍音对黄二愣的这一番惊天动地的情感,他此前只知道俞萍音很爱黄二愣,可以做到生死相依,但没有想到黄二愣令她对爱理解到这么深刻的地步,他们之间的爱情已经超越了"爱情"这个字眼所能够表达的内涵和外延。

胡三娃对这番浩瀚的感慨兀自消化了很久,除了暗自耻笑自己的不自量力、愚蠢至极外,就是久久不能平息。

过了很长的一段时间,俞萍音大概琢磨着胡三娃已经消化了她的心意,就又扭过头来说:"胡大哥,你不愿意向警察举报齐曼华的儿子,是为了齐曼华吧?"

胡三娃一时间回不过神来,愕然道:"算是吧!"

俞萍音眼神复杂地望了他一眼,叹了口气:"你这么委屈自己,也真是难为你了!"

胡三娃逐渐回过味来,正色道:"对了,董事长,这事你一定不能说出去,要不警察可能还得找他算账!"

"你放心吧,我哪有那么不通情理,这是你讨齐曼华芳心的绝佳机会,我岂敢破坏?"

胡三娃哭笑不得:"董事长,看你想到哪里去了,我跟她,呵呵,太离谱了吧,我只不过是看她一个妇道人家带个坏男孩不容易,想帮帮她而已!"

俞萍音咧咧嘴:"帮就帮个彻底哦,说不定人家巴心巴肺指望着呢!"

"不可能,不可能,董事长别拿这事开玩笑了,要不以后相处起来多尴尬!"

俞萍音微微一笑,不置可否。

两人就这样有一搭没一搭地聊着,到了吃饭的时候,俞萍音细心服侍他吃饭,日子不浓不淡地就这么过去了。

十四

冬天天黑得早，天一入夜，果然，俞萍音就有点归心似箭了，尤其是此前刚刚表达过对黄二愣浩瀚无边的爱意，此时心头还是温热的呢，急需回去趁热打铁跟黄二愣热烈地温存一番，她时不时抬头望着窗户外边的暮色，可齐曼华还没来接手，她似乎不方便痛快离去。

胡三娃瞧在眼里："董事长，你辛苦一天了，赶紧回去休息吧！"

俞萍音怔怔地看他一眼："没事，我等会齐曼华吧，你身边不能离人！"

胡三娃摇摇头："我这都术后一天了，如果有事早发生了，既然这么平稳，那就表明不会有事了，你放心回去吧，明天白天也不用来了，工作为重，记得我对你的提醒，注意高副总！"

俞萍音眉眼眨动着，点点头："那好吧，我先回去了，有什么事你给我打电话！"

望着她匆匆离去，胡三娃的心头横生出一丝不着边际的失落感来。

齐曼华较晚时分才匆匆过来，一进病室就直嚷嚷："抱歉抱歉，三娃兄弟饿着了吧，嫂子给你做了很多好吃的！"

原来她先回了趟家，做了很多好吃的菜，也不知道是给她儿子做的，胡三娃沾光，还是专门给胡三娃做的，反正很丰盛。

第二天，俞萍音还是照常来了。胡三娃心底很希望她来，但是她真来了，他又很彷徨。他隐隐约约总有一种不安感。果不其然，隐患滋生了。

他问俞萍音："你接连好几天不在公司，工作上的事怎么处理？"

俞萍音犹豫了好久才说："高副总以你上班时间不务正业、惹是生非、打架斗殴导致住院为由，闹着要开董事会罢免你的总经理职位，为了安抚住他，也是正好能有时间来照顾你，我就让他暂时代理一段时间总经理的职位，也就这么一段时间，我觉得应该不会有什么事吧！"

胡三娃当即就要翻身下来，闹着出院，俞萍音好说歹说，医生护士齐上阵一阵劝哄，才算把他安抚住。

俞萍音有点愁眉苦脸："胡大哥，我想你可能想得有点过于严重了，高叔叔怎么着也是公司元老，我爸的好友，他顶多是有点思想迂腐顽固，其他不会咋样吧？"

胡三娃只是隐约一种感觉，他还真没实际依据。

罪与赎
——万象惊魂记

事已至此，他也没辙，只能暗暗在心底祝祷，祈求老天保佑，不要让多灾多难的俞萍音再遭浩劫。就这样，由于胡三娃受伤住院，手头的一切被迫都停下，时间也仿佛停滞了一样，任由他慢慢养着伤。

十五

罪与赎
——万象惊魂记

一天上午,他又接到张合军的电话,告诉他说舒婉斐回家了,她最近因为忙于一场专业考试,很少回家,这次回来很难得,他要不要抽时间见见,胡三娃当然迫不及待想见,却也只能十分懊恼地推脱掉了。

夜幕降临的时候,也就是通常俞萍音已经离去、齐曼华还没有到来之时,病室里又来了一位不速之客。

彼时,胡三娃正在咬牙切齿地倚着墙根进行伤腿的功能康复锻炼。

嘴里"嚯嚯嚯喔喔喔"喊得热闹的时候,他身后传来一个脆生生娇滴滴的声音:"请问您是胡三娃大哥吗?"

胡三娃好生诧异,忙扭头看过去,顿时眼睛就有点发直了。

来者是一个瓷娃娃般的美少女,也就十七八岁,正是豆蔻年华的好光景,虽然只是穿着一身普普通通的练功服,但长期的唱念做打训练雕饰了她身体的每一处细节,天生丽质的面容无需任何装点,不事装饰的装束俯仰之间已经尽得天地间所有的灵气。更妙的是她的那双眼睛,天真纯真而又不失落落大方,有着初生婴儿初探世界般的那种稚嫩和好奇,又绝无躲躲闪闪的怯懦。她脸上还挂着温婉亲切的笑容,与她那未经世事的年龄着实不太相称。

胡三娃好一会儿才回过神来,会心一笑:"我是胡三娃,请问你是不是舒婉斐?"

小姑娘有点惊疑:"呦,我是,您是怎么知道的?"

胡三娃虽然一看到她就猜出来她是谁了,但现在确认是她了,还是感到惊讶,她竟然主动找上门来接受他的调查,这是他始料未及的。

十五

他微微一笑:"一看你就是一个十分美丽的戏剧表演艺术家,想猜不出来都难!"

小姑娘呆了呆,不好意思地笑了:"嘻嘻,哥哥你笑话我,我还差得远呢!"

胡三娃开心地笑笑,然后咬着牙齿拄拐往床旁靠,他要坐下来和舒婉斐好好聊聊天。

舒婉斐特别懂事,竟然跑过来扶着他。

胡三娃好不容易坐到床上,擦擦额头的冷汗,招呼舒婉斐坐下。

舒婉斐道歉说:"对不起,听说你是在去学校找我的时候,被人打的!"

胡三娃摇摇头:"这跟你没关系,好吧,你先告诉我,你是怎么知道我找过你,又怎么知道我受伤住在这里?"

舒婉斐细声说:"我们家楼里的保安大哥告诉我的,他不知道你受伤,我找吴良那小子问到的!"

胡三娃愣了愣:"吴良是谁啊?"

舒婉斐眨眨眼睛:"就是打你的那个小孩啊!"

胡三娃恍然点点头,想了想道:"你为什么这么积极地想要找到我呢?"

舒婉斐腼腆地笑了笑,迟疑片刻,才期期艾艾地说:"呵呵,我其实啊,就是,就是想通过您找另一个人呢!"

胡三娃心有戚戚:"找谁啊?"

"也是一位很好的大哥,他叫黄二愣!不知道你是不是认识!"

舒婉斐还不知道黄二愣已死?

"你和他失去联系了吗?"

舒婉斐点点头,嘟着小嘴,满腹委屈:"他已经好久好久没联系我了,我打他电话也关机,一直关机,前一阵子我又特别忙,所以就没理会,现在听说你一直在找我,在家里找不着,又到学校找,就跟当初黄大哥找我一样,我就想,你是不是跟他有什么关系,找我的事跟他有关!所以我就主动打探你,找到这儿来了!"

胡三娃若有所思地点点头,满腹疑惑道:"那你找他有什么事吗?"

舒婉斐扑闪着一双玲珑美目,歪着小脑袋瞧瞧胡三娃,可能觉得他这话问得毫无由头,便腼腆地笑了笑:"也没啥事,就是好久没见到他了,想见见了!"

罪与赎
——万象惊魂记

胡三娃顺势问道："我印象中，他当初找你只是为了调查一件案子吧？还有其他什么事情吗？"

舒婉斐天真的笑道："一开始他是为查案子来的，后来慢慢地就熟悉了，他就成了我的大哥了！嘻嘻！"

胡三娃趁机道："那么关于他查的那件案子？你跟他说了些什么呢？你了解什么情况么？"

舒婉斐茫然摇头："我不太了解那些事，就是有个粮油公司的老总死掉了，恰好之前我妈妈就是被那个粮油公司的油毒死的，他们就怀疑是不是我们报仇，把那个老总害死了，所以就来调查，我妈妈死的时候，我还小，一点都没参与过那些事，什么都不知道，也没法告诉黄大哥什么！"

略略一顿，她又补充道："不过，其实黄大哥找我的目的还是想找我姐，他不知道哪里能找到我姐，就先找上我来了！"

"那你告诉他你姐姐怎么找了么？"

"没有，其实我都不知道我姐姐在哪里工作，做什么工作？我都很少见到她！"

胡三娃略觉失望："这么说，他后来跟你姐的交流情况你都不知道了？"

舒婉斐干脆利落地"嗯！"了一声。

胡三娃陷入沉思。

舒婉斐追问道："对了，您还没告诉我您找我什么事呢？"

胡三娃微苦一笑："跟你黄大哥是一样的？"

舒婉斐歪着脑袋想想："那是黄大哥派你来的吗？他去哪里了？"

胡三娃心里沉沉一叹，真不知道该如何说出口。

最后他实在纠结，竟冒出一句："小姑娘，你能不能忘了这个黄大哥呢？"

舒婉斐秀眉紧蹙，十分不解："他是我大哥，我为什么要忘了他啊？我也忘不了啊！"

胡三娃苦笑了笑："这么说？你对他很有感情喽！他对你很好吗？"

舒婉斐忙不迭点头："嗯，特别好，真的就像我的亲大哥一样关照着我，我和我姐打小就没了父亲，是我妈妈将我们拉扯大的，后来我妈妈又没了，就我们姐俩

十五

孤苦伶仃的,黄大哥就像我们的父亲和大哥一样关照着我们,我很感动,也很感谢他!我怎么能忘得了他呢!"

胡三娃心中酸楚不胜,沉沉叹了口气:"婉斐,今后就由胡大哥代替黄大哥来关照你,保护你,好么?"

舒婉斐大感愕然,她黑亮的眼睫毛扑闪了一下,美目中透出狐疑的光:"哦,我知道胡大哥你也是很好的人,但黄大哥呢,为什么要由你替呀?我得知道原因啊!"

胡三娃知道这事无论如何敷衍不过去,而且她也是个成年人了,有权利也有必要接受人生中这些风风雨雨的打击,就希望她能坚强应对,茁壮成长吧!

他以坚毅的眼神望着她:"婉斐,你要坚强起来,这世间没有过不去的坎,你的黄大哥,已经死啦!"

"啊!"舒婉斐小身子在椅子上剧烈地晃荡了一下,几欲跌倒。

她惊骇莫名地望着胡三娃,不断地摇着头,喃喃道:"你胡说?你骗人?你诅咒黄大哥,你,你,你!"

她又是紧张又是恐惧又是慌乱,已经说不出话来了。

胡三娃定定地凝望着她,静静道:"婉斐,你的黄大哥真的死了,你得振作起来,这世界就是这么残酷,咱们都得面对现实,善待自己!"

舒婉斐晶亮的眼角早已泪光闪烁,她摇晃着站起来,这一下子,再也没控制住,瞬间泪如泉涌,嗓子眼里也呜咽呜咽发出声来。

她眼泪汪汪地望着胡三娃,泣不成声道:"那,那,他,他是怎么,怎么死的,呜呜呜……"

胡三娃心道罢了罢了,也没什么可隐瞒的,就将黄二愣之死简明扼要地告诉了她。

舒婉斐仍然沉浸在悲伤中,但哭声渐弱了,眼角挂满了惊疑、困惑和不解,显然,黄二愣的死法更是她不能理解和接受的。

她哽咽道:"这,这么说,黄大哥是被人,害,害死的吗?"

"是的,所以我这不正在全力调查,一定要抓到凶手,给你黄大哥报仇雪恨!"

罪与赎
——万象惊魂记

舒婉斐感激地看着他，一边啜泣一边连连点头："那，那我能帮你做些什么吗？"

"我正在逐一调查走访，寻找线索，可能还是需要找你姐姐聊聊，所以咱们留个电话，等我康复了，你知道你姐姐哪天方便了，就打电话告诉我！"

舒婉斐忙不迭点头，互相留了电话。

接下来，有一阵子两人沉默无言，舒婉斐低头想着心事，想着想着，悲从中来，又控制不住地啼哭了好一阵子。

她突然抬头问道："胡大哥，你知道黄大哥的尸骨在哪里吗？"

胡三娃只好又将黄二愣老家青山埋忠骨的情况告诉了她。

她一下子感觉黄二愣离她更加遥远了，抑制不住又是一阵淅淅沥沥的痛哭。

正好齐曼华做好饭菜拎着进来了，见此情形，茫然失措。

胡三娃跟她简单讲了讲，她也就帮着做小姑娘的安抚工作，把饭菜在桌子上铺开，劝哄她说："来，小姑娘，咱们化悲痛为饭量，多吃点饭，接下来好继续战斗！"

小姑娘哑然笑笑，对饭菜自是毫无兴趣，悲伤之中顾不得形象了，抬起袖子胡乱抹一抹脸盘，就跟两人告别了，一边抬起袖子继续抹眼泪，一边涕泣着走掉了，齐曼华赶紧跟在她后边一直送她出了医院，看到她打上出租车，才放心回来。

被这种突然的情绪感染，胡三娃和齐曼华相对无言好一阵子，他才感慨万千道："你说怪也不怪，黄总当初找你们，都是带着怀疑的态度来调查你们的，按理说不被愤怒地赶出家门就已经不错了，他倒好，不但没有享受这种冷遇，反而你们一个个地都把他当亲人，这么深得人心，这到底怎么回事呀？"

齐曼华想了想道："依我看，他也没什么高招，就是他不光有正义感，还有慈悲心肠，他竭尽全力热心帮助我们，他的付出是不遗余力的，我们不是木头人，所以被打动了，被感化了！想想其实就这么简单！"

胡三娃沉吟着点点头，觉得有几分道理，可又觉得哪里不对，但又抓不住什么头绪，弄得他很迷茫。

齐曼华继而又笑道："其实，三娃兄弟，你完全有二愣兄弟的遗风哦，你不也陆续深得人心了嘛，你做了薛素萍的干儿子，又做了我的大兄弟，现在看样子也得到了舒婉斐小姑娘的信任了，做她父亲般的兄长或者兄长般的父亲也指日可待了

十五

嘛！呵呵！"

胡三娃摇头苦笑道："从这些日子的感受来看，我感觉我比黄总差远了，我一心想着的是如何查案，如何让真相大白，虽然也于心不忍地做了一些帮扶的事情，但都是捎带手做的，没有专心去做，但我感觉黄总就像你说的，是特别用心特别专注地去做这些事，我跟他一比，格调立马矮了半截！"

齐曼华凝眉想了想："你跟他的情况毕竟不一样，他当初查案时只有那俞伟民一桩案子，而你查案可是有俞伟民和他两桩奇案在身，所以你们的心态不一样，这也是可以理解的。"

齐曼华这么一解释，胡三娃倒是有点赞同，他身上的压力感大得多，所以他就比黄二愣更专心扑在查案上也是可以理解的。

这么说来，并不是他没有黄二愣那么高尚，一念及此，他心里竟有点沾沾自喜了。既然如此，那他就加快查案速度和力度吧。

刚才舒婉斐的到来给了他一个灵感，他行动不便不能登门，难道就不能请调查对象到医院来吗？

当然，说起来容易做起来很有难度，这就需要得到贵人相助了，眼下这个贵人就是齐曼华。

"嫂子，想麻烦你个事，不知道能不能帮我？"

"没问题，只要能帮得上，我会不遗余力！"

"你们五户受害者家庭你应该都认识吧，我想请嫂子帮我约一下我接下来还要调查的几户人家，烦请他们到医院来接受我的调查！不知道能否做到！"

齐曼华奇怪地瞪眼望着胡三娃："天，你也这么想啦！"

胡三娃惊讶道："这样想有什么古怪吗？"

齐曼华不可思议地笑笑："当年，二愣兄弟住院期间，也提出了这样的想法，我现在越来越怀疑你们是不是同一个人的两种形式了，呵呵！"

胡三娃也是心中大感异样，不过仔细想想，其实也没什么奇特的，两人都有着想要尽快查案的急切心情，闲着也是闲着，但凡开动脑筋，就都能想到这一招。

一念及此，也就释然了，就对齐曼华简单解释了一下，齐曼华仍是一脸神奇感，

罪与赎
——万象惊魂记

不过神色稍缓下来,她想了想道:"你现在还有哪些家庭没调查来着?"

胡三娃就将剩下没调查的家庭成员告诉了她。

齐曼华沉吟片刻:"那对丧失幼女的夫妻谢云在和宋菲婷,对俞氏公司相关的一切恨之入骨,他们可能是唯一一对二愣兄弟没有过好脸色的受害家庭,所以想让他们上门接受调查是不可能的,舒婉雯我也联系不上,我唯一能帮你约过来的就是周向明,他其实好约得很,因为他爱人就在我们医院住院,她是受害人之一,没完全死,变成了植物人,比死了还更令人难受!"

胡三娃听得揪心,点点头:"好吧,那就先跟他聊聊吧!"

齐曼华立刻给周向明打电话,周向明正好第二天要过来探视患者,就跟他约好了。

第二天周向明如约而至,他走进病室时,俞萍音也在,两人见面,还热情地打了个招呼。

胡三娃没料到俞萍音认识他,不过想想也能理解,毕竟是俞氏公司害死了他的爱人,难免在当年的后事处理中就有过什么接触。

周向明长得眉清目秀,气宇轩昂,身材也高,一见面就颇能获得人的好感。

交谈一会儿才知道,原来他也是艺术院校的高材生,不过是另一所音乐学院学萨克斯的。他出身于南方某偏远山区的农村,自幼家境贫寒,靠着自己的努力考入万象这样的大都市,但大学毕业后他没能进入任何一家像模像样的艺术单位,又不愿意回老家务农,就成了北漂一族,靠去一些艺术培训学校当培训教师谋生。

胡三娃和周向明同样的出身和家庭背景以及社会经历令他们俩十分投缘,令胡三娃感到震惊的是,周向明的爱人竟然是早已如雷贯耳的蔡氏粮油食品公司董事长蔡进中的二女儿,蔡家二小姐跟他是同一个院系的师兄妹关系,钢琴专业,因为仰慕他的才华而爱上了他,不过不要以为他因此就飞黄腾达了,他反而因此更加落魄潦倒、穷困至今,因为高贵万方的蔡家根本不可能接受他这样的寒门子弟,在使出各种手段没有拆散这对鸳鸯后,就干脆跟蔡家二小姐断绝了关系。蔡家二小姐义无反顾地追随着他并嫁给了他,没想到最终却落到了这样一个下场。

周向明在回忆这段过往经历的时候,几度哽咽,胡三娃一边听着这样的传奇故

十五

事,一边在快速思索着这个故事中的这些信息与他要调查的案件是否有些什么关联,一边还不忘记潸然泪下。他是发自肺腑地感到心酸,感到难受。

一旁的俞萍音貌似也是第一次听这段故事,眼里也是泪花闪闪,可能她也触类旁通地想起了她和黄二愣的爱情,虽然不是来自她父亲方面的阻碍,但最终不也是一样以惨烈的悲剧收场么?

难道寒门和豪门的婚姻,就真的不可能在这个世间存在吗?

当然,黄二愣的死至今还是个谜,也许下这样的结论还为时过早!

但两段寒门和豪门的结合,最终都惨淡结尾,却终究是不争的事实!

当然,周向明最终还是未能免俗地将他的不幸归结于俞氏公司的有毒地沟油,如果不是这夺命地沟油夺走了他心爱的女人,他坚信他们两个完全可以凭自己的才能创造一番事业创出美好幸福的生活,而他妻子的突遭不幸,使他一蹶不振、万念俱灰,现在就形同行尸走肉,根本没有任何心力和精神再去开创什么事业了。

胡三娃对他好一番劝解和抚慰,才使他的心情又逐渐平复下来。

和周向明的交谈是胡三娃至今为止的走访调查当中算是最深入最广泛的了,两人结束谈话时,已是夜幕垂垂。旁边的俞萍音也一直认真听着,一时间竟差点忘记了回家和黄二愣幽会的事情。

然后,周向明告辞,俞萍音也要回去了,他们两人就结伴离去了。

胡三娃感受着他们远去的脚步,心里仍在为周向明的遭遇唏嘘感慨,为他和蔡家二小姐的爱情而荡气回肠,为他们的不幸下场酸楚难耐,为他的讲述中提供的信息而翻江倒海。直至齐曼华来到病室,他还在干坐着发愣发呆。

又过了几天,病房里突然变得喜庆起来,医生护士们在繁忙的工作之余竟然开始装扮起病房来。

俞萍音在下午也比平时离去得稍微早些,而齐曼华更是早早就给他送来了一大桶热气腾腾、香气扑鼻的饺子。不过她对胡三娃不停道歉说,因为是大年三十,她晚上不得不在家里陪着孩子过,所以这个大年夜她不能陪着胡三娃过了。胡三娃大度地摆摆手,满面笑容地在祝福声中送走了齐曼华。

原来,大年除夕夜就这样不期而至了!

罪与赎
——万象惊魂记

他以为他就得和病房值班的医生护士们一起过除夕了,没想到,在窗户外边响起鞭炮时,俞萍音竟又重新回到了病室,这驱散了他独自过春节的落寞,差点喜极而泣,不过,他还是不动声色地强行忍住了!

她也拎来了一个沉甸甸的塑料袋,里头瓜果点心、年糕饺子什么的装了一大堆,她对呆望着她的胡三娃嫣然一笑,一边将美食一一往桌上摆放,一边说着:"我自己也不会捣腾,就让公司食堂给咱准备了一顿年夜饭,不过只弄了些方便打包带走的,所以就有点不成样子,咱就凑合着吃吧,也算是过年了!"

胡三娃仍然有点不敢相信眼前这份天赐的福分,梦呓般说道:"董,董事长,今天可是除夕夜呢,你,你就打算在这病房过吗?"

俞萍音微微叹口气,淡淡一笑:"我不在这过,又能在哪过呢?"

胡三娃听她语气中如烟似雾,有点惴惴:"一般大年夜,都是要跟亲人团聚的呀!"

俞萍音凄楚地笑笑:"我的亲人在哪里呢?"

"你这阵子不是天天一入夜就往公司赶,不就是想着每晚都要和黄总团聚么?"

俞萍音沉默了一会儿,摇摇头说:"这阵子在他房里,其实也在不断反思着,我当然知道人死不能复生,也不存在灵魂异界之类的东西,我只是不甘心,不甘心从此就与二愣哥天人永隔,我只是希望借由一种曾经跟他息息相关的环境来维系我们之间的关联,自欺欺人地告诉自己我和二愣哥并没有断绝联系,我还依恋在他的怀抱中,他还飘荡在我的气息里,甚至,我还指望在熟悉的环境里,我们还能在梦里相见!我所不舍的无非是一种情怀,追忆的无非是一种眷念,渴求的无非是一种梦境,但这些东西都是虚无的,无论多么美好,都抵不过人世间实在的情感,使自己沉沦在里头,虚幻的快乐之后是更加彻骨的痛苦,更加撕心裂肺的悲伤,除了伤心伤神,便再无其他任何意义了,如果真有灵魂,我想那也是二愣哥在天际所不愿意看到的,也罢也罢,就这样吧,面对现实,该报仇报仇,该雪恨雪恨,该活着活着,该死去死去,只做有实在意义的事,一切的虚无,就让它化为乌有吧!"

胡三娃仔细地玩味着她的话,心头五味杂陈,具体不知道是何滋味,但里头晃晃悠悠地摇曳着几许欣慰感,却是地地道道的。

略略一顿,俞萍音又庄严道:"所以,趁着今天这旧年即将翻过去的日子,我

十五

去二愣哥房里跟他做了告别，也再次表了态发了誓，新年马上到来，该放下的就都不再带到新年来了，但不该放下的，既然新年来了，就绝不能再是那番旧模样，而是应该大刀阔斧，跟着新年一起高歌猛进了！"

"董事长放心吧，一切都在按照既定轨道进行着，新年来了，新一轮的火车提速当然就要提上日程了！"

俞萍音望着胡三娃摇摇头："胡大哥，你已经为我们付出太多太多了，你别误会，我刚才不是在催你，我是想告诉你一个决定，新年来了，咱们俩也换个新岗位吧，公司经营的事情你来操持，查案的事情就交给我吧！"

胡三娃忙不迭摇头摆手，恨不得再加上跺脚一起表态："绝对不行，这种查案的事不是你一个女人能够应付得了的！你放心吧，我腿脚一好，立刻就投入查案，而且快马加鞭，把耽误的时间再抢回来！"

"胡大哥，伤筋动骨一百天，我正是考虑到你腿脚康复起来起码也得三个多月了，你这段时间反正哪儿也去不了，不如干脆就在办公室里一边养伤一边处理公司的各类事务，有你处理公司事务了，我就可以抽出身来代替你去查案，这样互通有无，资源都不闲置，不是很好么？"

胡三娃想想也有道理，但再一想起自己受的这场殴打，立马否定了这一歪念，坚决摇头："不行不行，还是不行，查案这件事情险恶重重，你一个女人家肯定应付不来！"

俞萍音不以为然地耸耸肩，也不再跟他争辩了，张罗着开始吃年夜饭。

胡三娃赶忙将齐曼华带过来的饺子也摆上餐桌。

俞萍音用筷子指着那圆滚滚香喷喷的肥硕饺子打趣道："呦，我还担心你一个人孤零零地在病房没人关照很可怜呢，哪想到早有饺子伺候着呢，我真是杞人忧天了，看来有的是疼你的人！"

"还不都是一个个看我可怜，谢谢你们这些热心人啰！"

"这我得说句公道话了，齐曼华可不是可怜你，我看得出来，她对你是有意思的！"

"什么呀！董事长你可别乱点鸳鸯谱！"

"这不是开你玩笑哦！你不是上次问我为什么对齐曼华有成见么？干脆趁着这

罪与赎
——万象惊魂记

个话题就跟你说了吧!"

"好,洗耳恭听!"

俞萍音脸上神情变得有点恍惚,她叹了口气道:"你知道我这些天为什么没在她来接替我时就先行离去,你刚才说我是着急回去跟二愣哥团聚,当然不排除有这样的意识,主要原因还是我不愿意见到齐曼华,要不是因为确实找不到人了,当时我都不会答应让她跟我一起轮流照料你!"

胡三娃紧张地望着她,静候下文。

"其实想想,我也算有点神经过敏了,她来照料你和我当年吃她的醋这两件事根本挨不着,我只是把它们胡乱扯在一起了!"

"你还吃过她的醋?"

"是的,当年二愣哥在跟我相处的过程中其实也算是有过移情别恋的时候,这个对象就是齐曼华,我当时很生气,就认为是齐曼华勾引了二愣哥,还为此跟她大吵一架,就差大打出手了,因为我坚信二愣哥对我的情感,他绝对不会出轨背叛我的,后来我逐渐弄清楚了,二愣哥是因为自己的出身总觉得配不上我,虽然爱上了我却有一种深深的自卑感,总怕我有一天会离他而去,正好齐曼华又对他表示了那层意思,他觉得齐曼华可能更适合他,所以就有点游移不定,但他们实际上并没有交往,还只是一种朦胧的状态,幸好我及时发现了,最终打消了二愣哥的顾虑,彻底断了齐曼华的念想,选择跟我走在了一起,但这件事还是在我心里留下了阴影。所以上次一看到她跟你献殷勤,我就本能地怒火中烧,后来仔细想想,觉得自己十分可笑,你又不是二愣哥,你孤苦伶仃的,要是有人喜欢你,愿意和你在一起,我应该为你感到高兴,而且应该对她心存感激才对,却怎么反而对她那么冷,真是不应该,所以其实后来我挺后悔的,挺想跟她表表歉意,不过因为有当年她和二愣哥那段情事横在我心头,我还是难以做到心平气和,还是尽量躲着她,不过,有她这么疼爱你关照你,我还真是挺感激她的,你不妨在适当的时候代我向她转达谢意!"

胡三娃感到自己好像陷入了不该涉足的感情纠葛,事情正在失去控制,他苦苦冥思,一时间毫无灵感,也只好无奈甩甩脑袋,姑且存而不论吧!

俞萍音看他在沉思也就没打扰他,也神情恍惚地痴痴望着窗户外边,仰望着夜

十五

空,想着属于她的心事。

病室门突然开了,走进来两个人,才将他们的神思拉回来。

看清来者,胡三娃真是喜出望外,原来是王怀林和薛素萍夫妇俩。

王怀林边走边笑说:"呦,这都快吃上了,抱歉,因为饭店年夜饭生意火爆,总算张罗好了才赶过来,给你们带来了饺子,可是你干妈亲自动手包的哦,呦,这么多饺子了啊,呵呵,太热闹了!"

他走近了,一眼望到桌上已经摆了好几盒饺子,各色各样,先是一愣,继而朗声大笑,干脆将自己拎过来的饺子也摆上了桌。

一边摆一边还笑着说:"热闹,热闹,真热闹!今晚我们老两口就跟我干儿子,干儿媳——噢,是二愣那边的干儿媳,这么说倒也没错吧——呵呵!跟干儿子,干儿媳一块吃顿团团圆圆的年夜饭,真是好久没有这么热闹了,开心啊!"

胡三娃真心欢喜,恨不得都有点心花怒放了,他此前还一直担心这个春节怎么过,虽然有俞萍音在,驱散了孤单和落寞,但不管怎样还是有点尴尬,没想到老天爷就这么圆满地解决了这个困扰他的难题。

俞萍音则似乎被王怀林的话触动了心底某根忧郁的神经,她勉强地笑着。

喜气不嫌多,似乎还嫌病室不够热闹似的,值班的医护人员竟然挨个给除夕夜留置的患者拜年来了,也送来了热气腾腾的饺子。

胡三娃一时间心里当真是甜如蜜甘如饴了,他长这么大,还从来没有过过如此热闹喜庆的除夕,即便以前父母双全的时候都没有,更别提之后成为孤儿的时光了!

他感到幸福极了,温暖、美满、快乐将他团团围住了。

而更让他感到甜蜜和美的是,薛素萍一如既往地表达着对他的无比依恋,他当着众人的面给老妇人喂饺子和美食,薛素萍的快乐和满足感染了他,也感染了周边的所有人,每一个人都泪眼朦胧,温情流露。

回首惨烈往事,对比幸福今宵,真是百般滋味缠绕心头。

就这样,新年的钟声在午夜响起,将时光送入了新一年。

十六〇

罪与赎
——万象惊魂记

新年过后，胡三娃在医院就有点呆不住了，大年初三，他就提出了出院。

俞萍音找种种理由劝哄住了他。

胡三娃就又熬了一段时间，其实也不算是煎熬，新年之后，俞萍音没再像以往那样一入夜就往公司赶，而是尽可能地多陪他直至齐曼华过来接班，在齐曼华上夜班的时候，她更是日夜守在病室。如果这都能算是煎熬，那什么事情不是煎熬呢？

可正因如此，他出院的心情更加迫切了，他只要在这里躺着，俞萍音和齐曼华就要照顾他，她们都有自己的事情要做，为了照顾他额外消耗了很多精力。他可不想把自己的幸福建立在别人的痛苦上。于是，元宵节一过，俞萍音和齐曼华再怎么连哄带劝，胡三娃也执意要出院。

俞萍音对他的安置方案是，将他接到自己的家里，再雇佣一个保姆好生照顾他。

遭到了胡三娃的断然拒绝，他要求直接回公司工作，如果将他放在俞萍音家的豪宅里，一方面他会极不自在，另一方面他会感觉与世隔绝，无论是公司经营还是案件调查两件事都干不了了。

俞萍音只好将他送回公司，秦方泰从值班岗亭里跑了出来，连声说："小胡受苦了，我这值着班一直走不开，要不早去医院瞧你去了！"

胡三娃长时间没看到他，倍感亲切，眼泪都快流出来了。

俞萍音说："秦叔，您在这陪陪胡大哥，我去里头找人来背他！"

"还找什么人啊！我来背他就是了！"

胡三娃忙说："不用背不用背，我自己能行！"

十六

说着，他就挣扎着要自车厢里自行站起，结果头咣当撞在车架上，屁股又重重地跌落回椅子上。

俞萍音忙扶住他的背，嗔怪道："这个时候逞什么能啊？给我老实听话吧！"

秦方泰也怜爱地埋怨道："小胡你可别瞎动，这刚做完手术没多久，别再出什么岔子！"

于是他就转过身来，弯腰蹲下身子，让胡三娃往他背上趴。

俞萍音感激地说："那就有劳秦叔了，您把他背到宿舍里去吧，我来替你站会岗！"

秦方泰点点头，胡三娃犹豫片刻，还是趴到了秦方泰的背上。

三个人往大门口走去，俞萍音走进岗亭，秦方泰背着胡三娃进入大门，径直要往后院走。

胡三娃连忙制止道："秦叔，我不去宿舍，将我背到办公室去吧！"

"你去办公室干嘛？"

"当然是上班呀！"

"你的伤还没好呢，怎么上班啊！"

"我上班用的是脑子，又不是用腿，这有什么相干？"

"你这小子，还真是有一股虎气，我当初真没看错你！"

秦方泰果然豪放，抖抖腰身就改弦易辙了，背着胡三娃向楼梯走去。

走进办公室，秦方泰要继续将他往里间的床上送，又被他制止了，最后他端坐在了黄二愣的办公椅上。屁股一挨着这办公椅，他便感到前所未有的踏实。如同他又稳坐中军帐，可以运筹帷幄了！

秦方泰怜爱地看了他一眼，叹口气道："小胡，让你受这么大的委屈，我真是抱歉！"

胡三娃摇摇头："秦叔，这跟您无关？"

秦方泰苦涩道："如果不是我当初怂恿你去查案，你就不会受这样的伤害啊！"

"这跟您也没关系啊，您也不知道会发生这事啊！"

"说我不知道会发生这事，也不尽然！"

罪与赎
——万象惊魂记

"此话怎讲？"

"因为既然你走的是一条小黄当年走过的路，我就应该能够预见到，小黄当年冒过的险，受过的伤害，你也同样可能会面临，只是我当初一时义愤就没想这么多，就有点意气用事了，结果害了你，现在想想还真有点后悔了！"

胡三娃忙竖起手掌："打住，秦叔，什么话都不用说了，你当初没有引导我，全是我自己的选择，现在受的伤害也跟这个案件没关系，以后我也绝不会因此放弃既定计划！"

秦方泰热烈地点点头："好小子，真不是孬种，跟小黄简直一个模子出来的，我很欣慰！"

胡三娃突然想起高副总来："秦叔，我受伤这段时间，公司经营情况怎么样？"

秦方泰摇摇头："公司经营情况我不太关注，我只管好自己这一亩三分地就是了！"

顿了顿，他又露出狐疑之色："小胡，你执意坐到这办公室来，该不是真的想操心公司的经营事务吧？"

胡三娃摇摇头又点点头道："既不是也是，不过经历这么些事后，我模模糊糊有种预感，也许这两件事说的就是同一件事！"

秦方泰莫名其妙，忙道："小胡，你是发现什么线索了吗？"

胡三娃缓缓摇头道："现在还没有，还只是一种感觉，但感觉不是凭空产生的，一定是某一股气味散发出来被心灵捕捉到了，却还没有被鼻子闻到而已！"

秦方泰更加迷茫地望着他。

胡三娃微微一笑道："好啦，秦叔，您去把董事长替换出来吧，让那样一个姑娘在岗亭站岗，风格太怪异了！"

秦方泰悠然一笑："好，我也不多问了，那就坐等你小胡把这股气味嗅到鼻子里的那一天吧！"

秦方泰离去后，胡三娃开始审视黄二愣的办公室。

办公室里干干净净，整整齐齐，甚至还飘荡着一股淡淡的香气。

黄二愣的办公室里，"黄二愣"的成分真的是越发稀薄了，这是胡三娃回到此

十六

办公室的第一感觉!

难道他真的已经灵魂安息,不愿意再纠缠人世了么?对那些伤害过他的人,他也看开放下了吗?

胡三娃不由得苦笑一下,甩甩脑袋,制止自己胡思乱想,振作一下精神,抬眼去看桌上的文件。

首先映入眼帘的是一本翻开的黑色硬皮笔记本,与公司通常的文档资料册子很不一样,引发了胡三娃的好奇。

他拾起笔记本,细细端详,夺目而至的却是用楷体工工整整地写着的一行行名字。

胡三娃颇感好奇,就前前后后地翻看起来,令他大为惊诧的是,这本笔记本除了记录这一行行一串串姓名之外,再没有任何说明,而这些名字行列多达好几页,粗略算来,应有一百好几十号人马。

难道是公司人员的花名册?可是即便是公司员工花名册,也总得有个开场白或者备注栏什么的吧,员工信息也不能光有个名字就行啊?

胡三娃倍觉蹊跷,就干脆埋头一个一个名字细细审视起来。

第一个名字是牛志远!

第二个名字是秦方泰!

这令胡三娃心里波澜泛起。

第三个名字是俞伟民!

第四个名字是俞萍音!

第五个名字是黄二愣!

这令胡三娃心中微波荡漾!

第六个名字是高宜和!

第七个名字是辛正刚!

第八个名字是李再芬!

胡三娃心中升起难以自持的怪诞感觉!

第九个名字是刘谋远!

罪与赎
——万象惊魂记

第十个名字是贾仁剑！

胡三娃知道医院急诊外科那位主治医师刘大夫就叫刘谋远，再加之来病房探望过他的贾仁剑的名字突然在这里冒出来，顿时令胡三娃心湖乍起、云雾弥漫！

第十一个名字是方明远！

第十二个名字是谷玉芬！

第十三个名字是宋红琳！

这令胡三娃心中似有所觉、头皮微微发麻！

接下来是一大串一大串的陌生名字，长达好几页。

一路浏览下来，胡三娃完全一头雾水。

正在胡三娃看得眼皮艰涩、了无生趣的时候，又冒出一个熟悉的名字来激活了他的眼球。

也不知道是第多少个名字了，名字的主人叫"于新安"！

从于新安开始，接连好几个名字都是一副老朋友般亲切的熟面孔，胡三娃又精神大振。

邹恒明！

薛素萍！

王怀林！

齐曼华！

刘金鑫！

吴良！

张合军！

舒婉斐！

周向明！

看到此处，胡三娃不由得抬目四顾，心中愈加迷茫！

无疑，这肯定不是俞氏公司的花名册，这倒像是条什么似是而非的线索。

一念及此，他心中一动，眨眨眼睛，继续往下看去！

谢云在！

十六

宋菲婷！

小菲儿！

伍广济！

舒婉雯！

这几个名字入眼，胡三娃心中顿然一动，有一种豁然贯通的感觉。

这五个人名里，正好包含了他接下来打算要调查的三个受害者的名字，再结合刚才的名字顺序一联想，心中更是通明一片，很显然，这应该就是他已经完成的调查对象和正要调查的对象的名录，而且似乎是按序记录的。

想明白了这一点，他转而又更加糊涂了！

谁把他调查对象的名字顺序记录下来干嘛呢？

想想这屋里只有宋红琳和俞萍音能够进来，而俞萍音日夜守候在这里，再回想起之前某日胡三娃进来时看到她手里捧着一本册子在认真研读，便可断言，这一定是俞萍音所为！

她记下这些名字顺序有何意义呢？

不过，也不完全是他想的那样，像名录里头的俞伟民他就从来没有接触过，知道他都是来自各种传说，而且他认识黄二愣在俞萍音之前，名录里头黄二愣的名字却在俞萍音之后。

再者，他接下来打算调查的是舒婉雯，也不是谢云在和宋菲婷夫妻俩，更不是那什么"小菲儿"和"伍广济"，她怎么就预判他接下来要调查的是他们呢？

胡三娃越想越糊涂！无奈，只有等再次碰到她时问个清楚明白了！

反正看下去也是糊涂，胡三娃便对接下来的名字失去兴趣了，抬手从旁边资料堆里翻出公司的其他文档来阅读，坐等俞萍音。

他相信俞萍音知道他来办公室了，肯定也会上来的！

他有点心不在焉，信手翻阅着文件夹中的文档，目光随意浏览到一个标题时，心中蓦然一跳，视线立刻粘滞在了那里。

"关于重启食品加工生产的决定"

他快速阅读了一遍：

罪与赎
——万象惊魂记

"各部门、各处室：

鉴于目前国内粮油产品市场总量已趋于饱和且生产厂家众多竞争益发激烈，而随着民众对生活品质提升的日益关注，食品加工生产的市场总量呈井喷式增长，为顺应这一市场形势，经公司第78次董事会全体会议全票通过，决定调整公司原有单一的产品结构，重开加工包装类食品的生产，以完善公司的产品结构、丰富公司的产品内涵，助力公司在新的市场格局中占据重要地位，望全司各部门知悉此事并做好准备，对于部分员工的岗位将进行调整，请通力配合，特此通知！"

右下角落款鲜明并盖着大红的公司大印，日期正是他胡三娃受伤后没多久。

胡三娃看得头皮都炸起来了，心中愤慨油然而生！

他刚刚将公司从粮油销售漩涡中挽救回来，根茎还没扎稳呢，高宜和又将公司置于风雨飘摇当中！

他想要拍案而起，却只是徒劳地弄得自己伤腿一阵钻心疼痛。

他嘴中咝咝痛呼着，更加热切地盼望俞萍音赶紧上来。

没有让他失望，几乎是应声而至，俞萍音推门走了进来。

她先声夺人地嗔怪道："胡大哥，你怎么这么任性啊，就不能先休养几天再说么？"

胡三娃不理她的茬，目光直视着她，神色肃然。

俞萍音望了望他手中的册子，似有所觉，抿嘴道："胡大哥，怎么啦？"

胡三娃愤慨压制了好奇，暂时忘了那名录，扬一扬手中的文件页，肃然道："董事长，食品加工生产就这么说干就干？"

俞萍音叹道："高叔叔执意主张，又取得了全体董事的同意，还能怎么着？"

胡三娃不满道："你就不能据理力争吗？"

俞萍音惆怅地望望房中四处空气，苦笑道："据理力争？我的理在哪呢？还坚持说我二愣哥的灵魂不允许这么干吗？呵！"

胡三娃本想将上次自己驳斥高副总那番话再跟俞萍音普及一下，细一想，觉得完全没有必要了，俞萍音满心满眼全是黄二愣，当时肯定没将他这番道理听进去丝毫，她一个女流之辈，又哪是高副总那根老油条的对手！

十六

他蹙眉道:"你是董事长,你不同意,高副总也奈何不了你啊?"

俞萍音缓缓摇头:"我不能强行不同意,得有不同意的充分理由!再说,我觉得高叔叔说得也不是没道理,咱们的粮油销售虽然从上次的事件中缓过来了,但确实是销量下滑了,及时调整产品方向未必不是一条改善的思路!"

胡三娃想起刘金鑫的提醒,心中起了警觉,纳闷道:"销量怎么会下滑呢?下滑得多么?"

"虽然不是骤然下滑,但下滑的势头有增无减,其中缘由,我也闹不清楚!所以高叔叔提出调整产品结构的思路,也就得到了大家的认同!或许这真的是一条好思路也说不定!至于……"她顿了顿,又苦笑着说,"至于我上次拿二愣哥的灵魂说事,在这屋里这么久,我也慢慢想开了,得振作起来了!"

胡三娃点点头,叹道:"也确实难为你了!怪就怪那高副总老是兴风作浪!"

"是啊,这次向他妥协也跟你受伤有点关系,要不向他做出点让步的话,他会揪着你受伤的事借题发挥、闹个没完的!"

胡三娃心中义愤自不待提,但事已至此,无可挽回,也只能听之任之了!

他将那本硬皮笔记本拎起来:"董事长,我还有一事不明,请予以解答!"

"什么事呢?"

"你将我调查对象的名字按调查的时间顺序记录下来,有什么意义吗?"

俞萍音略一愣,诧异道:"不是啊,这些不是你调查对象的名字,而是二愣哥认识的人的名字记录!"

"啊!不会吧?"

俞萍音黛眉轻眨道:"怎么啦?有什么不对吗?"

胡三娃略一思忖:"董事长,你先说说这本名字记录是怎么回事吧?"

俞萍音点点头:"是这样的,以前跟二愣哥在一起的时候,就知道他自从来到俞氏公司工作后,就建立了一个习惯,就是他会把每一个新认识的人的名字记下来,之前只是知道这回事,并没见过他的记录本,这阵子不一直在他屋里呆着么,就在他的床铺褥子下边发现了这本笔记本,打开一看全是人名,我就联想起了这回事,为了证实,这些天我没干别的,就一直根据笔记本上的名字记录顺序仔细回想二愣

罪与赎
——万象惊魂记

哥当初认识的那些人，发现还真的就吻合起来了，所以基本可以证明，这本笔记本就是二愣哥当年用来记录人名的那一本！"

胡三娃惊得目瞪口呆："这，这也太巧了吧，不，不太可能吧！"

"哪里不对吗？"

胡三娃定了定神："董事长，你知道吗？黄总所认识的人的顺序和我所调查对象的调查顺序基本一模一样！至少到目前为止是这样的！"

俞萍音凤眼圆睁："真的吗？"

胡三娃茫然点头："一点不假，我不知道这里头玄妙之处在哪里！"

"但是…""不过…"

两人几乎不约而同做出补充，又被彼此的话同时打断，两人心意相通、相顾惘然！

俞萍音面带异色，抢先说："胡大哥，你是想说，既然是二愣哥所认识之人的名字记录，为什么他自己的名字还会出现在名录里，是吧？"

"是的，整个名单顺序里，就黄总的名字，还有中间有近百号名字显得古怪，其他的名字顺序就跟我认识或者调查顺序基本一致了！"

"我查证过了，中间那百十号人名就是公司全体员工的姓名记录，二愣哥工作认真细致，跟每个员工都建立了良好的关系，这一点都不奇怪，最古怪的就是他自己的名字怎么会出现在他所认识的人的名录当中，而且还不是排在第一位！这个我也真是莫名其妙！想了好一阵子了，实在想不通是什么道理！"

胡三娃越想越觉得诡异，就苦笑着叹口气："这一点可能还不是最玄的，最玄妙的应该是我的调查顺序怎么跟他认识新人的顺序如此雷同呢？如果说因为他也在查同一桩案子，所以调查思路难免会有交集，但也不会如同用复印机复印下来的一样啊，就好像无形之中黄总在手把着手指引着我前行！"

他想起当初准备调查那五户受害者家庭时是打算根据由近及远的原则进行的，结果因为种种小插曲完全打乱了调查顺序，变得毫无规律可循，理论上讲，就不可能再跟黄二愣的调查顺序一致了，哪里料想得到，到头来还是没有逃脱如来佛的手掌心！

十六

那命运和命数呢？是否也要跟黄二愣一样？他由此及彼，稍加联想，心中更是惶惑万分！

他对俞萍音惨然笑笑，好奇心起，埋头去翻阅剩下来的那些名字，剩下来的名字还真的都是些陌生面孔，不过不知道咋回事，他心中竟产生一种荒谬感，就是每往下看一个名字，就如同往他的人生终点又靠近了一步，这种荒谬感又连带出一种恐惧感，令他几乎不忍卒读。

不过他还是鼓起勇气一直看下去，当看到最后一个名字时，他先是张口结舌、寒毛直竖，接下来后背冷汗直冒、脊梁骨上冷流乱窜。

那个名字是"胡三娃！"

他自己在心中设定一种寓意，纸面上的东西立刻就微笑着印证他的设想，他觉得自己在逐渐靠近人生的终点，那终点处果然就竖立着一座"胡三娃"的墓碑在静静等待着他！

如果把名单上最后一个名字和第一个名字连起来，那不正好说明他胡三娃正在开始黄二愣的下一轮轮回转世吗？

他心中魂荡神摇，很想把自己的感悟告诉一脸迷茫的俞萍音，不过想想还是强行抑制住了，毕竟只是自己的胡思乱想，可别再给别人添烦恼了！

俞萍音却执着地望着他："怎么样？看出什么名堂来了没有？"

"或许真没什么含义，只不过恰好一种巧合而已！"

俞萍音轻抿樱唇，黛眉微蹙，身形俏立，陷入沉思。

胡三娃强撑着颤颤巍巍站起来说："董事长，你过来坐吧！"

俞萍音纤手一摆，关心道："胡大哥，你别乱动，那现在是你的位置了，踏实坐着就是了！"

胡三娃听她话中有话，心中惘然，强笑道："董事长，我只是好久未来办公室了，过来瞧瞧，找找感觉，也能帮助自己调适好心态尽快脱离病态，你这阵子一直在这里呆着，一切还按照你的意愿，可别因为我而受到什么影响！"

俞萍音断然摇头道："胡大哥，你不用多虑，我跟你早就讲好了，从现在开始直至你身体康复，咱们职责互换，我去调查走访，你在这里运筹帷幄负责公司经营！"

罪与赎
——万象惊魂记

　　胡三娃本能地张嘴想要劝阻,俞萍音以一副不容分说的语气道:"胡大哥不用多说了,我本来之前看到二愣哥的记录本后就已经决定要亲自感受一下二愣哥的经历,加之现在出现了你的经历和他的经历如出一辙的怪状,我更是坚定了自己的想法,或许从我的角度会有跟你不一样的发现!"

　　胡三娃茫然望着她,实在也找不到什么可以制止她的有力说辞。

　　俞萍音执着地点点头,继续加码:"再说,现在公司经营策略在高副总的搅动下有了较大的变动,我感觉凭自己的智慧有点把控不住了,胡大哥你脑子灵光,还真需要你给公司的运营掌掌舵呢,你就正好利用下这段身子失去自由的大好时光吧!"

　　话已至此,胡三娃还有什么好说的,只好无奈地望着她,郑重地点头。

　　俞萍音满意地笑笑:"胡大哥,还有个事想跟你商量一下!"

　　胡三娃好奇地望着她。

　　俞萍音眼中浮现关切之意,柔声道:"你现在行动不便,急需照顾,在医院的时候有医生护士可以帮你,现在回来了,尤其还要上班,更需专人照料了,所以我想再招聘一个人进公司!"

　　胡三娃忙不迭摇头:"不用不用,我肯定能自理,不能再给公司增加无谓的开支了!这绝对不行!"

　　"胡大哥你听我把话说完,我其实是想再招一名保安,我有这想法好久了,自从你升任总经理后,秦叔叔就一直一个人值班,只是偶尔有事或者实在顶不住的时候才从后勤找个同事替个班,这终究不是长久之计,所以必须再招个保安,前一阵子把这事给撂下了,现在有你受伤这事作为契机,必须落实了,招来后这阵子主要职责是照料你,待你康复后,就可以去替秦叔叔减负了!"

　　"要是这个想法倒是值得支持,秦叔确实太辛苦了!招进来就立刻去替他值班吧,我这边有他无他确实无关紧要!"

　　俞萍音欣然笑笑,戏说道:"那就请胡大哥重操正业后第一件事就是物色一名靠谱的保安吧!"

　　胡三娃点头。

十六

"好,既然咱们的意见已经取得一致,就各自着手行动吧,胡总再见!"

胡三娃还想问她接下来打算怎么行动呢,也只能望着她的背影无奈苦笑。

胡三娃吃力地坐回到椅子上,额头疼出一脑门冷汗,这才真正意识到俞萍音原来是一个多么体贴入微的妙人!

他确实太需要一个人来帮助他了,帮助他快速康复,帮助他尽快将甘愿以身涉险的俞萍音换回来,让所有的重担和危险都回到他自己肩头上来,大美人俞萍音理应是一个与危险和斗争完全绝缘的存在!

他略一思忖,就想到了一个合适的人选:张合军。至少他可以帮着推荐一个靠得住的兄弟。

想到做到,他立刻就给张合军打电话。

当张合军听明白意思后,愣了好一会儿,语声微颤:"胡兄,您说的可是真的?"

"当然!"

张合军兴奋开始高涨:"啊!哈!这么说,我可以跟黄大哥成为同事了!"

胡三娃的心不由得一沉。

张合军赶紧找补:"当然,可以与胡兄您成为同事也是一样的幸运!"

自尊心上穿了个孔,修补得再好也得落下一个疤!

不过胡三娃哪里还有心思去跟他计较这些鸡毛蒜皮,他暗叹了口气:"不过我得告诉你,黄总已经不在我们公司工作了,你如果只冲着他才来,那只好作罢!"

张合军愣了愣,好奇道:"黄大哥不在你们公司了?他连总经理都不当了!"

胡三娃强作镇定道:"他自有他的打算和安排,这个你就不必要过问了,你只需回答愿不愿意来我们公司工作!"

张合军惘然道:"我还以为是黄大哥的意思呢!"

胡三娃皱眉道:"是我的意思你就不来了吗?"

张合军忙道:"哪里哪里!我只是好奇黄大哥好生生地怎么连总经理都不当了嘛!"

胡三娃有点恼火了:"你别扯东扯西的,就直截了当告诉我愿不愿意来!"

张合军嘻嘻一笑:"愿意愿意!我跟胡兄也是相见恨晚呢,能一块工作多高兴

罪与赎
——万象惊魂记

啊！只是你们新任总经理能同意吗？"

胡三娃气恼道："你咋这么啰嗦呢？他要不同意我能这么问你话？真够费劲的！"

张合军调皮地笑道："好啦好啦！胡兄大人大量，别跟我这没文化的人计较嘛！"

胡三娃斩钉截铁道："行啦！别废话啦！你要同意就这么定了，什么时候能来公司报到？"

"我得跟这边辞个职，再跟替我的兄弟交接一下，怎么着也得三两天的！"

"那好，就给你三天吧，三天后来公司报到，我一会儿把地址短信发给你！"

说着就要挂电话，张合军忙不迭声道："慢着慢着，这几天如果舒婉雯回家了，还需要给你打电话吗？"

胡三娃愣了愣道："暂时不用了！再说吧！"

张合军说"好！"

胡三娃要挂电话了，张合军又在电话那边连珠炮叫着："慢着慢着！"

胡三娃气急道："又怎么啦？"

张合军凝聚了一下语气，重重地说："谢谢您！胡兄！"

挂掉电话后，胡三娃默默地坐在椅子上，发了一会儿呆。

直至有人敲门，将他惊醒。

进来的人是宋红琳，她急匆匆地走进来，俏立屋中，一脸关切之情地望着胡三娃，仔细端详着他，如同在审视一尊古董，看看是否是原装正品。

胡三娃冲她友好地招手，微笑。

宋红琳眨眨眼睛，脸上神情开始变得轻松，调皮地笑笑："胡总，欣闻您贵体遭殃，今天大驾归来，赶紧过来瞧瞧！"

"这么说来，看到我现在贵体安泰，你一会儿岂不是要以泪洗面了！"

"胡总您真是一语中的，说到我心坎上了！"

"好啊，原来你是巴不得我早死早超生啊！"

宋红琳嘻嘻一笑，两人你一言我一语打趣了一会儿后，转入正题。

宋红琳神情一肃道："胡总，虽然你这大病初愈，我不该揭伤疤，但我还是不

十六

得不埋怨您一句，你这堂堂的一个不大不小的总经理，却去跟一个毛都没有长全的小孩子争风吃醋，这，这也太有点不走寻常路了！"

胡三娃苦笑不迭："你这话从何说起？我什么时候去跟人争风吃醋了！"

宋红琳疑惑道："难道你不是因为跟一个不学无术的小混混同泡一个妞而被人狠揍了一顿吗？"

胡三娃皱眉苦笑道："这样的话你也敢相信？你也太小瞧贵公司的形象代表了！"

"难道不是吗？"

"当然不是啊！"

"可这是高副总说的啊！"

"你是相信胡总还是高副总！"

"高副总那么德高望重的人啊！"

"他现在还能德高望重吗？"

"什么意思？"

"听说他一意孤行重新启动了食品加工生产！"

"是！哦，不是！不是一意孤行，公司董事会都通过了的！"

"试问俞伟民董事长之后，除了之前的黄总，还有现在的胡总，谁还能不听他的话？"

"但不管怎样，他也是在为公司努力耕耘啊！"

"你不觉得这一突兀的行为是他侵占和掠夺公司的第一步吗？"

"啊！没那么严重吧！"

"也许是我多想了，但不得不防！"

"其实高副总也只是为了更换一下公司的产品结构，因为单一的产品结构确实容易使公司陷入产品滞销的危机！前不久鑫鑫超市拒绝接货的事例就是一个血淋淋的教训！单一产品一旦受到市场冲击，公司连个缓冲的余地都没有！"

"如果高副总的本意仅止于此，那情况倒还不算太糟糕！"

"什么意思？"

罪与赎
——万象惊魂记

"没什么意思？只是想说明，公司的主打产品如果遭受到外界的冲击，在并没有造成什么致命伤的时候，当务之急是迅速找到伤害源，予以迅速还击，而不是稍微受到一点点轻微伤，就转而向自己还在襁褓中的弟弟求助，希望能够将他喂养大了替自己做主，那结局必然是还没有等弟弟长大，自己已经被毁灭了，嗷嗷待哺的幼小弟弟失去了哥哥的喂养，夭折也就成为必然了！"

"啊！这么严重啊！"

"其实要光是这样还不算太糟糕，因为如果哥哥只是愚蠢，稍加点拨或者努力做思想工作，终有幡然醒悟的时候，怕就怕哥哥不只是愚蠢，而是包藏祸心，意欲置家庭于死地而让自己后生！那就糟糕透顶了！"

宋红琳仔细咂摸着胡三娃的话，一脸的骇然："不会吧！不至于吧！"

"或许有点危言耸听，你就一只耳朵进一只耳朵出吧！"

宋红琳扑闪着大眼睛望着胡三娃，若有所思。

胡三娃略作斟酌后，提高声气："但不管哥哥是愚蠢还是恶毒，有一点不容置疑，就是不能让哥哥自毁城墙，放任外敌入侵，所以接下来咱们的工作是……"

胡三娃卖了个关子，顿住不说。

宋红琳竖起了耳朵，睁眼望着他。

胡三娃面目一肃："第一，弄清楚咱们的产品销量下滑的原因，有的放矢加以消除；第二，弄清楚咱们的产品销量下滑后，谁家的产品销量上升了，按图索骥，深挖祸根！"

宋红琳恍然大悟，一双秀目炯炯有神地凝望着胡三娃，释放着热切之光。

胡三娃被她望得有点不好意思，窘迫地笑笑。

宋红琳俏皮地眨眨眼："胡总，虽然这么说有点不恭敬，但我真还得感谢那一堆揍你的小子，要不是他们的暴行，你不会老老实实地呆在这办公室里，运筹帷幄、指挥若定，自由挥洒你的智慧和才干！"

胡三娃干笑一声掩饰道："你这是什么话？我是公司的总经理，我怎么会不老老实实呆在办公室经营公司事务呢！"

"胡总你别怪我说话直，你扪心自问一下，前一阵子是在兢兢业业当这个总经

十六

理么？"

"你该不会还在为我跟一个不良少年争风吃醋一事耿耿于怀吧！吃醋归吃醋，当总经理是当总经理，一码归一码！"

宋红琳笑道："胡总你就别瞎扯了，不过我倒真是想要问你，你如果去学校找那小美女不是为了泡妞，那你到底因何而去呢？我想这个肯定跟公司经营拽不到一块来吧？"

胡三娃窘迫至极，强自一笑道："不管是不是泡妞或者其他什么原因吧，虽然跟公司经营不直接相关，但总归还是有关系的，从这个角度讲，也是总经理的职责所在，你就不必耿耿于怀了哦！"

宋红琳神情一肃："也许我不该狗拿耗子多管闲事，做好我秘书的分内之事即可，但我还是由衷地想要告诉你，胡总，你应该将精力拉回来好好地放在公司经营上，你是个很有商业才干的人，假以时日，必成大业！"

胡三娃差点嗤笑出声："呵呵，我有商业才干？这话对外可别再说了，会让人笑掉大牙的！"

宋红琳正色道："我不是信口开河，上次销售危机你出面轻松化解的事例，你让方科长瞒着董事长，我可是知根知底的！"

"哈！就这点芝麻绿豆大的小事，你能得出这么宏伟的结论啊！"

"这可不是小事，另外，就算是小事，以小见大，也是可以看出你所具有的才干和智慧！再说，我也不仅仅是从这一桩案例来做出所有结论，自从开始跟你接触后，你的一言一行，你的观点和思维，观念和思想，都透着一股勃勃生机，不得不服！"

"哈哈！你太会恭维人了！"

宋红琳一脸郑重道："反正我是这么看待你的，也是这么建议你的，信不信，听不听，皆由你！"

胡三娃挺挺身子："我这不已经坐在这里了么？来吧，现在我们就来探讨一下，就是我们的产品销量为什么会下滑！你先讲讲你的认识！"

"我真没什么认识！"

"那我来问个问题吧，是黄总死后，咱们公司的产品销量逐渐下滑，对不对？"

罪与赎
——万象惊魂记

"是的!"

"销量下滑,用最通俗的话讲,就是购买咱们产品的老百姓数量下降,可以这么说吧?"

"可以!"

"老百姓为什么不买我们的产品,总的来说有三个原因:第一,没得买;第二,不愿意买;第三,想不起来买咱家的。你同意不同意?"

"同意!"

"鑫鑫连锁超市等零售商户拒绝接货危机已化解,他们的进货量也没有变化,那么没得买这条原因就不存在,黄总的努力经营已经让咱们的产品取得了市场信任,咱们的生产在于新安科长的严格控制下,质量过硬,没有任何问题,黄总死后,也没有出现过任何质量事故,既然市场信任从未受到减损,那么老百姓不会突然就不愿意买咱的产品,所以不愿意买这条原因也就消除了,那么就只剩下第三条原因了,想不起来买咱家的产品,你同意这个分析不?"

宋红琳略作思考,点头道:"同意!"

"好,现在我们就来专门探讨老百姓为什么想不起来买咱家的产品,这个也只可能有两种原因:第一,别人家的同类产品更引人注目;第二,咱家的产品从老百姓的意识层面消失了!对不对?"

"对!"

"别人家的同类产品是不是更加引人注目,目前没有数据,不好定论,但咱家的产品从老百姓的意识层面消失了,这种可能性存不存在,现在是最值得咱们探讨的事情了!你说存不存在?"

"这个嘛!我可说不好!"

"那我先来阐述一个概念吧,意识是什么东西?意识就是外界事物被脑子关注后在脑海里留下的痕迹,就如同我们走过沙滩在上边留下的脚印一样,由此可见,意识产生于关注,而意识的巩固和强化,则来源于不断关注,一旦关注消失,意识也会逐渐减弱直至消亡,就如同沙滩上的脚印很容易被风吹流沙抹杀掉一样,只有不断地去踩踏,脚印才能持续地存在,同理,要想让一种东西持续不断地存在于人

十六

们的脑海意识层面，也必须让该东西不断地被关注，具体到咱们的产品，如果说它从老百姓的意识层面消失了，那就只可能存在一种情况：它不再被关注了！"

"它不再被关注了？"宋红琳沉吟着，眉眼微微一动，似有所悟。

"对！如果我刚才说的情况存在的话，那么只有这种可能：咱们的产品在黄总死后，不再被老百姓关注了！"

"那它怎么突然就不被老百姓关注了呢？难道？"宋红琳突然眉眼大动，杏眼放光。

"对！你仔细想想，黄总死后，咱们公司唯一的变化是什么？"

"就是公司前边的大广场上因为离奇死亡事件蒙上了阴影，老百姓不再到这里来了！"

宋红琳如同发现了一个惊天秘密，惊叹道："胡总，你真是个天才！"

胡三娃耸耸肩："不带这么讽刺人的！"

宋红琳莞尔一笑，沉吟片刻："那么根源找出来了，可是怎么来解决这个问题呢？死过人的地方人都不爱去，这是人之常情，没法克服啊！"

胡三娃好整以暇地望着她，故意顿住不说。

宋红琳小嘴一撅，急不可耐："你肯定有主意，快说快说！"

胡三娃怡然一笑："你刚才说得对，人们不爱去死过人的地方，是因为死亡给他们心头蒙上了阴影，那么怎么才能化解这种心头的阴影呢？很简单，也很唯一，死亡的阴影只有用生命的光芒来驱散，除此别无他法！"

宋红琳似有所悟，仍感困惑："生命的光芒如何来到这死亡的广场上呢？"

胡三娃慨然一笑："没有别的办法了，只能用生命诞生的温暖来对冲生命消亡的阴影！"

"啊！胡总，你是说？"宋红琳张口结舌。

胡三娃坚定地点点头，虽觉此法出格，但是恶疾用猛药，要想挽救俞氏公司于既倾，对冲高副总即将给公司带来的伤害，也只能出此下策了。当然，如果成功了，它则将一跃而为上上之策。

他一狠心，对宋红琳发号施令："请去了解一下，目前公司全体女员工中，怀

罪与赎
——万象惊魂记

孕的有几位，预产期分别是什么时候，请把这个情况汇总后告诉我！"

宋红琳眼珠滴溜溜连转好几下，梦呓般喃喃道："让怀孕的母亲把娃儿生在广场上？这种事？谁能愿意？无法想象啊！"

胡三娃正经八百道："对啊！所以需要找公司的女员工，这种事只有身负使命感才能干得出来！"

宋红琳仍然一脸不可思议："这，这也太悲壮了，史无前例、骇人心魄啊！"

胡三娃一脸坚毅："正是需要这样的震撼感和冲击力，才能彻底涤荡蒙在老百姓心头的死亡阴影！"

宋红琳若有所思道："说是这么说，但如果老百姓知道这种生命的诞生是咱们故意制造出来的，恐怕非但达不到驱散心理阴影的效果，反而可能会更觉得咱们公司不尊重生命呢？"

胡三娃点点头，正色道："是这么个理，所以这事一定要不显山不露水，而且要营造出一种生命在这个广场上瓜熟蒂落、自然天成的氛围和意境来！这就需要咱们好好策划一下！"

宋红琳苦笑一下道："胡总，我真是服了你了，你这脑子是什么高档材料做的，这种主意你也想得出来！"

胡三娃叹气道："我也是迫不得已才想到这样的歪招，你就看在我一心为公司的一片苦心上，别挖苦我了！"

"我真不是挖苦你，我是真心佩服你哦！只是你这主意太妙了，我这一时半会还回不过神来呢！"

"那你就回去再仔细琢磨琢磨，消化消化，不过明天就得把我要的东西报给我，这事一旦决定，就事不宜迟、越快越好！"

宋红琳恍惚着点点头，随后精神一振："那胡总你还需要什么帮助吗？"

"不用了！你去忙你的吧！我坐着看会资料！"

"那好吧，你要是有啥需要给我打电话，我立刻拍马赶来！"

宋红琳走后，胡三娃仰靠在椅子上，使劲伸长胳膊伸着懒腰，略微感觉到了一点惬意，他下半身行动不便，只好通过舒展上半身来加以补偿。

十六

宋红琳似乎逐渐领会到了他主意的精妙之处，临走的时候脸上神情已经带着几分明朗。可他自己却反而越想越觉得忐忑，毕竟，这种异想天开的主意，虽然他在心底强行安慰自己说是有理有据，但无论如何还是有点想当然的意味。

但事已至此，敌人步步紧逼，危险四处弥漫，他必须快速决断、果断出击，重拳挥出、一招制敌，成与不成、在此一举！

一念及此，他不再犹豫，开始思索如何周全地实施这一策略。

首先，是要获得怀孕女员工及其家属的同意，这是最关键的一环，也是难度最大的一环，但他不知道怎么的，他竟本能地觉得不成问题，似乎合意的答案已在向他招手致意。

或许就是公司四处荡漾着的家的文化给了他信心，家族有难、家庭成员莫不挺身而出，这是一种责任、一种使命、一种担当，更是一种自救！

这就是文化的力量！

或许做出决定有时只需咬咬牙跺跺脚，但无视家族危亡只怕是狠狠心也难以做到的！

然后，当然就是要确保怀孕女员工的生产安全，既然家庭成员可以为家族危亡舍生忘死，那么家长自然也要为家庭成员的安全竭尽全力。

他首先想到的是在广场上搭设一个临时产房，立刻就摇头否决了，一方面这是违法建筑，另一方面这样一来马上就露馅了！然后想到的就是将应有的接生设备设施藏于办公楼内，一旦需要，立刻可以取用。各种材料都选择便携式的，轻快好用，如有必要，也可以即兴在广场上搭建起临时产房来。这种方式还算比较稳妥。

然后接生人员也是问题。接生者一定要是正规从业人员，但正规专业人员超出从业地点执业，不合规范，存在风险，一般不会接受这种请求，好在他现在有齐曼华这位在医院当护士长的铁杆亲友，在她的协助下，求得此类帮助应该也不成问题。

这些大方向的问题考虑清楚了，接下来就是各种细节问题，比如说待产方式、生产时机、危机的处理、消息的散布、影响面的发挥、成效的经营转化等等，就这样，方方面面、丝丝缕缕，各个环节胡三娃都想了个遍。

做了全面部署后，胡三娃总算觉得自己的想法不再那么生硬了！

罪与赎
——万象惊魂记

他抬起头来，长长地深深地吐出一口心胸中淤积的闷气。

时间在脑际悄然溜走，很快已是暮色昏沉，窗外还留有些许明亮，屋内已黯然无光，胡三娃挣扎着从椅子上站起，拄着拐杖，咬牙忍痛来到墙边，摁亮墙壁上的灯开关。

脑子闲下来，他不禁有点怀念起前几天有人照顾的日子了，不过，自己已经出了院，俞萍音也没理由再来照顾他，心中难免有点失落。

直到夜幕深垂，宋红琳敲门进来了，给他带来了晚饭，也带来了他要的东西——公司怀孕女员工生产日程表。

宋红琳见他还在望着夜空发愣，嗔怪道："胡总，没人给你送晚饭，你咋也不说啊，难道就一直这么傻饿着？"

胡三娃怔了怔，微微一笑："你这不送过来了嘛！"

宋红琳气恼道："切，我还以为你已经安排好一切了呢，看起来一副无微不至、老谋深算的样子，原来都是假象啊！"

胡三娃笑了笑："成大事者不拘小节，吃不吃饭根本不重要！"

宋红琳撇嘴不屑道："去，等你饿死了，我看你到哪里成大事！"

胡三娃悠然笑道："不用我说，你也会给我送来晚饭，这也在我的老谋深算之下啊！"

宋红琳嗤笑道："呸，你还真不怕把牛皮吹破，要不是董事长提醒，我根本想不起要给你送晚饭来！"

胡三娃心中噗通一跳："董事长在你那？"

说着话，他的身子就不由自主地骚动起来，有要忍痛站起来的意思。

宋红琳忙摆摆手："得了吧，你就安生点吧，她打电话来的！"

胡三娃心跳缓和下来，紧问道："那她说了些什么没有？"

宋红琳耸耸肩："就是提醒我给你送饭，说你马大哈肯定想不起吃饭这茬事来，奇了怪了，她咋猜得这么准！"

胡三娃心中升起一股难言的温暖，仍不满足："就说这个了吗？"

宋红琳好奇地瞧了他一眼，肃然道："还有让我提醒你，尽快招聘一个保安，

十六

在保安到来之前,就暂由我照料你的生活起居!"

胡三娃静静点头:"招保安的事已经有眉目了,我再加紧督办一下就差不多了,至于你来照料我的生活起居倒是用不着,我还能自理!"

宋红琳正色道:"你就别逞强了,还自理呢,光是吃饭这一项,你就得把自己理趴下,所以如果不想让我烦你,尽快把保安招进来是王道!"

"不是怕你烦我,是怕我给你造成麻烦,好吧,我尽快让保安到位!"

"那你吃饭吧,我先不打扰了,等你需要休息的时候,给我电话!"

胡三娃本能地想要婉拒,想想还是点点头。

快速吃过晚饭,他就迫不及待地捧起那份怀孕女员工一览表仔细研读起来。

说来还真是幸运,百来号人的单位,竟然有五位女员工怀孕,不过有一位孕初期,一位孕中期,一位孕中晚期,接近预产期的仅有两名,其中一名还有两个星期临产,一名还差三个多星期临产。孕中晚期的那位尚需一个多月,孕中期的那位则还需两个多月。

都无需思量,只需根据临产日期的远近来安排优选顺序。

现在就是怎么做女员工及其家属的工作的问题了!

当然,在此之前,他还必须先给这次广场产子事件筑起强大的安全防护屏障。他立刻给齐曼华打电话求助,听他说起这个计划,齐曼华着实吃了一大惊,最后在他的再三解释和软磨硬泡之下,齐曼华叹了口气道:"三娃兄弟,以你对我家的大恩大德,其实无论如何我也会帮你的,只是你这主意太惊世骇俗了,我且得消化一阵子,容我细细思量一下,明天再给你答复!"

顿了顿,她马上又说:"不过你放心,也算是老天有眼,给我报答你的机会了,我恰好就是产科助产士出身,产科那边也熟得很,帮你应该是没问题的,但我还是需要再考虑考虑,想出一个妥善方案,就还是明天再给你确信吧!"

结束通话,胡三娃颇为欣喜,有了强有力的专业资源保障,他更加有信心了。

心头踏实下来,精神上反而感觉困顿了,他电话唤来宋红琳,宋红琳走进屋来,一手拎着一个热水瓶,一手端着一个脸盆,脸盆里有干净的毛巾,杯子牙具什么的都有。

罪与赎
——万象惊魂记

胡三娃感叹道:"你准备得这么周到啊!我还想着你过来帮我把饭盒扔掉,把灯关掉,把门关好就算仁至义尽了呢!"

宋红琳撇嘴一笑:"就知道你们男人偷懒不爱干净,我偏不能让你如愿,得罪了莫怪我!"

说完,就一阵麻利的行动,帮助胡三娃刷牙洗脸。

胡三娃感受到温热的毛巾在脸上细心地移动所带来的温暖熨帖感,不由得大为感动。

这个神奇的公司当真是一大家子,无处不洋溢着浓浓的亲情和温情。

为她倾尽所有、付出全部心血,都是值得的。

接下来,宋红琳细致入微地服侍他上床睡觉,给他盖好被子,关掉灯,在他的一再嘱咐下,确认关好门后才离去。

胡三娃数月之后再次躺在这间办公室的床上,恍如隔世。

这小屋经历了这么多沧桑巨变之后,又会产生出什么新的神迹呢?他今夜再次回到这里,会不会有什么东西在等着他?

俞萍音已然离去,黄二愣的灵魂还会再来吗?

他应该还是会来的,因为这里是黄二愣和俞萍音两人的交汇点!

胡三娃终于沉沉睡了过去,他这一夜睡得特别沉,回家的感觉真好。

一七〇

罪与赎
——万象惊魂记

一夜太平。胡三娃吃力地爬起来，下意识地四处扫视一番，没有任何神秘事件发生过的样子，他不知道自己该庆幸还是该遗憾，最终，他也只是意味不明地叹口气。

他给宋红琳打个电话，宋红琳便拿着早饭和洗漱用品来了。

洗过吃过后，他就吩咐宋红琳把那个叫苗英的怀孕员工叫到他办公室来。

宋红琳执行力很强，不到一刻钟，就有人敲门了，胡三娃端了端身子，摆了摆姿势，在脸上装饰上微笑，又清了清喉咙，这才应道："请进！"

门被轻轻推开，一个秀气的脑袋先探进来观望一下，然后一个腆着的大肚子随后才跟进来，她步履蹒跚地走到屋子中央，望着胡三娃腼腆地笑笑，怯生生地唤了声："胡总好！"

当真是人如其名，她一副苗条英挺的样子，纤细的腰肢上坠着一个沉甸甸的大肚子，如同一条细弱的葡萄藤上垂下一串丰实的葡萄。

她的姿容虽然看上去美妙，但胡三娃心里却冷不丁地往下沉了沉。

他忍痛站起来向她微笑点头："抱歉，我行动不便，你自己进里屋去拿把椅子吧！"

苗英有点彷徨，连说："谢谢！谢谢胡总！我不用坐，您不用管我！"

"还是坐着说吧！且说着呢！"

看到胡三娃的手势执意指向里屋，她连忙走进去，把椅子端出来落座，脸上有点晕红。

胡三娃坐回办公椅，微微一笑。

十七

苗英讪讪地回笑了一下："胡总找我什么事呢？"

胡三娃打算迂回前进，装作若无其事的样子："您都快临产了，还坚守岗位，我代表公司向您致敬！"

"谢谢领导关心！我这不算什么，公司向来都是这种传统，那些怀过孕的大姐大嫂们哪个不是坚持工作到最后一刻的！"

"公司人手紧张，所以对你们的关照实在少了点，你们要是对公司有什么怨言，尽管发泄出来，我们都能理解！"

"哪里哪里！公司对我们的关照很好了，一般怀孕后，都会调到一个相对轻松的岗位，再说，咱们公司就是个大家庭，我们都是家里的一份子，为自己的家里做事，还有什么怨言可讲！"

胡三娃心中一动："小苗，说句心里话，你真的把公司当作你的家么？"

苗英好奇地看他一眼，毫不迟疑："当然，公司把我们当家人一样对待，将心比心，我们自然也就把公司当作家了！"

胡三娃兴趣大炽："那么，你是怎么就感受到了公司把你当作家人呢？"

苗英下意识地一挺身子，眉毛扬起，自豪之情油然而生："这种感受在公司是随处可见的，首先，我们员工的工资，比这一带任何一家公司都要高很多，公司业绩涨了我们工资也跟着涨，这让我们感觉公司真的是在为我们全体员工挣钱，而不是只为老板和领导们在挣钱，再就是，因为我们的工资高，所以很多外人都想进来，但是公司却轻易不招外人，即使真需要招人了，也总是优先考虑我们这些老员工的家人亲友。另外，公司还管着我们的生活的方方面面，吃饭不花钱，还有免费的宿舍，生病除了报销医药费，还发营养保健品，生孩子，除了报销住院费，还管孩子的奶粉和尿布。这样的公司，不就是自己家么！"

苗英越说越眉飞色舞，越说声调越高亢，已经完全丢弃了初见高级领导时的那种羞涩了。

胡三娃也越听越动容，他联想起初到公司时黄二愣对他的关照，心中的情感也被点燃了，他情绪上涌，鼻子一酸，眼角润湿，差点流出眼泪来。

他使劲眨眼，控制住满溢的情感，只是热烈地望着苗英，和她一起激越。

罪与赎
——万象惊魂记

待苗英说完，他满意地点头："我作为黄总的接任者，一方面要向他致以无比的敬意，另一方面我一定要再接再厉，将黄总的思想和理念，将公司一家亲的文化发扬光大、推向极致！"

苗英这下却冷静下来，只是淡淡地望着胡三娃，不置可否。

胡三娃皱皱眉头："怎么？你不相信？"

苗英讪讪一笑："胡总，我不是不相信，而是不确信！"

胡三娃眉毛一挑："哦，怎么解释？"

苗英平静道："我能确信的一点是，您跟黄总一样都是好领导，但能够做到黄总那样细致入微、呕心沥血、默默付出、无私奉献的，我真的很难相信世间还有第二人！"

胡三娃被挑起了豪情，朗声道："是吗？对我这么没信心？"

苗英微微一笑："胡总您也许不缺黄总那样的心意和热情，但是在行动上，至少我还没看到您冒出过黄总那样的风范！"

胡三娃有点不服气了，傲然道："你倒是举个例子，哪方面我没有做到黄总那样？"

苗英清然一笑："比如黄总上任伊始，就对全公司所有基层员工包括做饭的、打扫卫生的、看门的无一例外全部访谈一遍，都是一对一闭门谈心，详细了解每个人的个人情况以及家里的情况，对公司的看法和建议等等什么的，并且在事后对了解到的员工们的每一项困难都予以特别关注，尽公司所能地帮助予以解决，就这一看上去普普通通的举措，便征服了所有员工的心，大家无不为公司死心塌地地干活。当然，胡总，每个领导都有自己的管理风格，我只是举例说明黄总的做法深得人心，并不代表您就没有更加高明的做法，所以我这么说，请您别介意！"

胡三娃心中咋舌不已，黄二愣这一套确实令人瞠目，这么大规模的投入时间、精力和心血，真不是轻易能够做到的。

只是令他诧异的是，黄二愣就任总经理的初衷是为了替俞萍音查明她父亲的死因，他怎么会有那么多时间和精力投入这么基础的公司事务呢？

他望着苗英微微一笑，装出气定神闲的样子："你说得对，每个人都有每个人的风格，但是将公司打造成一个温暖的大家庭，这个主旋律是永恒不变的！"

苗英郑重地点点头笑了。

十七

形势一派大好，胡三娃趁机切入正题："那么公司这个大家庭现在就有一个光荣的重任需要落在你肩上，不知道你会怎么想？"

苗英昂首挺胸："没问题，只要能帮得上公司，义不容辞！"

"这个任务可能超出你的想象，你要有心理准备！"

"胡总您只管说来就是！"

胡三娃咬咬牙，还是没有直截了当说出来，先做铺垫，讲了讲公司业绩下滑的情况，以及外界的敌人可能在寻找突破口入侵公司，现在公司面临严峻的形势，必须奋起反抗云云。

听得苗英面色凝重，小嘴半张，一脸骇异："没想到这么复杂啊，那么，我能做什么呢？"

胡三娃就从公司业绩下滑与广场离奇死人事件的关系讲起，将计划和盘托出。

苗英望了下自己的肚子，一脸骇异。

胡三娃默然片刻，叹道："现在这或许是唯一能够挽救公司的办法了！当然，这就要看你的意愿，如果你不同意，公司绝不勉强，而且也对你今后在公司的工作不会造成任何影响！"

苗英挥挥胳膊，悠然一笑："笑话，干嘛不同意，这是我的家，家里有困难，我不帮谁帮？再说，这对我有任何损失吗？能将自己的儿子产在自家大门前，多大的荣幸，而且有医院的专家专门上门服务，这是什么待遇啊！胡总，您尽管安排吧！"

胡三娃紧提着的心骤然放下，想了想道："你能这么深明大义，我很高兴，不过你还是别答应得这么早，回去跟家人商量一下，毕竟这是大事，要取得家人的一致意见才行！"

苗英撇撇嘴："我家我做主，胡总，您放心安排就是！"

胡三娃哑然失笑。

苗英扑闪着大眼珠略作思索后，突然道："不过胡总，我也有个要求！"

胡三娃的心又紧了紧："你说？"

"其实也算是小小的建议，就是生产的地点最好选在黄总意外死亡的同一个地方，这样，一方面，也算是让我儿子替我们这些爱戴黄总的员工表达了对他的缅怀

罪与赎
——万象惊魂记

和哀思,自从黄总死后,我们对他的怀念和哀悼可一直憋在心里出不来呢!另一方面,在发生死亡事件的同一个地方诞生了新生命,神奇感会更强烈一些,产生的效果应该会更好!"

胡三娃赞叹道:"妙啊,你跟我想到一块去了,我怕你对那个地点会比较忌讳,所以才没敢特意提到那一点,苗英同志,你真的是太开明了!"

苗英淡淡一笑:"不是我开明,而是黄总那样大仁大义、大智大勇的人,我们只可能趋之若鹜,不可能有所忌讳!"

胡三娃不可思议地望了一眼苗英,重重点头。

两人再交谈了一些细节问题后,苗英就告辞离去了,离去时她的身形反而比来时显得轻快多了,面上神情也不是凝重,而是兴奋。

胡三娃坐在椅子上闭目养神了一会,然后再细细思量了一下这件事的各个环节,感觉任督二脉已经通了,剩下的就是一些润滑剂和活血药了,另外,还要防止外邪入侵,引发伤风感冒,坏了大事!

他已经再三叮嘱苗英,不要再告诉任何第三人,宋红琳作为秘书也会懂得事情的分寸,现在需要他斟酌的是,他应该将这个计划告诉哪些人?

还有一点很确定,那就是,高副总,绝对要蒙在鼓里。

俞萍音,要不要告诉她呢?告诉她这件事会得到什么反应呢?

下午快下班时分,齐曼华终于给他打来了电话,表明了坚决支持的立场,同时提出要求:拟在广场产子的产妇必须先在她们医院接受检查评估。

胡三娃想着苗英那略显瘦弱的身子骨,心里隐隐有点不安,生命安全确实是第一位的,他爽快地答应了。

宋红琳给他送来晚饭时,他便和她商量妥了体检事宜。

饭后,他就一直纠结于要不要打电话告诉俞萍音,俞萍音显然没有要来公司的任何迹象,从宋红琳嘴里也没有获知她的一星半点消息。已经两天没见到俞萍音了,这还是头一次,他有点担心,也许还夹杂着其他的情绪在里面,但一时间也说不清楚。

到了深夜,他还是决定给俞萍音打了个电话。

"胡大哥,您好!"

十七

"董事长，您还好吗？"

"我？还好吧！"

"您，没碰到什么事吧？"

"我？能碰到什么事呢？"

"哦，您不是在调查黄总的案子么？"

"不是在调查他的案子，而是在走他的路！"

"这个，有区别吗？"

"应该，有区别吧！"

"那您走到哪一步了？"

"他当上总经理后，有一天，想出一个奇妙的主意，要将公司大门前的广场建设成一个热闹的音乐喷泉广场，他说这样会极大地提升公司的品牌影响力，提高公司的产品销量，我很赞同他的意见，然后我陪他一起策划怎么设计这个音乐喷泉广场来着，现在就还只是走到这一步！"

胡三娃的心里敲锣打鼓一般骤然响起，脸色煞白。

"董事长，我正好有件事也要跟您商量！"

"嗯，什么事？"

"您上次不是吩咐我弄清楚咱们公司产品销量下滑的原因么？我仔细分析过后，就觉得是因为黄总在广场上离奇死亡给人们心头造成了阴影，人们就不愿意来了。正如黄总所说，公司的品牌影响力下降，销量下滑也是自然而然的了，所以我想出了一个主意，或许并不高明，但还是想跟您汇报一下！"

电话那头沉寂了好久，再说话时，声音中带着微颤：

"什么……主意？"

"我打算安排一个孕妇就在黄总死亡的地方生产，让新生命的神奇光明驱散离奇死亡带来的阴影！您觉得可不可以？"

电话那头又是死一般的沉寂，胡三娃心头忐忑，耐心静候。

"能有人愿意吗？"

"一位公司的怀孕女员工，她对公司很忠诚，我已经找过她了，她答应了！"

罪与赎
——万象惊魂记

"安全有保障吗?"

"我已经联系了医院的熟人,她们会想出稳妥方案,提供专业支持!"

"那就可以!"

"您同意了?"

"嗯!"

"需要开董事会通过吗?"

"不能开!"

"为什么?"

"不能让高副总知道!"

"为什么?"

"他会阻拦的,当年二愣哥要修音乐广场,他也坚决不同意,最后我一意孤行,才把这事办成了,事实证明二愣哥是天才,我则是天才的保护神!胡大哥,你这想法也是天才的设想,但我现在已经走在二愣哥的路上,无心也无暇来帮助你实现这个设想了,所以就辛苦您了!让红琳好好帮帮您,她很聪明能干,也很精明,懂得分寸,有她帮您,我很放心,公司有你们我很放心!"

"好吧!那董事长您多保重!"

"胡大哥您也多保重!公司重任挑在您身上,辛苦了!"

"董事长,您什么时候回公司来看看呢?"

"我这阵子想全心全意走走二愣哥走过的路,不想分心分神,所以就无暇顾及公司事务了,为求得心灵的宁静,可能也要很少接听外界电话,还请胡大哥理解!"

"那好吧,请董事长照顾好自己,我手机24小时开机,有事请随时给我电话!"

"好的,胡大哥再见,晚安!"

"董事长晚安!"

挂了电话,他感到有点莫名的失落。

第二天一早,他就催宋红琳带苗英去人民医院体检。

然后胡三娃就陷入焦急的等待中,他觉得苗英可能通不过齐曼华医疗团队的评估,他应该立即着手做下一个怀孕女工的思想工作。但是又苦于这个计划越少人知

十七

道越好。所以还是强行忍住了。

经过一天的等待，不出所料，苗英骨盆过小，而腹中胎儿过大，自然产难产的概率较高，可能需要行剖宫产，风险较大，不能纳入既定计划。

胡三娃虽然早有心理准备，还是遗憾地长叹了口气。

宋红琳有点茫然："不过苗英热情很高，说她不惧怕风险，愿意为公司冒一次险，胡总您看如何？"

胡三娃苦笑着摇摇头："那哪行，生命安全第一！"

接着他眉毛一挑："准备第二名孕妇吧！"

"现在吗？"

"明天一上班吧！"

"那胡总您快吃饭吧，都快变凉了！我一会再过来！"

"我快速吃完你就拿走吧，也别折腾你了，我今晚想早点休息！"

"好啊，早应该这样了，别天天折腾到那么晚，休息是第一位的！"

"我觉得现在别折腾你到那么晚是第一位的！"

"好啊，你歪曲我的意思，您这是毁谤，知道不？"

胡三娃哈哈一笑，开心地吃完晚饭，心中暗自感慨，总算还有个好秘书，给他的工作和生活驱散了些许阴霾。

第二天一早，在宋红琳的服侍下洗过吃过后，正想着那个叫杨蔚侠的怀孕女员工啥时候到呢，几乎一想而至，就有人敲门了。

这敲门声敲得咚咚响，干脆利落，果然有着一股侠义之风，并且配合有爽脆的声音："胡总，我是杨蔚侠！"

胡三娃也就不再装腔作势了："快请进！"

门吱呀一响，门缝尚未开到足够，一个胖乎乎的伟岸身子已挤了进来，脸上也肉嘟嘟的，偏偏眼睛较小，跟胡三娃刚一照面，她就笑道："胡总您不用劝我了！劝我不管用！"

胡三娃本来一看她那壮实的娇躯，心里顿感一阵踏实的，一听这话，立马就悬了起来，错愕地望着她。

罪 与 赎
——万象惊魂记

她嘻嘻一笑:"嘻,劝我不管用,管用的是我自己的迫切愿望,您就快点安排吧!我迫不及待了呢!"

胡三娃哑然失笑!胡三娃笑过后,心中又觉一丝不安:"小杨您怎么知道我叫您来是什么事呢?"

杨蔚侠爽声道:"我性子急,您这么大一老总突然召唤我,我哪能压得住这好奇心,直接缠着红琳告诉我了,我跟红琳关系那么铁,她不告诉我都不行,呵呵!"

胡三娃心中一块石头落了地,微笑道:"这么说,是红琳替我做了您的思想工作?"

杨蔚侠一耸肩膀道:"切,还用得着给我做思想工作?我不做你们的思想工作就不错了!"

"您确认您已经想好了?"

"当然!"

"虽然安全方面做了一些防护,但相比在医院产子,还是存在一定的风险,您要考虑到这一层!"

"可以说,我的家庭都是公司给的,我有如今的小家幸福,全靠公司大家的庇护,为公司大业承担点风险,自然而然,有什么可考虑的!"

"那您的家人呢?他们不一定支持哦!"

"他们啊,这么些年,憋着劲想感谢公司呢,跟我一拍即合!他们的觉悟不比我落后,呵呵!"

胡三娃眼眶里泛上雾气,他吸吸鼻子,爽声笑道:"好吧,那我也就代表公司大家,对你及全家表示最自然而然的感谢和问候!"

杨蔚侠爽声大笑。

工作如此顺畅,胡三娃心头畅快,他叫来宋红琳,做了些交代,然后目送着这一对好姐妹勾肩搭背、交头接耳着痛快离去。

苗英因为身子骨瘦弱不能入选,现在杨蔚侠一副铁塔般壮硕的身子骨,而且性格豪侠,着着实实给了他安慰。

他仰靠在椅子上,轻轻吁了一口气,在脑子里展望一下这项工作的美好结局。

不大一会,有人敲门,旋即进来的,竟是苗英。胡三娃疑惑地望着她。

十七

　　她一改昨日的羞涩腼腆，开门见山："胡总，我还是想参加这个计划！"
　　"可是医院评估您没通过啊，风险较大！"
　　"我愿意冒一下险，为公司付出，是我所愿！"
　　"那不行，生命安全第一！公司要对您的母子安全负责！"
　　"我觉得我的身子骨肯定行，没那么多玄的，再说，我的坚强你难以想象！"
　　"不管你有多坚强，也不能拿生命开玩笑，必须确保万无一失才行！"
　　苗英脸上浮上了遗憾之色。
　　胡三娃想了想道："小苗您为公司甘愿付出的心很值得赞赏，不一定非得成为这个计划的主角才能为公司出力，还可以通过别的方式参与进来，比如，在广场产子事件发生后，公司会以此为契机，在广场上策划一系列围绕着新生命诞生这一主题而衍生出来的活动项目，到时候您在广场上有无限天地施展拳脚呢！想想看，是不是？"
　　苗英眼睛一亮，灵秀的眼珠滴溜一转，若有所思地点点头。
　　胡三娃灵机一动："我作为总经理，干脆即兴宣布成立一个子项目，这个子项目的主题就是如何充分发挥出广场产子事件的影响力，将它往更广更深更远处推进，这个子项目的负责人就由您担任，如何？"
　　苗英精神大振，大声叫好。
　　胡三娃笑道："好，你马上也要临产了，坐月子无聊的时候就可以充分开动您聪明的脑袋，想想如何开展这个项目！"
　　苗英找到了方法弥补落选的遗憾，顿时笑逐颜开！
　　送走苗英后，胡三娃心情更好了，现在他的计划，主旋律和伴奏曲都准备好了，等时机一到就可以演奏了！
　　晌午时分，张合军来报到了。
　　张合军敲门时，他连忙端一端身子，正襟危坐。
　　张合军有点拘谨地走进来，一抬眼看到是他，惊得目瞪口呆。
　　胡三娃微微一笑："怎么？看到一个怪物了？"
　　张合军眼珠滴溜一转，面上神情骤然松缓，释然一笑："胡兄，怎么是你啊，你们老总呢？"

罪与赎
——万象惊魂记

"我就是我们老总!"

"啊!你就是这家公司的老总?"

"如假包换!"

"你不是说自己是保安吗?"

"我是保安出身啊!"

张合军眨眨眼睛,喜上眉梢,最后求证道:"胡兄,你不是在开玩笑吧?"

胡三娃肃然一笑:"我一堆事呢,哪有时间和心情跟你开玩笑!"

张合军瞬间笑容满面,仰头畅快地吐出一口气:"我还以为不定是个多么严厉的老总呢,还担心面试能不能通过呢!"

"你觉得我就能让你通过吗?"

"这不是你叫我来的嘛!"

"虽然咱俩关系不错,但友情归友情,工作就是工作,我这也有试用期的,试用期表现不好的,一样通不过哦!"

张合军胸脯一挺:"那请胡总放心吧,我的工作表现,搁在哪里都是响当当的!"

胡三娃欣然点头:"那好,试用期从今天开始吧,试用一个月,一个月后转正,转正后就是一家人了!"

张合军啪地一个立正道:"请胡总绝对放心,你就是我的亲兄弟!"

"不过都是双向选择,你要是觉得在我们这干着没意思,你随时都可以撂挑子走人,公司绝不勉强!"

"不会的,能够跟着黄总,哦,不,跟着胡总干活,几辈子都修不来的福气,谁放弃谁是大傻子!"

胡三娃皱皱眉头:"我知道你对公司原黄总很有感情,但黄总现在不在公司了,而我可不一定做得到像黄总那么好,你可要想好了,别期望值太高,最后大失所望!"

张合军大摇其头:"不会的不会的,俞氏公司的口碑,大家都是知道的,能够进来很不容易,而一旦进来了就等于加入了一个和睦的大家庭,以前那种漂泊流浪的不安感立刻就没有了,心中的踏实感倍儿足,这样的工作谁能不珍惜啊!"

胡三娃想起黄二愣对自己的恩德,感慨万千,就对张合军说:"试用期工资一

十七

点不打折扣，就按照公司新进基层员工的标准发放，现在就提前发给你，如果过了试用期，以后都是提前一个月发下月工资，每年根据公司盈利情况还往上调整工资标准，我让办公室的宋秘书给你办吧，办好后直接把卡交给你！"

张合军喜形于色，道谢不止。

胡三娃再做了下生活安排，吩咐了一些注意事项，就挥挥手道："你现在就去帮着秦科长值班吧，他是保卫科科长，是你的直接领导，年纪也大了，你一方面要严格听从他的指示，另一方面也要照顾好他！"

张合军小鸡啄米般点头不迭，却不挪动身子。

"你怎么不走啊？让你去替秦科长值班呢！"

"秦科长让我跟您这报完到后，就留下来照顾您,说您行动不便,需要我服侍！"

"我没事，你去吧！"

张合军寸步不移，坚毅地望着他说："胡总您刚才还说让我严格听从他的指示呢，所以我得听他的，不能走！"

胡三娃苦笑道："听他的，难道就不听我的了吗？"

张合军迟疑不决，眨着迷糊的小眼睛道："那如果你们俩说的不一样，我听你的不听他的，您不会觉得我不守规矩吧？"

胡三娃微微一笑："放心吧，我这不是在考验你，我没那么坏，你的工作环境也不会这么苛刻，放心下去帮秦科长吧，我这边有需要的时候，自然会叫你的！"

张合军点点头，转身准备走了，又回过头来说："胡总，当真不需要我留下来服侍您？"

"不需要！"

待张合军走后，胡三娃将身子往椅背上慵懒地一靠，很舒适地长吁了一口气。这一下子又来了个看上去还不错的帮手，他更加踏实了，感觉周围的一切突然间就像椅背那样牢靠。

不过好事多磨，夜幕降临时分，宋红琳给他带来了坏消息：杨蔚侠虽然自然分娩没有什么问题，但是她有高血脂、高血压的问题，还有糖尿病，这些都会给生产带来不可预知的风险和意外，也不能纳入既定计划。

罪与赎
——万象惊魂记

宋红琳一脸遗憾地说完,胡三娃一脸苦笑地望着她,一言不发。

宋红琳安慰他说:"胡总别着急,咱后备力量充足着呢!"

胡三娃叹口气说:"我希望能够尽快采取行动,挽回粮油产品的危机,我们得尽快将风向拉回来!"

宋红琳沉吟道:"预产期排第三的那位,还需要一个多月,也不算太迟吧!"

胡三娃颔首道:"倒也没有那么严格的时间界限,只是越快越好而已!但愿这第三位可别再有什么幺蛾子了!"

宋红琳爽声道:"好,我这就去安排吧!"

胡三娃顺便道:"公司新招的保安今天也来报到了,我让他去门口岗亭替秦科长值班去了,你替他办理一下入职手续吧,工资卡预支一个月工资,就照着黄总当初给我的工资标准吧,办好后直接交给他就行!"

宋红琳扑闪一下大眼睛,遵嘱执行去了。

胡三娃仰靠着椅背,凝望着窗外的沉沉黑幕,想着连日来的工作,铺垫和背景都很顺利,貌似已经展开一条阳关大道,骏马和宝剑都已配齐,却偏偏骑士们在踢蹬上马时纷纷倒下。

第二天一早,宋红琳给他带来了早饭的同时,也带来了第三个怀孕女工,叫庞嫣云,年纪看上去有点大,但是精神昂扬、意气风发的,倒是符合胡三娃梦想中的女骑士形象。

不过她根本不是送上门来领受他的思想教育课程的,而是宋红琳带着她直接来跟他打个招呼,就要出发去医院体检了。

宋红琳已经把一切工作都做在前面了,根本用不着他出面,甚至宋红琳估计都不用费什么口舌,因为黄二愣早就把一切工作都做在前面了,是他将公司打造成了一个相依相偎相互扶持的大家庭,每一名员工都死心塌地地为这个大家庭付出。

这次宋红琳中午就回来了,所以遗憾的消息来得更早:庞嫣云因为已年近四十,属于高龄产妇,稍作检查,齐曼华已经将她排除在外。

对此结果,胡三娃唯有苦笑连连,心中苦闷自不待言。

但是又能有什么办法呢?只有去考虑第四名怀孕女工郭倩凤。

十七

郭倩凤体态适中、年龄适中，令胡三娃稍感踏实。但鉴于前边接二连三的变故，让他还是心悬一线。

焦急等待期间，杨蔚侠和庞嫣云竟先后来访，表明了和苗英一样的想法，胡三娃便像劝解苗英一样，也将苗英负责的子项目说给她们听，让她们参与进去。

黄昏时分，宋红琳终于带来了好消息：郭倩凤体质强健，没有任何问题，当然，前提是这剩下的两个多月孕期不出现任何意外和插曲。

胡三娃高兴得想要站起来，伤腿吃痛，又痛苦地坐下去。他嘴里咝咝呼痛着，宋红琳忙跑过来扶住他的肩膀，嗔怪着他的莽撞，对着他连翻白眼，最后他们互相瞪视着，一起笑出声来！

接下来的日子，准备工作有条不紊地开展着。

周密方案中的每个环节都经反复推敲，并暗地演练，一番准备后，感觉实在已经没有什么方面还没有考虑到的了，便到了万事俱备只等瓜熟蒂落的时候。

即便如此，离预产期还有近一个月的时间。

几天之后的一个上午，胡三娃靠在椅子上，将整个计划的每个环节再细细思量一遍，觉得确实通畅无阻、百无一疏了，心中便感觉踏实无比，然而一种心思沉淀下来，另一种心思则摇曳开来。

他抬头仰望窗外，此时已至春夏之交，正是正午时分，丽日当空、白云飘忽，和风吹拂、花香盈鼻，真是难得的好天气。

然而，这样的好时节里，他放飞思绪、极目远眺，看到的却只是一缕金色时光里的暗影，那暗影踽踽独行、心无旁骛，口中悲鸣呜咽、浅吟低唱，世界在她身旁唰唰流走，她毫无知觉，只在她自己的暗影里百转千回。他望尽天涯、触景生情，心中愁苦、忐忑、担忧、焦躁，百感交集、情思潮涌，几欲令他窒息，他挣扎着想要抽回思绪，发现已经完全做不到了，他放弃了徒劳的反抗，干脆顺其自然，一任自己完全沉浸于此，并且思接千载、神游万里，试图让自己的神思电闪雷鸣，一瞬而至暗影身畔，为她探路，为她保驾护航，为她赴汤蹈火，为她挡住太阳光的渗透，为她粉身碎骨只为保全她那一片足以容身的暗影！然而，无论他如何快马加鞭、神思电转，那片柔弱的暗影，也总是遥不可及。

罪与赎
——万象惊魂记

桌上的电话突然叮铃铃急促地响起来。他连忙揭起话筒接听,一个急切的声音挟持风雷之势贯耳而入:

"她要生了!要生了!啊,得快!啊,胡总!"

"什么啊?谁要生了?"

"郭倩凤!"

"不是还有一个月么?"

"早产了!早产了!"

"啊,那还等什么,快速启动流程!"

"我已经通知医生了,她们已经赶过来!也跟齐曼华大夫打过电话了,她正在叫救护车!你,你跟她再说一声,让她再快一点!"

"好的,你再紧急通知一下其他人员!"

"我,我都通知了,但是,变故发生太突然,没有按照预产期进行控制,或许不能在广场上呆太久,救护车来了,就得迅速转移!"

"对了,她在什么地方临产了?"

"还好,老天开眼,她,她正好就在,就在黄总意外死亡的地方临产了,你说,你说神奇不神奇!"

他赶紧对宋红琳叮嘱一番,然后就赶紧给齐曼华打电话,确认她能够带着团队火速赶到。接下来,他又给张合军打电话,让他过来背自己下楼去值班岗亭,他要全程目睹这一切!

张合军完全是飞奔过来的,胡三娃趴在张合军的背上,感受到一股强有力的支撑力量,还有来自张合军热情臂膀的坚强卫护,不由自主,自心头横生出一种无与伦比的踏实感!

昔日黄二愣死亡之地已经被围得里三层外三层,水泄不通。

围观现场传过来的声浪和气氛表明,环境十分友好,围观的人群都在为临时产房里的产妇和接生婆加油助威,不停有人在大声安慰说"别着急,救护车马上就过来了!"

广场上自四面八方还不断有人涌来,消息如同长了翅膀一样,在周围街区不胫而走,就连胡三娃都没想到这个事件会有这么大的影响力,细一思量,人们奔走相

十七

告的同时一定会有人给这条消息抹上神秘的色彩：俞氏公司的广场上出奇事了，几个月前公司老总离奇死亡的地方，公司女工神奇产子！

然后必然不乏想象力丰富之人再加油添醋、大肆渲染一番，此时又正好是中午休闲时间，人们有的是猎奇寻趣的闲心，当真是天时、地利、人和凑一块了！

当然，各路媒体报社的线人也更是不会放过这么好的爆料，各路人马中，其中不乏挎着"长枪短炮"的新闻界友人们。而宋红琳安排的眼线则恰到好处地往这些新闻记者朋友们身边凑上去，迎合的意味十足地浓郁！

胡三娃不禁会心一笑，暗暗感谢老天爷，祈祷母子一切平安！

随着一声啼哭，广场上顿时炸锅了一般沸腾了，人们的欢呼声雷鸣般响起，掌声、喝彩声、啧啧称奇声，此起彼伏，像烈性传染病一般风起云涌，瞬间感染、征服、震慑了广场每一个亲历者的身心！

救护车及时来到了，随着那警报器急切而热烈的呼喊，人们纷纷让开道路，瞬间在广场上构造出一条宽广坚实的生命通道，救护车畅通无阻一直开到临时产房的边上。

很快，产妇和新生儿就安然无恙地上了救护车，向人民医院疾驰而去！

广场上的人们完全被这新生命奔腾的气息感染了，他们在热切地交谈着，诉说着今日的见闻，回忆着既往这片广场上的盛景，感受着眼下的热闹盛况，亲切感勃然而起，经久不息。

不一会，秦方泰、张合军都从人群中挤出来，跑过来向他报平安。方明远、谷玉芬、于新安等人也顺道凑过来，他们也是不知情者，所以他们感觉到的神奇感跟广场大众是一样的，一直唏嘘不已、啧啧称奇，并且盛赞公司应急响应工作做得好，给了公司员工强有力的生命保障，这一事件一定会带来很好的正面影响，既温暖了公司全体员工的心，也鼓舞了他们对公司的情怀，还会在社会上给公司树立良好的健康形象！

在整个广场一派欢腾的气息中，他只唯一感觉到了一丝阴影，就是高宜和不知道什么时候从哪里冒出来了，在广场一角远远地瞪视了他一眼，就转身大步离去了。

宋红琳一直忙活到晌午，才把一切善后事宜处理完，那时他已经回到办公室，宋红琳过来向他汇报当天的工作时，已经累得不想说话，只是望着他傻笑，眼角眉

罪与赎
——万象惊魂记

梢则漾满了浓浓的快意!

胡三娃也半天不说话,等了好一会儿,他才平静地问:"怎么样?"

宋红琳淡淡地说:"还行!"

两人对望一眼,扑哧笑出声来。

胡三娃坦然道:"老实说,我在想出这么一个怪招的时候,心里其实并没有底,真实效果如何,我一无所知!"

宋红琳点点头道:"老实说,你想出这么个怪招的时候,我也心里没底,但想着也没有其他什么好的办法,就抱着姑且试试看的心态投入进去的!没想到还真成了!"

胡三娃欣然道:"不过,今天郭倩凤突然早产,反而是帮了我们大忙,正是因为这种完全出乎意料,才使我们的行动不留下刻意为之的痕迹,我还一直担心,如果真是一切照着我们的安排进行,会不会因为某些人表演功夫不到家而露陷!那就搬起石头砸自己的脚了!"

"怎么着?你还怀疑我的策划和引导能力?会把你的戏演砸了?"

"你的表演功夫那肯定是一流的,关键是参演的人太多了,你的魔力不会辐射到每一个犄角旮旯啊,任何一个跑龙套的都有可能砸场子!"

"我做事,技术环节不存在任何问题,只要你思路正确,顶层设计不出问题,大餐绝对给你原汁原味地端上桌来!"

"好啊,那现在广场造势和营造氛围的行动已成效显著,现在就该考虑如何将这个成果维持巩固下来,并且日益强大!"

"对,我来主要就是跟你商量这个事情的!你看下一步是否考虑将广场再装饰一下?音乐喷泉什么的再美一点!时不时地组织几场民间音乐会、演唱会什么的?"

"这个你在行,你就放马去干吧,需要投入什么,找我来签字即可!"

"好,你胡总只需这一句话,广场上就会异彩纷呈!"

"不过趁热打铁,今天晚上广播、音乐、喷泉就启动吧,主题就说是庆祝新生命在俞氏公司广场上诞生,感谢广大热心群众对俞氏怀孕女员工母子健康给予的无私帮助,并且去准备一些小礼品,尽情发给到访的老百姓,让他们分享我们的快乐!"

宋红琳赞道:"胡总,你的心思跟我一样细腻,不得不表示敬佩!你说的,我

十七

都已经一一吩咐下去了!"

胡三娃由衷地竖起大拇指:"红琳,你的思路已经跟上我了,不得不表示敬佩!"

"切,你在夸你自己呢!"

"这不跟你学的嘛!"

两人又闲聊了一会儿,宋红琳休息得也差不多了,就去张罗接下来的工作。又过了一会儿,张合军送来了晚饭。吃饭的时候,一阵乐声响起,胡三娃停止手中的筷子,连忙给张合军打电话。张合军刚离开没多久又跑回来,兴奋地望着胡三娃。

胡三娃问:"是不是广场上的音乐?"

张合军热烈地点着头:"是的,不仅有好听的音乐,还有好看的喷泉,还有很多彩饰,今天广场上可漂亮了,我还没在这么漂亮的地方值过班呢!"

"那麻烦你背我下去看看!"

"好勒!"目光一扫,又道,"要不,你先吃完饭?"

"广场秀色可餐,这饭就不重要了!"

尚未出楼门,就感到了繁闹气息。出得门来,胡三娃抬目一扫,先是本能地惊愕,紧接着一股激情自心底难以自禁地涌上来,瞬间眼眶湿润,泪眼朦胧了!

胡三娃让张合军回到值班岗位,他自己则勉力倚靠楼门口,望着眼前盛景,忆往昔峥嵘岁月稠,心中漾起唏嘘感慨无限!广场死寂了数月,突然恢复昔日荣光,这种突变本身就令人震撼。而此前,他只是这种荣光的仰慕者,现如今,他是这种荣光的主宰者,这让他更加激动了!

此后几天,宋红琳带着她的建设团队以及苗英领衔的项目团队接连举办活动,将广场上的幸福气氛和生命气息一浪紧接一浪地送上一个又一个高潮。

而意外临产的郭倩凤,广场上生了个大胖小子,母子健康,到医院护理几日后,很快就康复出院了,原本是她在帮助公司成就大事,因为她的意外临产,事情性质大变,反而如同公司在冥冥之中早知她会意外临产而专门为她早做准备,最终使得她母子两全。所以她对公司的感恩是实实在在的,没有丝毫表演的成分。在她的执意要求下,宋红琳专门为她安排了一场答谢会,答谢公司及那些热心参与过广场产子事件的人们。

罪与赎
——万象惊魂记

在这样声势浩大的生命气息营造工程的推波助澜下,俞氏公司抓住契机,借助生产科长于新安超强有力的食用油生产技术,适时推出了专供妇幼儿童的保健食用油品牌"妇幼康",并在广场上做了品牌推广会。

总之,实实在在的努力产生的效果也是显著的,广场上又一次热闹了起来。

当然,胡三娃最为关注的还是真金白银,这天,当他看完上个月公司业绩报表,横在心头的一块大石缓缓落地,不由得仰天长出一口气。

不过,俞氏公司的真空包装食品也投产了。胡三娃愉快的心情不得不有所收敛,不自觉地微微皱起了眉头。

当然,经过这段时间来刻苦的功能锻炼,他此时已经基本可以行动自如,他又找回了那个勇气十足、力量饱满、斗志昂扬的胡三娃,足以应对一切艰难险阻!

他相信,他一定能帮助公司遏制甚或清除那个业已离心离德的败家子!

哼,他可不再是当年那个吴下阿蒙了!

如此一想,他不由得挺直腰板、长舒广袖,嘴角划过一丝胜券在握的冷笑!

―――――十八

罪 与 赎
——万象惊魂记

技术层面的心结都被一一打开抚平了，可是心灵层面的情结就不那么容易对付了！

俞萍音，此时此刻，你在哪里？在干什么？你真地连这个公司都不要了吗？还有，公司里的人们，你一个都不挂念吗？

他嘴角带着苦笑，几次拿起手机，将俞萍音的手机号码一一敲上屏幕，手指在拨号键上迟疑一下，又缓缓地将这些数字一一删除。

俞萍音那句话他记得很清楚：

"我这阵子想全心全意走走二愣哥走过的路，不想分心分神，所以就无暇顾及公司事务了，为求得心灵的宁静，可能也要很少接听外界电话，还请胡大哥理解！"

她这话翻译过来就是：您胡三娃得懂点事，别有事没事就打电话骚扰，自讨没趣！

当时胡三娃心有不甘，就加了一句话进行补救：

"那好吧，那请董事长照顾好自己，我手机24小时开机，有事请随时给我电话！"

他意图通过这句话给自己留有一丝希望和念想。

然而，俞萍音狠心断绝了这一切，这段日子来，他的手机就像块死去的砖头一样，冰冷生硬，没有帮助他漾起一丝情感的涟漪！

胡三娃最终遏制住了心头的冲动，忍痛将手机推开，置于冰冷的桌角，无助地斜靠在椅背上，仰望窗户外边的晴空丽日，浩然一叹。

他就在这样的苦闷心境中浸泡了几天，一个丽日当空的正午，没有一丝风，骄

十八

阳似火,热烈的阳光烧灼着人们的皮肤,没有几个人愿意出门,喧闹的马路都变得安静了许多。

胡三娃一边看着公司的文件,一边暗暗担心着,这么热的天,心神已走火入魔的俞萍音一定还在外边追寻着黄二愣,要是晒伤了可怎么办!

适逢其时,他的手机嘀铃铃响起,他有点烦闷地皱皱眉头,暗自埋怨谁这么不识趣,随手拾起手机,漫不经心地扫了一眼,顿时从椅子上惊跳起来,眼睛瞪圆,神光四射。

手机屏幕上呈现电闪雷鸣般的三个字:

"俞萍音"

他强自稳住颤动的心神,手指颤颤巍巍地摁下接听键,置于耳畔,"喂,董事长您好!",刚刚才吐出一个音节,却从手机里先声夺人地爆出一串粗鄙不堪的声音——

"黄二愣,你听着啊,不管你是这个贱人的老公还是姘头,快拿三百万过来赎人,今天下午五点以前,我们必须拿到钱,过时不候,到时你就过来收尸吧,再警告一句,不许报警,你的电话我们都监听到了,一旦报警,钱我们也就不要了,只是可惜这么美花花的身子,可就要变成一堆尸骨了,哈哈!快去准备钱吧,记住,就你一个人来,谁都不许告诉,否则,美人儿的命运是一样的,嘿嘿,十分钟后再给你去电话!"

电话就挂断了!

胡三娃面如死灰,举着手机僵在半空,一句话都没来得及说。

显然,俞萍音遭绑架了!

初步判断,绑匪的目的是为了钱,要真只是为了钱,也还好办,区区三百万应该出得起。

如果不是为了钱呢?要钱只是幌子,目的是要诱他深入,然后将他一锅端了!这是完全有可能的!

如果是这样,那他怎么办?他怕了吗?

哼,笑话,俞萍音性命堪忧,这是天塌下来的大事,在这等大事面前,他自己的命根本不值一提,何惧之有!

罪与赎
　　——万象惊魂记

　　如果只是第一种原因，真就好办吗？他到哪里去找三百万？虽然他可以利用总经理职权动用公司账户，但这么大的金额那就根本满足不了绑匪只许他一个人知晓此事的需求。绑匪撕票又怎么办？

　　思来想去，别无他法，但原则是一定的：不管绑匪什么目的，他可以死，俞萍音断然不能死！

　　既然找不到好办法，那就只能按原则办事，他略加思忖，想好了对策。

　　不管绑匪什么目的，他这一招应该都符合绑匪的胃口。

　　很快，"俞萍音"的电话就来了，他按捺住浮动的心情，静静地摁下接听键。

　　"怎么样？钱准备好了？"依然是那个粗豪略带沙哑的声音。

　　"没有！"胡三娃强做平静。

　　"你存心找死是吧！"对方气急败坏。

　　"我找遍我所有的钱了，一万块都不到，你又不让我告诉别人，我还没法向别人借，即便向别人借，也不可能借到这么多钱，现在只有一个办法能让你们拿到这么多钱！"胡三娃抛出诱饵。

　　"什么办法？快说！"对方急不可耐。

　　"你们绑架的这个女人是个很有钱的人，让我做你们的人质，放她出来拿钱赎我！"

　　电话那头沉默了，片刻后说："你等会儿，我们商量一下，一会再给你电话！"

　　胡三娃耐心等候着，心中的惶急慌乱感肆意流窜，搅得他不由自主来回走动起来。

　　一会儿，电话打回来了。

　　那粗声大嗓说："我们放了她，谁知道她会不会来救你？万一她扔下你不管呢？"

　　胡三娃朗然道："我这么舍身救她，她怎么可能不管我呢？何况，我们可是情深意笃的恋人！"

　　"你们真的是恋人？"那人粗鄙的声音中出现质疑的语气。

　　"是的！不信你可以让她接听电话，正好我还需要跟她通个话，以确认她真的是被你们绑架了！"

十八

"好吧!"

电话里头出现那人拿着电话走动的声音,背景音很安静,看来,绑匪隐藏在较冷僻的地方。

不一会儿,又传来他的声音,是对着俞萍音说的:"美妞儿,你男朋友要跟你通话,你可得乖巧点哦,哈哈!"

但听一声娇叱骤然传来:"无耻!滚开!"没错,正是俞萍音。

"董事长,您别害怕,是我,胡三娃!"

那边果然不再挣扎了,安静下来。

胡三娃一咬牙,压低声音:"你听着,为了取得他们的信任,我现在冒充你男友来救你,请不要害怕,不会有事的!"

熟料,安静下来的俞萍音却突然咋呼起来:"胡大哥,请不要管我,不要过来,一定不要来,求你了,我没事的,我这样挺好,真的,求你不要过来!"

声音越说越凄厉,到后来竟有点歇斯底里的意味了。

胡三娃心中被什么东西狠狠揪着一样一阵酸疼,眼泪止不住夺眶而出,他强作镇定道:"萍音,你放心吧,我绝不会放下你不管的!等着我!"

然后他不容她继续说什么,就对着话筒大吼道:"那位绑匪朋友,我们说完了,你接电话吧!"

手机应声而去,电话被那粗嗓子接过去了,他桀桀怪笑道:"哥们,好福气啊,找一个这么漂亮又有钱的女友,你来为她死一回,也值了!哈哈!"

胡三娃直截了当道:"为了你们尽快拿到钱,咱就废话少说吧,告诉我你们的地址,我立刻去换人!"

"好,痛快,你打算怎么来?"

"你得告诉我地址,我才好决定怎么过去啊!"

那边沉默了片刻后,沉声道:"这样吧,你坐973路公交车到陵渡镇,下车后打这个电话,我们会有人接应你!"

"好!"

那人又狠声强调着:"记住,你的任何行动都在我们的监控下,不要耍任何猫腻,

罪与赎
——万象惊魂记

那样只会让你的美人儿尸骨无存，乖乖地按我们的话做吧！哈哈！"

胡三娃心中寒意四起，忙道："放心吧，我不会乱来的！"

撂下电话，他匆匆收拾一下，谁也没敢告诉，经过大门口，秦方泰向他打招呼，似有跟他聊聊天之意，他也只是点点头，就匆匆离去了。

他就近找到了973路公交站，炎炎烈日烧灼着他的皮肤，炫目的阳光刺痛着他的眼，他也几乎全然感知不到了，他所有的神经和心思都只用来干一件事：想着俞萍音现在的样子，盼望见到她，然后让自己五花大绑，目送她安然离去。

心急如焚地等待了好久，973路终于蹒跚着开过来，胡三娃一马当先蹿了上去，找个座位坐下后，左右望望，四下里看看，有种似曾相识的感觉。

直至973路拐过城区、驶过郊区、穿越原野，恍然大悟。

这正是薛素萍当初带着他去墓地凭吊时所乘坐的公共汽车。

绑匪在受害者墓地群所在山区实施绑架，莫非还真的跟他及俞萍音查案有关？

事实远在天边，事故却近在眼前，多想无益，就干脆闯入龙潭虎穴探个究竟吧！胡三娃将头探出车窗外，视线穿透前方深邃的山林，一时间竟然豪性大发，心境变得跃跃欲试起来！

汽车在浓郁树荫的庇护下，不再热得呼呼喘气了，在山间马路上轻快地流转着，很快就抵达了那个叫陵渡镇的深山小镇。

胡三娃急不可待地下了车，立刻给"俞萍音"打电话。

电话似乎在专门等着他，很快就响应了："我们有人跟着你，你还算老实，只要乖乖听话，保证你们可以破财免灾，现在继续沿着马路往前走，不要停下来，直至我们再给你打电话！"

然后，电话挂断。

胡三娃想象着一双幽灵似的鬼眼正在周围某个神秘的地方窥伺着他，不由得后背寒意直窜。

他苦笑一下，晃晃脑袋中的幻象，沿着小镇上的土马路继续前行，很快钻入前方深邃的丛林，正是当初薛素萍带他行进的路线，丝毫不差。

果不其然，接下来，每走到一个岔路口，绑匪就给他打一次电话，由此可见，

十八

真有个人一路紧随着他，可森森小径上，明明只有他一个人在行进，他极目四顾，愣是连个鬼影子都看不着。

在魔鬼的指使下，他一路拐弯抹角、逶迤前行，最后当他站立在一个山角，抬眼望见那座气势宏大的山门时，便完全断定他刚才又将薛素萍带他走过的路重走了一遍。

难道他的目的地真的就是那片墓葬群吗？

不容他多虑，电话马上追过来："往你的右边看，路边有辆车，走到车边上来！"

胡三娃抬眼望去，果然，陵园山门前边的马路通往前方丛林的入口处，停着一辆银灰色越野车。

胡三娃心中抑制不住激动，大步流星向那车走去。

刚一走到车边，还来不及进行张望和打量，车门猛然打开，两个人飞奔到他身边，摁住他的两侧胳膊，反剪到背上，再一阵生拉硬拽，几乎将他抬上车的后座，死死地摁在座位靠背上，然后车门陆续关上，车哧溜往前一窜，疾驰而去。

胡三娃胳膊肘一阵吃痛，脑袋也不能自由活动，不由得怒声道："你们用不着这样，我自己送上门来的，难道还会反抗不成！"

副驾驶座位上一个粗黑的脑袋扭过来，嘻嘻一笑道："听说你是俞氏公司的老总，这样的人物我们可不能一般对待，要不多不礼貌啊！哈哈！"

这声音十分熟悉，正是一直跟自己联系的那个人。这人长得肥头大耳，面相粗黑，就跟在煤矿里刚刚刨出来似的。

"你怎么知道我的身份？"

"没有金刚钻不揽瓷器活，干我们这行的，就跟警探也没两样了，只不过警探是披着羊皮的狼，我们是披着狼皮的狼，实实在在，不弄虚作假，哈哈！"

"快放开我，我都成了你们掌心上的蚂蚁了，还有什么不放心的！"

黑脑袋就朝摁住他的两位小兄弟使个眼色，那两位在他身上摸索了一遍，确认没有携带凶器，也就放手了。

胡三娃重获自由，脑袋能够自由扭转了，连忙挺直身子，眼神中射出热望，在车里各个角落四处张望，看到的除了一张张狞恶冷峻的面孔，就是虚无的空气。

罪与赎
——万象惊魂记

他颇感失望，冲黑脑袋嘟囔道："我女朋友呢？"

"呦呵，还真是挺有情义的，那美妞儿找你还真是没找错人，为你掏出个三百万，真不算什么事儿！"

"就别废话了，快带我去见她！"

"放心吧，只要你们少不了我们一个子儿，我们就绝对少不了你们一根毫毛！"

胡三娃懒得理他，不再说话。

越野车在丛林马路上行驶了一会儿，就偏离了正道，驶入莽莽苍苍的林间大地，在原生态的林野和谷地间穿梭来去，真真正正地越野涉山，三五个来回，胡三娃就完全迷失了方向，此时即便将他放了，他也找不到归途。

越野车最后在一座简易的小屋前停下，这间屋子完全用树木、荆条和茅草搭建而成，像是守山人或者养蜂人临时住所之类的小屋。

苦于被匪徒揪住胳膊不能动弹，否则他就冲向前去了。

俞萍音被绳子五花大绑着，慵懒地斜靠在屋角的木头上，她披头散发、神态木讷、目光涣散、眼神迷离，看到胡三娃，也只是茫然地与他对望着，全然陌生的神情。

胡三娃一阵眩晕，身子还晃了好几下才堪堪站稳。

片刻之后他恢复了镇定，抬起袖子擦拭一下眼泪，睁开眼来，凝望着俞萍音，眼中柔情无限。但俞萍音只是茫然望着他，无动于衷。

他强忍悲痛，扭头望着黑脑袋，静静道："快绑住我吧，放她走！"

黑脑袋一耸肩膀道："哪有这么快！"

胡三娃怒道："怎么？你要反悔？"

黑脑袋油然笑道："放心吧，大哥我言出必行，不过，总得举行个小小的仪式吧，这也是为你好哦！"

胡三娃愤然道："你还要搞什么花样？"

黑脑袋哈哈大笑，然后对两个拽住胡三娃胳膊的手下使个眼色。

那两人将胡三娃生拉硬拽到俞萍音面前。

他掏出一把锋利的匕首，刀身上发散着尖锐而凌厉的凶光，他持着匕首在俞萍音眼前比划了一下，试图让她眨眼，然而她依然熟视无睹。

十八

　　黑脑袋冷冷一笑，断喝一声："小妞儿，你听着，你这个小男友很不错，挺有情义，他说要替你做人质，让你出去找钱来赎他，你同意不同意？"

　　俞萍音根本不理会他，看着他如同看着一团空气。

　　黑脑袋一耸肩膀，转而对胡三娃道："哥们，你看见了吧，她根本没同意你的方案，如果把她放了，她最后不拿钱来赎你，或者以报警草率处理，你就只有死路一条了，我看还是你回去想办法找钱吧，免得自寻死路！"

　　胡三娃忙不迭摇头："不用不用，大哥你放心吧，她现在只是受到惊吓，只要脱离这环境，她肯定就缓过神来了，她绝对不会置我的生死于不顾的，你就放心大胆地放她回去吧！她一定会拿钱来赎我的！"

　　黑脑袋欣然点头："好啊，这可是你说的，我可跟你说好了，我只给她半天时间，晚上八点前，如果钱未到，或者警察来了，你就等着上路找上帝去吧！"

　　胡三娃连忙点头说："放心吧，她回去很快就能给你们筹足钱！"

　　黑脑袋又拿着匕首在胡三娃眼皮底下比划了几下："哥哥我再问你一句，你确认你要留下来替换她，不顾很可能要丢掉的性命？"

　　胡三娃毫不迟疑："我确认，而且请你们放心，她不会不管我的，除非你们拿到钱之后还食言，要撕票，否则我不会丢掉性命！"

　　黑脑袋哈哈一笑："你这兄弟有意思，哈，既然你心意这么坚决，那我也就无法狠心拒绝你啦！"

　　胡三娃强忍心中悲愤，口中还得道谢不止。

　　黑脑袋话锋一转："不过，为了引起这小妞儿的重视，这个小小的仪式，却是无论如何也不能省掉的！"

　　"你有什么仪式，就赶紧使出来吧，不要再磨叽了，别耽误了她回去找钱！"

　　"好，痛快，兄弟，得罪了！"

　　突然间，他面露凶光，手臂一扬，手起刀落，匕首在胡三娃胳膊上狠狠划了一道。

　　胡三娃惨叫一声，一阵刻骨的疼痛漫溢全身，血从胳膊上渗了出来。

　　俞萍音终于被这声惨叫唤醒了，她惊愕地瞪圆了眼睛，望着眼前的血腥一幕，发狂地嘶吼道："混蛋，快放他走！"

罪与赎
——万象惊魂记

然后她就要挣扎着站起，却只是徒劳无益地在墙角蠕动着。她双眼喷火，望着胡三娃的胳膊，再望着那个黑脑袋。

黑脑袋望着胡三娃淡淡道："怎么样？现在还这么坚决么？"

胡三娃愤怒地望着他，一字一顿，铿然作响："请绑住我，放了她！"

黑脑袋满意地点头道："好，够爷们！就依你的办！"

说着，他向另外两个手下挥挥手，他们从屋里又拖出一捆绳子，几个人一齐动手，将胡三娃绑得严严实实。

然后，他们将他丢在另一个屋角，又踢了他几脚，确认他动弹不得，这才跑到俞萍音身边，直接抬起她往屋外走。

俞萍音不停挣扎，口中愤怒地呼喝着，目光死死盯着胡三娃，眼神中有着复杂的神色，难以名状。

胡三娃心疼地喊道："请你们给她松了绑，她身子骨太柔弱，经不起这么折腾！"

黑脑袋晃晃肩膀大笑道："呦呵喂，还当众调起情来，放心吧，到了该松绑的地方自然会给她松掉的！"

俞萍音愤怒的呼喝声渐渐远去，留下两个手下看守胡三娃，黑脑袋领着一干手下也离开了。

胡三娃仔细辨析着俞萍音的怒斥声，直至再也听不见，他不由得长长地叹了一口气，说不出心中是什么滋味。

俞萍音到底会是什么命运，他也说不清楚，总之，只有替她在这里受苦受罪，他心中才能感到踏实。至于俞萍音能不能找到钱，或者愿不愿意找钱来赎他，就由她决定吧！

不管什么结局，他都能接受，因为，他坚信自己的选择没有错，只要过程是正确的，结果就听天由命吧！

一念及此，他心态彻底释然了，胳膊上的刀伤也没有那么疼痛了，一开始，他还试图跟两个匪徒聊聊天，但两个匪徒根本对他不理不睬，他也就只好自得其乐，心态一放松，折腾这么大半天，也确实累了，慢慢地，他竟然在两个匪徒的眼皮底下呼呼大睡起来。

十八

也不知道睡到什么时候，他突然听到一声愤怒的吼叫：

"他奶奶的，居然敢报警！"

他骤然一惊，正待醒转，突然身上一阵吃痛，随之，一阵拳打脚踢、棍棒交加，如同暴风骤雨般落在他的浑身各处。他头脑一阵眩晕，尚未完全醒转，就直接从梦境进入了幻境，在昏蒙前的那一瞬间，他调集起身体四处残余的意识做出一个可怕的结论：俞萍音报了警，匪徒在他身上肆意报复，他要死了，再也醒不过来了！

然后，他两腿一蹬，昏死了过去。

待他悠悠醒转时，恍如隔世。

和一对水灵灵泪汪汪的大眼睛迎面遭遇，两人的视线砰然相撞，瞬间交融，有那么一瞬，他希望这个人是俞萍音，然而片刻之后瞧真切了，是宋红琳！

他好不惊愕，先是感动，继而失落，再而忧伤，一时间百感交集。

他呆呆地望着宋红琳欣喜若狂的眼眸，理解不了眼前的空前盛况！

宋红琳抓住他胳膊的手一阵一阵发力，仿佛她稍一松懈，胡三娃就会腾空而去一般。

宋红琳声音有点微微发颤："胡总，你是真的醒了吗？"

胡三娃困惑地望着她，一言不发。

宋红琳秀眉微蹙，扑闪一下眼帘，喃喃自语道："难道又是假醒？"

手抓着胡三娃的胳膊下意识地摇晃一下。

胡三娃撇撇嘴："只听说过有假睡，没听说过有假醒的！"

宋红琳略一错愕，哈哈笑了。

笑罢，她定定地望着胡三娃的眼睛，确认那里不再迷蒙。

胡三娃努力回忆了一番过往经历，然后动了动身子，发现轻快自如，这才长吁了一口气。

他从床上坐起来，斜倚在床头，四周打望一下，确认自己是在医院的病房里，然后望着宋红琳，静静道："红琳，这是怎么回事？"

宋红琳一撅嘴道："我还要问你怎么回事呢？"

"你不知道我怎么来的医院？"

罪与赎
——万象惊魂记

"当然是被送到医院来的!"

"是警察吧?"

"怎么把警察扯上了?"

"难道不是吗?"

"难道会是吗?"

胡三娃一振臂,直挺挺地坐起,瞪眼望着宋红琳,急声道:"快直截了当告诉我,别拐弯抹角的!"

宋红琳愣了愣,不满道:"你凶什么凶?你都没告诉我是怎么回事?我凭什么告诉你!"

胡三娃歉然道:"我以为你都知道了呢,警察没告诉你啊?"

宋红琳皱眉苦笑道:"你怎么一根筋啊,这里头真没警察什么事!"

胡三娃疑惑至极:"那好吧,你告诉我是怎么来医院的,我就告诉你之前的一切!"

宋红琳快人快语:"好吧,真是够稀奇的,三天前差不多比这个时候晚一点,董事长给我打电话,让我叫上一辆越野车去一片山里,我稀里糊涂地叫车过去了,来到深山里的一座茅草屋里,董事长怀抱着已经昏迷过去的你傻呆呆地坐在地上,我问她情况,她也一问三不答,我和司机急忙把你们弄到车上,送到医院里来,一直到现在,情况就是这样!"

胡三娃心中一颤,下意识地四处张望一下,急切道:"那董事长在哪呢?"

宋红琳嘟囔道:"这都几天了,她还能陪着你啊!"

胡三娃讪讪一笑:"她没事吧?"

宋红琳微一点头:"她没事,就是不咋说话,变得更加沉默寡言了!"

茅草屋中俞萍音五花大绑的样子在胡三娃脑子中快速闪动,胡三娃心中一阵隐隐作疼,他想了想道:"你来到茅草屋的时候,就只有她和我两个人吗?再没有其他人?"

"没有,可以肯定就你们两个!"

胡三娃想起绑匪狗急跳墙时候的怒骂声"他奶奶的,居然敢报警",一时间如

十八

坠五里云雾。

怎么回事呢？总不能是因为俞萍音觉得有愧于他而让宋红琳帮着一起隐瞒吧？这么大的事，瞒也瞒不过去啊？

宋红琳瞅着他，也是一脸迷雾，她眨眨眼道："该你讲讲咋回事了？"

胡三娃略作思忖道："那董事长有没有从公司账户里头取钱？"

宋红琳好奇地看他一眼："倒确实提取了一大笔钱，不过……"

"不过什么？"

"不过事后很快又归还了，好像没动这笔钱！"

胡三娃愣了愣，百思不得其解，陷入一时迷茫。

宋红琳突然咋呼道："喂喂，我的问题呢？别想贪污掉啊！"

胡三娃恍惚一笑："你怎么不问俞萍音啊？"

宋红琳嘟嘴恼火道："不跟你说了嘛，她现在一问三不答，变了个人似的，我这一边照顾着你，一边还得担心着她，你能不能不让我这么费劲啊！"

胡三娃突然觉得有什么地方不对劲："对了，怎么是你在照顾我呢？按理说，你是公司的主力干将，一切业务都靠你在穿针引线呢，哪怕是董事长屈尊照顾我，也不应该是你啊！"

宋红琳摇摇脑袋，继而又眉毛一扬："怎么着？还嫌我照顾得不好了，是不是？"

"不是不是，当然不是，只是办公室就你一个，你离开了，办公室的业务不就瘫痪了！"

"不会的，董事长说她暂时代理一下我的职责呢，让我专心照顾你直至康复出院，再去接管她的工作！"

这就令胡三娃彻底糊涂了，宋红琳业务精熟，俞萍音干办公室工作肯定不如她，为什么要这么大费周折呢？难道是因为俞萍音以董事长之尊，不愿意照顾一个保安出身的总经理？可是之前她又不是没照顾过啊！

他不由得暗叹了一口气，闭上了眼睛。

宋红琳佯装不满道："我的问题呢？怎么又被你岔开了！你必须作答！"

胡三娃觉得也没必要隐瞒她，就一股脑儿告诉了她。

罪与赎
——万象惊魂记

令他震惊的是,宋红琳听完这样骇人听闻的故事,只是淡淡点下头:"果然如我所料!"

"什么?"

宋红琳脸上浮上来惘然的神色,她眼神被回忆贯穿了,有如烟如幻之感,半响,她朝胡三娃眨眨眼,微微一笑:"胡总或许你不敢相信,或许你心底早有乾坤,总之,一切都透着一股好古怪的味道!"

胡三娃急切道:"先不要发感慨,快捞干的说!"

"事情说起来很简单,早前几年,萍音姐也被绑匪绑架过一回,然后也同样是当年的黄二愣总经理去替她做了人质,她被放出来找钱赎他,经过完全一样,如同当年情形再现一般,唯一不同的是,嘻嘻……"

她故意卖个关子顿住不说。

胡三娃乍闻此事,如遭雷击,急道:"是什么?"

宋红琳又嘻嘻一笑:"那会黄总已经是萍音姐的男朋友,为自己的女朋友两肋插刀,本是天经地义的,但你就不同了,你只是萍音姐的同事而已,却能够如此奋不顾身,当真令人心生敬意!"

胡三娃心中滋味,别人是无法领略的,不过此时这些情啊恨啊的,完全不在他的意识范畴里了,他所有的意识和心思都凝集在一点上:这是怎么回事?

黄二愣的又一场离奇经历,在他身上神奇重演!

这他娘的老天爷是犯傻了还是怎么着?对人间世事的安排完全乱套了!或者是老天爷闲极无聊,存心开他的玩笑,精心算计着他的一言一行,让他傻不愣登地被牵着鼻子走,浑然不觉之后恍然惊觉,恍然惊觉之后茫然失措,借此取乐!

要真只是拿他寻寻开心也就罢了,可又是群殴又是绑架,又是横死广场,这哪像是寻开心找乐子的节奏啊!

他不由得想起黄二愣惨死广场上的凄绝景象,以及自己正在一步步重蹈覆辙的古怪经历,顿感后背上汗毛根根炸起。

顺势再想起俞萍音在黄二愣的床上找到的那本"辛德勒名单",那本不知道是预示着生存还是死亡的名字记录簿,一想起自己正在按照那本名字记录簿所指引的

十八

方向不折不扣地行进着,行进的终点正好就是"胡三娃"本身,就感觉好像是黄二愣给自己下了什么魔咒一样,他的头皮不由得好一阵发紧发麻。

他晃晃脑袋,抬起头来对宋红琳尴尬一笑:"没什么可敬的,搁谁在我这个位置,自己的同事有难,也不可能置之不理!"

宋红琳撇撇嘴笑道:"看你说得冠冕堂皇的,我觉得恐怕还得分人吧,要是我被绑架了,估计你能帮着报个警,我就得谢天谢地了!"

胡三娃哭笑不得:"怎么能这么说呢?要不你被绑架一次试试看!"

宋红琳吹眉瞪眼道:"好啊,你敢诅咒我!看我接下来怎么照顾坏你!"

胡三娃伸伸胳膊腿,觉得自由自在,就掀开被子,一骨碌翻身爬起,一边下床,一边嬉笑道:"我现在就要出院,看你怎么照顾坏我!"

可他一旦直立于地上,还是一阵头晕目眩,身子一阵晃荡,摇摇欲坠。

宋红琳赶紧将他扶到床上坐住,连声斥责他的鲁莽与不负责任。

经过这剧烈晃荡,他坐在床上还是觉得眩晕,无奈,只得又老老实实躺下来。闭上眼睛,心底一声苦叹!

好一番闭目养神、平息静气,他的头脑才复归平静,他睁开眼睛,望着宋红琳苦笑不已,至此方知自己内伤的严重。

宋红琳恼火道:"这么大人了,得懂点轻重,别这么莽撞,好不好!"

"我的胳膊腿都很自在,筋骨也一副自强不息的样子,怎么会这么晕啊?"

"你都被打成脑震荡了,还这么自以为是!"

"脑震荡?我有脑震荡?"

"是啊,不然你这几天迷迷糊糊、痴痴傻傻、胡言乱语的,你以为是发癔症啊!"

胡三娃无奈摇摇头,闭着眼睛不想说话了。

沉默片刻后,宋红琳又说:"知道你很累,有件事还是得跟你说,毕竟咱有配合警察调查的义务嘛!"

一听到警察这个字眼,胡三娃如遭电击,忙睁开眼:"这事还真跟警察有关系?"

"具体我不知道,我只知道警察来看过你,并叮嘱说等你醒来后立刻通知他们!"

罪与赎
——万象惊魂记

"那好,赶紧给他们打电话,让他们立刻过来!"

"你能行吗?要不休息一会儿再说?"

"不用,这么躺着一点事都没有,反而无聊得很,正好跟他们唠唠嗑!"

宋红琳看他精神状态还不错,也就放心了,立刻联系了警察。

胡三娃一边焦急地等着警察,一边因为被宋红琳挑起了话头,继续就当年黄二愣激斗绑匪的事情寻根问底。遗憾的是,她对这件事其实知之甚少,因为关于那次绑架事件,俞萍音和黄二愣两位当事人都三缄其口,而那次在医院照料受伤的黄二愣完全是俞萍音包揽了,当然,这也可以算是黄二愣和胡三娃在各自的绑架故事中又一不同之处。

仔细挖掘他和黄二愣人生经历中的不同之处,已经成了他的下意识行为,他不由得感到浑身不自在。而以往每次将他和黄二愣区分开来了,他心头总是窃喜,这次虽然也区分开来了,他心头却感到了一种前所未有的失落。

不一会儿,警察就过来了,不出所料,依然还是辛正刚和李再芬。

他们已经是老朋友了,彼此之间毫无芥蒂,插科打诨代替了寒暄问候,主题虽然沉重,气氛却相当友好。

辛正刚说:"小胡兄,好羡慕你,我们太阳酷晒下东奔西跑累个半死,你却总能在这病床上颐养天年!"

"那得感谢政府感谢人民警察啊,将很多可以帮助我们卧病在床、颐养天年的恶棍豢养在人世间,兴风作浪、为非作歹!才给了我如今这样的机会啊!"

"呦呵,小胡兄还是这么牙尖嘴利啊,怎么当时不将这些恶棍咬断啊!"

"劳动人民的尖牙利嘴是用来啃硬骨头谋生的,不具备咬恶棍的功能,恶棍只能交给警棍来对付!如果劳动人民的牙口都要用来咬恶棍,那专门设立你们的警棍还有什么意义?"

辛正刚和李再芬俱皆动容,李再芬热烈的眼神看着胡三娃,若有所思。

辛正刚皱皱眉头:"小胡兄还是满腹怨气啊,不能正确看待我们警察这个形象,当然,以前可能是有些事情让你心生偏见,希望今后能够有事实站出来帮助你纠偏!"

十八

"我倒是希望有这样的事实存在，不过但愿它不是只在万里高空飘扬，而是能够在泱泱中华大地上扎根！"

"小胡兄，我现在还给不了你答案，我只能说，我们也在努力，我们的行动方向和你所谓的劳动人民的心愿其实是一致的，可能在我们的正直行动上和你们的明亮眼睛上都蒙上了一层灰尘，使我们彼此感知不到，所以我们现在各自要做的工作就是我们擦净行动，你们擦亮眼睛，使我们之间消除隔阂，亲密无间！期待着这一天的到来！"

"那好吧，那就让我拭目以待吧，但愿我的眼睛能够寻找到光明！"

辛正刚哈哈一笑，拍拍胡三娃的肩膀道："远的不扯了，就说现在吧，现在我就是给你送光明来了！"

"怎么讲？"

"我已经立下军令状，一定要把你和俞董事长的被绑架案给破了，如果此案不破，我就扒掉自己的警服，怎么样，够正能量，够光明吧！"

胡三娃恍然道："是俞萍音报的案吧？"

辛正刚点点头。

胡三娃心中隐隐发沉，心口隐隐作疼，如同被抽了一鞭子。

辛正刚看他一副魂不守舍的样子，调侃道："怎么？被感动得不行了！"

胡三娃不屑地耸耸肩："你要真有心，就去把俞伟民和黄二愣惨死的案子破了，我这种鸡毛蒜皮的案子，体现不出你的光辉形象！"

辛正刚皱眉道："呦，你还不怎么领情啊！怎么？对你受的伤不在乎？"

胡三娃心中没来由地感到一阵心酸，冷声道："我自己在乎又能怎么样？别人根本不顾我的死活，我还在乎这点伤干什么！"

辛正刚听他话里有话，来了兴趣："怎么着？难道有什么特别发现？请告诉我们！"

胡三娃冷哼一声："这还用得着我来告诉你们，正好，我倒是可以顺便提醒一下你们，难道你们警察办案时就只顾履行职责，丝毫不考虑一下当事人死活的吗？"

"哦，你这话是什么意思？"

罪与赎
——万象惊魂记

"你们面对绑架案的时候,就只想着怎么抓到绑匪,而不考虑人质安全的吗?"

"不明白你所指,解救人质、抓住绑匪都是我们的职责啊,两头都要兼顾,不能顾此失彼!"

"那这次你们前来救我的时候,为什么就那么勇往直前,毫无策略可言,直接激惹绑匪对我实施惨烈报复!"

辛正刚愣了愣,笑道:"哦,原来你误会了,你以为绑匪将你打成这样是我们激惹的啊!"

"难道不是吗?"

"我们都没跟绑匪见过面,何来激惹一说?"

胡三娃惊讶道:"不是俞萍音报警让你们去抓绑匪,解救我的吗?"

辛正刚略一错愕后笑道:"原来你至今还一塌糊涂啊!"

"什么意思?"

"俞萍音是在将你送到医院后才报的警,哈,怪不得你刚才阴阳怪气的,是不是绑匪警告过她不要报警,而你认为她不顾你的死活报了警呢?"

"啊!她事前没有报警?"

"我们也批评过她没有报警就直接鲁莽地面对绑匪,导致现在绑匪还逍遥法外呢!"

"她真的没有报警?"

"这事骗你干嘛!"

啊!胡三娃在心中暗自惊呼了一下,不过他没有吐出声来,那种压抑了好几天,包括在半梦半醒、浑浑噩噩当中也无不在撕咬吞噬着他心灵的苦闷感,瞬间得到了完全释放,这种幸福感和快乐感,无与伦比,激荡着他的身心。顿然使他胸无块垒、血脉畅流。身体的那点伤痛,脑子里的那种伤感,完全可以忽略不计了!

他控制不住心头的那种欣快感,不由自主对着辛正刚傻傻一乐,弄得在场诸人面面相觑,颇感怪异。

"好吧,辛警官,抱歉我误会你们了,关于这件案子,你们需要了解什么,请问吧,我知无不言!"

十八

"你这态度还不错，我以为你还会像上次那样说你这伤是自己不小心摔的呢！"

"不带这样诱供的啊，一码归一码，这次我被人打了不代表上次也是被人打的！"

"你要是这种思路的话，那我们就只好将这次绑架事件作为一个孤立的案子来调查了！"

胡三娃听他话里有话，一时情急，脱口而出："难道你们认为这个案子跟上个案子有关联吗？"刚一说完就觉不妥，捂嘴巴都来不及了，暗自心惊。

"怎么着？还是吐露心声了吧！我还一直琢磨着你到底能装到何时呢！"

"我只是顺口一说而已，并不代表我心中所想！"

"你就别狡辩了，多累得慌！那次案情已经过去了，如果真是懵懂少年一时冲动犯点错，反正你现在也已经康复了，又这么坚决袒护他，难道我们还能没事找事，自讨没趣吗！所以你就放下十二个心吧！但是……如果那不只是青春犯下的错，而是人间犯下的罪，社会犯下的恶，那我们就绝不能姑息，一定要将罪犯绳之以法，除恶务尽！"

胡三娃心中凛然，不由眼神炯炯地望着辛正刚，瞬间觉得他形象高大了许多。

目光再转向李再芬，她也眼含热望，鼓励地朝他点点头。

但齐曼华的焦急神色瞬间就占据了他的脑子，他心中暗叹口气，淡淡道："不管那件事是否隐藏罪恶，我都不想谈了，咱们就事论事，就说眼下这个案子吧！"

辛正刚眉头紧皱，声色冷峻道："如果上个事件和本次事件是一根树藤上的两个瓜呢，拽着这个怎么可能不牵动那个？"

"你为什么会这么联想？凭什么将这两个貌似毫无瓜葛的事件串在一根藤上？"

"凭的什么，你比我更清楚啊，你不是在查黄二愣死亡谜案么！"

"你是说这两件事都跟我查案有关？不太可能吧！"

"不然呢，不然你觉得你会这么幸运么，普通人一辈子都很难遭遇的事情，你几个月内遭遇两次？"

"可是这两件事真的很难跟我查案扯上什么关系啊！"

罪与赎
——万象惊魂记

"要是能这么容易被你扯上关系，你查的还能叫谜案吗？要是罪犯的犯罪技术那么肤浅，还用得着您这样的大侦探出马吗？"

胡三娃脑中疑窦丛生，心里也愈发沉重，被辛正刚骤然点醒，他才惊觉自己此前一直引以为傲的思维水平有多幼稚，他此前的查案经历虽然遭遇颇多怪相和险情，但他一直还在自得其乐地勇往直前着，从来未曾驻足思考这些貌似不着边际的际遇后边是否暗含玄机！

不过他又想起一个情况，望着辛正刚，嘲讽道："你们不是已经判定黄二愣的死亡属于自杀么？那么此案既然没有凶手，我的调查又能激惹了谁？"

"呵，你还揪住我们的小辫子不放了，不过我当初好像就跟你强调过，结案不等于破案，事实不等于真相，案子了结了，不等于行动就结束了，我只能说到这，你自己慢慢领悟吧！"

"你这也不等于，那也不等于，不过我倒觉得有一个等号是明确无误的了！"

"什么呢？"

"就是你们做出一个不负责任的结论等于放弃了公平和正义！"

辛正刚愣了愣，和李再芬对望一眼，不由得哈哈笑了。

"有什么可笑的？我说得不对吗？"

"好吧，就算你说得对，不过我们现在为你在追求公平和正义的路上保驾护航，不也是另一种公平和正义的体现么？"

胡三娃若有所思地望着他，心中似有所悟，却飘忽来去，难以捉摸。

"好吧，咱们不探讨这些不着调的东西了，切入主题吧，给我们讲讲你遭遇的这次绑架事件的来龙去脉，如果你愿意，也请你讲讲前次被殴打事件的前前后后吧！"

胡三娃不再迟疑，从接到"俞萍音"的电话开始讲起，直至自己被毒打昏迷，醒来后已在医院，期间见闻或感知到的每一个细节，包括黑脑袋及其一干手下的穿着打扮、神情姿态、语气语调等等，无一遗漏。

辛正刚面色严峻地点点头："嗯，跟俞萍音叙述的基本吻合，你被毒打前，绑匪喊的那一声'他奶奶的，居然敢报警'，很是蹊跷，因为那会儿根本就没有警察

十八

出现在那里,只是在你已经住院俞萍音报案后,我们才去了案发现场!"

"绑匪是怎么盯上俞萍音的?怎么会正好在那块墓地周围出现呢?"

"什么墓地?"

"就是俞氏公司中毒事件中死亡的那几位受害者葬身的墓地啊!"

辛正刚"哦"了一声。

"你还没回答我问题呢?"

"什么问题?"

"绑匪是怎么盯上俞萍音的?他们之间发生了什么?"

"由于我们公安机关办案纪律,尚未结案的案情不能随便公开,所以就不能讲给你听了!"

胡三娃翻了下白眼。

辛正刚悠悠一笑:"不过你可以问俞萍音啊,她掌握的可是第一手资料呢!"

胡三娃耸了一下肩膀,冷眼相对。

辛正刚自得一笑,接着说:"好吧,再讲讲你上次事件中的经历吧!"

胡三娃双手一摊,说:"出于我内心的行事准则,尚未明确的事情不能随便瞎讲,所以就不能讲给你们听了!"

辛正刚望着李再芬耸耸肩,后者则笑出声来,这下连一直默立一旁的宋红琳也呵呵直笑。

辛正刚向李再芬摆摆手:"好吧,既然他老大不情愿,咱们也别强人所难,撤吧!"说着,爽快利落嘎嘣脆,他抬腿就往病室门口走。

李再芬瞪一眼胡三娃:"你咋这么不识好歹呢?我们这是在帮你啊,只有分析清楚了,查明真凶,才能有的放矢,避免二次伤害啊!"

胡三娃摆摆手:"危不危险,我心中有杆秤,就不劳你们操心了!"

李再芬气得跺一下脚,愤然转身,追随她领导去了。

宋红琳出门目送他们离去,回来后向他直竖大拇指:"胡总,你刚才气他们的情景太精彩了!大快人心啊!"

"怎么?你也站在我这一边?"

罪与赎
——万象惊魂记

"那当然,他们警方在黄总的案子上太过草率了,谁对他们没有意见啊!"

胡三娃想想辛正刚刚才那番云山雾罩的话,困惑道:"可是听他刚才说的,好像又不是这么回事?难道有什么隐情或者什么花样?"

宋红琳满脸不屑:"你听他在那瞎白乎,无非觉得惭愧,给自己脸上贴层金而已,还不好意思直接贴,就云里雾里胡咧咧!"

胡三娃淡淡一笑,微一摇头。

宋红琳又问:"你为什么不愿意跟他们讲讲你上次受伤的经历呢?也许真有什么关联也说不定呢!"

胡三娃沉吟道:"应该没关联,再说,不管有没有关联,我已经向别人做出承诺,有承诺就必须履行,这是原则,绝不能破坏!"

宋红琳眼神热烈地望着他,点点头。

黄昏时分,齐曼华走进病房来探望他。

她跟宋红琳热情打着招呼,笑意盈盈地望着胡三娃,满眼关切之情。

胡三娃见到她也是倍感亲切,笑逐颜开:"嫂子,谢谢你对我们公司的大力支持啊,现在我们公司门庭若市、繁荣昌盛,你的功劳太大了,我是一直行动不便,要不早就来当面向你致谢了!"

齐曼华却撇撇嘴,半是调侃半是认真:"我看还是心不诚,要不可以活蹦乱跳去绑匪手中解救大美人,怎么就不能到我家里看望一下我这个黄脸婆?"

"这,这个嘛,呵呵,情况不同嘛,情况危急,就,就奋不顾身了!"

"好啦,不逗你啦,只要你没啥事,我就放心了!"

"嫂子,你家小少爷怎么样?出来之后没再有啥事吧?"

"那小魔王,哪里消停得下来,惹祸不断,不过倒是没惹什么大事,自从你那次事件被拘之后,也算懂得点分寸了,不敢太放肆了!说起来,还真是要感谢你高抬贵手,给了他重生的机会!"

"他也算是我的小侄儿,我无论如何都会帮他,但别人可就不一样了,如果还有一桩奇案做大背景的话,只要有一丝把柄被抓住,人家想怎么演绎就全凭一张嘴了!"

十八

齐曼华听他话中有话，顿时有点紧张，茫然道："三娃兄弟指什么呢？"

"上次我不是掩饰说是我自己摔伤的么，但警察其实根本不相信，借这次调查绑架案的契机，又问起上次的事，还说上次的事也许非同寻常，让我不要简单对待！我的意思是，既然警察还惦记着这事，还是得让小侄子注意着点儿，别再做什么出格的事情，以免他们揪住不放再借题发挥什么的！"

齐曼华脸色变得煞白，她眼神惶然，紧抿嘴唇，沉默无言。

胡三娃担心吓着她，又道："当然，警察也就是顺便提起，而且也表示如果上次的事情仅仅是热血少年争风吃醋，一时冲动犯点错误，肯定既往不咎了，所以嫂子你也不用太过担心，只要管教好小侄子，让他以后别太放肆就是了！"

"三娃兄弟你又不是不知道那小魔王的脾性，哪是我一个妇道人家管教得过来的，我只能尽力而为了！唉，可怜我孤儿寡母的！"

她自怨自艾地叹着气，却将满目希冀的目光绵绵不尽地释放在胡三娃的眼睛上。

胡三娃当然知道她的心意，强颜欢笑地安慰她："我懂得嫂子的苦衷，如果有时间，我也尽可能地帮帮你吧！"

"多谢多谢，那三娃兄弟抽空常去家里坐坐啊，帮我狠狠管管那野孩子！"

胡三娃爽快地点头，可心中暗想，查案的事耽搁了这么久，也不知道到底还有没有时间去走亲访友。

"三娃兄弟，你提醒我的事，我会牢记心头，但我也想提醒你一桩事！就是你今后最好也别再查什么案子了！过去的就都让它过去吧！别再有什么新的伤害发生就很好了！"

"为什么？"

"一直以来我就有种感觉，你好像在一步步重蹈二愣兄弟的覆辙，之前我还觉得可能是我神神叨叨产生错觉了，直至二愣兄弟遭遇的绑架事件又时空穿梭般降临到你身上，我难免就开始接着往下想，二愣兄弟还要经历的那些惨剧，乃至他最后在广场上的惨死……"

齐曼华说着说着，自己都觉得惊悚了，脸色煞白，眼神迷茫，嘴中呲呲作响。

听着这么诡异的描述，胡三娃后背泛起丝丝凉意，但是他又能怎样呢？箭在弦

罪与赎
——万象惊魂记

上不得不发,而且也事关他对俞萍音的承诺,以及他对自己天道良心的一个交代!

他冲齐曼华不置可否地笑笑:"谢谢嫂子的关心,我会考虑你的建议的!"

"好,祝三娃兄弟一切好运!"

齐曼华离去后,宋红琳就调笑说:"胡总,我看你这小嫂子对你有点意思哦!"

胡三娃脸红了红,气恼道:"胡说,这种事可别瞎开玩笑!小心我跟你急!"

"就许她一口一个三娃兄弟地叫着,我发表点观后感都不行吗?"

"叫三娃兄弟可以,胡说八道可不行,你要觉得不公平,你也可以叫我三娃兄弟!"

"我呸!这种肉麻的称谓我可叫不出来!"

"那就是你自己的问题了,怨不得别人!"

"照你这么说,世间的便宜都让无耻之人占尽了,懂点礼义廉耻的人只能干着急吗?"

"这话怎么说的?她占什么便宜了?"

"她跟你打情骂俏了呀!"话落,宋红琳俏脸上腾起一朵红云。

"这么说,你因为跟我打情骂俏不起来,干着急!哈哈!"

"去你的!想得美!才不是呢!"宋红琳急得直跺脚。

……

接下来的住院日,来看望他的人倒是走马灯似的换了一茬又一茬,他在黄二愣的"辛德勒名单"上业已认识过的人几乎都来探望过他了,然而就是不见俞萍音的身影。照理说最应该前来探访他的人反而形同陌路、漠不关心,这一点令他有种非常难以描述的失落。

出院之后回到公司,鬼使神差一般,他没回自己的宿舍,直奔办公室。办公室门窗紧闭,毫无生气。他坐在椅子上,心中有股难以言说的惆怅。

———————— 十九〇

罪与赎
　　——万象惊魂记

　　时间过得真快，感觉好像几个月没见到俞萍音了，俞萍音的形象模糊又清晰，那次去大山里解救她时其实算是见过一面，但那时他心急如焚，哪顾得上仔细看呢。
　　胡三娃犹豫着给俞萍音拨打了电话，结果没有接听。
　　他的心沉沉地难受，又给宋红琳去了电话，电话接了。
　　"胡总好，有什么指示？"宋红琳轻快的声音。
　　"你现在干什么？"
　　"处理董事长交接给我的工作！"
　　"董事长在？"胡三娃声音发颤。
　　"她已经走了！"
　　"什么时候走的？"
　　"几分钟前吧！"
　　"是来找我吗？"
　　"不！"
　　"为啥？"
　　"她直接回家了！"
　　"怎么都不见一下我？"
　　"她说有事急着回去！"
　　"没什么话转告我吗？"
　　"就说让你好好休养，让我照顾好你！"

十九

"这样啊!"

"胡总,你现在行动自如了,记得自己去食堂吃饭啊,我要把董事长交接的工作一气处理完,可能要弄到很晚,今天就不去骚扰你了啊!"

"嗯,你忙吧!辛苦了!"

撂下电话,胡三娃心胸中如同嵌进一块巨石,胀满憋闷得难受,自己冒生命危险只身前往大山营救她,为什么连句感谢都没有?他怎么也想不明白这个道理。

他在屋子里枯坐了一会儿,最后,他实在忍不住开始拨打俞萍音的电话。

第一遍,未接听。

第二遍,未接听。

第三遍,未接听。

第四遍,未接听。

第五遍,未接听。

第六遍,你拨打的电话不在服务区。

第七遍,关机。

第八遍,纯属不甘心,让"关机"声来告诫自己。

第九遍,他没打电话,发了一条短信:

"董事长,您还好吗?我打电话也没啥事,就是想告诉你,我已经完全康复,明天就将继续开始探案,按照咱们的约定,这下轮到您来经营公司业务了,请您明日就来公司上班吧!"

短信如石沉大海,久久没有回音,当然,她手机已经关机了。一向沉着冷静的胡三娃人生第一次表现出了没有耐心的一面,明知他的短信只有不停念阿弥陀佛祈求老天保佑才有可能被俞萍音知晓,他还是固执地相信俞萍音已经看到了他的短信。

临近午夜时分,他还是颤颤巍巍地拿起了电话,第十遍拨打了俞萍音的号码。

居然开机了,响了几声后,电话还通了,胡三娃心脏差点跳出嗓子眼,热血上涌,几欲晕厥。

"喂,董事长吗?"

"嗯!"

罪与赎
——万象惊魂记

"你还好吗?"

"还好!"

"怎么还没睡?"

"一会儿就睡!"

"刚才怎么没接电话?"

"没听到!"

"我出院了!"

"嗯!"

俞萍音完全一副应付式的腔调,令他心中苦楚,干脆放弃了无谓的寒暄,直入主题。

"看到我的短信了么!"

那边终于沉默了一会儿,沉默总归好于淡漠,胡三娃在一派静寂的气息中,感到一种难以形容的欣慰。

她终于出声了:"看到了!"

"嗯,你同意吧!"

"我,不能同意!"

"为啥?"

"我要走的路还没走完!"

"可是你遭遇到危险了啊!我不能让你再走下去了!"

"危险正是我要走的路途中的风景!"

"这样的风景,会使你走不到终点的!"

"再也走不到终点的那一刻就是我要到达的终点!"

胡三娃被噎得直翻白眼。

"那你现在走到哪一步了?"

"你已经知道了啊!"

"恕我愚笨!请告诉我!"

"我被匪徒绑架,然后二愣哥舍身前来救我,替我做人质,我出来后,报了警,

十九

拿着赎金去营救他，匪徒发现了警察，将他毒打一顿后逃跑，他被送住院，然后出院，也就是走到这一步！"

胡三娃欲哭无泪，欲笑无声，不过有更重要的细节转移了他的注意力。

"你是说，你当初去营救黄总的时候，是报了警的？"

"是的！"

"那这次来营救我的时候，为什么没有报警？"

"我那时傻，也没有经验，只觉得孤独无助，紧张得不知所措，所以就报警了，寄希望于警察能够带来坚强的保护，但是没想到警察并没有帮到我，反而招致二愣哥遭受一顿毒打，所以我这次就不愿意报警了，自己拿着赎金去救你，但是不知道怎么回事，匪徒还是毒打了你，我真的很愧疚，觉得很对不起你，胡大哥，请你原谅！"

说着说着，俞萍音总算释放了，她的声音中充溢着各种情感，虽然那些沉重而忧伤的情感令胡三娃痛彻心扉，但俞萍音总算又回归一个有血有肉有情有义的正常状态，令他大感欣慰。

"董事长，你一点错都没有，错在那些胡作非为的人们，如果非要说我们有错，也只能是我们不应该出生到人世间来趟这池浑水，既然来了，就得准备着咽下苦水，谁也怨不着，你说是吧！"

她沉吟了片刻，语声中终于有了温度：

"可是胡大哥，你是无辜的，你不应该被搅到这池浑水里头来，你完全可以清清白白地站在岸上的！"

"董事长，你这话就大错特错了，如果没有我，你追寻黄总的路怎么走得下去？例子就摆在眼前，这次绑架案，如果没有我的出现，你怎么能够走到黄总替你做人质、然后被毒打住院，然后康复出院这些环节和路数当中来？"

那边彻底沉默了，好一会儿，俞萍音才说：

"胡大哥，正因为如此，我不能让你再跟着我走下去了，这条路的前半程已经让你受尽磨难，后半程摆明了会更加残酷，照此趋势，凄惨结局似乎也无可避免，我再怎么自私自利，也不能让你跟着走完这后半程了！"

"这就是你回避我的原因吗？"

罪与赎
——万象惊魂记

那边再次沉默,片刻后,低缓的声音传来:

"算是一半的原因吧!"

"另一半呢?"

又是死一般的沉寂,胡三娃耐心地等候着。

"胡大哥,你老大不小了,事业做得不错,公司门前广场热闹的气氛甚至超越了当年二愣哥所建设的盛况,公司业绩也步步攀升,我很感谢你,我爸如果泉下有知,也会对你感恩戴德,你现在拥有了稳固的地位、辉煌的事业,是该考虑个人终身大事的时候了,我仔细琢磨过,也试探过,觉得红琳很适合你,她也对你很有好感,我希望你能好好跟她发展一下,成就一段美好姻缘,这也会成为我们公司一段佳话,我在外漂泊,也就更加放心了!可以说,这是我的心里话,也是我最真切的考量因素!胡大哥,你觉得呢?"

"不,我不能同意!"

"为啥?"

"你已经知道了!"

"是说没有你,我就走不通二愣哥走过的路吗?"

"算是一半的原因吧!"

"另一半呢?"

"我对你的承诺,我要揪出杀害黄总的真凶,抚慰他的亡灵,使你未来有一天面对黄总时,能够踏实而坦然!"

那边陷入死一般的静寂,好久好久,突然爆发出低沉的呜咽声,那呜咽声先是低回婉转,实在悲不自禁了,就渐趋高亢,很快转化为悲号,似乎压抑太久了,能量积压得太多,一发而不可收拾,一泻千里,响彻心扉。

胡三娃心痛如潮,也跟着情绪奔涌,但他只能苦苦压抑。

他无声地流着泪,静静地等待着。

终于,俞萍音慢慢和缓下来,心中积聚的情感释放得差不多了,她总算能够说话了,她哽咽着说:

"谢谢您,胡大哥!"

十九

"董事长,多保重!"

"我知道了,咱们休息吧!"

"晚安!"

"晚安!"

撂下电话后,胡三娃跑进里屋,趴在水池旁,使劲用凉水擦着脸,试图蒙蔽自己的眼泪,但根本无法混淆过关。他倍感无奈,只好仰躺在床上,不管不顾,任由热泪涕泗滂沱,直至眼泪浸透了枕头,他在干枯的精神和潮湿的睡意中,终于沉沉入梦。

第二天他早早就醒来了,他知道这一天是第二阶段战役的开始,战事或许会更加惨烈,需要养精蓄锐来准备一个充分的头脑,所以就强逼着自己再往下睡,但他在床上翻来覆去好几个来回,根本无法成眠。

无奈之下只好爬起来,用凉水洗把脸清醒一下,就来到外间,打开灯开关,想着再看会公司的资料坐等天明,然后就这么随意走到椅子上坐下,手习惯性地伸向桌面上的那堆文档,视线随之一扫。

就是这么一眼,他"啊!"地一声惊呼,从椅子上弹跳起来。

脸色瞬间煞白一片,心噗噗跳个不停。

他惊愕了好一会儿,心神慢慢回转,他再使劲眨眨眼,心怀忐忑地瞧向那堆文档,没错,文档最上边摆放着一个东西,就是之前曾经在此办公桌面上意外出现过的那个真空食品包装袋,是不是原来那一个不好说,但绝对是同一种类的东西。但见那东西趴在那堆文档上,黑黝黝灰溜溜地散发着滢滢幽光,如同在向他挑衅或者宣示什么似的。

他仔细回想了一下,确认昨晚睡觉之前这桌面还没这东西,而且他昨晚睡觉很晚,也就是说一定是昨天夜里有人将这东西搁在这里了!

他马上走到门边,试了一下门,发现门关得严严实实,又奔走到窗户边上,窗户也是严丝合缝的。

他的心一下子晃荡了起来,一股毛骨悚然的感觉蹿遍全身。要是真有人鬼鬼祟祟进来了,做了这档子稀奇古怪的事,他也许会有点害怕,但绝不会恐惧,人类再

罪与赎
——万象惊魂记

凶残，他自信还是有办法压制的。但要是连鬼神也向他发难，他就茫然无助了！

当然，这也未必是在向他发难，因为毕竟他并没有受到任何伤害。鬼神两度将这个神鬼莫测的东西搁在他案头上，到底想要表明什么含义呢？

前一次，俞萍音解读为是黄二愣在显灵，想要他们帮着禁止高副总开办真空包装食品生产的序幕。那么这一次，难道又是他显灵了？道理上也说得过去，因为高副总的脚步并没有被遏制，真空包装食品都已经投产了，马上就等着上市了，所以黄二愣在天之灵异常愤怒，就奋不顾身再次显灵！

如此一想，胡三娃虽觉荒诞，倒也寻求到一种奇特的踏实感来，有解释总比没解释好，否则，他就得惶惶不可终日了！

接下来的一件事实倒是似乎从另一个角度又验证了这个荒谬的猜想。

他晃晃脑袋坐回椅子上，拎起那个东西瞧了一眼，觉得它本身普普通通，没什么古怪的，想着上次将它请走它又回来了，这次干脆就由着它，将它恭恭敬敬置于案头，像个菩萨一样供奉着它，看它还能飞出什么幺蛾子来！

于是将它放置在办公桌面正中间靠桌边的位置，不妨碍看书写字就行。

然后他长吁一口气，静下心来，抬手去拿文档堆最上边那本册子，直至在眼前翻开了，他又是骤然一惊，竟然就是俞萍音在黄二愣床褥底下找到的那本"辛德勒名单"，他仔细回想了一下，昨晚这堆文档最上边的册子肯定不是这本名字记录簿，虽然他昨晚有点恍惚，没怎么关注办公桌上到底有什么东西，但印象中最上边的文档绝对是有关公司运营事务的一本资料。而至于"辛德勒名单"此前在什么地方，他倒是没特别留意过，但至少可以说明，鬼神也顺势将这份名单记录簿连同真空包装袋一起搁在他的案头了！

这份"辛德勒名单"如今貌似就是他的生死流程图，恍如黄二愣给他下的魔咒，情形似乎就是黄二愣显灵给他耳提面命来了！

如此说来，黄二愣昨夜当真光临此间？

一念及此，胡三娃非但没觉得恐慌，反而莫名其妙感觉出一种兴奋来。

黄二愣看他调查陷入困境，来指导他办案来了？

他脑子里突然晃动着这么一种奇特而真实的念头！

十九

可是这份名单又意味着什么呢？

他信手翻阅着，上边每一个名字都幻化成一个栩栩如生的人，正在摇头晃脑地向他做鬼脸。

熟悉的人名倒好，幻化出来的人形一个个言笑晏晏、平易近人，即便是一副丑恶的嘴脸，至少也还算亲切感人，但陌生的人名就麻烦了，他怎么想象也难以得其神韵。

马上就又要展开调查了，他是按照自己既定的思路继续进行呢，还是严格遵照这份名单的顺序调查下去？

又或者说，这两种顺序其实就是一种顺序，因为前半程，这两份名单顺序基本吻合了，难道后半程还会有所不同？

如果真的还会有所不同的话，那他肯定不能按照这份名单顺序进行下去，因为摆明了这份名单顺序就是一个魔咒，鬼使神差地，调查工作到现在为止，黄二愣的经历在他身上一一重演，意味着这个魔咒已经在他身上发挥了一半的作用，他如果不想彻底重蹈黄二愣的覆辙，导致最后惨死在广场上的结局，那他就得想办法打破这个魔咒！

打破这个魔咒的办法，就是遵循自己调查的顺序，摈弃这个名单顺序。

他粗略看一眼最近认识的那位周向明之后的几个名字，心中稍稍踏实下来。

"辛德勒名单"上的顺序是：谢云在、宋菲婷、小菲儿、伍广济、舒婉雯

而他下一个想要调查的是：舒婉雯。

显然，名单顺序在这里出现分歧，那这一分歧点是否就意味着他终于可以从这个魔咒中走出来了？他的性命也因此得以保全了？

他想想觉得荒谬，可是又只能通过这种形式主义来安慰自己！实在是苦无思路了！

想通了这一层，他感觉脑子清爽了许多，不再那么浑浑噩噩了，就仰靠在椅子上等天明。反而有点困意袭来，就干脆闭上眼睛，没想到倒是睡了过去。

再醒来时已经天光四射了，椅子上补了一觉不很舒服，但精神还是好了很多。

他毫不犹豫跳起来，决定即刻动身前去寻访舒婉雯。

罪与赎
——万象惊魂记

他给张合军打了个电话,让他给他的继任兄弟打个招呼,对他的走访大开绿灯,张合军唯唯诺诺地满口答应了。

他走近那个单元楼门口时,下意识地四处望望,好像随时提防着齐家小少爷会从哪里突然冒出来一样。

但四周空荡荡的,他摁了单元楼门口的电子门铃,保安很快就放他进来了,张合军的小兄弟很热情,但业务还不熟,完全一问三不知。

好在他大开绿色通道,放任胡三娃直接去敲舒婉雯家的门。

胡三娃本来不抱希望,令他喜出望外的是,门里头竟然有反应,很快,门徐徐开启。

胡三娃准备好了一脸灿烂的笑容,向门里头的人扔去。

和屋里人四目相接,两人都不由得"啊!"了一声,接着又各自惊喜地呼叫一下。

开门的人竟是舒婉斐。

她笑意盈盈:"胡大哥,你怎么来了!快请进来!"

胡三娃微笑点头:"婉斐在家里啊,过来看看你们!"

他顺着门走进去,顿时好一阵目眩神迷,华光闪耀、金碧辉煌的气劲差点将他的眼亮瞎了,他仔细揉揉眼睛,总算适应了里边的光影,瞧得清楚了,各种装饰更是极尽奢华之能事,水晶、大理石、名贵木材、玉器、翡翠等各种材质的东西错落有致地分布在房间四处,从它们的精细纹理中闪耀出一波又一波华光丽彩,简直就是一个琼楼宝殿一般。

舒婉斐看他看得入迷,就在一旁讪讪笑道:"都是我姐弄的,我劝过她,别装得太豪华了,她就是不听,说一定要给我一个最美的家,呵呵!"

不知道怎么着,眼看如此豪华布景,胡三娃心中没来由得竟觉得有点心酸,他眨眨眼,让自己恢复镇静,望着她道:"看来你姐姐很宠爱你!"

舒婉斐点点头,却又黯然神伤道:"她光知道给我钱,让我吃好住好穿好用好玩好学习好,可是,她不知道我真正需要的并不是这些!"

胡三娃下意识地看看屋里:"哦,难道她不关心你吗?"

舒婉斐摇摇头,继而又点点头道:"要说关心,也就是生活上关心关心,她光

十九

顾着挣钱了，很少跟我沟通，甚至我很少能见到她！"

胡三娃再四下里望望："她今天没在家吗？"

舒婉斐摇摇头嘟哝道："没有，好一阵子没回家了，我们俩都是时空错位的，我都不知道她啥时候回过家！"

胡三娃心中失望，苦笑一下道："她在哪里工作，你一点都不知道啊？"

舒婉斐茫然摇头。

胡三娃犹豫着说："你能给她打个电话，问问她在哪里么？"

舒婉斐一耸肩膀道："没用的，她的电话从来都是关机，每次都是她主动跟我联系，我才能跟她通上话！"

胡三娃心中颇觉奇怪，也只能无奈道："那好吧，那婉斐你好好休息吧，我不打扰你了！"

说着转身要走，舒婉斐却低声嗫嚅道："胡大哥，难道你就只是找我姐来的吗？"

胡三娃不由一怔："是啊，不然我还能来你家做什么呢？"

舒婉雯蹙眉撅嘴道："黄大哥可不是这样，他每次来都会跟我聊天，给我做饭，给我讲他的故事，还教我很多人生道理呢！"

胡三娃顿时来了兴趣，回过身道："哦，他经常来你家吗？"

舒婉斐眨着灵秀的眼珠回想了一下："倒也不是经常来，但他时不时地也会来，再说我也不是老在家，我主要还是在学校，在家的日子不多！"

"那你怎么正好今天在家呢？"

"今天不是周日嘛，而且上星期刚刚参加完一个大赛，所以这周末就休闲一下，到下午我也就回学校去了！"

胡三娃想起这个孤苦伶仃的小女孩，独守这么一座空荡荡的豪华套房，和俞萍音一叶浮萍一般独守那套皇宫般的豪宅又有什么两样，心里不免有点凄恻，他想了想道："可是我不是你黄大哥，要不我也就留下来给你做饭，陪你聊天看电视了！"

舒婉斐眨眨眼睛，欢快地笑了："你是我胡大哥啊，我感觉胡大哥和黄大哥就跟一个人似的呢，呵呵！"

虽然她可能只是在调侃，胡三娃还是心里戚戚然心酸不已，他强忍心中波澜，

罪与赎
——万象惊魂记

应和着她的欢笑，融入了这种难得的亲切氛围。

他充分发挥他的想象力，想象着黄二愣是怎样给予舒婉斐大哥般关怀的，他就依样画葫芦，原汁原味不打折扣地呈现出来。

总体上还好，舒婉斐过得很开心，她原本黯然神伤的脸上如同瞬间被阳光雨露润透了，由内而发散发着温馨惬意、幸福圆融的光芒。

两人吃过饭，一起收拾完毕，然后就一同离家，胡三娃一直将舒婉斐送至艺校大门口，才跟她道别。

舒婉斐三步一回头地望一下他，一副依依不舍的样子，胡三娃温情地凝望着她，脑子里浮现俞萍音办公室墙上的那张照片，俞伟民送俞萍音来学校的那番场景和情怀，如同在此刻重现了一般。

舒婉斐终于在校园里的弯道处消失了，她最后向胡三娃挥一下手，是活蹦乱跳着消失的，这个可怜又可爱的小丫头，就好像她真的在他胡三娃这里找到了黄二愣那种亦父亦兄的美好情感，自从她母亲不幸屈死后，可以想见这种情感对她有多么重要！

可是自己真的能延续黄二愣那种大仁大义的风骨吗？从调查至今的见闻来判断，黄二愣的仁德慈善简直登峰造极，虽然他一向自诩是个好人，但要达到那种高度，就是再怎么咬牙切齿、捶胸顿足也只能瞠乎其后！

不过黄二愣曾经的经历和遭遇倒是被他不折不扣地延续下来了，而且不只是延续，简直就是复制和雷同，不知道这一神似之处是否可以弥补他与黄二愣之间德行的差距！

胡三娃心中戏谑地自我解嘲着。

他重振精神，直面眼下的困难，茫茫人海中，舒婉雯在哪里？

借助普通信息渠道显然很难寻觅到她的影踪了，无疑，只能另辟蹊径！

自然而然地，他就想到了邹恒明，那个被辛正刚看重的私家侦探。

他心中大明，立刻掏出手机给邹恒明打电话。

邹恒明不愧是搞信息咨询的，信息渠道相当畅通，他的手机如同时刻做好接听准备似的，胡三娃刚摁下拨号键，他那招牌似的粗犷嗓音已奔袭而至：

十九

"胡老弟好啊，别来无恙！"

胡三娃心中爽朗，顺应着说："邹老哥好，现在有空吗，想去拜访一下您！"

"没问题啊，接待你太有空了！"

临近下班时分的街道堵得人们心烦气躁，尤其胡三娃还急于获得邹恒明的指点，一个多小时后，他才沉重地坐在了邹恒明那个头面不大却气韵非凡的小斗室里，满脸的急色尚未褪尽。

邹恒明给他倒一杯茶，依然那副无风无浪的嬉皮士样子笑道："怎么样？调查取得重大突破了？"

"是取得重大阻碍了！"

邹恒明眉梢间滑过一丝悠然的笑意："哦，讲讲看！"

"我按照您上次提示的思路，正在按部就班地调查所有可能涉案的当事人，但现在有个调查对象，死活找不着，就只好来求助您这个大侦探了！希望您不吝赐教！"

邹恒明点头道："哦，先说说是要找谁？"

紧接着又道："记住，之前跟你讲过我的原则，但凡牵涉政府的，我是一律谢绝！"

"这个调查对象应该跟政府没啥关系，只不过是那次食用油中毒事件中的受害者家庭成员之一！"

"好，那是哪一户，是谁？"

胡三娃讲了舒氏姐妹俩的情况。

邹恒明眉毛一挑："好，这个忙我帮你！"

胡三娃高兴地叫了一声，被邹恒明干脆利落的性子感染，痛快地说："好，谢谢邹老哥，请办一下交款手续吧！"

邹恒明洒然一笑："交什么款啊！不要你的钱！"

胡三娃愣了愣，连连摇头："那哪行，您是在做生意呢！"

邹恒明郑重其事道："虽然你这次让我找的人应该跟政府无关，但是记得上次已跟你分析过这个案件的大背景，完全不排除牵涉到政府的可能性，那么我就必须谨小慎微，不留下任何蛛丝马迹，所以这次不能以做生意的形式帮你，一旦是生意

罪 与 赎
——万象惊魂记

往来，肯定就留下痕迹了，我这次纯粹出于私人热情帮你，即便真有啥事，咱之间可是无声无痕啊！"

胡三娃心中惘然："可是您找一个人也得投入不少成本吧，不能让您做亏本买卖啊！"

邹恒明满意地点点头："嗯，胡老弟挺会替别人着想，很不错！这样吧，既然你怕我吃亏，作为回报，你就给我讲讲你前一阵子调查中的所见所闻吧！"

胡三娃略一愣道："邹老哥不是对我的调查不感兴趣嘛？"

"谁说我不感兴趣，我只是不愿意趟这趟浑水，怕一着不慎引火烧身，但这样的惊天奇案，我怎么会不感兴趣呢！尤其我还是从事侦探这一职业的，好奇心和侦探的职业本能都不允许我对这样的奇案视而不见！"

胡三娃点点头，将前一阵子的经历讲给他听。他正好也希望能够从邹恒明这里获得一些思路和建议，所以事无巨细，娓娓道来！

邹恒明边听边点头，一会儿眉飞色舞，一会儿凝眉蹙额，一会儿全神贯注，一会儿又心不在焉，一会儿嗤之以鼻，一会儿又赞不绝口。

总之，随着胡三娃波谲云诡、跌宕起伏的社会经历，各色奇情怪状在他脸上也悉数表演一溜够。

直至胡三娃叹息着讲完，他眼神一晃，又恢复好整以暇的样子：

"那胡老弟从这一段经历中感悟出什么来了没有？"

胡三娃略作思忖道：

"对案情本身的管窥，我现在还一头雾水，没有什么重大发现，也没有什么心得体会，但通过查案的经历，其他感悟还是有一些的，比如最触动我心怀的，就是黄二愣在查案过程中似乎和所有那些涉案的当事人都建立了良好的关系，还不止是友谊的层面，有的甚至说是亲情爱情都不过分，而且这些情谊还一个个都显得格外地浓郁，以至于在他死后，他们还都习惯性地把这种情怀转嫁到一个和他有着类似经历的我身上来！这一点特别感动我，但也让我感到惊奇！"

邹恒明沉默片刻，笑道："胡老弟，你能领悟出这一点，说明你真正进入状态了！"

胡三娃精神一振："此话怎讲？"

十九

邹恒明自得一笑："你想啊，施害者公司和受害者家庭本来应该是不共戴天的两种存在，结果他们之间反而水乳交融，这完全不合常理啊，由此观之，只存在两种可能！"

"哪两种可能？"胡三娃眼睛一亮。

"要么受害者有问题，要么施害者有问题！"邹恒明狡黠一笑，一脸云山雾罩的表情。

胡三娃细一琢磨，心中微微发颤，追问道："那您觉得哪种可能最大？"

邹恒明打着哈哈笑道："这个嘛，只有天知道了！"

胡三娃望着他，唯有苦笑不迭。

邹恒明笑过之后，走过来拍拍他的肩膀："胡老弟不要灰心，不是先哲有云嘛，那话怎么说来着，'每一个步伐都会留下脚印，每一份付出都会产生收获'什么的，现在既然调查到这个地步了，你需要做的就是按照既定思路坚定走下去即可，总有一天你会守得云开见月明的！"

胡三娃心中涌起了豪情，慨然道："谢谢你的鼓励和帮助，邹老哥！"

邹恒明爽朗一笑，抬起手腕，快意地打了一个响指。

从邹恒明那里告辞出来，日已西倾，天色昏黑一片，暮霭沉沉当中，胡三娃想着邹恒明那云雾重重的话语，只觉自己如坠五里烟云！

他在街头漫步晃荡起来，想着心事。

不一会儿，接到了宋红琳的电话，她的声音有点急切："胡总大哥，你去哪里了啊？怎么不在公司呢？"

胡三娃暗自吐下舌头，打马虎眼道："我出来找朋友办点事，怎么啦，有什么事吗？"

宋红琳嗔怪道："你刚出院，身子骨还没完全复原呢，就满世界晃荡，你能不能休养一阵子再乱跑啊？"

胡三娃淡淡一笑："我从小在山里头跌爬滚打长大的，身子皮实着呢，不要紧，放心吧，有啥事你紧着说？"

"非得有啥事才能找你吗？"

罪与赎
——万象惊魂记

"这个嘛，呵，那当然不是，聊天说地的也可以的嘛！"

"谁那么无聊啊，有闲工夫找你聊天说地？"

"那，那，那是要干嘛呢？"

"我在公司忙死忙活地干活到现在，你却在外边逍遥自在，你作为总经理，不得抚慰一下我受伤的心啊！"

"那要怎么抚慰呀？"

"心受伤了，很难补救，唯一的办法就是通过打开胃口来寻求心理平衡，你知道该怎么做了吧！哈！"她牢骚发完，自己也绷不住了，就笑起来。

胡三娃心中悬着的石头坠地，附和着笑道："这个太应该了，说吧，想吃什么，随便选，全部满足！"

"瞧你好大的口气，我要吃水煮月亮，你满足得了吗？"

"这个嘛，呵呵，好像，好像闻起来味道有点怪！"

"好啦，不逗你玩啦，这阵子公司不是生意兴隆么，我这手头的事儿也忙得差不多了，所以就想着应该去庆祝一下，你觉得呢？"

"那是当然，你想好地方了么？"

"就去素林饭店吧，那儿名气大，味道相当不错！"

"真是英雄所见略同，那咱就在饭店门口见？"

"没问题！"

胡三娃收拾好闲逛遐思的心情，打了个车，直奔素林饭店。

老实说，他有好久未跟薛素萍你一口我一筷地交流母子亲情了，心中情感堆砌，还真是有点心向往之！

宋红琳先到一步，他下车时，她已经俏立大门口，爽朗笑着向他招手。

此时，饭店里外人头攒动、人声鼎沸，但两人好像各自心中都有谱一般，完全无视正在等位的人群，径直走入既深邃又广阔的饭店大堂，在一条幽径的岔口处，一个自然而然地向左，一个自在随心地向右。

两人迈向前的脚步又都收回，望着对方，齐声发问："你有座位？"

两人又不约而同地笑了。

十九

"我早有预谋让你请吃饭,当然早就订好了座位!"

"那就去你的座位吧!"

"难道你还真有座位?"

"沿着这条小径往前,在靠近后厨的一个偏僻角落里,有一套独特的桌椅,我在那里吃过饭!"

"哦,就请我到犄角旮旯上不得台面的地方吃饭,是怕跟我在一起见不得人吗?"

"不是不是,想哪里去了,我只是觉得那个桌子很有趣,想着去瞧一瞧而已,不在那吃,就去你订的座位吧!"

宋红琳狡黠一笑,拧身向着自己那个方向走去。

令胡三娃意外的是,宋红琳订的桌位也只是大堂中一张普通的桌子而已。

此时,眼前这片用餐地就有这样一种意境:泱泱一片桌椅上几乎座无虚席,人们欢声笑语、大快朵颐,不同桌椅上的人们彼此打着招呼,甚或举杯遥相祝福、觥筹交错。俨然一片亲切温馨的海洋。

不明就里的人,还以为这里是哪个大户人家在举办盛会呢!

宋红琳领着胡三娃径直走到这一片桌椅最中心地带的一张桌子旁,一路上,不停有人跟她打招呼,看来,她对这里熟得很。

显然,她订的座位也是这一片用餐区最核心最中央的位置,而且,整个一片也就这一张桌子空着。胡三娃颇感诧异地坐下来,感应到周围四处飘来关注的目光,顿感好一阵芒刺在背。

他望着笑盈盈的宋红琳,奇道:"红琳,你经常来这里吗?怎么他们都跟你很熟的样子?"

宋红琳自得一笑:"何止经常来,这一片用餐区的设计设立可以说都跟我有关!"

胡三娃惊奇道:"哦,这是怎么回事?"

宋红琳悠然耸肩:"先点菜吧,点好菜跟你说!"

服务员早已经看到他们,小跑着过来了,服务员跟她更熟,两人一边亲切地打着招呼,一边点着菜。

罪与赎
——万象惊魂记

点完菜后，宋红琳笑着说："今天是你请我吃饭，所以就不给你机会点了，你就跟着我胡吃海喝吧！"

"无妨，红琳你快回答我刚才的问题！"

"瞧你那着急劲儿，我偏不讲！"

胡三娃无奈耸耸肩。

"好啦，逗你一点都不好玩，我就先讲讲今天这顿饭的主题吧！"

"主题不是我请你吃饭庆祝公司生意兴隆吗？"

"你咋这么肤浅，你还真以为我缺你这顿饭？"

"那还能是什么主题？"

"两个主题，一个主题就跟你刚才的提问有关，另一个主题跟你刚才的提问无关，你先听哪一个？"

"当然第一个！"

"好吧，那我开讲了，不过第二个主题跟董事长有关！"

"啊，那就先讲第二个吧！"

说完，胡三娃就后悔了，老脸不由得红了红。

"哈，你咋这么无耻啊，一点都不带掩饰的！"

"你才是绝顶地坏呢，敢诓我上钩！"

"某些人既然自己心怀鬼胎，就不要怨别人捣鬼！"

"得了，反正你也知道了，我就是相对比较关心董事长，你快说吧，这里有她什么事？"

"好啊，你还这副腔调，把我讲话的兴趣浇灭了！"

"好吧，好吧，好红琳，你是好人，算哥求你了，快讲吧！"

"这还差不多！"

接着，她清了清嗓子。

胡三娃紧张地望着她。

可是她欲言又止，咧咧嘴："这事嘛，你突然间让我讲，我还一时间讲不出口！嘿！"

十九

胡三娃倍感无奈地摊摊手，唯有苦笑。

宋红琳犹豫片刻，猛一发狠的样子道："也罢，这事迟早得跟你说，就痛快说了吧！"

"对，有什么事尽管说，我这边肯定接得住！"

宋红琳讷讷一笑："你知道萍音妹妹跟我说了个什么事吗？"

"什么？"胡三娃浑身神经都调动起来。

宋红琳蹙了一下额头，银牙一咬："她，她要介绍你做我的男朋友！"

说完，她闹了个满脸绯红。

尽管胡三娃早有心理准备，乍闻此言，还是惊得好一阵错愕，一句话也说不出来，只是有点惊惶失措地望着宋红琳。

宋红琳英挺的眉宇间滑过一丝微不可察的失望之情，转瞬，她女儿家娇羞态一扫而空，脸上如同变戏法一般变得眉清目朗起来，油然一笑道："当然，我知道你这个大老总是不可能看得上我这个小小秘的，所以呢，你不用一副害怕我吃了你的样子，我讲这个事情只是作为一个引子讲接下来的事情而已！"

胡三娃尴尬至极，心中快速想着说辞："红琳你不要误会，我只是觉得现在正是做事业的阶段，还不宜分心到儿女私情上去！再说…"

宋红琳立马打断他道："好啊，这么说，我接下来要讲的萍音妹妹对你的情感，你也就不想分心来听了？"

胡三娃心中一震，错愕片刻后，急切神色溢于言表："奥，这个得讲，嗯，哈，这个怎么说呢，也许不是你想的那样！"

宋红琳白眼一翻："我想的哪样呢？"

胡三娃完全招架不住了，只好举手投降："好啦，好红琳，我知错了，你快讲讲吧！"

宋红琳斜睨他一眼："行啦，一个大男人，扭扭捏捏的，有就是有、没有就是没有，坦诚一些、实在一些，不好吗，就这一点而言，你跟黄总就能彻底区分开来！看来萍音妹妹还没感知到你这一点！"

胡三娃听她话中有话，忙道："我的姑奶奶，我知错了，以后绝对快人快语，

罪与赎
——万象惊魂记

那你也痛快点说吧！"

宋红琳狡黠一笑，又有点黯然神伤地叹口气："也罢，我想告诉你的其实很简单，萍音妹妹突然间热心给我做起媒来，依照她的秉性，这是极不正常的事情，再结合我此前对她的观察，以及你们之间发生的这些事，我基本可以判断，她应该是喜欢上你了！"

胡三娃心中骤然猛跳，张口结舌地望着她，那种心胸中澎湃汹涌的轩然大波，令他完全丧失思考和说话的能力。

宋红琳黯然一笑，又眉毛一挑道："当然，说她喜欢上了你其实也不完全贴切，应该说……"

胡三娃看着她，心跳再次登上巅峰。

"也许说，她把对黄总的爱投射到你身上来了，这么说或许更贴切一些！"

胡三娃激动澎湃的心湖中渗透进了一滴苦涩的酒。

"为啥这么说呢？"

"因为萍音对黄总情比金坚，不太可能再喜欢上别的男人，但是她现在又确实对你表现出了好感，所以只能这么解释了！"

顿了顿，又道："而且，这种解释也不是信口开河，你确实跟黄总太像了，不仅出身背景像，成长经历像，形象气质像，神情举止像，品行性格像，甚至连社会经历以及在俞氏公司的发展轨迹都如出一辙，这太玄妙了，实在令人不得不想象，你就是黄总的再世重生，加之萍音妹妹本来就对黄总痴情难忘，就更容易被这种想象所感染了！"

胡三娃心情复杂地望着她，一时间不知道说什么好。

宋红琳抿抿嘴唇，继续道："一开始她可能毫无知觉，慢慢地，当她发现自己在一点一点地喜欢上你的时候，猛然惊醒，她对黄总的浓情密爱立刻自心底弹跳出来做出严正警告，使得她惊慌失措，于是她便想出要将我介绍给你做女朋友这样一招防御措施来！这恰恰说明她内心的彷徨，你可明白！"

胡三娃心中如同坐过山车一般忽上忽下，说不上是什么滋味，有清爽也有憋闷，有惊喜也有惊惶。他理解不了宋红琳所述俞萍音对他的那种情感，他甚至连自己对

十九

俞萍音是种什么样的情感都说不清楚了。

他望着一脸期待眼神的宋红琳微苦一笑道:"我不知道你讲的是不是真的,也许董事长根本就没有这种情怀,这都是你自己臆想的!"

"这个我基本上可以肯定,至于百分百明确还得看你的努力!"

"我的努力?你的意思是?"

"对啊,既然董事长对你有了心意,你为什么不乘胜追击,一举将她拿下呢?"

"啊!这个,这个不妥吧!"

"有何不妥?"

"你支持我跟她的事情吗?"

"既然你不喜欢我,你能和她在一起也是我心中所愿!"

"奥!呵呵,红琳你多心了!"

"别扯这没用的了,就说你的态度吧,要不要乘胜追击!"

"这个嘛,问题来得太突然了,我一时间还消化不了!"

"你就别婆婆妈妈了,我希望你能和她速成!"

"为什么你这么支持我们呢?"

"这个不用我多说,自从黄总去世后,你是知道她有多痛苦的,如果她能寻觅到一段新的情感,从痛苦中解脱出来,你说是不是她之幸,公司之幸,你我之幸呢?"

"我,我只怕没有这种魅力!"

"切,你真是气死我了,就这一点而言,我和萍音都看走眼了,你不配她的喜爱!"

"好吧,我尽力而为吧!"

"这还差不多!"

胡三娃心情波荡着,陷入了沉思。

饭菜悉数上桌,两人默默吃了一会儿。

看胡三娃一副失魂落魄、神情恍惚的样子,宋红琳突然道:"怎么,有了媳妇忘了娘,正经事不感兴趣了?"

胡三娃讪讪一笑,猛一甩头道:"好吧,这个话题就到此为止,你快给我讲讲那第一个问题吧!"

罪与赎
——万象惊魂记

"这个问题就不跟你捉迷藏了,这么说吧,在这个饭店里开辟这么一片用餐区来自黄总的思想,技术环节则完全由我来规划设计!"

一听这事也牵扯到黄二愣,胡三娃精神大振:"哦,请具体讲讲?"

宋红琳感怀地说:"黄总跟你一样,也是个思维独特的人,有一次他带我来这里吃饭,突发奇想地说要给来这个饭店吃饭的每一桌客人送一道免费菜肴,标明是用俞氏公司食用油炒的菜,每周一个菜谱,月满进行更换,以此来推广公司的食用油品牌,然后便让我具体制订方案加以执行,我乍听时感觉特别荒谬,后来细一想又觉得实在高妙,加之黄总跟这个饭店老板的关系特别好,所以实施起来基本没有难度。有了信念支撑,我就大干快上了,我跟黄总商量着又细化了他的思路,就是不是泛泛地每一桌都送,而是要划定一个有免费菜肴的专区,只有在这个专区用餐的才能获得免费菜肴,这样便让获得免费菜肴的食客们都聚集在一起,形成集群效应,每次上这道菜时都是同一批次奉上,'共食一道菜肴'的概念也拉近了这些食客们的关系,加之饭店后厨对这道免费菜肴又特别重视,从食材到做法,极为考究,做得相当美味,隔一段时间换一次菜谱,又有新鲜感。就这样细化方案加以实施后,取得了非常好的效果。现在来这个饭店用餐的食客们,如果不是需要包间作为排场的话,都首选这个专区的餐位,每次免费菜肴出场时,就如同演唱会上大明星出场一样,都能引起大家一片欢呼,然后大伙儿一块品尝这道美味,啧啧赞叹声一呼百应,其中不乏美食家们还要进行一番评头论足,好开玩笑者还要插科打诨一番,用餐气氛和谐友好、热闹有趣,就因为一道简单的菜肴,给了这些天南海北的食客们一种'四海之内皆兄弟'的亲切感。慢慢地,这片用餐区已经不单纯是个吃饭的场所,而是一个广纳百川的社会大舞台。人们在这里风云际会、竞相挥洒。总之,黄总的这一妙招取得了奇效,饭店生意越来越火爆,公司的食用油也是大卖特卖。黄总也时不时带着我或者公司其他员工前来这里用餐,让大伙儿知道俞氏公司的老总也跟他们一样吃的是俞氏公司食用油炒制的菜肴,这样就起着良好的示范效应,让公司的食用油品牌口碑更好了!"

宋红琳兴奋地说完这番话,眼睛亮晶晶地望着胡三娃。

胡三娃一边感慨着黄二愣的奇妙思维,不禁在心中腾生出一股异样的情怀。

十九

为什么这个黄二愣在任何方面都跟自己如此神似呢？

又或者说，自己怎么就跟黄二愣在方方面面都如此雷同呢？

这到底是冥冥之中的天意还是老天爷开了一个善意的玩笑？

他心中波澜起伏，面上神情淡定："黄总真是个奇人，那红琳你把我叫到这儿来，让我了解这些情况，是希望我做些什么吗？"

宋红琳点点头："前一阵子看你要么就是在忙，要么就是在受伤，所以没跟你讲这事，现在既然你已经康复了，又加之你设计的广场产子事件和黄总的这个免费菜肴计划颇有异曲同工之妙，就想着得让你也知道这个情况，并且希望你也能时不时地过来吃个饭，保持黄总当年的一贯传统！"

胡三娃沉吟着缓缓点头，思忖片刻，突然兴奋道："受此启发，我倒有个更大胆的设想！"

"哦，你快讲讲！"

"食客们在这个饭店享用俞氏公司食用油烹制的美味佳肴，虽然能够感知到公司的气息，但毕竟不够直接具体，咱们不妨步子再迈大一点，干脆定期在公司门前大广场上举行答谢晚宴，泱泱广场上摆满一片桌椅，南来北往的客人，不管是谁，都可以随意享用，你想，这得是多壮观的场面，多温暖人心的壮举，公司品牌的知名度和影响力，能不得到大幅提升？公司产品的质量，能不深入人心？"

宋红琳眼神噌地一亮，沉思默想后，疑惑道："可是这样，成本会不会太高？"

"这活动肯定不能天天搞，常态还是得靠这个用餐专区，广场答谢晚宴只能是锦上添花之举，可以一个月或者一个季度甚或半年举行一次，设定日期，那一天，可以把这个饭店的厨师们请过去，就利用咱们公司的食堂来烹制，所以成本不会太高，假以时日，咱们甚至可以此为基础，配以歌舞晚会、游艺休闲之类的活动，注入公司品牌和产品概念，将这一答谢晚宴打造成公司精品文化活动，逐渐形成公司某种食品文化节之类的形式，想必一定会风光无匹！"

宋红琳眼神闪亮地听完，啧啧赞叹不已！

两人一拍即合，默默憧憬着那美好的未来之时，只听周围突然响起一阵欢呼声，两人连忙扭头看去，但见一排披红挂绿打扮成村姑模样的服务员正从后厨方向鱼贯

罪与赎
——万象惊魂记

走来，手里都端着一个大托盘，托盘里摆着好几盆一模一样的菜品，冒着腾腾热气、散发着霍霍香气，服务员队列前边还有一个领头的后生，打扮成牧童的模样，手里持着一面铜锣，"铛"地敲一下，口齿清亮地大喊一嗓子：

"今日的免费菜品，'山羊误入油菜地、寻觅强龙食用油'，请大家开怀享用！"

然后，村姑式服务员们野趣十足地四散开来，给每一桌奉上这道香喷喷的菜肴。

原来，这就是新一批次的免费菜肴上桌前的出场仪式。

胡三娃这一桌也享有同样待遇，获得了这一道菜肴，他抬目一看，顿时哑然失笑，好一道'山羊误入油菜地、寻觅强龙食用油'，却原来是用鲜嫩的油菜梗和大葱爆炒的肥嘟嘟的羊肉片，配以多汁饱满的青椒和彩椒，调以精致细腻的食用油，但见每片菜叶和肉片上的油花都碧绿清透，闪耀着晶莹剔透的光泽，每一种食材似乎都找对了它们理想的伴侣，在菜盆子里相得益彰、和谐一体，洋溢着幸福温润的光芒！

胡三娃一时兴起，用手捡了一块羊肉片塞进嘴里，羊肉入口即化，葱香盈鼻，一股醉人的清香，一瞬间渗入四肢百骸，胡三娃被美味弄得差点浑身酥软，情不自禁闭上眼睛，酣畅淋漓地大呼一声"太过瘾了！"

宋红琳被他的激情感染，也投入了进来，两人痛快至极地享用完这一顿大餐，心满意足地各自擦着嘴巴，彼此对望一眼，会心地笑了！

用餐结束，胡三娃起身要去结账，却被服务员告知老板已经吩咐给他这一桌免单。他抬头四望，没有发现王怀林，忙问服务员："你们老板怎么知道我在这里吃饭？"

服务员笑着说："不说你已经是我们饭店的熟客了，光这位宋姐姐，我们这里谁人不知啊！她一来，自然有人报告给老板了！"

胡三娃望着宋红琳笑道："这倒好，变成你请我吃饭了！"

宋红琳眨眨眼，诡异一笑："嘿，我看啦，老板还是在念着黄总的好，所以，应该说是黄总请咱俩吃饭！"

胡三娃心中凛然，忙摆摆手："得，别扯呼了，赶紧走吧！"

两人循原路走回岔道处，胡三娃望一眼后厨方向，心中油然升起一股温暖情怀，对宋红琳说："红琳你先回去吧，我进去还有点事！"

宋红琳略一错愕，点头道好。

十九

目送宋红琳身形消失，胡三娃快步走向那条幽深小径，在那颗大树庇荫下的路口处一探头，老妇人的亲切身影便乍现眼前。

如有心灵感应一般，老妇人也正在抬眼往这边望过来，四目相顾，默然片刻，两人都会心地笑了。

老妇人虽然神情痴痴傻傻、呆呆萌萌，但此时脸上的微笑却温暖而热忱，完全无异于常人，是啊，人的精神和理智可以被社会之手摧毁，但是发自肺腑的心神和真情却是坚不可摧的！

几个月不来，这后厨一角显得更加幽静雅致了，旁边栽种的绿植也在盛夏的时光里精神抖擞，向空气中尽情释放着油油绿意。

老妇人的状态则似乎与此形成反差，除了神态是千年不变的痴憨表情外，面容变得更加枯黄，眉梢眼角环绕着皱纹，眼神中流露着一种深深的倦怠之意。

只是胡三娃的骤然出现，才在这幅憔悴的容颜上激发出了些许容光。

感受着老妇人形容憔悴、失神落魄的样子，胡三娃心中恻隐之情大盛，竟莫名其妙生出一种奇怪的负疚感来！

他甩甩脑袋，抬步向桌子走去，在属于自己的那一边稳稳坐下来。

老妇人只是眼睛一眨不眨地盯着他，视线随着他的身形移动着，如同她一眨眼，胡三娃就会凭空消失一般。

胡三娃强忍心中酸涩，对老妇人粲然一笑："薛姨好，吃过饭了么？"

老妇人静默地摇摇头。

"那好吧，我陪你吃饭，好么？"

老妇人忙不迭点头不止，恨不得把脑袋都点折了，眼神中则神光大炽，面上瞬间容光焕发，胡三娃简单一句话，却起到了令老妇人脱胎换骨的神效。

胡三娃心中暗叹，面上则温情流转，柔声说："薛姨你别着急，我一定好好地陪你吃完这顿饭，再大的事也要靠边站！"

老妇人眼神中竟然泛出盈盈泪光，默默地笑望着他，重重地点一下头。

胡三娃转头朝着服务员晃动的方向喊了一声，立马就有一个服务员应声跑来了，还是之前经常给他们俩点餐的那位，她气喘吁吁跑到桌前，笑说："刚才我要给老

罪与赎
——万象惊魂记

板娘点菜，她死活不同意，原来是在等你呢！"

胡三娃对着老妇人温情一笑，附和道："是啊，薛姨就爱吃我点的菜哦！"

胡三娃接过菜单，轻车熟路翻找着，点了一大堆，就是专属于他们母子俩的"亲情菜谱"。

服务员吃惊道："你怎么还点这么多？"

胡三娃耸耸肩："不是向来如此么！"

"可是刚才你已经吃过饭了啊？"

"小丫头你不用操这么多心，陪薛姨吃饭，那又完全是另一种状态了！"

服务员似懂非懂地点点头，转身小跑着去准备饭菜了。

不一会，饭菜悉数上桌，虽然道道菜也都是美味佳肴，但说实话，他刚刚在黄二愣开设的用餐专区大快朵颐、吃饱喝足，丝毫胃口都没有了。

但正如他刚才跟服务员所述，这会的用餐已经完全不是为了吃饭，而全然为了感情交流的需要。

所以他就是撑破肚皮也得陪着薛素萍吃个痛快。

于是，这对奇特的母子，按照他们许久以来已经建立起来的程式，各自默契地举筷投箸，你喂我一口，我送你一筷，眼神交融、眉开眼笑着，默默无声地投入这一场情感盛宴当中。

好几月没再体验这样一种温情的场景，似乎得到更多安慰的并不是薛素萍，反而是他胡三娃。他成为孤儿年深日久了，他的心态和意志貌似已经锤炼得无比坚强。但直至此刻，他才恍然明白，人类对情感的需求可以被掩藏、但从来不会被埋没。

尤其是这种经历丧亲之痛后的情感真空，会形成强烈的负压的漩涡，一旦开口，会从外界疯狂地吸收着情感的空气。

吃完这顿情深意浓的情感大餐，胡三娃惦念着心中的另一份情感，那是一份同样沉甸甸的心情，他不得不狠心告别老妇人而去。

他暗一咬牙拐过小径的拐角，从老妇人目光的痴缠中挣脱出来，心里有隐隐酸痛之感。

二十〇

罪 与 赎
——万象惊魂记

脱离了这个浓情的环境，脑子迅速切换到了对俞萍音的挂念当中，他周围又立刻变成了一片苦情的天地。

俞萍音啊俞萍音，此刻你在哪里？浓浓的黑暗里，你要到哪里去寻找你爱人的身影？即便他就在你眼前飘荡着，黑幕重重之下，你又如何能够看清分毫？

他站在饭店大门口，下意识地抬眼遥望黑沉沉的天际，今夜没有星光，夜空完全被黑暗吞噬了，他触景生情，不由得在心中发出沉沉的叩问和叹息！

他举步欲走，冷不丁从旁边的暗影里冒出一个声音："胡大哥，咱们走吧！"

那声音异常熟悉，在这样的情境下，更是显得亲切而感人！

胡三娃的心噗通一跳，忙扭头望去。

那一瞬间，浮现在他眼前的是俞萍音那张忧郁而冷艳的绝色面孔，他的心狂跳，情难自已地抬腿奔跑过去，嘴里差点喊出："萍音，你怎么来了？"

可是趋前几步，被微寒的夜风吹拂了一脸，他骤然惊醒过来，氤氲的光影下，却是宋红琳那张笑意盈盈的饱满面孔。

他老脸一红，恍惚间已然不知道自己是否喊出了那句动情的呼唤，他半张着嘴好一会儿，又生生地把它闭上，把舌头缩回去。

他在夜色的掩护下，自己对自己做个尴尬的鬼脸，强作镇定："红琳，你怎么还没走啊？"

宋红琳笑嘻嘻道："我不仅没走，我还看到了感天动地的一幕呢！"

胡三娃惊讶道："你是说，你刚才……"

二十

宋红琳欢声道："对啊，我说你鬼鬼祟祟想要干嘛呢，原来如此！"

胡三娃老脸蹿出一股红晕，尴尬至极，就故意咋呼着掩饰道："好啊，还说我鬼鬼祟祟呢，只怕跟某人的偷偷摸摸比起来，就根本不值一提了！"

宋红琳一撅嘴娇蛮道："切，我要不偷偷摸摸，能发现你的鬼鬼祟祟么，所以你才是罪魁祸首啊！"

胡三娃苦笑道："难道你觉得我跟那位阿姨的吃饭场面很鬼鬼祟祟么？"

宋红琳忙不迭摇头："吃饭的场面很感人，就是你去赴宴的路上太鬼鬼祟祟了！本来很光辉灿烂的事情嘛，干嘛要披着捂着的！"

"我哪里披着捂着了？你也没问我干嘛去呀？"

"黄总就比你大方多了，他都会主动说他要去陪薛素萍吃饭的！"

胡三娃惊讶道："你也看见过黄总和薛姨这样吃饭来着？"

"当然，这都快成了饭店的一道风景了，我怎么能落下呢！"

胡三娃恍然点头。

"只是没想到你也会这么做，而且做得跟黄总如出一辙，我特别好奇，你是怎么就知道要这么做呢，是黄总生前跟你说过这事，还是薛素萍诱导你这么做的？"

"咱们走吧，边走边说！"

路上，他简要讲了讲跟薛素萍相识相交的经历，引得宋红琳又是好一阵唏嘘感慨。

回到公司，广场上正是万众欢腾的时刻，宋红琳立刻融汇到人群当中去为她接下来的行动方案做铺垫去了，胡三娃则心情低落地穿过熙熙攘攘的人群，跟在岗亭里兢兢业业值班的张合军打个招呼，就闷头耷脑地回到了黄二愣的办公室兼卧室休养生息去了。

没有俞萍音的俞氏公司，真是半点意思都没有！

细细想来，他跟黄二愣的经历方方面面都如此雷同，以至于他自己都几乎快分不清他到底是胡三娃还是黄二愣了，不过现在唯有一个方面可以将他和黄二愣骤然区分开来，那就是俞萍音很愿意和黄二愣相依相偎相伴走天涯，而对他胡三娃则敬而远之、退避三舍。

罪 与 赎
——万象惊魂记

按理说，终于能够和黄二愣区分开来，他应该感到由衷高兴，可偏偏心里空落落的提不起半点精神。

他感到格外的疲累和倦怠，也不想干点什么了，就简单洗漱了下，和衣躺在床上，很快就睡过去了。

一夜秋毫无犯，桌子上供着的那个真空食品包装袋死气沉沉地躺在那里，胡三娃在脑子里想象着这个没有五官的灰色面孔在向他怪异地眨巴着小眼。

他望了一眼窗外，已是晨曦绽放，天际朝霞似火，看来又是一个好天气。

他本来可以先跳过舒婉雯按照后续顺序继续往下调查的，但这样一来，就和黄二愣的调查顺序趋向一致，他本就在刻意制造和黄二愣的区别，如若这样顺其自然地又雷同起来……一想起这一点，心里就瘆得慌，所以他按捺住了自己的急切心情，耐心等候邹恒明给他传来舒婉雯的地址信息。

他一直苦苦等了将近一个星期，邹恒明终于给他传来了好消息，舒婉雯的地址侦探到了，并一五一十地告诉了他。

舒婉雯的家在万东区，她的常住地址却在万西区，而且那个地址看上去相当熟悉：万西区包岭镇李家坳村前进路 5 号楼 428 室。

他稍加回忆，就想起来了，这是那个娶了个富家小姐后被撵出豪门的寒门青年周向明在万象市的落脚点。

他感到十分诧异，现在舒婉雯的常住地和家居地相距了整整一个浩瀚的城市倒不是一个关键问题了，最困扰他的问题是：既然是落魄青年周向明的居住场所，可以想见那一定是个草房陋舍之所在，舒婉雯为什么放着家里那个皇宫般的住所不享用，却要千里迢迢地跑去那么一个破落地方住着？

除此之外，还有一个问题，她的住所正好就和周向明的住所在同一栋楼上，这只不过是巧合还是另有玄机？

被这几个问题激荡着，胡三娃在好奇心的驱使下，使命感顿时也火冒三丈，心情急切，恨不得立刻插上翅膀飞过去查个究竟。

这天天气也还不错，晴空丽日、万里无云，恰似一个驱尽阴霾、看透世界的好日子。

二十

他出门探访舒婉雯去了。

还没走出公司大楼呢,手机响了,他漫不经心地掏出来,抬眼一看,顿时心中咯噔一跳,眼光都发直了。

手机屏幕上闪耀着三个千娇百媚的字:

"俞萍音"

竟然是俞萍音,她主动给自己打电话了?

胡三娃一时间惊喜癫狂得差点忘了接电话,赶紧手忙脚乱摁下接听键的时候,手指还在跟着心尖一块微微颤抖。

他为了掩饰住自己的激动,一接通就快人快语地说:"董事长你好!"

那边玲珑俏佳人的柔美声音则有点低回婉转:

"嗯,胡大哥,你还好吗!"

"我挺好的!董事长你呢!"

"我也还行!"

胡三娃紧张激动得一时间不知道该往下说什么了,偏偏那头的俞萍音也噤口不言了,如同也在酝酿着什么话。

两人就这样在电话线两头沉默了好一会儿,俏佳人终于启口了:

"胡大哥,你这会在忙吗?"

"哦,不忙!"

俞萍音要跟他说话,就是有天塌下来的事,他也不忙了。

"嗯,那我能不能占用你一些时间?"

"没问题!"

胡三娃心中戏谑地想,我一生的时间都欢迎你随便占用。

"就是……"俞萍音欲言又止。

胡三娃心中一动,预感到她好像是有比较特别的事情要讲,不由得神经更加绷紧了。

"胡大哥,就是你上次说的,我这些天仔细斟酌了,也许你说得对,我要原原本本地走一遍二愣哥走过的路,有些环节也许还真得依赖你的帮助才能找到那种

罪与赎
——万象惊魂记

感觉！"

俞萍音看来也是银牙一咬，快言快语地吐露了心声。

胡三娃暗叹口气，心情格外复杂，他不知道俞萍音这样的心声是该令他高兴还是让他沮丧，他自己都摸不透自己的心思了。

不过有一点是肯定的，无论如何，这要比俞萍音将他置之不理强一百倍。

所以他还是振奋起精神，随声附和道："是的，董事长能这么想，我觉得很欣慰，现在你看，需要我做什么呢？我一定倾尽全力！"

俞萍音受到鼓舞，便不再踌躇，欣然道："嗯，谢谢胡大哥！是这样的，今天是每年二愣哥固定带我探访孤儿院的日子，所以我想麻烦胡大哥陪我去一趟！"

胡三娃略感错愕道："没问题！"

结束通话，胡三娃既感心事重重，又觉兴奋莫名，他走过门口岗亭时，朝准备问候他的张合军古怪地笑一下，便不再理他。他径直走到广场边上的马路边，一边心思浮凸着，一边安静地等候俞萍音的专车。

不一会，俞萍音的车就疾驰而至了，她鸣了一下喇叭，将正在发愣的胡三娃震醒，胡三娃尴尬一笑，慌忙笨手笨脚地上了副驾驶位。

俞萍音对他微微一笑，也不多言，就发动汽车，继续前行。

胡三娃偷偷瞄了她一眼，多日不见，甫一再见，心中还是突突跳个不停。

她虽然身形清减了不少，脸盘也略见风尘，但较之被绑架时的憔悴情状已经基本复原了，还是那样一副飘然出尘的秀美与楚楚动人的娇美浑然一体的绝美姿容，尤其眼角眉梢挂着的那几许若隐若现的忧郁神情，更是令人心底触发出一种蕴含怜香惜玉之情的心醉神迷。

更令胡三娃感慨的是，他再次看到她穿上了那身碎花百褶连衣裙以及米黄色圆领半长袖T恤，正是他在俞氏公司门口第一次见到她时的那身动人心弦的装扮，那时她幸福而甜蜜地依偎在黄二愣的臂弯里。

也不知道她是通过衣装来怀念旧人还是就喜欢这样样式的夏装，总之，胡三娃看到她这身装扮开着车，还是觉得颇为古怪。但她终究宛然安在，他连日来的忧虑和担心总算得到平缓。

二十

但她一路上并不想跟他说什么，胡三娃偶尔控制不住地扭头偷看她一眼，也只能看到她美丽的睫毛微微地扑闪几下，表明她是有反应的。

胡三娃总觉得这种状态令他很不自在，无奈之下，只好没话找话："董事长，能给我讲讲孤儿院是怎么回事么？"

俞萍音淡淡地说："哦，二愣哥不是从小就成了孤儿嘛，所以他对孤儿特别有感情，不仅他自己的积蓄拿出来帮助那些孤儿，还在俞氏公司成立扶孤助残基金，他跟那里的孩子感情特别好，总会时不时地过去看看他们，我被他的热心所感染，也就被带进来了，而且我们订立了一个日子，就是每年的今天，雷打不动地一定要去孤儿院走一趟，就好像一个属于我们俩和孩子们的节日似的！"

胡三娃若有所思地点点头，他不知道该怎样理解这件事的性质，也不知道这件事跟他调查的案子是否能有什么牵连，但又恍惚间觉得事情可能不只是热心公益慈善那么简单，于是他就开始绞尽脑汁地琢磨这里头到底包含什么深层意义。

这种苦思冥想倒也帮助他摆脱了与俞萍音相处无言的尴尬，俞萍音也只是默默地开着车，乐得他不再打扰她。

正在他百思不得其解的时候，小车已经穿透这个城市的大街小巷，来到了一个相对比较偏远的郊区，在郊区的一个小镇的马路边停了下来。

俞萍音款款走下车来，打开后备箱，拎出鼓鼓囊囊两大袋东西来，胡三娃赶忙跑过去接应，俞萍音也不推辞，就让他接过去了。然后她就在前边领路，带着胡三娃继续前行。

她长身玉立的样子，完全复原了胡三娃初见她时感受到的那万种风情。唯一不同的是，现在她是孑孓独行，当年她和黄二愣比翼双飞。

孤儿院在一条小巷子里，小车开不进去，临街一座简朴但是显得坚固牢靠的大铁门，大理石围墙从铁门两侧延伸开去，包裹出一片硕大的院子，整个孤儿院看上去高墙大院，青砖绿顶的样子，简朴而不简陋，给人一种安全而又温馨的感觉。

此时已经过去大半个上午，院子四处传出热热闹闹的欢声笑语，有追逐打闹声，有叫好吆喝声，也有大人提醒孩子注意安全或者训斥孩子不听话的声音。

俞萍音静静地听了一会儿，然后扭头对胡三娃莞尔一笑："孩子们真有趣，胡

罪与赎
——万象惊魂记

大哥，咱们到了，进去瞧瞧吧！"

两人从大铁门的一扇小门口相继进入，值班室的工作人员显然认识俞萍音，朝她点点头，就放行了。

放眼一望，孩子可真不少，满院子都是移动着的小脑袋，而且后院还有声音进行呼应，这些孩子们还处在天真无邪、无忧无虑的年龄，根本不懂得孤儿这个词是什么含义，他们只是开心地笑啊，跳啊，跑啊，在这方有限的天地里尽情挥洒着他们能够感受到的自由和幸福时光。

俞萍音慈和地望着这些孩子们，有几个孩子看到她，欢呼着跑了过来，抱住她美丽而颀长的双腿，使劲地比赛般地竞相呼喊着"俞阿姨好！"

俞萍音和这些孩子温存了一些时候，然后就有另一堆孩子跑过来围在胡三娃旁边，歪着小脑袋好奇地盯着他，黑溜溜的小眼珠乌溜溜转个不停，似乎觉得这位叔叔似曾相识又全然陌生，因此不敢放胆扑上前来表示亲热。有的孩子则只是盯着他手中的塑料袋，显然都贼机灵地知道那里头是好吃好玩的东西。

胡三娃向他们愉快地眨着眼，腾出一只手招着手，但是也还是没有孩子敢勇往直前。

他微微一笑，征得俞萍音的同意后，就将手中袋子解开，放在地上，开始给小小伙子小小姑娘们发放福利。

第一个孩子试探着向前，胜利地获得甜蜜果实，其他孩子立马受到鼓舞，吆五喝六着，蜂拥向前，两大袋吃食很快就被分抢一光。

胡三娃被这帮孩子一搅和，累得好半天直不起腰来，当他看着满院子的孩子们每个人手里拿着美食在津津有味地享受着，一脸心满意足的表情，他就觉得浑身是劲，乐开了怀。

一种想要帮助、照顾、扶持这些孩子们的本初愿望在他心底里静静流淌着。

要是能让这些孩子们感到幸福，那将是一件多么幸福的事情啊！

他抬目四顾，却发现在院子另一个偏僻的角落里，却还有一个孩子并不合群，那是一个小女孩，五、六岁左右，穿着一条粉底印花连衣裙，她似乎完全与这里的世界无关，也没有参与抢美食大战，只是孤僻地坐在一条凳子上，手里摆弄着一个

二十

快散架了的玩具，一脸的淡漠表情。

在她的旁边，一条长椅上坐着一对青年男女，男的紧紧握着女人的手，应该是情侣或者夫妻。

女人双眼紧紧盯着那个孤僻的孩子，眼睛里流露出慈母的光辉。但是她的神情却有点怪怪的，像是一种痴傻，也像是一种迷醉。与薛素萍的那种神色倒是有着几分神似。

俞萍音跟一批又一批的孩子温存完毕，一些胆大的孩子由于获得了胡三娃的美味，也对他产生了热情，抱着他的腿开始表示他们稚嫩的好感。

这样大人小孩静静地温馨地交流了一段时间后，俞萍音就向胡三娃一招手，领着他来到了那对男女的面前。

女的根本无动于衷，似乎她的全部心神都倾注在了那个孤僻的小女孩身上了。男的则站起来，向俞萍音礼貌地打着招呼。

俞萍音也向他回礼道："谢大哥，您好！"

又对那女的点头道："菲婷姐，您好！"

胡三娃一听她叫出这两声，顿时脑袋嗡地一声闷响，心中大感不妙。

然后俞萍音又转头给他介绍道："胡大哥，这位是谢云在大哥，这位是宋菲婷姐姐！"

胡三娃的猜想被砸实，他头皮彻底一麻，恍然如在梦境。

她接着再给谢云在介绍胡三娃时，胡三娃已经完全丧失了神志，呆若木鸡地僵立当场。

直至谢云在走前一步要跟他握手的时候，他才蓦然惊醒过来，微微有点忙乱地伸出手来。

两只大手握在了一起，一只有点温厚，一只却有点淡薄。

谢云在落落大方地问候着："三娃兄弟好，很高兴认识您！"

胡三娃忙回应道："谢大哥您好，也很高兴见到您！"

谢云在扭头望了一眼那全副身心都放在小女孩身上对外界置若罔闻的女人，叹了口气，歉然道："我爱人精神上有点小问题，失礼之处，还望三娃兄弟海涵！"

罪与赎
——万象惊魂记

胡三娃忙道:"没关系,只是我的到来不要打扰了你们就好!"

谢云在摇摇头,淡淡道:"不会的,我很期待您们的到来!"

顿了顿,他下意识地瞥了那女人一眼,又意味深长地补充了一句:"也许她也期待吧!"

胡三娃颇感好奇,正要再问什么,谢云在已经放开他的手,转向俞萍音道:"萍音妹子,黄总今天怎么没来?"

俞萍音被撩动心头忧伤,由不得一阵悲从中来,霎时间眼圈都红了,她使劲眨眨眼,强作镇定道:"谢大哥您还有所不知啊,黄总,黄总已经过世了!"

"啊!"谢云在张口惊呼,一时间不能言语。

就连那完全漠视周遭世界的宋菲婷也闻之动容,微微动了下脑袋,抬眼给予胡三娃惊鸿一瞥,不过,很快又无动于衷,继续我行我素沉入了她对孤僻小女孩的痴情世界里。

谢云在终于缓过神来,喃喃道:"这是怎么回事?发生什么事了?"

俞萍音启了一下悲伤的柔唇,却说不出话来。

胡三娃怕她打开话匣子会触发悲伤情怀,连忙抢过话头,将黄二愣的离奇惨案简要讲给了谢云在听。

他有意识地偷窥了一下,发现宋菲婷似乎也在有意无意地张开耳孔偷听他说话。

谢云在面有凄色,长叹口气道:"唉!你们俞氏公司那场有毒食用油事件,不仅当时害了很多人很多家庭,现在也还贻害无穷啊!"

胡三娃听他话里有话,忙道:"这话怎么讲?"

谢云在苦叹道:"我想,黄总肯定不是遭受了无妄之灾吧,我知道他一直在调查你们公司原来的董事长死亡一案,那董事长的死亡又与中毒事件不无关系,可不都是根源于那次中毒事件,说它贻害无穷并无不妥吧!"

顿了顿,他犹豫了一下,又道:"再说,这还都是明眼就能看出来的恶劣影响,有没有什么隐藏不见的坏影响,这还都不好说呢!"

胡三娃总觉得他话有玄机,想进一步追问,谢云在却生硬地扭过头,摆明了是不想跟他说话了,他望着俞萍音淡淡地说:"那萍音妹子今天继续来这里,算是缅

二十

怀黄总呢，还是继续履行他的遗愿？"

俞萍音黛眉微蹙，沉吟片刻后，娇声一叹："两者都有吧！"

她又即刻话锋一转："谢大哥您们怎么样，和小菲儿相处得咋样了？"

谢云在唉叹道："唉！还是那样，她仍然不肯跟我们回家，对我们的态度也冷冷淡淡的，那股犟劲灼得人心里凉梭梭的！"

俞萍音安抚道："谢大哥这事不能急，得慢慢感化，毕竟孩子在这里呆惯了，轻易哪愿意再去一个陌生地方！得耐心等她对你们有了感情，就一切好说了！"

谢云在哭笑不得："这都多久了，铁石心肠也该融化了，我发觉这孩子的心锤炼得比大人的还要硬朗，呵！"

俞萍音也无能为力，只好凄楚地笑笑，无言以对。

胡三娃凝神倾听着他们的对话，脑子却在高速运转着，结合已有的背景知识，他大概明白了个十之八九，谢云在和宋菲婷在俞氏食用油中毒事件中痛失幼女，现在想在孤儿院里领养一个？

他们还年轻，为什么不自己继续生一个呢？

他倍感迷茫，可眼下这样的情境，显然是不适合给他解疑释惑的！

但在此关键之时，他又不想就这样被晾在一旁，急切之下，竟信口说道："既然这个孩子这么难以被感化，为什么不换一个呢？"

他这话一出，心中就后悔，但是已然收不回来了，捂嘴都来不及。

果然，他这话捅了马蜂窝，谢云在脸色瞬间一沉，冷冷地瞪了胡三娃一眼。

一直沉迷于她的情感世界里的宋菲婷被骤然唤醒了，她猛然站起来，暴吼一声，像头发狠的母狮子一般向胡三娃迅猛扑过来，嘴里大声嚷道："你这个害人精，你这个杀人魔王，你这个凶手，你这个豺狼，你夺走了我的第一个女儿，现在又要伤害我的第二个女儿，我跟你拼了，我跟你没完！"

胡三娃猝不及防之下，被她扑击了一下，脚下一个趔趄，后退了好几步，差点跌倒。

谢云在和俞萍音连忙将宋菲婷扶持住，阻止她再次发难，只见她使劲挣扎着，嘴里咿咿呀呀，发出一阵一阵愤怒的嘶吼，突然间，如同被盛怒打开了情绪的闸门，

罪 与 赎
——万象惊魂记

她又转为嚎啕大哭，一边哭一边哀嚎着："女儿呀，我的女儿呀，妈妈好想你，你快到妈妈的怀抱里来吧，妈妈给你买了漂亮的花裙子，你最喜欢的样子，你快来吧，妈妈给你穿上啊，穿上咱们逛街去，让陌生的叔叔阿姨们都夸你漂亮，妈妈再给你买好多好多好吃的，妈妈也陪着你吃，妈妈再也不怪你是小馋猫了，你想吃什么就给你买什么，啊，啊，女儿啊，你在哪里，妈妈好爱好爱你，好想好想你，求你了，快到妈妈怀里来吧，妈妈离不开你，真的离不开，你要再不来，妈妈也活不下去了，妈妈来找你了，啊，啊，我的天啊，你为什么要对我这么残忍，这么绝情，我只是要我的女儿，要我的女儿啊……"

胡三娃惊魂甫定地望着她，心中情不自禁涌上来潮水般的歉疚和忧伤。他连声说着："对不起，对不起，我不是有意的，我也是一时为你们着急！"

在谢云在和俞萍音极力地安抚下，宋菲婷逐渐地平息下来。她仍然肩膀一耸一耸地啜泣着，嘴里呜呜咽咽，瘫软在谢云在的怀抱里。

谢云在半抱半拖地将她移到刚才的长椅上，将她安放在上边，让她靠着椅背休息，然后直起腰来，长长地吁了口气。

突然，他脸上的表情呆住了，瞬间又涌上了一股难言的欣喜之色。

顺着他的视线看过去，原来，那个一直沉坐着低头把玩手里玩具的孤僻小女孩，曾几何时，竟然流泪了，此时，她正泪流满面地望着宋菲婷，宋菲婷则闭着眼睛仰靠在椅背上张着嘴呼呼地倒腾气息，全然没有感知到。

这边一闹腾，全院的人都惊动了，满院子的孩子都围过来看热闹，几个照看孩子的护理员也过来了，一个慈眉善目的中年妇女从院子中间一个房间里匆匆走了出来，快步来到现场，看到俞萍音，点头打个招呼，继而目光在胡三娃脸上快速扫了一眼，略略有点诧异。然后又看到那个孤僻小女孩在无声无息流眼泪，就无心理会他们了，三步两步跑到小女孩身边，一把将她揽在怀里说："小菲儿怎么啦？别怕，有阿姨在呢，谁也不敢欺负你！"

小女孩哭得更凶了，泪如泉涌。

中年妇女叹了口气，问旁边的一位护理员："发生什么事了？"

那位护理员面带困惑道："刚才这里吵得很凶，可能把孩子吓着了！我也不知

二十

道发生了什么事？"

这时，旁边一个调皮的小男孩有板有眼地叫道："报告院长阿姨，是那位椅子上躺着的阿姨刚才要打这位站着的叔叔，打完后又使劲哭喊，然后小菲妹妹也跟着哭了！"

中年妇女略感错愕，庄重的目光一一扫过这几位来客，最后将目光定在谢云在脸上。

谢云在苦笑一下，将刚才的情况简要介绍了一下。

刚说完，宋菲婷可能缓过劲来了，一睁眼发现小女孩在流泪，她略一愣后，突然蹿起来，惊慌失色地向小女孩奔跑过去，嘴里不迭声地喊着："宝贝，好女儿，我的小亲亲，你怎么啦？你怎么哭啦？是谁欺负你了？啊！是不是妈妈吓着你了？啊！对不起！对不起啊！"

她的突兀行动这下着实把孩子吓着了，她紧紧抱住中年妇女的腿，使劲往她大腿窝里钻。

谢云在连忙将宋菲婷扯住，并使劲将她抱紧在臂弯里，连声哄着她，一脸凄色。

中年妇女抚摸一下小菲的头，怜悯地看一眼宋菲婷，对谢云在叹口气道："你应该等她精神状态好一些，再带她过来探望小菲儿，她这样情绪冲动，意气用事，不但培养不了感情，还会适得其反的！"

谢云在连连点头道："伍院长您说得对，不过她这阵子精神状态其实已经蛮好的了，刚才一直也都很平静，只不过，只不过，唉，就是这位三娃兄弟的一句话刺激了她，才导致她情绪失控的！"

胡三娃忙不迭道歉不已。

这时，中年妇女才将目光定定地落在胡三娃脸上，疑惑道："请问您是哪位？"

胡三娃忙自我介绍："伍院长您好，我叫胡三娃，是跟着我们公司董事长俞萍音女士过来的！"

中年妇女将目光移转到俞萍音脸上。

俞萍音点点头："是的，他是我们公司现任总经理！"

中年妇女惊讶道："他是总经理，那黄二愣呢？对了，黄二愣今天怎么没来？"

罪与赎
——万象惊魂记

俞萍音悲叹道："他过世了！"

说完这句话，她眼眶就红了，黄二愣这个名词简直不能对她提及，一提及就是一把苍凉的泪水。

"啊！"中年妇女惊讶得下巴都快掉地上了。

胡三娃也赶紧向她简要介绍了黄二愣的凄惨经历。

中年妇女的眼眶瞬间泛红了，她呆若木鸡地兀自站立好久，紧抿着嘴唇，好不容易将这个噩耗接受下来。

大家陪着她默默地宣泄情感，孩子们一看没什么热闹可瞧了，早就一哄而散，疯玩去了。只有那个孤僻的小女孩还在瞪着一对迷蒙的泪眼，可怜兮兮地望着眼前的这些大人们。

半响，中年妇女抬起袖子抹了一下眼睛，目光望向胡三娃道："这么说，你今天是代替黄二愣来过这个孤儿节的啰？"

"什么孤儿节？"胡三娃颇感好奇。

"是黄二愣在我们孤儿院设立的一个节日，每年的这一天，他会和孩子们一块吃顿饭，然后和孩子们一起玩耍，最后给每个孩子一个红包，由院里保管，用于增加孩子们的吃穿用度！"中年妇女平静地叙述着。

胡三娃愣了愣，求助地望向俞萍音。

俞萍音冲中年妇女点点头道："是的，伍院长，我们都准备好了！今天就是带着黄总的遗愿过来的！"

中年妇女赞许地点点头，然后爱怜地抚摸一下怀中的小菲，又冲谢云在叹了口气："你看你们要不要一起参加，小菲这孩子不太合群，你们引领着她一点吧！"

谢云在连声道好，宋菲婷眼中也闪烁晶亮的光芒。

接下来，就是孤儿院的盛景了，原来院里的食堂一大早就开始忙开了，后院里彩旗飘飘，横幅遍布，食堂里的桌子都搬到院子里来了，在后院挨着墙根还搭设了一个舞台。舞台虽然简陋，却布置得有模有样，很是喜庆。后院沉浸在一派欢腾的气息里。

感受到这等融融暖意和温馨氛围，胡三娃也早已放开了，在前院后院忙活着，

二十

整个孤儿院里跑前跑后着，那些跟他已建立良好关系的孩子们跟在他屁股后边屁颠屁颠地好不开心。

开席时，他和俞萍音就跟婚宴上的新郎新娘一般，两人结伴，挨个跟每桌的孩子们去坐一会儿，用茶杯当酒杯一起碰杯，时不时还开开玩笑，把孩子们逗得哈哈大乐。

谢云在和宋菲婷也像他们一样挨着给每桌的孩子们敬茶，起先他们想带着小菲儿一块，小菲儿死活不干，伍院长灵机一动，就自己拉着小菲儿也加入进去，四个人挨个走了几桌后，伍院长瞅个机会，偷偷溜了，小菲儿一开始浑然不觉，还是懵懵懂懂跟着转，待到一大圈下来，发现院长阿姨不在了，略一呆愣，发现自己独个跟着也没那么可怕，就还是老老实实跟着他们两个转完全程，把这夫妻俩欢喜得合不拢嘴。

饭后，桌面上残羹冷炙一撤，变戏法搬换上各种零食，大家伙儿原地不动地继续喝茶、吃水果、嗑瓜子，有表演节目任务的娃娃和大人们悉数登台表演。

当然，这天是孩子们的节日，舞台也主要是孩子们的舞台，大人们只是配角。孩子们真是多才多艺，唱歌、跳舞、弹琴、演奏、朗诵、武术，甚至还有耍魔术，乃至表演相声和小品的。虽然还很稚嫩，奶声奶气的，倒更是令人捧腹不已、忍俊不禁。

胡三娃不由得向伍院长不停地竖起大拇指，直感叹她把孩子们培养教育得这么出色，将来一个个必定都会长成苍天大树。

伍院长则由衷感慨道："其实啊，这都是黄二愣的功劳！"

胡三娃不解道："这怎么讲？"

伍院长侃侃说道："这很简单，要光是靠民政上的那点补助，哪能支撑起孩子们这么多的教育培训费用，都是黄二愣先生出资给我们置办各种教具，让我们请来各种培训学校的教师，定期来院里授课。使得孩子们能够全面发展。所以我们全院的大人小孩们都非常感激他！"

胡三娃沉吟着点点头，心中的感动和感慨已经快要冲破天际。

突然，全场掌声雷动，打断了他的思绪，抬眼一看，原来是小菲儿上台演唱了，

罪 与 赎
——万象惊魂记

她演唱了一首儿歌，就是那首感天动地、荡气回肠的《世上只有妈妈好》：

　　世上只有妈妈好，有妈的孩子像块宝，投进妈妈的怀抱，幸福享不了。
　　没有妈妈最苦恼，没妈的孩子像根草，离开妈妈的怀抱，幸福哪里找？
　　世上只有妈妈好，有妈的孩子不知道。要是他知道，梦里也会笑！
　　世上只有妈妈好，有妈的孩子不知道。要是他知道，梦里也会笑！

她张嘴唱着的时候，场下已经开始响起哭声，等她唱完，全场已经哭声一片。尤其宋菲婷，她干脆站起来嚎啕大哭，哭声痛彻心扉、响彻天地。

俞萍音也不例外，哭得稀里哗啦，严格讲，她在这世上也成了孤儿，尤其是母爱的缺乏，并不比这些孩子们来得平淡。再加之她现在又丧失了她的爱人，这种种悲痛往事，令她根本难以自抑心中的悲鸣。

胡三娃即便坚强，受此情绪感染，想起自己可怜的母亲，也忍不住悲从中来，泪湿青衫。

整个演出会至此臻至高潮，而最后的精彩则是由俞萍音和胡三娃呈现的。

俞萍音演奏了长笛曲，并跳了一支充满皇家风情的古典舞。

她的长笛演奏本领，胡三娃早在黄二愣家乡的祖坟旁边已经领略过了，那如泣如诉、悠远绵长的笛声，直抵心灵深处，拨动灵魂里最柔美的那根心弦。

而今她那轻舒慢展、曼妙多姿、柔情似水的轻盈舞步，将她的婀娜身段、玲珑姿态、温柔秉性、热辣性情展现得淋漓尽致，但见舞台上一个仙子般的姑娘在罗衣翻飞、裙裾飘飘间尽显纤弱体态和刻骨衷肠，当真是"寂寞嫦娥舒广袖，碧海青天夜夜心！"

台下观众看得如痴如醉，大小孩子们对美的领悟力也是惊人的，先是一个个目瞪口呆，待表演完毕，又是掌声如潮，叫好声吆喝声闹嚷声响成一片。

俞萍音面带寂寞的微笑回到了胡三娃身边，该胡三娃上场了，他是这天的压轴戏。因为这个节日是黄二愣创办的，而今天他是以黄二愣的身份光临。据俞萍音讲，既往黄二愣都是演奏长笛，俞萍音学会长笛演奏就是受他影响。

二十

胡三娃不会吹奏长笛,这可能是他和黄二愣又一不同之处,他本该为此而感到欣慰,但是他却极不情愿地发现,他有一项特长,就是口技表演,这是他自小在山野中长大,对大自然的各种声音自然而然产生了浓厚的兴趣,并着意模仿,最后形成了自己的特技。他拐弯抹角地联想起,他会的这项技能和黄二愣的长笛其实有着异曲同工之妙,都是取材于乡野,都是吹奏乐,包括奏出的旋律应该都是民间小调和乡村小曲。可谓难登大雅之堂,却能跟平民百姓打成一片。

一念及此,他又不由得苦笑不迭,为自己始终逃脱不了黄二愣的缩影而茫然无奈。

他的口技表演很成功,各种大自然的声音在他嘴里惟妙惟肖,一样把台下的观众听得如痴如醉,大声叫好。

加之他的表演很生活化很接近贫苦劳动人民的趣味,反而获得了更大的共鸣。这些自小就沦落到了苦海深渊的小小伙计们,哪里享用得了那些琴瑟琵琶,也许一叶扁舟、一条细绳才是他们目前最最需要的!

孤儿节圆满结束,俞萍音果然给每个孩子都准备了红包,虽然最终都是要交给伍院长保管的,但还是挨个让孩子们过了一下手,让他们感受到一种浓浓的喜庆氛围,感受到来自社会的浓浓关爱,甚至,仍然浓浓地感受到,他们那个黄爸爸还鲜活地存在于他们中间,只是现在以一种"胡三娃"的形态出现而已!

因为,已经有好多小孩意识到今年黄爸爸没有出现,都一批一批地涌过来,询问俞萍音。俞萍音只好跟他们讲,他们的黄爸爸因为有重要的事情要办,所以派他们的胡爸爸过来了!

黄昏暮日,四位客人告别院长和孩子们,结伴走出了孤儿院。

在门外拱手分别之时,胡三娃忽然向谢云在提出请求:"谢大哥,我能不能在您们方便之时,上家里拜访?"

出乎意料,谢云在面色一沉,冷冷道:"对不起,有什么话就在这里说或者电话说,家里还是不方便!"

胡三娃好一阵错愕,无奈,只好跟他互相留了电话。

在回去的路上,俞萍音依然默默开着车,但是她的脸色经过一天的喜庆气息熏

罪与赎
　　——万象惊魂记

陶，忧郁之色少了很多，而且她可能利用她丰富的想象力，将胡三娃想象成黄二愣，如同跟着她心爱的男人重新经历了一遭过往的那种美好回忆，这种幸福的想象帮助她得到了某种解脱，她暂时使心情得到了慰藉。

　　这也原本就是她的目的，她要通过重走黄二愣走过的路，来让自己获得一种依然与爱人同在的虚幻的幸福感。

　　胡三娃则不同，一旦脱离那种氛围的浸泡，他立马又完全沉浸在另外一种惊惶当中，他想到了一个十分惊悚的问题。

　　黄二愣又在冥冥之中掌控了他的行动轨迹。

　　他本来是打算先行调查舒婉雯，以此打破那个不知道啥时候就在他头顶逐渐形成的魔咒——他摆脱不了黄二愣的命运，他将遵循一个与黄二愣完全一致的人生轨迹！

　　结果，他还是没有打破，至少从形式上没有打破，他还是先认识了谢云在、宋菲婷夫妻俩，以及名单上的那个"小菲儿"和"伍广济"。

　　这到底是阴差阳错还是鬼使神差呢？

　　他心中苦笑连连，不由得扭头问俞萍音："董事长，能问您一个问题么？"

　　"嗯！"

　　"您今天让我陪您来孤儿院，知道谢大哥和宋大姐她们也会过来么？"

　　"知道啊！"

　　"怎么知道的？"

　　"她们想领养小菲儿，而小菲儿又不愿意离开孤儿院，所以她们时不时地就要去看望她的，想着有朝一日能够培养出感情来，就可以将她带回家了！"

　　"那怎么就知道今天她们一定会去呢？"

　　"今天是这个孤儿院的孤儿节啊，她们去的可能性更大啊！"

　　"她们也知道这个孤儿节吗？"

　　"当然，因为推荐她们到孤儿院领养小孩的建议，就是二愣哥给她们的！"

　　"啊！"

　　"怎么啦？"

二十

"没什么!"

听闻这个信息,胡三娃心中更是翻江倒海、波谲云诡了。

既然谢云在是黄二愣引领到孤儿院去领养小菲儿的,难道他今天也是黄二愣"引领"到孤儿院去认识谢云在的吗?

他在脑海中建立起这样的联想后,后背冷不丁渗出一股冷汗,他连忙晃晃脑袋,暗骂自己实在是惊弓之鸟,可笑至极。

也许不过就是巧合而已!

一路思绪浮荡着,终于回到公司,公司广场上已经莺歌燕舞、热闹非凡。

俞萍音可能是广场恢复盛况后首次回来,她原本想着送胡三娃到公司后就直接回家的,这下也不由自主将车停在路边,颇有兴致地随着胡三娃走到广场上来了。

既然俞萍音有兴致,胡三娃也就不着急回办公室了。

两人在广场四处流连游荡着,听音乐、观喷泉、赏集体舞、逛游艺走廊、看小孩追逐游戏、览夜景,或凭栏远眺夜幕下的城市风情或驻足仰望夜空点点星光,俞萍音表现出了难得的兴致和愉悦心情,她绝美的容颜在霓虹灯光和月影星辉的交相辉映下,也闪烁着熠熠光芒。

只是她很少跟胡三娃交流,有时候还凝望着某一点或者某一片陷入沉思,大概触景生情,又回忆起她当初跟黄二愣在这片广场上游览时伉俪情深的浓情美景来了。

说到底,自己的使命并没有改变,是在帮助她重拾当年的美好感觉,可这又是自己心甘情愿的,即便心中苦海狂涛,也只能咬牙静静消受。

最后,他们来到了最热闹的一角,那是宋红琳正在组织公司推广活动,

只见在一长溜桌子后边,宋红琳带着苗英、杨蔚霞、庞嫣云、郭倩凤还有其他好几个公司女工正在热情洋溢地给围观的群众讲解手里的一张宣传单,主题内容是有关儿童婴幼儿膳食配方及"妇幼康"牌食用油的妙用。宋红琳甚至由此及彼地引申开来,已经开始向人民群众描绘饮食文化节的美好蓝图。

围观的人们连声叫好,一个个脸上都洋溢着期待的神光。

胡三娃颇感满意,赞许地点点头。

俞萍音却对他说:"胡大哥你去叫一下红琳,我跟她说几句话!"

罪与赎
——万象惊魂记

胡三娃绕过人群，走到宋红琳身后，附在她耳旁说了下。

宋红琳连忙抬起头来，看到人群外的俞萍音，点点头，跟围观的人们解释了下，就跟着胡三娃退出包围圈，快步走到俞萍音身边，欣然问好。

俞萍音指了指不远处略显安静的角落里一把长条椅子说："咱们到那里说话吧！"

三个人随即走向那椅子，那椅子也就三个座位的规模，俞萍音先坐下来，她有意无意地端坐一角，胡三娃不好夹在两个女人中间坐，就只好顺势坐在另一端，宋红琳也就只能坐在她们中间。

她苦笑一下，偷偷地朝胡三娃做个鬼脸。

待她坐定后，俞萍音没有即刻说话，而是双眼凝望着前方那个热闹的广场，若有所思。

宋红琳小心翼翼地问候道："董事长，您最近还好吧！"

俞萍音轻轻地点了一下头，又转过头来，望着胡三娃和宋红琳，由衷地说："胡大哥，红琳，你们为公司所做的一切，我很感动，你们取得这么好的成绩，我也很高兴，真的很感谢你们！"

顿了顿，又道："而我却做了甩手掌柜，把所有的重担都压在你们肩头，我也感到很惭愧！但我的心情很苦闷，实在没有心思做这些事情，希望你们理解！"

宋红琳连忙表态说自己很乐意为公司付出，让董事长无需多虑，放心休养。

胡三娃本想劝俞萍音回到公司来，外边的风风雨雨就由他来承受，但当着宋红琳的面又不好讲明，只好沉吟着点点头。

俞萍音默然片刻，突然话锋一转："红琳，你一会儿还要忙活，就不耽误你太多时间了，我还想再问问你，我上次跟你说的事你考虑得怎么样了？"

宋红琳错愕道："什么事？"

俞萍音直截了当："你和胡大哥的事！"

"奥！"宋红琳瞬间闹了个满脸羞红，好在夜色下也看不清楚，她支吾道："这个嘛，呵呵，这，这不是我考虑就能考虑好的啊！"

俞萍音点点头，转问胡三娃："胡大哥，你呢，考虑得咋样了？"

二十

胡三娃被她这突兀的问题弄得措手不及，也是好半天才支支吾吾道："这个嘛，董事长，现在公司正是百事待举、业务繁杂的关键时候，还没有心思来考虑这个问题啊！"

俞萍音定定地望着他，秀目中浮上一缕奇特的神情："胡大哥，此言差矣，所谓夫妻齐心、其利断金，我看你和红琳两个就是天生一对、地造一双，两人搭档才这么短的时间，就创造出这么骄人的公司业绩，要是能够进一步联姻，心完全融合在一起，发挥出的能量，更加不可估量，所以就算是为了公司的宏伟前景，你们也要好好考虑一下我的建议！"

胡三娃连忙接话道："董事长你放心吧，我和红琳两个现在就配合得很好，已经是最佳工作搭档，工作能力也发挥得淋漓尽致了，任何其他改变都不可能再影响我们的工作绩效了！"

俞萍音苦笑了一下，叹口气道："胡大哥，你可能还理解不了我的一番苦心，坦白说吧，你和红琳现在经营公司的状态，就和二愣哥当年和我一块为公司出谋划策、通力合作的状态是一样的，这或许算是一种革命工作培养出来的感情吧，我觉得既然有了感情，就要趁热打铁，我和二愣哥就是前车之鉴，我们没有尽快结婚，结果就是这样劳燕分飞、天人永隔，如果当初尽早结婚了，或许结局会大不相同，也许二愣哥就不会惨死，我虽然不是唯心主义者，但我就是有这种感觉，我也说不清楚为什么会这么想，但直觉就这么告诉我的，当然，我跟你说这个不是为了发泄我心中的感慨，而是想要告诉你，胡大哥，你或许真的需要换一种状态来改变你的行动轨迹和人生趋势，关于这一点，我不用多做解释，你知道我是指的什么！"

胡三娃心中好不悚然，这一魔咒连俞萍音都看出来了，进一步说明绝不是他自己受惊之后子虚乌有的幻想，而是实实在在悬于头顶的利剑，他正在一步步地往它的锋刃上撞去。

但他就这样甘愿在这个魔咒面前退缩吗？况且还要以牺牲他心中对美好感情的向往为代价，不行，坚决不能，他在心中注入了一股铁水，瞬间冷凝成钢。

他郑重道："董事长，你的好意我心领了，但我现在真的无心考虑这个事情，我确实还有太多的事情要做，实在没有这份心境，希望董事长理解，也希望红琳妹

罪与赎
——万象惊魂记

妹理解！"

"切！谁稀罕啊！"旁边传来宋红琳不满的冷笑。

俞萍音沉默片刻后，幽幽道："胡大哥你别这么早就下结论，还是从多个方面慎重考虑一下吧！"

宋红琳突然冒失地说道："我看萍音你也别回避了，胡总他喜欢的是你，你也对他有好感了，何苦这么折磨彼此呢！"

"啊！"俞萍音一直娴静的身姿蓦然一阵颤抖，连坐在另一端的胡三娃都感知到了。

她面色大变，用花容失色来形容都不为过，她猛地侧转身子，肃然道："红琳，你不许这样信口开河胡说八道，我今生今世下辈子，除了二愣哥，是不可能再喜欢上别人的，胡大哥也不可能像你说的那样，他不会的，他是个很懂规矩讲道义的人，他只会对你产生感情的！"

由于太过着急，内心过于波动，说着说着，她也信口开河毫无逻辑了！

胡三娃心里如同被猛灌了一杯苦酒，好家伙，这么看来，他已经被定义为不懂规矩没有礼义廉耻的那一类人了！

可是细细想来，这话又何尝不对？他竟然对自己救命恩人兼情深意重的大哥的"遗孀"产生情丝，这不是寡廉鲜耻又是什么？

他在心里狠狠辱骂自己，想借以减轻负罪感！

宋红琳没有因此被震慑住，反而心一横，直捣黄龙："萍音你就别自欺欺人了，黄总已经过世了，你该为他尽的道义也都尽到了，没必要再怀揣这个心理包袱过日子，现在即便对任何男人产生感情都没有错，何况还是一个跟黄总类似的胡总呢！"

俞萍音气得花枝乱颤，这下再也控制不住了，猛然站起身来，厉声道："胡扯，红琳我今天要给你讲的话就到此为止，你愿不愿意听，随你们吧！我回去了！"

她心慌意乱之下，甚至都不跟胡三娃打个招呼，迈开大步，匆匆离去了。

胡三娃惶急地站起来，想要跟过去，但最后还是生生忍住了。

宋红琳委屈地嘟着嘴，沉坐着不发一言。

胡三娃暗叹了口气，还是忍不住批评她说："红琳你也太鲁莽了，这话怎么能

二十

这样说呢？"

熟料，宋红琳也是霍然站起，怒声道："你还敢来指责我！我看你就是个懦夫，自己不知道努力，让一个无辜的人来受委屈！行啦，我再也不掺和你们的事了，随你们怎么弄吧！"

话落，她也怒气冲冲地拂袖而去。

胡三娃呆立当场，哭笑不得之下，跌坐在椅子上，仰望苍茫夜空，长长地深深地吐了一口气。

被宋红琳这么一搅和，本来就避讳跟他见面的俞萍音看来要跟他老死不相往来了！

也罢，自己还有查案那样的重任在肩，其实本不该被这些儿女情长烦扰的，现在正好能够心无旁骛，专心致志地把查案进行到底了。

一旦想起查案的事，他又来了精神，与谢云在夫妇俩在孤儿院意外邂逅的事情再次在他脑海里烟云弥漫，他思来想去，不得要领，万般无奈之下，只好给邹恒明打电话。

邹恒明的电话总是特别通畅，如同就在专门候着他的来电似的。

刚一拨通，他招牌似的爽朗笑声便电闪而至："哈，三娃兄弟好，有何指教？"

"邹老哥好，有一事不明，请您指教！"

"说说看！"

胡三娃便把围绕黄二愣的姓名记录簿的蹊跷事悉数告知。

邹恒明不动声色地问："那你是怎么看待这件事的？"

胡三娃茫然苦笑道："我实在无法理解，我只能不能免俗地把这归结为中了魔咒！"

邹恒明油然一笑："要么是巧合，要么就是你所谓的魔咒，只有这两种可能！"

"奥！还真有魔咒这回事啊？"

"哈！这不是顺着你的话说的嘛，在我们侦探眼里，没有搞恶作剧的鬼，只有包藏祸心的人，你这事如果不是天意，就是人为，很简单！"

"要真是就这一个小插曲，我可能会把它归结为巧合，但纵观黄二愣留下的整

罪与赎
——万象惊魂记

个姓名录，在此之前的名字顺序跟我的调查顺序基本一致，我就无法等闲观之了！"

"也好，为了最终证实到底是巧合还是魔咒，你不妨再做一次验证！"

"难道你是让我……"

"对，你现在的调查顺序不是完全和黄二愣的姓名顺序一致了么？那你就干脆在黄二愣的这个顺序上做一次文章，他下一个该调查谁了，你就偏不调查他，而是再往下错开一位，看这个魔咒到底怎么控制你！"

胡三娃犯难道："我也曾经这么想过，但黄二愣的姓名记录顺序中，接下来的姓名就是舒婉雯，在她之后的下一位是一个叫蔡义诚的人，可是我对这个人一无所知，无从着手啊！"

"哈，三娃兄弟真是鸡贼，摆明了就是想找我帮忙，自己还不肯提出来，非让我自己老实交代！"

胡三娃笑道："呵，老麻烦您，确实挺不好意思的，这次您无论如何得收费！"

"无论如何是收不得的，原因同前，不多说了！"

胡三娃还要表表热心，邹恒明已干脆利落道："三娃兄弟如果再没有事，那我可得迅速投入工作了，时间宝贵，真相可贵啊！"

胡三娃哪敢磨蹭，赶紧道别。

结束通话后，他心情轻快了好多，不管咋样，他的调查马上就要上一个台阶了，对于是否真被什么玩意儿施加了魔咒，他在下一个调查中就可以见分晓了，只要事件性质明晰了，多么可怕他都无所畏惧。怕就怕一切蒙在鼓里，恐惧源于无知嘛！那种茫然无知的闷痛可比清楚明白的惨痛更难以承受！

他站起身来，一路穿越广场，悻悻然地望了一眼那个人头攒动的公司活动现场，宋红琳还在那里带队热火朝天地工作着，不由得对她又是敬佩又是感怀，尽管受了委屈，却丝毫不影响她的敬业精神，公司有这样一批至诚至真的员工，又如何能不蒸蒸日上、蓬勃发展呢？

他迈着坚实的步伐，面带怡然微笑，来到岗亭时，还和张合军闲聊了一会儿天，才回了黄二愣的办公室。

罪与赎
万象惊魂记 下

西百草 著

国际文化出版公司
·北京·

目录

二十一 / 399

二十二 / 425

二十三 / 453

二十四 / 467

二十五 / 495

二十六 / 523

二十七 / 547

二十八 / 571

二十九 / 593

三十 / 613

三十一 / 639

三十二 / 659

三十三 / 679

三十四 / 697

三十五 / 725

三十六 / 749

三十七 / 777

尾声 / 803

二十一

罪与赎
——万象惊魂记

五天之后，邹恒明就给他传来了蔡义诚的信息。

这个蔡义诚不是别人，正是蔡氏粮油食品有限公司的少东家，也是个不折不扣的花花公子，经常混迹于娱乐场所，尤其爱去的一个地方是万西区的一个夜总会，每周都会去三趟，几乎雷打不动。

邹恒明侦探到了他的行动规律，并且了解到他到那个夜总会总是去固定的一个包房，房间号是V238，每次去的时间也都基本固定。总是在晚上7点以后。

胡三娃对于去夜总会找人查案有些顾虑，那样败兴，弄不好会被狠狠揍一顿，但邹恒明说这个家伙只有这个行动比较有规律，其它时间的行踪飘忽不定，很难捕捉得到。

无奈之下，胡三娃也只好抱着试试看的心态准备冒死走这一遭。

当天正好就是蔡少爷要去那个夜总会玩耍的日子。

胡三娃准备提前一点到，6点半就守在那个包房里，说不定蔡少爷一时兴起，提前一些到，他就可以利用这一点早到的时间做一个简明扼要的调查。或许不会太扫兴！

不知道咋的，胡三娃对这次走访竟然有点莫名其妙的小小激动，为稳妥起见，他下午早早就出发了。

千辛万苦赶到该夜总会所在酒店"银栋大厦"时，也才下午5点来钟，夏日的阳光临近黄昏时如同回光返照一般依然浓烈无比，金灿灿的光芒在酒店金碧辉煌的楼面上哗啦啦闪耀着，晃得胡三娃好一阵头晕目眩。

二十一

时间尚早，胡三娃有意无意地就沿着这栋大厦转悠起来，如同正在进行大行动之前的踩点。

转着转着，他突然嗅闻到一股熟悉的气息，走到路口，举目四望，恍然大悟，原来这里就是他初到万象市时和牛志远邂逅的地方。

一想起牛志远，他倍感亲切，抬眼四顾，没感觉到牛志远的身影，就走到牛志远原来摆摊的那个地点，没有看到他，就抬步沿着路口的各条马路在摊贩当中细细寻觅起来，小摊小贩依然星罗棋布，似乎比当初还要热闹了，但就是不见牛志远。

这家伙，到底有没有从湖北老家回来呢？或者已经更换了别的营生？

他这阵子一直百事缠身、焦头烂额，基本上把牛志远忽略了，心里油然生出几分歉疚之情，赶紧给牛志远打电话。

牛志远的手机号居然已经停用了。

他心中升起一股浓浓的惆怅，兀自不甘心，又返回到牛志远当初摆摊的那个地点，挨个询问那旁边摆摊的摊贩们，是否知道牛志远这个人，是否知道他干嘛去了？

但是那些满脸菜色的摊贩们一个个都茫然摇头，然后又纷纷吆喝着胡三娃买他们的东西。胡三娃想着牛志远的地下室，想着他在城管来临时不要命地维护他的生存之本的窘迫情形，就有用没用地每个摊贩都悉数买了一遍。

他拎着俩大兜子沉甸甸的物品，快走到银栋大厦时又觉得自己这样一副形象进夜总会很可笑，又返转身来，在一条路边找到了一个缺胳膊断腿的老年乞丐，把这两袋子东西全部放在了他的乞讨盆边。

弄得那匍匐在地的乞丐好一阵磕头如捣蒜。

他再次返回银栋大厦时就身心轻快多了，一看时间离6点半还有十来分钟，他就强忍着在酒店的大门旁边呆立了一会。

此时，只见一拨又一拨描眉画脸、浓妆艳抹的女孩从四面八方向这个大门口涌来，一时间，大门内外，花红柳绿、异彩纷呈，好一派繁荣昌盛的景象。

姑娘潮过后，就是游客潮了，只见各色豪华小轿车络绎不绝地开进了大厦门前的院子，偌大一片空旷的地面很快就变成了盛大的停车场。或者衣冠楚楚或者花里胡哨的各色男人们纷纷下车，或喷着酒气或吹着大气，或欲眼迷离或贼眼四转地也

罪与赎
——万象惊魂记

向大门口涌来。

胡三娃叹惋地望着门口的芸芸众生,心中戏谑地胡思乱想着。

一看时间差不多了,他跟着人群走进大门。

而对于每一拨新来的客人,也呼啦啦站着一大群美女帅哥准备着迎上来提供热情洋溢的贴身服务。

此等风情,直令胡三娃心惊肉跳,连忙混在一群人数较多的客人中间充当南郭先生,才总算免予享受这番热情。

他就默默跟着这群客人自硕大的门厅拐向左侧一条幽静长廊。这群客人估计也是来自五湖四海,彼此并不相熟,对胡三娃的混迹其间并没有在意。

长廊很深邃,走了很久才到头,到头是一个电梯厅,然后那个一路和领头男人打情卖俏的小姐就带领大家进了电梯。

胡三娃就这样有惊无险地跟着进入了银栋大厦地下二层这个"花的世界、春的海洋"。

出了电梯,迎面是一个古色古香的拱形门洞,门洞顶上悬着一块霓虹闪烁的招牌,明明这里"暗无天日",它却偏偏唤作"星光天际夜总会",荒诞得令人想笑。门洞边上是个迎宾台,迎宾台里站着两位女孩,一个一个美赛天仙一般,脸上挂着的迷人微笑能够把人融化,娇嫩的小嘴里甜甜地说着"欢迎光临",能让人酥到骨头里。

空气中飘荡着浓郁的香粉气息,异香扑鼻直欲把人熏醉,门洞里边四处泛溢着一派淫声浪语,对于第一次来这等场所的胡三娃实在是不堪忍受。

他跟着客人进了"星光天际"的门洞后,就放慢脚步疏远了那帮男人,浑身极不自在地在这个迷宫般的地下春城里徜徉起来,他挨个房间寻找 V238 门牌号,门牌号就贴在门窗玻璃上,所以房间里的红绸绿袄、春光总是不经意间就扑入他的眼帘,弄得他如同窥探别人隐私的小贼一样,心里尴尬至极。

尤其是一路上不停跟各色小姐邂逅,小姐们向他送秋波、抛媚眼,还扭腰摆臀、抖胸嘟嘴,更是弄得他头酣耳热,慌乱至极,差点就要落荒而逃。

好在终于在一个拐角处,一个端盘子的服务生发现了他的异样之处,热情询问

二十一

他需要什么帮助。他连忙说他要找 V238 房间。

服务生略微一愣,说那不是蔡老板包圆的房间么。胡三娃忙说自己是蔡义诚的朋友,他让自己来这里等他。

那服务生恍然点头,轻车熟路便把他带了过去。

好在这个 V238 包房还比较安静,布置也很优雅,古典当中带着华美,似乎位于这地下迷宫的最边缘地带,远离了外边的尘世纷扰。在香粉世界里开辟了世外桃源。

服务生离去后,不一会儿,就有人进来了,胡三娃还以为是蔡义诚呢,沾沾自喜地想,这蔡义诚还挺配合,特意早来,配合自己调查。

然后忙不迭转过身来,这抬头一看,心中不由得一阵狂跳,顿时愣在当场。

来的是一个女孩,这倒没什么可吃惊的。

可是这是怎样一个女孩啊,真是"金风玉露一相逢、便胜却人间无数",简直就是用瑶池玉液、灵山琼浆、仙界甘露、人间精华造就的这么一个仙子,她也略施粉黛,但完全不是刚才在大门口看见的那些庸脂俗粉可以比拟的。

但见她婀娜多姿、聘婷而立,虽然穿的依然是一身红绸绿袄般的统一服饰,却完全一副出污泥而不染的楚楚仙姿,此时她玉面微冷、黛眉微蹙,聪灵的凤眼里泛出一股好奇的神色打量着胡三娃。

胡三娃依然目瞪口呆地痴望着她,他倒不是碰见天仙女而忘了人间,反倒是他真真切切地把人间世事牢牢记在了心头,才导致他如此一番失魂落魄的模样。

因为,他心头冷冷地发颤着,脑子里热烈地奔涌着一个惊悚的念头。

这个人,绝对就是成熟版的舒婉斐!

而假设她脱去这一派风尘,磨平她这一脸成熟,抖掉她这一身风韵,那她一定就是舒婉斐!

难道?

他正在震颤的心里高速盘旋着这一诡异的念头时,那流落尘间的仙女悠悠吐声了,她的声音如喷珠吐玉,柔婉而又爽脆:"请问您是蔡义诚的什么人?"

"他的朋友!"胡三娃慌忙之间不知如何应对,只好继续扯谎。

罪 与 赎
——万象惊魂记

"他没跟我说会有一个朋友过来啊？"女孩秀目含烟。

"我自己来的！"胡三娃尴尬至极，露出端倪。

"那他还会来吗？"

"他，会来的！"

"那你们这算是什么？"

"什么算是什么？"

"我到底接待你们哪个？"

"哈！您误会了，我不是来消费的！"胡三娃听着女孩的话，心里涌起一种难言的辛酸。

"哦！那您过来干什么？"

"我是来找蔡义诚的！"

"为什么到这种地方来找？"

"别的地方找不着！"

"他不愿意见你？"

"事实上，他并不认识我！"

"您怎么说是他的朋友？"

"一个陌生朋友嘛！"

胡三娃不再那么慌乱了，而且在这个女孩身上感觉到一种莫名的亲切和温馨，心头暖意流转，很快也就应答自如了。

女孩略一错愕，默然片刻后，语声转冷道："那您找他干什么？"

"找他了解点事？"

"是不是调查一个案子？"

"啊！你怎么知道的？"

"你是不是叫胡三娃？"

"啊！"

"你不必惊讶，我叫舒婉雯，听我妹妹说过你！"

胡三娃心头连番震颤，虽然对此早有心理准备，此刻疑问得到证实，还是惊得

二十一

魂飞天外，不知所以。

舒婉雯知道眼前之人算是半个熟人，非但没有转为热情，反而更加冷淡了，她语气如冰："如果你真是胡三娃，而且也真是为查案而来，我劝你打道回府吧！"

"为什么？"

"蔡义诚不会接受你的调查的！"

"那你呢？"

"我？什么意思？"

"我也希望能向你了解些情况！"

"我没有什么可了解的！"

"你怎么知道我是胡三娃？"

"因为你和黄二愣有点像！"

"你怎么知道我是来查案的？"

"因为黄二愣当年也来查过案！"

"你当初也是这么告诫黄二愣的？"

"是的！"

"你这不是有很多东西可供我了解么！"

"除此之外，再没有了！"

"能跟我讲讲黄二愣当年找你时的情形么？"

"没什么可讲的了！"

"这样吧，这里可能不太方便交谈，能给我留一个联系方式么？找个合适地点咱们好好聊聊！"

"如果你要服务，随时奉陪，其他的，概不接待！"

"你这是何苦呢？"

"请别耽误我做生意！"

胡三娃脑袋高速运转着，苦无良策，只好硬着头皮说："那好吧，你给我留个能联系得上的联系方式，我需要服务时，好联系你！"

"有需要就到这里来找我，我从不给客人留电话！"

罪与赎
——万象惊魂记

胡三娃挠挠脑袋，门外突然传来一个热烈而爽朗的笑声：

"小雯雯，你都已经来了啊，想死我了，你想我了么？"

一个身影应声而至，抬眼看到屋里的胡三娃，顿时愣在当场。

胡三娃忙迎上前去，彬彬有礼地打招呼："蔡总，您好！"

蔡义诚看上去一副文质彬彬的样子，戴着一副金丝眼镜，身材颀长，面容俊朗，怎么看都像个白面书生而不像个黑脸商人，只是他炯炯有神的大眼珠里挂着的一丝阴鸷之色勾勒出了几许精悍狠辣的味道。

他不愧老江湖，瞬间惊诧之后，很快恢复镇定神色，颇有气度地迎上前去，握住胡三娃的手热情地问候道："兄弟您好！请问您是，小雯的朋友？"

他丝毫不因严重败兴或无端猜忌而恼羞成怒，光这点气量就令胡三娃肃然起敬，即便他是苦苦压抑着也完全能说明这个人的城府和意志。

胡三娃欣然点头道："是的！我叫胡三娃，很高兴认识蔡总！"

蔡义诚点点头道："幸会幸会！"

顿了顿，竟又连声致歉："哦，不好意思，那我是不是来得不是时候，真是抱歉啊！我立刻走！"

说完，他就作势欲走。

胡三娃忙拉住他的胳膊："蔡总不要误会，我不是来找婉雯的，我是来找您的！"

"哦，难道胡兄认识我吗？"

"虽然没见过您，但你的大名早已如雷贯耳，算是认识吧！"

"哦，这话怎讲？"

"蔡总是本市赫赫有名的粮食公司的老总，我们是同行，我怎能不认识呢？"

"胡兄你要是这么一说，我猛然惊醒，难道你就是俞氏公司新任的老总，我记得好像就姓胡！叫什么娃娃什么的？"

"没错，正是鄙人！"

"啊！还真是啊，那太幸会了！久仰久仰啊！"蔡义诚一时间兴趣大炽，又握住胡三娃的手摇个不停。

胡三娃也连声附和，两人真如一见如故的朋友。

二十一

蔡义诚拍着胡三娃的肩膀道:"怎么,胡总今天特意到这里来找我,难道是要跟我谈生意合作吗?"

胡三娃朗然一笑道:"生意合作的事当然也可以谈,不过主要还有另外一件事,希望蔡总不吝赐教!"

蔡义诚欣然点头道:"好的,胡总请讲,我知无不言言无不尽!"

胡三娃再不犹豫,心一横,直截了当道:"蔡总应该还记得我们公司的原老总黄二愣吧,他当年找你了解过一件案子的事情,我今天找你,主要就是想了解一下,你们当初交流和交往的一些细节情况!"

蔡义诚眼珠连眨几下:"怎么?胡总怀疑我跟你们黄总的死有关?"

胡三娃忙不迭摇头摆手:"不是不是,蔡总不要误会,我只是想要充分了解一下黄总死之前的社会交往情况,任何一丝看似不值一提的信息可能最终都会帮助形成重要线索,这一点蔡总应该能够理解!"

蔡义诚沉吟片刻,点了点头,望了舒婉雯一眼,又哈哈一笑道:"哈,在现在这样的时候来谈这样沉重的话题,实在是大煞风景、不解风情,这样吧,我给你留个名片,咱们再约时间好好聊,如何?"

胡三娃忙不迭点头:"如此甚好!"

两人于是交换了电话。

胡三娃见好就收:"那,婉雯,蔡总,我就不扰你们的兴致了,这就告退,你们好好玩!"

蔡义诚貌似相当热情好客,竟然说:"胡总有没有兴趣,要不我让经理给你找一个,费用包在我头上!"

胡三娃连声说:"不用不用啦,谢谢蔡总,后会有期!"

话落,生怕有人过来捆住他的手脚似的,急急转身走掉了。

他抱头鼠窜一般匆匆溜了出来,直至站在夜幕下的街道边上,让微凉的夜风吹走耳畔仍在回响的热情招徕声,他的心神才缓缓平静下来。

夜色完全笼罩大地,四处霓虹开始闪烁,乘着夏夜难得的凉爽,出来逛街的人们也大增,到处游荡着一股热闹的气息,横竖回去也没什么事,胡三娃就也沿着马

罪与赎
——万象惊魂记

路闲逛起来。

一边闲逛，一边浮想今天的遭遇。

舒婉雯突然降临，完全令他思绪震荡、措手不及，尽管他其实也是抱着验证自己是不是中了魔咒的想法来探访蔡义诚的，但在内心深处，在全部意识里，他真的从来不认为舒婉雯会在今天出现。一方面当然是他觉得他不太可能真的中了魔咒，舒婉雯绝对不会这么赶巧当真冒出来，其实这还不是最主要的，在他潜意识里最主要的思想是，打死他也不会认为舒婉雯会到这种地方来，尤其还是作为一名小姐。他不知道他为什么会有这样的感悟，按理说他也不认识舒婉雯，是不可能对她的情况有什么判断的。只能说是一种直觉，或者跟对舒婉斐的印象有关，那样小仙女一般清纯的舒婉斐的姐姐不可能去做那种事。

然而舒婉雯不仅做了，而且就在他眼皮底下进行了交易，并且还堂而皇之地正告他她可以为他提供服务但绝不提供信息。

想起来就是一阵脸红心跳、啼笑皆非。

多么美好的一块珠玉宝石，却这样沦落尘泥任人踩踬，一念及此，又难以自抑地痛彻心扉。

至此，舒婉雯的突然惊现验证了他确实中了魔咒反而不怎么困扰他的心绪了，倒是舒婉雯沦落烟尘这一情形弄得他心潮起伏、惆怅满怀。

他就这样闲逛着，也不知道走了多久，猛然间意识到自己偏离城区太远，该往回走了。

他抬目四望，想确认一下自己的方位，这一望，不禁把自己愣住了。

原来他不知不觉竟然走到了牛志远的住处附近来了。

他呆愣愣地看了一会儿那座楼房，心里涌起一股热流，当下再不犹豫，大步流星向着那个地下室入口处走去。

刚下到值班室那个位置，就被值班的老头给叫住了，他看着胡三娃有点眼熟，愣了愣，问他找谁。

胡三娃就说他找牛志远，原来在这里和牛志远一块住过。

老头说牛志远已经不在这里住了。

二十一

胡三娃问他什么时候搬走的。

老头说他没有搬走，只是好久没来住了。

胡三娃问他知不知道牛志远的近况和行踪。

老头摇头。

胡三娃请求再去看看那个房间。

老头竟然同意了。

胡三娃迫不及待地奔赴那个房间。

那房间宛然安在，仍然静悄悄地偏安一隅，只是已经满面尘灰，一副物是人非、人去楼空的凄零模样。

胡三娃还是忍不住举手敲了敲门，他希望能够像今日碰到舒婉雯那样发生奇迹，然而，奇迹永远不会在你希望它发生的时候发生。敲门的砰砰声引发了屋内冷寂空气沉闷的回响，胡三娃如同听到了屋内孤苦空气中传出的深沉的呜咽声。

他望着这扇饱经沧桑的木门发了一会儿呆，心怀惆怅间心情失落一地，他折转身子，默默来到水房，找到一块抹布，使劲地清洗干净了，折回到门前，认真细致地将门面门框擦拭干净。

最后，他又对着门发了一会儿愣，毅然转身，又回到了地上，回到了人间。

公司门前广场依然那么热闹，但现在也只能令人兴奋，而不能令人心动。

胡三娃在广场上徜徉了几圈，下意识地避开宋红琳领头的公司文化宣传推广活动现场，然后就心情怅然地回了办公室，酣酣大睡。

一夜的大睡，帮助他将因为拜会舒婉雯而突然间胀满胸臆的各路愁绪、感慨、苦闷、情怀尽数代谢掉了，他精神抖擞地爬起来。

冷静的头脑再次回归，案情的狰狞面目也就翩然而至眼前。

他作为一个思维管理研究的探索者，是不会真的相信什么魔咒的，既然巧合不可能接连发生，那么只可能有一个原因，有一只很可怕很强大的幕后黑手在操控着他的行动轨迹。而且完全照着黄二愣当年的行动轨迹在推进。那么从黄二愣凄惨的结局来推断，这只幕后黑手对自己显然是包藏祸心的。

但是他又能怎么办？敌人太强大了，又藏在暗处，他根本无从遁形，也无法摆脱，

罪与赎
——万象惊魂记

只能听之任之，让人牵着鼻子走。

也罢，自己查案的最终目的不就是求个真相么？就沿着黄二愣既往的行动轨迹顺其自然走下去，像黄二愣那样，临死的时候不就把真相彻底弄个清楚明白了！只是他可得留个心眼，在临终的那一刻，一定要暗藏一个针孔摄像机之类的玩意，把死亡的黑幕全程摄录下来，留给警方，留给俞萍音，让她最终明白她父亲俞伟民、她爱人黄二愣以及她的亲密战友胡三娃是如何死去的。这样，他也就没有白死，可以含笑九泉了！

一念及此，他彻底释然了，管它呢，爱咋咋地，他就我行我素、顺其自然地调查下去，倒要看看死亡到底何时来临、怎么降临！

当真相昭然若揭的时候，即便是死，心头一定也会很痛快！

他就这么想象着，用美好的概念强行安慰着自己，然后自床上一跃而起。继续投入他水深火热的查案之旅。

他首先想到的是约谈蔡义诚，于是就毫不迟疑拨打他的电话，间隔着连续拨打了三次，却没有接听。

也许人家蔡少老板正在公务缠身呢，就给他发了条短信，情真意切地恳请蔡少老板赐见。

他坐着一边看公司资料，一边等蔡少爷的回复，时间静静流逝，手机却古井不波。

慢慢地他捱不住了，再次拨打了两次电话还是没接，他就又发了一条短信，加重语气求见。

再等了一会儿，他心想，也许人家是货真价实的企业老总，不像他这么个不务正业的老总，忙起来可能就是天昏地暗无暇他顾的，自己也没必要这么干等着，完全可以先去调查其他人，再慢慢等他的回复便是了。

他开始琢磨接下来调查谁，他倒是想去调查舒婉雯，但是没有她的联系方式，要找她只能晚上去夜总会，再从蔡义诚往下调查呢？

他不由得拾起那本"辛德勒名单"翻看了看，在蔡义诚后边的名字按序还有如下几个：

蔡义姝

二十一

蔡义芮

顾海云

蔡进中

林曼英

吴倩君

贾民天

党兴正

楚天舒

胡三娃

蔡进中是蔡氏粮油公司的大老板，蔡义诚是蔡大老板的公子爷，再顾名思义，从蔡义妹到顾海云，应该就是蔡家的其他家人了，要调查她们，估计只能上蔡家，不过现在连蔡大少爷都没见成，直接就上他家门，显得有点太冒失了。况且，豪门一深深似海，不是谁想拜见就能拜见的，如果真要拜访蔡家，十有八九还得依赖蔡大少爷的引见。

看来他怎么着都绕不开跟蔡义诚的会晤，他决定放弃继续往下调查的想法，而是耐心等候跟蔡义诚的会谈后再说。

其实，他不愿意接着往下调查多多少少还有一层荒诞的心理因素在作怪，那就是：眼看着再往下的名字就没有多少个了，如果阔步前进，很快就能追究到他胡三娃本身，当调查进展到他本身时，是不是立刻就要天翻地覆慷而慷，风云突变、大地崩塌、恶流激荡、险象环生，他胡三娃也就随之即刻命丧广场？

这样的念头听起来奇特，以前还只是在梦中若隐若现，但是随着他查案体验的深入，却时不时就真切地浮现在他的脑海里。

能缓多久算多久吧，他自嘴角不经意滑过一丝苦笑，想着既然不能往下调查，那往上还能有一些什么工作需要进行呢？

调查舒婉雯得等到晚上，他知道蔡义诚是隔天去夜总会找一次舒婉雯，所以一定得趁着今晚他不去找她时劝服舒婉雯接受他的调查。

这个想法落实了，他就接着往上想，立刻想到了谢云在、宋菲婷夫妇，还有那

罪与赎
——万象惊魂记

个孤儿小菲菲。

他灵机一动,即刻行动,出门买了一大堆零食,想了想,又在超市玩具区细细寻觅一番,特意给小菲菲买了个可以唱歌的洋娃娃,包含的儿童歌曲里竟然就有《世上只有妈妈好》,一切办妥,打车直奔孤儿院。

他到达的时间跟上次差不多,也正是孩子们在院子里撒欢儿玩闹的时候,他一撇头,发现小菲菲果然一个人静静地坐在那个角落的那把长椅上,低头默默地玩着她手里那个总也玩不厌的玩具。谢云在和宋菲婷倒是没在。

几个眼尖的孩子看到胡三娃,飞似的跑过来,小脑袋在他大腿上不停地蹭着,表达着他们无尽的欢愉之情。

胡三娃温情地抚摸着他们的小脑袋,眼含笑意和泪花,然后就大声吆喝着小伙子小姑娘们过来领好吃的。

孩子们呼啦啦很快围了过来,胡三娃希望小菲菲也能过来凑热闹,但她还是没有来。

孩子们一拥向前,分光了零食后,又一哄而散,胡三娃看着这些活蹦乱跳的小精灵,心中涌起无限柔情和欣慰,他望了眼远处的小菲菲,又觉心酸,便让几个还围着他的大腿团团转的孩子各自去玩耍,抬步向着小菲菲走了过去。

走到她面前停住的时候,小菲菲终于抬起头来,畏怯地看了他一眼,小小黑宝石般的眼珠子乌溜溜转了转,便又低下头去。

胡三娃在她面前蹲下身来,举起手中的洋娃娃,柔声说道:"小菲菲,你快看,叔叔给你带什么好玩的了!"

小菲菲抬起头来,淡淡地望了一眼那个漂亮洋娃娃,并没有引起她什么反应,又低下头去继续把玩她手中那个破烂玩具。

胡三娃只好将洋娃娃身上附设的电子开关拧开,将曲目调到《世上只有妈妈好》,然后播放给小菲菲听。果然,这优美而又熟悉的旋律刚一响起,小菲菲就猛地抬起头来,瞪圆了乌溜溜的黑眼珠,惊奇地瞪视着眼前这个不仅有漂亮身段还有优美歌喉的"小女孩"。

胡三娃微微一笑道:"怎么样?好玩吗?"

二十一

小菲菲凝神听了一会儿,一双稚嫩的眼角却滚下了两滴泪珠。

胡三娃心中一阵酸疼,赶忙关掉了洋娃娃的开关。把它递给她说:"来,叔叔把这个小女孩送给小菲儿,以后小菲儿就有伴了!"

小菲菲却摇摇头,没有接。

"怎么啦?小菲儿不喜欢这个爱唱歌的小女孩吗?"

小菲菲又摇摇头。

胡三娃心中急切,劝哄道:"既然喜欢,以后有个小妹妹陪着你,多好啊,为什么拒绝她呢?她会伤心的!"

接着,他就装出"呜呜呜"哭的样子。

小菲菲咧了咧小嘴,青涩的小脸上闪过一丝笑意,但她还是摇头。

胡三娃一时情急,干脆把洋娃娃往小菲菲手里塞,小菲菲连忙往椅子一边躲,小嘴终于说话了:"你是个坏叔叔,我不要你的东西!"

胡三娃愣了愣,惊讶道:"我送你东西,为什么还说我是个坏叔叔呢?"

小菲菲小嘴一撇,委屈道:"你让谢爸爸宋妈妈他们别要我,换别的小孩!"

胡三娃好一阵错愕后,不由得咧嘴笑了,笑了好半晌,才说:"原来你并不排斥谢爸爸宋妈妈啊,那你为什么不跟着她们回家呢?"

小菲菲小脑袋连摇说:"我不去,我就要在这儿!"

胡三娃劝诱道:"你谢爸爸宋妈妈家里可大可漂亮了,有好多好多好吃的好玩的,有大冰箱、大电视机,还有专门给你睡觉的卧室,你谢爸爸会陪你玩游戏,你谢妈妈会给你穿漂亮的衣服!总之,那才是你的家,要比这里好多了!"

小菲菲将小脑袋摇得像拨浪鼓:"不,我就要在这里,这里才是我的家!"

胡三娃皱着眉头望着她,无计可施了。

小菲菲也倔强地回望着他,毫不示弱。

胡三娃苦笑一下,想了想道:"小菲菲,虽然叔叔不该再这么说,但是你就不怕你一直不跟谢爸爸宋妈妈回家,他们要是失去耐心和信心,真的会领养一个别的小孩的!"

"不,不会的!"小菲菲斩钉截铁地回击道。

罪与赎
——万象惊魂记

"你就这么肯定?我看未必吧,每个人的耐心都是有限度的!"胡三娃继续"恐吓"。

小菲菲眼角浮上来犹疑之色,她扑闪着眼珠子,委屈极了的样子,心中的防线似乎有所松动。

胡三娃继续加码:"当然,哪怕你有一丁点的同意,你谢爸爸宋妈妈都不会放弃你的,你看你宋妈妈昨天的表现,她多么爱你,我只是那么简单一提,她就像我要把你从她身边抢走一样跟我拼命,可见她是多么舍不得你,如果你同意做她的女儿,她不知道会有多高兴,多疼爱你啊!"

小菲菲凝神地听着,眼睫毛时不时地扑闪一下,陷入一时沉思。

胡三娃任由她动用着她那小小的心思进行思考。

过了一会,小菲菲突然说:"叔叔,我能问你一个问题吗?"

"好啊,你问吧!"

小菲菲迟疑了一会儿才说:"你说黄叔叔死了,是真的吗?"

胡三娃好一阵愣,蓦然记起上次他跟谢云在和伍院长讲黄二愣的悲惨经历时,这个小女孩一直在旁边,原来她也听进去了。

他心里沉甸甸地,肃然点点头:"是的,他已经死了!"

小菲菲小小的眼眶瞬间变红了,眼泪像断线的珍珠一般自眼角汹涌而出,嘴里开始呜咽,小肩膀开始耸动。

胡三娃没料到这孩子这么重感情,连忙掏出一张纸巾,给她擦拭眼角的泪水,一边擦一边说:"小菲菲不要难过了,黄叔叔还在天上看着咱们呢!他也会难过的!"

小菲菲一边点头,一边却继续哭着,好一会儿,她才停歇下来,眨巴着泪眼汪汪的眼珠子说:"胡叔叔,如果我还想看到黄叔叔,怎么办?"

胡三娃心中酸涩难以形容,心念一动道:"小菲菲很喜欢黄叔叔吗?"

小菲菲点点头。

胡三娃赶紧说:"如果胡叔叔今后代替黄叔叔,经常来陪你,可以吗?"

小菲菲疑惑地望着他,不明就里。

"黄叔叔临死前跟我说过你,他将你托付给我,让我好好爱护你,也让我转告你让你好好听我的话!"

二十一

　　小菲菲眨巴着眼睛,将信将疑地望着他。

　　胡三娃一看有戏,忙挺了挺身子,郑重其辞道:"难道你没看出来,胡叔叔跟黄叔叔是好朋友,长得都很像吗,为什么我会和那位俞阿姨一起来孤儿院呢,以前不就是黄叔叔和那位阿姨一起来的么?"

　　小菲菲仔细想想,认真地点了一下头。

　　胡三娃深感欣慰:"那你现在愿意听胡叔叔的话了吧?"

　　小菲菲略作迟疑后,还是郑重地点点头。

　　胡三娃趁热打铁道:"那你听胡叔叔的,就好好跟着谢爸爸宋妈妈他们回家去,这也是黄叔叔的遗愿!"

　　小菲菲茫然了,既不摇头也不点头。

　　"你只有离开这里,去重新开始新的生活,黄叔叔也才会感到高兴的!"

　　小菲菲突然嘟噜一下嘴巴委屈道:"每次黄叔叔都是到这里来找我,我怕我离开后,黄叔叔就找不到我了!"

　　胡三娃愣了愣,笑道:"黄叔叔现在在天上呢,你到哪里他都能找到你!"

　　顿了顿,又说:"况且他现在安排我以后来陪你,你要去了谢爸爸宋妈妈家里,我去看你更方便呢!"

　　小菲菲仍然撅着嘴不说话,但是她的神色表明她已不是那么坚不可摧了。

　　胡三娃正要继续加大思想攻势呢,却听身后一个浑厚的声音响起:"哦,三娃兄弟今天怎么有闲心过来了?"

　　胡三娃回头望见是谢云在夫妇,连忙从地上站起,笑道:"谢哥宋姐你们来了啊,我来找你们,看你们没在,就和小菲儿说会儿话!"

　　谢云在脸色一沉:"找我们?还找我们干嘛?"

　　"还是上次那事啊,你说上家里不方便,就到这里来找了!"

　　谢云在冷冷道:"哦,你还真是执着,要说什么还是电话说吧,在这里更不方便了,你想,这都是什么地方,怎么讲那样的事呢!"

　　"也是,不过,如果你们方便的话,我可以去外边等着,等你们完事了,我请你们吃饭,好好聊聊!"

罪与赎
——万象惊魂记

"还是免了吧，我们在这里一呆就是一天，吃饭也和小菲菲一起吃，你就别执拗了，赶紧回去吧！有啥事回头再说！"

胡三娃看他那么冷淡而坚决，知道再说下去也于事无补，就只好点点头，最后鼓励地望一眼小菲菲，跟夫妇俩告别而去。

走到院子中间，他驻足望了一眼前方那排平房，顺势动了去探访一下伍院长的心思。

想到做到，他立刻抬步向着平房走去，几个对他格外有好感的小顽童呼啦啦又围上来，簇拥着他往伍院长的办公室走去，正好当了他的向导。

伍院长的办公室就在那排平房边上的一间厢房里，看到胡三娃，热情地将他迎接进去，把孩子们亲切地打发走了。

伍院长的办公室布置得简朴而又精致、大方又得体，和黄二愣的办公室倒是有点异曲同工之妙。

伍院长给胡三娃倒了一杯茶，略作寒暄后，就笑问他今天怎么有兴致光临寒舍。

胡三娃半是认真半开玩笑地说："自从上次来过后，不知道怎么就对这里有了感情，这双腿好像装了磁铁似的就被吸过来了！"

伍院长微微一笑，遂又肃声道："你可能是在戏说，不过我却会把这当真的！"

胡三娃略感错愕，想了想道："我倒不是戏说，不过看来您好像很在意这一点？"

伍院长面上浮上苦涩之意，叹口气道："胡总您是不知道，这个孤儿院以前很破很烂很穷，政府的那点民政拨款实在是不济事，孩子们勉强能够填饱肚子，说什么好的教育好的成长环境，那简直就是天方夜谭，现在您看到的这样热闹兴盛的场面，搁在以前是不敢想象的，实话实说，现在能有这样好的境况，全靠黄总的资助扶持，他还专门在你们公司成立了一个扶孤助残福利基金，其实就主要是针对我们这个孤儿院而设立的，这些年一直在源源不断地支撑着这方幸福小天地，所以上次听您说黄总去世了，我当时就懵了，有种天要塌下来的感觉，这种心情，胡总您能理解吧！"

胡三娃连忙一挺胸脯，义薄云天道："那伍院长您尽管放一百二十个心，只要是我胡三娃在俞氏公司当老总，公司对孩子们的扶助绝对不打折扣，我相信俞萍音

二十一

董事长也和我完全一条心,这个你应该没疑问吧!"

伍院长微一点头:"萍音那姑娘也是个大善人,跟黄总一样的,这个我完全放心!"

胡三娃戏谑地笑道:"这么说来,就是对我这个大恶人不放心了!"

伍院长尴尬地笑笑,摇手道:"胡总不要误会,我当然能看出来您也是和黄总一样的大好人,不过毕竟咱是初见,也没怎么沟通交流过,心里难免有点忐忑,这个您能理解吧!"

胡三娃庄严点头:"伍院长,那我现在向您郑重承诺,俞氏扶孤助残福利基金对万东孤儿院的支持将一如既往,丝毫不打折扣,如果您依然不放心,我还可以给您写个承诺书!"

"不用了,有您这句话,我完全放心了,我这双老眼还是有点见识的,什么样的人,一望便知个七七八八!"

胡三娃欣慰点头,突感一阵义气来潮:"不仅如此,我还可以将我在俞氏公司的工资收入拿出来,用于补助孩子们的生活或教育经费,为了他们生活得更美好,进步得更快,也能贡献我个人的微薄之力!"

伍院长闻之神色蓦然一动,呆望着胡三娃好半天不说话。

胡三娃自我解嘲地笑道:"怎么,不相信啊,看来我长着一副坏蛋的面孔,把一颗善心也给毒害了!"

伍院长眼眶变得湿润了,清亮的眼珠上闪着盈盈的光,她摇头笑道:"胡总笑话了,我惊讶的是,您跟黄总的言谈举止、精神品质简直如出一辙,他当年也发自肺腑地说过这么一番话。啊呀呀,真是绝了,上次乍一见到你,也曾把你当成过他,因为你们的形象还蛮像的,现在这形象像不像已经不重要了,你们相同的品行性格、言语神态就足以把你们融汇成一个人了!"

胡三娃即便听过很多遍这样的话了,心中还是感到震撼,又觉荒诞不经,苦笑道:"伍院长就不要再做丰富的联想了,再联想下去非得把我当成黄总的还魂在世了!"

伍院长像个小孩子似地吐吐舌头:"不好意思,我一时激动,说话不过脑子了,您别见怪!"

胡三娃微笑摇头,话锋一转:"伍院长,趁着这个话头,我想顺便向您了解一

罪与赎
——万象惊魂记

点黄总的事！"

"没问题，只要我知道！"

"很简单，就是关于他跟这个孤儿院的事，我很想知道，他是怎么和你这个孤儿院结下缘分的！"

"他认识一对失独的夫妻，也就是你见过的谢云在、宋菲婷，看他们日日沉浸在悲痛中，便想着要帮他们领养一个孩子缓解痛苦，就到我这个孤儿院里物色来了！"

"就只是这个原因吗？"

"我所知道的就是这个原因！"

"那他是怎么就知道有你这个孤儿院的？"

"我们这个孤儿院好像不难打听到吧！"

胡三娃笑了笑说："我其实是想问，他在帮人领养孤儿的事之前，有没有来过你们孤儿院，或者和您有过交流！"

"来没来过我不知道，和我交流肯定是没有过！"

"那这么问吧，关于要资助孤儿院的想法，是他主动提出来的，还是，你们向他建议的？"

伍院长皱一下眉头，狐疑地望一眼他："奥，当然是他主动提出来的，您该不会以为我们是拿资助孤儿院作为他领养小孩的交换条件吧？"

胡三娃连忙摇头："不是不是，伍院长不要误会，我只是想要了解黄总当年资助孤儿院时的心理背景！"

伍院长好奇道："您了解这个干嘛呀？难道您觉得黄总的善心善行掺假了吗？"

胡三娃沉吟道："那倒不是，就是觉得黄总死得蹊跷，我这不也在查他的案子么，所以就想方方面面从各个角度都了解一番，这样或许更有利于对案情的客观判断！"

伍院长点点头，一脸义愤道："这个我就不懂了，不过我倒是希望您能将二愣的案子查清楚，这么个大好人不能就这么不明不白死掉了！"

胡三娃重重地点头。

是的，使黄二愣沉冤昭雪、为他报仇雪恨，这应该是每一个对黄二愣感恩戴德之人的共同心愿，同时也是人间正义的呼声、巍巍天理的呐喊，他必须紧锣密鼓，

二十一

刻不容缓了！

再和伍院长谈了谈资助孤儿院的相关事宜，胡三娃就告辞离去了。

来到大街上，他一看时间尚早，就找个小店吃了点饭，然后找到公共汽车站，倒了好几趟车，辗转来到银栋大厦。这样就省下一大笔打车的钱。

他现在发现他的工资还可以有资助孤儿的作用，就不像之前那样花起来不心疼了，自己现在多省下点，今后对孤儿们的支持力度就要大一点，看起来不过是点滴小事，意义可是非同凡响！

他择机混迹于一群寻欢作乐的客人当中，混进了星光天际夜总会。也算是熟客了，他少了前次的青涩神态、茫然举止，泰然自若地在地下迷宫里拐弯抹角，熟视无睹路旁小姐撩骚的风情，充耳不闻黑屋男女销魂的呻吟，循着依稀的记忆，还真是很快就找到了 V238 包房。

包房的门居然是锁着的，关门闭户、寂静无声，这在这个热闹的地下春城里，是很稀奇的。他使劲推了推门，纹丝不动。

他制造的动静引起了不远处的服务生的注意，他跑了过来，问他需要什么服务。

胡三娃好奇道："这个包房怎么关门了？"

服务生礼貌地说："这个包房被客人常年包场了，今天那个客人不来，所以就关着了！您要是需要，我再给您找个房间就是了！"

说着，作势就要引领胡三娃找房间。

胡三娃忙道："先不忙着找房间，问您个事？"

"好，请讲！"

"您知道舒婉雯在哪里么？"

"舒婉雯？不认识啊！"

"就是为包场这个房间的客人提供服务的那位，那位小……姑娘啊！"

他一时间很难承受把舒婉雯唤作小姐的心理压力，就改称姑娘了。

服务生笑道："哦，您说的是曼莎吧，蔡老板每次来，就只找她！"

"嗯，应该是的！"他很快想到这应该是舒婉雯的艺名。

"她已经被蔡老板包了啊，您还来找她？"

罪与赎
——万象惊魂记

"今天蔡老板不是不过来了嘛！"

服务生突然怪笑道："嘿嘿，原来你是想来捡漏的啊，不过得让您失望了，曼莎每周只来上三次班，所以蔡老板也就来三次！"

顿了顿，他又压低声音，一脸色眯眯地说："不过哥们，虽然曼莎很漂亮，但我还是奉劝你，她已经被蔡老板霸占了，你就别存幻想了，蔡老板的手段那可不是一般人能够享用得起的，活命重要还是销魂重要，你自己掂量掂量吧！"

胡三娃后背冷飕飕的，不过他倒不以为然，一方面他并未心存歪念，另一方面他感觉蔡义诚那样一副儒雅敦厚的外表不太可能像那么歹毒的人。

但他心头却疑窦丛生，好奇道："既然蔡老板已经将她包养了，为什么还到这里来呢，直接包养在家里或者别的什么地方不是更方便也更符合大老板的身份么？"

服务生神秘兮兮地笑道："这就是我们这个夜总会值得骄傲之处了，曼莎愣是对我们这里不离不弃，无论谁想找她，都得通过公司介绍，不过，嘿嘿，由于蔡老板财大气粗、权势太大，谁都别想分一杯羹，曼莎的每周三次服务，都被他独自享用了。嘿嘿！"

胡三娃疑惑道："蔡老板那么有权有势有钱，什么样的女人得不到，为什么偏偏对一个小……小姐这么费心巴哈地呢？"

服务生一脸迷茫地摇摇头，接着又不以为然道："不过曼莎貌似是小姐，其实也就为蔡老板一个人服务过，蔡老板也一直骄傲地宣称她是他的女朋友，只是曼莎宁愿当小姐也不愿意当他的女友而已！"

胡三娃困惑至极："这又是为什么呢？"

服务生一边摇头一边眨眼，突然咋呼着说："啊呀，我跟你讲得太多了，不能再跟你说了，我得干活去了！"

说完，转身要走。

胡三娃忙道："那兄弟你知道曼莎不上班的话，一般会去哪里呢？"

服务生大步走掉了。

胡三娃无奈耸耸肩，对着寂静的包房叹口气，无功而返。

夏日的黄昏依然灿烂闪亮，晚霞在天际漫天飞舞，将霞光散布天地间，将这个城

二十一

市渲染成一片迷幻的世界，如血残阳躲在云层后边，半明半灭地闪耀魅惑着，制造着美丽黄昏的光明假象，实则黑暗就要来临了，被美丽光景迷醉的人们不明就里地出动了，他们瞪着迷蒙的双眼，翻搅着迷乱的心绪，任由欲望裹挟着他们的身心，浑然不觉地迷失在了这个暗流涌动的黄昏世界里，等待他们的是不可避免的暗黑的夜空⋯⋯

胡三娃在街头踯躅了好久，反复思量，左右斟酌，最后还是一咬牙，下定了决心，他必须去一趟舒婉雯的住地。也就是和周向明同在一栋楼的那个家。

这行动确实有点冒失，但是没有办法了，只有这样才能有机会和她有所接触。

而且，她和周向明同住一栋楼这一情形强烈地吸引了他的兴趣，或许这就是个案件的突破口也说不定，从这一角度讲，也是完全有必要走这一遭。

他再不犹豫了，即刻启程。

这个地方离银栋大厦真的很近，出租车也就花了个起步价，便到目的地了。

胡三娃站立在前进路的路口时，竟然有似曾相识的感觉，抬眼四望，恍然如梦，原来这便是他初到万象市投店时被撵走的那片区域，那个旅馆小院依然如故地匍匐在前边不远处的朦胧夜色里，四栋黑黝黝的土楼散发着贫穷而又冷漠的气息，冷冷地望着院门口被中巴车带过来的一群又一群面色惶惑的异乡来客，然后缓缓地张开它们的黑色巨口，一一地将他们吞进肚肠。

胡三娃故地重游、万千思绪涌上心头，不过他也只能苍茫一笑，振作精神，沿着前进路找到了5号楼。

那是一栋纯粹偷工减料、胡乱拼凑起来的简易楼房，就是郊区农民匆匆搭建起来用来出租挣钱的场所。

这样的楼房在这一片倒是鳞次栉比、蔚为壮观，灰不溜秋的墙体，斑驳陆离的楼面，黑压压的连成排、汇成片，横七竖八、犬牙交错，如同一场大风暴之后遗留下来的杂乱无章的塌方和土台。

各栋土楼之间狭窄的巷道便成了各色小摊贩们的天下，简易的商铺、店面，临设的建筑，满地的帆布，熙熙攘攘的面带菜色的人们，肆意横流的污水，空气中飘溢着的多元素的五香味，便构成了这一方天地中的商业世界。

胡三娃想着舒婉雯竟然让自己生活在这样的地方，心中真是五味俱全，这样的

罪与赎
——万象惊魂记

地方他和牛志远可以生活得如鱼得水,因为这是属于他们的生态环境,但是舒婉雯那样的楚楚仙姿,那可是天堂胜境都难以承载其绰约风姿的绝世美女,怎么能堕落到这样的地界!

他一边感慨着,一边沿着如同毛坯一般粗糙的楼梯爬上了4楼,在灰暗压抑的楼道里穿行一段时间,就在最边上的犄角旮旯里找到了428房。

在轻薄门板上歪歪扭扭的门牌号上确认了这就是自己的目的地,望着自门缝豁口处透出来的暗沉的灯光,胡三娃竟没来由地感到一阵紧张,继而引发心跳加速,浑身发毛。

他酝酿了一下情绪,鼓起勇气,举了好几下手臂,终于狠心敲在门上。

里边有人惊"咦"了一声,随即娇脆的声音响起:"谁啊?"

胡三娃强压下心头浮荡的气息:"我!"

"你是谁?"

"打开门就知道了!"

有脚步声响起,随即,门豁然洞开,不留余地,里边的人物风情一览无遗。

那就是一个简易的公寓式大开间,有个开放式厨房,一个小卫生间,一个十来平方的卧室,卧室里头就摆着一张床,一把椅子,贴墙一张书桌和一个衣柜,书桌上摆放着一台老旧电视机,正在播放着什么节目,电视画面模糊不清,全是雪花点。

舒婉雯穿着一身淡粉红色的休闲衣裤,材质粗糙,头发也没有修整,略显凌乱,随意地踢踏着一双拖鞋,脸上不施粉黛,完全素面朝天。但布衣粗服、不掩国色,就是这样一幅原生态的仙子下凡图,反而更增其清秀气质和素雅风韵,尤其是那种柴米油盐酱醋茶的生活气息,反而削减了她和胡三娃之间的天壤之别,极大地拉近了他们的距离。

胡三娃一下子竟然变得不紧张了,他心平气和地望着她微笑着,就像一个相约上门的老朋友。

舒婉雯乍一见他,先是惊讶地张开了她那两片秀美的唇瓣,很快恢复镇静神色。秀目一眨,冷冷地淡淡地回望着他,一言不发,根本没有邀请他进屋小憩的意思。

胡三娃厚着脸皮笑道:"怎么,就不邀请我进屋坐坐吗?"

二十一

舒婉雯冷哼一声："你怎么知道我住这儿的！"

胡三娃自得一笑："我可是神通广大的哦！"

"你神不神通关我屁事！说吧，什么事？"

"能让我进去说么？"

"两万块钱一次，三万块一夜！"

"啊！什么意思？"

"别装他妈清纯，你不知道我是干什么的呀？"

"这个啊，可是我不是来干这个的！"

"那就请回吧，我只干这个！"

"咱就聊聊天不行吗？"

"我这屋子不是用来聊天的！"

"那咱们就去外边找个地方！"

"姑奶奶没时间！"

"你这不也闲着吗？"

"别废话，愿意干就进来，不愿意干就滚蛋，姑奶奶我本来今天不接客的，对你算是破例了！"

"好吧！那就愿意吧！"胡三娃实在没着了，硬着头皮说。

"哦！"胡三娃答应了，倒把舒婉雯给惊着了，她杏目圆睁，柳眉倒竖，错愕地望着胡三娃。

"怎么？又不行了吗？"胡三娃心中有气，干脆顺势戏耍她。

"切，姑奶奶是干什么的，怎么能不行！"

说着，她侧过身子，做出一个请的姿势。

胡三娃这下真是骑虎难下了，犹豫着不敢进去。

舒婉雯恼火道："要干就快进，磨叽什么呀，我可没那么多时间供你浪费！"

胡三娃心一横，硬着头皮走了进去。

舒婉雯在后边把门重重关上。

胡三娃小心翼翼地坐到椅子上，正要跟舒婉雯再开两句玩笑，把气氛调整过来，

罪 与 赎
——万象惊魂记

方便进一步交谈,孰知一抬眼,顿时惊得从椅子上弹跳起来,浑身热血止不住汹涌而上。

舒婉雯竟然开始旁若无人地脱起衣服来,胸口的扣子已经解开了,也没戴乳罩,两只秀挺饱满的雪白乳房就有要裂体而出的态势。

胡三娃吓得声音发颤道:"别别别,婉雯,我真的不是来干这个的!求你了,别开玩笑了!"

舒婉雯停止宽衣解带的动作,秀眉一支愣,愠怒道:"你不干这个你进来干嘛?"

胡三娃忙道:"钱我可以照样付给你,你就陪我聊聊天即可!"

舒婉雯冷然道:"姑奶奶有的是职业道德,没有提供服务,不可能收你的钱!"

胡三娃脑子快速一转:"就当是陪聊服务费吧!"

舒婉雯冷声道:"我可没有注册这个项目,要陪聊你找别人去吧!"

说着,她就径直走到门边,又把门打开,做了个送客的手势。

胡三娃深感无奈,苦笑道:"你怎么就这么倔呢,聊聊天还不耽误你挣钱,干嘛要这样呀!"

舒婉雯失去了耐心,竟提高声气道:"你怎么这么啰嗦,到底干还是不干,不干赶紧滚蛋,干的话就麻溜脱衣服!"

胡三娃还在脑子高速闪念着找对策,舒婉雯已经不给他时间了,看他无动于衷,就说:"好啊,看来你还是要干,那就麻溜点吧,大家时间都宝贵!"

她说着,就把上衣撩开了一半。并作势向前。

吓得胡三娃连声说:"啊,姑奶奶,我当真服你了!"

然后就抱头鼠窜,落荒而逃。

舒婉雯娇俏的嘴角划过一丝狡黠的冷笑,就又把门重重地狠狠地关上了。

二十二

罪与赎
——万象惊魂记

　　胡三娃走到楼梯口，才又驻足站住，回头望着那扇似乎还在微微颤动的森然门板，不由得长吁了一口气，顿感哭笑不得。

　　他没想到舒婉雯竟然是这样一幅麻辣性格，跟羞涩腼腆的舒婉斐实在是天壤之别。

　　可是她为什么这么排斥自己对她进行调查呢？难道她心中有鬼？

　　调查进行这么久以来，这是他第一次对自己的调查对象产生了怀疑！

　　但是什么依据都没有，光从一些言行态度等表象就做出判断，也实在是太草率了，毫无根据的情况下妄加揣测哪怕仅仅是怀疑都很无耻，他又在心中狠狠地否定并唾弃自己。

　　还是得老老实实地展开调查，获得足够的信息和证据是无法跳过的步骤，舒婉雯这颗硬钉子哪怕是碰得头破血流也要奋勇向前。

　　今天就到此为止吧，想想办法再来攻克这座堡垒。

　　他沿着楼梯往下走到二层，立刻就想到了周向明。

　　对，周向明和她同住一栋楼，世间哪有这么巧的事，说不定就存在什么渊源呢！

　　他一时兴起，加快脚步，沿着楼道找到了219室。让他失望的是，219室却黑着灯。他不甘心地敲了敲门，屋内一片死寂。

　　他给周向明打电话，很快接通了，这才知道他今晚要在医院陪着他的植物人妻子。

　　胡三娃请求到医院找他聊天，他也痛快答应了。

二十二

　　胡三娃心情急切，直奔万东区人民医院。

　　在重症监护病房里，他见到了周向明，也见到了他的妻子，蔡家二小姐，果然就是黄二愣所编纂的"辛德勒名单"上的蔡义姝。

　　原本青春靓丽、美丽动人的蔡义姝，此时却是重度昏迷，连无意识睁眼反应都没有，倒是脱离了呼吸机，完全自主呼吸，但她只是安安静静地躺着，四平八稳、无风无浪，任它世事蹉跎、我自岿然不醒，如同已坚决打算随着时间的车轮沉睡千年。只留下她的爱人在她身畔长吁短叹、悲苦一生！

　　胡三娃进去时，看到周向明正在蔡义姝的耳畔窃窃私语，怕打扰他们的谈情说爱，就悄无声息地立于身后，一会望着沉睡的蔡义姝，一会望着沉醉的周向明，周向明肯定在跟他妻子说着温柔缠绵的情话，因为当他骤然意识到胡三娃已经站在身边时，连耳根子都羞红了。

　　他蓦然立起，挤眉弄眼抚平一下情绪，才油然笑道："胡兄你来得好快！"

　　胡三娃沉重地点点头："我没有打扰你们吧？"

　　周向明凄楚笑笑："没事，她什么都不知道，打扰不了她！"

　　胡三娃叹口气道："那你这么俯首帖耳地对她说话，会有用么？"

　　周向明黯然神伤道："谁知道呢，希望有朝一日出现奇迹吧，再说，这对我来说也是一种精神寄托，我跟她一起回忆我们过去的那些美好时光，就觉得特别的幸福满足！"

　　说着说着，这个温情款款的小伙子眼眶就泛红变湿了。

　　胡三娃怕勾动他的情思难以收场，忙道："怎么样，现在方便出去聊聊么，还是我再等会儿？"

　　周向明望一眼蔡义姝："不用等了，我跟她来日方长，随时都可以交流！"

　　说完，他就又走到蔡义姝的床旁，弯腰俯身，在她耳畔低声耳语几句，如同告别一般，然后就直起腰来，对胡三娃微微一笑："走吧！"

　　两人正好都还没吃晚饭，就在医院附近找了个环境幽静的饭店，在一个僻静角落落座。

　　随便点了些菜品打发走服务员后，胡三娃就迫不及待了。

罪与赎
——万象惊魂记

他故弄玄虚道:"周兄,您知道我刚才从哪里来吗?"

"哪里?"

"万西区包岭镇李家坳村前进路5号楼!"

"不好意思,我没在家,让您扑空了!"

"不过我去的不是219室!"

周向明有所警觉了:"奥?去了哪里?"

"428室!"

"啊!"

周向明惊呼一声,继而,又觉失态,就勉强地笑了笑:"这么说,您是去找了舒婉雯?"

"嗯,对!"

"您找她干什么?不会是……哈!"他带着戏谑的笑望着胡三娃。

"您知道她在干这一行啊?"

"都住同一个楼,抬头不见低头见,哪能不知道!"

"我最想知道的就是,你们怎么这么巧就正好住在一个楼?"

"这没什么稀奇的,因为她租的房间就是我帮她找的!"

"啊!"这下轮到胡三娃惊奇了,赶紧问:"为什么?"

"不为什么,她需要找个房间,让我帮忙,我就给她介绍到我住的楼房里,很好理解吧!"

"可是据我所知,她在城区核心地段有座豪宅,为什么偏偏住到那么偏远破落的地方?"

"这我就不知道了,你得问她!"

"好吧,我还有个疑问,她想找房了,为什么会向您求助?"

"为什么不能向我求助?"

"你们关系很好吗?"

"谈不上很好,但是互帮互助的朋友还是算得上的!"

"哦,你们怎么认识的?"

二十二

"你这话问的，我们都是被你们公司地沟油祸害过的受害者，算是患难之交吧！"

"你们这些受害者家庭还经常交往吗？"

"其他的交不交往我不知道，我跟舒婉雯还是时不时聚聚的！"

聊着聊着，饭菜上桌了，两人默默地吃了一会儿，胡三娃边吃边整理思路，继续发问：

"既然您跟舒婉雯走得还算比较近，那对她的情况应该还比较了解吧？"

"那要看是什么情况了！"

"黄二愣调查她的情况您知道么？"

"我只知道黄二愣确实调查过她，具体情况就不知道了！"

"那你知道黄二愣当初调查她时，是否也像我这样遭拒了么？"

"哦，您找她是要调查她？"

"是的！"

"她拒绝您的调查了？"

"是的！"

"她就这性子，冷冰冰火辣辣的，您别太介意！"

"您是这么理解的？"

"不然还能怎样理解？"

"不会是因为心里揣着事吗？"

"这个嘛，我认为您得问她！"

"好吧，我现在想知道黄二愣当初是否也在她那里吃了闭门羹！"

"这个嘛，我也不知道啊！"

"那黄二愣知道不知道你和舒婉雯住在同一栋楼？"

"这个嘛，也许知道吧！"

"不要也许，他知道还是不知道？"

"这问题您让我来给出明确答案，似乎有点强人所难吧！"

"那好吧，他当初为了调查舒婉雯，有没有来求助过您，这问题您总能回答吧！"

罪与赎
——万象惊魂记

"没有！"周向明截然作答。

"那好，我现在需要向您求助！"

"什么？"

"舒婉雯不肯接受我的调查，请您帮个忙！"

"我能帮什么？"

"您跟她是朋友啊，把她请出来，我做东！"

"她不会吃请的！"

"或者您劝劝她，让她对我不要有那么大的戒心！"

"我恐怕说服不了她！"

"既然她租房的事都向您求助，相信她还是很信赖您的，恳请您帮我这个忙！"

"我为什么要帮您？"

"看在大仁大义的屈死的黄二愣的面子上！"

周向明沉吟半晌，终于点头："好吧！"

随即又补充道："但我不能保证她会听我的！"

"明白，只要您尽心就行！"

告别周向明后，夜色已晚，他不再折腾，老老实实回了单位。

走在公司热闹的广场上，耳畔传来一阵一阵的欢声笑语，感觉着老百姓们一家子一家子各自幸福的气息，他突然觉得格外的孤独，这些天来，竟然再没人理睬他，不说俞萍音渐行渐远、形同陌路，连宋红琳也完全忘掉了他这个人的存在，在他这样孤独落寞的时候，他甚至指望黄二愣的亡魂能够再次降临那个办公室骚扰他一番，但是那个真空食品包装袋自从被他供奉在案头后就死气沉沉再没什么异动。现在蔡义诚对他的短信不理不睬，舒婉雯完全拒他于千里之外。他感觉自己倒成了这人世间的一个孤魂野鬼，黄二愣或许在那边交朋结友热闹得很呢！

这种惆怅情绪感染着他，他走过公司大门口的岗亭时，感觉张合军跟他打招呼都是有气无力、敷衍了事的，他毫无来由觉得心中蓦然蹿起一股无名火，干脆折转身子，走进张合军的岗亭。

张合军明显受到惊吓，脸上神色一颤，身子一挺，如同从梦游状态中醒过味来，

二十二

竟然有点手忙脚乱地向胡三娃敬了个军礼。其举止突兀，神色仓皇，令胡三娃感到惊异，也增加了几分气恼。

他不悦道："合军兄弟，你不要因为广场上现在没啥事就掉以轻心，你得时刻保持警惕，巡查异常，也许紧盯一年都没事，但就在你松懈下来的那一刻，异常情况从你眼皮底下溜走，这样你就失职了！"

张合军吐吐舌头，连声致歉："胡总抱歉，我该死，我该死，刚才确实有点走神了！我保证，立刻打起精神，再不犯错！"

"不用跟我保证什么，这都得靠你自己的职业精神来支撑的！你也是多年的保安了，应该比我更懂这一点，当然，你要是有什么困难，可以跟我讲，我可以帮你，但是绝对不能让它影响工作！"

张合军连连点头："我知道了，胡总，您请放心！"

尽管他又是点头又是拍胸脯的，胡三娃却总感觉他神色当中有一丝魂不守舍，就紧盯着他的眼睛，郑重道："合军兄弟，你老实说，是不是有什么心事，碰到什么困难了？你告诉我，我能帮一定帮你！"

张合军扑闪着眼珠子，犹疑好一会儿才说："胡总您还真是目光犀利，确实是家里碰到点困难了！"

"说说看，什么困难？"

张合军不再犹豫，老实不客气地讲了他的困境，原来他家乡的老父亲查出肺癌，需要到万象来治病，他既没钱，也没住地，在医院也没关系，正在为这事犯愁。

胡三娃毫不犹豫道："这事你不用管了，听我的安排吧！"

随即，他重重拍拍张合军的肩膀，转身进了公司大门。

接下来几天，他一边耐心等候来自蔡义诚或者周向明的回音，一边就热心操办起了张合军老父亲住院治病的事情。

他让齐曼华帮助联系了人民医院胸外科和肿瘤科的资深专家，并且亲自上门进行拜会和铺垫。

又舍下面子主动拜见宋红琳，算是结束了和她的冷战，和她一块商量着怎么启用公司的职工生活保障基金对张合军的老父亲进行救援。宋红琳一开始不同意，说

罪与赎
——万象惊魂记

张合军刚进公司没多久，还不能完全算是公司的人，不能享受职工之家的待遇。胡三娃就苦口婆心地讲大道理，让宋红琳明白公司家的文化的真正内涵是要惠及每一个为公司做出过贡献的人，而不能厚此薄彼，公司是一个大仁大义的家而不是一个论功行赏的家，等等如是。

宋红琳终于耐不住他的软磨硬泡，微嗔薄怒地去执行他的决定了。

医疗费等大头解决了，胡三娃心头一块石头总算落地，考虑到张合军的老父亲及陪护的亲属来万象看病的吃穿用度方面的费用也着实不少，就跑到银行，从自己的工资积蓄里提取一笔数目不小的钱，转存入另办的一张卡。然后将卡片连同密码给了张合军。

当张合军得知他父亲的住院费、医院就诊绿色通道，甚至老人家来万象的一应吃穿住行的费用都得以解决了，当即惊讶得目瞪口呆，随即，硕大而滚圆的热泪自暗沉的眼角滚滚而出。

胡三娃也不明白自己为什么会这么热心操持张合军的家事，一则他天性宅心仁厚，再则张合军和他有着一样的出身及经历，他对他有着一种天然的怜悯和同情，但仅仅这些似乎真的不足以支撑他将张合军的父亲也当成自己的老父亲一样对待。从大的方面也可以讲，这来源于公司家的文化的熏陶，他胡三娃受惠于公司家的文化才有了如今的安乐生活，甚至于莫名其妙当上公司总经理，那么，作为总经理，他更有责任将公司家的文化发挥到极致。

从上边大大小小的道理似乎都能解释胡三娃的动机，但总是令人觉得解释得不够酣畅淋漓，令人心存块垒。

连胡三娃自己在意识层面也不能接受这样的解释，最后他深挖根源，隐隐约约感觉到一种灵魂层面的层流在荡起微波：越来越多越来越深入的调查日益给他灌输着一个认识：黄二愣太高尚太伟岸了，他胡三娃虽然从形象气质到出身背景、人生经历等各方面都和他类似甚至雷同，似乎完全可以将他胡三娃与黄二愣等量齐观看做一个人了，但其实他自己内心最清楚，仅需简单一点就将他们截然区分开来，那就是他在精神品质上绝对达不到黄二愣的高度。意识到这一点他心里很痛苦，因为一方面他内心本源上就是一个不断追求精神修炼的进步青年，另一方面，很显然黄

二十二

二愣能得到俞萍音至死不渝的爱就因为他的崇高品行。而今他自己在这一点上赶不上黄二愣，意味也就不言自明了。可是他又不甘心就此服输，既然方方面面都已经如此雷同了，仅此一点为何不能弥补呢？

精神修炼无止境、忽如一夜入崇明。

他在这样的心理根源上产生了一个如此伟大而高尚的行为，难道真的是这样的吗？

胡三娃扪心自问，还是觉得不清不楚，很不畅快，实在说不清道不明，也就作罢了！

将张合军老父亲来万象治病的事情安排妥当后，他一块心事落地，心思流转，就又将注意力和意识转入到了对调查工作的无限期待中来。

他已经给蔡义诚发过很多次短信，打过很多次电话，都了无音信。给周向明打电话督促了几次，他也总是说正在做舒婉雯的工作，让他耐心等候。

就在这样一门心思的期待中，他竟意外接到了谢云在的电话。

当时抬起手机一看屏幕上的名字"谢云在"，还有点错愕不已。

他心中骤然升起一股暖意，连忙摁下接听键，略带兴奋地说：

"谢大哥您好！"

"三娃兄弟好！"

胡三娃沉静了一会儿，等他继续，他却也跟着沉静不语。

胡三娃无奈笑笑，只好没话找话：

"大嫂也还好吧！"

"她挺好的！"

胡三娃又故作沉默，不料他也还是跟着不声不响。

胡三娃哭笑不得，强自把谈话继续下去：

"小菲菲怎么样了，跟你们关系处得还好吧？"

"嗯，挺好的，我全家都很感激你！"谢云在的话终于有了热度和内容。

"哦，这话怎么说？跟我有关系吗？"

"嗯，有关系！"

罪与赎
——万象惊魂记

"怎么讲？"

"小菲菲愿意去我家了！"

"真的啊！那太好了！恭喜恭喜啊！"

"所以很感激你！"

"为什么要感激我呀？"

谢云在迟疑了一会儿，憨笑道：

"嘿，这样的，你那次说话激惹了我爱人，反而是帮了我们的忙，我爱人奋不顾身地维护小菲菲的样子，反而对小菲菲是一种难得的触动！"

"那是我坏心办好事了，不过因为这个感谢我，我会很吃不消的！呵呵！"

"这只是其一，最重要的还是，你上次跟小菲菲的一席谈话，起了大作用了，要不她不会这么快接受我们的！"

"啊！真的吗？"胡三娃心中一颤，兴奋感漾满心头。

顿了顿，又道："你怎么知道是我的话起了作用呢？"

"小菲菲自己说的，她说你让她去我们家生活，所以她同意去了！"

"呵呵，这小丫头，明明自己愿意去，还给自己找台阶下！"胡三娃心中窃喜，又怕谢云在心有芥蒂，忙拐弯抹角安慰他。

谢云在快意地笑道："三娃兄弟不用担心我有什么想法，只要小菲菲愿意去家里，这就是成功了一大半，你不知道我爱人想女儿想得都快着魔了，现在好了，有小菲菲天天陪着她，相信她很快就会从痛苦中走出来！"

"其实我上次跟小菲菲谈话，已经完全能够感知到她对你们的感情了，你们天长日久的情感浇灌，早就把她那颗孤独的小心灵感化了，她只是不愿意改变一种习惯，舍不得一种留守，所以迟迟不能决定跟你们回家，但她的心和身子其实都已经往你们那边倾斜了，我只不过是那最后一把推力而已！"

听闻胡三娃这一番清正之言，谢云在的语声更加有热度了："三娃兄弟，我没想错，你真的和黄二愣就是同样正直善良的人，我很感激你，也很敬重你！"

一听他提起"黄二愣"，胡三娃立马精神大振："哦，这么说，看来谢大哥和黄总也是有过交情的，能跟我讲讲你们之间的交往么？"

二十二

谢云在应声道:"三娃兄弟上次不是提出要上家里来坐坐么?你什么时候有空,请你上我家来,我们好好款待你,也就能随便聊了!"

胡三娃心中大动,又略感犹豫:"我上次惹火了嫂子,只怕她很反感我,不乐意我去哦!"

谢云在忙道:"不存在,这次邀请你上家里主要就是她的意思,我不过是个传声筒,当然,我本人也很乐意,只是被她先提出来了而已!"

胡三娃大感欣慰,最后确证道:"真的是嫂子的意思?"

谢云在心情越见畅快,竟半开玩笑半认真地说:"是你嫂子的意思,也是你大哥我的意思,还是你侄女小菲儿的意思,我们全家现在都对你很有意思呢!"

胡三娃再不犹豫,爽然笑道:"好,既然大哥一家子热情好客,我自然也要热情好做客,择日不如撞日,如果你家方便,我现在就去吧!"

"好,三娃兄弟这么爽快,真是大快人心,那我就在家开始准备了!"

"不用准备啥,一把椅子,一杯清茶即可!"

"呵,你可是我家的贵客,那样做不等于犯罪嘛!"

胡三娃撂下电话,心中快意至极,不仅是自己的调查工作又得以顺利展开,更重要的是他牵挂的小菲儿有了归宿,而可怜的谢云在和宋菲婷夫妻俩又重新获得女儿,一个伤痕累累、饱受折磨的家庭又圆满了,这样的成就感和幸福感是尤为浓烈而悠长的。

万中区医学院路离万东区并不远,胡三娃去心似箭,不一会儿也就到了。

医学院路,顾名思义,也就是医学院前边的马路,谢云在和宋菲婷都是医学院的职工,谢云在在药学院任教,宋菲婷是基础医学院的实验员。

近朱者赤,医学院路也像医学院校园那样清幽而深邃,马路两旁古木参天,在马路上空枝杈交缠、树叶绵密,遮天蔽日、浓荫如墨,自路口远远望过去,如同一个深邃而悠远的黑洞。

9号院就是医学院的职工大院,它躲在医学院路的尽头,12号楼是一栋普普通通的老式居民楼,楼体墙面灰暗陈旧,散发着历史悠久的气息。

胡三娃很快就找到了805房间。

罪与赎
——万象惊魂记

他心情轻快，粉饰了一下神情姿态，才举手敲门。

轻微的几声触碰后，里边传来轻快的声音："来了！来了！"

开门的是谢云在，他一见胡三娃，立刻眉开眼笑，连声说："请进请进！"

屋子倒是宽敞，格局也很明快。

谢云在将胡三娃领到客厅沙发上就坐，嘴里大声喊着："老婆，贵客来了！"

很快便看见宋菲婷从厨房里走了出来，她腰上系着围裙，眉眼上挂着盈盈笑意，虽然难免眉梢眼角依稀难尽的忧伤，但早已不复当初在孤儿院看见的那副痛彻心扉的悲苦模样。

她似乎还在为当日扑击胡三娃的情形而尴尬，有点腼腆而羞涩地微笑着，手在围裙上匆匆擦了擦，然后在饮水机上给胡三娃倒了一杯水。递给他时，咧开唇红齿白的嘴唇讪笑着：

"欢迎您来家做客！"

胡三娃接过水，对她微笑着点头："谢谢嫂子，您辛苦了！"

她憨笑着摇摇头说："不辛苦！那您先和您谢哥聊聊天，我去厨房忙活去！"

胡三娃怡然笑着点点头。

宋菲婷转身进了厨房，谢云在坐在胡三娃对面的沙发上，把茶几上的水果盘往胡三娃前边推送了一下，说："三娃兄弟，先吃点水果消消暑，一会尝尝你嫂子的手艺，那是相当不错！"

胡三娃嘴里支应着，眼睛却被客厅正墙上一个神龛吸引住了，神龛嵌在墙壁当中，底部有一张小女孩甜蜜微笑的大头照片，旁边竖着一列规整的大字"爱女谢佳菲之灵位"，照片前摆放着一个香筒，里头插着点燃的佛香，从燃着的香头上正飘着袅袅香烟，将照片上小女孩甜蜜的微笑渲染得更加真切感人。

神龛两旁，更加引人注目，左边墙上张贴着一组照片，右边墙上则悬挂着一组书画作品，照片和画作都密密麻麻排列着，显示着一种着意和用心。

胡三娃向谢云在点点头，站起身来走过去观赏那组图画。

照片是一组家庭生活照，自然就是谢云在一家三口人的甜蜜生活场景的摄录，最惹人注意的当然是其中那个甜笑晏晏的小女孩，也就是神龛中那个已经魂归天外

二十二

的小女孩，眉眼和小菲菲真是像极了，只是没有小菲菲的那种阴郁和忧伤，可以说是阳光开朗版的小菲菲。那小女孩或者和谢云在撒娇卖嗲，或者和宋菲婷贴心贴肺，或者在谢云在和宋菲婷之间亲密相依，真是说不尽小女孩的乖巧可爱、甜美动人，道不尽一家三口的幸福美满、快乐无边。

最令人称奇的是，右边那一张张画作和左边一张张照片是完全一一对应的，显然，那是有人照着每张照片又作了一遍画，把那幸福的图景和美满的情感又通过画笔静静地温习一遍。从画作那略显稚嫩的笔法及天真烂漫的想象力来判断，应该是出自那个聪明可爱的小女孩之手。可以想见，她当初安静地端坐在画板之前，先一手支腮默默地凝望审视着与自己父母情意融通的图景，心中流通着无限的情感，然后眨巴着灵秀的黑宝石般的眼珠子，嗓子里轻声哼着百灵鸟般柔美悦耳的曲调，举起纤细柔婉的小手在画板上静静描摹的动人的画面。

胡三娃不由得在脑海里展映着这样安详美丽的画面，不知不觉间，他眼眶泛上来湿润柔和的微光。

他连忙眨巴一下眼睛，去掉这股就要成形的酸楚感觉，将目光从照片和画作上移开来，却蓦然发现在照片和画作中间，在神龛顶上一点的墙面上，还贴着一张不太那么引人注目的图纸，上边勾画的东西有点像统计图表，定睛细细一瞧，才发现这是一份药品使用流程图表，具体而言，就是一种叫"甲氨蝶呤"的药品，分时段使用细则的描述，每个时段使用量，使用注意事项，可能产生的用药效果及副作用等等信息则用蝇头小字密密麻麻地标注在每个表框里。

谢云在是药学院的教师，这应该是他的教学或者科研工具，只不过他将学校使用的东西张贴在自家墙上，而且还不伦不类地挂在这样一个貌似严肃神圣的地方，想想也真是够痴憨的。联想起宋菲婷面对小菲儿时的疯疯癫癫，看来这一对高级知识分子因为丧女之痛着实已经变得魔怔了。

他暗自平息了一下情绪，又默默走回沙发旁重新落座，对着一直默默沉坐的谢云在眨巴一下眼睛。

谢云在叹口气，下意识地望一眼厨房方向，压低声音说："那就是我们死去女儿的灵位，我爱人每天寄托哀思的地方！要是没有这个精神寄托，她可能早就崩

罪与赎
——万象惊魂记

溃了！"

胡三娃忧伤地点点头："我能理解，也很同情你们！"

顿了顿，又兴奋道："不过现在好啦，你们有了小菲儿，她那么乖巧可爱，你们一家子一定会很幸福的！"

谢云在欣然道："嗯，所以非常感谢三娃兄弟，是您给我们这个残破的家带来了希望！"

胡三娃摇摇手："这主要还是你们自己的努力感化了小菲儿，我只不过是最后的一臂之力而已！"

谢云在摇头不止："虽然我知道我们的努力也有点作用，但我们都明白，决定性作用绝对来自您，这里头可能含着某种说不清道不明的原因，具体我也讲不清楚！"

胡三娃朗然一笑，想了想道："对了，你们夫妻俩也还年轻，为什么不自己再生一个呢？"

谢云在微苦一笑，摇头叹气道："可能经历过严重的精神创伤，身体也就不行了，我们自己尝试过，不行，又做过好几次试管婴儿，还是不行，最后也就彻底放弃了！"

胡三娃心情有点沉重，不知道该怎么安慰眼前这个可怜的人。

谢云在又精神一振："不过还好，老天爷没有对我们斩尽杀绝，我们接连遇到了贵人，也就算不幸中之万幸了！"

"哦，这话怎么讲？"

谢云在欣然道："我们先是碰到了黄二愣，他将我们引见到了孤儿院，接着在那里神乎其神地发现了小菲儿，她跟我们女儿真的好相像，形象神态都很像，我爱人都快喜极而泣了，我们都认为这是老天爷对我们的补偿，遗憾的是，小菲儿并不认同我们，我们怎么说怎么做都没感化她，不过还好，我们都快绝望的时候，又碰到了您这位大贵人，您使我们美梦成真，真的太感谢您了！"

谢云在说着说着，眼眶都红了，雾蒙蒙地望着胡三娃，闪烁着温热的光芒。那是一种自心底深处流溢而出的真情和感动。

胡三娃心中暗叹口气，对他鼓励地笑了笑，顺势道："既然提到黄二愣，我顺

二十二

便就切入正题吧，不知道谢大哥愿意跟我讲讲您当初跟黄总接触的一些细节吗？"

谢云在眉眼一动，点点头："嗯，三娃兄弟想了解什么细节呢？"

胡三娃沉吟片刻："就讲讲他当初怎么找到您的，找您聊了些什么，后来你们的交往情况，等等之类的吧！"

谢云在微微颔首："他第一次找我们是直接上门来的，不过我爱人因为痛恨俞氏公司，所以将他拒之门外，他锲而不舍地来过几次，要么吃闭门羹要么被骂走，不过他很聪明，他抓住了我们的心理，当然也是基于对我们的深切同情，他告诉了我们去孤儿院领养孩子的信息，并给我们看了几张小女孩的照片，其中就有小菲儿，一下子就把我们的心理防线打开了，后来的交往也就自然而然了！"

胡三娃听到他们的这段交往经历后，不知道怎么竟然觉得心里一块巨石落了地，至少黄二愣不是在孤儿院首次认识的这夫妻俩，与自己跟他们相识的经历不一样，这貌似毫无意味的小小差异却像在他心底注射了一针定心剂。他不由得微苦一笑，心道自己是不是有点太神经质了！

他暗自收整一下心情，继续追问："那你们交往之后，黄二愣跟你们了解了一些什么，你又跟他说过什么呢？"

谢云在神情一肃道："我知道您想问什么，您其实是想调查，俞氏公司那个叫俞伟民的黑心老板的死亡是不是跟我们这几个深受其害的家庭有关，这个想法可以理解，毕竟我们被他害得这么惨，产生报仇雪恨的心理也是自然而然的，我甚至觉得也无可厚非！"

"谢大哥您有点太敏感了，一方面我和黄总都只是想多方面收集线索和情况，不代表调查谁就是怀疑谁，另一方面，我现在关注点倒不在俞伟民怎么死的了，而是黄二愣怎么死的，所以，您跟他交往的情况，不定有什么线索就可能间接有助于我去查明他的死亡真相呢！"

谢云在拧紧眉头抿着嘴唇仔细回想了一下，茫然摇头道："我跟他的交往就是正常的礼尚往来，真没什么特别之处，跟他的死亡应该更是八竿子打不到一块去吧！"

胡三娃心有不甘，想了想道："那就讲讲，他向您调查俞伟民之死这个案子时，

罪与赎
——万象惊魂记

您是怎么回答他的吧！"

谢云在眉头紧皱，冷冷一笑："我们对那个姓俞的恨之入骨，这一点毫不隐讳，就算产生报仇雪恨的念头，也无可非议，不过可惜的是，我们没有杀那个姓俞的，当然，要是那个姓俞的是被别人杀的，我们会非常感激他，他替我们报仇雪恨了！"

胡三娃苦笑道："好啦，这点我是相信的，那就再讲讲黄二愣听了您这个表述之后，有什么反应？"

谢云在凝眉想了想，半开玩笑道："跟您这个反应一样，呵呵！"

"跟我一样？我什么反应？"

谢云在调侃道："一脸失望状！"

"那他听了您这个回答后，之后还就俞伟民之死跟您交流过什么？"

"没有了！"

"能再讲讲你们之后的交往情况吗？"

"刚才说了，就是平常人家的礼尚往来！"

"能具体些吗？"

"具体些？也没什么，就是因为小菲儿我们建立了联系，他经常去孤儿院，所以我们主要在孤儿院见面交流，他有时也上我家来，跟我们交流一些怎么跟孩子建立感情的方法，或者聊聊家常，如此等等，没什么特别的！"

胡三娃兀自不甘心，继续提醒道："再仔细想想，他跟您交往的这段时间里，有没有什么不同寻常的表现？或者流露出什么特别的想法？"

他从内心里不愿意相信，黄二愣有着调查俞伟民之死的重任在肩，他怎么会有闲情逸致和谢云在一家子友谊地久天长起来？他这种保持交往的状态一定有着某种刻意的目的，所以胡三娃希望继续从谢云在的记忆里深挖宝贝。

但谢云在凝眉蹙额思索好一会儿后，仍然坚决摇头："真没什么特别的了！"

胡三娃只好作罢，不再纠缠这个问题，他也心态放开了，转移话题，和谢云在闲聊起来。

他的潜意识是，既然黄二愣在调查未果之后继续和谢云在一家保持着交往，那他也可以效仿，也和谢云在保持友好关系，说不定就走出和黄二愣一样的思路来！

二十二

  他心中虽然对这个阴森森的想法有点犯怵,但没有办法,为了取得真经,只好多走妖道。

  开饭了,宋菲婷做了满满一大桌美味佳肴,看来她对他的感激真是形如滔滔江水,汹涌澎湃而没有半丝虚假成分。

  席间,那个初见时不苟言笑、喜怒无常的宋菲婷早就荡然无存,而是言笑晏晏地不停向他敬酒夹菜,态度热烈,言语丰沛,哪里还能看出因为丧女之痛而在表情中弥漫的那层精神分裂迹象,看来失而复得的母爱之心令她脱胎换骨,骤然重生。

  胡三娃很开心能够分享他们的喜悦,他感觉他也彻底融入了这个重拾欢乐的家庭,或许,黄二愣当初也是基于这个目的而为这个家庭操心着,所以他才可以分出探案这么宝贵的精力来帮助他们领养小菲儿,只是他却没有等到分享胜利的果实就猝然而逝,让他胡三娃如今坐享其成。

  胡三娃告别谢云在夫妻俩回来的路上,依然心情浮荡,思绪燎原。

  不过要说,事情也真是一顺百顺,谢云在的家对他大开绿色之门第二天,他就又接到了周向明的电话,告知他舒婉雯终于愿意接待他了,并且戏说是"绿色接待",而不是"黄色接待"。

  不过约见的地点令他颇感意外,竟然就选在素林饭店,时间就是当天晚饭时分。

  联想起素林饭店老板和老板娘也是受害者家庭之一,再加之周向明和舒婉雯熟络的关系,基本就可以推论,这些受害者家庭因为曾经共同的苦难而在后续的岁月中建立并保持着联系,甚至成了患难之交也说不定。

  所以舒婉雯有了生意都带给素林饭店,从这方面理解也就没什么稀奇的了。

  下午早早的,他就开始收拾,准备赴约。

  不知道怎么的,即将正儿八经面见舒婉雯了,他竟然还有点紧张,想起那天在她的出租屋里自己落荒而逃的窘境,又不由得会心地笑了。其实那种气氛虽然尴尬,但终究也还充满着一种别样的情调,令人领略到生活的异样趣味。

  可现在要跟她一起正襟危坐地讨论严肃而沉重的主题,并且像两军交战那样勾心斗角、唇枪舌剑,他反而觉得很不自在了。

  因为没有她的电话,他只好提前一些在素林饭店门口恭候。

罪与赎
——万象惊魂记

舒婉雯果然一派干练的巾帼风格，不像一般美女那样约会时总要通过迟到体现自己坚不可摧的价值，她准时出现在了马路边上，在胡三娃眼巴巴的凝望中，穿过饭店大门口等位的熙熙攘攘的人群，神情淡泊地来到胡三娃眼皮底下，平静地向他打个招呼。

她太美了，随意往哪里一站都是万众瞩目，胡三娃感觉到周围无数的目光潮水般向舒婉雯涌去，顺便也将他波及了，便知道不能在这门口久立了，连忙招呼说："咱们进去找座位吧！"

舒婉雯耸耸肩，无谓地撇撇玲珑小嘴，做出一个悉听尊便的姿态。

当下胡三娃在前边引路，舒婉雯紧随其后。两人钻进饭店大院里的曲径之中，胡三娃想着上次请刘金鑫吃饭的那个豪华包间，正要往那个方向走，舒婉雯却突然说：

"别折腾了，周向明已经帮咱们订好餐位了，就去那里吧！"

"哦，也好，在哪里呢？"

"跟我来吧！"

这下舒婉雯在前边引路，胡三娃跟着，走了一会儿，胡三娃心中一动，警觉起来，等到舒婉雯领着他从那两颗假树形成的路口走出，那个后厨一角的特设小餐桌蓦然呈现眼前的时候，他一颗悬着的心又撒落一地。

这是怎么回事，他一度认为这个独特的小餐桌仅仅是他和老妇人交流情感的专区，具有排他性和垄断性，他人不能插足，更甭提分享。现在周向明竟然可以预订到，供他和舒婉雯交流。难道这个座位也是可以对外开放的吗？

不容多想，舒婉雯已经走过去，见胡三娃还没动静，就扭头白了他一眼，显然嫌他太磨叽。

胡三娃讪讪一笑，硬着头皮走到她对面灰溜溜地坐下来，对于这突发状况，他一时间还适应不过来。

舒婉雯快人快语："怎么着？难道你还嫌这个地方吗？"

胡三娃忙道："不嫌不嫌，只是想着请你吃个饭，怎么着也得找个大一点的地方，这样才能显出对你的尊重嘛！"

二十二

舒婉雯不屑道:"谁让你请吃饭了,咱们 AA 制,谁也不欠谁的!"

胡三娃忙不迭摇头:"那哪能,这不是寒碜我嘛,跟一个大美人吃饭,还让大美人掏钱,传出去我不得被唾沫星子淹死!"

舒婉雯冷冷一笑:"别跟我耍贫嘴,咱们公事公办,我没有给你提供什么服务,也就不受你什么恩惠,你要调查一个死去公民的死因,我尽一个活着公民的义务,仅此而已,你开始吧!"

胡三娃心中苦笑,却装出活泛的样子道:"别把气氛搞得这么僵硬嘛,来来,先点菜,点完菜再谈!"

他招呼服务员过来点餐,服务员早就对他很熟了,见今天对面坐的不是老妇人,而是一个美少女,不免发愣,还是把菜谱递了过去,胡三娃接过来递给舒婉雯,舒婉雯不客气地接过去,噼啪一阵乱点,很快完成任务,当真是嘎嘣利落脆,其麻利劲儿,令人咋舌。

这样也好,省得跟她客套,浪费诸多表情和时间。

舒婉雯点完菜,身子一端,望着他道:"说吧!"

"嗯!"

胡三娃犹豫着,不知道从何说起。

舒婉雯香肩一耸:"别嗯嗯啊啊的,爽快点,我没那么多时间奉陪!"

胡三娃忙说:"那就想到哪说哪吧,先说说你和这个饭店的关系?"

"没关系!"

"那你是怎么知道这个非同一般的餐桌的?"

"周向明订的啊!"

"可是你轻车熟路地走过来,说明你早知道这个地方啊!"

"这跟你的调查有关吗?"

"你不是喜欢干脆利落的调查么,不用问为什么,就回答问题就是了!"

舒婉雯惊诧地望他一眼:"也好,我确实知道这个地方!"

"怎么知道的?"

"我在这里吃过饭!"

罪与赎
——万象惊魂记

"和谁?"

"好些人!"

"都有谁?"

"好吧,确实有黄二愣!"

"黄二愣在这里请你吃过饭?"

"AA 制!"

"他找你干什么?"

"你找我干什么?"

"请直接回答问题!"

"他要调查俞伟民的死!"

"你怎么回答的!"

"我说俞伟民是我杀的!"

"啊!"

"啊什么啊!"

"别开玩笑!"

"没功夫跟你开玩笑!"

"那说说你是怎么杀的他吧!"

"我日夜诅咒他不得好死!"

"然后呢?"

"然后他就不得好死了!"

"你是说他是被你咒死的?"

"反正我咒完他就死了!"

"你当初也是这么回答黄二愣的?"

"是的!"

"他相信么?"

"你相信么?"

"请直接回答问题!"

二十二

"不相信！"

"那他后来怎么做？"

"什么怎么做？"

"得不到什么有用的线索后，他还跟你交往吗？"

"谈不上什么交往，他一厢情愿而已！"

"什么一厢情愿？"

"装正人君子呗，想让我改邪归正！"

"你走什么邪路了吗？"

"婊子还不够邪吗？"

"奥，呵呵，这个我倒也想知道，你这么完美，为什么要干这个呢？"

"这个赚钱多赚钱快啊！"

"你就那么爱钱吗？"

"我不爱钱，我缺钱！"

胡三娃想起她的豪宅，不由得心中来气，嘟哝道："你真的缺钱吗？我看不见得吧！"

"我知道你见过我家的房子，但那就是我缺钱的根源，我要给婉斐一个富裕的生活条件，让她不要被外边坏男人的钱财带坏，我要将她培养成一个杰出的艺术家，也需要大把大把地砸钱，你不懂得一个艺校生的花费有多大，还有她们受到的社会诱惑有多多，这些都必须用钱来摆平，大量的钱，大把大把的票子！你不在这个行当里，完全不懂，当然，你懂不懂关我屁事！"

她还从来没有说过这么一大串的话，而且越说越激动，胡三娃的话显然点中了她的痛处。

他确实不愿意看到这么完美的人在风尘中越陷越深，所以也来了情绪，针锋相对道："需要钱不一定非得干这个呀，挣钱的路子多得去了！"

"你是站着说话不腰疼，你是公司老总，当然财源滚滚，可是你知道我们这些小市民要挣个钱有多难吗？当然，原来我妈收入还不错，一直供养着我们姐妹两个上艺校，对我们管教得也很好，日子还算平安幸福，可是这样的日子不是被你们公

罪与赎
——万象惊魂记

司活生生给毁灭了么,没有了我妈,我要再不寻找活路,我们两姐妹都得跟着毁灭,尽管我也万分舍不得我的艺术之路,但是为了我妹妹,我只能毁灭自己的理想,人没有了精神追求,还能活出什么花样来,无非就是苟延残喘苟存于世,我还好,我现在还有个唯一的精神动力就是挣钱把我妹妹培养出来,为了实现这个目标,死不足惜,还在乎当什么婊子!"

胡三娃听得心中酸涩难耐,更添对舒婉雯的无限悲悯,他很想能够帮她一把,主要因为个人的仁义之心,也不排除是因为这个家庭所受到的伤害来源于他所领导的公司,他强抑住心中感慨,义正词严道:

"对啊!我理解你的痛苦和选择,但是请别偷换概念,咱们现在讨论的是挣钱的途径,而不是你的人生选择问题,挣钱的路有千万条,唯独堕落的路不可取!"

"好,那麻烦伟大的胡总给我指条明路,我妹妹一年的各项花费需要几十万,你告诉我,以我一个文化成绩不够初中水平的退学生,到哪里去找一个这样的工作?"

胡三娃一时哑然,沉默片刻,兀自不服:"好吧,就算不提找工作的事,就说你走的这条路吧,也不一定非得这样走啊,不如换一种走法,以你如此出众的才貌,找一个有钱的男人,踏踏实实跟着他,不就比这条路强一百倍!"

"你说当二奶吗?哈,你觉得二奶比婊子干净吗?那只不过是长期对一个男人卖淫而已,那样反而自私狭隘,我倒觉得还不如我这样有着服务广罗大众的精神来得高尚呢!况且当二奶还会对那个男人的原配夫人造成伤害,更加道德沦丧、下贱无耻呢!"

胡三娃哭笑不得:"你怎么总是理解得这么极端呢,找一个男人不一定是做二奶啊,找一个好男人嫁给他不行吗?"

"好男人?还很有钱?还得我能爱上他?我的天,你太给老天爷出难题了,一时半会儿你让它到哪里给我找去?"

"有什么难的呀,你身边不一直就有一个现成的么!"

"身边有个现成的?谁呀?你?"舒婉雯秀目含烟,惊讶地看着他。

"什么跟什么呀!不是说我,我说的是蔡义诚,他不是对你很上心么?"

二十二

"他？哈，真能扯！他倒是有钱，但是好男人呢？我的爱呢？"

"你不爱他吗？"

"不爱！"

"不爱你还跟他那个？"

"你懂什么叫职业道德吗？"

"呵呵，既然不爱也可以做爱，那嫁给他又何妨呢，反正嫁人之后不也就那点事吗？"

"这完全是两个概念，我可以给他提供服务来挣他的钱，但绝对不能牺牲自己的爱来换他的钱！你不会连这一点区别都不懂吧！"

"唉！倒也是，不过，爱和不爱也不是那么绝对的，你现在不爱他，不代表将来也不爱他呀，或许慢慢地也就爱上了呢！"

"别人，有可能，他，不可能，地球毁灭有可能，爱上他不可能！"

"不至于吧，我觉得蔡老板英俊潇洒、温文尔雅、风度翩翩、热情爽朗，就算不是因为他的钱，也够迷死一个红色娘子军了！在你这里怎么如此不济！"

"你不懂我们之间的那些事，跟你说也没用，就此打住吧！"

"那好吧，那能讲讲你们是怎么认识的么？"

"这还用说吗，还不都是拜你们公司所赐，你们公司的杀人油杀了五个人，使我们5个受害者家庭成了患难之交，时不时不得聚一块缅怀一下死去的亲人，咬牙切齿地诅咒一下你们公司原来那个黑心大老板！"

胡三娃听得心里沉甸甸，后背凉梭梭的，他勉强笑道："原来你们还经常聚会的啊，这样的聚会不是更容易令悲痛发生共鸣，怨恨越来越发酵吗？不利于大家得到解脱，各自回归平静生活啊！"

"那有什么办法呢？我们五个家庭都已经残缺不全了，只能彼此依靠在一起互相取暖，互帮互助，因为经历过同样的灾难，所以也更能产生亲切感，也可以说，是你们公司的杀人行径使我们坚定地走在了一起！"

胡三娃听得心里像被堵了一样憋闷，不过难受归难受，他的职业素养却没有丧失，舒婉雯提供的这个情况令他产生了浓厚的兴趣，他心里隐隐约约觉得非同寻常，

罪与赎
——万象惊魂记

当然，具体有什么含义和指向，却完全没有概念。

但他想就这个问题好好挖掘一下，顺势问道："据我了解，周向明的爱人蔡义姝是已经和蔡家断绝关系的，蔡义诚也会那么热心地去参加你们的聚会吗？"

舒婉雯淡淡地看了他一眼，冷然道："要说这一点，也还算是我唯一欣赏他的地方，断绝关系不代表断绝亲情，她是他的妹妹，他还是保留着对她的兄妹之情，这一点让我感觉他身上还有点温度！"

"嗯，看来你好像对他很有成见，你们之间发生过什么不愉快的事吗？"

"没有！"

"那凭空怎么就对一个人印象不好呢？"

"你要再扯他，我就开始对你印象不好了，这个算是理由吗？"

"呵呵，那就不说他了，说说周向明吧！"

"周向明，他有什么好说的？"

"在你们这个团体里，你是不是跟周向明关系最好？"

舒婉雯抬起眼睛，警觉地看他一眼，黛眉微蹙道："谈不上谁跟谁最好吧，都是患难之交，有困难互相帮助一下，精神上互相打打气，有时也对你们那个死去的俞伟民同仇敌忾一番，仅此而已，算是关系好么？"

"那你为什么租住房间都跟他选择一栋楼？"

"这有什么奇怪的，我需要找房间，请他帮忙，他推荐了他所住的楼房，我不就租过去了，这是顺理成章的事吧！"

"对了，你有那么豪华的家，又那么有钱，为什么要租住一个那么破败简陋的房间呢？"

"我那豪华的家主要是给婉斐准备的，再说，我的身体这么肮脏，进行着这么丑陋的交易，配得起一个干净整洁的地方么？"

"我觉得你是生活所迫，你的精神是高贵的，你用不着这样说自己！"

"也许是因为你们那个公司把我的家祸害成这样，你才这样安慰我吧！"

胡三娃为之气结，不过，他的心里确实怀着一股深深的歉疚之心。虽然是过去的老总造的孽，但他身为现任老总，也有着义不容辞的责任。他心中突然升起一股

二十二

浓烈的情怀："这样吧，你以后也别再继续干这个了，婉斐的学习费用就包在我身上了，保证支撑她一直到她学业有成！"

舒婉雯一直嬉皮士一般无所谓的神情突然一呆，她惊讶地抬起头来，错愕地望着胡三娃，半天说不出一句话来。

胡三娃朝她眨眨眼："怎么，还不相信吗？可以签个承诺书！"

舒婉雯仍是呆愣着，眼神闪烁，若有所思，似乎在玩味着他的话。

终于，她抬起眼睛，苦笑着叹口气："我一时还以为是黄二愣复生了呢！"

胡三娃心中惶惑："什么意思？"

舒婉雯笑了笑："当年，黄二愣也跟我说过这样的话，语气内容如出一辙！"

胡三娃心中荒诞感电流一般蹿遍全身，不过，面对舒婉雯这样的处境，只要是宅心仁厚又有责任感的人应该都愿意这么做吧。他强行安慰着自己，讷讷一笑："那你没有接受他的好意吗？"

"你知道我是怎么回答他的么？"

"怎么回答的？"

"我说，姑奶奶不接受包养，只提供一次性服务！"

胡三娃哭笑不得："人家并不是要包养你，而是要帮助你！"

"天下没有免费的午餐，我也一贯秉持无功不受禄的人生哲理，想在姑奶奶身上打主意，省省吧！"

"这么说，你觉得我刚才说要扶助婉斐的学业，也是别有用心啰？"

"这个只有你扪心自问了，我不用知道，也不想知道，因为，我根本用不着！"

胡三娃无奈叹了口气，兀自不甘心："难道你就要一条道走到黑吗？你不想想，如果婉斐知道支撑她学业的钱是怎么来的，她到时候不知道还能不能品尝到学业有成的美好滋味！"

"你敢！你要胆敢把这个告诉她，我跟你拼命！"

舒婉雯一时激动，气愤得骤然站起，横眉立目，怒发冲冠。

胡三娃连忙安抚道："行啦行啦，我就是举个例子，我怎么可能跟她说这个呢，快坐下来消消气，吃饭吧！"

罪与赎
——万象惊魂记

饭菜早已上齐，舒婉雯平静了一会儿情绪，然后狠狠瞪他一眼，端起碗大吃特吃起来。看她那吃相，还真是跟那副美若天仙的样子极不相称，胡三娃颇觉有趣，不由得哑然失笑了。

舒婉雯一边满嘴嚼着饭菜，一边含混不清地嘟哝着："怎么啦，老娘就这幅吃相，看不惯你别找我啊！"

"看得惯看得惯，而且很好看，美女像好汉一样吃饭，更是别有一番风味啊！"

舒婉雯撇了撇嘴，眉梢眼角隐含少许笑意，算是对他刚才的冒失言语冰释了嫌隙。

狼吞虎咽吃完饭，舒婉雯就招手买单，胡三娃连忙抢着付钱，但她死活非得出她那一半的钱，胡三娃实在推脱不掉，只好苦笑着收下她那一半饭钱。

两人告辞时，胡三娃礼貌地说："感谢你今天接受我的调查，也请你代我转达对周向明的谢意！"

熟料舒婉雯对这样的客套话也不领情，似乎还忌惮着胡三娃刚才说她和周向明关系最好的观点呢，她香肩一耸："我跟周向明可没什么交情，你要谢他你自己找他谢去，跟我没关系！"

说完，她就小嘴一撇，俏鼻一耸，细腰一摆，莲步一振，扬长而去。

胡三娃伫立当场，苦笑着摇摇头，目送她远去。

吃完这顿饭，时间已经临近晚上，时节已进入夏末，空气不再那么燥热，夜风习习，已含着些微凉意。天上的星星眨着眼，一闪一闪的，神秘而深邃，知了的叫声不再那么充沛了，有点筋疲力尽的感觉，是啊，时间过得真快，斗转星移，万事万物都得准备着跨入一个新的阶段了吧！

前一阵子来的调查走访基本没有获得什么明确的信息，但是他却隐隐约约感觉到了一张大网的存在，那张大网现在还是无形的，而且东一麟西半爪，散乱无序，甚至虚幻无形，但又似乎确确实实存在着，他现在急需完成的就是要找到一副骨架将它们串起来，或者找到一种显影剂将它们的幻影现出来。或者要先找到一种催化剂将生化反应催化出来，然后才能再将催化产物进行显像。

前期对每一个对象的调查只是获得了这张无形大网的一个网眼，要将这些网眼

二十二

拼成一道大网，就有赖于后续还没有找到的网眼快点出现。所以，接下来几个调查对象的调查真得快马加鞭了！

他已经基本相信，当他将黄二愣留下的"辛德勒名单"上的每一个人都调查到位的时候，一定将是真相开始闪烁的时候，甚至可能都用不着他聪明的大脑进行加工分析了，真相直接跳上桌来。

今天对舒婉雯的调查他感觉收获尤大，虽然说不清道不明到底是什么收获，但他脑海里突然幻化出一张大网在张牙舞爪，这样离奇的幻象却也不是凭空就来的，而应该就是基于今天调查所得。

但关键环节还是缺失，所以这张大网只能若隐若现，有时甚至好久都召唤不出来，也罢，没有信息做依据，怎么强行思索也是没用的，还是按部就班耐心完成后续调查工作再说吧。

胡三娃回到公司，穿过越来越热闹的公司广场，在张合军点头哈腰的恭送下，回到了黄二愣的办公室。

二十三

罪与赎
——万象惊魂记

他这样耐着性子又等了几天,还是没有等来蔡义诚的回信,打电话也根本置之不理,就想着这样干等可能意义不大,还真得采取点别样行动了。比如再探星光天际夜总会,或者直接上蔡氏粮油食品公司找他去。

他这样想着,一天下午他准备采取行动的时候,已经好久不跟他主动联系的宋红琳突然给他打电话,邀请他一块去素林饭店共进晚餐。

胡三娃觉得有点突兀,又觉得宋红琳有点神秘兮兮的,就想推辞,但宋红琳执意邀请,并且有一种绝对不容推脱的坚定态度,还说一切都是为了他着想。

胡三娃无奈,只好应允了。他耐心等到晚餐时分,宋红琳过来叫上他,开上她的车,两人直奔素林饭店。

一路上,她紧绷着脸,也不说话,胡三娃问她什么,她都心不在焉地敷衍几句,只顾昂首开车,车在略显拥堵的车流中见缝插针,流畅而迅捷地推进。

进了饭店后,她看了下表,倒是不急了,表情也平淡了少许。但依然只是闷头往前走,在通往后厨小桌的岔道处也没有什么表示,径直把胡三娃领到那片热闹的免费菜用餐专区。

她瞅了一张空桌位坐下来,然后就往椅背上慵懒地一靠,气定神闲地望着胡三娃,惬意地长吁了一口气。

胡三娃有点不自在地坐下来,疑惑道:"红琳,你突然把我叫到这儿来,到底什么事呀?"

宋红琳斜睨了他一眼,没好气道:"吃饭呀,还能有什么事?"

二十三

胡三娃啼笑皆非:"你火烧火燎地把我弄过来,就为了吃这顿饭?"

"是啊!"

"你不是说有什么事是为了我好吗?"

"民以食为天,请你吃饭不是为你好吗?"

胡三娃苦着脸道:"红琳,我手头还有一堆事等着我去完成呢,你怎能开这样的玩笑?"

宋红琳脸色一冷,不悦道:"我开什么玩笑了?难道这个事不是事吗?"

"这个事?什么事?"

"吃饭的事!"

"呵,吃饭当然是事,但不是正事!"

"那你的正事是什么?一天到晚不务正业到处瞎逛,什么都不管不顾?"

宋红琳突然提高声气,看来她真是有点义愤了。

胡三娃面色尴尬,讷讷道:"红琳,不是你想的那样,以后我会跟你解释的!"

宋红琳耸耸肩:"你不用跟我解释,你是总经理,我是你的下属,公司也不是我的,你应该去向你的俞萍音做出解释!"

胡三娃无奈叹口气:"好吧,不说这个了,既来之则安之,咱就点菜吃饭吧!"

"这只是简单地点菜吃饭吗,看来我上次跟你说的都白说了!"

胡三娃说什么都被她呛住,只能无奈耸耸肩,缄口不言。

宋红琳脸色缓和了一些:"好啦,我最近脾气不太好,你见谅!"

"没事,我能理解!"

"我也不是无事生非地就把你搬到这儿来吃饭,有好几层意思呢!"

胡三娃精神一振:"哦,请说说看!"

"第一,记得我上次特意跟你讲过,黄总还在世的时候时不时会过来这边吃饭,公司老总与大家一起享用用公司食用油加工制作出来的食物,这对公司品牌是一种多么大的宣传,我想你应该还没忘记我这番话吧?"

胡三娃惭愧地点头:"没忘记!"

"既然没忘记,我满心以为你会将我的话放在心里,时不时会主动邀约我来这

罪与赎
——万象惊魂记

里用餐,可是你怎么做的呢,一天到晚满世界神游,早就将这事抛到九霄云外去了!"

胡三娃满脸愧色,哑口无言。

宋红琳又一撅嘴,有点愤懑道:"我之前差不多就要以为你就是黄总复生了,还在为俞氏公司的前景庆幸呢,结果你这一下子就跟他截然区分开了,真是让我大失所望!"

胡三娃听得心里直发毛,又不免好奇道:"难道黄总对这件事很用心很积极吗?"

宋红琳眉目一肃:"那当然,黄总可比你敬业多了,对一切公司事务都很认真很投入!"

胡三娃心中一动:"难道他就没有不务正业的时候?"

宋红琳愣了愣:"什么话?作为堂堂公司老总,怎么可以不务正业呢?"

"我不是这个意思,我是说难道他就从来没有忙活过公司事务之外的事吗?当然,我指的是上班时间!"

宋红琳凝眉回想片刻:"当然肯定不是每时每刻都在忙公司的事,但是不是不务正业,每个公司员工心中都有杆秤,而不是绝对地以什么指标来衡量,总之,我这杆秤已经衡量出来,你真心不是在以公司大业为重!"

"好吧,这一点我接受你的批评,以后尽量改正,说说你的第二层意思吧!"

"第二层意思,还是公司的事,上次你不是提出一个好点子么,就是想要在公司广场上定期举行答谢晚宴,这个事,我这段时间一直在筹划操办,方案基本成型了,也跟这个饭店的王老板谈妥了,现在向你最后确认一下,你要认可,就可以开干了!"

胡三娃惊讶地望着宋红琳,半天说不出话来。

宋红琳皱皱眉头:"怎么?觉得我在胡闹吗?"

胡三娃感叹道:"红琳,你太能干了,我只是提出一个想法,自己都觉得可能难办,你居然在这么短时间里把它办成了,太不可思议了!"

宋红琳摊摊手道:"没办法呀,谁让我摊上一个游手好闲的老总,所以凡事只好自己动脑子费体力去蛮干呗!"

胡三娃感激地望着她,重重点头道:"红琳,谢谢你,你放心吧,等我忙完一件事,若还顺利,一定将全部重心转移到公司业务上来!"

二十三

　　宋红琳冷哼一声："先不扯远的，就说这件事你同意不同意吧！"
　　"同意同意，我举双手双脚同意！"
　　宋红琳咧了咧嘴，很快又变成撇嘴："好啦，既然这样，我就大干快上了，也不指望你能帮衬什么了，你爱咋地就咋地吧！"
　　"红琳你放开手脚干，公司方面有什么阻力，你跟我说，我去铲平！"
　　宋红琳自豪道："公司方面不用你操心了，我都取得大伙的支持了，董事长也很支持这个活动，只是高副总那面有点麻烦，但是他阻挡不了潮流！"
　　胡三娃一翘大拇指由衷赞叹："红琳，你真行！"
　　宋红琳冷冷一笑，不再说话。
　　胡三娃也陷入沉默，宋红琳耐不住了，白眼一翻："怎么，你不问了？"
　　"问什么？"
　　"我这好几层意思呢！"
　　"奥，还以为讲完了！"
　　"讲了几点了？"
　　"哦，两点吧！"
　　"两点就能等于几层吗？"
　　"奥，还有啊，那你快讲讲第三层意思是什么吧？"
　　"真是个木瓜脑袋，跟你说话急死人！"
　　"呵呵，最近确实有点颠三倒四，请见谅！快说吧！"
　　"上次俞萍音在广场上跟你我提到的事，你考虑得怎么样了？"
　　宋红琳毫不含糊，也不扭捏，痛痛快快就提到了这件事。
　　"什么事？"
　　"让你我谈恋爱的事！"
　　"啊！"胡三娃没想到宋红琳英姿飒爽到这样的地步，这等事，她说出来就像互致问候一样平常自然。
　　胡三娃心中好不尴尬，支支吾吾道："这个啊，这个嘛，这不是寻常小事，也不是说来就来的，还是顺其自然比较好哈！"

罪 与 赎
——万象惊魂记

熟料宋红琳却神情一松："嗯，我知道你的态度了，你没有改变对俞萍音的心意，这我就放心了！"

胡三娃错愕地望着她。

宋红琳幽幽一笑："虽然老实说，我不讨厌你，但是我更希望你和俞萍音结合，我知道她内心的痛苦，她对黄总的眷念让她生不如死，我想，这世界上，应该只有你能够拯救她了，而且我也看出了这点希望，她最近的言行表现，让我明显感觉她对你有了好感，或者甚至说喜欢上你了也不为过，但是这种喜欢可能源于一种想用你替代黄总的心理，因为你跟黄总确实太像了，如果真是这样，我希望你也不要介意，毕竟，能让俞萍音喜欢上，那得是多大的幸福啊，那么点小的委屈，就根本不值一提了，你说是吧！"

她根本不容胡三娃发表感慨，将她的心声说个痛快。

胡三娃心中百感交集、五味杂陈，呆呆地望着她，一句话也说不出来。

宋红琳看他不表态，有点不满了："怎么着？难道不是我所想的那样，你不愿受这种委屈？"

胡三娃缓缓摇头："那倒不是，我只是觉得你说得有点玄幻，董事长对黄总那么深沉的爱恋，怎么可能转移到我的身上呢？"

"这点你不用质疑，我刚才也已经说了，因为你跟黄总确实是太像了，也许她真是精神恍惚当中把你当黄总了，而且这种心理根源的可能性比较大，但我郑重请求你，假如她果真是因为这一点而爱上了你，也请你不要介意，而要假装毫不知情地接受她的感情，就当是一段旷古绝今的新的恋情诞生了！"

胡三娃不知道心里是什么滋味，有一种难以言说的欣喜，又有一种漫布心胸的苦涩，脑子里闹哄哄乱纷纷的，一时间很难形成一种决断。

宋红琳执着地望着他，眼神坚毅，等着他表态。

"我也说不上是什么感觉，总体来讲，我还是蛮高兴的，但又怕自己跟黄总差得太远，会承受不起俞萍音的感情，会让她大失所望，如果是那样的话，还不如从来不要开始，免得她在失落之痛的基础上再加一层失望之苦！"

"关键看你对她的喜爱到什么程度，只要你对她的爱也像黄总那么深沉，那么

二十三

你的心意和能量就能同等程度的释放，爱就是一个炽热的熔炉，可以融化一切，可以抹杀一切，当一个人被火热的爱情融化的时候，她是无视思想能够看到的一切的！所以你不要管你和黄总到底实际上有什么区别，你就只管扪心自问你会有黄总那么热爱俞萍音吗？"

"我想在这一点上，我跟黄总比是有过之而无不及的！"

宋红琳欣然点头，转瞬又面色一沉："不过男子汉大丈夫，可不能光说不练，嘴上说得震天价响，不如脚下趟出一步，依照你现在对俞萍音的态度看来，我可是一点也看不出丝毫真心！"

"我也想拿出点实际行动，但你也看见她对我的态度了，冷得像冰一样，拒人于千里之外，根本就不容我有机会靠近她，我也是无计可施啊！"

宋红琳冷冷一笑："俞萍音那么高贵的人，当然会很傲气，即便她动心了，也不会形之于色的，难道你还指望她会投怀送抱吗？所以你得主动进攻，展开高压态势，逼得她无路可逃，不得不面对你时，也就顺势乖乖就范了！"

胡三娃摇头苦笑："我看这样有点不妥，这有点强人所难的意思了嘛！她本来就心乱如麻了，我哪能再去给她添乱嘛！"

宋红琳抿着嘴唇，连着冷笑几声，满眼讥讽之色，一言不发。

胡三娃被她看得有点发毛，只好也灰溜溜地笑着，不知道说什么。

好一会儿，宋红琳突然道："好啊，你的俞萍音现在心乱如麻，容不得你去打扰她，那你就把她晾在一边吧，等着她和别的男人郎情妾意、喜结连理、心情大好之后，你再去打扰她吧，那会肯定一点乱子都添不了啦！我看这样的日子不远了！你就耐心等候吧！"

胡三娃听她语带玄机，心中一紧："你这话什么意思？"

宋红琳油然笑道："什么意思？好，你这问题问得好，问得妙，问出了我今天请你吃饭的最后一层意思！"

她霍然起身："走吧，跟我来吧！"

胡三娃惊诧道："不是要吃饭吗？还没吃饭就走啊？"

宋红琳奚落道："我先带你去看看，一会儿你要还吃得下饭的话，你就回来吃吧！

罪与赎
——万象惊魂记

我保证请客！"

说完，她转身就走，穿过越来越热闹的饭堂，在众人恭送的目光下，昂首挺胸地走着。

胡三娃心怀忐忑地跟着她来到了那条可以通往后厨小桌的岔道口。

胡三娃本以为她要领他出饭店看什么热闹，熟料她在岔道口一拧身，竟往后厨方向走去。

这里边能有什么热闹可看呢？而且还被她渲染得好像立刻就会波涛汹涌似的。

胡三娃带着万分的狐疑，惴惴不安地跟着走到了岔道的出口处，两颗高大假树端立在道路两旁，垂下的假枝假叶假模假式地拂荡着，形成一道虚虚实实的门帘，变化多端地开合着，张弛有度地揭露着同时被它遮掩在里边的风情。

宋红琳转过身来，侧立路旁，朝胡三娃做个噤声的手势，示意他向前。

胡三娃大感诧异，下意识地屏住呼吸，快走几步靠近过去，迫不及待地透过路口的枝叶望了过去。

这一眼，果然令他大吃一惊，差点叫出声来，幸亏捂嘴巴捂得及时。

但见那张特立独行的小小餐桌旁，相对而坐着两个人，一个是俞萍音，另一个竟然是周向明。

两人在一块吃饭倒也没什么，最冲击胡三娃心灵的是，此刻俞萍音脸上笑颜如花，那种一贯沉积在她眉梢眼角的忧伤似乎一瞬间荡然无存。胡三娃和她相识相处这么久以来，还从来没见过她如此欢快的一面。即便偶有心情舒缓的时候，也只见过她淡淡一笑，即便再有想象力，也很难把眼前这个春光明媚的俞萍音和既往那个愁云惨雾的俞萍音关联在一块。

两人亲切交谈着，俞萍音言笑晏晏，周向明也似乎甜言蜜语。

只是隔着一定距离，两人说话声音又似乎故意压低，所以听不清她们说的什么。但从她们柔情蜜意的神色上，说的什么也就不言自明了。

胡三娃的心如被棒槌狠狠打了一闷棍，瞬间沉到了谷底，谷底又是遍地寒霜，他的心胸中冰凉一片。

他眼前一阵黑蒙，几欲晕厥过去，几时被宋红琳搀扶着走出饭店大门，他都弄

二十三

不清楚了。在他睁眼时，已经在饭店外边的一把等位的靠椅上斜倚着。

宋红琳就站在他旁边："我看你软绵绵地实在走不动了，就让你躺在椅子上休息会！"

胡三娃静静点头，一言不发。

他实在是不知道说什么了，只觉得内心中悲凉如水。此前那一瞬间还有过火冒三丈，马上就被深沉的悲哀浇灭了。悲哀感和凄酸感越涨越高，很快形成凶恶的狂潮，瞬间横扫了一切其它情绪，只是觉得悲不自禁，难以呼吸。

他倒不是为自己的爱情悲苦，而是为黄二愣的爱情悲哀。

理论上讲，黄二愣已经死了，俞萍音在爱情上拥有一切权利和无限自由。

但实际上呢，他费心巴哈地查案找真相，名义上是要惩恶扬善，实际上，那不都是为了拯救俞萍音沉痛的心灵。

现在，貌似她已经不沉痛了，他是不是算是拯救成功了呢？

他不由得神经质般哈哈大笑了数声。

宋红琳错愕地望他一眼，手抚在他肩上，安慰道："你也不用太难过，或许他们还只是初级阶段，是男子汉就振作起来，勇敢地去夺回属于自己的爱情！"

胡三娃哈哈苦笑道："抢夺回来的爱情，那还能叫爱情吗？既然人家有新的选择，那是人家的权利，我们没有理由横加干涉！"

顿了顿，他又强笑道："再说，我们做这么多无非就是想要她振作起来，摆脱悲伤，重新投入生活，现在她做到了，我们的使命也就完成了！我们应该高兴才对啊！"

宋红琳却鄙夷地一声冷笑，当头棒喝道："胡三娃，你就别自欺欺人了，爱是需要勇敢的，爱的果实是需要努力付出、用心浇灌的！你要是这样还从未努力过就轻言放弃，我会永远鄙视你，一辈子瞧不起你！"

胡三娃想着她的话，悲伤的心逐渐收起，突然意识到什么："对了，你是什么时候知道他们在交往的？还有，他们今天在这里约见，你又是怎么知道的？"

宋红琳神秘一笑："我不久之前才知道的，也是听闻的消息，据说他们的介绍人是一个叫舒婉雯的艺校生，和俞萍音和周向明都很熟，关系都很好！至于怎么知道他们今天在这里约见，这个不难，因为他们约会吃饭都在这个饭店，一个月总得

罪与赎
——万象惊魂记

来几回,我已经摸清他们的规律了!"

胡三娃听说舒婉雯是俞萍音和周向明的月老,不知道咋的,心中猛然一抖,他也搞不明白自己为何会为被这一点而触动神经,似乎这一事件蕴含着什么特别的含义,又似乎普普通通、平平常常,无非就是一起热心做媒事件。

但他神经的触须一旦抖动,没有特别的拉力就很难再平顺回来,他突然涌起了要立刻去找舒婉雯的冲动,对,这件事情必须找她问个清楚明白,她给俞萍音和周向明做媒到底是何居心?而且,上次调查她时,她并没有老实交代这件事情,并且在谈到与周向明的关系时讳莫如深,这其中一定有什么猫腻,绝不能等闲视之。

他再也按捺不住,身心中突然又涌起一股奋发向前的力量来,他自椅子上一跃而起,把伫立一旁正在给他加油打气的宋红琳也吓一哆嗦。

他对宋红琳淡然一笑:"红琳,你先回去吧,我去忙点事再回去!"

宋红琳呆愣愣地望着他,扑闪几下黑亮的睫毛:"胡总,这事只能智取,不能蛮干,你这会进去揍那臭小子一顿,只会把事情弄糟!"

"放心吧!我还不是一介莽夫,不会做那不济的事!我有别的事情要处理!"

"哦,跟这件事没关系?"

"谈不上有多大关系,但可以说是从这件事启发的,好啦,以后有机会再跟你解释,我得走啦!"

说完,他就已经转身铿然走掉了。

他从来没有这么强烈地想要快速见到舒婉雯,似乎胸中奔涌着的一腔激情只有通过向舒婉雯进行质问和倾诉才能得以舒缓。

他这阵子迷迷糊糊、凌凌乱乱的,已经记不起这天是不是舒婉雯的接客日,所以他干脆打车先奔星光天际夜总会,在那个包房询问服务生弄清楚这天是她的休息日,他又返回地面,打车直奔周向明和舒婉雯的租住地。

幸运的是,舒婉雯就在房间,当她开门看到胡三娃时,脸上先是晃过一阵意味难明的复杂表情,然后就黛眉紧蹙,恢复她一贯的那种高冷神色,干脆利落道:"老娘今天不提供服务,请回吧!"

"我不要服务,有些事咨询!"

二十三

"老娘不提供咨询业务,请回吧!"

"还是上次调查的事情,你不是说要尽一个公民的义务么?"

"上次我该说的都跟你说完了,其他的无可奉告!"

"不,你隐瞒了很重要的事情!"胡三娃直截了当地说,既然舒婉雯喜欢痛快说话,那他就干脆针尖对麦芒了,或许切中了她的谈话风格,更能挑起她的斗志。

"什么重要的事情?"

"你是不是介绍周向明给俞萍音做男朋友?"

果然,舒婉雯沉默了,她眉头跳跃了一下,眼神微不可察地晃动了一下,一时间有点愣神。

胡三娃乘胜追击:"怎么着,没话说了吧?"

舒婉雯被激怒了,冷笑道:"这有什么没话说的,我就是介绍他们认识了,关你什么事!"

"那在上次调查时你怎么不说?"

"你也没问这个啊!"

"我不是问你还有什么特别的需要讲的么?"

"我没觉得这有什么特别啊!"

"好吧,那我问你,你为什么要介绍他们认识?"

"这话问得好生奇怪,男未娶、女未嫁,为啥不能给他们牵个线!"

"周向明可是有妻子的!"

"植物人还能当妻子吗?"

"好吧,就算你要帮助周向明,为什么非得介绍俞萍音给他做女友?"

"其一,俞萍音单身,长得又漂亮,是周向明喜欢的类型,其二,我刚好认识他们俩,其三,周向明的前妻是被俞伟民害死的,父债子还,她要是能嫁给周向明,也算是一种补偿,其四,更何况,俞萍音也喜欢周向明,这么多因素凑一块,我能不介绍他们俩认识吗?"

"俞萍音喜欢周向明?你从哪里看出这点来?"

"我就知道你重点在这里!怎么,难道你吃醋了?"

罪与赎
——万象惊魂记

"请直接回答我的问题！"

"这种弱智的问题我不想回答！"

"请必须回答！"

舒婉雯吃惊地看着眼前这个毛发都快炸起来的胡三娃，突然长长地叹了口气："胡总，你没有必要找我兴师问罪，我只是尽到一个公民的社会责任感，希望能够撮合一段美好姻缘，我介绍他们认识的时候，还没有你呢，我没法预先判断若干年后会出现一个你，而且你会喜欢上俞萍音！"

胡三娃心中一动："这么说，你介绍他们认识已经很久了？"

"很久很久了！"

"具体什么时候？"

"你们公司的杀人食品杀害了我们的亲人之后！"

"在黄二愣进入俞氏公司之前？"

"这个我不了解，我不知道他什么时候进入你们公司的！"

"黄二愣有没有找你质问过这事？"

"他比你温和！"

"好吧，他跟你咨询过这事？"

"是的！"

"你怎么回答的？"

"就是刚才那样回答的！"

"他认可了？"

"不然呢？"

"好吧，如此看来，虽然你给他们牵线搭桥了，但俞萍音其实并没有和周向明谈恋爱？"

"这个你自己去推论吧，不要问我！"

"既然你是介绍人，难道周向明没跟你交流过他和俞萍音的事吗？"

"我只负责引见，不负责评估！"

"我今天撞见周向明和俞萍音一块在素林饭店吃饭了！"

二十三

"除了同情,我无话可说!"

"黄二愣也是因为撞见他们在一块吃饭后来找你的吗?"

"黄二愣没你话多,所以我不知道!"

胡三娃苦笑了一下,兀自不甘:"你还有什么特别的事要告诉我的吗?"

"没有了!"

"能再聊聊别的么?"

"你可以走了!"

然后,舒婉雯抱歉地耸耸肩膀,冷峻的俏脸上释放一个不伦不类的灿烂微笑,就将门霍然关住了。

胡三娃望着森然的门板好一阵苦笑,实在是拿这个泼辣的舒婉雯没有办法了,只好对着虚空中的自己无奈地摊摊手,转身走掉了。

他从杂乱的村中窄巷穿越出来,来到马路边上,这里是郊野所在,偏离了村民居住区,还没抵达城区地带,村头的繁杂和城区的繁华都没沾上,反而是一片难得的幽静地带,他觉得脑子茫然、心中纷乱,就干脆心事重重地沿着马路边上逛荡起来。

此番冲动地来找舒婉雯也并非毫无收获,至少他知道了周向明和俞萍音早在黄二愣之前就认识了,既然黄二愣后来成了俞萍音的男朋友,说明周向明并未和俞萍音谈恋爱。

当然,在黄二愣死后,俞萍音万念俱灰之下,被早已存在认识基础的周向明打开了心扉,也不是不可能,至少从今天他们郎情妾意的表现来看,绝对不是妄加揣测。

那自己呢,自己的存在呢?难道自己的存在一点也没有像当初的黄二愣那样阻断了她和周向明的可能性吗?

由此看来,自己真的是太可笑了,太自作多情了!一厢情愿地以为自己多少已经影响了俞萍音的寸许芳心,谁知道俞萍音完全只是把他当做一个战友,一名伙伴,一旦需要感情慰藉了,区区一个周向明勾勾手指头就将他打败了!

胡三娃一会儿觉得周向明也许还和之前一样只是俞萍音的普通朋友,一会又觉得俞萍音在黄二愣死后情感无依已经向周向明投怀送抱。

他的心也就在这样颠三倒四的臆想中生拉硬拽地跳弹着,一会儿臻至云巅,一

罪与赎
——万象惊魂记

会儿沉至谷底,一会儿老怀大慰,一会儿痛不欲生,那种撕扯的滋味,当真苦不堪言。

就在这样昏昏沉沉、忘乎所以的时候,突然从前边的暗影中传来一声暴喝,然后蓦然跳出来几个阴影,胡三娃心中咯噔一跳,茫然间回过神来,大惊失色之下,转身想奔逃。但是已然来不及了,那几个阴影如奔雷般扑至,顿时一阵棍棒如暴风骤雨般疯狂猛击在自己的头上、肩上、背上、腰上、腿上,他疼得撕心裂肺地一声惨叫,脑子一阵天旋地转,脑海中的意识像决堤的大坝一般一泻千里,很快沉入了无边的昏暗和蛮荒之中,不过,在最后残存的意识中,他又恍惚间听到了另外一片呼喊声,就像来自远山的呼唤,随着这片呼喊声响起,他感觉落在他身上的枪林弹雨也瞬间消失了,如同什么幽灵一哄而至又一哄而散一般,不过,也许是因为他的意识彻底崩溃了,再也感知不到那些社会妖孽在他孱弱身体上敲骨吸髓般的残暴打击和恶毒摧残,总之,他弥留之际,终于觉得自己要和这个社会诀别了,他有一丝恐慌,也有几许欣慰,后来,他就什么感想都没有了……

二十四

罪与赎
——万象惊魂记

眨眼之间，几度风雨、几度春秋，待他再次悠悠醒转的时候，他脑子里还有点残存的过去的回忆，所以当阳光在眼皮上跳跃，眼前有着分明的世界的时候，他甚至没有闹清楚自己到底是在阴曹地府还是普罗大地。

只是随着耳边一声惊喜的呼叫，然后自己不知道悬挂在哪里的手上蓦然传来一阵彻骨的温暖和热度，他才逐渐找回点感觉来。

随着这一热切的呼唤声，他好奇地扭过头来，向声音之源看过去，这冷不丁一看，他的心猛跳了一下，躺着的身子剧烈地跳弹了一下，若不是一阵生理的剧痛拉扯住了他的身子，他非得把它震下床板不可。

不过，这一身心的巨震，倒是着着实实将他的意识拉回到了人间。

没错，他看到的是俞萍音，光是看到她其实倒不会造成这么大的震撼感，之前他受伤醒来的时候又不是没看见过她，关键的关键是，此时此刻此情此景，他那只粗糙大手感受到的热情和温度，却正是来自她那双温婉动人的柔夷妙手。

意识至此，瞬间如五雷轰心、气贯魂灵。

俞萍音竟然柔情款款地握着他的手温情地抚摸着，虽然也许她只是一时情急、一时兴起，但无论如何，这是胡三娃人生中最值得纪念的日子，足以为此事件竖立一块伟大的丰碑！

他默然凝望俞萍音片刻，咧开大嘴无声地笑了。

俞萍音愣了愣神后，也莞尔一笑。

他们就这样默默对望了好一会儿，令胡三娃心肝胆胆仍然兀自微颤不已的是，在

二十四

这样彼此都已经恢复镇定状态的时段里，俞萍音依然没有松开拽住他的手，而且似乎越握越紧……

默默用眼神交流着来自彼此内心深处的问候和惦念，终于安抚住了心胸腹中那股荡气回肠的情感激流。

胡三娃对俞萍音调皮地眨眨眼，歪转脑袋，瞅了瞅四周的环境，弄清楚自己身在医院，他暗自试探了一下嗓子，确认自己能够用正常声调说话了，便对俞萍音微笑着说："董事长，是你救了我吗？"

俞萍音面色略显凝重："不是！"

"那是谁救了我呢？"

俞萍音秀目中漫上迷茫之意："据辛警官他们说，是几个神秘的热心人士救了你，我也没搞明白他话中的含义，我想对那几个好心人表达谢意，也没找着！"

胡三娃想了想道："已经过去几天了？"

俞萍音忧郁地看他一眼："你已经昏睡三天了！"

胡三娃望着佳人忧郁神情后的憔悴神色，心疼不已："董事长，抱歉，让你跟着受苦了！"

俞萍音摇摇头："我也没什么苦的，也不是我一个人陪着你，有的是人关心你呢！"

"奥，还有谁啊？"

俞萍音神色复杂地笑了笑，以少有的调侃语气道："你可不知道你现在是个香饽饽呢，你的那位嫂子齐曼华啊，你的干妈干爸啊，还有舒婉斐舒婉雯啊，甚至谢云在、宋菲婷那对冷面夫妇，都争着抢着要服侍你呢！以后看来我的操心都是多余的了！"

胡三娃下意识地紧握了一下俞萍音的手，似乎以此表明他心中的坚定情态，同时，她话中的一个细节也把他狠狠抓住了，惊奇道："舒婉雯也来过？"

俞萍音幽幽地望他一眼："是啊，看来你对她是否到来很在意哦！"

胡三娃听她语带醋意，不由心中一急，本想辩白一番，蓦然脑子里浮现她和周向明郎情妾意的场景，心中也顿时醋意翻腾起来，干脆阴阳怪气道："我对周向明

罪 与 赎
——万象惊魂记

是否来过也很在意呢！"

俞萍音不解地望着他，秀目里烟云弥漫起来，似在等着他进一步解释。

胡三娃心中苦涩，装作漫不经心的样子道："如果他来了，看到你在陪护我，心中会很难受吧！"

俞萍音茫然地眨眨眼："他为什么要难受呢？"

胡三娃看她一脸无辜的神色，也茫然了，还是我行我素道："我不希望我的存在会破坏你们之间的感情！"

俞萍音错愕地张开樱桃小嘴，好一会儿才说："胡大哥，你是不是误会了，我和他有什么感情可破坏的？"

胡三娃诧异道："难道不是舒婉雯要介绍他做你的男朋友，你后来接受了？"

"啊！"俞萍音惊呼一声，立刻绷着俏脸苦笑道："胡大哥，你怎么能这么胡乱理解呢，我跟周向明只不过是普通朋友，有时间了，聚一块聊聊天，我挺欣赏他对他妻子始终不渝的情感，另外，毕竟是我爸公司生产的产品害了人家的妻子，我对他也存有一种愧疚之心，要说情感，可能就是这种情感了，怎么也不是你想象的那样！"

胡三娃呆愣愣地听完，心中的纠结已大为缓解，甚至已开始泛出喜气，但还是惊疑不定："那怎么舒婉雯说她是要介绍周向明做你的男朋友，你也没有推拒！"

俞萍音摇头苦笑道："哪有的事，她只是说觉得周向明守着一个植物人妻子很可怜，就引见我们认识，让我有时间就陪他聊聊天说说话，安慰安慰他，我也确实觉得他可怜，而且又是我爸的公司害了他，毕竟心存愧疚，所以就答应了，仅此而已！"

看她一脸郑重其事的样子，胡三娃心中的疙瘩完全解开了，洋洋喜气也从四肢百骸中油然而生，将他的心重重包裹起来，但他终究还是没有被喜悦冲昏头脑，他在兴奋之余保持了一份冷静，他在想，舒婉雯为什么要说谎呢？进一步想，舒婉雯当初为什么要介绍周向明和俞萍音认识呢？她自己在风月场中忙于生计尚且应接不暇，居然还有闲心关心起周向明的心情？如果真是这样，至少也能说明她和周向明的关系绝对不像她说的那样简单。

二十四

俞萍音看他一副心事重重的样子,轻轻眨动一双秀丽的眼珠:"怎么,胡大哥你不相信我的话吗?"

胡三娃忙不迭摇头:"不是不是,我只是在好奇舒婉雯为什么跟我说周向明和你在谈恋爱?她是出于什么目的呢?"

俞萍音皱着眉头略作思忖道:"我觉得她可能有个这样的动机!"

"什么?"

俞萍音黛眉微蹙,犹疑片刻道:"她可能对你有了好感,想转移你的注意力到她身上!"

胡三娃"啊"地惊呼一声,立刻摇头不止:"这个不可能,她那样傲慢自负,高不可攀,把自己整得像个天仙女一样,别说我了,就是一般的神仙也入不了她的法眼啊!"

顿了顿,马上又道:"再说,我这才认识她几天,也不具备这个基础啊!"

俞萍音略作沉默后,微苦一笑:"二愣哥已经替你打下了这个基础!"

胡三娃错愕不已:"什么意思?舒婉雯对黄总也产生过感情?"

俞萍音默然笑笑:"是的,二愣哥太完美了,没人能抵挡得住他的魅力!"

少顷,她又说:"当然,他也很有定力,在美色面前都——把持住了!嘿!"

她竟调皮地挤眉弄眼做个鬼脸。

这还是她第一次在胡三娃面前表现出少女天真烂漫、俏皮可爱的一面。看来,她随着黄二愣的死亡而陷入绝境的一切生命元素确实在逐渐复苏了。胡三娃心中感到无比欣慰,也漫溢出一种深深的自豪,因为这一切,都可以说是他用他自己的生命和鲜血换来的!

胡三娃心中柔情四起,和俞萍音四目相对,他已然能看出她眼中闪烁的温情,虽然很可能这种温情的注册商标是"黄二愣牌",但正如宋红琳所言,无论如何,自己毕竟是这种商标的载体。

他不由得紧握一下她的手,也能感觉出她回握的力度增加了。

她突然想起什么,轻声道:"对了,辛警官让我在你醒来的第一时间告诉他,说是便于他们查案,你现在能行么?要不要缓一缓再说?"

罪与赎
——万象惊魂记

"不碍事,叫他们来吧!"

俞萍音便站起来打电话,他们的手终于分开了。这一分开,就不知道啥时候能再拉起来,胡三娃心中不无遗憾地想着,眉梢眼角泛溢出苦涩的笑意。

俞萍音打过电话后,不到二十分钟,辛正刚和李再芬就风风火火地走进病房来了。

辛正刚和俞萍音打过招呼后,一屁股坐在床头椅子上,拽过胡三娃的手使劲摇着,嘴里咋咋呼呼:"小胡兄,怎么样?贵体安康?"

胡三娃先向一脸关切之情凝望着他的李再芬做个鬼脸以示回应,李再芬则向他默契地耸下鼻子瞪下眼以示问候,这已经成了他们每次见面时的招牌式问候动作。

胡三娃微微一笑:"谢谢辛警官挂念,我别的什么都不行,就这幅躯体好像还挺能耐受摧残的,一时半会看来是死不了啦!"

辛正刚竖起大拇指赞道:"要说小胡兄,先不说别的,就你这心态,我就佩服得五体投地,要别人经历这样的灾难,早就吓破胆了,哪里还能像你这样谈笑风生的!"

胡三娃油然一笑:"没办法啊,别人有受惊吓的资格,有知难而退的权利,我不行啊,我要降妖除魔,要上西天取经,要是没有个三灾五难的,感觉都对不起我这份使命呢!"

旁听的几个人面面相觑,咧嘴笑了。

辛正刚重重地拍一下他的肩膀,叹口气道:"小胡兄你受苦了,也是怪我们,没把社会治安治理好,导致暴徒横行!"

胡三娃淡淡摇头:"不是暴徒横行,是妖孽横行,而降妖除魔,靠的是道法,你们警察的枪杆子已经不管用了,要靠孙悟空的金箍棒呢!"

辛正刚听他话里有话,细品之下,朗笑道:"哈,小胡兄,你的见识的确非同寻常,没想到你能认识到这个高度,不过,貌似你还是在转弯抹角骂我们警察不作为呢,这我可得跟你伸冤叫屈了!"

胡三娃笑道:"我可没这意思,不过我倒真想听你喊喊冤呢!"

辛正刚正色道:"别的不提,就说你这先后三次遭殴打入院的事吧,哪次我们

二十四

接到报警后不是第一时间迅速赶到，一是保护你的人身安全，二是立即展开案件侦查工作，可惜的是，前两次你这个当事人可是没有好好地配合我们，提供真实准确的案情信息，导致我们的案件侦查也并不顺利，希望这一次你可要积极配合我们，将你掌握的情况毫无遗漏毫无隐瞒地告诉我们！"

胡三娃皱起眉头听完，大呼不满："你这叫喊冤啊？你这叫造谣呢！我哪次没有好好配合你们？别屙不出屎来怪茅坑哦！"

辛正刚做出一个淡定的手势，戏谑地笑道："好啦，别总像个小刺猬一样一惊一乍的，闲话不扯了，就跟我们详细讲讲你这次受伤的经过吧！"

李再芬早已打开了记录本，严阵以待地等着记下他声泪俱下的倾诉。

胡三娃淡淡一笑："很简单，我夜里在马路上走着，路边暗影里突然冲出来一群人，不分青红皂白给我一顿爆揍，我就晕过去了，醒来后已经躺在这里，对了，我是刚刚才醒！"

他不想让他们知道他是去找完舒婉雯回家的路上被暴徒毒打了，尤其是当着俞萍音的面。

"完了？"辛正刚皱着眉头问。

"完了！"胡三娃镇定自若地回答。

辛正刚神情一肃："小胡兄，刚怎么提醒你的来着，希望你要对自己负责！"

"我知道啊，但是关于这件事，我知道的真的就只有这么多呢！"胡三娃委屈地叫道。

顿了顿，他又反客为主："对了，我还想问问你们呢，你们是怎么知道我又被打了？是谁报的警？"

辛正刚恼火道："先别岔开话题，先回答我们的问题！"

"我已经回答完了呢！"

辛正刚浓眉紧锁，默默凝望着他，两眼射出凌厉的光芒，直看得胡三娃心里一阵阵发毛的时候，他才朗然道："小胡兄，难道你觉得在你这段千难万险的调查过程中，真的完全不需要我们警察的介入么？"

胡三娃破译不出他话中的含义，只好含糊其辞道："当然不是，人民警察保护

罪与赎
——万象惊魂记

人民,这是你们的职责,也是我们的权利嘛,别说只是调查过程了,任何时刻,我也离不开你们的保护啊!"

"别说这些用不着的,咱们快人快语吧,关于你这次被殴打事件,还有什么要跟我们讲的么?"

"没有了!"

"你是不是去见了舒婉雯?"

"啊!"

"是不是?"

"是的!"

"是在见过她回来的路上被打的吧?"

"是的!"

"这么关键的信息为什么不讲?"

"你们也没问啊?"

"这还需要问吗?"

"好吧,既然你们知道了,为什么还要我回答?"

"我们知道了和从你嘴里说出来,这是截然不同的两码事!"

"奥,好吧!"

"为什么不讲这个,你有什么顾虑吗?"

"没什么顾虑,只是觉得无关紧要!"

"难道你觉得你去见舒婉雯和挨打没有关系吗?"

"难道有关系吗?"

"你知道我们是怎么知道你是在去见过舒婉雯回来路上挨的打吗?"

"怎么知道的?"

"因为当年黄二愣也是在去见过舒婉雯回来路上挨的打!"

"啊!"

"知道问题的严重性了吧!"

"其实没什么!"

二十四

　　胡三娃想起了齐曼华和俞萍音曾经都就此警示过他，只是他当时很难相信世事真的会重新上演，现在既然已经顺应了这个魔咒，想想也就硬着头皮让心态释然了。

　　"你还能这么镇定自若？"辛正刚都有点瞠目结舌了。

　　"这也说明不了什么啊！"

　　"说明你在——重演黄二愣的人生轨迹，而他人生轨迹的终点是……不用我多说了吧！"

　　辛正刚下意识地瞅一眼俞萍音，打住了话头。

　　胡三娃心中悚然，故作淡然道："你们不用担心这个，你们就只管好好破案，把凶手绳之以法即可！"

　　"我们破案需要你的全力配合，而你竟然连这么重要的信息都讳莫如深！"

　　"你们不是都已经知道了么？"

　　"再说一遍，我们知道和从你嘴里说出来是完全不同的两码事！"

　　"好吧！"

　　"再说，我们知道也只是从当年黄二愣的经历中做出的推断，我们总不能凭推断办案吧！"

　　"好啦，我知道了！"

　　"好，关于此案，你还有什么需要跟我们讲的么？"

　　"没啦！"

　　"你……你……"辛正刚气得嘴唇直哆嗦。

　　"这下真没啦！"胡三娃一脸无奈。

　　"黄二愣可比你痛快多了，哪有你这么磨磨叽叽的！"

　　"我这不叫磨叽，叫有分寸！"

　　"好，等你哪一天头寸都没有了，看你的分寸往哪里放！"

　　辛正刚气恼至极，说话也没分寸了。

　　胡三娃皱着眉头闷闷不乐地瞪他一眼。

　　辛正刚略作思忖："好啦，我说话有点过了，你别介意！但是还是请你再仔细回想一下，整个过程中还有什么特别之处没有，包括被打过程中的一些细节！"

罪与赎
——万象惊魂记

听他这么一点拨，胡三娃心中蓦然一动，他想起当时被打得死去活来弥留之际，那耳畔突然传来的异样的呼喊，然后迷迷糊糊中感觉殴打自己的那伙暴徒似乎闻声而动，迅疾溃逃。

不过那只是沉入昏睡之前的一点模糊幻象，是否真切还不好说，既然警察要穷根究底，那就告诉他们也无妨。

他便把这一亦真亦幻的细节描绘给了两位警察知晓。

辛正刚一边听一边颔首，听完后，他眉毛一扬，猛然一拍胡三娃的胳膊道："这就对了，小胡兄，这就是我们想要了解的重要信息嘛，这跟我们侦查到的情况基本吻合！"

胡三娃惊诧地望着他："什么情况吻合了？"

辛正刚下意识地望一眼病室门，看门关得严严实实的，就压低声音道："小胡兄，这个情况告诉你也无妨，你听了，也可以供你今后行动做参考，你知道吗，这次要不是另一个黑帮团伙出手救你，你小命十有八九是保不住了！"

"啊！"胡三娃大惊失色地望着他。

"殴打你的那伙暴徒其实是想要你的命，绝不仅仅是教训你那么简单，但是在他们快要得逞的时候，另一伙'侠士'突然半地里杀将出来，将他们赶跑了，待我们赶过去，那伙'侠士'也已经跑掉了，而你则被送到医院里来了！"

胡三娃听得目瞪口呆，好半天回不过神来。

辛正刚沉声道："这下你该知道问题的复杂性了吧！"

胡三娃神情凝重地点点头，又想到了一个细节："对了，既然救我命的是一伙除暴安良的侠客义士，你为什么刚才还称他们为黑帮团伙呢？"

辛正刚眉头紧锁、神情严肃如冰："所以这就是整个案情当中最不可思议也最令人感觉凶险的一面，跟这个比起来，那伙暴徒要打死你都不算个什么事了！"

"啊！"胡三娃不满地呼叫一声。

辛正刚苦然一笑："小胡兄不必过于介意，我只是想要渲染一下这件事的可怕程度，现在我就告诉你吧，你知道那伙救你性命的侠士是什么人吗？"

"什么人？"

二十四

"就是此前不久曾经绑架过俞董事长的那一伙歹徒！"

"啊！"

此话不亚于平地一声惊雷，把胡三娃和俞萍音双双炸得"啊啊"连声，花容惨变。

两人四只眼睛瞪圆了望着两位警察，心神出窍，久久难归。

病房里好一阵鸦雀无声。

两位警察一直默默等候，也不再惊扰他们的惊讶之情。

终于，胡三娃颤着嗓子道："你，你们，又是怎么知道这一切的？"

辛正刚怡然自得道："别忘了，我们是警察，换一个词就是官家侦探，我们能够获取到的信息，远非你们可以想象得到的！至于具体怎么获知的，就不方便跟你讲了！"

胡三娃紧咬一下嘴唇："好，你们怎么神通广大我不管，但既然已经知道绑架我们的歹徒是谁，为什么不将他们抓起来绳之以法？"

辛正刚摇头不止："警察抓人必须铁证如山，我们目前还只是掌握线索和信息，还没有可以抓捕他们的足够证据，所以现在还拿他们没办法！"

顿了顿，他又奚笑道："再说，如果把他们抓了，那你这次可就没命了，你说该不该抓他们呢？我现在可也是糊涂得紧啊！"

胡三娃哭丧着脸望着他，无言以对。

辛正刚稍作沉默后，又提起声气道："不过，这股异动分子的存在，却不得不引起我们的严正对待，而就你个人的调查工作而言，目前为止，这可能是你和黄二愣的经历中唯一不同的地方，这一不同，到底是会让你跟黄二愣相比，结局趋好还是更坏，目前很难估量，我，当然也包括李警官，我们个人的观点是结局可能更坏，当然，这个还得你自己根据事态发展好好斟酌思量！"

天啊，比黄二愣的结局还要坏，这还能坏到哪里去，至今为止，他还当真只是做好了大不了和黄二愣一样死于非命的心理准备，没想到还有一种比黄二愣更惨的状态在悄然形成，这会是何等可怕的情状呢？这实在是即便穷尽他的想象力也难以做出的回答。

胡三娃不由得心中突突直跳，脑海里颠三倒四地想着。

罪与赎
——万象惊魂记

俞萍音也一直花容失色,错愕不已地听着,她心湖中的波涛汹涌,不身临其境是很难体会到的。

辛正刚静默地陪着他们神思恍惚了一会儿,站起身来说:"好啦,我过来想要了解的和想要传达的都已完成,就不继续打扰你们了,小胡兄,你好好思量一下我的话,有什么情况随时跟我沟通,且行且珍重吧!"

他朝李再芬招招手,率先行去。

李再芬关切地望一眼胡三娃,叮嘱道:"你现在危机四伏的,以后行动切不可莽撞,有什么情况和需要随时跟我们取得联系吧!"

话落,她也毅然转身,快速离去。

胡三娃目送她离开后,就转过头来,和俞萍音大眼瞪小眼,久久不能回归心神。

好半晌,俞萍音才提着嗓子惶惑地说:"我只想过有可能还是舒婉雯的男友争风吃醋教训你一顿,没想到会有人想打你致死,更没想过还有另外一股团伙参与进来救你了,而且还是绑架过咱俩的歹徒,这,这也太不可思议了吧!"

胡三娃略作思忖道:"当年黄总挨打的情形,是什么样的,董事长能跟我讲讲么?"

俞萍音回想了想道:"他当年挨打没这么复杂,就肯定是舒婉雯的男友想警告他不要再去找舒婉雯,派一帮小混混毒打了他一顿,也没打得昏迷不醒,那会他自己还能勉强打电话呼救呢!"

胡三娃听得心里喜怒哀乐乱成一锅粥,他比黄二愣还要更惨烈的事实真是不知道该让他高兴还是悲哀,理论上讲,这一事实意味着他跟黄二愣的境遇从小细节上看还是有差距的,那就意味着他可能会有和黄二愣不一样的命运,但现实是,他目前阶段就比黄二愣还要惨重,难道就不是在预示着他的最终结局会比黄二愣还要惨重吗?

看他沉默不语,一旁心有戚戚焉的俞萍音突然叹惋着说:"胡大哥,要不还是收手吧,太危险了,等康复出院后就老老实实呆在公司吧,别出去吃苦受罪冒险了!"

胡三娃毫不犹豫摇头道:"不行,这个绝对不可能,就是死一百次,我也要把战斗进行到底!"

二十四

俞萍音感佩地望他一眼，眼中涌起热情的神光，但她还是摇头道："我相信你的热心和勇气，但是这对你太不公平，你太无辜了，这事就还是交给我这个苟活之人来做吧，你就踏实帮我管理公司就行！你管理公司的才能已经得到大家的认可，这就是对我最大的帮助了！"

胡三娃断然摇头："董事长，这事你就别提了，我不可能退缩的，倒是你，我不知道你重走黄总当年路的行动进行到什么阶段了，如果已经走完了，就赶紧回归公司，好好经营公司吧，只需静静等候我揭开真相那一天的到来！"

俞萍音望着他，秀气的眼角已经闪耀着晶莹的泪花，她默默凝望他好一会儿，突然粲然一笑："我想，我行进的轨迹大概和你调查的轨迹已经会合了，今后咱俩便可以同进退共生死了！"

她突然冒出这么一句没头没脑且又意味深长的话，把胡三娃顿时听得错愕不已，他眼皮使劲扑闪着，全副身心地运动着，意图消化她这一句话的丰富内涵。

正在他们俩如神仙眷侣般沉浸在这丰美语言营造的境界里难以自拔的时候，病室门猛然大开，一个人风风火火地闯了进来。

两个各自心怀激荡的年轻人立刻从恍惚的神思中回过味来，相视一笑，连忙抖擞精神，迎接新境界的到来。

来人是齐曼华。

她眼神复杂地望了俞萍音一眼，匆匆走向胡三娃的病床旁："三娃兄弟，听说你已经醒了，我就赶紧过来瞧瞧，你还好吧！"

胡三娃感激地望着她，欣然笑道："嫂子放心，我的胳膊腿筋强骨壮，想让它们熄火可不那么容易，只不过是被做了一番深度按摩，过些日子就完好如初了！"

齐曼华噗嗤一笑道："亏你还说笑得出来，这得受多大的罪啊，说吧，想吃些什么好吃的，嫂子立刻回家给你做去！可得好好补补身子骨！"

胡三娃看了一眼脸色趋冷的俞萍音，忙不迭摇头："不用了，嫂子工作繁忙，又要照料孩子，太累了，我这就甭操心了，有你这份心意，我已经很满足了！"

齐曼华连忙摆手："没问题，我这阵子夜班少，工作上的事不多，孩子现在也乖一些了，累不着我，我还是和萍音妹子一起来分担点吧！"

罪与赎
——万象惊魂记

说完,她就转身望着俞萍音讨好般地笑道:"萍音妹子好,还是老样子吧,你白天,我晚上,咱们轮流照顾!如何?"

俞萍音冷然一笑:"谢谢嫂子好意,不过这次真不用劳您费心费神了,因为我现在晚上也没啥事了,完全可以全天候照料他!"

齐曼华愣了愣神:"那哪行,这一天一宿地照料下去,哪受得了,咱们还是分工合作吧!"

俞萍音语气柔婉态度生硬道:"嫂子好意心领了,真的不用了,我刚已经跟他说了,我以后再也不会离开他了!肯定再不需别人照看他了!"

齐曼华眼神中闪出复杂的幽光,她望向胡三娃,似乎在向他求证什么。

胡三娃心里翻腾起情感的五彩波涛,他感到一种难以言说的复杂情怀,只能朝着齐曼华爽朗地笑说:"嗯,是的,谢谢嫂子好意,这里有她照顾我就足够了,嫂子就安心忙你自己的事吧!"

齐曼华抿一下嘴唇,讪然一笑:"也好,就让一个人专心致志照料你吧,免得换来换去的无所适从,哈!罢了,我适时再来看你!"

齐曼华走后,胡三娃和俞萍音默然相对片刻,他悠悠叹口气说:"董事长,其实你应该和她握手言和,毕竟事情已经过去这么多年,黄总都已经过世这么久了,那些陈年恨事,也都应该让它尘归尘、土归土了!"

俞萍音斜睨他一眼,幽幽道:"难道事情真的过去了吗?"

"哦?难道不是吗?"

"难道你没有看出来,她想通过你和二愣哥再续前缘吗?"

"啊!"

胡三娃脸一阵红一阵白,半晌回不过味来。

俞萍音也觉用词不妥,有点玉脸泛红,歉然一笑:"抱歉,我可能说话方式不对,但那个意思你是明白的,胡大哥,得罪之处,你多担待!"

胡三娃摇摇头:"我倒没什么,只是觉得古怪,感觉一切都透着一股古怪的味儿,包括,董事长你刚才说的,要跟我同进退共生死的话!"

俞萍音黛眉微蹙:"怎么?你不相信我的话吗?"

二十四

"那倒不是,只是觉得你的话里头透着一股特别的含义,但是我抓不住解不开!"

俞萍音眼中情思流转,沉默半晌后,幽幽道:"胡大哥,干脆告诉你一件事吧!"

"什么?"胡三娃精神一振。

"你知道我和二愣哥确定恋爱关系是在什么时候吗?"

"什么时候?"胡三娃声音微颤。

"就是在他调查舒婉雯被她男友派人毒打住院后,如果时空可以移转互换的话,也就是在今天这样的时刻和情形下!"

"啊!"胡三娃猝不及防,心里翻江倒海,脑子里一片云蒸霞蔚。

俞萍音自顾自继续幽幽道:"在今天,我向他吐露了自己的情丝,因为他的品行、才识、勇气彻底征服了我,使我知道了什么是真正的男人,我此前心里从来没有涌动过如此丰沛的情感,与此对照,跟那个官家公子的恋情简直就像小孩子过家家一样可笑,我无法控制自己心中的激情,鼓起勇气向他表白了,可喜的是,他接受了我,从此,我们成了恋人,出双入对,就等着喜结连理的那一天,我们约定了结婚的日子,我每天都在期盼着那一天,想象着憧憬着我们婚后的美好幸福生活,唉,可惜竹篮打水一场空,最终却是那样的结局!"

她说着这番话,由于心胸中被激荡出了悠远的情怀,丰美的酥胸兀自起伏不定,香息粗重,久久难平。

胡三娃心里像被打翻了五味瓶,叹惋地戏说道:"那你刚才那番说要同进退共生死的话,是对那时的他说的,还是对现在的我说的呢?"

俞萍音神情一呆,恍惚地望着他,一时不知如何作答。

胡三娃失望道:"好啦,不难为你啦,我知道什么意思就可以了!董事长,你这样日夜守护确实够累的,我现在也没啥事,要不你还是回去休息吧!"

俞萍音神情一凛:"不,无论如何,我刚才的话是当真的,从现在开始,我不会离开你了,包括接下来的查案,我们的轨迹原来是分开的,现在也应该融汇在一起了!当年,二愣哥也就是在这一天以后,带着我一起同呼吸共命运了!"

胡三娃心胸中诸多情怀一齐躁动,不由得直视着前面的虚空诡秘地一笑,那笑

罪与赎
——万象惊魂记

中的含义，或许只有幽邃空间中的神灵能够解读丝毫了！

此后的几天，俞萍音果然信守对他的承诺，日夜守护着他，贴身伺候着他，好在这是个贵宾单间病房，休息条件足够，旁边有一张陪护的小床，到夜里，待他酣然入睡后，她就和衣而卧在小床上，一边想着心事，静静入睡。

胡三娃做梦也没想到自己今生居然能够有机会和俞萍音同居一室，即便是在医院的病房，他内心的满足感也已经山高海深了。

他这次挨打虽然猛烈，但伤情反而没有前两次严重，看样子暴徒的目的确实是想把他直接打死，而不是把他打残，所以目标明确，直接照着死里打，结果因为横生意外，导致目标没有得逞，反而给了胡三娃一个不死不伤的相对美好状态，使他幸免于死的同时也幸免于难！

经刘大夫等医师评估，其实他已经可以出院了，但俞萍音对他表现出了格外的关心，强烈要求他再住院调养康复一段时间，直至彻底恢复了身体健康才能出院。

胡三娃其实隐隐能够懂得她的心理，经过辛正刚的一番危言耸听，她已经对外边的世界充满了恐惧感，把医院当成了安全部，有种得过且过、能让胡三娃安全几天便算几天的消极心态在里边。

这些天里，老朋友们果然纷至沓来，齐曼华不用说了，王怀林、薛素萍夫妇来了，谢云在、宋菲婷夫妇来了，舒婉斐独自来了，周向明和舒婉雯联袂来了，公司同事中相熟的也悉数到访，宋红琳带着殷殷关切来了，秦方泰、谷玉芬、方明远、于新安等一干中层带着对老总的关怀和公司的可喜成绩来看望他了，苗英、杨蔚侠、庞嫣云、郭倩凤等一干和他共同革命过的基层员工也结伴来访，而他的阶级兄弟张合军则通过坚守岗位来向他遥致祝福，这点反而更加令他欣慰。唯有公司高层高宜和无动于衷，不知道躲在什么阴暗角落暗自酝酿阴谋诡计。

其实，这些无论来访还是未到访的新朋旧友，都给他的心灵制造了一些新鲜气象，或者是生活的感悟，或者是情感的拨动。

王怀林、薛素萍这对夫妇，给予了他这个孤儿父母般的关怀。

谢云在和宋菲婷夫妇兴高采烈地告诉他小菲儿已经正式入住他家，浓重邀请他出院后去他家做客。

二十四

舒婉斐来得很突然,他也完全没想到她还会在繁忙的学业中抽出时间来看他,她走进病室的时候,俞萍音正自然而然地拉着他的手,在聚精会神给他剪指甲。俞萍音背对着她,没有看到她的脸色突变,但是胡三娃却看了个分明,她进门时脸上只是挂着关心急切的神情,一看到屋内情景,她先是一阵错愕,继而脸上堆满了阴云,她甚至撅着娇美的小嘴,眼神中有点忿忿之色地望着俞萍音的背影。

胡三娃不解其意,但也没往心里去,连忙向她招手打招呼。俞萍音闻声扭过头去,看到是她,也像看到老朋友一般满脸绽放笑容,即刻起身去迎接她。

原来她从齐家小少爷嘴里知道他受伤了,便不顾自己繁忙的学业,急不可待地过来看望他。

胡三娃没想到小小的舒婉斐也这么关心自己,而自己不过是上她家给了她一次大哥哥的关怀和慰问,却换来这娇小身子里这么深厚的情义,大受感动,差点眼泪都奔涌而出了。

而最令他快慰的来访则数周向明和舒婉雯的联袂来访了。

其时,俞萍音也正柔情款款地拉着他的手,和他聊些家常话,自从她在他苏醒那天借助他这个内涵丰富的躯壳重新向空气中的黄二愣表白浓烈的情感之后,她再拉他的手已经成为常态,而且时不时还进行温柔的摩挲。虽然胡三娃自知自己这双手此时只不过是黄二愣之手的替代品,还是恬不知耻地感到幸福和快乐。

周向明和舒婉雯齐头并肩地走了进来,一眼自然就看到了他们这郎情妾意的一幕,胡三娃看到周向明,也不知道怎么地,他在俞萍音手心中的手掌居然还下意识地往后缩了缩,好在俞萍音拽得挺紧,所以终归没有滑脱。

令他老怀大慰的是,周向明面色神情没有任何变化,仍然带着微微笑意,爽声笑着问候他。倒是舒婉雯,脸上那种一贯高冷的傲慢神情略微晃动了一下,转瞬就恢复常态。她没有致以热情的问候,不过脸上的关心神色倒是真真切切地浮现出来,生冷的表情也没有阻挡住它的流露。

周向明是普普通通来表示慰问的,但是破天荒地,舒婉雯却是来向胡三娃表示道歉的,她的观点有二,第一,她不该三番五次拒绝配合他的调查,导致他千方百计寻求她的配合时被别有用心之人利用,第二,她在明知道有黄二愣的前车之鉴的

罪 与 赎
——万象惊魂记

情况下没有对他进行严正提醒，使他疏于防范，遭此大难，她难辞其咎。

她言辞之恳切、态度之坦诚，又出自于那么一副高贵傲慢的胸怀之中，简直令胡三娃受宠若惊，忙不迭捶胸顿足地表态说根本不是她的错，而是他自己太过鲁莽太过偏执，那诚惶诚恐的神情那谦恭温顺的姿态，完全让人闹不清此番到底是谁在向谁道歉。

总之，这些朋友们和同事们的来访，给他带来的还都是正面的积极的情感抚慰或者喜人信息，但临近出院时的先后两拨人的来访却给他带来了无尽的迷茫、彷徨和困惑。

第一拨来访的是贾仁剑，带着他的那两个手下齐家小少爷和黑铁塔壮汉。

他进门的时候，俞萍音也是一样坐在床旁椅子上温柔地拉着他的手，正和他绵绵细语地低声倾诉着。

这情形也被他一眼逮个正着，胡三娃眼见他英挺的眉宇间快速闪过一丝微不可察的阴鸷之色，但稍纵即逝，很快就恢复笑容满面的样子。

胡三娃嘴里惊咦了一声，不知道怎么地竟然一阵心慌意乱，手掌心本能地从俞萍音手里抽动了一下，这次他用劲足，竟然抽出来了。

俞萍音好生奇怪，就顺着他的目光回头看了一眼，只是一眼，她原本晴朗的面容瞬间就阴云蔽日，冷得就像马上要结冰，更可笑的是，她倏地再次转回身来，竟然赌气似地一把再将胡三娃的手抓起来，并且牢牢握住，不让他挣脱，摆明了就是要在贾仁剑眼皮底下秀恩爱。

奇怪的是，贾仁剑的脸上却呈现越来越满意的笑容，似乎眼前的幸福情景也是他的毕生心愿一般。

他打着哈哈笑道："好啊，好啊，不错，不错，胡老弟，恭喜啊，恭喜你和萍音有情人终成眷属！"

胡三娃不知道他葫芦里卖的什么药，但既然人家表现得这么雍容大度，他也不能太小家子气，就支应着说："谢谢贾兄的好意，谢谢您百忙之中还抽出时间来看我！"

贾仁剑眼珠滴溜一转，朗然道："那必须的，胡老弟，当然也不是你贾哥有多

二十四

热心，而是如果我不来看你，你大概又要怀疑是不是我派人把你打了！"

"哪里哪里，不可能，我还不是一个不分青红皂白的糊涂虫，不会无缘无故就随便怀疑别人的！"

"嗯，就知道胡老弟是个是非分明、爱憎分明的好汉，就冲着这一点，我也一定要来看看你！"

胡三娃只好再次道谢。

贾仁剑眼珠又是滴溜一转，压低声音："那胡老弟知道，这次打你的人是谁么？"

胡三娃警觉地看他一眼："不知道啊！"

"依你判断呢？"

"我说过，我从来不会毫无依据地妄加揣测的！"

"不是有那么点依据么？"

"什么依据？"

"当年，黄二愣因为频繁地找舒婉雯，被她的男友派人狠揍了一顿。"

"他是他，我是我，根本两码事，请不要混为一谈！"

贾仁剑若有所悟地点点头，又一副迷茫的样子："可是据我所知，你跟黄二愣一样也在查案，至今为止，你们的经历几乎雷同，难道这一点还不足以引导你做出判断吗？"

胡三娃不悦道："即便过去的经历雷同也只能代表过去的巧合，难道要用一种巧合去衡量未来的一切吗？照你这么说，难道我将来也就必然会像黄总那样惨死在广场上了？"

贾仁剑吐吐舌头："胡老弟别这么敏感嘛，我不是这个意思，我只是觉得你的经历好神奇，你似乎应该做一些总结，用以指导接下来的工作，也好预先做些防范，避免更大的伤害！"

他这话倒是透着十二分的真诚，令胡三娃周身竖起的尖刺又平顺下来："谢谢贾兄的提醒，你说得很有道理，问题是，我对前期的那些事完全摸不着头脑，感觉就像中了魔咒，魔咒这玩意儿哪里是科学分析得出来的，所以只好走一步看一步了！"

罪与赎
——万象惊魂记

贾仁剑若有所思地点点头，神情一肃："问题是这样下去，你太危险了，总得想办法做点防范工作啊！"

胡三娃好奇地望他一眼，真没想到贾仁剑还有这么热心肠的一面，不由得有点感动："谢谢贾兄的热心提醒，我今后注意着点就是了！"

贾仁剑面色凝重地点点头，沉默片刻后，他突又眉毛一挑道："你自己多加防范是一方面，我今天来也还有第二个意思，就是我这两个小兄弟你也认识了，如果你不介意，他们两个今后就供你驱遣了，有什么需要帮助的，你尽管吩咐他们，保证随叫随到，甚至就让他们做你的随身保镖都行！"

胡三娃好一阵错愕后，连忙摇头摆手，恨不得动用所有肢体语言来回绝这个荒诞的好意，他甚至有点受到惊吓地说："不用不用，贾兄好意心领了，我这肯定用不着，多谢好意了！"

连俞萍音都不由自主地扭头望了贾仁剑一眼，秀丽的眼珠里弥漫着浓浓的疑云，意图从他淡定的面容上挖掘出什么隐含的信息。

贾仁剑淡淡一笑："胡老弟你可能觉得太突兀了，好像我别有用心似的，其实啊，实话告诉你吧，我也不是突然之间变得这么热心肠，我这么做也不是为了你，而是为了萍音！"

胡三娃好奇地瞪视着他。

这下俞萍音都花容大动，她抿着嘴唇，皱着眉头，静候详解。

贾仁剑沉沉地叹了口气，郑重其事道："这个不难理解啊，萍音好不容易从精神创伤中恢复过来，重新获得一份弥足珍贵的情感，如果你胡三娃要是重蹈黄二愣的覆辙，你想想，那时萍音遭受的将是怎样惨烈的灾难，我想，她如果再有一次这样的打击，已经几乎不可能再振作起来了，那会是什么后果，简直不堪设想，这对我来说，也是无比深重的灾难，我想起来就不寒而栗，思来想去，唯一的办法，就是预防，防患于未然，据我判断，以你胡老弟的大无畏勇气和刚毅的性格，大概不会因为怕死而停止查案进程，那现在唯一的办法就是我来提供保护，我在这方面还有点力量，我做这件事既是情义所在，也是道义所在，总之，在这件事上，现在看来，我是义不容辞了！"

二十四

他慷慨激昂说完这番话，胡三娃已经基本震惊了，说实话，他的心胸中已经涌起了滔天巨浪，而其中主要的成分，就是感动。

贾仁剑如果真有这样的情怀，那他真是盖世大英雄，以前他不成熟时期对俞萍音犯下的错误，在现如今此等英雄豪气的切割中，也就彻底粉碎无形、灰飞烟灭了。

直接当事人俞萍音更不可能不为之动容，她神色大变，却只是眼帘低垂，紧皱着眉头，紧咬着嘴唇，秀丽的眉心似已呈现汗迹，桃红的粉唇也已隐现血印。很显然，她在苦苦地克制着自己，生怕释放出某种不适宜的情态。

胡三娃心头激荡着，好久才将对方这番豪气冲天的话消化下来，随之，他自己的豪气也就一拥而上了："贾兄，你的心意感天动地，我很感动，但是，我们只能心领，真的不能接受，至于我自己，你放心，一般的魑魅魍魉、牛鬼蛇神还奈何我不得，而且我还一定最终要把它们揪出来，倒要看看，到底它们长几斤几两，什么嘴脸，什么风味，适合煮着吃还是煎着吃，嘿嘿！"

贾仁剑面色颤动了下，竖起大拇指赞道："好样的，胡老弟，我没看错你，真是自古英雄出少年，萍音能够找到你这样的好依靠，我很欣慰！"

继而他又话锋一转："不过，豪气归豪气，现实往往是残酷的，靠的不是豪气，而是审时度势，我知道一时之间也很难说服得了你，我把我们三个的电话留给你，你有需要，随时吩咐吧！"

他又转身对着他的两个手下厉声道："今后胡哥给你们打电话吩咐事情，就跟我吩咐事情是一样的，听见了没？"

两个小兵响亮地应道："听见了！"

接下来，贾仁剑就掏出一张纸片，把他们三个的名字和电话都写好了，递给胡三娃。

胡三娃犹豫了一下，还是接过来，不管怎样，人家也是一片好意，不好当场抹人家的面子。

贾仁剑朗朗一笑道："好啦，胡老弟，我就告辞了，有所打扰，请多谅解！"

然后他又提高声气对一直沉默不语的俞萍音说："萍音，我知道你还是不愿意理我，不过我能理解，我也接受，毕竟犯下错误就得承担恶果，我现在也没有别的

罪与赎
——万象惊魂记

念想了，唯一的心愿就是希望你能从此振作起来，和英勇善良的好青年胡三娃好好地打造美好新生活！我走了，再见！"

他也不等俞萍音有任何回应，就迈着豪迈激越的步子，雄赳赳地走了出去。

他的两个手下也赶紧跟着他激昂的步调走掉了。

俞萍音这才抬起头来，和胡三娃面面相觑，两人俱皆一脸匪夷所思。

好半晌，胡三娃才小心翼翼地问："董事长，你觉得他的话有几分真诚？"

"这个人心思太深邃了，我实在是看不透，不过，他的有句话我倒是认同的！"

"什么话？"

"就是如果你继续调查下去，照现在的趋势，会面临二愣哥当初一样的风险，你如果也遭遇了二愣哥那样的不测，我肯定也活不成了！"

胡三娃心中猛地一跳，被她的这句话击中了，他愣愣地望着她，眼中开始闪烁泪花，抓握着她的手，不自觉加了几分力度。

俞萍音叹了口气："所以，你不妨就听听他的建议，预防为重！"

"怎么预防呢？"

"停止调查当然最管用！"

"如果我不调查下去，不能替黄总报仇雪恨，不能继续展现黄总那样的英雄豪气，义士风范，你，还会对我有这样的感情？"胡三娃一咬牙，干脆顺势试探俞萍音的心声。

果然，俞萍音被问得一愣，神色错愕间，哑口无言。

胡三娃心中滑过一阵苦涩，暗叹口气。

好半晌，俞萍音才犹疑着喃喃道："其实，我也不太闹得明白自己的内心世界，但是，我说过，我不希望你再涉险，我宁愿自己去承受这些风险，也希望你平平安安的，这是我的真心话！"

"好啦，不纠结啦，也别再提这个老调子了，就当什么都没发生过，怎么样，咱们是不是该考虑出院了？刘大夫怎么说？"

他适时转换了话题，让气氛不再那么凝重。

俞萍音茫然看他一眼："别着急，刘大夫说再观察几天，别留有什么后遗症！"

二十四

就这样，总算把贾仁剑来访造成的震撼感缓冲下来。

两人心头在余波的荡漾中还没完全平息，第二拨不速之客又翩然而至。

其时，胡三娃正在病室里瞎溜达，看看自己是否会出现刘大夫所谓的诸多创伤后遗症，俞萍音则在旁边紧张地亦步亦趋地跟随着。

病室门口突然传来爽朗的问候："胡总你好，你身体康复得还好吧！"

听声音陌生中有着几分熟悉，胡三娃转身望去。

这一望真是吃惊不小，连心脏也跟着突突跳了一下，怎么也想不到，来者竟是蔡义诚。

联想起众人的推论，他此番受伤正是拜蔡义诚所赐，不由得整个神经都绷紧了，面上神色自然也不好看，他只是冷冷地凝望着他，也不出声相迎。

蔡义诚趋前几步，他后边居然也跟着两个壮汉，一个赛一个的粗壮雄伟，胳膊上腱子肉翻滚，脸上横肉奔涌，看上去像两座巍峨的小山。此时面色冷峻，在他们老板后边亦步亦趋。

胡三娃看蔡义诚越走越近，不由得浑身发紧，心道，难道他肆无忌惮到要在病室里再重开杀戒吗？

他暗暗捏紧了拳头，双眼射出愤怒的火焰。

熟料蔡义诚在病室中间就站住了，脸上非但没有丝毫凶光，而且显得无比的温和，他竟然彬彬有礼地鞠了个躬道："胡总此番受苦了，我代表万东区广大粮油行业的同道，向您表示最深切的慰问和最崇高的敬意！"

胡三娃头皮发麻，后背凉意直窜，这就如同屠夫对被宰杀了的羔羊说，"我对你的温顺听话表示最崇高的敬意！"，他愤懑至极，奋起心力冷笑道："蔡老板你别欺人太甚，难道还想跑到病房里来补一刀吗？你觉得天下都是你的了吗？"

蔡义诚苦涩地笑笑，肃静道："看来我此番前来进行澄清太有必要了，你果然还是对我存在误解！"

"误解？这能是误解吗？哈！太可笑了！"

"我能理解你的逻辑，坊间也是这么流言蜚语的，都说是我蔡义诚因为争风吃醋派人打的你，这听上去也似乎很得人心！"

罪与赎
——万象惊魂记

"难道不是吗？"

"大错特错了！"

"你可以辩解！"

"我前阵子出国办事去了，刚回来一听说你的事，我一时间也以为是我的手下擅自行动，为我强行出头，就召集他们进行审查，但事实是，没有人敢在我没有发布命令的情况下擅自采取这么重大的行动，所以结论是，不是我的人打的你！"

"完了？"

"我还有更深入的阐述！"

"请讲！"

"你们想当然地认为是我派人打的，无非是因为曾经我在同样的情形下派人打过黄二愣，对不对？"

"请继续！"

"是的，我承认，当年我确实因为争风吃醋派人打过黄二愣，但是希望你们理解，我实在太爱舒婉雯了，爱是自私的，容不得别人丝毫染指，黄二愣当时三番五次地找我女朋友，我为此警告过他，但他置若罔闻，在这种情况下，又加之我当年还是个血气方刚、争强好胜的毛头小伙子，哪里忍受得了这种屈辱，所以一时冲动，派人打了他，希望他从此收敛，远离我女朋友，也就是这么点逻辑，事实很简单，我想你们应该很容易接受我这个说法吧？"

"您继续！"

"可是现在若说我还因为争风吃醋而派人打了你胡三娃，那就实在太荒谬了，理由如下：第一，从当年的事件中，我已经清清楚楚明明白白地知道，黄二愣找我女朋友只是为了调查什么案件，而不是骚扰她追求她；第二，我后来也清清楚楚明明白白地知道，黄二愣爱的是你们公司的董事长千金俞萍音小姐，而且此爱坚贞不渝十分忠诚，不可能再对我女朋友有任何想法；第三，我女朋友也是十分高贵傲慢的性格，不是特别杰出的男士根本入不了她的法眼，就算当年的黄二愣可能对她的芳心有所影响，难道你现在突然冒出个胡三娃区区两三面就又打动了她的芳心，这在我女朋友这样冷傲尊贵的女士这里几乎是不可能出现的现象；第四，种种迹象已

二十四

经让我不得不做出判断，你胡三娃就是当年黄二愣的翻版，所以你也不可能爱上我的女朋友，你最终要爱的也还是俞萍音小姐，刚才进门时看到你们相互扶持相濡以沫的一幕更加验证了我的判断；第五，我因为打黄二愣事件已经受到了沉痛的教训，两个兄弟也因此蹲了近一年的大牢，现在我更不可能再去为这样子虚乌有的事冒大险，更何况事实已经明确告诉我你不会对我和我女朋友的感情构成任何威胁，在此前提下，我怎么可能还去做那样的傻事呢？你说是不是？"

胡三娃听着他这海阔天空的话，心里也是波澜壮阔，不过仔细玩味着他的话，倒是觉得句句在理，而且他的态度透着十二分的真诚，真的不像信口胡诌。

他也完全迷糊了，琢磨半天，也只是嘟囔着冒出一句："理是这么个理，可是事实往往都是不循常理的！"

蔡义诚苦笑道："你要这么讲我就没话说了，反正我言尽于此，信不信由你吧！"

胡三娃疑惑道："蔡老板，我觉得你没有必要跟我解释这么多吧，我信也好，不信也罢，对你也没有任何影响啊！如果说是警察找上你了，需要我这个当事人给你作证，你这么苦口婆心地做我的思想工作也才好理解！"

蔡义诚神情一肃，义正词严道："胡总，我要纠正你一个错误，你对我是否信任，当然意义重大啊！"

"此话怎讲？"

"其一，我作为一个清清白白的人，凭空成为别人心目中的打人凶手，而且这个别人还是你胡总这样拥有尊贵身份的人，你说我心里将是什么难受滋味？其二，你胡总和我分别是万东区两大粮油食品公司的老总，我们今后还有着无限的强强合作的可能，我如果没有获得你的信任，那我就基本丧失了和你们俞氏公司合作将各自的企业做大做强的良机，这种损失将会有多大；其三，我记得你还要向我调查你们俞氏公司前董事长俞老板以及前总经理黄二愣被杀害案件，如果你不信任我了，只怕你一怒之下很可能要将这两桩惨案的罪名也按到我头上来，那我可真是吃不消。顺便提一句，我前一阵子出国了，这不刚刚回来，所以才知道你一直在约我查案的事情，多有耽搁，还望海涵！要不这样吧，等你哪天康复出院了，咱们就约个时间好好谈谈吧！"

罪与赎
——万象惊魂记

这蔡义诚说起话来当真是头头是道、井井有条，而且有理有节、滴水不漏，即便是虚虚荡荡也让人感觉实实在在，一点也没觉得他不真诚。

胡三娃不得不在心中对他表示赞服，况且他话已说到这个份上，他即便将信将疑，也只能跟他虚与委蛇了。

他瞥了一眼两位壮汉，好整以暇道："蔡老板你当真是良苦用心啊，可是我还有一事不明，既然你是诚心诚意上门说明情况，为什么要随身带着两位彪形大汉，难道你仍然还是觉得有不安感吗？"

蔡义诚镇定自若，朗声一笑："胡总说话当真有水平，不瞒您说，这二位就是当年打过黄二愣的我的两位下属，我今天带他们来，一是再次为他们当年对黄总犯下的罪行向俞萍音董事长表示万分歉意，二是为他们当年恶行带来的消极影响以至于造成你的误解而向你表示万分歉意，三是想让他们亲口告诉你，他们确实没有再参与你这次被殴打事件，以免你觉得我的转述没有力度。"

话落，他立刻转身对着两位壮汉吩咐了一番。

两位壮汉虽然有点口拙，但还是磕磕巴巴按照蔡义诚的意思向俞萍音和胡三娃做出了表白，并诚恳万分地鞠躬道歉。

俞萍音面色肃静，不言不语，无动于衷，不过她对蔡义诚倒是没有多少仇恨，即便他派人打过黄二愣那也是事出有因，因此并不像对贾仁剑那样横眉怒目。

胡三娃心中苦笑不迭，理智和意识告诉他这是在演一出荒诞不经的戏剧，可由于戏剧演员表演功夫实在了得，连他自己都不由自主参演进去，成了戏中的重要角色，而且他完全沉迷进去，彻底当真了！

他向蔡义诚及他的两个手下点头道："好啦，你们没什么可道歉的，又不是你们犯下的罪，你们今天能过来看我，我已经很高兴了，谢谢！也不敢耽误你们太多时间，你们请回吧！"

他现在心里一团迷乱，想尽早脱离眼前这个迷魂阵。

蔡义诚嘴角滑过一丝悠悠的笑意："我把来意向胡总表达清楚就知足了，也不敢太打扰胡总休养生息，不过临走前，我还是要把最后一个来意郑重表达出来，请胡总笑纳！"

二十四

"什么？"胡三娃警觉地问。

"请胡总在康复出院后，第一时间跟我联系，我及我的全家想盛邀胡总去我家做客，一方面是顺应你的要求接受你的调查，另一方面，我们全家也都想认识一下你，或许也可以谈谈生意合作的事，不知胡总意下如何？"

"没问题！"胡三娃心中一阵激动，脱口而出。

他还一直在为如何能够调查到蔡义诚进而通过他调查到整个蔡家而苦恼，没想到，难题就这么迎刃而解，难道他的惨遭毒打就是代价吗？

送走蔡义诚后，他感叹不已。

俞萍音面带忧色地望着他："你真的打算去他家里赶赴这个鸿门宴？"

"这可能是接近他家里的唯一机会了，我不想错过！"

俞萍音黛眉紧蹙，陷入沉思。

胡三娃温言抚慰道："你也不用太过担心，我觉得他们不敢把我怎么地！"

俞萍音竟轻快地点头："嗯，这次我还真是不怎么担心了！"

"为什么呀？"

"因为二愣哥也去过他家里，就没发生什么事！"

"噢！"

胡三娃略一错愕，哑然失笑。

无疑，俞萍音已经在有意无意间完全将黄二愣的经历往他身上套用了，这么看来，她恍惚间真的把他胡三娃和黄二愣在内心里融汇为一个人，而且她貌似已经具备了时空腾挪的强大精神能量，似乎真的在身临其境地重新和黄二愣携手闯荡江湖了！

果真如此的话，但愿她不要将黄二愣的结局往他头上套用，因为如果能够和俞萍音比翼双飞，他自信可以逆天改命！

他突然迫不及待地想要赶赴蔡义诚的邀约，因为辛德勒名单上没有剩下几个人了，他有一种强烈的感悟，在他将名单上的所有人都悉数调查到的时候，就一定会是真相大白的那一天。

而他的结局也一定将在那一天诞生，因为辛德勒名单上的最后一个人就是他自己。

　　他猛然间特别强烈地渴望知道他的非凡结局会是什么，所以他必须加紧调查了。

　　再试着在病房里安然无恙地训练了几天后，他就不管不顾俞萍音的劝阻，坚决出院了。

―――――二十五〇

罪与赎
——万象惊魂记

就这样，他放弃了在医院颐养天年的安泰日子，又一头扎入了社会的血雨腥风当中。

这次出院，俞萍音不再像上次那样半路上分道扬镳回她自己的安乐窝，而是一直陪伴着他回了公司。似乎在用行动强调着她再也不与他分离的承诺。

还有一份迎接他回家的大礼，公司广场变得异乎寻常地热闹，公司四处院落里也洋溢着一派过节的气息，里里外外、上上下下均是一片忙忙碌碌的节奏，完全呈现一种盛大活动的前兆。

一开始，俞萍音还神秘不语，直至宋红琳从公司大楼里欢快地跑出来迎接他，进行欢迎致辞后，还未等胡三娃来得及询问什么，她扔下一串铜铃般清脆的笑声，一溜烟又四处奔跑着干活去了。

这时俞萍音才跟他解释说，公司已开董事会决定实施他当初提出来的使用俞氏食用油所烹制食品大宴天下宾客的品牌文化推广活动，活动名字最终确定为"俞氏食用油美食节"，暂定每个季度举行一次，为了表彰他的奇思妙想，也是为了欢迎他康复回家，所以公司在前期已多方筹备的基础上，决定这第一次广场百家宴就在他出院这一天晚上举行。用这么盛大喜庆的活动迎接他的回归，一是给他接风洗尘，更重要则是为他压惊。让他在喜洋洋、暖融融的和谐气氛和温馨浪潮中彻底忘却一切伤害。

胡三娃展望广场上彩旗招展、横幅飘荡的盛大场景，感受着每名在广场上奔波忙碌着的员工脸上喜气洋洋的神采及欢快的脚步，不由得大受感染，不由自主地连

二十五

声说着"谢谢!"

离晚宴举行还有一些时间,他在俞萍音形影不离的护送下,没有回宿舍,自然而然就回了黄二愣的办公室。俞萍音也没觉得有何不妥,似乎他们都已经情不自禁地代入了黄二愣的行为模式当中。

他本想看会公司资料,俞萍音非让他躺在床上休息,理由是他现在还在康复阶段,应该休息为重。

胡三娃在佳人的贴心关照下,自然十分受用,即便他自觉已经筋强骨壮,还是乖乖就范,满心满眼都溢出喜滋滋的笑意来迎合着她的柔情蜜意。

自从医院病床旁那番真情告白后,俞萍音真的像突然变了个人似的,当然,说她突然又变回曾经的那个幸福快乐的小女孩或许更贴切一些。

她脸上也不再是那么一副阴郁悲沉的神情,置身于黄二愣的这间办公室也不再是心神不宁、目光缥缈,以往她在这里唯一能做的事情就是在虚无的空气中寻找黄二愣的灵魂,现在她一副笑意盈盈、活力四射的样子,似乎唯一想不起来的事情就是在沧桑的空气中寻找黄二愣的灵魂。

这一切看上去听起来是如此不可思议,天地间到底发生了什么神奇的变化呢?难道突然在电闪雷鸣的一刹那,俞萍音真的亲眼目睹了一片灵魂的幻影闪电般汇入了他的身体?

俞萍音给他擦脸揉腿,抚肩扼腕,盖被掖角,一番温情款款将他安置下来后,就要离去。

胡三娃竟然有点依依不舍,厚着脸皮提出来让她一直陪着自己。

俞萍音说他此刻急需养精蓄锐,因为一会的美食文化节上需要他这个总经理的神采飞扬。

胡三娃竟恬不知耻地说他怕她一去不复返,怕这种美好转瞬即逝。

俞萍音竟破天荒地拍拍他的脸颊亲热而真诚地说:"放心吧!我在病房对你的盟誓永不失效,我再说一遍,我今后再也不会离开你了!"

有了这一透着十万分真诚的庄重承诺,胡三娃还有什么好担心的呢!再说,他又有什么资格让人家清清白白一个美好的姑娘对他做出承诺?所以这个承诺当真是

罪与赎
——万象惊魂记

白白捡来的，他就干脆一个闷墩儿钻进被窝里偷偷狂喜吧！

俞萍音离开后，胡三娃颠三倒四地想了好久，一会儿想黄二愣，一会儿想自己，一会儿想俞萍音和黄二愣的前世今生，一会儿又想自己和俞萍音的前世今生，一会儿又荒唐地想黄二愣和自己的前世今生，唯独没有想他最该想的，接下来的美食文化节开幕仪式上他的伟大致辞应该说什么。当然，这个其实他根本用不着想，因为对于一个曾经伤害过广罗百姓已经做出深刻反省准备反哺社会造福民生的公司而言，说什么，怎么说，完全是一目了然的。

他迷迷糊糊地躺着，浑浑噩噩地想着，也不知道到底睡没睡着，总之，俞萍音来叫他的时候，他倒是处于兴奋状态，精气神也足以气冲霄汉。

他起来洗了把脸，更觉神清气爽，和俞萍音出得门来。还未走到楼梯口，广场上的繁闹气息和浩荡气氛已经扑面而来。胡三娃精神大振。

更令胡三娃心荡神摇的是，快走到公司大门口了，俞萍音突出神来之举，竟然大大方方地挽住了他的胳膊，神情姿态显得那么亲切自然，那么熨帖得体，毫无半丝扭捏之色、做作之情。

胡三娃心中怦怦一跳后，瞬间又心静如水了，只是脑子里开始浮想联翩。

尤其在经过大门口岗亭里的张合军眼前时，他的联想晃荡得更加剧烈。

曾几何时，他站在张合军的位置上眼睛直勾勾地看到俞萍音挽住黄二愣的胳膊郎情妾意地自大门里走出来，那副唯美的画面不知道多少次在他的脑海里展映，当时只是觉得无比美好，无比感怀，当然，偶尔也难以免俗地在心中涌起一股艳羡之情，但也仅此而已，做梦也不曾想到有朝一日俞萍音能挽住他的胳膊从这扇大门里款款走出，而且她当年那副幸福甜蜜的样子如今几乎没有打什么折扣。

但是，美好的联想和激荡的快感过后，当他看到张合军那双直勾勾盯着他俩的眼睛后，如同一盆冷水兜头浇下，他瞬间冷静下来。

如此精巧神似的处境，这会喻示着什么呢？

他总是一步步想摆脱黄二愣的处境和轨迹对他的神奇约束，却总是不期而遇地又回到了他似乎恶作剧般为他精心设置的模式和轨道当中。如同头顶无形当中已经布下一张天罗地网，他只有乖乖就范，根本没有挣脱的任何一丝余地。

二十五

　　令人绝望的是，他偏偏还很享受这种摆布，内心深处根本不愿意摆脱，比如现在俞萍音亲切地挽住他的胳膊，偎依在他的臂弯里，一如当年黄二愣所经历的时空再现，这情形分明在喻示着他正在一步步沿着黄二愣的轨迹趋向他那悲惨的命运，他却乐在其中，逍遥自在，不愿警醒。

　　可是，即便警醒了又能怎么样？他不是没有挣扎过，根本无济于事，他现在唯一的战斗手段也是顺其自然、沿着敌人给他设定的路线走下去，看看敌人到底葫芦里卖的什么药，可以想见，走到终点的时候，也将是他以惨死而告终的时候，但是，如果辩证一点看，那又何尝不是他胜利的时候呢？他要的只是真相，最终他的惨死如果让他明白了真相，那不就是他的胜利吗？

　　一念及此，他心中舒坦了许多，但是张合军直勾勾的眼神令他想起了也许不久的将来他就是要死在这双炯炯有神的大眼下，而且假设他们的悲剧要循环往复的话，也许张合军就会成为下一个胡三娃，然后他也会代替他被俞萍音挽住胳膊，他顿时心里就像吞吃了苍蝇一样难受。

　　唉！人性的复杂，命运的可怕，胡三娃啊胡三娃啊，到底让我如何对待你！

　　胡三娃在心里自怨自艾地胡思乱想一通，只是带着俞萍音跟张合军简单地打个招呼，而不是像当初黄二愣那样隆重介绍他和俞萍音认识，可见，他和黄二愣，在心胸格调上，确实差了太多的档次。

　　胡三娃心中暗自苦笑一下，在俞萍音的亲密依偎下，阔步走向广场。

　　此时广场已经成了一片欢乐的海洋，到处张灯结彩、霓虹闪烁，最核心处的喷泉早已生龙活虎地喷射开来，晶莹剔透的水线，光芒流转，闪耀着天上的星月和人间的光影，交织成五彩斑斓的世界，广场高杆上的音箱流泻出欢快奔腾的节奏和旋律，在盛大广场的上空激荡回旋，在天地的每一个角落轰鸣不已。

　　喷泉南侧位置搭建起了一个舞台，舞台上灯光、舞美、音乐、布景无一不是匠心独具、别具一格。

　　围绕着这个美轮美奂的舞台则里三层外三层摆满了密密麻麻的饭桌，饭桌都是寻常百姓人家的八仙桌或者大木桌，朴素大方，亲切感人，上边已摆满了零食点心瓜果和酒水饮料。

罪与赎
——万象惊魂记

此时，大部分桌子已经有客人就坐，尤其靠近舞台的好位置，已经座无虚席。而更广大的人群正从广场四面八方纷至沓来，人们奔走相告、闻讯赶来，休闲广场原本就已经热闹非凡，此时再加上美食文化的诱惑，更是万众欢腾，很快，广场上便人声鼎沸、沸反盈天，人群黑压压一片接一片地涌来,洪水一般将每一个桌位塞满。

公司全体员工都出动了，在宋红琳的组织下，各司其职，有条不紊地四处奔忙着，一个红红火火、热热闹闹的盛大美食文化活动已经胜利在望。

宋红琳看到胡三娃和俞萍音已经联袂而来，赶紧从舞台一角跑过来相迎，脸上洋溢着快乐的笑意："胡总水平够高啊，这美女董事长的手都牵上了！"

胡三娃有点发窘，讪讪而笑。

俞萍音竟戏说道："红琳，我知道你心里酸溜溜的，不过我可是亲自把胡总的手交到你手里，你自己不愿意把握，可就不要怨我了哦！嘻嘻！"

宋红琳撇撇嘴，故作惆怅道："人家堂堂老总，那手可珍贵着呢，等闲人家哪里让握啊，我吃奶的力气都使出来了，他略微一甩，就挣脱了！也罢也罢，那不是我盘子里的菜，我也夹不到碗里来！我还是到这美食文化节上蹭点饭吃，大众美食，也很爽口，足矣！"

胡三娃和俞萍音对望一眼，会心地笑了。

宋红琳插科打诨一番后，又一叉腰道："得了，胡总，别光顾着倚红偎翠了，大家伙都饿得肚子呱呱叫，就等着你鸣锣开饭了！"

胡三娃望了一眼饭桌道："菜都还没上呢，怎么开饭？"

宋红琳白他一眼道："饭菜要是上来了，谁还听你唠叨，你就是美言三千，也不顶美食一口啊！"

胡三娃笑道："好吧，那我先讲几句，你们准备着上菜吧！"

说着，就要往台上走，宋红琳一把扯住他："主持人还没上去报幕，你猴急什么呀？"

然后又一瞪眼道："等着啊，我叫你上来再上来！"

话落，她蛮腰一拧，风一般地蹿上了灯火辉煌的舞台，对着舞台上早已支好的麦克风讲开了：

二十五

"各位朋友各位来宾：晚上好！为感谢大家对我们公司强龙食用油一贯的支持和厚爱，我们公司特意发起组织了'强龙食用油美食节'，每个季度举办一次，在美食节上，大家能够免费品尝到用强龙食用油烹制的各种美味佳肴，也请大家品尝后在我们公司的官网或者在现场的留言簿上留下你们的品评意见，我们将不断改善我们的油品质量和烹制方法，另外，在大家品尝美食的时候，我们还为大家安排了丰富多彩的演出活动，让大家的口耳眼鼻心，一个也不闲着全都得到暴风雨般的享受。欢迎大家踊跃参加我们的活动，如果一年四个季度一次不落地参加了我们的活动，将会在年终收获一份神秘的大礼。也请大家把我们的活动转告你们的亲朋好友。好啦，活动开始，首先有请我们公司总经理胡三娃先生上台致辞！"

胡三娃早已跃跃欲试，宋红琳话落，他就硬拉着俞萍音的手上台，俞萍音犹豫片刻，还是随他上台了。

胡三娃拽着俞萍音的手一亮相，引发下边一阵哗响。下边的广罗大众，主要还是来自附近居民，所以绝大多数都知道俞氏公司惨痛故事和俞家千金凄惨遭遇，只是随着风潮的散去，大家各自忙着自己的人生，就无暇关注故事中人物的后续命运了，此时故事主角的突然再次亮相，自然唤起了他们对当初那段岁月的回忆，那种唏嘘感慨，完全是不由自主的。

胡三娃待人群中哗响逐渐平息，便清了清嗓子，聚起心胸中奔涌的力量，由于心声被激情推动，其声势不亚于黄钟大吕：

"各位兄弟姐妹、叔叔阿姨、大伯大婶、姑妈姑爷、舅舅舅妈、姨娘姨丈、爷爷奶奶、姥姥姥爷、侄子侄女、外甥外甥女：

"（哄笑）你们好！你们不要笑，我不是客气地称谓，我是真心把你们当作我的家人和亲人，今天，我们欢聚一场，来享用我们公司食用油烹制的各种美味佳肴，虽然名为美食文化节，实际上在我看来，这就是一场盛大的家庭聚会，我们是一个庞大的家族，强龙牌食用油就是我们的血脉，它给予我们营养，塑造我们的体格，也给予我们精神的素养，塑造我们的品格。因为同饮黄河水，我们都是炎黄子孙，因为同食强龙油，我们也就构成了强龙家族。作为这条血脉的建设者和生产者，我们俞氏公司显然是这个强龙家族的核心力量，也因此获得了丰厚的利润，而这些，

罪与赎
——万象惊魂记

都是我们庞大强龙家族所有成员互帮互助、互相支持而产生的,没有你们对这个家族的忠诚和热爱,我们这个家族不会获得这么大的发展,而互帮互助共同发展共同繁荣是一个家族的基本特征,没有谁在家族中只一味地付出,也没有谁在家族中只一味地获取,所以,我们今天就是带着反哺我们强龙家族中所有亲爱的家人的意味来举办这次活动的,而今天只是一个开始,一场反哺家人、回馈亲人的洪流的开动,一旦开闸,从此报答的脚步将一泻千里。

"那么,我们将以什么样的形式来报答我们亲爱的家人呢?这就回到了今天活动的主题,美食文化,对,关于食品的文化,大家都知道一句话,民以食为天,食物是老百姓的天啊,没有了天,你们想想世界将会变成什么模样?那也许不仅仅是黑暗,而是无尽的虚无和无边的空洞,是身体的灰飞烟灭,是精神的支离破碎,是万事万物灭绝的开始,其实,没有了天,这还只是预示着灭亡的开始,但要只是变天了呢?天还存在,但是变得凄风苦雨、暗无天日,这就更可怕了,灭绝了,一切也就消停了,总之不会再产生混乱和苦难,而变天导致的则是泥泞、沼泽、雾霾、阴霾、翳瘴、风暴等无穷无尽的灾难,给人类社会带来无休无止的伤害和滋扰,身体的痛苦、心灵的悲伤,意志的消沉、人格的沦丧,道德的瓦解、精神的崩溃,在人类社会中轮番上演,本来都是些善良的人民和幸福的家庭啊,被变质的天糟蹋成了什么样子?

"我不是在危言耸听,我身边有活生生的例子,你们眼前这个公司,我刚才宣扬的咱们这个庞大的强龙家族中的这条强龙,就曾经犯下了滔天的罪恶,残忍地伤害了我们的家人。所以,今天的这个美食文化节,除了刚才说的反哺和回报的意味,更大的主题其实是忏悔和反省,向我们的家人忏悔和反省。大家对几年前俞氏强龙食用油中毒事件都心有余悸吧,数百人中毒,五个家庭家破人亡、支离破碎,老天,他们一个个可都是我们的亲人和家人啊,他们信任我们的产品,买我们的食用油,就是给予了我们亲人的期待,他们把构筑美好生活的信念和创造幸福家庭的理想都寄托在他们信赖的强龙这个一家之主身上,他们毫不设防,因为他们相信亲人是不会陷害他们的。然而,突然间天昏地暗、电闪雷鸣,天塌下来了,家破人亡,他们在茫茫无边的黑暗和苦难的深渊中痛苦地呻吟着、挣扎着,至死也不敢相信这是他

二十五

们长期信赖的亲人向他们伸出的毒手。

"我的亲人们啊,我不是在夸大其词,我这阵子可是——亲历了那五户有死亡中毒者家庭的深重苦难,一对老年夫妻老年丧子,从此再没有任何精神寄托,后半生就在精神的荒漠中行尸走肉般度过,一个少年和少妇丧失了他们的父亲和丈夫,少年丧父,无人管教,沦落成了痞子和流氓,流荡社会,为非作歹,纤弱的母亲毫无办法,只能每天以泪洗面。一对青年夫妇丧失了他们的幼女,年轻的母亲悲伤过度,神智失常,身体垮塌,丧失了生育能力,被残忍地剥夺了做母亲的幸福,后半生基本也跟着残废了。一对姐妹花原本有着伟大的艺术前程,就因为她们赖以发展的家庭支柱,她们的母亲被毒死了,为了支撑起妹妹的艺术理想,姐姐沦落成了妓女,那么美丽高贵端庄典雅的一个清清白白的大姑娘啊,就这样被毁灭了。一对情深意笃的恩爱夫妻,刚刚新婚燕尔,曾经对美丽的人生和美好的未来做过多少次烂漫的规划和设计啊,可是,其中的妻子被毒害成了植物人,只能千年不变地躺在病床上,默默消耗着青年丈夫短暂的青春和无尽的哀怨,本来才华横溢、拥有着无限前程的一对大好青年,一个沉睡,一个默守,就这样无声无息地被永远活埋在这尘寰一角。这就是我们受害的亲人们的惨痛状态和可以想见的更加惨烈的结局。那么施害者一方呢,他们就高枕无忧、逍遥自在了吗?我们得把头摇断来回答这个问题,因为,施害者一方遭受的是更大的苦痛,甚至说完全沦陷在痛苦的海洋里也不为过。众所周知,当年的俞氏公司陷入灭顶之灾,一大串人物锒铛入狱,公司董事长俞伟民死于非命。如果说这些都是罪有应得,那么我就要提到我身边的这位女士了,我们可亲可爱美丽善良的俞萍音姑娘,她招谁惹谁了,难道她仅仅因为是董事长的女儿就要遭受这样残酷的伤害?唯一的亲人离世,朋友弃她而去,公司濒临崩溃,举目无亲又举步维艰,所以她只能选择死亡。万幸,天可怜见,将她救下,好不容易终于起死回生,碰到了生命中真正的爱人,事业也有了起色,可是,好景不长,亲爱之人再次死于非命。命运如此三番五次地打击这个娇弱的姑娘,你让她怎么办?命运将她逼上了绝路。这一切都是拜那丧尽天良的有毒食用油所赐,所以她的父亲在天有灵,一定也会痛苦得撕心裂肺,一定也会痛恨自己公司竟然生产出了这样惨无人道的产品。由此可见,对于有毒食品,天怒人怨、人神共愤,它荼毒生灵,祸及全

罪与赎
——万象惊魂记

人类。无论是谁，受害者和施害者，都难逃它的毒手，受害者立刻家破人亡，施害者迟早吞下苦果，非此即彼，绝无幸存的可能。

"我的亲人们啊，我们都是一家人，我们因为共享同一个食品，血脉里就流淌着相同的元素，结成了血浓于水的亲情。本身亲情就是世上最牢固最温暖最贴心最友好的美好情感，这种情感决定了我们只能互帮互助，共同发展，共同迈向美好生活，怎么还会放任有害食品将我们大家一起灰飞烟灭，任谁也不能幸免呢？

"所以，敬爱的乡亲们，亲爱的家人们，我作为俞氏公司的现任老总，我要利用这个机会向你们传达我们俞氏公司全体员工的心声，这就是：但凡食用了我们强龙食用油的朋友们，都是我们俞氏公司的亲人，都要享受到我们俞氏公司对亲人的待遇，这个待遇听上去很普通很平凡，但是却要凝聚我们俞氏公司全体员工一辈子的心血，而且要一代代地星火传承下去，这个待遇就是，俞氏公司立世存身不为别的，只全心全意负责为它的亲人们制造安全健康的食用油，钱可以少赚甚至不赚，但源源不断地为亲人们提供安全健康的食用油则是俞氏永恒的追求。

"前事不忘后事之师，教训太惨重了，我们都有着一颗善良的人心，实在无法再承受亲人们家破人亡的痛苦了，所以我们已经无法容忍一丝一毫的不安全因素汇入食品的成分里，我作为总经理，也借此机会向全体支持强龙食用油的亲友们郑重盟誓：我们绝不容许俞氏公司生产的食用油再出任何安全隐患，一丝一毫一分一厘都不容许，如违此誓，天诛地灭，如今后俞氏食用油出现哪怕一丁点安全隐患，就停止生产，永不重启！天地为证，万众为证！

"最后，回到今天的主题，我觉得应该稍作修改，名字应该叫做"安全食用油文化节"，因为我们能绝对保证食用油的安全，可不敢保证我们俞氏食用油做出的菜品味道一定很美，如果一会端上来的食品不合你口味，你们可别骂娘哦，因为我们是一家人，你骂我的娘，吃亏的也有你！

"就这样，上菜吧！"

胡三娃话声刚落，雷鸣般的掌声和带着泪的哄笑声响彻全场，在硕大广场上空经久不息，那掌声中蕴含着的百姓的心声和民众的期待。

二十五

　　胡三娃很得意自己的心声打动了人民群众，虽然心中也在荡气回肠，脸上仍不免有点洋洋得意。他回头牵住俞萍音的手，准备下台与民同乐，这才蓦然发现俞萍音泪流满面，正在偷偷饮泣。

　　胡三娃一时间有点心慌意乱，心道自己忘乎所以地缅怀沉痛往事是否撕裂了俞萍音心中尚未完全愈合的伤口，忙抬起胳膊拂拭脸上的虚汗，歉疚道："抱歉，对不起，董事长，我一时激动，说话就无所顾忌了，见谅！"

　　俞萍音梨花带雨地凄然笑望他一眼："不，你讲得很好，我很感动，你把我还有公司的心声心愿都说出来了，一瞬间我觉得不再那么憋闷了，心里畅快多了！谢谢你，三娃哥！"

　　"三娃哥！"

　　胡三娃心中咯噔一跳，百感交集地瞪视着俞萍音。

　　她竟然改口叫他"三娃哥"了，就像当年叫黄二愣"二愣哥"的那种口吻。

　　这一貌似简单的细节意味着什么呢？难道还不能意味着俞萍音已经在心底里打算将他全面"二愣化"？

　　心里翻江倒海，表面上还得若无其事，他对俞萍音温情地点点头，柔声道："那，咱们下去吧，宴会马上就要开始了！"

　　俞萍音螓首轻点，乖顺地任由他牵手走下舞台。

　　台下马上有迎宾小姐引领他们去向最中间位置的饭桌，那迎宾小姐眉眼十分熟悉，细细一瞧，竟然是苗英，她描摹着淡妆，差点没看出来。

　　被胡三娃看出来了，苗英礼仪式微笑的脸才噗嗤一笑，绽放出快意的笑容。

　　这宋红琳也太能整了，竟然将苗英、杨蔚侠、庞嫣然等一帮女工训练成了礼仪队，专门为本次美食文化节提供礼仪服务。

　　不过也着实难为她们了，为了公司的文化形象，付出了多大的辛苦！

　　那中间位置的一片饭桌上，全部坐着俞氏公司的员工，公司全体都倾巢出动了，为了这个美食文化节，暂停一个晚上的生产活动，让大家都参与进来，置身其间，感受美食文化节的浓郁气氛，感慨当年公司惨痛印象与如今光辉形象的强烈对比，感应民众对安全健康食用油的无尽期待。促使他们以史为鉴、振奋精神，全心全意

罪与赎
——万象惊魂记

地投入一丝不苟的安全食用油生产的洪流中。

胡三娃和俞萍音被引导到当中一张饭桌的主位上就座，举目一扫，公司中层以上的领导都在这桌上赫然就坐。胡三娃忙和他们点头示意，互致问候。

稍加留心，又发现高宜和并未在座，他举目四望，在临近桌位的公司员工中，巡视一遍，也没有发现他的身影。

宋红琳在四处张罗，不方便向她垂询，正好秦方泰就坐在他身边，他就侧身附耳低声询问他。

这才得知，他在台上讲话的时候，高宜和还在场，听他讲完话，他脸色变得有点难看，就啥也没说擅自离场了。

胡三娃心道高宜和可能还是念念不忘他的真空包装食品的加工生产计划，一听他的意思是今后还是要全力以赴地生产食用油，他心里的不畅快是不言自明的。

也罢，道不同不相为谋，在他带领公司全体不遗余力奔赴安全健康食用油生产的伟大征程中，高宜和可能是唯一不和谐音符了，不能让这丝不和谐音符干扰公司神圣大业，真是得找机会让这个不安分的"老人家"赋闲休养了！

胡三娃晃晃脑袋，把注意力投入到了美食文化活动中。

宋红琳当真是组织活动的天才，一切都安排得井井有条又丰富多彩。

接下来，一道一道的菜品陆续端上桌来，每上一道菜，都有一个隆重的仪式，而且根据每道菜品的风格不同上菜仪式还千变万化，把对菜品的介绍，烹制的方法，食用油的作用和功能，完美地糅合进了上菜仪式中，既令人耳目一新又对俞氏食用油进行了全方位的宣传介绍。不知不觉间，俞氏食用油的安全健康、美味可口、妙用和实用性已贯彻食客们的胃口、沁入食客们的心田。

怀素饭店的厨师和俞氏食堂的师傅们也相当给力，做出的菜品一个个活色生香、美不胜收，引发了食客们一片又一片的叫好声。

怀素饭店的老板和老板娘尤为给力，老板王怀林亲自下厨，在广大食客们饮宴正酣时，适逢其时隆重推出了一道"强龙压得过地头蛇"，实际上就是油焖黄鳝，享誉四方的怀素饭店的老板亲自下厨，光这一噱头就足以引发热潮了，果然，这一菜品一经推介出来，立即引发了轰动效应，大家津津有味地吃着，津津乐道地品着，

二十五

气氛一时间臻至高潮。

而老板娘薛素萍的老小孩性子再次喷发,在热闹的气氛中也东奔西跑、上蹿下跳,根本闲不下来,尤其是更不会放过任何和干儿子"调情"的机会。酒过三巡、菜过五味的时候,她突然不知道从哪里冒出来,凑到胡三娃的身边,要和他一块表演一番"母子互喂饭食"的情景。

胡三娃心中快意,又是很久未和老妇人交流情感了,一时情动,哪里管它什么公众场合,当场就和老妇人轻车熟路地按照他们业已形成的经典模式互相喂食起来。

谁知这一插曲更是产生了奇效,吃喝得已心满意足的人们就需要点助兴和调节气氛的辅料,一听说俞氏公司的总经理和怀素饭店的老板娘正在母子亲情地互相喂食,顿时纷纷奔涌过来,里三层外三层地围得水泄不通,纷纷踮脚探脑地围观这一壮美的情景,并且还不时合着节拍鼓掌喝彩,顿时把美食文化活动的气氛推到了巅峰。

在大伙酒足饭饱、大呼过瘾的时候,文艺演出也适时推出,宋红琳不知道从哪里找来了好几支民间文艺演出团体,虽然没有大明星,但是这些民间演员们惟妙惟肖的表演把大家逗得哈哈直乐。二人转、杂耍、口技、歌舞、戏曲、吹拉弹唱、相声、小品等等应有尽有,毫无粉饰完全接地气的表演风格着实让大家体验到了一把和强龙食用油品格遥相呼应的朴实和美。

美食文化节活动大获成功,人民群众在广场上欢庆到晚上十点多才逐渐散去,公司全体员工顾不上白天布置会场的疲劳,又马上投入到清理会场的劳动当中。

胡三娃也想加入热火朝天的劳动大军,但一看时间不早,一想俞萍音跟着折腾一整天也该回家休息了,就对她说:"董事长,你累一天了,早点回家休息去吧!"

俞萍音愣了愣神,有点无所适从。

显然她还没开始考虑,胡三娃出院之后,她该以什么模式来和他相处。

在医院她能够彻夜守护在他的病床旁,现在呢?

他肯定是要睡宿舍或者黄二愣的办公室的,她也就别无选择,只有回家。

她静静点头:"嗯,我是该回家了!那你呢?"

"我跟着大伙一块忙活着把广场收拾好再休息!"

罪与赎
——万象惊魂记

俞萍音水汪汪的丹凤眼在夜光中泛着幽幽的光芒,她犹豫片刻,似是下了一番决心才道:"广场就让他们清理吧,你,能送我回去吗?"

胡三娃心中泛起喜气,忙道:"好的,没问题!"

俞萍音面上神情骤然一松,好像她生怕胡三娃会拒绝一般。

两人便又自然而然地牵手依偎着,走向广场一角俞萍音的小车处。

胡三娃想象的翅膀不由自主地就张开了,他简洁明快地直接联想起了当年黄二愣揽着俞萍音从他眼皮底下经过,然后离开广场不知所终的情景。现在看来,那肯定也是在送俞萍音回家。

不知道他当初是以什么模式送她的,胡三娃竟然有点紧张,他生怕自己的模式不够"二愣式",那样,好不容易在佳人情怀中激发起来的怀旧情绪就会逐渐消散,当她认清了他的真面目其实还是"胡三娃"而非"黄二愣"时,她对他的青睐和热情也就瞬间瓦解了。

他心中忐忑不安地想着,不过貌似俞萍音并没有对他有什么苛求,她能挽着他的胳膊,靠在他的肩上,似乎已经心满意足了。

还好,黄二愣模式并没有什么高难度的内容,胡三娃又戏谑地在心中暗吁一口气。

俞萍音载着他,慢慢悠悠地开着,并不急于回家。怪不得黄二愣每次送完她回来,都快夜里十二点了。

小车终于进了俞家豪宅所在的小区。

胡三娃再次来到这里,而且此番与前次判若云泥,上次他只是个点头哈腰的佣人,这次却已演变成耳鬓厮磨的恋人,那种荡涤心胸的惬意感和恍如隔世感轮番涌起,令他一时间忘却了境外那个波谲云诡、险象环生的世界。

俞萍音并没有将车停到地下停车场去,而是在楼前花圃的空地上停下来。

胡三娃愣头愣脑地跟着她下了车,在俞萍音转身迈向她房子所在单元门时,他有点无所适从。

他鼓起勇气,声音微颤:"董事长,我还送你进屋去吗?"

俞萍音似乎才意识到这个问题,她身形停滞片刻后,回过头来嫣然一笑:"二

二十五

愣哥每次都是送到这里就打住了,你呢,由你自己决定吧!"

听到这意味难明的话,胡三娃心中好一阵慌乱,不过瞬间他就冷静下来了,或许这就是俞萍音对他的考验,她现在对他的好感全部来源于他胡三娃与黄二愣的各种神似之处,在他还没有在她心目中建立起属于自己的地位时,万万不可破坏这种充满"异国风情"的好感,目前阶段,他还只能不折不扣地做"黄二愣",至于将来有没有可能用"胡三娃"置换"黄二愣",那就得看天理命数了!

他眨眨眼睛,故作平静:"时间有点晚了,我就不上去打扰你休息了!你进去,我就回了!"

俞萍音抬眼定定地看了他一眼:"嗯,也好,三娃哥累一天了,早点回去休息比较适宜,走,我开车送你出去吧!"

胡三娃忙道:"不用不用,我直接走出去就行了,董事长你进去吧,不用管我!"

俞萍音固执地摇摇头:"小区太大,我给你送到小区门口吧。"

就这样,胡三娃又硬着头皮坐上车,由俞萍音送到了小区门口。

俞萍音看着他挥手打到了车,才肯开车返回,在车子掉头快要进小区的一刹那,她突然探出脑袋对他丢下一句话:"三娃哥,二愣哥从现在开始可是已经改口叫我萍音了哦!"

然后她的车就绝尘而入,一溜烟消失在了小区广袤的绿树花草当中。

胡三娃坐上出租车,对着车窗外连着吞吐好几口新鲜空气,但直至回到"黄二愣"的"家",脑袋还是懵懵懂懂的。

他准备明日走访蔡家,这场鸿门宴可是当前阶段最关键的一场硬仗,必须投入全副心神。他排除一切乱绪,径直洗漱睡觉。

第二天波澜不惊如约而至,窗外阳光明媚、微风和煦,草长莺飞、鸟语花香,大千世界熠熠生辉。

他的心情也获得了难得的安宁,就是嘛,青天白日、朗朗乾坤,他蔡家就算是魔窟鬼穴,也断然不敢煌煌天日下闹鬼吧!

他再不犹豫,正要拨打蔡义诚的电话,手机突然一阵激情地震动。

定睛一看,竟是齐曼华。

罪与赎
——万象惊魂记

他问候道:"嫂子好!"

齐曼华满含怨气的话语贯耳而入:"你还知道有我这个嫂子啊!"

"咋啦,嫂子?"

"你说呢?"

"是出院的事吗?"

"好家伙,你既然知道,看来是故意的了!"她的声气更大了。

"呵,不是啊,怎么可能呢!"

"你不声不响就出院了,连个招呼都不打,别说你心里有没有我这个人了,连你眼里都没我这号人了!"

"真的不是啊,只是决定出院太仓促了!怕给你添麻烦,所以就没告诉你,想着这些天就要找个时间专门上你家里道谢呢!"

"择日不如撞日,那就今天吧,现在就过来,正好我在家休息!可别说你有事哦,你要真有诚意,就什么借口都别找,麻溜地过来!否则,否则就没否则了!"

胡三娃心道,自己几次能够顺利住院并康复出院,都有赖于齐曼华的关照,自然是不能抹了她的面子,何况先去拜访一下她一表谢意,再去闯荡蔡家也不迟。

当下痛快应允了她的邀请。

他先回宿舍洗漱整理一番,并穿戴一新,尽量一洗自己住院时的沧桑病态,可不能再激发起老护士长心中关怀患者的丝丝柔情了!

他上超市精挑细选地买了一些礼品,到得齐曼华家院门前的小巷道时,已经可以闻见小院里满园飘香,小屋里头则有锅铲翻动的声音,看来齐曼华为了迎接他的盛大回归,又准备搞一场隆重的家宴。

胡三娃其实心思尽在那蔡家巢穴,本来准备在齐曼华这里坐一坐表表礼节,就要拍马走人的,这下看来也只好把心情咽回肚子里,安心享受完这顿浓情宴再赶赴蔡家享用鸿门宴。

他心底安静下来,脚步也变得沉静,抬腿刚一迈进小院子的门槛,却和小院里边风风火火跑出的一个人撞了个满怀,两人都一时间猝不及防,他手里轻快拎着的礼品袋失手掉在了地上,来人手中的一个纸盒里的东西也撒落在地。

二十五

　　定睛一看，撞在他怀里的正是齐家小少爷，他连声道歉，顾不上捡拾自己的礼品，先去替齐家小少爷捡拾他纸盒里掉出来的东西。

　　那也是小纸盒包装的东西，一看就知道是药品，他抓起来不经意扫了一眼盒子上的药名，顺势递给齐家小少爷时，心里突然咯噔跳了一下。

　　那药名就叫"甲氨蝶呤片"，在齐家小少爷接过去的时候，他又快速扫了一眼，没错，就是那种药。

　　谢云在家里墙壁上贴着这种药的使用说明表，而齐曼华家里则备着这种药，这之间能有什么关联么？

　　当然，谢云在是药学院的老师，而齐曼华又是医务工作者，两人都是跟医药打交道的，同时拥有某种药也没什么大不了的。

　　想想自己也太敏感了，真是草木皆兵，胡三娃不由得嘲笑了自己一番。

　　他顺便问齐家小少爷："小侄子，你拿药匆匆忙忙地要去哪里呀？"

　　齐家小少爷对他不再是以前那副恶狠狠的神色，青涩地咧咧嘴，却没回答他的问题，只是说："老大你来了啊，你先等会儿，我出去办点事，回来再拜会你啊！"

　　态度语气竟然有点出奇地友好，虽然这可能是因为贾仁剑对这个桀骜少年的告诫产生的神效，他心头还是不由自主升起了几丝难言的温情："好吧，你出去小心点，注意安全！"

　　齐家小少爷对他报以古怪的一笑，弹腿一飞间，已杳无影踪。

　　胡三娃呆望着他的背影出了一会儿神。

　　齐曼华闻声从里屋走了出来。她微微扬起玉臂，笑意盈盈道："你来了啊！"

　　胡三娃报之一笑，看着她的穿着打扮，微微一愣。

　　她虽然穿着做菜的围裙，但看得出来进行过一番精心装扮，秀气的脸颊上略施粉黛，描眉画眼、涂着唇彩，穿着一条绣着荷花的草绿色连衣裙，款式优雅，应该是全新的，熨帖地束缚在她纤美的小蛮腰上，散发着阵阵清亮的光泽和新颖的气息，精致的妆容和细腻的装扮，将这个原本就清秀妩媚、风韵犹存的少妇勾勒得更是娇媚动人，尤其她此时还穿着围裙正在为胡三娃准备香喷喷的饭菜，更是在她动人的姿容上描绘出了一种生活的真实和情感的动力。

罪 与 赎
——万象惊魂记

齐曼华携着一股香风走到他的身旁，竟然毫不顾忌地一把挽住他的胳膊，嬉笑道："走吧，别门神一般杵在院子里了，屋里坐！"

胡三娃极不自在，又不好意思甩掉她温柔的胳膊，只好硬着头皮随着她进了屋子。

进屋后，他赶紧做出要存放礼品的姿势，给自己抽出胳膊的动作找到了借口，好在齐曼华也还要继续进厨房忙活，不会接着纠缠他，他方能得以彻底解放，坐在沙发上时已然一身虚汗。

缓了一会，他逐渐平静下来，一看齐曼华还在厨房忙得不亦乐乎，便站起来，走到厨房门口说："嫂子随便做两个菜就行了，不用这么麻烦的！"

齐曼华斜睨他一眼，娇嗔道："那哪行，你好久没来嫂子家里吃饭了，所以今天得加码！"

"真的不用了，我一会儿还得去忙事情呢！可能不能呆太长时间！"

"怎么着？难道嫂子这里是魔窟，这么着急离开！"

"嫂子别误会，我是真有事，你也是知道的！"

"还是去调查案子的事？"

"是的！"

齐曼华抿嘴想了想："今天叫你来，也还就想跟你谈谈这方面的事呢，这样吧，你就安心在客厅里呆着，看电视也行，屋里找本书看也行，总之，不许再着急！"

一听齐曼华一会儿要跟他谈有关案子的事，胡三娃心中一动，立马就老实下来，回到沙发上坐定。

他懒得去开电视机了，就拉开沙发前边复合式茶几的抽屉，想找本书打发闲时，谁知抽屉里没有书，却是一个药品柜，满满当当的全是各种各样的药，其中就有很多甲氨蝶呤片。

原来是齐曼华家里的药箱，他再次想起齐家小少爷拿着药风风火火往外跑的场景，不由得大声问道："嫂子，小侄子拿着药急匆匆地往外跑，他是要干啥去啊？没啥事吧？"

"没事儿，这小冤家看我在医院工作，把家里当药厂了，他的那些狐朋狗友们

二十五

谁家里要是需要什么药,他都从家里拿过去讨好巴结人家,我都习以为常了!"

胡三娃恍然点头,不再着意,继续在另一个抽屉里翻找出一本闲书,有一搭没一搭地瞎看起来。

终于盼到齐曼华做好了饭菜,她准备得太丰盛了,简直如同举行一次家庭盛宴一般,满院飘香,屋里屋外每一个角落都灌满了香喷喷的气息。

置身其间的胡三娃胃肠蠕动、垂涎三尺,美食的诱惑太巨大了,此时就是拿根鞭子撵着他走,估计也撬不动他粘滞的脚步。

齐曼华精美的妆容上神情更是愉悦,她巧笑嫣然地将饭菜悉数端上桌来,然后又找出两只高脚酒杯,从柜子里取出珍藏的红酒。

胡三娃连声制止:"嫂子,酒就别喝了吧,一会儿真有安排呢!"

齐曼华白他一眼,娇嗔道:"难得嫂子这么有兴致,你就要这样扫兴吗?"

胡三娃无奈一笑,只好作罢。

齐曼华面现得意之色,给两人倒上红酒。

然后她就势举起杯来:"三娃兄弟,感谢你一直以来的帮助,嫂子敬你一杯!"她仰起头来一饮而尽,喝完后,将酒杯倒转,定定地笑望着胡三娃。

胡三娃也只好一饮而尽。

齐曼华又给两人倒上,说:"先吃点菜,尝尝嫂子的手艺怎么样!"

说着,就往他前边的菜碟上不停夹取各种美味佳肴。

胡三娃抬头望望屋外:"咱们不等一下小侄子了吗?"

"那野小子,天马行空的,不定跑到哪里撒野去了呢,不用管他!"

"可是他刚才说,他先去办点事,一会儿还要回来拜会我呢?"

"拜会你?哈,你听他瞎胡扯,放心吧,他指定不会回来了,你就安心喝酒吃菜吧!"

胡三娃望一眼眼前的美味,香味沁人心脾,忍不住咽一口口水,再也顾不得那许多,开怀大吃起来。

待他吃了个痛快,齐曼华又举起杯来,笑道:"来,嫂子再敬你一杯,感谢你今天百忙之中抽出时间来陪嫂子喝酒,真是太开心了!"

罪 与 赎
——万象惊魂记

话落，又是一饮而尽。

胡三娃有点吃不消了，忙道："嫂子，悠着点啊，吃菜为主，喝酒为辅呢！"

齐曼华只是倒转酒杯笑望着他，根本不容他耍滑头。

胡三娃苦笑道："就这最后一杯了啊，可不能再这么喝了！"

无奈之下，也是一口喝光。

齐曼华又给两人满上，点点头道："好，痛快，看三娃兄弟这么痛快，嫂子这些年的憋屈也都释放了，来，吃菜吃菜！"

又是一阵疾风骤雨的夹菜盛汤。

待胡三娃吃喝一阵，她又举起杯来说："来，三娃兄弟，因为你的教导，我那犟子现在也要守规矩多了，嫂子对你感激不尽，一杯薄酒，向你致敬！"

一仰头，又是一干二净，胡三娃想要出手制止，根本来不及。

她盈盈微笑望着胡三娃。

胡三娃苦不堪言："刚才不是说了，就是最后一杯了么？"

她微笑着连连摇头："喝酒起码喝三杯，要不不吉利啊，再说，嫂子感谢你对犬子的调教，也寄予着希望他今后能够改邪归正、成材成器的美好愿望，这个心意你必须得领嫂子的啊！"

话都说到这个份上，还能怎样，胡三娃无奈，只好再次干杯。

齐曼华还要斟酒，胡三娃连忙用手挡住杯口，连声说："真不能喝了！"

齐曼华撅嘴不满道："总不能让杯子空着啊，这多不吉祥，先倒上，喝不喝一会再说！"

哭笑不得之下，只好又让她倒上酒。

然后又是夹菜，劝吃劝喝。

做好铺垫，齐曼华又要端起酒杯，胡三娃抢先说道："嫂子，这会无论你说什么，都是不能再喝了！你看样子也不能喝了！"

齐曼华这时候已经有点酒劲上头了，粉脸绯红，像个饱满光润的西红柿，但她还是满不在乎地说："我刚做了个铺垫呢，我这肯定没事，再说，要是不喝酒，一会嫂子可没法跟你说调查的事呢？"

二十五

"喝酒跟这个还有关系吗?"

"当然有关系!"

既然事关查案的事,就是醉死也得喝啊,没辙,只得任由她继续举杯,两人继续干杯。

完事,胡三娃已经没有吃菜的心思了,紧问道:"嫂子,你讲讲吧,你想告诉我什么事?"

齐曼华只是摇头说:"不着急,先吃菜喝酒,来,尝尝这个!"

又给胡三娃夹一筷子菜。

胡三娃摇摇头说:"我都已经吃饱了,吃不动了,还是先聊聊!一会儿有胃口再吃!"

齐曼华又举起杯来,满眼迷离地望着胡三娃,笑道:"吃不动那就先喝,喝完很快就恢复战斗力了!"

胡三娃哭笑不得:"嫂子,真不能喝了,咱俩谁也别喝了!"

齐曼华固执地举起杯说:"这一杯肯定得喝,三娃兄弟,你这次大难不死必有后福,嫂子祝愿你从此否极泰来、远离危险、永葆安康!"

胡三娃心中感慨,既然这次敬酒只牵涉对自己的祝愿,他便坚定心意,决定通过牺牲自己的利益来阻断齐曼华的肆意酗酒。

看他无动于衷,齐曼华突然嘻嘻一笑,再说话时舌头已经微微打颤了:"三,三娃兄弟,你,你不是想听嫂子讲一些事情么,来,这,这是最后的干杯,嫂子保证,喝完,嫂子什么都说给你听!"

胡三娃皱着眉头盯着她,不置可否。

齐曼华神秘一笑:"你,你放心吧,嫂子说话算话,绝,绝不食言!"

说完,她率先举杯一饮而尽。

胡三娃也已经有点晕晕乎乎了,又被她的话蛊惑,一下子没控制住,也跟着喝了。

齐曼华终于停止倒酒动作了,胡三娃稍稍放下心来。

不料,她那一双被酒精醺红了的朦胧媚眼,却火辣辣直勾勾地盯着他的眼睛,一眨也不眨,眉梢眼角全是暧昧的幽光。

罪与赎
——万象惊魂记

胡三娃呆呆地回望着她，如坠十里云雾，茫然道："嫂子，怎么啦？"

齐曼华扑闪一下迷离的眼睛，竟似平静了少许，却幽幽一笑："三……三娃兄弟，嫂子有个冒昧的问题，请你回答！"

"嫂子你说！"

"你讨厌嫂子吗？"

"当然不啊！"

"那……那，如……如果让你和嫂子生活在一起，你愿意吗？"

"啊！"

"当……当然，不一定是让你娶嫂子过门，只是生活在一起，如果你愿意，可以做嫂子的夫君，不愿意，就做嫂子的兄弟，总之，要生活在一起，你明白吗？愿意吗？"

"这……这，我，我，我……"胡三娃根本不知道何言以对。

齐曼华凄楚一笑："当然，嫂子知道你喜欢的是俞家大小姐，这个一目了然，嫂子又不愚钝，哪能不知道！不过……"

她话锋一转，胡三娃跟着精神一紧。

"不过，正是因为这一点，嫂子今天才这么没羞没臊地向你做出这样大胆的表白，如果你喜欢的不是俞萍音，而是别的哪位姑娘，或许嫂子就将对你的感情深埋在心里，再也不会表露，甚至会热心促进你和那位姑娘的感情，但是俞姑娘，嫂子真的不能沉默了！"

胡三娃皱紧眉头，欲言又止。

齐曼华苦然一笑："嫂子知道你心里怎么想的，不过你可真的不要以为是因为嫂子嫉妒俞萍音，也不是因为嫂子曾经跟她有过嫌隙，嫂子还不至于如此小肚鸡肠，而是因为……"

胡三娃下意识地伸长脖子，侧耳倾听。

齐曼华突然神情一凛："其实说来很简单，是因为我绝对不能再眼睁睁地看着你重蹈二愣兄弟的覆辙！"

胡三娃略一愣，心里不自觉飘过一丝感动的雨雾，却又为齐曼华透露的是这样

二十五

一个几乎众所周知的原因而大失所望。

齐曼华淡定道："我知道你可能会对我的解释不屑一顾，但是请你必须严正对待我说的这一点，这不是开玩笑，也不是信口开河，而是几乎已成不争的事实！"

胡三娃心念一动："好吧，就算我可能会重蹈黄总的覆辙，但是这跟俞萍音又有什么关系呢？我不和她恋爱，和你结合在一起，难道这个命运就会改变吗？"

齐曼华坚定点头："我觉得是这样的，要阻止你命运的轨迹，只有在这样的关键环节改弦易辙，舍此别无他路！"

胡三娃挠一挠通红的脑袋，一头雾水："有什么依据没有？"

齐曼华一脸郑重："要说依据，也绝不是想当然的，其一，从形式上讲，为什么至此大家都认为你的命运必然会跟黄二愣一样，其实没什么道理可讲，就是因为你此前的命运轨迹完全和他一模一样，几乎完全是他的经历重演，要在一开始阶段，或许还可以用巧合来解释，但是发展到现在就算傻子也不可能这么认为了，现在你们的轨迹只剩下小半段还没重演完，除非奇迹出现，或者横加干预，改变形势，否则历史必将重演；其二，从逻辑上讲，无论黄二愣也好，还是你胡三娃也罢，为什么你们的经历会如此雷同，略略一想，就能想到，将你们两个紧紧扭结在一起的其实就是一个女人，俞萍音，可以想见，正是因为你们两个对她共同的爱，才发展出了如此惊世骇俗的雷同情节。"

不待胡三娃发话，她又斩钉截铁地说："这些天我一直在绞尽脑汁地想方设法，怎么才能帮助你逆天改命，基于上述两点依据，我认定改变你命运的唯一办法就只能是这样了，那就是终止对俞萍音的感情，从黄二愣的既有轨道中走出来！否则，后果不堪设想！"

胡三娃一边听一边仔细玩味着她的话，虽然听起来很荒谬，但是在如此离奇的现象面前，或许也只有听起来荒谬的道理才是真正能够应对这种现象的道理，他心中感慨难言，略作斟酌后，戏谑一笑道："好吧，就算你说的有点道理，我可以通过终止对俞萍音的感情来改变凄惨的命运，那这也不代表我一定要跟你结合在一起啊，嘿嘿！"

齐曼华脸上一阵黯然神伤，她紧抿一下嘴唇，凄楚一笑道："当然，理论上你

罪与赎
——万象惊魂记

说得对，但是，现实中呢，你想过没有，以你对俞萍音那么深厚的爱意，硬生生地要中断你对她的感情，估计没有可能性，想来想去，唯一的办法，就是必须有另一个女人来转移你的注意力，甚至哪怕转移不了你的注意力，能够约束你的行为也可以，而根据我的判断，在你认识的这些女人中，愿意像我这样费尽心机来帮助你脱险解困的女人恐怕再难有第二个，所以我义不容辞。这就是我今天没羞没臊地提出要和你生活在一起的缘由！"

胡三娃心中之苦涩难以言表："原来你要跟我生活在一起，是为了行侠仗义！"

齐曼华娇羞一笑，叹道："唉，要说全是义气使然，那也太有点没脸没皮了，我承认，主要还是私心作祟，我想要完成一个一直以来横亘在心里不吐不快的夙愿，我不想再错过这个机会了！"

胡三娃惊奇道："什么夙愿呢？跟这个有关？"

齐曼华不好意思地笑了笑，嗫嚅道："这个嘛，嘿，三娃兄弟你是知道的，我以前不是也认识了二愣兄弟么，在和他的接触中，嗯，也对他产生了好感，后来，就不知不觉喜欢上了他，但是，考虑到他对俞萍音浓厚的感情，就一直压抑着没有表白，想的是喜欢一个人就要成全他的幸福，结果，唉，我没有成全他的幸福，却成全了他的死亡，我自己的感情也憋在心里弄得自己死去活来，痛不欲生。现在好啦，你胡三娃又像黄二愣一样横空出世，一开始我还有点错愕不已，犹豫不决，现在我越来越觉得你就是黄二愣再世，由一开始的幻觉转变成现在的直觉了，老天爷将你再次送到我面前，或许就是给我一个改正错误的机会，既然如此，我岂能再错失一偿夙愿的良机！"

胡三娃心里翻江倒海，好一会儿，才讷讷苦笑道："这么说来，你也是把我当作黄二愣的替身来享用了！"

齐曼华神情一呆，略作斟酌道："我也搞不清，但是这又有什么关系呢，反正当初是喜欢黄二愣，现在是喜欢你胡三娃，不管你是不是他，反正我现在喜欢的是眼前的这个你，这一点是很明确的！"

胡三娃苦笑着摇摇头，齐曼华的一番稀奇古怪的话，把他的酒意也驱散了很多，他既觉荒诞不经，又感心慌意乱，突然站起来说："嫂子，你要说的就是这些了吧？"

二十五

齐曼华也紧跟着站起来，错愕地望着他，不知所措地点点头。

胡三娃淡然一笑："谢谢你的这顿美味的午餐，还有你美好的心意，那我就先走了！"

齐曼华神情紧张，脸色一阵青红皂白，语声微颤："这，这就走了？你，你还没回答我的问题呢！"

胡三娃坦然笑笑，张嘴欲言，这时，猝不及防地，齐曼华突然纵身扑进他的怀抱，两片鲜艳欲滴的嘴唇泰山压顶一般直接封盖住了他微微张开的嘴巴，她那香软滑嫩的舌头像条小蛇一样灵活地探入他的嘴里，在他粗大的舌头上和唾液四溅的口腔里一阵猛烈地翻搅。而她原本柔嫩的胳膊此时却爆发出无穷的力量，像钢筋铁闸一样牢牢缠匝在胡三娃的腰身上，使他无可挣扎，只能无所适从地和她亲热。

一直被她吻到嘴皮发麻、舌头发烫，她那嘴里如兰的幽香加上醇厚的酒气构成一种奇特的气味，直把他弄得昏昏欲醉时，她才松开嘴巴，又将头埋在他怀里安静地呆了好一会儿，才缓缓松开铁匝一样的手臂，在他怀里兀自喘息不已。

胡三娃心中慌乱至极，面上也是尴尬不已，他使劲呼吸了好几大口气，才堪堪平静了起伏的心跳，他缓缓掰开了齐曼华的胳膊，齐曼华身子软软地摇摇欲坠，他只好搀扶着她，让她在沙发上坐下，他直起腰身想要离开，熟料齐曼华将胳膊蓦然吊在他的脖子上，抱住他的脑袋又是一阵狂吻。

胡三娃任由她将这一轮情感发泄完毕，最后趁着她瘫软在沙发上没有力量再强行拥吻他时，他匆匆站起来，远离了她，站到了门口。

他想要抱头鼠窜而去，但看着软哒哒蜷缩在沙发上啜泣的齐曼华，又觉于心不忍，当真是左右为难，进退失据。

熟料齐曼华却于呜咽啜泣中突然坐起身来，抬起袖子胡乱抹一下梨花带雨的脸庞，凄然一笑道："你走吧，不用管我！"

胡三娃心中的那丝柔情被生硬地击打了一下，叹口气道："对不起，嫂子，我，我真的不能接受你的感情！请你谅解！"

齐曼华似乎经过一番狂乱的发泄，已然变得平静，她淡然一笑道："你已经用你的行动作出回答了，所以什么都不用说了，一走了之吧！"

罪与赎
——万象惊魂记

胡三娃叹口气，狠下心，抬腿就要走。

又听齐曼华无比郑重地说："我的感情你可以置之不理，但是我的忠告希望你能牢记于心，为了你的性命，请远离俞萍音吧！"

胡三娃心中迷乱不堪，竟回头冷冷一笑："没有什么结局比远离俞萍音更凄惨，所以，嫂子，我只能说谢谢你的好意了！再见！"

刚一振身形，只听齐曼华仍然不甘心地说："那么至少，你不能再接着调查什么案子了，尤其，绝不要再去调查什么蔡家！"

胡三娃停住脚步，转过身去，淡定地望着她，脸上露出着意的神情，慨然一笑道："如果我不继续调查俞伟民和黄二愣的案子，不再去那蔡家虎口探险，俞萍音就会远离我，而'俞萍音远离我'是唯一比'我远离俞萍音'更凄惨的结局！"

话落，他昂然举步，毅然决然地走出屋门。

出门一看，院子当中，迎面立着一个人，他小小的身子骨像座小碑石一样一动不动，惊诧不已地凝望着胡三娃。

齐家小少爷竟然什么时候回来了，看来他回来已有多时，他母亲疯狂拥吻胡三娃的场景，他多半也是看到了的。

胡三娃脸上一阵骚热，尴尬地走到少年的身旁，拍一拍他瘦弱的小肩膀："小侄子，去好好照顾你的母亲吧，她太不容易了，今后就全指望着你了！"

说完，也不容少年对他有什么表示了，留下哀怨幽鸣的齐曼华和呆若木鸡的齐家小少爷在空寂的院落里默默冷凝，怆然离去。

几乎是抱头鼠窜，快步走过小巷道，来到门前马路上，望着熙熙攘攘的人群，他才抬起头来，长长地出了一口气。

其实他对于那对孤儿寡母的可怜处境又何尝不是心如刀绞呢，但齐曼华的猛浪之举确实太具冲击性，令他一时间心神大乱，如果不狠心慧剑斩情丝，只怕要引发她一浪高过一浪的情感倾泻和情绪冲动，那就根本无法收场了。

话又说回来，他对齐曼华也并不是毫无感情，一开始可能只是彼此怜惜，之后他们又彼此关爱，再加之他与黄二愣的惺惺相惜之情在他与她之间的移情转化，如此构建起来的复杂情感其实也挺荡气回肠的。问题的关键是，他已经不知不觉间对

二十五

俞萍音产生了浓厚的情感，有这么深重的情感横亘在他和她之间，他已经不可能再去接受她的感情了。更何况她对他的感情并不真实，只不过是她对黄二愣的感情的一种贱卖和折现而已，这一点尤其令他心生块垒！

当然，这也只不过是他在自欺欺人给自己找借口，难道俞萍音对他的感情就不是她对黄二愣感情的隔空转嫁吗？

俞萍音的感情他为什么就能怡然自得地接受呢？

他不由得苦笑着摇摇头，竖起一根指头戳戳自己的额头，然后使劲晃晃脑袋，不再投入心神在这些缠绵悱恻的儿女情长上边，他现在赶赴的可都是生死大事，哪还有心力在这里伤春悲秋！

二十六

罪与赎
——万象惊魂记

他对着午后明媚的太阳，长长地吐了一口气，有一种尽抒胸臆的感觉。

然后他找了个略微安静的街角，准备给蔡义诚打电话。

刚调出蔡义诚的电话，还没摁下拨号键呢，他的手机一震，又有一个电话抢入进来，定睛一看，却是谢云在。

他愣了愣神，摁下接听键。

谢云在爽朗的声音贯耳而入："三娃兄弟好，不好意思打扰您一下！"

"没事，请讲！"

"您一会儿下班后有时间吗？"

"咋啦？"

"我一家三口想邀请您来家做客！还望您赏光！"

"一家三口？"

"对啊！小菲儿已经正式入住我家了，从此成了我们的女儿，我们三口之家又圆满了！"谢云在的声音显得无比的兴奋。

"奥！那太好了！恭喜啊！真替你们高兴！"胡三娃也激动得连声道好。

谢云在高兴而又动情地说："是啊，这一切都是拜您三娃兄弟所赐，我们一家三口感激不尽，听说您已康复出院，就迫不及待想要邀请您来家做客，也是感受一下我们的幸福，表表我们的谢意！"

"嗯，应该主要还是黄二愣的功劳，我只不过是顺水推舟！"

"对对对，是二愣兄弟和三娃兄弟共同的壮举挽救了我们这个家庭，我们今天

二十六

既是感谢您,也是借由您来表达对二愣兄弟的由衷感谢!"

胡三娃听得心里一阵发麻,不过终归还是被谢家的漫天喜悦所浸染,心情变得轻快了很多。他想了想,自己虽然酒劲已过,但酒气犹存,以这样的姿容去拜访那威名显赫的蔡家确实不太妥当,尤其还是带着质疑的姿态汹涌而去的,还是得相应配备一种庄重严肃的基调比较适宜。

他决定接受谢云在的邀请,他也确实想感受一下那一家三口的幸福情状,那可是自己的丰功伟绩啊,那种成就感一定会令人陶醉。此外,他还依然对黄二愣经常探访谢家这一事实念念不忘,他也不妨依样画葫芦地保持这样一种模式,说不定就能嗅出一丝不寻常的气息。

结束通话后,他想了想,还是给蔡义诚打了电话,去蔡家那样的大户人家拜访,提前预约时间才能尽显尊重。刚才他匆匆忙忙决定即兴前去拜访,那都是有点被美酒和美人烧坏了大脑神经了。

蔡义诚也以前所未有的神速接听了他的电话,听说他要登门拜访,更是连说"欢迎",其热情态度,兴奋情状,与前一阵子胡三娃受到的冷遇简直天壤之别,令人唏嘘不已之下又有点隐隐难安。

当即两人定好第二天上午9点的拜访时间。

没想到事情会这么顺利,这令胡三娃大感痛快的同时,又有点茫然不解。

前一阵子蔡义诚不接自己的电话,名义上以出国在外为理由,其实肯定是故意回避,而现在又态度大变,热情似火,其中必有曲折和隐情。

也罢,不管是火坑还是火炕,是夺命绳还是橄榄枝,且等明日咬牙跳进去再见分晓。

他不急着去谢云在家里,心情经过慢慢修饰变得平实下来,真是难得的闲适时光,他干脆在街上优哉游哉地闲逛起来,静等酒气消散,神态回归。他希望自己一会儿带入那个幸福的三口之家的是安详和宁静的气息,并非焦躁之情和污浊之气。

他在街头巷尾踯躅独行,走街过巷有那么几个街区后,他突然感觉有点不对劲,隐隐觉得总有个尾巴在远远地跟随着自己。一开始他还觉得可能是自己酒气上涌神经过敏了,可当神智越来越清楚,这种感觉却越来越浓烈时,他就不敢大意了,每

罪与赎
——万象惊魂记

每有此感觉时,他就干脆驻足回头,远远观望,却又什么都没瞧见。

他不由得皱紧了眉头,难道真的是被这段时间来的惊险经历所催眠和暗示,使自己变成了惊弓之鸟?

如此五次三番地折腾而一无所获之后,他索性收敛神思,听之任之了。

管它呢,既然已经打算探访阴曹地府,难道还会怕见到妖魔鬼怪?

他放平心态,待到酒气完全消弭,颇有几分神清气爽、正义凛然的时候,他最后一次驻足回头遥想了一下那个无形的追踪者,就招手打了个车,直奔谢云在的家。

到了小区门口,再最后一次仔细回望确认没有人跟踪至此,才打电话通告了谢云在。

谢云在的家里完全一派热火朝天的气氛,热辣辣的香味和生机勃勃的气息,早已不是那扇厚实严密的防盗门能够关得住的,胡三娃站在屋门前,就已经将这幸福味儿闻了个脑满肠肥。

他一摁门铃,里边即刻响应,门应声而开,先是一股沁人心脾的饭菜香味迎面撞来,随之又是噼噼啪啪一串热烈的掌声灌入耳鼓。

这一家三口闻声而动,竟然在门后列队鼓掌欢迎他,这样的礼遇,对于这样三口之家而言,确实不亚于接待国家元首的规格了。

胡三娃备受感动,尤其看到小菲儿那小小的身形站在谢云在和宋菲婷中间,脸上如同蓓蕾绽放般春光明媚,虽然笑得腼腆而羞涩,但是早前在孤儿院那个神情忧郁、态度淡漠、性情孤僻的小不点完全脱胎换骨、涅槃重生了。

胡三娃一时兴起,一把将小菲儿抱起来,在她娇嫩的小脸蛋子上亲了一口,啧啧赞叹道:"小菲儿越来越漂亮了,叔叔爱死你了!"

惹得小菲儿嘻嘻一笑,也抱住胡三娃的脖子回报以香喷喷的一口。

胡三娃故意咋呼道:"哇哇,好香啊,再来一口!"

这下子,惹得一家子全都哈哈大笑起来。

欢声笑语、浓情蜜意一起荡漾在这个菜香四溢的温馨居室里。

宋菲婷一脸母性的光辉和柔情,眉梢眼角是发自肺腑的快意和满足,早前在孤儿院那个悲悲戚戚、痛彻心扉的妇人形象已荡然无存,她和胡三娃热情地握着手,

二十六

　　连声说着感谢时激动得语声都有点哽咽了。她把胡三娃让到客厅就坐，又是倒茶敬烟又是削苹果剥橘皮，总之，恨不得使出一切她能想到的表达手段来表达心头澎湃的感激之情。反向观之，当年俞氏公司有毒食用油害死她的女儿之后，她又何尝不会是恨不得使出一切她能想到的报复手段来宣泄心头澎湃的仇恨呢？

　　胡三娃由此及彼地联想着，在宋菲婷热情周到细致的服侍下，他竟凭空感觉到了丝丝凉意。接过她递送过来的水果时都不免感到别扭了。好在她热情周到地表达一番后，又钻进厨房忙活起来，这才让胡三娃有心灵松绑的感觉。

　　不过他很快又为自己的胡思乱想倍感歉疚，人家好心好意殷勤待客，言行举止里无不浸透着万分的真诚，他却任由自己狭隘的心田里毒苗滋长、杂草丛生，实在是太不应该了，要遭天谴的。

　　他暗暗诅咒着自己，收拾好心情，和谢云在不咸不淡地闲聊起来。

　　小菲儿一会儿偎依在他的怀里，一会儿又偎依在谢云在的怀里，黑宝石般的小眼睛一眨一眨的，就好像她也在认真听讲一般。

　　过了一会儿，她可能听得没劲了，就站起来，独自离开，进了属于她的房间，门关上，也不知道在里边忙活什么。再过了一会儿，门又开了，她焕然一新地款款走了出来。

　　胡三娃嘴里聊着天，其实一直关注着小菲儿的一言一行，他想弄明白小菲儿是否已经真正融入到了这个崭新的家庭。

　　当看到小菲儿从她的小屋里出来，他先是一怔，继而不由自主站了起来。

　　原来小菲儿去屋里换衣服了，她换了一身雪白的小小连衣裙，腰身上绣着翠绿的牡丹，勾勒着她娇小的身段，显得精致而优雅，像个小花仙一样精灵可爱。

　　令胡三娃耳目一新的倒不是小菲儿穿戴得这么光鲜亮丽，而是小菲儿一旦穿上这身服饰，他就觉得异常的熟悉，有种浓烈的似曾相识的感觉。就好像小菲儿是他的老朋友似的。

　　果如所想，小菲儿穿着这身崭新的衣服，小脸蛋子上挂着盈盈笑意，踏着模特走台般的优雅步伐，款款地来到客厅的神龛下边立定，对着胡三娃招招小手，神秘地眨眨眼："叔叔你看，我跟照片上这个小女孩像不像？"

罪与赎
——万象惊魂记

胡三娃这才恍然大悟，刚才愣是半天想不起来在哪里见过小菲儿这副样子，原来竟是上次观察过的谢氏夫妇爱女谢佳菲的那副模样。

他连忙走上前去，再仔细观察了一下墙上的照片，对照了一下生活中的小菲儿，不由得连声啧啧称奇，之前还只是觉得小菲儿很像墙上照片中的小女孩，这下小菲儿穿了一身和照片中小女孩一样的衣服，两人就完全一模一样，简直就像一个模子里印出来的了，比孪生姐妹还要更像一些。

他一时情动，抚摸着小菲儿乖巧的脑袋，由衷地赞道："小菲儿简直就是照片上那个小姐姐的化身，你们俩都像小天仙一般的美丽！"

熟料小菲儿摇摇脑袋，一脸严肃："不，叔叔说错了，照片上这个小女孩就是我，我就是照片上这个小女孩！我们是一个人！"

胡三娃愣了愣，连忙附和道："是的，是的，小菲儿就是那个小姐姐，那个小姐姐就是小菲儿，是叔叔有眼无珠，没看清楚！"

小菲儿这才满意地点点头，又眨眨眼睛说："那叔叔能不能告诉我，我是什么时候到了照片上的，我怎么没和谢爸爸宋妈妈照相，就到那上边去了呢？"

胡三娃和立于一旁的谢云在对望了一眼，后者朝他茫然地笑笑。

胡三娃心思电转，随即一本正经地笑道："小菲儿其实很早很早以前就已经和谢爸爸宋妈妈快乐地生活在一起了，只是后来小菲儿突然有一天做了一个梦，那个梦很长很长，也很可怕，等小菲儿醒来时，已经到了伍院长那个大家庭里，也失去了记忆，把以前的一切全都忘记了，谢爸爸宋妈妈费尽千辛万苦地寻找小菲儿，后来在黄二愣叔叔的帮助下，找到了你，但是你已经把他们都忘记了。现在好啦，你们又重新快快乐乐地生活在一起，以后再也不会分开了！"

小菲儿一脸恍惚的表情，她黑宝石般的小眼珠子滴溜溜转着，如同在细细琢磨胡三娃话中的含意，若有所思片刻后，她点点头，又扑闪一下小而黑亮的眼睫毛说："那如果以后又做一个那样的梦？我是不是又要离开谢爸爸和宋妈妈呢？"

谢云在面上神情一紧，眼看着就泪眼朦胧了。

胡三娃心中一酸，一把将小菲儿揽在怀里，静静地抚摸着她稚嫩的小肩膀，意味深长地说："小菲儿放心，只要有叔叔在，就绝不允许世界上再有那样的噩梦存

二十六

在了！"

　　小菲儿将脑袋深深地扎在胡三娃的怀中，安静地蛰伏着，一动不动，似乎她终于找到了安全的港湾，再也不愿去经历惊涛骇浪。

　　谢云在真情涌动，也不由自主走过来，揽住小菲儿的另半侧身子骨，眼里亮晶晶的深情无限。就这样，两个大男人紧紧拥着一个小女孩，在神龛里头小女孩目光默默地注视下，尽情疏泄着心胸中疯长的柔情。

　　默然片刻，胡三娃的目光自然而然地又落在了神龛上边那张甲氨蝶呤药品使用说明表上，他细细地审视了一遍后，好奇道："谢大哥，你为什么要将一张甲氨蝶呤的药品使用说明表贴在这里呢？"

　　谢云在略作犹豫，不答反问："三娃兄弟上次不是问我，二愣兄弟在跟我家的交往当中是否有什么不同寻常的地方么？"

　　胡三娃连忙点头，好奇地等候答案。

　　谢云在眉头微皱："我后来仔细想了想，要说不同寻常，就这一点不同寻常，他每次来都会在这张表前驻足，细细审视良久，我不知道我这张随意贴上去的表对他有什么重大意义，问他他也不回答，总之，他似乎对此很感兴趣！至今，我也不知道他是否从中看出了什么！"

　　胡三娃心中蓦然大动，瞪眼道："此话当真，黄总对这张表很重视？"

　　得到谢云在的肯定回答，胡三娃好奇心大炽，将小菲儿让到谢云在的怀里，走得更靠近神龛一些，盯着那张表一字不落地再看了一遍，还是原来那些内容，没看出所以然来，最后，他又展开想象，试图从字型和表框的图形中看出什么抽象和象征的意义，当然，也是白忙活一场。

　　看得头昏眼花时，宋菲婷宣布饭菜已经做好。

　　小菲儿经历过一场文化的寻根和哲学的思考后，似乎对自己入住这个家庭找到了理论根源和科学依据，她明显比刚才又要活泼欢快一些了，也成了融洽气氛的发动机。

　　她也跟着宋菲婷一起忙前忙后地张罗着吃饭，像个小大人一样，逗得三个大人忍俊不禁，她的俏皮伶俐、活泼可爱感染了胡三娃，使他暂时忘却了弥漫在心头的

罪与赎
——万象惊魂记

疑云，全身心投入到了这一场亲情欢乐颂的动人旋律和家庭和谐曲的快乐节奏当中。

虽然查案以来历尽劫难，随时性命堪忧，但能够为人间带来这样幸福的图景，便足以告慰他不久之后就要诞生的在天之灵了！

从谢云在家里告辞出来，徜徉在霓虹闪烁的大街上，回想着刚才在谢家感受到的那种圆融和美之境，他不由得开始戏谑地对比自己即将到来的凄惨结局。

如果不尽快主动破解俞伟民和黄二愣的死亡密码，而是顺其自然地按照黄二愣的轨迹走到终点，那诚如齐曼华所言，上述结局几乎已成定局。

可是那死亡密码究竟是什么呢？

胡三娃原本是打算顺着黄二愣的轨迹走下去等着真相随着自己的惨死悄然袭来的，但是现在似乎突然之间嗅到了死亡密码那一串串机械数字的铁锈味，他又有点不甘心了。

黄二愣对甲氨蝶呤的药品使用表产生了浓厚的兴趣，他最后到底有没有从中发现什么秘密呢？

难道他也只是像自己一样，看到了齐曼华家里有这种药，而谢云在家里又有这种药的说明表，便由此及彼地产生了好奇心？

这个还真是不好说，什么可能都存在，也就等于什么都没说，貌似突然有重大信息降临天际，其实一点都无法呈上案头，一切归零。

没辙，目前看来，这个信息也只能存而不论了，还得老老实实照着黄二愣的轨迹慢慢走下去，如果此后再无重要信息出来与之响应，他依然无法提前破解死亡密码，也还是只能心不甘情不愿地静待最终的凄惨结局来告诉他死亡的真相。

一念及此，他苦笑一下，无奈地终止了自己毫无意义的空想，恍恍惚惚地回到了公司。

回到公司时，已是月上中天，公司广场上边甚至比美食节那晚还要热闹，一眼望过去，似乎又增加了不少游艺节目，到处张灯结彩、游人如织，柔美的音乐在广场上空四溢、沁人心脾，喷泉如浓郁的美酒般四处泼溅，令人醺醺欲醉。这晚的月亮也是格外的娇美圆融，将她妩媚的光影遍洒天地人间。

胡三娃由衷地感慨着宋红琳的能干，对公司的光明前景和勃勃生机更加充满了

二十六

信心。不过此时他却无心眼前这等快乐的光景,略略浏览了一下这欢腾的场面,就穿过熙熙攘攘的人群,经过岗亭,对着试图跟他热络打招呼的张合军只是微一点头,便匆匆走了进去。

他也不知道自己为什么这么急于回来,理论上讲,外边的盛世欢腾景象和这里的凄零冷清气象对比,应该留在哪里是一目了然的。

他恍惚着走到办公室门前,掏出钥匙准备开门时,才恍然惊觉门是虚掩着的,门已打开,里头有人?他心里先是本能地咯噔跳了一下,很快他就反应过来了,心头漫上一种难以言说的欣喜。

屋里没开灯,月光勉强探进些许身影,显得朦胧而昏暗,所以他还是不敢贸然进入,轻轻敲了一下门,柔声问道:"董事长,是你吗?"

无声无息,如若空门。

他心中一紧,再轻轻敲了敲,继续问道:"董事长,你在里边吗?"

一片死寂,毫无反响。

胡三娃心中本能地开始发沉,心道,莫非她在里边睡觉?那为什么不关门呢?

他加大力度再敲了敲,提高声气颤声问道:"董事长,你在里边吗?我可以进来吗?"

还是没有任何反应。

这下胡三娃有点着急了,再也顾不得那许多,一把将门推开,摁亮门口墙壁上的灯开关。

屋里一片雪亮的同时,一对痴情绵绵的眸子之神光如同穿越时空一般钉在他迷茫的大眼上,深情专注,纹丝不动。

可不,一个温婉动人的身影安静地坐在黄二愣的办公椅上,好整以暇地凝望着他,脸上浸透着甜甜的微笑。那不是俞萍音又能是谁?

胡三娃心跳平定之后,笑道:"董事长,你在啊,怎么不应一声呢?"

俞萍音美丽的小嘴突然不满地撅了一下,娇嗔道:"你还好意思质问我呢,你是怎么称呼我的?"

胡三娃略一错愕道:"称呼?不就是喊的董事长么?"

罪 与 赎
——万象惊魂记

俞萍音黛眉一蹙:"对啊,你觉得这个称呼合适么?"

胡三娃恍然憨笑道:"这个啊,嘿嘿,这不是叫顺口了嘛!"

俞萍音不依不饶道:"那你是要顺着口来,还是要顺着心来?"

胡三娃心中突感无比快意,忙举手投降做求饶状:"哈,我知错了,再不敢瞎叫了!"

俞萍音白了他一眼,莞尔一笑道:"昨晚刚告诉过你,二愣哥已经开始改口叫我萍音了,现在在他的办公室里,再跟你郑重强调一下哦!也算是在他的见证下!"

胡三娃心里瞬间飘过一团黑沉沉的白云,心情很难说出是个什么滋味,既觉空灵清透又感沉重酸涩,理论上讲,俞萍音已经敢在黄二愣眼皮底下跟他打情骂俏,意味已经相当明显,该欣喜若狂还是该慷慨悲壮,就看他怎么调整心态,做出怎样的选择了!

但是让他对自己的心态一时间做出大刀阔斧的改革也实非易事,只好憨笑着顾左右而言他:"这里头这么昏暗,你怎么不开灯呢?"

"我以前在这屋里等二愣哥,都是这么干坐着,即便天黑了,也懒得去开灯,都养成习惯了!"

略略一顿,她又道:"不过啊,二愣哥每次回来都不会这么晚,你今天去哪里了呢?怎么这么晚?"

胡三娃感慨道:"这么说,董……萍音你这是特意在等我?"

称呼在快要犯错的瞬间进行了切换,为了快速纠错,容不得半点扭捏态度,也算是省了以后一番刻意改口之苦。他不由得暗自吐一下舌头,颇感欣慰。

俞萍音郑重地点点头:"是的啊,我上次不是说了么,咱们以后再也不分开了!"

不知道是不是胡三娃疑神疑鬼,他总感觉她在说这番话的时候,眼光是斜向屋顶的,眼神里有着幽幽的光芒。

一看自己又往歪里想,他忙在心中暗骂自己荒唐,也许本就是纯真的感情,非得被他自己异化了不可。

正要接茬,俞萍音却突然说:"二……三娃哥,咱……咱们走吧!"

她一时间也说漏了嘴,瞬间脸颊有点微红,说完,神情都有点不自然了。

二十六

　　胡三娃好不容易才把世界观建立起来，又被兜头浇了一盆凉水，心里都凉丝丝的，不过他强忍心中酸涩，好奇道："走？去哪里？"

　　俞萍音想了想道："一般来说，二愣哥都会在每天工作或者调查结束后，带我出去逛逛商场、玩玩游戏、看看电影或者散散步，今天你回来得晚，就直接去我家的小区花园里走走吧，正好我也有话要跟你说！"

　　看她说得郑重，胡三娃连忙点头。

　　两人略作收拾，离开黄二愣的办公室，俞萍音挽住他的胳膊，偎依在他的臂弯里，脸上带着甜蜜的幸福的微笑，从门口岗亭张合军的眼皮底下经过，情形完全是当初她挽住黄二愣的胳膊从胡三娃眼皮底下经过场景的复原。只是不知道张合军此时的心情是否与他胡三娃当初的一致，他若是知道黄二愣和胡三娃都是从他这个岗位因为在眼皮底下发生了一场惨案而神乎其神地演变成了俞萍音的亲密爱人，不知道他会作何感想。

　　假设有一天他胡三娃真的像黄二愣那样惨死在广场上，张合军做任何联想都不为过。因为国人的传统观念里，事不过三，有了三，基本上四就在所难免了！

　　这样胡思乱想着，即便怀抱里温香软玉柔情款款，他也只觉得后背阵阵凉意泛起，心中的幸福满足感也遭到了寒流。

　　穿过热闹喜庆的娱乐广场，坐上俞萍音的车，没多久就到了她家所在的小区。

　　前几次来，这小区里都异常幽静冷清，这一天却一反常态地繁闹，小区门口花圃上闪烁着霓虹灯，小区的大铁门上张挂着一排大红灯笼。

　　进入小区里，放眼望去，触目都是华灯闪耀，光和影辐射到四面八方，又从四面八方汇聚过来，在碧水青山间信马由缰地投射跳跃着，熠熠生辉，五彩斑斓，在夜色和月色的勾勒下，将整个小区渲染成一片暧昧的世界。

　　在小桥流水、曲径回廊、亭台楼阁、山林小榭、草场花海等各类景物之间，在湖光山色月影的掩映之下，无处不是隐约的雄姿情影，欢声笑语中夹杂着窃窃私语，伴随着微凉的夜风，或如惊涛拍岸或如微风拂柳般阵阵袭来。

　　一向幽静的小区，此刻变成了欢乐的海洋。

　　俞萍音没有将车径直开往她家，半道上拐了个弯，进入一条幽静的车路，将车

罪 与 赎
——万象惊魂记

停在路边一个开阔地带，就示意胡三娃下车。

胡三娃懵懵懂懂地下了车，四处张望探听，刚才那种在四处暗影中闪烁着人影的画面感消失了，远处人群的欢声笑语已隐约难辨。

这的确是一片幽静的场所。

不过这里还没到终点，俞萍音沿着车路继续往前走。

胡三娃好奇道："今天是个什么日子，怎么这小区这么热闹？"

俞萍音神秘一笑，继续默默前行。

走了大概几十米，往右拐入了另一条山径，山径较窄，两旁先是树林和草地，接着又穿过一片花海，然后跨过一座木桥，木桥那端直接连着一条盘山的石阶，拾阶而上，也只是几十级台阶，很快便到了山顶，抬头那么一望，视野顿时变得开阔起来，心胸也不由得为之一荡。

原来这里是小区那条主要河道旁边的一座人造山峰，沿着这条主河道的两旁分布着无数这样的人造山峰，个个都是小区的制高点，登高望远，整个小区的全貌尽览无余。尤其此时华灯辉耀、霓虹闪烁，远处栋栋华楼玉宇灯火通明，光影连成一片，灿若星河，这一晚，天上的月亮也格外地圆融美满，月色如注，倒映在河水里，和灯影星辉的情影交织在一起，满湖柔波簇拥下，显得尤为娇媚动人。微风起处，河面上更是碧水悠悠，光波流转，彩浪翻腾，实属人间绝色。

山顶上还搭建有一座凉亭，凉亭顶上也有夜灯，再加之四面八方投射来的各路光影，凉亭内外五彩缤纷，俞萍音兴致勃勃地拉着胡三娃的手，在凉亭靠河一边的边台上，随意地坐下，拉扯着让胡三娃紧贴着她坐下来，她惬意地长吁了一口气，又往胡三娃臂弯里贴紧一点，将头搭靠在胡三娃的肩头，静静地凝望着前边的湖光夜色，默然无声。

胡三娃怕她着凉，就用胳膊将她揽紧一点，又怕扰了她的意境，也不敢随便说话。

好一番静观夜景抑或冥思默想之后，俞萍音突然嘻嘻一笑，没头没脑地说道："三娃哥，你和二愣哥怎么这么像呢，简直就是一个模子里印出来的一样！"

"什么？"胡三娃莫名其妙。

"他也从来不记各种节日，甚至他自己的生日，今天是中秋节，你居然不知道，

二十六

当然,这也不奇怪,去年中秋节,我把二愣哥带到这里,他也浑浑噩噩地不知道是中秋节,像你一样傻乎乎地问我呢,呵呵!"俞萍音喃喃地说着,脸上神情深邃而悠远,不像是回答,倒像是沉入了一种甜蜜的回忆。

"原来是中秋节啊!我真糊涂!"胡三娃恍然应和着,心情之复杂,难以言表。

"我觉得你们不是糊涂,而是你们真正把心思都投入到了重要的事情当中,而完全不理会世间俗事了!"

"你倒是很会替我们开脱,也许吧,有时候绞尽脑汁思考某件事情而不得突破的时候,确实容易忘却世间一切!"

"嗯,那你的调查现在到什么阶段了,有什么线索么?碰到什么瓶颈了?"俞萍音突然话锋一转。

胡三娃本想跟她简要讲讲自己这阵子来的调查经历,但一想到当年黄二愣可是对她守口如瓶,原因是不想让她卷入这些是是非非,如果自己一下子就和盘托出,那格调可就比黄二愣大大降低了,会影响自己在她心目中好不容易借助黄二愣建立起来的地位。

他摇摇头说:"现在还只是零七碎八地找到了一些拼图,还没有找到最重要的那几块,还无法拼接出什么有价值的思路,不过我坚信,只要持之以恒地调查下去,离真相大白的那一天为期不远了!"

俞萍音在他肩膀上动了动脑袋:"那你现在调查到什么阶段了?"

"下一步该去走访那蔡家了!"

"是和我爸的生意竞争过的那个蔡家么?"

"是的!"

"打算什么时候去?"

"明天!"

"我跟着你去吧!"

"不行!"

"为什么?"

"这一家比较危险!"

罪与赎
——万象惊魂记

"所以我才要跟着去啊!"

"不能将你卷入这种险境!"

"你一个人去冒险我也不放心啊!"

"可是你跟着去,不但化解不了我的危险,反而增加了新的风险!"

俞萍音只是微微地低吟了一下,便沉默了。

胡三娃怕她介意,忙道:"其实主要原因还不是这一点!"

"是什么呢?"

胡三娃斟酌片刻:"我现在的思路是严格遵循黄总当年走过的轨迹来探案,目前看来,很有成效,线索已经若隐若现了,所以我判断我的这条思路是对的,必须坚定不移、不折不扣地原样实施,当年黄总去调查蔡家时也没带上你啊,所以我如果带上你,就破了这条思路的规矩,要是本来已经快显形的线索因为这一小小的异动而消散了,那就前功尽弃、得不偿失了,你说是也不是,虽然这听上去有点迷信色彩,但咱们科学和迷信结合起来使用,哪一条都不违背,不是更好么?"

俞萍音凄然笑笑,又陷入沉默。

胡三娃静静地揽紧她,也不说话了。

任由夜风微微吹拂着她的长发,旖旎的光影在她清秀绝伦的俏脸上跳跃闪烁。

好一会儿,她突然从胡三娃肩膀上抬起头来,侧转身子,眼神定定地直视着胡三娃,肃声道:"三娃哥,你告诉我,你是不是已经做好了和二愣哥一样,惨死在广场上的心理准备?"

"啊!"胡三娃惊讶地望着她,好半响,硬着头皮苦笑道:"呵,你怎么能这么想呢?"

"事实已经摆在眼前,你探案至今,和二愣哥的人生经历如出一辙,你非但没有想着如何改弦易辙,摆脱这种魔咒,反而刻意调整车头,专门往这条轨道上走,如果说你没有产生过最终遭遇二愣哥那种结局的想法,我是绝对不会相信的!"

胡三娃故作镇定地微笑道:"萍音,你还真是冰雪聪明,按照现在的模式,要说没这么想过确实不可能,但是没有办法,不入虎穴焉得虎子,我冥冥之中已经断定,要想最终得到真相,舍此别无他途了!"

二十六

俞萍音点点头："这就是问题的关键，也是我今天这么晚了还邀你到这儿来坐坐的主要原因！"

"哦，愿闻其详！"胡三娃一下子紧张起来。

"我的说法听上去怪诞，但是在现在这种离奇的大环境下，反而很好理解，这样的，我现在明知道你沿着二愣哥那条路走下去会遭遇那种结局，我岂能忍心任其发展，可是像你说的，如今只有那华山一条路或许可以通达事实的真相，我又如何甘心加以阻止，所以这种纠结最近弄得我心情极为矛盾，焦躁难安，我知道，如果不做些什么，我简直会发疯的，哪怕只是心理安慰层面的也好啊，思来想去，有一种解决办法或许能够改变你的发展方向和我的心理状态。"

说到这里，她停了下来，卖个关子。

胡三娃正听到紧要处，忙伸长脖子急切道："什么办法呢？"

俞萍音樱桃小嘴张了张，又轻轻抿上了，面现犹疑之色，一副欲说还羞的样子。

胡三娃鼓励道："萍音你尽管说，咱俩现在还有什么不能说的，我只要能做到，必定竭尽全力！"

俞萍音螓首微垂，若有所思片刻后，她似乎下定了什么决心，突然抬起头来，美目深注地凝视着胡三娃，秋水般娇媚的美瞳里投射出热烈的幽芒。

胡三娃被瞧得有点不知所措，原本质朴的心脏情不自禁地加速跳动起来。

果然，俞萍音似乎终于鼓足了勇气似的，她小嘴呢喃着，声如蚊蚋："三……三娃哥，在说这件事之前，你……你能亲我一下么？"

话落，她就赶紧闭上一湖秋色般的美眸，娇艳欲滴的红唇微微启开，两排编贝般雪白的整齐皓齿在光影中泛着魅惑的幽芒，但见她新月般柔美的俏脸微微上扬，迎合的味儿十足，被激情点燃了的娇躯更是微微抖颤出一潭春色。

夜影婆娑中，她美目微闭、霞烧玉颈、俏脸酡红的娇羞模样赫然就在鼻端，再加之佳人美唇玉体之中发出如兰幽香的阵阵冲刷，胡三娃一介凡夫俗子，如何能够抵挡得住这等无边春色和漫天情怀。

他一阵心脏狂跳，完全难以自抑地张开大嘴，满满当当地含住了那张鲜嫩欲滴、饱满多情的樱桃小嘴。

罪与赎
——万象惊魂记

一旦两人牙关交合,俞萍音激情的闸门就毫不犹豫地打开了,她的丁香小舌迅速滑入胡三娃的口腔,像条敏捷强劲、灵活多动的小蛇一样,痴缠着胡三娃粗大的舌头不停地翻搅,贪婪地吸允着浓情的汁液,喷吐着她如兰似麝的幽香,激得胡三娃的嘴巴里风云变幻、活色生香,当真是五岭逶迤腾细浪、乌蒙磅礴走泥丸。

那个昔日里文静端庄、忧郁冷傲的俞萍音哪里还寻得到影踪,她如同着了烈火!

两人就这么吻得天昏地暗、日夜无光,有一阵子,连月亮都躲进了云层,河岸边的五光十色也忽明忽暗地闪烁起来。

直吻到嘴皮发麻、面肌发酸、舌头发胀、脑仁发蒙、神经发疯,呼吸粗重浅快,如同病入膏肓一般,两人才生生停了下来,不再亲吻了,嘴巴一时间也难舍难分,舌头在各自的口腔里躺着休息了一会儿,才堪堪将嘴巴分了开来。

两人又这么默不作声地深情对望了好一会,才各自悠然一笑,身心中涌动的激情暂时得以平息。

俞萍音又顺势乖乖地蜷伏在胡三娃的怀抱里,完全放松下来,软绵绵的像个温顺的小甜猫,胡三娃温香软玉在怀,如兰麝香盈鼻,幸福来得如此迅猛,冲击力太大,他一时间还沉醉在幸福的云巅里如梦似幻。

他简直差点要忘了俞萍音接下来要跟他讲什么重要的事情了。

好在俞萍音还对此念念不忘,她索吻其实就是要为此事做铺垫。

她在胡三娃的胸怀里兀自酝酿了一会,终于动了动身子,喃喃地说道:"三娃哥,你知道吗,二愣哥也是在中秋夜这天第一次吻我!"

胡三娃惊疑地"哦"了一声。

俞萍音继续说:"不过已经是前年中秋节的事了,而且是他主动吻的我,嘻嘻!"似乎为她今天主动向胡三娃索吻颇觉不好意思,讪讪地笑了一下。

胡三娃感觉她好像要讲那件事了,附和道:"那后来呢?"

俞萍音竟甜甜一笑:"后来半年后,我向他求婚了,又过了半年,也就是去年的中秋夜,他终于同意了!"

胡三娃惊诧不已:"什么意思?不是他向你求婚,而是你向他求婚?而且他还没有痛快答应,等了半年才答应?"

二十六

"是的!"

"这,这也太颠覆世界观了吧,你,你完美到这样出神入化的境界,哪个男人若能沾上边就已经幸福得要晕厥过去,还用得着你去求婚?而且他还老大不情愿的样子?太没天理了!"

俞萍音凄然一笑:"二愣哥一开始的理由是他觉得跟我差距太大,他出身贫寒,可能我只是一时冲动,他并非我内心里真正想要的那种男人,让我再慎重思考一段时间,直至确定我是真的死心塌地地爱上了他,已经非他不嫁了,他又说结婚的时机还未成熟,公司的事业还未完全复兴,后来公司的生意也是蒸蒸日上、四平八稳了,他就又说他以区区保安之身,与堂堂千金小姐结婚,显得不伦不类,会给公司别有用心之人留下把柄,后来在我的一再软磨硬泡下,在指天画地地盟誓、表衷心之后,他终于克服了那种敏感自卑的心理,答应了我的求婚。我们约定在去年国庆节期间回他老家结婚,这一点已经跟你讲过的,后来的事你也都知道了!唉!"

俞萍音说完后,深深地叹了一口气。

胡三娃听着她这一番话,心中并没有涌起太大的波澜,不过还是隐隐觉得有那么些不同寻常之处,具体在哪里,他又说不上来。

黄二愣的心理,他其实完全能理解,这事要搁在他头上,他估计也会是那样的反应。确实,不管黄二愣还是他胡三娃,和俞萍音的差距实在太悬殊,若不是因为有那桩稀奇古怪的案件阴差阳错地将他们和她拴在一起,实在是八竿子也没法将他们打到一块去,更何况还是白头偕老。

所以黄二愣在没有克服这种心理障碍之前,即便心中欣喜若狂,也确实很难答应俞萍音的求婚,至少他需要一段艰苦卓绝的心理挣扎和调试过程。

那么后来他终于答应了,应该也就意味着他终于战胜了自己的内心,调适好了心态,准备好笑纳俞萍音的人生了。

可是接下来还不到一个月,他突然就死去了!

难道他其实还并未做好心理准备,只是硬着头皮答应下来,后来越想越不对劲,又怕已经答应了,无法向俞萍音交代,怕俞萍音逼婚,所以干脆一死了之?

再怎么尴尬和窘迫,那也不至于死啊!胡三娃见自己越想越荒唐,连忙使劲晃

罪与赎
——万象惊魂记

晃脑袋,苦笑不迭地收回昏聩的神思。

俞萍音见他兀自沉思不语,凝眉问道:"三娃哥听完这个情况没有什么感想吗?"

胡三娃庄重地点点头道:"其实我很理解黄总的心情,他的顾虑是很自然的!"

俞萍音神情一紧,紧盯着胡三娃的眼睛:"哦,这么说,三娃哥也支持二愣哥的那种态度了?"

"支持那种态度倒谈不上,只是很理解他的那种想法!"

俞萍音突然从他怀抱里直起身来,摆了摆纤柔的腰肢,酥胸挺了挺,神情一肃道:"直截了当地说吧,三娃哥,我要向你求婚,对,就在此时此地,我希望你虽然理解二愣哥以前的那种想法,但是不要再采取他以前的那种态度!"

胡三娃心中剧烈地晃荡了一下,张口结舌地望着她,下巴都要快惊掉了,好久好久,他才恢复说话的能力,磕磕巴巴道:"什么?萍……萍音,你……你不是在开玩笑吧!"

俞萍音神情庄重道:"当然不是,我是认真的,其实啊,刚才我要跟你说的那件事,不是别的,也就是我要向你求婚,而且我不希望你半年后再答应,希望你现在就答应我,也不等国庆节了,国庆节前就完婚!"

俞萍音的这一番连珠炮般的话,如同一串深水炸弹,在胡三娃的心湖深处掀起了惊涛骇浪。事变太过突然,他完全措手不及。

好半晌,他才喃喃道:"我记得你刚才说,你要给我讲的是一件或许能够改变我的凄惨结局和你的心理困境的事,难道就是你要跟我求婚这件事?"

俞萍音小脸上闪着肃穆的神光,毫不犹豫点头道:"是的!"

胡三娃苦笑道:"我想象不出这件事和改变你我的困境有什么关联?"

俞萍音扑闪一下眼睫毛,认真的思索了一会儿后,字斟句酌道:"嗯,这么说吧,虽然二愣哥死得离奇,到底怎么死的,目前还是个谜,但是我凭直觉,却有一个差不离的判断,即便这个判断有偏差,那也一定是可以接受的误差,而无损主旨,这个判断就是,二愣哥如果早早跟我结婚了,他就不会有后来的凄惨下场!"

胡三娃心中荒诞感层层泛起,但是要让他指出俞萍音话中的不实之处加以驳斥,他还真是做不到,关键就是整个事件大背景太离奇了,连带着所有的戏份和情节都

二十六

变得那么怪诞不经，而且仔细玩味之下，还真不得不信它几分。

"这么说来，萍音，你向我求婚，只是想要阻断我大步迈向黄总凄惨结局的进程，而非出自真情真愿？"

"三娃哥，我必须说，当年我跟二愣哥求婚时是什么心情，现在就是什么心情，而当年我爱二愣哥爱得深沉，那种心情之真切，是不会掺假的，希望你能理解！"

"我知道你的心情或许是一样的，但是心愿却不一样，你当年的心愿是要和黄总白头偕老，而今的心愿却只是要和我共渡危难！"

"三娃哥，你多虑了，若不是以感情作为基础，我俞萍音就是再心情急切，也不会拿自己的终身大事做筹码的，这是多么宝贵的东西啊！"

"可是咱俩的感情基础是什么呢？是因为我跟黄总形象、气质、背景、经历都很像么？"

俞萍音茫然看了他一眼，显然，她自己心中也还没闹清楚呢，她只是凭感觉对胡三娃产生了感情，但她还是不愿意认同这一点，所以她说："咱俩不是也在一起经历了很多事么？同甘共苦、同生共死的过程是能够产生感情的啊！"

"可是咱俩在一块的经历不也还是你当年和黄总在一块的经历的复现么？所以万变不离其宗，归根结底还是那么回事！"

俞萍音一时凝眉不语，好一会儿，她才抬起眼来，庄重而肃静地说道："三娃哥，不瞒你说，我时不时确实会产生一种感知，感知到你就是二愣哥以另外一种形式重新与我相见，因为诚如你刚才所言，你们的形象、气质、背景、经历太相似了，相似得让人无法不产生联想，而且已经完全不能用巧合来解释了，在这样的情况下，所以要我掰扯清楚我对你的感情中是否含有二愣哥的很大成分，我真的做不到，我要哄你也是不负责任的做法，所以我只能直言。但是其实你也不必过于介意，回过头来想，既然你和二愣哥如此神似，难道你就不能真的是他的另外一种形式吗？说不定你还真就是他的重生再世呢？只是你自己还懵懂不知而已！"

胡三娃愣了好一会儿，感觉到心底深处的某一根弦悄无声息地被弹拨了一下，立刻激发起一串玄奇而神妙的旋律，是啊，俞萍音的话虽然古怪荒谬，但细细品味，又何尝没有一丝道理？虽然他从出生开始被他父母命名为胡三娃，但是在他从娘胎

罪 与 赎
——万象惊魂记

里出来之前那一段黑暗的历程中,他叫什么名字呢?会不会就叫黄二愣?那还真是个玄奥的问题!

世间的事,还真是说不清楚!也罢,随它去吧!

他抬头迎着俞萍音真挚热切的眼神,笑道:"好吧,姑且这么认为吧!"

"好,那你的态度呢?"

"什么态度?"

"我的求婚啊!"

"呵呵,我还想听听你的另一层解释,就是你向我求婚怎么就能缓解你的心理困境!"

"这个很简单,因为既然你沿着二愣哥查案的轨迹进行下去已经无法阻挡,我所能改变的就只能是你的生活轨迹,如果你的生活轨迹和二愣哥大大不同,或许你们的结局就会有所不同,这听起来似乎可笑,但是在现在这种两眼一抹黑什么都不知道的情况下,也只能通过心理层面的这种联想来得到些许安慰了!"

略作迟疑,她又道:"当然,另外,还有一个更深层次的心理,那就是假设你的结局真的要沿着二愣哥的轨迹无可更改了,如果能够在那之前让你享受一下婚姻生活,体会一下人生的美妙,那对我而言,将是莫大的安慰,知道吗,为什么二愣哥的惨死让我那么痛不欲生,有很大一部分原因就是他根本还没有享受过美好的人生就匆匆离世了,那种遗憾和悲痛的双重压迫压得我喘不过气来!"

说完这番话,她娇俏的脸上泛起微微的酡红,剪水双瞳里闪着幽幽的泪光。

胡三娃一时间无言以对,唯有沉默。

俞萍音很快拾起淡淡的伤感情怀,将自己拉回到主题的氛围当中,她固执地望着他说:"好啦,现在该响应我的问题了,你的答案是?"

望着她一脸坚毅的神情,知道敷衍不过,他内心感慨万千,却只能凄楚一笑:"萍音,如果咱俩是正儿八经地谈恋爱,有你这样完美无瑕的女人向我求婚,我会高兴得晕厥过去,但是遗憾的是,咱俩不是这样的感情,至今为止,还根本不知道这种感情的性质,这样的情形下,怎么能结婚呢?也许如黄总当时顾虑的,等你回过味来,发现不是自己期待的那种感情,会很痛苦的,与其那样,还不如咱们再静下心

二十六

来,用时间来检验一下,真的确认清楚了,再结婚不迟!至于你说的,想抢在我临终之前让我感受一下婚姻生活的美妙和人生的美好,你的这个心愿真的是太善良了,我很感动,但是,以你做出如此巨大的牺牲仅仅是慰藉一下我这个将死之人庸俗的欲望,那我也未免太自私狭隘、泯灭良知了,这样巨大的精神压力和心理负担我更加承受不起。所以,萍音,真的不要想那么多,一切顺其自然吧,这是最好的状态,不要无谓地再给我们本已不平静的心境增加波涛了!你觉得呢?"

俞萍音呆呆地听完他的话,眼中神光闪闪,面上神情恍惚,如同已经穿越到了既往的某个同样的场景中,正在另一个世界里凝神倾听呢,一股情泪,闪着迷离的光,从她幽邃的眼角翻滚了出来。

好半响,她才喃喃自语道:"难道,宿命就真的无法改变吗?难道你也要半年后才答应我的求婚,然后,不到1个月……?"

说到这里,她已然说不下去了,凄惶地望着胡三娃。

胡三娃无奈道:"萍音,别那么悲观,也许真的一切只不过是巧合而已!"

俞萍音缓缓地摇头:"不可能是巧合,你现在不仅是原封不动地沿着二愣哥的轨道在行进,就连走路穿的鞋码尺寸都一样,这么下去,我无法想象其他结局!"

顿了顿,她又急切道:"难道你就真的不愿意做出一些调整来试图改变命运吗?"

胡三娃坚决摇头:"要改变命运很容易,我辞职回家,解甲归田,就什么事都没有了,但是真相就要永远被埋葬了,这是我绝对不愿看到的,既然鱼与熊掌不能兼得,那就把真相牢牢抓在手里吧!"

俞萍音感动地望着他,思忖片刻道:"那我以后就跟着你查案吧,也许就能起到什么帮助,你明天去蔡家,我跟你去!"

胡三娃连忙摇头:"那更不行了!"

"为啥?"

"我且不说不想把你卷入风险这样的老调长谈了,从我要严格遵照黄总的探案轨迹这一点而言,就不能让你跟着,你想啊,黄总当年去蔡家,没有你跟随,现在突然有你跟着,可能当年很多蛛丝马迹就不会显现了!"

"可是你别忘了,我也在重走二愣哥当年走过的路呢!"

罪 与 赎
——万象惊魂记

"黄总当年去蔡家，只是独身一人，咱俩联袂前往，又怎么能叫重走他当年走过的路呢？"

"难道让我一个人再重新去一趟蔡家？"

"不是，我觉得，萍音，你现在的重点是重新经历和黄总曾经的相处历程，现在咱俩的相处就正在重现这段经历，而不是要由你来重走黄总当年走过的路，你想想看，你是从我身上因感受到黄总昔日的身影和温情获得的安慰大，还是自己重走那段不堪回首的路获得安慰大呢？"

俞萍音黑长的眼睫毛频频眨动，有那么一会儿后，她突然站起来说："好吧，既然如此，就如三娃哥所言，一切顺其自然吧！你明天还有繁重任务，咱们回去吧！"

说完，她转身就走。

胡三娃连忙慌手慌脚地站起来，跟在她后边。

俞萍音似乎心情并不如她脚步那样轻快，也没有要继续贴附在胡三娃怀里的意思，胡三娃就不好意思主动伸出援手，只好讪讪地跟着她走。

上车后，她将他送到小区门口，也没有再依依不舍地温存一番，两人挥挥手就告别了。

今天产生的情感波澜和交谈的信息量实在太大，够两人赶紧各自回家仔细咀嚼、好好消化一番了。

胡三娃心头倒是释然了，这一晚的交谈把一切都谈透了，俞萍音着实是爱上了他，但爱上的还是他身上附着的黄二愣元素，既然已经很清楚了，也就不用再纠结了，管他呢，诚如他们所约定的，一切顺其自然，当务之急是先把案子了结再说，况且那时候他应该也就死掉了，也就完全用不着为这些风花雪月的情事伤心费神了。

他走到公司大门口的岗亭时，时间也已经到了午夜，张合军还真是挺敬业的，没有无精打采的迹象，而是昂首挺胸逡巡着广场四处，看到他，连忙跟他热情打招呼。

胡三娃想起黄二愣惨死那晚，也大概是这个点回到公司，当时自己就在张合军那个位置和他打招呼，他也只是淡淡地微笑着回应了一下。

回想起这些，他心里不由得有点发冷发慌，也只是对张合军勉强笑笑，就匆匆回了黄二愣的办公室。

二十七

　　一路安好，再在办公椅上静静坐了一会儿，也没有发生什么异象，心头这才慢慢平复下来。

　　转而又开始嘲笑自己的神经过敏，现在自己还有好几个人没有调查呢，离黄二愣的人生终点还有一定距离，即便要死，也一定不是今夜。

　　不过他还真是想快速将剩下的人调查完毕，一方面是他迫不及待想要知道真相，另一方面是目前这种惴惴不安等死的滋味其实更难受，还不如早死早超生。

　　他决定赶紧睡觉，养好精气神，明天决战龙潭虎穴时才能大显身手。

　　他嘴里还残留着俞萍音的味道，也舍不得刷牙洗漱了，今夜有月亮助兴，俞萍音才一时情动吻了他，还会不会有下一次，或者下一次还不知道要到猴年马月，在他死前都未必能够再现，所以他必须好好珍藏着，连咽下肚子去都有点不情愿。

　　他简单擦洗了下脸和身子，就一头倒在黄二愣的床上，闷墩儿睡了过去，由于确定这一夜没有死亡的危险，心情格外踏实，这一觉也就酣畅淋漓地睡到神清气爽。

二十七

罪与赎
——万象惊魂记

早上起来，时间尚早，他还晃荡着去食堂吃了早饭，然后又回办公室看了下公司的资料和报表。即便他不在公司期间，宋红琳也将公司日常产生的重要资料和报表放在他的案头。他看了看，发现公司的业绩越来越好，而且发展势头迅猛。不由得在心头油然生出一股浓浓的喜悦和自豪感。

一看时间差不多了，他就整理衣装，对着镜子精心捯饬了一番，因为要去蔡家那样的豪门登堂入室，他可不能等闲视之，穿着可以朴素无华，但格调必须庄重大方。

揽镜自照，自觉模样和格调大幅提升到一个相当高度了，他才悠然笑笑，出得门来，打车往蔡家飞奔。

那豪门蔡家也坐落在万东区，在万全路上，不过跟俞家所在的万宝路临近郊区不一样，万全路则在靠中心城区那一边，这一点跟俞氏公司和蔡氏公司如今的江湖地位也恰好是吻合的，俞氏公司在郊区和乡镇默默地繁衍生息、渐成气候，而蔡氏公司则在城区一统江湖、气势如虹。

的士在万东城区大街小巷一路驰骋之时，胡三娃隐隐觉得有点不对劲，好像有一辆车一直在紧紧咬着出租车的尾巴。

胡三娃让司机加快行进的速度，无奈车流当中也不能任意施为，只好让司机临时变道，钻进一条岔路，绕行前往。

好在这一改变方向，扰乱了跟踪者的节奏，那小车没能跟上来。

从岔路口出来，从另一条马路绕远趋向目的地，胡三娃确认那车没有在后边缀着，这才堪堪放下心来。

二十七

但心中也在不停打鼓，这到底是谁在跟梢呢？意欲何为？

看来这只身独闯龙潭虎穴确实险恶重重，还只是在洞口呢，就已经腥风血雨翻腾而至了。

也罢，箭在弦上不得不发，且行且保命吧！

出租车终于将胡三娃安全运到目的地，下车一看，他不由得为眼前万千气象大喝了一声彩，原来这条万全路上清一色齐刷刷地都是高门大院，没有一栋楼房，每个院子怕不下一个小公园那么大，院墙厚重严整，墙面上涂抹着明黄的朱漆，太阳底下发出耀眼的金光，将院墙里边那万千景致牢牢地包裹住，生怕漏出来一丝一毫被路人分享一样，而森严的大门就矗立在马路边上，厚重的门板上金黄灿烂，上边钉着亮晶晶的粗大门钉，齐整有序地排布在门上，显得既金贵又威严。

踮起脚尖，极目远眺，可以望见院墙里边屋宇林立、回廊深深，苍松翠柏、翠竹杨柳，漫布在庭院各处，相映成趣。微风起处，院子里绿意翻滚，花香阵阵，近处，蝴蝶在绿叶红花间翩翩起舞，远处，小鸟在山林花草间啾啾欢唱。

当真是豪门大户、深宅大院，即便气势恢弘的俞家，观之也要立马俯首称臣，那格调不知道要差了多少个档次，俞家所在的那栋琼楼玉宇虽然气派，也不过只占据小区一隅，而这宅子整个就是一个公园、一片世界。

胡三娃审时度势一番后，仰头深呼吸，正待迈向正前方的这扇凝重大宅门。这时，他身后突然响起一阵急促的汽车轰鸣声，片刻，轰鸣声戛然而止，一回头，正好看到两个人从车上下来。

其中一个兴冲冲地奔跑过来，欢声喊道："胡老大，我们来啦！"

胡三娃看清来人，哭笑不得。

竟是那齐家小少爷，另外那人就是跟他形影不离的铁塔壮汉。

不一会，齐家小少爷就来到身旁，嬉笑道："胡老大，我们来保护你了，你尽管吩咐！"然后，就垂下双臂，一副垂首听命的样子。

黑壮大汉也走过来，却不打话，面色冷峻，恭立一旁，也全然一副悉听尊便的架势。

"小侄子，你跑到这儿来做什么？"

罪与赎
——万象惊魂记

少年一挺胸脯神气道:"我们过来保护你啊!"

"保护我?干嘛要保护我?"

"你需要保护啊!"

"谁说我需要保护了?"

"这里很危险的,你当然需要保护了!"

"谁让你来保护我了?"

"这个你甭管,肯定是有人要保护你!"

"是你们那个贾老大吧?"

"也不只是他,好多人都想保护你呢!"

"好多人?你说说看!"

"就比如说我吧,我就很想保护你啊!"少年一拍胸脯。

"你?你为什么想保护我?"

"因为我妈喜欢你,那你就是我的后爸,所以要保护好你啊!"

童言无忌,他痛痛快快就说出他的心里话。

"你这小孩,怎么张嘴就来,你就不怕你妈骂你胡说八道吗?"

"她才不会呢,她就是想要嫁给你嘛,这点你放心吧,我不会说错的!"

"好啦,先不探讨这个问题了,有机会去你家咱们再好好聊,现在我有急事,你快和你的兄弟回去吧!"

"我们就是来保护你的,不回去!"

"我真的不需要什么保护,你快回去吧!"

少年固执地摇摇头,一脸正色道:"老大,你不知道这里的深浅,你看看这里,鬼森森的,你要是挂了,直接被鬼叼走,臭屁都留不下一个!"

他一嘴江湖贯口,偏生像个小大人一样一本正经,胡三娃又气又笑道:"我的小祖宗,求你别在这节骨眼上逗我了,赶紧回学校去,好好学习天天向上吧!"

少年一脸坚毅地摇头,竟语气严肃道:"绝对不是逗你,胡老大,你不为你自己着想,也得为我妈、你公司的俞老大,甚至也还要为婉斐姐着想啊,她们可都不愿意你挂掉呢!"

二十七

胡三娃惊奇道:"婉斐?跟她也有关系吗?"

少年嘟着嘴吧委屈道:"当然,婉斐姐也很喜欢你呢,虽然我在追求她,但她的心总放在你身上,我快气死了,不过为了让她开心,我也只好忍着点,来保护好你,不是有句话说,喜欢一个人最好的方式不是得到她,而是让她开心,我就打算这么干!"

胡三娃略一愣神,哑然失笑,继又神情一凛:"小侄子,你就省省吧,别一天到晚瞎琢磨了,你和婉斐两个都是小孩子,懂什么情啊爱的,回去好好学习吧,等你有了真本领,你的小婉斐姐就会喜欢你的!"

少年正经八百地说:"没事,我的事你不用操心,我会处理好的,现在先把你保护好才是正道!"

胡三娃啼笑皆非:"我真的不需要你们的保护,别在这耽误我的时间了,快回去吧!"

少年固执地摇摇头,不再说话。

胡三娃一看时间快到了,也顾不得理会他们了,抬腿上前,熟料这两个保护神也亦步亦趋地跟上来。

胡三娃急了,转头对少年道:"你再跟着,我可就给你妈打电话了!"

"你打吧!"少年一副无所谓的样子。

胡三娃心道他根本就不怕他妈,又使劲想了想道:"不对,我要给婉斐打电话,让她以后再也不理你,她可是很听我的话的!"

果然,少年面现急色:"你不能跟她这么说!"

胡三娃暗自得意,一脸肃然:"除非你不再跟着我,否则我必然打这个电话,而且让她永远不再理你!"

少年明显有点犹豫了,哭丧着脸道:"那,那我不跟着你就是了,可,可是不跟着你,怎么保护你呀!"

胡三娃心道再跟他说什么不需要保护也是对牛弹琴,还不如顺着他的意思,于是就压低声音:"这样吧,你们就在这附近潜伏着,如果我需要你们保护的话,我就大喊大叫,你们就破门而入,临危解难,那才叫真正的英雄气概呢!"

罪与赎
——万象惊魂记

少年想了想，勉为其难地点点头："好吧，那我们就在这外边呼应你，有危险，你一定要大喊大叫啊！"

胡三娃举起手来跟他拍了拍："一言为定！"

这样，少年才领着他的兄弟退到了马路另一边的小车旁。

胡三娃向他伸出大拇指表示赞赏，然后就转过头，面对着大宅门深深地呼吸一口气，整理了一下有点波动的心境，这才摁下了古朴厚重的大木门上的现代化门铃。

急促的铃声在院门后边漫山遍野地响起，不一会，里头响起紧凑的脚步声，来到门后，门应声而开，探出一颗白发苍苍的头来。他好奇地打探了一下胡三娃："你是胡总吧？"

胡三娃连忙点头。

那人把门打开一条缝，把胡三娃让进去，又把门关紧。

胡三娃走进里边放眼一望，不由得倒吸一口凉气，乖乖不得了，眼前简直就是一片梦幻般的世界，庭院深深、楼台林立、九曲回肠、曲径通幽、山环水绕、碧水云天，已经不是人间仙境、世外桃源这样的词汇足以描绘其神韵了。

给他开门的大概是门房之类的佣人，他头发虽苍白，背略显佝偻，显得年纪不小，面容却饱满红润，眼睛也炯炯有神，大概是沾了这神仙宅邸的灵气所致。

门房对他躬身说道："胡总好，主人们已恭候多时，请随我来！"

跟着这位老汉在深深宅院里好一阵拐弯抹角，穿过花径、拐过草地、趟过小河，跨过假山，阵阵花草的香气熏得胡三娃都快迷醉了，终于在宅院深处的一座飞檐翘角的古朴建筑物前停住脚步。

门房恭声向里边通报道："夫人，贵客来了！"

他的话声未落，这座宫廷式古建筑当中的门赫然洞开，一个熟悉的身影打着哈哈迎上前来："哈，胡总，可把您盼来了，我们全家已恭候多时了！快请进！"

可不就是那蔡义诚。

胡三娃向门房道过谢，有点拘谨地迎上去，被蔡义诚热烈地握着手。

然后他竟就这么热情地牵着胡三娃的手，把他牵进了眼前那所神秘深邃的屋子里。

二十七

一进屋门,眼前一阵金光闪耀,差点把他的眼睛亮瞎。

他仔细眨眨眼睛,稳稳心神,才总算适应了屋内的环境。

这哪里是座屋子,简直就是个宝库,触目尽是金银器皿、珠玉饰品、古玩字画,各种古雅华贵的家具、木雕、艺术品错落有致、层次分明地漫布其间,而在这些古董玉石、金银财宝的环伺下,现代化高科技的家电家居用品一件不落,每一件每一样在这些金玉之气的烘托下,显得益发地豪迈阔绰,一种走在科技前沿、引领时代巅峰的无上霸气从那金光灿灿的体表破体而出,历史的贵重气息和现代的卓越性能就这样在这个屋子里完美地交融,这还只是个迎客厅,可以想见里头更深远之处不知道是何等恢宏的宝藏呢!

屋里的金光灿烂实在过于抢眼,以至于他差点忽视了屋里端坐着的另两个人。

那是一个中年妇女和一个美貌姑娘,中年妇女坐在正对大门的那面墙壁下的一把梨花木太师椅上,旁边的高脚案几上摆着一把紫砂茶壶和几只紫玉茶杯,茶壶茶杯还都在呼呼地往外冒着热气,案几旁与妇人座位相对称的位置还有一把太师椅,是空着的。美貌姑娘则坐在侧墙根下的一把沙发椅上,前面则是个晶莹剔透的玻璃茶几。

此时两人都在瞪着大眼细细地审视着他,中年妇女浑身珠光宝气、富贵逼人,一脸冷峻、宝相庄严地凝目在胡三娃脸上,一看就是那种养尊处优、盛气凌人的贵妇人,一上来就试图用她那不可一世的霸气震慑住胡三娃。而美貌姑娘的神情则远没有她的容貌那样令人赏心悦目,她面容沉郁、眼神阴冷,虽然紧盯着胡三娃行注目礼,却还有点心神不宁的样子。她的模样有几分熟悉的感觉,仔细一想也就豁然了,那正是周向明的妻子蔡义妹的模样,看来这个姑娘就是蔡义妹的姐姐,辛德勒名单上的蔡义芮了。

无疑,那中年妇女就应该是蔡氏三兄妹的母亲,蔡氏公司董事长蔡进中的老婆,辛德勒名单上的顾海云了。

蔡进中本人呢?他怎么没有出现?蔡义诚不是说他们全家都会在家里恭候他么?难道他作为最重要人物,不能轻易出面?而旁边空着的太师椅,大概就是为他准备的?

罪与赎
——万象惊魂记

一切都只是眨眼间，他在困惑不解时，中年妇女已经从椅子上欠欠身子，嘴里机械地说着："欢迎欢迎！欢迎胡总来家做客！"

就她那样金贵的身子而言，能做到这样真的是太厚待胡三娃了。

胡三娃有点不自在，但还是硬着头皮随蔡义诚走上前去，蔡义诚热情地给他引见，胡三娃强行压住忐忑的心情，向顾海云施了一礼，又向蔡义芮行礼问好。

蔡义芮只是冷冷地点点头，没有说话。

蔡义诚给他引导到另一侧的阔绰沙发椅上就坐，自己则陪坐在一旁。

顾海云摁了一下她旁边案几上一个遥控器上的按钮，很快，从她侧后方的一扇门里走出来了一个模样俊俏的女仆，对她浅笑嫣然行了个福礼后，就端起案几上的茶壶倒了一杯茶，端到胡三娃面前，呈递给他，春意盎然地笑着："尊客，请喝茶！"

胡三娃连忙接过来，心中暗暗咋舌，这排场也太大了，上个茶还非得唤个女仆出来，而且还是个长得像明星般的女服务员，似乎还受过专门的礼仪训练。

顾海云看来是绝对的一家之主，而且完全一副古时候太后老佛爷的做派，这家里清规戒律一定少不了，虽然这里形同仙境，但生活在这样的家里一定憋屈得不行，怪不得蔡义姝哪怕与此豪门断绝关系也要和周向明结婚，当时她心头一定有一种冲出牢笼翱翔青天的感觉。

胡三娃戏谑地想着，顾海云也就此启开了谈话的序幕，她淡淡一笑，似乎有点意味深长地说："胡总一路辛苦了！先喝杯茶解解乏！这是上等大红袍岩茶，采自武夷山悬崖峭壁，非常珍稀，一片茶叶不亚于一两黄金，我让下人专门提前为您泡制的，您尝尝味道如何！看还是否受用？"

胡三娃浅浅地芺了一口这黄亮的茶汤，确实香味醇厚绵长，咽下后依然口齿回甘，不由得伸出拇指赞道："好茶啊好茶，入口香甜、满嘴生津，真是好茶！感谢夫人的盛情厚意，在下感怀在心，定当铭记！"

顾海云悠悠一笑，语带玄机道："胡总言重了，倒没有什么特别的盛意，只是我这老宅子，已经很多年没有邀请贵客上门了，今日突然开门迎接您这样的尊客，一时间难免慌手慌脚，也不知道怎么接待才合您心意，所以就干脆什么都采用最贵最铺张的，要是落入俗套，还请胡总谅解！"

二十七

胡三娃忙道:"我这粗俗之身,莽里莽撞地闯入夫人这等大雅之堂,你们不怪罪于我,我就已经感恩涕零了,更何况还这么盛情款待,真的是又惭愧又感动啊!"

顾海云眼睛轻眨,微微一笑:"胡总乃堂堂俞氏公司的老总,万众瞩目,地位显贵,却这么谦和低调,实在难得,今日能够与您相识,实乃三生有幸!"

胡三娃没听出什么荣耀,转化到心里的却是几分讥讽之意,不由得感叹道:"跟蔡氏公司相比,俞氏公司实在是微不足道啊,简直是囊萤岂可与日月争辉,要说地位,只需做个简单的比喻,如果说蔡氏如同皇帝,那俞氏就是草民,所以在蔡家大宅里论我这个俞氏老总的尊贵,实在是不亚于抽我的耳光呢!"

顾海云和她的儿子女儿俱皆对望一眼,不由得在嘴角划过一丝得意的笑容,她微一耸肩,熙然道:"没想到胡总才干超群却拥有这么谦卑的心态,真是令我肃然起敬!当然,我们蔡氏目前是暂时占据一定的优势,但是胡总后生可畏,将俞氏经营得风生水起、红红火火,只怕很快就要迎头赶上了!"

胡三娃连忙摇头:"夫人您太恭维我了,也是有点多虑了,俞氏也就能在偏远的乡野小打小闹一番,跟您蔡氏的大好河山相比,充其量就是一根小草,我再怎么能折腾,顶多也就长成你花园墙角下的一小片杂草丛!"

顾海云不动声色地笑笑,点点头:"好吧,咱们就不互相吹捧了,不过胡总您说的也算是事实,蔡氏目前还是有些实力的,至少可以和你们俞氏分庭抗礼算作万东区粮油企业的两强,但两强相争、必有一伤,所以我不希望咱们是竞争的局面,接下来其实我想谈谈咱们如何合作的问题!"

"哦!"胡三娃心生警觉道:"这倒是个新鲜话题,请夫人不吝赐教!"

顾海云淡定一笑:"不过我知道胡总今天上门来是另有重要的事情,这一点义诚也跟我讲过了,就先把你的事情完成,再谈我的话题不迟!"

胡三娃尴尬地笑笑:"夫人真是爽直啊,惭愧惭愧!也好,那我就斗胆说说我的来意了!"

顾海云点点头,眼神犀利地凝望着他,不再说话。

胡三娃脑子快速转动着,投石问路道:"其实,我也不是特意想到夫人家走这一趟,而是严格遵循我公司原老总黄二愣的轨迹才顺势走到了这一步,没什么特别

罪与赎
——万象惊魂记

的含意,只是顺道了解些信息,所以,还请夫人不要介意,也请谅解我的莽撞行为!"

顾海云摇摇头:"没事,我不介意,您说吧!"

胡三娃做完铺垫,便直截了当道:"其实,我就是想要了解一下,当年我们前老总黄二愣来贵府调查前董事长俞伟民离奇死亡一案的详细情形,不知道夫人方便讲讲么?"

顾海云平静道:"没什么不方便讲的,只是可惜的是,当年是我家老头子接待的黄总,要是能由他来讲就好了!"

胡三娃紧问道:"那蔡董事长呢?今天不方便接见么?"

顾海云凄楚一笑:"他现在就在场!"

"啊!"胡三娃惊诧莫名,下意识地四处探望,摇头不解。

顾海云侧转身子,指了指身后的墙壁,凄酸地笑笑:"你看看吧!"

胡三娃伸长脖子望过去,这才恍然惊觉,原来这面墙壁上还镶嵌着一个神龛,神龛里边供奉着一张照片,两侧写着挽联,香案上供奉着香烛和贡品。

胡三娃这一惊非同小可,他将目光撤回到顾海云脸上,惶惑道:"难道,难道蔡董事长已经驾鹤仙去了?"

顾海云苦然一笑:"瞧您用的这词,没错,他已经死啦!"

胡三娃想了想,小心翼翼道:"夫人介意我问几个问题么?"

"你问吧!"

"蔡董事长是什么时候过世的?"

"大概一年半以前吧!"

"在黄总跟他谈话之后多久?"

"也就半年吧!"

"因为什么过世的?"

"癌症晚期!"

"黄总跟他谈话时,已经患病了么?"

"不知道!"

"是不知道得没得病,还是不知道他这个情况?"

二十七

"不知道得没得病,不过癌症一发现就是晚期,所以那会应该已经得了,只是没被发现!"

"谈完话之后就发作了?"

"没那么强的先后顺序,反正过了一段时间觉得身体不适,去医院一查就查出来了!"

"您觉得跟黄总和他的谈话有关系么?"

"什么?"

"呵呵,就是黄总和他的谈话是不是对他有影响?"

"您是想说我家老头子做贼心虚?被黄二愣的调查吓着了?"顾海云冷冷地瞪着他。

"哦,那倒不是,只是觉得事情好巧,当然,也不排除蔡董事长本来就罹患这种恶疾,然后还被黄二愣烦扰,心情难免不愉快,对病情或许有影响!"

"他们的谈话很友好,没有什么不愉快的!"

"哦,你怎么知道的?"

"他们谈话时,我也在场,就跟今天完全一样,黄总就坐你现在坐的那儿,我就坐这儿,唯一不同的是,旁边这张空椅子上次坐着我老头子的身体,现在坐着他的灵魂!"

胡三娃愣了好半晌,苦笑道:"这么说,这也可以理解为是他在接待我了!"

"当然,今天说的一切都可以理解为他的意思,只不过是借由我的口说出来而已!"

"那你也可以替他回答我的问题了?"

"可以,你问吧!"

"你就把黄总和他谈话的内容大致跟我讲讲就可以!"

"实话说,他们就是聊家常,没聊什么特别的!"

"啊,不会吧?"

"我没必要隐瞒,你刚才说他来我家调查俞氏前董事长俞伟民死亡一案,说实话,我们一开始也以为他是冲着这事来的,因为坊间到处谣言四起,说是我们家老

罪 与 赎
——万象惊魂记

头子因为和俞伟民生意竞争所以策划杀人，就冲着这谣言，他来我家调查也完全可以理解，我们也严阵以待，准备着怎么向他辟谣，但事实是，他根本不提案子的事，就只是跟我家老头子聊生意，说食品，谈合作，甚至还扯些业余爱好、人生感悟等不着边际的东西！"

"哦，他一点都不关心那个案子吗？"

"当然，也有一搭没一搭地扯了些我家老头子和俞伟民以前的渊源和经历，没什么实质性的内容！"

"什么渊源？能大致讲讲么？"

"也很简单，就是我家老头子和俞伟民原来都在食药监局工作，也算是同事了，只是在不同的部门，两人能力都比较强，互相赏识，算是朋友，但又都是未来局长的大热门，事实上又形成竞争，有点明争暗斗的意思，后来先后下海经商，从事同一个行当，又斗起来，所以说，这一对老冤家就像一对感情很好性格不和的夫妻一样，吵吵闹闹、磕磕绊绊就这么过了一辈子，现在两人都化作黄土了，不知道在地下他们还斗不斗！"

胡三娃一边听一边若有所思地点头，默然片刻后，他字斟句酌道："夫人刚才说当年准备向黄二愣辟谣而没机会说，那现在能跟我讲讲么？对于那些无中生有的谣言，您原本是打算怎么向黄二愣解释的？"

顾海云眼神森然地看了胡三娃一眼："这等谣言太经不起推敲了，完全可以不攻自破，所以其实不存在需要辟什么谣，顶多算是提醒，提醒那些思维混乱、人云亦云的糊涂蛋一个事实，我家老头子如果因为生意竞争上的事要杀害俞伟民，为什么不在俞氏公司生意红红火火将我们蔡氏公司压得抬不起头来的时候动手，偏偏要在俞氏遭遇大难、元气大伤、山穷水尽已经完全无法与我们蔡氏抗衡的时候动手，只有脑子有病的人才会这么干！也只有脑子有病的人才会这么想！黄总应该是清楚地认识到了这一点，所以他来访时对此只字不提，当然，我知道你胡总肯定也是意识到了这一点的，只是顺便想听我亲口说出来而已！"

胡三娃心中暗道惭愧，他还真没这么想过，他尴尬地眨眨眼，心思电转，干脆顺着她的话说："这一点倒是一目了然的，只是既然如此，黄总为啥还要上贵府来

二十七

走访调查呢？我主要是想不通这一点，所以才斗胆来贵府打扰这一遭，还望夫人谅解并解疑释惑！"

顾海云神色淡定道："具体的心理动机这个肯定只有黄总自己最清楚，不过我倒是可以揣摩一二！"

"哦！请讲！"胡三娃神色一紧。

"我感觉他只是在作秀！"顾海云语出惊人。

"啊？愿闻其详！"

"他不是对俞家大小姐有承诺么，承诺帮助她破解她父亲死亡之谜，找到凶手替其父报仇，但这么一桩离奇的凶案如何能够轻易破解，但又不能让俞萍音觉得他不守信诺，他还需要以此去捕获俞大小姐的芳心呢，所以就必须装出一副积极的样子，凡是可能跟案件相关人等，他都一一去调查走访，调查走访时又不让俞大小姐跟着，自然是想说什么就说什么想干什么就干什么了！节奏尽在他的掌控当中！"

胡三娃听着这么新鲜的言论，内心竟然有点慌乱，他有点语无伦次："啊！夫人，您，您这么说他有点不合适吧！毕竟，您，您也没有什么根据！"

顾海云不为所动道："要说根据，我确实没有，不过，要说黄总来我家是为调查案子，我还真是不信，而且他也不是就来那么一次，后来时不时地就来找我家老头子聊天说地的，可以说他已经成了我家的一个老朋友了！"

这几句平平淡淡的话语在胡三娃心中掀起了波澜，他张口结舌地望着顾海云，一时间无言以对。

顾海云接着道："当然，关于黄总不是在查案这一点，我是凭空揣测的，也许人家有人家特别的查案思路，不是我这样的俗人能够理解的！这一点仅供您参考，信不信由你。但是关于他经常来我家这事，我现在要顺道提一下，我也希望胡总你今后也常来家里坐坐，我们一家人还有这片宅子都很欢迎你！"

胡三娃还沉浸在她刚才那一番振聋发聩的话语中没醒过味来，机械地听到这样热情的表态竟然没有反应。

顾海云皱了皱眉道："怎么？胡总今后不愿意再跟我们家有什么交往了吗？"

胡三娃惊醒过来，忙道："哪里哪里，能够受邀拜访贵府，那实在是莫大的荣幸！

罪与赎
——万象惊魂记

我都高兴得说不出话来了，怎能不愿意！"

顾海云眉目稍展，满意地点点头："那好，关于黄总查案的事，你还有什么需要问的吗？没有的话可就转入我的话题了！"

胡三娃想了想道："暂时没有了，如有问题以后再叨扰，您请讲吧！"

顾海云点点头，她没有直接说话，而是和蔡义诚、蔡义芮先后交换了一下眼神，似乎取得某种默契后，她才清清喉咙，悠悠道："胡总，这次把你请来，其实主要还是想和你谈谈合作的事情！不知道当讲不当讲！"

胡三娃心道，可不是你把我请来，而是我自己送上门来，又有点好奇："嗯，什么合作呢？但说无妨！"

顾海云字斟句酌道："胡总有所不知，我们蔡家是非常重视人才的一个家族，蔡氏公司也把人才当作公司的擎天柱，人才在公司的地位甚至超越了公司董事长，有着至高无上的权威和可以媲美董事长、总经理的优厚待遇，在情感上，我们则把他视作家人，享受着家人的待遇，跟我蔡家的兄弟姐妹、儿女子孙一般无二，我说这个是什么意思呢？没有别的，很简单，就是胡总的卓越才干彻底打动了我们蔡家，你在俞氏公司那几次大手笔，让俞氏公司绝境逢生、蒸蒸日上，当真是妙手回春，惊世骇俗，令人拍案叫绝，叹为观止，如此天才，我们蔡家实在是心向往之，所以就动了这个念头！还不知道胡总意下如何？"

胡三娃苦笑着连连摇头："夫人的谬赞我真是承受不起，不过耍了耍雕虫小技而已，哪有您说的那么夸张，不过，我还真是好奇您有什么合作方案，您尽管直言！"

顾海云端了端身子："好，那咱就快人快语了，我有好几个方案，当然，最佳方案就是，想聘任您做我们蔡氏公司总经理，您意下如何？"

胡三娃惊愕道："做蔡氏总经理？那俞氏呢？"

顾海云淡淡道："那当然您就得离开俞氏，不可能同时当两个公司的总经理！"

"那不可能！"胡三娃断然否决。

顾海云脸色变了变，倒也不如何惊讶，继续道："当然，我知道做这个决定很难，更不可能在这么仓促之间做出这么大的决定，您可以再回去思考思考！"

"不用思考了！绝对不可能！"胡三娃斩钉截铁。

二十七

顾海云面色一沉，循循善诱道："我希望胡总不要这么快就下结论，我想您辛苦从外地到万象来打工，无非就是想奔个好前程，诚如您刚才所言，蔡氏是皇帝，俞氏是草民，这个是根本格局，除非改朝换代，否则不可能改变，难道您放着皇帝不做，非要去做草民？您想想，如果当了蔡氏公司老总，立刻就有多少荣华富贵等着您去享用，哪里用得着现在在俞氏那片枯草丛里挥汗如雨，还不知道哪天能够枯木逢春呢！"

胡三娃无动于衷："夫人，这一点真的不用说了，我不可能离开俞氏公司的，您就别浪费口舌了！"

顾海云见他完全不为利诱所动，眼神复杂地凝视着他，眉宇间貌似还掠过一丝赞赏之意，她微微颔首，突出惊人之语："当然，我知道你舍不得离开俞氏的原因主要是因为您喜欢俞萍音，但是您不妨冷静下来想想，俞萍音一直沉浸在她父亲俞伟民和男友黄二愣的死亡谜案中出不来，她一方面没心思来喜欢您，另一方面她对黄二愣用情至深也不可能再喜欢上您，所以与其把一腔情思虚掷在不可能有好结果的事情上，还不如转变思路，寻找新的感情，当然，俞萍音的美貌确实有点令人难舍，但是这世间又不是只有她一个美女，我刚才说了，我们蔡家非常看重人才，把人才当做我们的家人，其实不仅是当成家人，也完全可以转化成家人嘛，我女儿蔡义芮，就很仰慕您的才干，她也很漂亮很美丽，您不妨关注关注她，我也有意撮合你们，说不定就能成就一段美好姻缘呢！您说是也不是，胡总？"

说完，她就连忙朝蔡义芮使眼色。

蔡义芮面色有点犯难，但她还是收拾起复杂的情怀，端了端楚楚身姿，朝胡三娃勉为其难地笑笑道："胡大哥见笑了，我妈就是心直口快什么话都藏不住，这等事怎么能张嘴就来呢，总得有个酝酿转化的过程嘛！不过我倒真是希望有机会能和你多交流！你别笑话我哦！"

她这一番话说得中规中矩又楚楚动情，不知道演练过多少遍了才有这么好的演出效果，当真是难为这对母女了。

胡三娃心中哭笑不得，面上却还只能装出感同身受的动情模样："感谢夫人和姑娘的厚爱，我很感动，但是诚如蔡姑娘所言，感情的事不是张嘴就来的，那需

罪 与 赎
——万象惊魂记

要缘分，需要契机，需要时间，需要努力，需要苦心孤诣，需要阴差阳错，需要患难与共，需要生死相随，甚至还需要天造地设，天可怜见，我和俞萍音的感情就是在经历了上述全部因素后终于建立发展起来了，你想想，这样的感情，轻易能够打破吗？如果没有这种感情将我牢牢统治，我或许还可以考虑跟蔡姑娘发展发展，但是现在，虽然蔡姑娘那么完美无瑕，我是真的无能为力了！请夫人和姑娘恕我不识好歹！"

这一番话说完，顾海云面现急色，倒是那蔡义芮原本一副漫不经心的样子，这下却使劲盯着胡三娃狠狠地看了好几眼。

顾海云不甘心，急切道："胡总，虽然我知道你对俞萍音的感情很深，但是你要面对现实啊，婚姻不只是谈情说爱，更多的还是意味着生活，俞萍音再美，她也只是孤家寡人一个，小小的俞氏公司再怎么扑腾，又能闹出多大动静呢？而如果你成了我蔡家女婿，你想想看，不说那远的，就光说这屋里屋外，眼前的这一切，就都有你的份了！"

胡三娃啼笑皆非，他觉得思维完全不在一个层面，实在无法跟他们再交流下去了，就霍然站起来说："夫人，这一点是绝对不可能再有任何改变的，如果您没有别的要说的，我就告辞了！"

顾海云忙抬手道："慢着慢着，别这么性急嘛！"

胡三娃继续坐下来，淡定地望着她。

顾海云叹道："如果这个方案你实在无法接受的话，咱们还可以有别的合作方案嘛！"

"好，您说说看！"

顾海云抿着嘴唇微一颔首："胡总您看啊，刚才我已提到，咱们是万东区粮食企业的两强，如果形成绝对竞争的话，可能不只是两强相争必有一伤，而是两强相争两败俱伤，与其那样惨烈，为什么不能换个思路，把两强相争变成强强联合呢？这样就不是两强之间碰得头破血流而是彼此之间水乳交融了！"

胡三娃耐着性子听完："那就请夫人直截了当地讲一下怎么联合吧，我觉得这个理念不错！"

二十七

顾海云泰然一笑："具体思路就是，我觉得不让咱们两家公司形成竞争的唯一办法就是不要生产同样的产品，而是各自集中优势资源只专注于生产某些对方不生产的产品，这就叫分工合作，各自生产出优势产品联合供给万东区乃至万象市的老百姓，这样咱们不仅没有竞争，在各自的优势产品上还形成垄断，还能获得丰厚的垄断利润呢！"

胡三娃心中似有所觉："那夫人您看，咱们各自应该生产什么产品呢？"

这下顾海云干脆利落道："我们蔡氏负责生产食用油、米、面等，你们俞氏负责粮食加工食品生产，我们各司其职，联合生产出老百姓需要的所有粮油食品门类！"

胡三娃心中气极，却不动声色："那为什么不是俞氏生产食用油，你们蔡氏生产粮食加工食品呢？"

顾海云毫不犹豫道："因为你们俞氏的食用油出过大事，给广大老百姓心里造成很大阴影，这个是你们的明显劣势，当然要回避，反而你们的粮食加工食品，在俞伟民时代是很有名的，在老百姓心中很有口碑，后来你们突然停产了，老百姓还念念不忘呢，所以你们的优势在粮食加工食品，放心吧，我这个分工是很合理的！"

胡三娃冷笑着摇摇头，凝视顾海云片刻后，神情一肃道："不好意思，蔡夫人，恐怕要让您失望了，我们俞氏公司现在最坚定的一条经营理念就是，从哪里跌倒就从哪里爬起来，我们完全有直面错误的勇气，有痛改前非的决心，也有除恶务尽的信心，事实证明，我们的理念激励了员工，鼓舞了民心，我们俞氏的食用油愈加高质、安全、美味，我们的强龙牌食用油再次深得民心，蒸蒸日上、欣欣向荣，假以时日，必定所向披靡！"

胡三娃越说越激动，竟然毫不顾忌对方的感受了。

顾海云面色大变，一直在旁边陪着笑的蔡义诚也脸色阴沉起来，只有蔡义芮呆呆地望着胡三娃，眼神里有着复杂难明的意味。

顾海云还算有城府，很快克制住自己的情绪，面色复归平静，只是冷冷一笑："呵，没想到胡总对俞氏的食用油这么有信心，不过我建议还是别盲目乐观，老百姓的心灵没那么坚强，那种心灵阴影不是一时半会能克服得了的，而且就算暂时克服了，

罪与赎
——万象惊魂记

又试探着买点你们的油,但你仔细想想,在这样一种心理背景下,你们那食用油是绝对再也不能出一丁点问题了,只要一点点瑕疵,对没出过事的公司可能根本不算事,但对你们而言就会立刻被无限放大,老百姓刚刚建立起来的那一丝渺茫的信任立刻掐灭,经历过二次伤害,老百姓永远也不可能再信任你们了,那对你们就是灭顶之灾。现实就是这么残酷,难道你能自信到你们公司的产品以后再也不出一丁点问题?这可是神仙都没法保证的啊!你想,你何苦端着这么巨大的一个心理包袱去做事业呢?与其那样,还不如跟我们配合,轻轻松松做点既挣钱又省心的事呢!"

胡三娃气极反笑:"哈,正是因为困难,所以才更能体现我们悔过自新、痛改前非的坚定决心嘛,也许正是这种特别的力量才最为感染老百姓呢,我相信,只要我们真心投入为老百姓生产安全食用油的大业中,认真做事,用心做人,一方面,我们的产品会越来越安全高质,另一方面,我们的态度老百姓是感受得到的,不会对我们无谓地质疑什么!哈!"

顾海云和蔡义诚对望一眼,两人的眉头皱紧了。

胡三娃酣畅淋漓直抒胸臆后,心中痛快至极,他长身而起,又准备告辞。

顾海云又一抬手道:"且慢且慢,胡总你咋总这么性急呢!"

胡三娃只好又坐下,笑道:"难道夫人还有新的合作方案?"

顾海云撇撇嘴道:"那当然,不过一个一个好方案都被您弃如敝屣,就只好把不怎么样的方案也端上桌来让你品尝一下了!"

胡三娃怡然一笑道:"好吧,您那好方案我觉得不咋地,说不定这差方案我倒是感兴趣呢!请讲!"

顾海云酝酿了一下,郑重其事道:"既然产品分工这种强强联合方式你不同意,那我看也就只有另一种强强联合形式了,那就是咱们两个公司合并重组成大的集团公司,到时候成为一家人了,你们这边非要生产食用油,那就把整个集团公司的食用油生产线都放在你这儿,你看这下总合您心意了吧!"

胡三娃细一思量后,由衷地点头:"夫人,您这个所谓的差方案反倒振聋发聩,令人耳目一新,挺开启思路的,原则上我并不排斥,不过这事就大了去了,不是我一个小小的总经理能够决定的,得回去开董事会才能决定!"

二十七

顾海云不以为然："还开什么董事会，不都是俞萍音说了算么！"

胡三娃摇摇头："那不是，俞萍音虽然是董事长，但也还得征求各位董事的意见嘛！"

"那都是形式而已，只要俞萍音同意，谁还会唱反调，而俞萍音现在不都是听您胡总的，所以这事基本上就是您来决定！"

"不是不是，无论如何，那公司都是俞萍音的，不是我的，小事上她也许能听听我的建议，大事上她可不含糊！"

"谁说那公司不是您的，这点我可不认同！"

"这话怎讲？"

"您只要和俞萍音结婚了，那公司不就有您的一半了，而女主内男主外，那公司不就等于您的了！"

"夫人，您可别开这种玩笑，我对俞萍音的公司，没有半点觊觎之心，即便将来有幸能跟她结婚，也跟这个毫无关系！"

"您用不着这么急于撇清，我知道您存心纯善，对俞萍音的感情货真价实，但是您也没必要非得跟其它的东西划清界限，您就把这个当做副产品予以接纳，这丝毫影响不了您那高尚的感情，相反，如果您刻意要把这种副产品剔除出去，反而显得您太过用心着意，倒是有点假惺惺了！"

胡三娃细一品味她的话，缓缓点头道："夫人您说得倒是很有道理，受教了！"顿了顿，他又摇摇头苦笑道，"不过这都还是没边没影的事，现在就考虑这个也太可笑了，猴年马月再说吧，呵！"

"这一点我不能同意您的说法，我建议您立刻向俞萍音求婚！越快越好，免得夜长梦多！"

"您刚才不还说她不可能喜欢我的吗，怎么这一当儿又建议我向她求婚了？"

"她不喜欢您不代表她不会嫁给您，尤其她现在对您这么依赖，而且，我听说，她好像是把对黄二愣的感情也转嫁到您头上来了，您还不趁此机会，趁热打铁，更待何时？"

"夫人，您为什么这么热心我跟她的婚事呢，这跟您刚才的态度可完全不一

罪与赎
——万象惊魂记

样哦!"

"因为我刚才提出的那些合作方案,您都给毫不留情地否决了,现在这个方案好不容易得到您的认可,那我当然希望能够得以实施啊,能够实施的前提是您对俞氏公司拥有支配权,所以您尽快和俞萍音结婚就成了我的迫切心愿!"

"结婚真的不是小事,我和她之间变数太多,很多事情的性质还没理清呢,现在提这个,谈何容易!"

顾海云眉头一皱急声道:"你要是总这样磨磨叽叽的,事情就肯定成不了,难道你就不怕她突然出点什么事,你就鸡飞蛋打,什么都捞不着了!"

"什么意思?她能出什么事?"

"她又不是钢筋铁骨,钢筋铁骨还有断的时候呢,人生在世,谁能保证不出意外!"

"您只是这个意思吗?"

"那还能有几个意思呢?"

"那夫人还有别的问题吗?没有我就告辞了!"

顾海云将视线转向蔡义诚。

"午饭已经准备好了,胡总吃完午饭再走!"

胡三娃想起鸿门宴的滋味,后背一阵发冷,忙不迭摇头:"不吃了,我回去还有事呢!"

蔡义诚热情道:"干什么事不都得吃午饭吗?"

胡三娃正待再出言婉拒,却突然听到屋门外有轻轻的脚步声,他心中本能地一跳,神经都绷紧了,难道这蔡家果然设下埋伏,一旦自己不听话就要采取行动吗?他不由得神情冷峻地望向屋内几位蔡家人,可令他诧异的是,屋内其他三人听到响声也是一派茫然,几人面面相觑,回过味来,齐齐走到屋门口,院子里人烟渺渺,哪里还有人在?

难道是自己听错了?可是四个人都听错的概率不大,当下,每个人脸上都含着惶然。

顾海云望着蔡义诚道:"是你安排来叫我们吃饭的吗?"

二十七

蔡义诚摇摇头:"吃饭不用叫,咱们直接过去就是了!"

顾海云想了想,对胡三娃微一点头道:"也许是某个园丁刚好从这里经过,一会问问就是了,胡总不必介意!走吧,咱们吃饭去!"

胡三娃心中本就不踏实,此刻更如惊弓之鸟,哪还有心思和胆量赴这一顿鸿门宴,便执意说自己确有急事,来不及吃饭了,改日再叨扰。

有了刚才那意外插曲,这蔡家人也显得有点心神不定,也就不再挽留他。

令胡三娃受宠若惊的是,蔡家竟然让蔡义芮送他出去,显然是招安他的心思犹自不死。

不过一路上,蔡义芮冷若冰霜,对他并无半丝热情,胡三娃也就乐得不用再应付她了。

快到大门口时,蔡义芮冷不丁突然说:"如果你能和俞萍音结婚,就尽快和她结了吧!"

"为什么?"

"因为她前男友对她并未死心,也许会坏了你们的好事!"

"她前男友?她前男友不是已经死了么?"

"哦,我说错了,那就是她前前男友,也就是在黄二愣之前的那一任!"

"你是说贾仁剑?"

"是的!"

"可是他说他已经想通了,死心了,不会再纠缠俞萍音的?"

"这话你也能信!"

"可是他的所作所为也表明他确实已经幡然悔悟,不会再纠结了!"

"对此我只能说,这个人的思想之复杂,远远超出人类想象的极限,再多的话,我也就没有了,你好自为之吧!"

"你为什么要提醒我这一点呢?"

"实不相瞒,我确实没那么热心肠,因为如果你和俞萍音结了婚,对我有利!"

"哦,能讲讲么?"

蔡义芮略一犹豫,沉沉地叹口气:"因为,我爱上了刚才跟你讲的那个负心寡义、

罪与赎
——万象惊魂记

阴险狠毒的男人，如果你和俞萍音结婚了，他真正死心了，我或许才有机会！"

"啊！"

就是这短短一分钟的时间，一连串天雷滚滚的信息在胡三娃的脑海中炸响，让他几乎失去思考能力，变成植物人。

已经出了大门了，蔡义芮也不再理会他了，向他挥挥手，就把大门关上。

胡三娃以为她已经走掉了，抬步就要离去时，不料大门又打开了，她站在门口又补充了一句，声音虽然平静，却含着一种复杂的声调："还有，俞萍音这些年活得不容易，她太苦了，如果她对你有了感情，能在你身上得到些安慰，你就尽快把这些安慰给她吧，能给多少算多少，别再拖延了！"

说完这句，门砰然关上，脚步声瞬间远去，这下是再也不出来了。

胡三娃呆立门口，好久好久，直至齐家小少爷从远处撒欢似的跑过来，围着他上蹿下跳地使劲审视，他才拉回神思，哭笑不得地在齐家小少爷稚嫩的肩膀上狠狠拍了一记。

齐家小少爷吃痛，不满地呼叫道："哇，我在保护你呢，你还打我！"

"打是亲骂是爱嘛，没有其他方式可以表达我对你深厚的感激之情了！"

"这还差不多，不枉费我们在这里辛苦地保护你了！"

"好啦，没事了，你们也辛苦了，赶紧回去吧！"

说完，他抬步就要走。

齐家小少爷一把扯住他的胳膊："你往哪里走啊？车在那边呢！"

胡三娃摇摇头："我不坐车了，我想一个人走走！"

他急需找个安静的地方，好好地梳理一下这一趟蔡家之行获取的海量信息，刚才在那样压抑的环境里，又加之诡秘的信息炸弹在他头脑里一茬紧接一茬炸响，他根本无法也无暇去思考那些信息的意味所在。

齐家小少爷小脑袋摇得像拨浪鼓："不行，你不能一个人走，这里很危险！"

胡三娃苦笑道："能有什么危险呀？你刚才也说里头很危险，我不是好好地出来了么？你不也细细检查了，我身上有一点伤痕没有？"

齐家小少爷小胸脯一挺道："那是因为有我们在这里保护你，要不你早就被他

二十七

们揍个稀巴烂了！"

胡三娃哭笑不得道："你们在这里隔着十万八千里，又怎么保护我了？他们在里边就是用导弹把我炸成粉末，你们也不知道啊！"

齐家小少爷面现严峻之色："老大，你是不知道啊，他们派人鬼鬼祟祟地出来查看了，看到有我们在这里，他们才不敢揍你的！否则，哪有这么太平！"

胡三娃心中一跳，惊声道："真的？他们有人出来查看了？"

齐家小少爷重重点头道："是的，放心，我们是不敢骗老大的！"

想起刚才在蔡家那深宅里听到的神秘脚步声，胡三娃心中一阵发冷，浑身神经都绷紧了。

当下不敢再逞强了，随着小少爷走向马路那边的小车，黑塔壮汉躬身给他开了车门，车上另有一个司机，待三人都上了车，便发动汽车，一溜烟驶离了这片气概万千、深不可测的豪门大院。

胡三娃没让这个保镖队护送他一直到公司，在半路上找个热闹的地方，就非得下车。这里人流如织，远离危险区，齐家小少爷也就没理由阻拦他了。

他向车上三人道过谢后，就走下车来，沿着人行道在熙熙攘攘的人群中缓步前行。

此时日正中天，阳光热烈，照得人头皮发烫，周围人群中又叽叽喳喳，甚嚣尘上，脑子里更是思绪翻搅，一团乱麻，根本无法沉下心来思考。

――――二十八〇

罪与赎
——万象惊魂记

正在他心烦意乱、无所适从的时候，却发现前边有一个地方特别眼熟，定睛一瞧，原来却是万象市艺术学院的大门，心中不由一喜，想起了学校里头那片他曾经挨过打的小树林，那里环境清幽、气氛安详，正是清心除燥的好地方。

当下再不犹豫，大步流星走过去，随着进进出出的俊男靓女们一起混进了学校的大门。

由于在这片校园里挨过毒打，所以对这里的印象格外深刻。

轻车熟路地很快就找到了那片小树林。

小树林在校园里的位置偏僻，所以人迹罕至，胡三娃找了把树荫庇护下的长椅坐下，斜斜地靠在椅背上，惬意地伸了个长长的懒腰。

他让自己稍微眯缝着眼睛休养生息了一会儿，然后逐渐感觉到心平气和，脑子里也有几分神清气爽，才开始沉入思考。

细细思量，条分缕析，其实也并没有像他刚才那样感觉脑子里信息要爆炸了，归根结底，无非如下几点比较撼人心弦：

第一，蔡进中的死亡，要说，得了癌症然后死亡也没什么奇怪的，怪就怪在黄二愣对他进行调查后的半年死亡，其实这一点也不足为奇，很多癌症患者在病发前都健健康康，与常人无异，一旦病发就是晚期，而且在很短时间内就迅速趋向死亡，很可能跟患者知道自己身患癌症后心理崩溃有一定关系，所以蔡进中和黄二愣的交往和他自身的死亡或许什么关系都没有，只是一个时间上的巧合而已。虽然理论上可以这么安慰自己，但胡三娃就是对此难以释怀，总觉得蔡进中的死一定有着某种

二十八

意味，而不是看上去那么简单？可是又能是什么意味呢？如果非得和黄二愣的调查走访扯上关系，那也无外乎两点：1、蔡进中就是杀害俞伟民的凶手，发现有人怀疑自己，并追查到头上来了，终日惴惴不安，促使自己罹患的恶性肿瘤快速恶化而病发身亡；2、黄二愣通过调查发现蛛丝马迹认定蔡进中就是杀人凶手，于是将他杀了替俞萍音报仇，却制造他是因癌症死亡的假象。

越想越离谱了，胡三娃不由得摇头苦笑一下，敲敲脑袋瓜，制止自己再就这个线索生拉硬拽下去。

他放弃对这一点信息的发挥，思考第二点令他心生警觉的信息，那就是蔡进中和俞伟民的渊源，他们两个是老冤家对头，同朝为官的时候就龙争虎斗地结下仇隙，在生意场上，为了利益难免又斗个你死我活，所以新仇旧恨一起萦绕心头，某一天突然心血来潮地转化出一个杀人的念头也是完全可以理解的，因此从杀人动机上来讲，蔡进中是足够了。但诚如他老婆顾海云所言，他要杀他完全应该选在俞伟民春风得意盛气凌人的时候下手，那样才能解恨，也能打压俞氏公司的嚣张气焰，在俞伟民跌入低谷反而是他蔡家春风得意的时候，他非但不应该杀俞伟民，还应该保护好俞伟民好让俞伟民对他蔡家的气势如虹羡慕嫉妒恨，所以具体到当时的时势上，他又反而不具备杀人动机了。

胡三娃百思不得其解，只好也暂且放下不论，让思绪流转到下一个堤坝里。

那就是，顾海云说的，黄二愣调查走访蔡家如同作秀，并没有认真投入案情的侦查。如果顾海云不是在胡说八道的话，那么这能意味着什么呢？难道黄二愣对案件的侦破并不上心？他只是不紧不慢有一搭没一搭地在查案？其实，胡三娃早就隐隐有这种感觉了，甚至早在跟齐曼华交流时，他就提出过，感觉黄二愣的大部分时间其实都在醉心于社会公益事业和慈善事业，扶孤助残、尊老爱幼、赈灾济贫、扶危帮困、教书育人、提携后进、春风化雨、普度众生，这些是主业，查案好像只是他捎带手要干的事情，当时齐曼华的解释是因为黄二愣查的案子只牵涉俞伟民一条人命，所以心情不那么急迫，而胡三娃查的案子事关俞伟民和黄二愣两条人命，所以迫不及待。胡三娃当时姑且接受了她的理论，现在想来呢，其实现在想来或许更加证实了她的理论，黄二愣确实一点都不着急揭开真相。时间就是证明，黄二愣从

罪与赎
——万象惊魂记

向俞萍音承诺帮她破案开始到他最终因为破案身死总共历时三年，胡三娃重走他这一段路程，现在也就还差五个人没走访，用时连一年都不到，他相信，以他现在的心情和效率，很快就能将这段历程完成了。预计顶多一年左右就结束他的使命，或者还有他的生命。由此更加可以反衬出，黄二愣的心思或许真的不在查案上，至少也能说明他破案的心情不急切。

可是心情不急切又能说明什么呢？毕竟大家都是普通人，一开始激情澎湃、热血沸腾，然后在历经危险和磨难后，意志变得消沉，懂得了知难而退，向自己伟大的目标举手投降，这是人类常有的事，黄二愣也只是个肉体凡胎，他只是做了常人常做的事，又有什么可奇怪的！

一念及此，对照自己历经生死考验而越挫越勇，明知山有虎偏向虎山行的无上英雄气概，胡三娃终于找到了自己比黄二愣强的地方，不由得没心没肺、没羞没臊地为自己沾沾自喜起来。

兀自得意了一会儿，就当思想斗争中间的休闲小憩了，他自我解嘲地笑笑，放下这个一时间也解不开的谜题，继续往下思索。

再令他困惑的就是蔡家对他的炽热态度，巴心巴肺地希望跟他合作，连牺牲色相都在所不惜，难道真如顾海云所言，就因为他胡三娃是个世所罕见的绝顶人才？胡三娃自己想想都觉得可笑，他算哪门子人才，只不过有点思维怪异，给俞氏出了几个怪点子，阴差阳错正好起了作用，要是运气不好，坏了大事，他可能连人渣都不算了！可是即便有点怪才，也不至于让顾海云牺牲自己女儿后半生幸福来迎合他吧！

而且她还一计不成再生一计，那架势，那迫切态度，是非得和他胡三娃走上合作之路不可啊，这么赤诚这么急切，感人至深，又能意味着什么呢？

或许，确实是俞氏公司最近的发展势头震慑住了她，尤其是强龙牌食用油开始风靡，她担心三十年河东三十年河西，俞氏公司在胡三娃的带领下会东山再起、卷土重来，重新将蔡氏踩在脚下。

所以她急于寻求与胡三娃的合作，要么就是挖走胡三娃这根顶梁柱，让俞氏的发展戛然而止，要么就是劝诱胡三娃放弃势头正猛的食用油的生产，陷入粮食加工

二十八

食品生产的泥潭，要实在不行，就寻求与俞氏的合并重组，然后在一家人的这个概念的掩护下，再择机将俞氏蚕食鲸吞，但后边这个计策难度大、风险大，而且充满变数，所以她是在胡三娃拒绝前两个方案后不得已而求其次的选择，并且她还千方百计引诱胡三娃通过和俞萍音结婚来获取俞氏的控制权，那可操作性就大增了。

这么一想，似乎很有道理，如果蔡家只是为了生意而在绞尽脑汁、机关算尽，倒也没什么可怕！怕就怕可能还有更加深邃的动机。

可是这种深邃的动机又岂能通过强行思索得出来？

胡三娃思虑再三，毫无所得，只好苦笑一下，终止无谓的思索，继续往下盘点。

接下来就是很具体的几点信息。

顾海云闪烁其词地提到要是俞萍音出了什么意外，胡三娃就会竹篮打水一场空，而蔡义芮又干脆利落地进行补证，让他能和俞萍音结婚就尽快结，能多给几天安慰就多给几天，如同在向他交代有关俞萍音的后事似的。

这到底是危言恐吓还是别有意味？

这已经事关俞萍音的安危了，他不得不予以严正对待。

他现在勇往直前地查案只是已经做好了不畏自己生死的心理准备，可从来没想过俞萍音也会因此性命堪忧！

可是照着既定的发展模式来看，俞萍音并无任何生命危险啊，黄二愣直至惨死，俞萍音还是安然无恙的，只是后来她自杀那又另当别论了。

莫非她们娘俩指的就是他胡三娃死后，俞萍音也会自杀？

可是那也得是他死亡之后的事，也不存在俞萍音的意外会让他竹篮打水一场空。

而且从中秋夜跟俞萍音的一席谈话来看，她应该已经做好了他可能也会像黄二愣那样死掉的心理准备，有了心理准备，自杀的可能性就会大大降低了！

再说，俞萍音真的会为了他自杀吗？她现在爱上的也还是胡三娃版的黄二愣，她已经为黄二愣自杀过一次了，应该不会再为他自杀了！

想到这里，胡三娃心中不由得隐隐浮上几许酸涩，他撇嘴笑笑，沉沉地叹了口气。

这个议题也得不出任何结论，没辙，只好回去盯紧俞萍音，对她严加看管和保护吧。

罪与赎
——万象惊魂记

他继续往下想,最让他惶惑的一点信息一旦放开闸门立刻汹涌而至,那就是蔡义芮最后跟他提到的,贾仁剑仍然对俞萍音不死心,并且说贾仁剑的思想之复杂超出人类想象力的极限。这么说,贾仁剑后来表现的谦谦君子、温润如玉、心胸宽广、雍容大度的光辉形象都是装出来的,其实他心怀鬼胎、图谋不轨?那他到底在玩什么花样呢?葫芦里到底卖什么药?

连带想起他派齐家小少爷和黑塔壮汉来保护他,难道保护是假,挖坑是真?一念及此,他头皮都不由得有点发麻,后背丝丝凉意直蹿。

他挖的又是一个什么坑?意欲何为?如果说他的目的就是阻止他和俞萍音恋爱结婚,那干嘛还要鼓励他去追求俞萍音呢?而且似乎还在有意无意地不断地给他们创造爱情发酵的机会!

如果这真的只是他的一个阴谋,那也实在太可怕了,可怕之处在于胡三娃完全嗅不到一丝阴谋的气息,连它的幻影都捕捉不到。

当然,也许只是蔡义芮在危言耸听,现在相对来说蔡家应该是他更大的敌人,敌人的话,又能信它几分?再说,那蔡义芮不是说她爱上了贾仁剑么,也许因爱不成而生恨,从而进行严重毁谤,又不是不可能!

一念及此,他心头宽松了少许,又由此及彼地转入到思考蔡义芮说她爱上了贾仁剑这一信息是否有什么特别的意味。

刚要展开思维的翅膀,他身旁突然响起一阵异动。

他好奇地扭过头去,一看之下,吓一大跳,本能地就要跳起来奔逃,一想又觉得不对,稳住了身形,皱着眉头望着身后的那个小鬼,气恼道:"你跑到这儿来干嘛?"

竟然是齐家小少爷,他什么时候来到了胡三娃身后,胡三娃过于聚精会神,全然不知。

齐家小少爷见恶作剧得逞,笑得腰都直不起来,好一会儿,才止住笑说:"我来好久了,看你一动不动地一点也不配合,等得不耐烦了,所以就只好制造点动静,哈哈,太好玩了!"

胡三娃恼羞成怒地轻拍一下他的脑袋道:"你干嘛要跟着我?"

齐家小少爷撇撇嘴:"我看你非得在婉斐姐的学校门口下车,怕你不老实,去

二十八

骚扰婉斐姐,就跟着过来监督你,没想到你跑到这里来了!"

他略一停顿,邪笑道:"怎么?上次被揍出瘾来了,还想过来回味一下么?哈!"

胡三娃气急地扬起手佯装打人的样子:"小兔崽子,你还敢挑衅,上次饶过你了,这次可没那么便宜!"

齐家小少爷根本不怕,把脑袋伸过来:"你打呗,你现在是我老大,就让你报个仇呗!"

胡三娃哭笑不得,只好重重挥起、轻轻落下地打了他一下,瞪起眼道:"我可不是你什么老大,你可别乱喊乱叫!"

齐家小少爷小脑袋摇得像拨浪鼓:"你就是我老大,贾老大说你是我老大,你就必须是我老大!还有我妈要嫁给你,你也必须是我老大!"

胡三娃心念一动:"小侄子,你贾老大为什么要让你保护我,你知道原因么?"

齐家小少爷眨眨眼:"我们贾老大说你是俞萍音的男朋友,绝对不能死,要好好保护,去危险的地方都要跟着!"

"就说了这个吗?"

"是的!"

胡三娃苦笑了笑,突然提高声音疾言厉色道:"你不好好上学,天天跟着黑社会游手好闲,你想把你妈气死吗?"

齐家小少爷被咋呼得怔了怔,然后不屑地撇撇嘴道:"我现在比以前好多了,偶尔还去学校听听课呢,而且我有时还去饭店打工呢,我妈现在对我可满意了!"

"去饭店打工?"

"对啊!"

"打什么工?"

"就是端盘子做服务生啊!"

"扯淡吧!"

"是真的!"

"哪个饭店?"

"素林饭店!"

罪与赎
——万象惊魂记

"你不是在胡扯吧？"

"当然不是！"

"为什么要去打工？"

"因为在那里可以见婉斐姐！"

"什么意思？"

"婉斐姐有时候会去那里吃饭，她去吃饭的时候，我就去打工，嘻嘻！"

"那你哪是打工啊，你这不是摆明在泡妞嘛！"

"嘻嘻，也不是，真的算打工！"

"你就胡闹吧，我没时间跟你逗闷子了，你快走吧！"

"我真的不是瞎说，今天晚上我就去那个饭店，你不信可以来看看！"

"好吧，晚上我去欣赏一下你的新形象，现在你可以回去了！"

"不，我还要保护你呢！"

"这里根本不需要什么保护！"

"那我就监督你！"

"监督什么？"

"监督你不要去找婉斐姐！"

胡三娃深感无奈，只好苦笑着站起身来："好吧，那我回去了！"

"好，那我护送你回去！"

于是，胡三娃在小屁孩的强行护送下，回到公司。

他突然觉得很累，不仅是身体疲乏，精神也很困倦，十有八九是因为这天在蔡家的走访对他的思想形成了狂风暴雨般地肆虐，他一直到现在都还没吃午饭呢，但也没有胃口没有精力去吃了，就想着下午干脆好好睡一大觉。想了想，没有回黄二愣的办公室套房去睡觉，一是因为上班时间在那里睡觉不合适，二是他现在已经越来越分不清自己到底是胡三娃还是黄二愣了，但又不甘心迷失自己，所以他本能地就想跟黄二愣在形式上划清界限，一想起黄二愣的灵魂在他的套房空气中飘荡着，然后带着一股邪魅的微笑望着他的情景，他就止不住浑身一阵发冷发麻发慌，他逃也似地回到自己那个久违的宿舍，微微喘着粗气倒在床上，翻来覆去变换着姿势，

二十八

最后几乎蜷缩在被窝里，仍觉浑身不自在，好在一阵汹涌的倦意突然袭来，他才囫囵睡了过去。

他是被饿醒的，他睁开眼，首先听到的是肚子里一阵雷鸣般地咕噜哗响，肚子喊他起来吃饭了，他微苦一笑，正想着要不要去素林饭店探访一下齐家小少爷的新形象呢，紧接着手机就响起了，他摸过来看了看，竟然是宋红琳，便赶紧接听了。

宋红琳一如既往地爽脆："胡总，您咋没在办公室呢？又去哪里浪荡去了？"

"我倒是没有浪荡，我在梦游呢！"

"哦，在哪里梦游？"

"下午感觉特困，回宿舍睡觉来了！"

"奥，怎么不在黄总的那个小屋里睡了？"

"那是人睡的地方吗？"

"啊？"

"奥，我是说黄总的仙灵在注视着呢，我可不敢鸠占鹊巢了！"

"你现在有这样的感悟了？"

"要不说刚才在梦游呢，有点神思恍惚，魂不守舍了！"

"你如果把自己当成黄总，不就不会觉得鸠占鹊巢了，那是属于你的，黄总的一切都属于你！"宋红琳循循善诱。

"你就瞎扯吧，说吧，找我什么事？"胡三娃起了一身的鸡皮疙瘩，连忙岔开话题。

"请你去吃饭啊！"

"好端端地请我吃什么饭？"

"你忘了咱们的约定了？你要时不时地去素林饭店吃饭，与民同乐，与强龙共舞呢！"

"这样啊，倒也是，那就去吧！"胡三娃正想着要去素林饭店呢，痛快答应了。

两人很快接上头，坐上宋红琳的车，一路说笑着，优哉游哉向素林饭店奔去。

到了饭店，胡三娃也着实饿了，先顾不上去找寻齐家小少爷的飒爽英姿，而是跟着宋红琳径直来到那片俞氏免费菜供应专区。

罪与赎
——万象惊魂记

经历过俞氏广场的美食文化节后,认识胡三娃的老百姓可就多了去了,他的到来,竟然引起了一阵不小的轰动,还有人带头鼓起掌来,向他致意,表示欢迎和感谢。

胡三娃第一次感受到了一种明星般的荣耀,还颇有点不自在,脸微微泛红,其实也是一种兴奋溢于言表。是啊,还有什么能比成就感带给人的快感更浓烈呢!他让曾经伤透了老百姓的心的食用油重获信任重获新生,这是一桩多么惊天动地的成就啊!要说他也没有什么艰苦卓绝的付出,他只做了一件事,真心想为老百姓制造健康安全的食用油,其实这么说也不准确,因为这件事是黄二愣做出来的,他只是继承了他的衣钵,当然,如果把他看成是黄二愣的灵魂转世,那这么说就妥妥地了!他不无自嘲地苦笑着。况且,他也不是全然无功,至少,他让黄二愣的这种真心,更加深切地让广大人民群众感受到了,人民群众的愿望其实很简朴,谁真心为他们的生命健康安全考虑,他们就会报以高山大河般的拥护和热爱。

胡三娃在宋红琳的服侍下,在人民群众的簇拥下,在免费菜供应专区的核心餐位上,开怀畅饮、大快朵颐,每每和周围的人民群众觥筹交错,打成一片。其热情相交、真心相融,和美温馨的气息,在这个餐厅上空翻滚飘荡、经久不息。

饭毕,胡三娃告别一众百姓,和宋红琳一起走出免费菜供应专区,视线四处逡巡没有看到吴良的身影,正打算呼叫一个服务员过来问个究竟,却听宋红琳嘻嘻一笑:"找谁呢?想你那老干妈了吧?"

胡三娃笑着摇摇头:"不是,我找齐曼华家小少爷呢,他说今天晚上来这里打工!还一直没看到他呢!"

宋红琳恍然道:"你找他啊,不早说,我知道他在哪,跟我来吧!"

说完,转身就走。

胡三娃赶紧跟上,好奇道:"你咋知道他在哪里呢?"

宋红琳轻描淡写道:"曾经有一次我跟黄总来这里吃饭,碰到过他,后来就知道了!"

胡三娃心中一跳,惊讶道:"你跟黄总那会就碰到过他了?"

宋红琳不以为意道:"是啊,既然他今晚过来了,那就应该不止是他呢,走,我估计今晚还会是那种情形!"

二十八

听她说得意味深长的样子，胡三娃好奇心大炽，甩开脚步紧紧跟上。

令他万万想不到的是，她竟是领着他往那个偏僻角落的专设餐桌的方向走去，难不成齐家小少爷是在那里提供服务，可是那个餐桌不是轻易不对公众开放的么？

心思浮凸着，也不用多加思考了，他们脚步轻快，一会儿就从两颗装饰树夹闭成的通道口走出来，眼前情形一目了然。

一看之下，愣是看得他张口结舌，好半天回不过味来。

这是怎么回事？

俞萍音和舒婉斐坐在那张餐桌的两侧，正在把盏言欢，一边吃一边亲切交谈呢，而吴良那小子，果然一副服务生的装扮，手里端着个托菜盘，一边往桌上上菜，一边还不忘油嘴滑舌、贼眉鼠眼地讨好舒婉斐呢！

虽然舒婉斐在这里，已在他的预料之中，但俞萍音的横空出现，让他大感意外。而且吴良说是来这饭店打工，却是在这样特别的餐桌服务这两个特别的人用餐，总让他觉得不伦不类。

吴良回头看到胡三娃，立刻眉开眼笑，嬉皮笑脸地打着招呼："怎么样？胡老大，我还够专业吧！"

那相谈甚欢的两人扭头看到他和宋红琳，先是愣了愣，连忙站起来，分别热情地跟他们打着招呼。

胡三娃心里直打鼓，笑道："你们姐俩怎么在这么偏僻狭小的地方吃饭啊，到底是谁请谁啊，这也太抠门了吧，走，我请你们去大包间里头吃，算是之前没关照好你们的赎罪了！"

俞萍音竟也破天荒地打趣道："难得胡总这个小气鬼今天这么大方啊，我看是可以狠狠宰他一顿的！"

熟料舒婉斐情绪却并不怎么高昂，她幽幽地看胡三娃一眼，然后眼帘低垂，语带玄机道："可惜已经晚了！"

"哦！什么晚了？"胡三娃心有所动，紧声问道。

"这菜都已经上得差不多了，也吃喝得差不多了，再好的环境和美味，只怕已经没肚子享用了！"顿了顿，她又提高声气，半是玩笑半是认真，"胡大哥，怪就

罪与赎
——万象惊魂记

怪你现在才出现,你要是早些出现,就没这么多遗憾了!"

"呵,这没关系呀,今天留点遗憾,明天才有我弥补遗憾的机会啊!"

"那胡大哥明天要弥补哪个的遗憾呢?是萍音姐的遗憾,还是婉斐的遗憾?"

"当然两个人的遗憾都要弥补,一个都不能漏哦!"

"只怕胡大哥顾不过来哦!"顿了顿,又道,"而且我们两个各自是什么遗憾,胡大哥要闹清楚怕都不容易呢!"

沉默良久的俞萍音突然朗声说:"我没什么遗憾的,胡总要弥补遗憾,就专心钻研婉斐妹妹的遗憾吧!"

说完,她竟有转身要走的意思,摆明了是生闷气了,舒婉斐连忙喊住她道:"萍音姐,胡大哥是专门过来找你的,要走也是我走啊,我刚才说着玩的呢,我早已吃饱喝足,早就了无遗憾了,胡大哥,你好好哄哄萍音姐,我走啦!"

话落,她大步流星地走掉了,在前方的路径口搅起一股旋风,两边的枝叶兀自摇晃不休。

吴良见她跑掉了,神情一急,连服务生衣服都不脱掉,一溜烟地跟着她的气息追踪而去。

胡三娃苦笑一下,扭过头来,望着俞萍音:"萍音,你怎么来这里了?"

俞萍音幽幽地看他一眼:"这还不是因为要陪你的婉斐妹妹聊天吃饭么!"

"为什么要陪她聊天吃饭呢?"

"婉斐她要求的呀!"

"她为什么要求你陪她呢?"

"她那个姐姐长年累月地不着家,婉斐也需要情感慰藉啊,见不着亲姐,又没有别的亲人了,就只好找我这个师姐谈天说地啊!"

"哦!"胡三娃满心困惑。

"再说,也是我爸公司的产品害得她家破人亡,我没法还给她母爱,只好给予她大姐姐的关爱,这也算是替我爸还债吧!"

说着,她自怨自艾地叹了口气。

胡三娃心里沉沉的很是难受,还债还债,又是给周向民当"女朋友",又是给

二十八

舒婉斐当"母亲"，俞伟民当年造下的孽，给他唯一的女儿增添了多少心理负担啊！

他怜惜地望着俞萍音，沉叹道："萍音你辛苦了，不过事情都过去了，别想那么多，那也不是你的错，不应该由你来承担这么沉重的后果！"

俞萍音凄然一笑，摇摇头："要是我能起点微不足道的安慰作用，我这点付出算不了什么，也是愿意尽心尽力承担的，只是，唉！"

她欲言又止。

"什么？"

"你刚才也看到了，婉斐啊，或许已经从她妈妈死去的痛苦里走出来了，却又陷入了二愣哥死去的痛苦里！"

"啊！什么意思？"

"三娃哥，不瞒你说，婉斐其实也是对二愣哥产生了很深厚的感情的，或许也是因为丧失母爱，又感觉不到姐姐的爱的时候，二愣哥正好出现在她的生活里，给了她大哥哥般的关怀，虽然并非二愣哥的本意，但实际上他就等于是乘虚而入，这种情形下，她很容易就对他产生了依恋，那种亦父亦兄亦爱人的感情其实最是缠绵悱恻，难以割舍，所以她曾经很是吃过我一阵子醋，后来慢慢总算平静下来，摆正了她对二愣哥的心态，原以为她大概只会对二愣哥保留一种兄长的情怀，可是看来我是错了，随着二愣哥的死亡，她在悲痛之下，所有被潜藏压制的情感又翻搅出来了，要依刚才她的反应来判断，只怕她也有将这种情感往你身上转嫁的倾向，唉，真是造孽啊，这老天爷是怎么啦！弄出这么多剪不断理还乱的纠葛牵绊出来！"

胡三娃兀自愣了好半响，摇摇头道："萍音你就别多想了，婉斐她一门心思都在如何修炼她的艺术造诣上边，感情一事那都是靠边站的，再说，她年纪尚小，也不会对感情有什么深刻的理解和体会，可能就是一时间接受不了一个认识的大好人突然去世的消息而已！过一阵子也就适应了！说她会对黄总产生感情，并且会转嫁到我头上来，实在是有点不着边际啊！"

俞萍音若有所思地想了想，又意味不明地浅浅一笑，不再说话。

胡三娃关切地说："萍音，抱歉打扰了你们姐妹俩用餐的兴致，婉斐走了，也叫不回来了，就让红琳陪着你接着吃吧！"

罪 与 赎
——万象惊魂记

俞萍音摇摇头:"不用了,我已经吃好了!咱们走吧!"

说完,她就吆喝服务员过来结账。

不料,从曲径幽巷里走出来的不是服务员,却是老板娘薛素萍,她带着一脸憨厚呆萌的傻笑嬉笑着走上前来。

看到胡三娃,更是满脸神光、满眼亮芒,目不转睛地深情地凝视着他。

胡三娃心中一阵温润的情感轻缓地流淌着,他冲老妇人温情地笑笑,就转对俞萍音柔声说:"萍音,账我来结吧,你甭管了,你和红琳先回公司去,我留下来还有点事,完事我回去找你!"

不容她回答,他又转头对宋红琳说:"红琳,你陪着董事长先回去吧,请关照好她!"

宋红琳笑道:"呦,又要展示你的大爱了吧,放心吧,保证完成任务!"

她转身对俞萍音打趣道:"胡总要开启他的大爱模式了,咱就别杵在这里影响他的发挥了,走吧!"

俞萍音会心一笑,对胡三娃柔情款款地点点头,转身和宋红琳走了。

胡三娃携着薛素萍的手,母子情深地来到小桌旁,本来想着唤来服务员收拾一下桌子,重新端上来专属于他们母子俩的亲情套餐,但是一看桌面上满满当当地一桌子菜肴只是被两大美女蜻蜓点水般撩拨了一下,两人桌上饭碗里的米饭也就被浅尝辄止,基本上跟刚开席没什么两样。这么多美味佳肴就这么撤掉也实在太浪费了,再说,胡三娃是绝对不会嫌弃俞萍音用剩的饭食的,甚至还巴不得多吃她吃剩下的饭菜呢,所以瞬间转了念头,微笑着征求薛素萍的意见:

"薛阿姨,要不咱们就接着吃这一桌子剩饭剩菜吧,这都没怎么动,扔掉太可惜了,当然,前提是你不嫌弃婉斐这小姑娘吃剩下的东西?"

老妇人连忙点头,脸上神情爽然,表明她一点都不介意。

因为一会开启的将是互喂模式,所以胡三娃就先将老妇人搀扶到了俞萍音的座位上,然后自己欣然坐到了舒婉斐的座位上。

这样才能确保俞萍音碗里的剩饭菜进到他的嘴里,他颇觉有趣地暗自一笑,又对着薛素萍调皮地笑笑,率先启动母子亲情交流开关。

二十八

　　他们很快就消灭光了俞萍音和舒婉斐各自饭碗里的饭食，桌上的菜肴也消耗大半。

　　胡三娃问道："薛阿姨，你还想吃饭吗？要不咱各自再来一碗？"

　　熟料薛素萍却瞪了他一眼，撅起嘴巴一副老大不高兴的样子，就像小孩子赌气一般。

　　胡三娃愣了愣道："咋啦，薛阿姨？"

　　令胡三娃倍感诧异的是，薛素萍嘴巴里竟然嘟囔作响，仔细一听，却是发出"阿姨！阿姨！"的声音。

　　胡三娃瞬间明白了，她是嫌弃自己叫她"阿姨"，不高兴呢！

　　相处这么久来，这还是她第一次出声说话，胡三娃心中大感欣慰，连连点头："好的，干妈，我错了，我不叫你阿姨了，你是我的阿妈，呵呵！"

　　薛素萍又开心地连连点头。

　　胡三娃接着问："干妈，吃好了么？要不再来一碗！"

　　薛素萍毫不犹豫地点头叫好。

　　胡三娃微微一笑，正要转身呼叫服务员再送两碗米饭过来，一回头，却见王怀林端着两碗米饭满脸笑意地走了过来。给他和薛素萍面前各放了一碗。

　　胡三娃好奇道："王叔，你怎么知道我们正好需要米饭呢？"

　　王怀林悠然一笑："我就在不远处专门候着为你们服务呢，听到了自然就过来了！"

　　胡三娃惊讶道："你在不远处候着？为什么啊？"

　　王怀林神秘地眨眨眼，戏谑地笑道："哈，只要是俞萍音这个贵客来我们饭店吃饭，当然，前提是坐在这个桌位上，那就是我这个大老板亲自来做这个服务生哦！你们是沾了她的光，虽然她走了，我顺势也为你们接着服务！"

　　胡三娃茫然道："可是不是齐曼华家的那个小少爷在做这个服务员么？"

　　王怀林悠然笑道："呵，小孩子嘛，就是胡闹，他能打什么工，只是和婉斐那个小姑娘一起瞎胡闹而已，也就婉斐过来找俞萍音吃饭时，他跟着过来凑凑热闹！"

　　胡三娃不解道："那你们就由着他胡闹吗？"

罪与赎
——万象惊魂记

王怀林微笑道:"他缠着他妈妈跟我们说情,我们也把他看作自己的小外甥一样,反正他也就在这个桌位上闹一闹,无关痛痒,就由着他去吧!"

胡三娃细一思量道:"难道婉斐来这里吃饭就只在这个桌位上吃吗?"

王怀林点头道:"当然,我们这个桌位也就相当于一个专为自家人提供的用餐之所,所以婉斐每次来吃饭,都是坐这里的!"

顿了顿,马上又道:"对了,你大概要问为啥婉斐算自家人,那你应该能理解,我们几家受害者家庭以前是因为同仇敌忾,后来慢慢地来往就多了,关系越来越密切,形同一家人!"

胡三娃若有所思。

王怀林又兀自一笑:"好啦,你们娘俩接着用餐吧,场面太动人,我看着眼红啊,怕得红眼病,我赶紧撤了!"

他朝胡三娃快乐地眨眨眼,悠然离去。

胡三娃看薛素萍满脸期待地望着他,连忙赶跑脑海中浮乱的思绪,继续编织幸福圆融的母子安乐图。

完成这一顿情感大餐,在薛素萍依依不舍的目光痴缠中,他还是狠心告别,匆匆走了出来。

他现在有两份情感在他心头荡气回肠,哪一份都令他牵肠挂肚,揪着他的心拽着他的腿,难分难舍。

时间不早了,他敢确信俞萍音一定在公司苦等着他送她回家,因为这是黄二愣在世时她们俩的习惯性活动,想来她在这一习惯上也已经转嫁成功了。

果不其然,黄二愣办公室的门是开着的,俞萍音娴静地倚在椅子上静静地望着门口,令胡三娃欣慰的是,她的目光不再像以前那样完全穿越虚空,追求的是一种心灵际会,而今她的目光很是朴实,只为等待一个实在的身影。

看到他进来,她眼神顿时发亮,站起身来,盈盈微笑着迎过来,挽住了他的胳膊。

胡三娃心领神会,柔情似水:"萍音,我送你回家吧!"

俞萍音蠑首微点,轻轻地"嗯!"了一声。

他们关上门,相依相偎着,悠闲自在地走出大楼,在岗亭里张合军恭送的目光下,

二十八

穿过繁闹已近尾声的广场,来到俞萍音的小车旁,卿卿我我地上了车,驾车悠悠地离去。

这是黄二愣在世时,每天必经的程序,平淡无奇却又情趣横生,现在轮到胡三娃来接棒出演了,他必须演好,一点纰漏都不能有。

俞萍音默默地开着车,胡三娃猜她肯定会问他这日调查情形,便急忙梳理着脑子里的信息,想着应该跟俞萍音讲哪些内容,既然当初黄二愣因为害怕将俞萍音卷入是非漩涡,基本不跟她交流查案的事情,那他为了演好黄二愣,自然也不能和盘托出。

但是有一件事却是必须讲的,那就是蔡氏公司想要和俞氏公司合并重组的想法。

果然,沉默了一段时间,俞萍音就开口说话了:"三娃哥,你今天调查那蔡家,结果怎样?"

胡三娃避重就轻:"关于你爸死亡一案,他们当然矢口否认跟他们的关系,但他们后来提到一件事情,我觉得有必要向你汇报一下!"

"什么事?"

"他们希望跟咱们公司合作?"

"合作?怎么合作?"

"他们一共提出了两套合作方案,你看看可不可能?"

他把蔡氏公司想挖走他当总经理的意图略去了,反正是不可能的事,没必要给俞萍音的心理添乱。

俞萍音点点头:"说来听听?"

"第一套方案是分工合作,就是说让咱们公司专心从事食品加工生产,他们蔡氏专注于生产粮食和食用油,这样我们两家公司各自垄断万东区食品产业中的一个行业,没有任何竞争,各自闷声发大财!"

"他们蔡氏怎么不做食品加工,我看就是眼红咱们的食用油东山再起了!"

"他们的理由是咱们公司在食用油上栽过大跟头,要再爬起来很难!"

"栽过大跟头,爬起来是很难,但是一旦爬起来了,就很难再栽跟头了!"

"萍音好见识啊!就是这么个道理!所以这个方案我已经断然否决他们了!"

罪与赎
——万象惊魂记

"另一个方案是不是想跟咱们合并重组?"

"啊!你是怎么知道的?"

"不瞒你说,当年二愣哥从蔡家调查回来,也跟我说过蔡氏想合作这事!"

"这样啊!"

"是的!确有其事!"

"嗯,那你和黄总当年是怎么商议的呢?"

"我想先听听你的意见!"

"我有这么两点意见,其一,本来强强联合、合并重组,确实不失为一个公司壮大发展的好机会,如果那蔡家从来没有提过分工合作方案,我觉得合并重组方案是可以考虑的,至少值得大家为此分析讨论一番,但既然蔡家已经暴露了他们的狼子野心,只是一计不成再生一计才抛出了这一方案,对于这样一家心术不正的公司,我们又怎么放得下心来去跟他们谈合并重组这么重大的事情呢?谁知道他们将来会不会设什么圈套,把咱们公司置于万劫不复的境地!其二,咱们公司在黄总的大力倡导和精心引导下,已经建立起了公司就是一个大家庭的企业文化,并且真真切切地落实到了公司的每一个行动中,这样的文化稀罕至极,想那蔡氏公司肯定是不认同的也绝对做不到,文化理念都不同,强行融合在一起,只会貌合神离、格格不入,迟早分崩离析,那不等于自取灭亡吗?又何苦要无中生有地允许外界邪气侵犯公司原本纯正的企业文化精神呢!"

俞萍音听着他的阐述,晶莹的眼睫毛连连眨动着,最后,她惊讶地扭头看了他一眼,由衷叹道:"我当真服了,你跟二愣哥的想法一模一样!"

"或许因为道理很简单,所以容易想到一块吧!"

"道理虽然简单,但是却不醒目,能够发现它的眼光,一定来自相同的心灵!"

"这么说来,当年黄总和你商议的结果,就是拒绝了蔡氏公司的合作企图?"

"是的!断然拒绝!"

"我突然有个可怕的联想,不知道是否胡思乱想!"

"说说看!"

"那蔡家因为俞氏拒绝与其合作,而对黄总怀恨在心,所以动了杀害他的

二十八

念头！"

"这个我就不知道了！不过问题的关键是二愣哥是死在你眼皮底下，而你又完全不知情，如果是他们杀害的，他们又怎么做到的呢？"

这一问，立刻让胡三娃哑口无言，是啊，有这样一个离奇的背景，这便成了个完全不能用常理来推断的谜案，所以他也趁早别妄自动用他那可怜的人类思维了，就按照捣蛋老天爷的精准设计，老实乖乖地让它牵着自己的鼻子上路吧！

"是啊，我真恨自己为什么不是个瞎子，要是个瞎子的话，这事就没这么复杂了！"

"三娃哥，我是就事论事，不是要埋怨你什么！你别多心！"

"没事，我不介意，我只是想说，如果只是个瞎子眼前出现这么一桩案子，那么完全可以按照通常的破案思路去破案，用不着像我现在这样大费周折地去重走黄总的艰辛历程，正是因为出了匪夷所思的怪现象，才不得不被引入了这么一个怪圈，而且现在看来，完全是有一股隐藏至深的无形力量在推动自己走上了这条怪道，并且无法摆脱，所以这个案子其实完全不用猜来猜去，就一步步把这条道走完就行了，现在好啦，这条道也没几个驿站了，马上就要到头了，对此我还是很欣慰的！"

俞萍音黛眉微蹙："难道你对这条道的前景很乐观吗？"

"谈不上乐观，但是能够顺利抵达目的地也算一个不小的收获吧！"胡三娃视死如归地笑道。

"你现在是不是还剩下五个人没有走访？"

胡三娃惊讶道："你怎么知道的？"

"二愣哥记录的那份调查名单，我都记着呢，走访完蔡家，剩下的就五个人了！"

"对了，我还正想着要跟你确认一下呢，这剩下的五个人分别是谁，你还都记得名字吧？"

"记得，不过我也只知道前两个是谁，后边的都不知道！"

"林曼英是不是就是咱们公司坐牢的王副总的家人？"

"对的，你好聪明啊！林阿姨是王叔叔的爱人！"

"那吴倩君就是工商局那个坐牢的副局长的家人了？"

罪与赎
——万象惊魂记

"是的,他们是夫妻!"

"你有她们俩的联系方式么?或者家庭住址!"

"林阿姨的肯定有,吴倩君的我找找,应该也有!"

"你和那个局长夫人也有联系吗?"

"当年她老公坐牢后,她来公司闹过一阵,说是公司害了她老公,导致她家庭崩溃,要求补偿,后来公司补偿了她一笔钱,了了此事!"

"这么说,她怨气很重,也不排除有报仇雪恨的可能?"

"她怨气很重是真的,但报仇雪恨的可能性不大,再怎么说,她也只不过就是个可怜的妇人,实在家里困难了,想通过闹一闹争取点利益,何况她老公只是坐牢,又没死,而且还是罪有应得,她犯不着去犯这样的死罪啊!"

胡三娃沉吟着点点头:"那倒也是!"

继而一扬脖子朗然道:"也罢,刚才就说了,这案子猜来猜去没任何意义,就得针尖对麦芒地大干快上,萍音,你一会找出她们俩的电话,发个短信告诉我!"

一路聊着,不知不觉车已进了小区,胡三娃想着昨夜跟佳人湖畔相拥相吻的美妙滋味,就巴望着俞萍音还能将车开向那片密林深处,然而俞萍音毫不犹豫就将车开向她的住宅楼方向,看来也只是中秋夜的氛围撩拨了她的情思,她并非就对他一往情深了。

他略略有点失望,但转念一想,又觉得这种状态是对的,他不久就要生死未卜了,明知道自己可能遭遇不测,又怎能再去跟她发展什么感情呢?这不是摆明了要把她往火坑里拉吗?趁着她现在对他感情还在颠仆不定、扑朔迷离阶段,要赶紧阻断,否则她要是对他情根深种了,等他不幸遇难时,她肯定又要再一次痛不欲生了。

他骤然清醒过来,暗暗庆幸自己昨夜没有答应她的求婚。

车到住宅楼门口,俞萍音对他幽幽地说:"我到了!"

胡三娃应道:"好,那你早点休息吧,我回去了!"

说着,就要开门下车。

俞萍音淡然道:"如果你非要回去的话,那就还是我送你到小区门口吧!"

胡三娃愣了愣:"如果我不回去,那我能去哪啊?"

二十八

俞萍音幽幽一笑："你说呢！"

望着她的眼神，他瞬间明白了，但是想起自己刚才的决心，一狠心道："萍音，我明天马上就要着手接下来的最后一波风浪了，这等关键时刻，不能分心分神，一切都等到雨过天晴吧！"

俞萍音叹了口气，突然感慨万端地说："呵，你和二愣哥还真是口径一致，好吧，也许这真的就是命，我信了，也认了，走，我送你出去！"

不容分说，她再次发动小车，将胡三娃送到小区门口。

在路上，他就收到了俞萍音发来的短信，告知了林曼英和吴倩君的电话和家庭住址。

他一看时间有点晚了，就按捺住联系她们的冲动。

不过他真的是迫不及待想要赶紧结束这段奇特的旅程，因为他迫切需要一个结果，如果走完这段路，他死了，那也万事皆休，俞萍音也就可以赶紧修复创伤，重新迈入她下一个人生阶段。如果他有幸还活着，那他就可以毫无顾忌地向俞萍音张开怀抱，和她一起比翼双飞、遨游幸福的海洋！

不管是哪种结局，他都希望尽快来到，这样把心悬在半空没着没落、畏首畏尾地实在难受！

他还是回到了黄二愣的办公室套房，他已经完全不忌讳自己就是黄二愣的化身这一可能性了，是就是吧！吃亏的绝对不是他！

他带着一种离人生末日不远的心酸，又带着一种离新的人生境界不远的欣喜，躺在黄二愣的床上，浮想联翩之下，迷迷糊糊地睡了过去。

二十九

罪与赎
——万象惊魂记

第二天早早就醒来了，胡三娃有条不紊地洗漱、吃饭、看资料，估摸着时间差不多了，才给林曼英打电话，这样的心境下，还有这样的定力，他都有点洋洋自得了！

林曼英的电话不太通畅，一直没接，直至午后，终于接了，传过来的声音却有点抖颤：

"你，你，你是谁？你，你难道还没死？"

乍闻此言，胡三娃先是一惊，继而心中一动，难道林曼英就是凶手，因为心底有鬼，一个突袭的电话就让她露了原形？

一念及此，故意含糊其辞地应道："我当然没死，你怎么会以为我死了呢？"

"啊，难道你是假死吗？"

"也不是啊，当然也不是啊！不存在假死！"

"那你就是灵魂转世？"

"这个嘛，哈，要严格来讲，也可以算是吧！"胡三娃灵机一想，既然自己已成功转型成黄二愣的化身，那么说是他的灵魂转世也不算骗人。

"真的啊，啊！那真好，那你能告诉我，到底是谁把你杀害的吗？"那边的语气竟然有点兴奋。

胡三娃差点就地晕倒，豁出人品来想套一把她的话，却套出这么一个疑问来。

如果林曼英不是像他一样也在演戏耍心机的话，那凶手铁定就不是她了！

他勉强笑笑，硬着头皮说："呵呵，没人杀我啊！"

林曼英还兀自不信，循循善诱道："黄总，我知道你是个大好人，但是也不能

二十九

好到毫无原则吧，杀害你的凶手总不能让他逍遥法外吧！"

胡三娃琢磨着一定是她手机里记录的黄二愣的电话还保留着，所以就把自己当成黄二愣了。只是她怎么会这么神神叨叨呢？

他趁机纠偏："原来你搞错了，我不是黄二愣！"

"你不是黄二愣？那你怎么会有他的手机号？"

"不是有他的手机号，而是有他的手机！"

"对，他的手机号怎么在你的手机里？难道，他是你杀的？"

"想哪里去了！是他直接连手机号带手机一起给了我！"

"他死了怎么给你？"

"他死之前给的！"

"为什么要给你？"

"因为看我没手机用，就给我了！"

"你是什么人？他凭什么要给你？"

"我原来是他手底下的看门保安！"

"难道你就是胡三娃？"她终于醒过味来。

"是啊，您知道我？"

"当然知道，你是公司老总，怎能不知道！说起来还要感谢你呢！"

"为什么？"

"因为你当了公司老总后，没有降低对我们老王的优待啊！我还生怕一朝天子一朝臣，新老总会不履行当年的承诺呢！"

胡三娃心思电转，猜测黄二愣掌政时对老王家的优待政策一定很丰厚，至少她很知足。

他顺势说道："公司怎么会随便毁约呢？尤其是俞氏这样的以公司一家亲为企业文化的公司，怎么可能随便去伤害自己的家人，您放心吧，我作为新任总经理，向您保证，不仅我在任时，您家的待遇不会变，对于将来我的继任者，我也要保证他做到这一点！"

"好，很好，看来你也是黄总那样的好领导，那我就放心了！"林曼英语气振奋，

罪 与 赎
——万象惊魂记

连声叫好。

胡三娃趁热打铁道:"说到黄总,林阿姨,我今天找您就是想跟您聊聊黄总的事呢,您看您现在方便吗,我去拜访一下您!"

"聊黄总的事?什么事?"

"就是他离奇死亡的事情,我现在正在查这个案子!"

"查他的案子?可是我什么都不知道啊?"

"没事!就是随便聊聊,有一搭没一搭的,或许没用,或许就有用!"

"电话里说不可以吗?"

"黄总当年拜访过您吗?"

"当然!"

"那就还是面谈比较好!"

"可是我现在在很远的地方呢!"

"哪里?"

"陵渡镇!"

"陵渡镇?"

不就是自己上次遭绑架事件匆匆赶赴的山镇吗?也是中毒事件受害者墓地群所在山区。

"林阿姨,您去那里干什么呀?"

"我来这里的重生寺烧香拜佛,为黄总祈祷祝福呢!"

胡三娃顿感恍然,怪不得她刚才一接到电话第一反应就是黄二愣复生了,原来她是被周围香火弥漫的重生之意熏醉了。

他精神大振:"林阿姨,您在那里更好,我正好也想去那边看看呢,您告诉我具体地址,我即刻过去!"

"那好吧,你坐973路车到陵渡镇,然后沿着山路走到天幕陵园,陵园前边有条马路,沿着马路进入前边的山林,在第一个岔路口拐进来,一直走到头就是了!路可能不太好找,你找不着就给我打电话吧!"

这条路,胡三娃可是太熟悉了,因为那里曾经洒下过他的热血,在他心里刻下

二十九

了深深的烙印。

就在歹徒行凶之地，却有一座劝人向善、教人重生的寺庙，这情形还真是诙谐有趣。

胡三娃轻车熟路坐上了973，此时正值午后，往郊区方向的人并不多。胡三娃捡了个靠窗的好位置，了望远山，蓝天白云下山岭熠熠闪光，真是个好天气！此番赶赴郊区的心情也不一样，没有上次那样赴汤蹈火的感觉，心情更是格外高远！

路况通畅，一路奔驰，穿山过野，感觉没多久就到了陵渡镇。

下车后，他就一头扎进了深山，依然是空山寂寂、鸟鸣幽幽，在斑驳陆离的阳光下茕茕孑立形影相吊，他却一点都不觉得孤寂，他甚至觉得黄二愣就在他身畔如影随形。

如今，他竟一点都不忌讳尸骨已寒的黄二愣了，林曼英也对黄二愣赞不绝口的事实，令他彻底相信了黄二愣就是一个大仁大义、大慈大悲的大侠客大英雄大善人，这样一个有着观世音的慈悲心肠和如来佛祖的仁厚性情的人，就是跟菩萨也无异了，不管他活着还是死去，都一样在天地间光芒四射、鲜活多姿！如果真的被这样的人附体，那是多么光荣，多么值得骄傲的事啊！

他经过天幕陵园的山门，故地重游了惨遭绑架之地，找到了那条通往重生寺的岔道。

这条岔道完全原生态，由被踩得密实的山土构成路基，零散地洒落着落叶、松枝、砂砾等自然物，没有车辙马蹄的痕迹，都是层层叠叠的信徒的脚印，似乎喻示着，要想求得佛祖的宽恕和厚泽，重获新生，就必须初心覆地、素面朝天，心诚意足，艰苦跋涉，不能带来任何外界的凡物、染上丝毫世俗的尘埃。

走着走着，突闻一阵梵音佛乐从前方密林中破空而来，那声音清越，直击人心，令人肃然起敬。周围氛围陡然变得清肃起来。

这佛界和凡间毫无过渡地带，如同其间存在一条泾渭分明的界线，抬脚就是佛门净地，退步就是世俗尘泥，不混淆是非、不含糊其意，不抹稀泥，不提供苟存之所，要么脱胎换骨，要么扬灰挫骨。

胡三娃一头扎入前方那庄肃之境，于梵音盈耳、佛乐透心之际，眼前豁然开朗，

罪与赎
——万象惊魂记

一片奇山秀水拔地而出,山谷腹地惊现一个平湖,平湖周围都是巍峨陡峭的高山,湖心有座小岛,一侧山峰的悬崖绝壁上长出一条野生栈道斜斜地伸入湖心岛,那是小岛通向外界的唯一通道。此时,太阳略略西斜,但阳光依然浓烈地投射下来,但见湖面碧水幽幽、波光粼粼,湖岸旁的山谷中白云悠悠,天际则红霞满天,各色景致互相映照,宛若仙境。

此情此景此时,恰逢湖心岛又一阵清越的佛音传至,胡三娃顿感心中清气上升、浊气下降,有一种五心清宁、六根清净的无欲无求之感。

他暗道自己跑到这佛门净地来查人间冤案确实有点不妥,但既来之则安之,也由不得自己了,便振作一下精神,沿着湖岸的山道,绕到那座有着栈道的高山脚下,在山间小路盘旋向上,终于爬到了半山腰上的栈道处,即便年轻气盛、身强体壮,也不由得气喘吁吁,可见信徒们要到这里来拜谒一下佛祖,确实需要足够的毅力和诚意。

半山腰伸出的栈道,坡度平缓,微微倾斜向下,上边繁花似锦、绿草如茵,如同花园,中间的石板路,刻着梵文,路旁碑刻林立,经幡飘舞,已是一派佛家森严气象。

栈道走到一半,才瞧见湖心岛上那座寺庙,好几进院落掩映在绿树红花当中,重檐歇山式庙宇建筑雄踞在重重院落当中,自那飞檐翘角上传出一阵阵沁人心脾、荡人心魄的佛音仙乐。

临近寺庙,栈道上变得热闹起来,香客信徒比肩接踵,出出进进,来来往往,但见寺庙内外,香烟袅袅、人影憧憧。

胡三娃在人群中一阵疾走,很快来到寺庙大门,抬头望见山门殿那牌匾上庄重古朴的三个大字"重生寺",确认无误,就给林曼英打电话,问明殿堂所在。

穿过天王殿、钟鼓楼就到了大雄宝殿,林曼英正在大雄宝殿的前院里烧香礼佛。

虽然他与她素未谋面,但还是一眼就认出了她。她身体健硕,面容饱满,神态庄严,在袅袅的佛烟中,形象生动感人。

她正立于一个大香炉前边,双手擎着三支香烛,高举过顶,连连作揖,又沉思默念良久,然后才将三支燃着的香烛分别小心翼翼地插入香炉里的香灰中,这才扭过头来,冲着静立一旁的胡三娃淡淡一笑。

二十九

　　胡三娃以为她已完事，正要跟她说话。

　　熟料她招了招手，示意胡三娃跟着她前行，又转身向着正殿走去。

　　进入正殿大门，一股威严之气倾泻而来，但见殿中莲花台上，佛祖硕大金身稳如泰山，袅袅香烟和闪闪烛光中，面上宝相庄严又蕴含慈祥之意，令人顿生纳头就拜之冲动。

　　佛像前的地面上并排有三个蒲团，信众香客们正在排队等候叩拜佛祖。

　　林曼英对胡三娃做了个静候的手势，就加入其中一个队伍。

　　胡三娃心道可能礼佛许愿仪式未一气完成就会失效，所以也不多言，恭候一旁静待她敬佛结束，顺便自己也学学烧香拜佛的知识。

　　就这么带着闲适的心态观赏那一个个信徒在蒲团上的虔诚表演，倒也逍遥自在，不过看着看着，突然间，他的目光就发直了，张开嘴巴差点惊呼出声。

　　他揉揉眼睛，确认自己没有看错，顿感哭笑不得。

　　原来齐曼华什么时候跪在了蒲团上，正在那里对着佛祖虔诚万分地三跪九拜。

　　这家伙，像模像样地，神态恭敬万分，神情虔诚至极，就好像只要她跪过拜过，马上就会心想事成一样。

　　在这里偶遇齐曼华，着实出乎意料，胡三娃心中颇感古怪，不过细想其实也没什么稀奇的，这年头，社会大势险峻，人生不如意十之八九，现实中难以解脱，借助神明来画饼充饥、纾解压力的大有人在。齐曼华区区一个弱质女子，缺怜少爱的，又如何能够除外！

　　望着她一脸渴盼、一心求佛的神情，胡三娃心里竟隐隐作疼，想着自己不识好歹、不解风情，粗暴地拒绝了她的好意示爱，心头更是油然而生浓浓的愧疚之情。

　　看着她双手合十，先是举在头顶致敬，继而横在唇边沉思，又竖在胸口默念，然后两手摊开，掌心向上，伸长上半身，完全贴附在地，与大地连体同心地默默宣泄着她的情感，那中规中矩的动作，那炙热的真情，竟看得胡三娃热泪盈眶。

　　若不是有俞萍音那荡气回肠的情感牵制住他的心，他真的想冲过去，一把将她抱起来，对她情意绵绵地说："曼华，对不起，我错了，我在佛祖面前发誓，我一定要好生保护你，让你后半生幸福无忧，永葆安康！"

罪与赎
——万象惊魂记

但是不能，他即便动用了全部的情感尚且觉得不足以表达他对俞萍音的爱意呢，又如何还能挤出情丝来报答齐曼华的真情！

他呆若木鸡，心潮澎湃，想着等齐曼华礼佛完毕，跟她打个招呼聊聊天，给予些许言语安慰，又觉得以如今他们俩之间的状态，打个招呼等于自讨没趣，就本能地想要躲避起来。

就在他心事重重、进退维谷的时候，齐曼华已经礼佛完毕，突然站起身，转过头来，这下他想躲避都不可能了。而且偏偏心有灵犀一般，齐曼华一回头，目光正好扫视在他脸上。

她张开樱桃小口，好半晌合不拢嘴，若不是身旁的信徒要占用她的位置进行跪拜，她估计会呆立好久。

她震惊过后，并没有多么热切的反应，而是垂下眼皮，放平视线，神情回复冷肃之态，若有所思地走出殿门，并没有刻意往胡三娃这个方向靠近，而只是经过他的方位时，远远地看了他一眼，礼貌地点一下头，就清清冷冷、默默无声地朝着天王殿方向走去。

胡三娃心里一阵揪心般的刺痛。

即便如此，他也强忍住没有抬腿追过去，既然给不了她温暖，就不要再给她心酸了。

远远目送着她在天王殿的侧墙处消失，他依然不忍心收回目光，久久伫立，最后也只能长长叹了口气，垂下目光，收敛心神。

总算心情平淡些许了，他正要回头往殿门里寻找林曼英，却听她说："那是齐曼华吧，她今天也来了！"

林曼英立于一旁，估计是把他这幅痴傻的模样一览无余了。

他好奇道："怎么？您也认识她？"

"她是咱们公司中毒事件的受害者嘛，怎能不认识！"

"那你跟她熟吗？"

"谈不上熟，不过经常在这里碰见，算是点头之交吧！"

"她经常来？"

二十九

"是的！"

"她来干嘛？"

"烧香拜佛啊！"

"我是说她烧香拜佛的心愿是什么？"

"这我就不知道了，没交流过，不过无外乎升官发财、父母健康、子女发达、多子多福、学业有成之类的吧！像我这种心愿的不多！"

"您是什么心愿呢？"

"希望我们家老王早日出来啊！"

"就这个？"

她凄楚一笑，又满目忧伤："当然，更祝愿黄二愣早登极乐哦！"

胡三娃看到院子角落里有条回廊，被几棵大树遮挡，人迹罕至，就指了指说："咱们去那儿说会话吧！"

两人默默走过去，安静地坐下。

胡三娃直截了当："要想让黄总灵魂安定、早登极乐，就必须尽快为他洗清冤情，报仇雪恨！"

"这么说，你认为黄总是冤死的？"

"警察无中生有地指责他是自杀身亡，这不是冤死是什么？"

"那你也认为他是被人杀害的？"

"这么说，你也是这么认为的？"

"嗯！"

"有什么依据么？"胡三娃神情大动。

"黄总这么好的人，胸怀坦荡、心境开阔，有着这么博大心胸的人，这世间还能有什么想不开的事导致他抑郁自杀，说给鬼听，鬼都不信呢！"

"你这是基于感情因素做出的推论？"胡三娃大失所望。

"也不尽然！"

"还有什么？"胡三娃又张开了耳朵。

"黄总生前不是一直在调查俞伟民的死亡谜案么！"

罪与赎
——万象惊魂记

"对,对,这里面有什么情况么?"胡三娃全副神经都调动起来。

"可想而知啊,他的调查使杀害俞伟民的凶手感受到了危机,便干脆杀了他以绝后患!"

"你是有什么依据呢还是也只是进行理论假设?"

"虽然没有依据,但黄总那么大仁大义,与人为善,我相信任何人都不可能与他为敌,即便是再坏再恶的人也不会,我坚信这一点,所以他不可能因为其他什么事被人杀害,只有这一种可能,那就是他的存在威胁到了别人的生死存亡,别人为了保命,迫不得已将他杀害!"

虽然林曼英的话并没有提供什么有用的信息,但胡三娃心里还是颇为震动,没想到黄二愣给林曼英也留下了这么光辉深刻的印象。

他想了想:"照您的说法,您也坚信俞伟民是被人杀害的吧?"

"是的!"

"为什么这么认为?"

"他的公司产品害死了那么多人,想报仇雪恨的应该大有人在吧!"

"可是,调查的最终结果,公司产品中毒事件的……最直接根源,并不是他啊,而是……,呵呵,不好意思,我不应该再提这一点!"

"你无须讳言,我知道你的意思,不过,就是因为这个,我还真是恨透了那个俞伟民!"林曼英神情突然变得激愤起来。

"为什么?"

"他是有毒地沟油的始作俑者,自己不敢承担责任,拉出我们家老王做替罪羊,是的,公司倒确实给了我们优待作为补偿,但是金山银山,又怎么能够弥补得了夫妻活活地生离死别的痛苦!"林曼英越说越激动。

胡三娃灵机一动:"你又怎么知道王总是替罪羊呢?你说俞伟民是罪魁祸首,有什么依据吗?"

"依据?哼,还要什么依据!他自己都忌讳使用自己公司生产的产品,说他不知道自己公司产品有问题,鬼都不信!"

"哦,他忌讳使用自己公司的产品,这从何说起?"

二十九

"他在食堂单独开小灶，又有专职厨师为他服务，而且要求这个厨师为他做饭所使用的一切食材，都必须亲自到农村老百姓的家里和菜地里去采买，自己就是开食品厂的，却一点都不用自己的东西，甚至连市场上的东西都不敢用，可见，他一定是深知自己公司食品的问题，以至于由此及彼地怀疑市场上的一切食品，我想，从这个显而易见的行为作出这么个推论还是很容易的吧！"

胡三娃心中某根弦被悄无声息地拨动了一下，但是他却没有听出什么旋律，只是觉得不同寻常，又倍感茫然，无从想起，只好皱着眉头道："真有其事？"

"这还能有假，我们家老王都已经坐牢了，我现在还编瞎话干嘛！"

"唉，要真是这样，王总确实太冤屈了！"

"是啊，这就是我至今想起来，仍然愤恨难平的原因，我们家老王蒙冤入狱，真正的罪魁祸首却逍遥法外，奥，虽然逍遥法外，但最终还是遭了报应！"林曼英咬牙切齿说着这事，说到后来，却也满脸惶惑。

胡三娃默默颔首，沉吟片刻道："我想，黄二愣当初找您的初衷，也是为了调查俞伟民之死吧？"

"是的！"

"他之所以调查到您头上，就是因为这一点吧？"

"哪一点？"

"王副总蒙冤入狱，你会愤恨难平！"

"是的！"

"那您对他的调查是什么反应呢？我想您心里应该并不如何痛快吧？"

林曼英耸耸肩："你不用拐弯抹角，我知道你的意思，你不就是怀疑我因为怀恨在心，杀了那俞伟民吗！"

"呵呵，我不是这个意思，我的意思是，当年黄总调查你的时候，你应该会感觉到他心里是有这层意思的！"

"那还不是一个意思吗？不过也能理解，当年的黄总，现在的你，这么想也没什么不对，因为我确实恨过那俞伟民，尤其在孤苦无依的时候，甚至用恨之入骨形容也不为过，有没有在某个心理失衡的阴暗时刻，动过杀人雪恨的念头，也是不敢

罪与赎
——万象惊魂记

完全排除的,不过还好,公司对我这个破落家庭的善待还是让我感受到了温暖,克服了心中的怨念,再加之后来信佛念经,用佛祖的力量使我变得坚强、仁善、隐忍,便再也不可能动这样的邪念,更不可能有这样的恶行了!"

顿了顿,又道:"尤其后来黄总介入进来,了解到我家庭的困境后,他将公司对我的善待发挥到了极致,而且让我明白了人间真的有大爱,仇恨、怨念、不满真的是不值一提的东西,作为信佛之人,我甚至觉得黄总就是菩萨的化身,被佛祖派到人间广播善念、拯救众生来了!在这种心境下,我对俞伟民的愤恨,对公司的不满,慢慢地也就烟消云散了!"

胡三娃颇为动容地点点头,一时间不知道该再问些什么了。

林曼英站起来说:"时间不早了,咱们该回去了,有什么话路上再说吧!"

两人从角落里走出来,穿过大院,准备返回山门方向。

在大院里不经意间视线一扫,蓦然触碰到一个身影,颇觉熟悉,定睛一瞧,霎时愣在当场。

这可真是热闹了,大伙儿扎堆儿来烧香拜佛了,那人竟是宋菲婷。

胡三娃对林曼英歉然一笑:"林阿姨,我又碰到熟人了,要不您先回去,我跟她打打招呼再走!"

林曼英瞅了一眼正在专心敬香的宋菲婷,微微一笑:"小宋也来了,今天还真是风云际会啊!"

"怎么?您也认识她?"

"她也是受害者家庭成员啊!"

"您熟悉她吗?"

"也是时不时地能在这寺庙碰到,没机会就点点头,有机会就聊几句,仅此而已!"

"那她跟您交流过么,她烧香拜佛是为了什么心愿?"

"不好说,不过她那个孩子遇难后,不是一直想再要个孩子没要上嘛,多半是想求子求福吧!"

胡三娃心道,或许她今天是来还愿的,因为她已经在黄二愣和自己的帮助下如

二十九

愿以偿喜得千金，等于重获新生，正好应了这寺庙"重生"之意。

林曼英热心地说："既然都是熟人，就干脆一起回去吧，山路上也能多个伴！"

两人混在人群中悄悄地跟着宋菲婷，没有惊扰她，一直耐心等着她完成所有礼佛程序。

宋菲婷一脸虔诚地礼佛的时候，胡三娃就远远地偷窥她的神情态度。

总感觉她在对佛祖的敬意中还隐含着另外的心境，具体是什么，却解读不出来。

终于，她向着佛祖完成全部心意的倾泻，款款站起身来，低眉顺眼地往殿门外走了出来。

胡三娃朝林曼英使个眼色，悄悄来到她的路线旁边，装作不经意间邂逅的样子，惊喜地呼叫道："奥，菲婷姐，您也来了啊！"

低头想着心事的宋菲婷吃了一惊，抬眼望见胡三娃和林曼英，眼神不经意一晃，眉梢眼角掠过一股慌乱的神色，愕然道："胡总，林姐，怎么是你们啊？好巧！"

胡三娃朗然笑道："是啊，竟然在这里碰见了，也太有缘了！怎么，过来向佛祖许愿还是怎么着？"

宋斐婷回过神来，微微一笑："是来还愿哦，这还得感谢胡总您呢，您帮助我们获得女儿，我们无以为报，只好来佛祖这儿，一是还愿感恩，再就是为您祈福了！"

胡三娃笑道："那太感谢了！我今天来这里，算是来对了，得让佛祖老人家看看我这个当事人长什么样啊！"

宋菲婷和林曼英都被逗得笑起来。

宋菲婷笑罢道："胡总来这里也是礼佛来了吗？"

胡三娃摇摇头说："你完事了吧，完事咱一块回去，边走边说！"

宋菲婷点点头："好，你谢大哥也来了，不过他在山路外边的马路上等着，咱们正好一块坐他的车回去吧！"

胡三娃好奇道："既然来了，他为什么不陪你一块进来呢？"

宋斐婷苦笑道："他有怪癖，特别害怕这些寺庙教堂之类的带有宗教色彩的建筑物，说是适应不了这种气氛，一进来就头疼心慌！"

胡三娃惘然点头，心道这夫妻俩可真是有趣，一个把佛祖当亲生父母一般掏心

罪与赎
——万象惊魂记

掏肺,一个把佛祖当洪水猛兽一样退避三舍。

他戏谑地笑笑,不再多想,招呼着她们,三人一起走出寺庙,循原路往山外走去。

谢云在的车就停在那条岔道旁的山间马路边,不仅是他,小菲儿也在,父女俩正在那里其乐融融地逗趣呢,他们对胡三娃的突然出现倍感惊喜,小菲儿变得欢快活泼多了,欢呼着直接扑到胡三娃的怀里,小脑袋不停地蹭动着,叔叔长叔叔短地叫个不停。

胡三娃轻轻爱抚着她的小脑袋,朗朗笑着跟谢云在打招呼。

大家一齐坐车返回,足足花了一个多小时才穿出这连绵起伏、层层叠叠的山林。

本来还想跟林曼英和宋菲婷以及谢云在聊聊他们各自的佛事佛缘,希望能挖掘出一些根源性的东西,但一来小菲儿跟他叽叽喳喳说个不停,二来谢云在将小车开得像离弦之箭一样,用逃之夭夭形容也不为过,似乎很是忌惮这片佛音缭绕之所。也就不好自讨没趣,于是一边和小菲儿打趣,一边和三位大人聊些家常,其乐融融,真是难得的温馨时光。自从神乎其神卷入黄二愣的谜案以来,他全副心神都在谜案追踪,这样完全生活化的朋友之间谈天说地,还真是开天辟地头一遭。

想想自己很可能时日无多了,又不免暗自唏嘘感慨良久。

几个人有缘在深山老林的佛光妙音中邂逅,一时兴起,又同赴素林饭店用过晚餐,才分道扬镳。

回到公司时,夜已深沉,俞萍音一如既往地在黄二愣的办公室里守望着他,她两手支颐,专注地凝望着门外,娇俏的眉宇间凝聚着相思之情和担忧之色,一看到他的身影,立刻眉目舒展,神采奕奕,对于他的迟迟归来,没有丝毫抱怨。

胡三娃心中歉疚万分,他竟只顾着自己在外边的欢宴,却一点都没考虑过俞萍音会在家里望穿秋水。

他一时情动,一把紧紧揽住已偎依到他怀里的美丽俏佳人,托住她的香腮,在她娇艳欲滴的美唇上重重地吻了一下。美人儿酥软的身子骨在他怀里颤动了一下,嘴里发出一阵幸福的呢喃,眼睛像喝醉了一样,微微闭合,射出迷离的光。

胡三娃蓦然惊醒过来,连连暗骂自己鲁莽,明明已经告诫过自己,在自己生死未卜的时候,一定不要去加深俞萍音对自己的感情,否则,她将更加难以承受自己

二十九

的突然离世。却怎能在这样的时刻，还去调情挑逗她呢？

他强行抑制住自己心中澎湃的激情，下意识地略略放松一点揽住俞萍音纤柔腰肢的手，柔声道："萍音，咱们回家去吧！"

俞萍音见他没有就着自己的迎合之意来一番巫山云雨般的亲热，略略有点失望，面色凄清地笑了笑，点点头，声如蚊蚋般地"嗯"了一声。

将俞萍音送回家，自己在返回公司的路上，没有立刻打车，而是沿着马路走了一会儿，在一个无人的街角对着寂静的夜空突然发狂般地狂呼滥喊了好一会儿，将强行憋在心头无从发泄快要令他胸怀爆炸的情感嘶喊了出来，这才感觉舒服自在了很多，直至呼吸和心跳又能配合他的正常行动了，他才回了公司。

他至此也就明白了，越临近终点，甚或临近死亡，他的心情波动得越剧烈，这说明他终究只是个凡人，而非他自己一向自诩的那样与众不同，也许他的经历超凡脱俗，但否定不了他也只是肉体凡胎这一事实，以区区凡人之躯，却硬生生要去完成这英雄壮举，确实够难为他的！

不过，凡人的壮举或许会来得更加豪情万丈、更加惊天动地，为有牺牲多壮志、敢叫日月换新天，一切的妖魔鬼怪，一切的魑魅魍魉，我胡三娃没有忘记当初对你们的承诺，我发誓说过一定要把你们抓住，现在，我来了，就在你们的巢穴边上，快快束手就擒吧！

胡三娃躺在床上，一会儿豪气干云，一会儿愁云翻滚，或思接千载、神游万里，或浮思偏偏、想入非非，在纷纷扰扰的心绪中好一番折腾，才朦胧睡了过去。

第二天又早早醒来，他在平静中例行公事完毕，才择定时机给吴倩君打电话。

吴倩君的电话也很好接通，呼啦啦响了一下，她就接起来，而且也是个干脆利落之人，接起电话就开讲：

"黄总，最近很忙吗？这么久不上家里坐坐了！"

"吴姐好，我不是黄总，我叫胡三娃！"

"哦，胡三娃？你是谁？你怎么拿着黄总的电话？"对方心生警觉。

"唉，此事说来话长，请问您这会方便吗？如果方便的话，咱们见个面聊聊！"

"我孤家寡人的，方便倒是方便，只是你是谁啊？我总不能随便跟个人就见面

罪与赎
——万象惊魂记

聊天吧！"

"我是俞氏粮油公司的现任老总，从黄总手里接的班！"

"你当老总了？那黄总呢，他去哪里高就了？"

"这件事比较复杂，还是见面谈吧！您说个方便您的地点，最好安静一些，我这就过去！"

吴倩君被浓烈的好奇心调动起来了，再不犹豫，告诉了他一个地点。

胡三娃出门打车飞奔，此时已过上班高峰期，一路通畅，很快就到了目的地。

这里也是万东区接近郊区一带的一个街区，介于繁华闹市和僻静乡野的过渡地带，氛围霎时清净了不少，吴倩君选的地方是一个咖啡馆，位于一个破旧小区的临街商厦里，那小区里的楼房古旧，外墙面斑驳陆离，巷道狭窄，枯叶凋零，一副颓败衰落的景象！

胡三娃在那栋同样冷清的商厦里转悠了好久，才终于找到那个叫"孤独城堡"的咖啡馆。这馆子果然做成城堡的模样，而且里头每一个雅座都是一个微型城堡，外立面悬挂着一些花花草草般的饰物，似乎还尽是象征着孤独落寞、魂断神伤的品种。一些绿萝吊藤沉郁地垂挂在城堡的入口处，如同门帘一般。最绝的是，空气中到处流荡着低沉忧伤的旋律，凄迷低回，一派誓将孤独演绎至极的决心。

胡三娃问明7号城堡的位置，撩开"门帘"钻进去的时候，里头一位妇人连忙站起来，好奇地打望他一眼，热情地请他入座。桌子上已经摆好了热气腾腾的咖啡。

眼前的妇人正是吴倩君，她体型微胖、面目肥美、神态忧郁，可以瞧出曾经富态过的痕迹，只是架不住世事蹉跎、沧桑巨变，派头和气色已经明显衰落了。

胡三娃屁股刚一落座，她就说开了："胡总，还真别说，你跟黄总长得还真有几分像呢，我这快一年多没见他了，你要不说你不是黄总，我估计真有可能把你当成他！"

胡三娃已经听惯了这一套口径，而且现在他连像黄二愣那样去死都不怕了，就更不忌讳被人当成黄二愣了，当下只是微微一笑，顺势引入正题："没想到您对黄总印象这么深，都一年没见了，还对他的模样记得这么清楚！"

吴倩君认真的点头："那当然，黄总这个人不仅相貌清奇，为人也气度不凡，

二十九

其思想气质、品貌风骨，一般人还真是比不上，这样的人，想忘也忘不了啊！"

没料到这个工商局长夫人也对黄二愣有这么高的评价，虽然胡三娃已听惯了世人对黄二愣的溢美之词，还是不免暗暗心惊。他一贯有一个观点，就是但凡在世为人，脾气品性都不会有太大的差距，坏人不会坏到灭绝人性，好人也不会好到灭绝兽性。但一路经历下来形形色色的人们对黄二愣众口一词的高度赞誉，不免对自己的观点产生了怀疑，难道黄二愣真要颠覆他的世界观吗？

他旁敲侧击："是啊，黄总确实是个奇人，只是有点不明白的是，我们作为他的身边人，有此感受不足为奇，您跟他应该也就是因为当年俞氏前董事长俞伟民的事才有些交集，怎么会对他有这么深的认识呢？"

吴倩君警觉地望他一眼，想了想道："对了，咱们先不扯这个，我更好奇的是，黄总好端端地怎么突然把俞氏公司老总的位置让给了你？他去哪里了？"

胡三娃知道怎么着也绕不开黄二愣之死，只好酝酿了一下情绪，将黄二愣离奇身死的事告诉了她。

吴倩君听傻了，大张着小嘴半天没回过味来，好久好久，她才勉强咽下一口唾沫，抖颤着嗓音道："你，你说的，这，这一切，可都是真的？"

"当然，我总不能拿这等事开玩笑吧！"

吴倩君神态惘然，面现凄色，喃喃道："怪不得啊怪不得，怪不得这都一年了，也没个音信，我还以为他是因为太忙了呢！却不想出了这等意外！唉！"

她情不自禁地悲叹了口气，眼眶都有点湿润了。

"那他一年前还跟你来往的时候，都怎么跟你相处的呢？"

吴倩君恍惚中抬头看他一眼："相处？呵，谈不上相处，应该说是相约在一起独处，嘿，听不懂了吧，就是两个孤独的人，两颗孤独的灵魂，相聚在一起，却互不打扰，以彼此的孤独慰藉对方，虽然更加孤独，却也有一种特别的安慰！嘿！"

胡三娃听着这玄之又玄的话，心中却大为所动，惊奇道："黄总孤独？他孤独吗？他怎么会孤独呢？"

他心中暗道，虽然黄二愣像他一样是个孤儿，但他那会已然拥有俞萍音那样温柔体贴、美丽善良的女朋友，看他们那情深意笃、恩爱有加的样子，说是灵魂伴侣

罪与赎
——万象惊魂记

也不为过,有这样贴心贴肺的爱侣,怎么也不可能感到孤独啊?

吴倩君已经从震惊和哀伤中回过一点神来,凄然一笑:"他怎么就不能孤独,知道我今天为什么选这个地方吗?"

"为什么?"

"我跟黄总第一次约见就选在这里,因为我自己很喜欢这里的氛围和置身于此的感觉,没想到黄总也对这里一见如故,后来我们相聚的时候,不对,应该叫相约独处的时候,就都选在这里了!"

胡三娃暗自嘀咕,说黄二愣感到孤独他真是难以置信,莫非黄二愣是因为想要向吴倩君挖掘什么重要信息,所以挖空心思装出一副孤独的样子来迎合吴倩君心底的忧伤。

他趁便问道:"据我所知,黄总当年找您的初衷是为了调查俞伟民的死因,理论上讲,他的心思都用在查案上边了,应该无心也无暇来享受孤独吧?"

吴倩君怅然望他一眼:"是的,他一开始是来调查案子,后来就处成朋友了,当然,也就是我刚才说的那种相处,没有其他什么!"

"他因为俞伟民之死来调查您,理论上讲您应该老大不高兴吧,怎么还成了朋友呢?"

吴倩君皱着眉头望他一眼,傲然道:"有什么不高兴的,身正不怕影子斜,你们以为我家老汤因为俞氏的事锒铛入狱,我可能会怀恨在心,实施报复,有这种想法也可以理解,况且我吴某人大人大量,更不会去跟你们计较了!"

顿了顿,又道:"再说,事情一码归一码,查案的事说开了,也就没隔阂了,因为气味相投、处境相似,经常搁一块聊聊天,有何不可?"

胡三娃抱拳告饶道:"吴姐见谅,我不是质疑你们的交往,我只是好奇黄总是怎么向您查案的,您又是怎么应对的!"

吴倩君淡淡地望他一眼,轻描淡写道:"一问一答呗,他有的没的问我一堆,我有的没的答他一气,就这么回事!"

胡三娃苦笑了笑:"能不能详细一点讲讲您的回答,关于俞伟民之死!"

吴倩君冷冷一笑:"也没什么好讲的,总之,我就告诉他,现在也等于告诉你,

二十九

我是有点怨恨过俞氏公司，并且在老汤入狱后还找俞氏闹过，但那是生活所迫，情非得已，其实自己心知肚明，俞氏向我家老汤行贿是有错在先，但我家老汤要不是贪心也祸不及己，所以自己屎臭不能怪苍蝇乱飞，再说，俞氏后来对我不薄，给过我一笔很大的补偿了，而且老汤也没判死刑，虽然现在孤苦无依，终有团聚之日，我犯得着去干那伤天害理的事情么？"

稍稍一顿，她又道："后来认识黄总后，他更是从各方面对我关照有加，说句不应该的话，我甚至都有点感谢俞氏公司当年那一场变故，使我能够认识黄总那样完美的好人！唉，只是这样的好人怎么突然就没了呢？"

说到这，她又摇头道："所以，这么想还是不对，要是他的死跟当年俞氏那场变故有关，那就还是不要发生那场可怕的变故最好！"

胡三娃趁机问道："那从您后来与黄总的相处，嘿，也就是您说的那种相约独处当中，有没有发现什么蛛丝马迹，可以判断黄总的死和他查案有关？"

吴倩君凝神思索一会儿，如同坠入回忆，张嘴欲言时，又眼睛一眨道："对了，我先问你一个问题，你今天来找我，到底是要查俞伟民的死因，还是黄总的死因？"

"按理说是两个人的死因都要查，但我其实更关注黄总的死因之谜，即便查俞伟民的死因，也最终是为了揭示黄总的死因！"

吴倩君眉毛一扬："好，要的就是这句话，要是你只是想查那俞伟民的死因，那我还真没什么想跟你讲的了，但假如黄总也是被人杀害的，那就必须让凶手偿命，我绝对支持你将这个案子一查到底！"

胡三娃听她话中有话，忙道："誓死将杀害黄总的凶手揪出来，这已是我的死决心，吴姐您尽管放心，现在您只管把您跟黄总相处时获知的重要信息告诉我！"

吴倩君满意地点点头："好，我觉得有个信息比较重要，看你怎么理解！"

胡三娃眼神一亮，急切地望着她。

她又沉吟片刻，才一扬眉道："是这样的，我印象中跟他最后一次相聚时，聊起过一件事，就是我知道他在查俞伟民的案子，所以当时我把认为可能有用的一点信息告诉了他，这点信息我也是无意中得知的，是这样的，我们万东区一帮官太太不是经常无所事事地聚在一块打麻将扯闲篇么，神侃瞎吹也不知道怎么就聊到了奇

罪与赎
——万象惊魂记

闻异事这个话题，某夫人就提起了俞伟民的案子，先是吹一通那案子如何如何神奇玄妙，说得大家头晕眼花连呼奇妙的时候，她就话锋一转，自鸣得意地说，神奇玄妙个屁，那都是没有头脑愚昧无知者人云亦云，其实只要到公安局看一眼那尸检标本不就啥都明白了，她也就说到此处，本意也就是标榜她自己见多识广、神机在握，大家也就哈哈一乐没当回事，但是说者无心、听者有意，我却把这件事听进去了，转而一回头就告诉了黄总，现在回想起来，黄总听后确实应该是受到了很大启发，虽然他当时没表什么态，但是现在看来，十有八九他是去探查了那尸检标本的，至于他后来的离奇死亡跟这个有没有关系，就不好说了！这就要靠你去挖掘！"

胡三娃眉目大展，心中大动，这么重要的信息，确实非同小可，让他全身的神经都调动起来了。

他紧问道："吴姐您能告诉我说出此消息的是哪位官夫人么？"

吴倩君反问道："这难道还需要我明说么？"

又道："而且我认为这个不重要，你也不可能去调查她，再说她也没提供什么实质性信息，或许只是她吹牛皮时的胡掰瞎扯而已，她的话的重要之处在于启发了黄总，进而促使黄总可能采取了相应行动，这一点信息才是最重要的！"

"好吧，您说的也有道理，另外还需要跟您求证一下，那次就是您跟黄总的最后一次相聚吗？"

吴倩君困惑地点点头："是的，或许就是此后他便去探查尸检标本，然后遇到了麻烦，再也无暇来找我了！"

胡三娃心道，但愿吧，但愿您的猜想是对的。

他长身而起："吴姐，感谢您提供这么重要的信息，失陪！"

吴倩君面带沉郁之色，点点头："去吧，我还想在这里再坐会儿，就不远送了！祝你一切平安！"

胡三娃从大厦走出，日正中午，秋高气爽，泱泱大地一片明亮，真是个不错的天气。

三十〇

罪 与 赎
——万象惊魂记

胡三娃的心头也很明晰，既然知道黄二愣曾经探访过公安局，那他还有什么不二选择呢？

只是不知道黄二愣是以什么方法做到的，是暗影迷踪，还是公然闯入？是孤身涉险还是群雄发威？

思来想去，觉得黄二愣不太可能通过官方的形式获得俞伟民尸检标本的参观券，只能通过私人的手段。

那他能采取什么私人的手段呢？擅闯公安机关肯定是不可能的，弄不好就地击毙。

既然不能强来，那就只能智取，可是公安机关森严壁垒、层层禁卫，没有内应相助，要进到刑侦技术部门的检材标本储存所在，那也基本上是不可能的。

黄二愣能有什么警察朋友可以帮助他呢？马上想到了辛正刚和李再芬。

辛正刚那一副公事公办、原则凛然的模样，要让他去干这等违规乱纪的事可能性不大。

这就自然而然聚焦在了李再芬头上，顺带也就想起了在病房初识李再芬时跟她那一席交谈，她话里调里流露出的对黄二愣的仰慕赞赏之意，现在想来，显见他们交情不浅。那么黄二愣求她办这件事，她一个女流之辈，又是自己钦慕之人相求，十有八九抵挡不住。加之她俏丽无双，在警察系统里肯定有很多仰慕追随者，她摇摇手指头，就不知道有多少英雄好汉情愿为之赴汤蹈火，所以要办这件事估计比辛正刚还容易。

他心中不免一阵兴奋，哪里还按捺得住，立刻给李再芬打电话。

三十

  一次未接，又打一次还未接，心道，莫非她知道自己有事求她，故意不接电话？正在他沿着马路踯躅独行、暗自失落的时候，她将电话打回来了。
  胡三娃忙接通电话："李警官你好！"
  她有点难以置信："你是，胡三娃，胡总？"
  "是的！"
  "你还用着黄二愣的电话啊！"对方有一种如释重负的感觉。
  "是的！"
  "你咋这么抠呢？都当大老总了，票子大把大把的，就舍不得换个手机？"她愈加轻松，开始调侃了。
  "这手机不一般啊，饱含着黄总对我的恩惠、友情和信任，我是轻易不会换掉的！"
  "没想到你还这么念旧啊！"
  "这不是念旧，这是…"
  "好啦好啦，别跟我说教了，最怕这个，说吧，怎么突然想起给我打电话了？我都有点石破天惊的感觉了！"
  "呵呵，你这会儿是不是不方便呢？"
  "没事，刚才在开会，所以没接电话，现在已经散会了，你说吧！"
  "你周围有没有人？"
  "怎么啦？你要跟我讲什么见不得人的勾当吗？"
  "不是，但是比较机密，你一定要确认周围没人！"
  说完，他自己都下意识地看看四周，他已经走到一个冷僻的街角，方圆数十米内没有人迹。
  "好啦，我在单身宿舍，周围没人，放心吧！"
  "隔墙有耳啊！"
  "你有完没完？"
  "呵呵，确实非同小可啊，见谅！"
  "我的宿舍悬在空中，隔墙只有风，没有耳，这你总放心了吧！"她已经气呼

罪与赎
——万象惊魂记

呼了。

"奥,我不是在开玩笑呢!拜托!"

"行啦,真服了你了,我现在在卫生间了,外边隔着两堵墙,再加上我们公安的房间墙壁,隔音效果不亚于隔着千山万水,哎呀,臭死了,为了你的什么破事,我真是什么都豁出去了!"她在那边絮絮叨叨。

胡三娃哑然失笑,连忙赔罪:"让你受委屈了,等事成之后,必定重谢!"

"不指望你什么重谢,你就赶紧将我从卫生间解救出来吧,我对你千恩万谢,行不!"

"呵,那我就长话短说吧,你以前是不是帮助过黄二愣,帮他进入你们公安系统的刑侦技术检测室之类的地方!"

"啊,你怎么知……哦,没有啊!"李再芬已经说漏嘴了,还想强行拽回来。

"行啦,跟我就别打马虎眼了,想要从卫生间早点出来,就得说一不二!"

"唉,是又怎么啦?难道你要替天行道,替公安铲除内奸吗?"

"不是,恰恰相反,我要请你继续替天行道、为民做主!"

"你就直截了当说吧,想干嘛!"

"也请你帮助,我也想进去看看,看黄二愣看过的那样东西!"

那边陷入了沉默,胡三娃耐心静候。

好一会儿,她才说:"你怎么突然想起要看这个了?"

"不是突然想起,是一步步走到这里了!"

"这个有帮助吗?"

"当然!"

"可是!"

"可是什么?"

"可是黄二愣看过那玩意后就出事了呀?"

"所以更加说明有意义嘛!"

"难道你不怕看过后也出事吗?"

"不出事就出不了真相!为了抓住杀害黄总的凶手,什么都在所不惜了!"

三十

"好样的!"

"你赞同!"

"当然!"

"你同意了!"

"我再想想吧!"

"好,安全了,从卫生间出来再想吧!"

"嘿,去你的!"

"那我等你电话!"

"好吧!"

"我苦等啊!"

"不会让你苦等的!"

"拜拜!"

"拜拜!"

这一通干脆利落的谈话,令胡三娃好生痛快。

他干脆也不着急去哪里了,就在街头漫步开来。

一边闲逛,一边遐思。

私闯公安机关,想想都瘆得慌,但这事他居然马上就要开干了,要搁以前,哪怕就是在昨天,他连想都不敢想,甚至根本不可能想到。但事情就是这样一步步走到了悬崖边上、火药库里,并且无可回头。不过他也不得不佩服黄二愣的智谋和耐心。他居然想到了工商局长夫人有可能会在她的社交圈里闻听一星半点关于凶案的信息,从而卧薪尝胆、守株待兔地接近她,居然真的让他逮到了大兔子。

黄二愣会感到孤独?想想就可笑!

而且黄二愣当真算是孤胆英豪,要将他胡三娃搁置在当年黄二愣的立场,他获知这条重要线索后,虽然肯定也会认为极有必要探访一下尸检标本,但面对威严森然的公安机关,十有八九不敢真正付诸行动。

现在他毅然决然要私闯公安机关,一副毫不退缩的态度,一是因为有重走黄二愣当年轨迹的理念在强力支撑着,二是黄二愣已经给他做出示范,并且显示了效果,

罪与赎
——万象惊魂记

私闯之后大概便知道了真相,而且也没有出险,至少没有直接死在公安机关的大院里。

由此观之,黄二愣这个先辈前烈确实非同凡响,胆略风骨上不知道高出他这个后生小辈多少截呢!

想到此处,他心中不服输的精神又油然而生,巴不得赶紧能够激情豪迈地私闯一回公安机关,以便多快好省地缩小一下他跟黄二愣的差距。不至于在俞大美人心目中掉价太多!

他浮思联翩回到公司,本想着看会资料,可脑子里流窜的依然是案件的种种端倪。他无奈一笑,把案头的资料推到一旁,干脆给自己放个短假,很快就要进入人生的最关键阶段,或许就是最后关头了,真得让自己的生命喘口气了,至少得让它临了走得从容一些。

晚上直至月上中天,才等来了李再芬的电话,她给他带来了好消息,原来她这么大半天没干别的,专门为他的事在排兵布阵,确认一切稳妥了,才敢正式通告他。

一想起真相有可能在明天晚上露出端倪,胡三娃兴奋之色溢于言表,以至于在送俞萍音归家时都没有太按捺住,引起了俞萍音的狐疑,他好一阵东拉西扯的解释,才总算打消了她的疑虑。

他本来是打算将这天的探访情况以及接下来的计划全盘告知俞萍音的,但想想当初黄二愣就没有告诉她,自己既然决意完全效仿黄二愣,那就尽量做到严丝合缝吧。

依依惜别俞萍音回到黄二愣的房间,他却怎么也睡不着了,后来就干脆盘腿坐在床上,和空气中的黄二愣说了一会儿话,交流了下私闯公安机关的经验和心得体会,黄二愣告诉他,别怕,什么事都没有,名单上还有三个人没走访完呢,离死亡至少还有三个人的距离!

他就这样得到了自我安慰,对于自己的彻夜失眠,也不介意了,他安慰自己说,人生无多了,不把时间浪费在睡觉上更好,就争分夺秒地再多感受感受这个世界吧!

后半夜他迷迷瞪瞪地睡过去了。直睡得天昏地暗、日月无光,醒来时已是正午。

他爬起来洗漱完毕,准备去食堂吃午饭,走出卧房,穿过办公室时视线不经意间扫过办公桌上,蓦然觉得有什么不对劲,定睛一看,后背顿时泛起一阵凉意。

桌上他一直供奉着的那个真空包装袋出现了异动,原来它是立着蹲坐在桌上的,

三十

像尊佛像，是胡三娃自己瞎琢磨着，恶作剧般地捣鼓成一个盘坐莲花台的佛祖形象。可现在它却成横卧状，似乎还被刻意捣鼓成人形，也不是规整的人形，体态扭曲，面目狰狞，甚至，有点横尸荒野的劲儿！

这一坐一卧间，气概大变，似乎还暗合着立地成佛、倒地变鬼的一股子玄意。

这是谁干的？

难道自己昨夜对着黄二愣的自言自语真的让他显灵了？出来点拨自己了？

又或者是凶手感知到要被自己揪出来了，仓皇之下，偷摸进来，用一个象征物来向自己提出警告？

他连忙走到门边，试了试门，关得严严实实，毫无异动，除非有钥匙，否则不可能这么来无影去无踪。窗户也是一样，里头的锁扣扣得死死的，没有人出入过的任何迹象。

有门钥匙的只有自己、宋红琳、俞萍音。宋红琳和俞萍音不可能搞这种恶作剧，况且上次这种事已经发生过一回了，那回完全跟她俩无关，所以这次连问问她们的必要都没有。

思来想去，一无所得，无奈之下，只好强行将这一奇特现象理解为黄二愣显灵向他面授机宜来了。

那这到底有何寓意？暗含着什么机理呢？按照这个方向仍然是百思不得其解。

最后他只好无奈地对着墙角的空气摇头苦叹，黄二愣啊黄二愣，你跟我打什么哑谜？如果想教什么道理能不能痛快点，直截了当地点拨出来，现在不是测试智力的时候，费劲巴哈地弄出这么一副九宫八卦图又是为了哪般？

然后仔细盯着那个灰溜溜的人形袋子再仔细观瞧，瞧着瞧着，脑海中冷不丁浮现当初黄二愣惨死广场上的图景，心中顿时一阵扑扑乱跳，额头上猛然冒出一串细密的汗珠。

半点疑问都没有了，这个人形袋子摆出的形状姿态正是黄二愣惨死广场时的那副模样。

那么再推演一下，如果这真是黄二愣显灵做出的喻示，结合自己夜里跟他的那一番言论，那他十有八九是在告诫自己，如果自己像他一样去私闯公安机关，下场

罪与赎
——万象惊魂记

也会跟他一样。

如果真是这样，那么二愣老兄，因为对于可能跟你下场一样，我已经具备十足的心理准备，完全用不着您老人家千辛万苦地从冥界跑出来这一遭，这千山万水地，又不通高铁，得费多大劲啊！

胡三娃仰头戏谑地苦笑着，姑且这么安慰住自己！

当然，如果不是二愣显灵，真的是凶手通过什么离奇的身法进来警告他，让他不要一意孤行，适可而止，否则必将跟黄二愣一样的下场。

要是这样的话，好啊，狗杂种凶手，你终于火烧屁股坐不住了吧，大爷要的就是这种效果，就是让你惶惶不可终日，最后在青天白日下露出你的丑恶嘴脸和凶残面目，让你在天理国法的绞肉机里粉身碎骨。

胡三娃瞬间变得精神激愤、斗志昂扬，无论是何种情形和喻意，显然都不可能阻挡住他追求真相的峥嵘脚步。甚至更加激发了他勇往直前的决心！

晚上终于来了，胡三娃出发了！

公安局刑侦物证鉴定中心位于城北的郊区，高墙环伺、铁栏耸峙，四周都是冷僻的街道，有两侧院墙外贴附着幽深的树林。

胡三娃和李再芬的约定之所在街道尽头靠近树林的一个偏僻角落，大街上的光影都流泻不到这里，人迹罕至，李再芬早已等候在此。

虽然有点行踪诡秘，她却并没有那种违规乱纪的慌乱神情，而是大大方方地将一把钥匙交到胡三娃手里，然后得意地告诉他，这天晚上值班的都做了特别安排，从大门口站岗的到监控室看监控视频的再到鉴定中心守夜的都是自己人，让他尽管放心施为，不过为了避人耳目，他还是得穿一身警服。

然后就又将放在旁边休闲椅上的一套按照他的身形准备的警服拿过来，让他穿上。

胡三娃一边穿制服，一边半开玩笑半认真地说："这一旦穿上警服，就有点冒充公安人员之嫌了，万一运气不好被抓了，是不是会罪加一等啊！"

李再芬跺跺脚不满道："你不要这么乌鸦嘴好不好！"

顿了顿，又连忙说："当然，穿上警服也确实还有一个作用，就是万一真的你家祖坟脱岗了，你被抓了，还可以给我们的人提供借口，就说不知道你是冒充的，

三十

所以让你蒙混过关了，他们顶多也就背个工作失察的处分，不至于被扣大帽子！"

胡三娃心里有点发毛了，强自一笑："以李警官巨无霸的威力和滴水不漏的安排，这种事怎么可能发生呢！"

李再芬耸耸肩，笑嘻嘻地说："我不是说了嘛，我这边是没问题的，怕就怕你家祖坟突然失灵不保佑你了嘛！"

胡三娃已经穿好警服，如同立马被注入了一股力量一般，剑眉一挑："那你放心，我家祖坟一向还是比较敬业的，且等我平安归来吧！"

李再芬点点头，突然眼珠滴溜溜一转："对了，既然说到这儿，我就顺便问问吧，就是万一，我说的是万一啊，万一真的是出了惊天意外，你被抓了，不会把我供出来吧？"

"这个你放一百二十个心，你冒险帮我，我要还恩将仇报，我还是个人吗？我就是死一百遍也不会祸及他人，更何况还是我的恩人！"

李再芬欣然一笑："我也就是顺嘴一说，顺便了解一下你的心声，其实今天的安排还是十拿九稳的，你不必害怕！"

胡三娃腰板一挺："有什么可害怕的，尽人事听天命，要是畏首畏尾的，又怎么成大事！"

李再芬击节赞叹："好，要的就是这股豪气！"

两人匆匆告别，胡三娃又绕回到了大门口，尽管他已经做足了充分的心理准备，但望着大门口那森然的铁栏杆和站得笔挺的值班警卫，还是微微有点胆寒。

他深吸一口气，昂首挺胸，朝着大门口大步走去，果然，那值班警卫只是似有意若无意地瞥了他一眼，就完全无视他的存在了。

这么轻易就过关了，胡三娃顿时信心百倍。

接下来，他按照李再芬的吩咐，在公安机关的大院里招摇过市，顺风顺水地就抵达了鉴定中心所在大楼，大楼值班室的警官也同样只是从窗口探头瞄了他一眼，就放任他进去了。

胡三娃这一番大摇大摆，心中得意之极。

大楼里静悄悄的，廊道深深，屋门紧闭，荒无人烟、尸气凛然，越往里走越觉

罪与赎
——万象惊魂记

阴森恐怖、寒气逼人,胡三娃不敢逗留了,只想速战速决,硬着头皮爬上三层,找到最角落的那个屋子,一看门牌号,正是目的地。

周围再认真扫视一番,完全一片冷寂无人的气氛,他便彻底放下心来,大大方方掏出钥匙,打开了这间屋子。

一开门,一股阴寒之气扑面而来,挟持着福尔马林等防腐液的古怪气味钻鼻而入。

胡三娃心中被即将见到真相的兴奋和紧张感充斥着,哪里还顾得了这些,摁开墙上开关,屋里一片雪亮。

屋子里横平竖直地排列着很多陈列柜,他大概辨认了一下方位,便直奔目的地。

那是位于最角落的一张柜子,共有上中下三层,俞伟民的尸检标本就摆放在上层,整整齐齐陈列着一排玻璃瓶,俞伟民的重要脏器就漂浮在玻璃瓶的防腐液里。

胡三娃看了一下标签,确认就是俞伟民的尸检标本,大感欣慰,连忙埋头去细细审视玻璃瓶里的俞伟民。遗憾的是,根本看不出个所以然来。于是就干脆拿起玻璃瓶四处翻看,找上边的文字说明。翻来看去,最后,还是在肝脏标本的玻璃瓶身上,一行细细的文字说明引起了他的注意。

"肝硬变、肝坏死,药物性、酒精性或病毒性"

他仔细凝望着这行字,很快,一种顿悟的感觉响彻全身。

"药物性肝硬变",从这句话里,他本能地浓缩出了这么一个词语,然后他便毫无障碍地想到了甲氨蝶呤,模模糊糊记起了他以前在医学院学习时,似乎记得甲氨蝶呤就有这样的副作用,不过脱离医学界这么久了,确实记不真切了。

如果真是甲氨蝶呤惹的祸,那么,齐曼华?

他简直不敢再往下想,心里突突跳得难受,额头上泌出一层细密的冷汗珠。

先不急于想这个,当务之急,是赶紧回去上网查查,确认一下甲氨蝶呤是否真有这样的功能。

他赶忙将各路标本物归原位,准备夺慌而逃时,想了想,又停下来,调出手机的照相机,给"俞伟民"的各部分照了相。

然后,他按捺住砰砰乱跳的心,抹去脸上又是兴奋又是凝重的神情,原路返回,一路无阻,顺利得出奇。

三十

他沿着门前马路一阵疾走,走到了路口一条稍显热闹的街道处,才长吁了一口气。

回头一看,确认没人跟踪追缉他,彻底放下心来。

额头的冷汗也慢慢消退。

他闹不清到底是私闯公安局的紧张还是明白俞伟民是死于药物性肝硬变的真相令他浑身冷汗直冒,总之,才下眉头又上心头,他又陷入了一派迷茫和惘然当中。

不能再想了,赶紧回去确认真相吧。

他连忙抬头,想要招手打车,视线不经意间扫及前方一辆停在路边的出租车正在上客,这电光石火的一刹那,他的目光蓦地凝固了。

他看到一个熟悉的身影正在上车,那人竟是,俞萍音。

他一呆愣间,想要扑过去呼叫时,出租车已如离弦之箭,疾驰而去。

连番的意外令他大跌眼镜,他兀自呆愣了好久,最后苦笑着摇摇头,启程回家。

路上,他的电话响了,他的心竟莫名其妙地突突跳了一下,他现在神经处于超敏状态,似乎任何风吹草动都能引发他的超常反应,他掏出手机一看,愣了好一会儿,才摁下接听键。

"蔡总您好!"

"胡总很忙吧!"

"奥,还行!"

"方便打扰您一下么?"

"没事,有何指教?"

"上次说的那事怎么样?"

"什么事?"

"胡总真是贵人多忘事啊!"

"呀,抱歉,是说合作的事吧?"

他猛然想起自己咨询过俞萍音的意见后,还没有给蔡家回复呢,忙忙碌碌地天天揪心于查案的事,把做生意的事都忘到九霄云外了。虽然那蔡家提出合作事宜本就心怀鬼胎,但自己答应的事没有做到也确实不应该,不免还是有点歉疚。

"对,贵公司怎么考虑的?"

罪与赎
——万象惊魂记

"唉，万分抱歉啊，蔡总，公司董事会不同意呢！"

他为了表明自己确实做过努力，就把俞萍音一个人的意见上升为公司董事会的意见。

蔡义诚沉默了一下，淡淡道："是最终意见了吗？"

"是的！"胡三娃斩钉截铁。

"这么说，咱们两家公司就没有合作的可能性了？"

"也不能这么说吧，只是暂时没有合作意向而已，将来的事谁说得清！"胡三娃尽量把话留有余地。

"那我就顺着这句话贸然一问吧，胡总千万别介意！"

"没事，您尽管问吧！"

"如果胡总将来做了董事长，会不会考虑跟我们合作？"

胡三娃愣了愣，摇头不止："我怎么可能做董事长呢，这种假设根本不成立啊，我就根本没必要作答了！"

"这有什么不能成立的，等你和俞萍音结了婚，俞萍音如果哪天不做董事长了，不就轮到您胡总了！"

胡三娃沉声道："蔡总也是堂堂公司老总，说话还是得注意分寸，这些妄自揣测之词，最好别随便说！"

"我也是情急之下为你胡总着急哦，请恕我一片苦心！"对方的言词语气里当真透着一股子真诚。

"我？我有什么可着急的？"

"任何好事只要有机会做就一定立刻去做，免得夜长梦多、节外生枝，最后错失良机懊悔不迭！"

"我不明白您什么意思？"

"您会明白的！"

"您还有什么事吗？"

"您真的要把这个机会拱手相让？"

"什么机会？"

三十

"跟我们公司合作的机会！"

"目前是肯定不考虑了！"

"那就没事了，祝胡总好运！"

"好，也祝蔡总鸿运！"

结束通话后，胡三娃兀自愣了好久，听蔡义诚那阴阳怪气的口气，当真令他很不舒服，但是他话里有话的玄意，又令他很是忐忑。

他怎么也怂恿他尽快和俞萍音结婚呢？联想起上次和他妹妹蔡义芮的谈话，难道他也只是想帮他妹妹做说客？

不能再想了，这些事情再大，也大不过他眼下急需确认的，齐曼华是不是杀害俞伟民的凶手？他的脑容量有限，还得该清的清，该放的放！

他已经穿越在公司广场上了，急匆匆地往黄二愣的办公室赶，那里的电脑可以上网，他急需网络信息服务。

走到公司大门口，正待抬步走进去时，恍然间觉得有点不对劲。

这天张合军没有点头哈腰对他打招呼。

以往，无论他何时回来，经过这个公司大门时，岗亭里的张合军都会像小狗见到主人一样地摇头摆尾热情相迎。这天他却木然呆立，一副魂不舍守的样子。

也不是他胡三娃摆谱，非得让下属对自己三跪九磕，只是他这突然改变态度，令他感到惊奇。

他停驻脚步，回过身来，对着张合军提高声气："合军兄弟，你有什么事吗？"

张合军脸上神情一晃，如同在梦游中惊醒，呆愣愣看了胡三娃一眼，顿时惊慌失措："奥，胡总，您回来了啊！没事没事，刚才有点走神，抱歉抱歉！"

"为什么走神？碰到什么困难了吗？"

"没有没有，有胡总的关照，哪里还有什么困难！"

"没有困难你就给我精神着点，上次不都跟你说了么，不能因为平常没啥事就麻痹大意，这个岗位的意义就在于可能一年都没发现什么事，但是一旦某一天发现一件事，一年的功劳就都有了，就为了这一天，你平常每天都得把神经绷紧了把眼睛擦亮了，最好练出一副火眼金睛来，明白了么？"

罪与赎
——万象惊魂记

胡三娃也不知道自己为什么这样表述，似乎有意无意地就开始担心自己有朝一日横尸在前边老地方的时候，张合军也会视而不见。

"明白明白，胡总放心！"张合军忙不迭点头哈腰表态，目光却躲闪着胡三娃严肃的眼神。

胡三娃暗叹了口气，心道不能将自己无谓的坏情绪往他头上随便泼，他可是无辜的，于是目光变得柔和起来，又语重心长地安抚他几句后，就不再理他了，回了黄二愣的办公室。

没想到俞萍音仍然在办公室里等他，如同她从来未曾外出过一样。

胡三娃看到她，愣了愣，很想立刻就问她今天去了哪里，为什么那么巧也在公安局刑侦物证鉴定中心附近出现，但一咬牙还是忍下去了。

不过有她在此，他也不便上网去查甲氨蝶呤相关信息了，只好跟她相依相偎着，送她回家。

半道，他终于忍不住了，旁敲侧击地说："我今天去公安局了！"

"嗯！"俞萍音平静地应道。

"你不想知道我发现什么了吗？"

"你想说的话会告诉我的！"

"黄总当年告诉你了么？"

"他没有！"

"噢！"

"你不想说了吗？"

"又突然不想说了！"

"是怕我担心吗？"

"应该是的！"

"其实你不说也好，就保持这种状态吧！"

"也是，保持这种状态挺好的！"

她这句话突然点醒了他，既然俞萍音不主动讲她也去过公安局，自然有她不愿人知的隐情，自己何苦要去道破呢？

三十

现在这种状态就很美好，万一道破了，只怕这种美好状态会被破坏。

他缄口不言了。

默默护送俞萍音到家，他就迫不及待地赶回公司来，他实在是心痒难耐，想确证甲氨蝶呤和肝硬变的关系。

回到办公室，他立刻打开电脑上网，点开搜索引擎网页，输入"甲氨蝶呤 肝硬变"这个关键词。

一颗重磅炸弹从万千网页上赫然跳弹出来，把他的眼睛炸得鲜血淋漓：

"大量1次应用可致血清丙氨酸氨基转移酶(ALT)升高，或药物性肝炎，小量持久应用可致肝硬变。"

他兀自呆怔了一分钟，然后仰靠在椅背上，长长地深深地吐了一口气，心里的复杂滋味，压得他喘不过气来。

还有什么好说的！齐曼华，你那一副看上去慈眉善目的面容、柔肠百转的身板，怎么能做出这么残忍狠毒的事情？难道仇恨的力量竟足以使菩萨变成魔鬼？如果你真的是杀人凶手，那我该怎么做？吴良那个冥顽少年怎么办？他也要像曾经的我一样就此沦落为孤儿了吗？

不对，还有谢云在和宋菲婷呢，他们家里墙上张贴着甲氨蝶呤的使用说明图，那又意味着什么呢？难道他们也以某种方式参与进来了吗？

想来想去，不得所终，干脆什么都别想了，明天一早就去找他们，一定要让他们说个清楚明白！至于真相得到确证之后怎么办，那都是后话了！

胡三娃不再徒费脑子了，洗漱休息，养精蓄锐，等着明早兴师问罪！

由于被紧张、兴奋、焦虑的情绪交相压迫，他辗转反侧还是没怎么睡着，后半夜才迷迷糊糊似睡非睡了一会儿，一大早也就醒了过来。

虽然很困，他也不再赖床浪费时间了，一跃而起，本想即刻给齐曼华打电话，想了想，还是强压住心中的急躁之气，刷牙漱口，又用凉水洗把脸冷静一下，静静地思考着如何与她交锋，如何应对接下来的局面，甚至要采取什么防范措施，等把这些都七七八八地想透彻了，确保自己不再是一腔热血一股戾气，而是实实在在的一副侦探的头脑了，这才再次掏出手机来。

罪与赎
——万象惊魂记

　　她的电话响了好久，才被接通。

　　也不再是以前那种爽朗的声调，她淡淡地问了一声好。

　　"嫂子，你在家里吗？我想去见见你！"

　　"咦，有什么事吗？"她愣了一会儿神，冷冷地说。

　　"见面再说吧！"

　　"可我一会儿要去上班！"

　　"我有很重要的事，你能请一会儿假吗？"

　　"电话里不能说吗？"

　　"必须见面说！"

　　"你什么时候到？"

　　"半个小时左右吧！"

　　"那你快点来吧！"

　　"一定等我啊，不见不散！"

　　"行！"

　　说到后来，她的声调里已经有了温度，她大概以为胡三娃终于幡然悔悟急于找她破镜重圆去。

　　他不敢有丝毫耽搁，穿戴整齐，立刻出门，连张合军打招呼都没功夫理会了，到了公司广场上，甚至一路小跑着往马路上跑，他当然是在争分夺秒，生怕齐曼华突然回过味来会躲起来不见他一样。

　　当他奔跑至公司广场中间时，听到一阵警车呼啸而来的声音，抬目一看，前方马路上一辆威风八面的警车疾驰而至，一开始他并没在意，以为哪里出了警情，警车只是经过而已，便不管不顾继续跑自己的路，可令他万万没想到的是，那警车竟兀自拐了个向，朝着公司广场穿梭过来，甚至，看那架势和趋势，竟有几分像是专门奔着自己而来。

　　他愣了愣神，不由得放慢了奔跑的脚步，但心中仍然想着和齐曼华的约见，所以奔跑速度不变。

　　就在他这一愣神一迟疑间，警车已经迎面赶到他面前，戛然而止，几乎停下的

三十

同时，四门大开，从警车里头炮弹一般射出一堆警察，风一样扑到胡三娃的身畔，但见七手八脚一阵晃动，胡三娃已被反剪双臂，动弹不得。

胡三娃惊得好半天回不过神来，心道莫非是黑社会假扮警察来要自己的命了，自己的惨烈结局就在这一刻发生，可是黄二愣的轨迹自己还没走完，况且在这青天白日下，又是这么大架势，那张合军不可能视而不见啊？而且眼见得他已经看到这边情形，往这边飞奔着来查看动静了！

不过没等到张合军靠近，警察已经将他硬生生地扭送上了警车，然后车门一关，警车离弦之箭般奔出。一眨眼就消失在了马路尽头。

完了，胡三娃闭着眼一声苦叹，终究还是难逃厄运，真相大白的时候也是自己死无葬身之地的时候。

恨就恨自己没有留下任何遗书就匆忙给齐曼华打电话，以至于打草惊蛇，自己死掉倒不可惜，可是真相却依旧要随着自己的尸体永埋在不知道某处荒山野岭或者江河沼泽的深处了！

"小胡兄，你在想什么呢？这么出神！"

胡三娃兀自闭目苦叹，自怨自艾的时候，耳边突闻惊人之语。

这平淡无奇的一句话此时此刻不亚于平地一声春雷，胡三娃猛地睁开眼睛，循声望去，不由得愣了好一会儿神，心神和眼神都一起凝固了。

那人竟是辛正刚，他还是那一副轻讥薄嬉的神情，好整以暇地笑望着他。

原来他一直在车上，没有下车参与逮捕行动，却在这里给他一个惊喜抑或惊吓。

胡三娃终于醒过味来，心念电转间，困惑道："辛警官，怎么你也在这儿？"

"我怎么就不能在这儿呢？"辛正刚泰然一笑。

"你什么时候变成了黑社会？"胡三娃迟疑道。

"胡说什么呀？我怎么可能是黑社会呢？"辛正刚苦笑道。

"那，难道你是卧底？"胡三娃基本吓糊涂了。

"越扯越远了，别胡乱猜疑了，我们不是什么黑社会，黑社会有穿这样的吗！"

"不是黑社会干嘛要抓我？"胡三娃终于放下心头一块大石，却仍感忐忑难安。

"你涉嫌偷盗公安机关物品，我们奉命拘留你！"

罪与赎
——万象惊魂记

"啊!"胡三娃心中直线下沉,后背凉梭梭一片。

"没话说了吧,没话说就在拘留证上签个字!"

胡三娃惊魂甫定,知道事情败露了,只好辩解道:"我没偷东西,我只是看了看,这也犯罪吗?"

"你这算是招认了吧!"辛正刚神秘地眨眨眼,微微一笑。

"我没偷东西,至于去看了看,这个我承认!"

"有没有偷东西,我们另一路人马已经去搜查你的办公室和宿舍了,这个自有证据说话,用不着跟我解释!"

"啊!你们还有人去公司了?"

"怕了吧?"

"怕什么呀!身正不怕影子斜,没偷就是没偷!"

"好,还是那么有英雄气概,不过现在不用说这么多,一切等到审讯的时候再说吧!"

胡三娃冷哼一声,闭目不再理他,一沉下心来,猛然想起齐曼华还在家里等着自己呢,自己一时惊慌失措,差点把这事给忘了。

可是手机等物什早都被他们搜罗走了,忙对辛正刚说:"快把手机还给我!我要打个电话!"

"那不可能,你现在已被刑事拘留了,在案件审结之前,你不可能与外界有任何联系了!"

"可是,我刚约了人见面,人家还等着跟我见完面去上班呢,我总得通知人家别再等我了吧!"

"那也不行,你不可能再跟外界联系,这是铁律!"

"唉,那这样吧,我不打电话,你帮我打电话转告,这样总行了吧!"

"谁?电话号码多少?"辛正刚倒也干脆。

胡三娃只好将齐曼华的电话告诉了他,眼巴巴指望着他即刻打电话转告齐曼华。不料他却毫无动静。

胡三娃催促道:"你快打呀?"

三十

辛正刚摇摇头说："要是别人，或许我还能考虑现在就打这个电话，她的话，我不能马上就打！"

胡三娃惊讶道："为什么？"

"因为她也涉嫌一桩案子！"

"啊！"胡三娃心中大动，难道警察也知道她杀害俞伟民的事情了？

"什么案子？"他紧张道。

辛正刚犹豫片刻道："按说警察查案是不能告诉你的，但考虑到你是案件当事人，告诉你也无妨！"

"我是当事人？这，这是什么意思？"

"你还记得你在艺校里头被殴打致伤，住进医院的案子吗？"

"记得啊！"胡三娃脱口而出，蓦然惊觉说错了话，连忙补正道："奥，不是，不是，不是什么案子，没人殴打我，是我自己不小心摔伤的，这不都已经定案了么？"

"唉，让我说你什么好呢，你这才叫真正地被人卖了，还替别人数钱！"

"什么意思？"胡三娃一头雾水。

"你知道那个案子的罪魁祸首是谁吗？"

"谁啊？"胡三娃完全陷入泥坑，再顾不得什么失言之处了。

"齐曼华！"

"啊！"胡三娃惊得目瞪口呆，好半响，他又连连摇头道："不可能，绝不可能，你们一定搞错了！"

"你先别忙着否认，我们跟她无冤无仇的，也不可能去诬陷她，等有朝一日案子查实了，让她自己亲口告诉你吧！"

"这么说，你们现在也还只是怀疑？"

"怀疑也不可能是无端地怀疑，当初她在你住院时那么细致入微地关怀照顾，即便我们无端怀疑也绝对怀疑不到她的头上去，既然怀疑她了，自然有怀疑的依据！"

"能讲一下你们的依据么？"

"抱歉，再多的指定不能跟你说了，说这些也只是为了提醒你，别一股子傻劲埋头走到黑，还是得时时冷静地想一想，有些事情冒那么多的风险到底值不值当！"

罪与赎
——万象惊魂记

不知道怎的，当辛正刚指明齐曼华涉嫌的案子是他在艺校被殴打之事而非她杀害俞伟民之事，他心中反倒踏实起来。

虽然得知齐家小少爷殴打自己竟然可能是齐曼华指使的，令他很是心情沉重，但总好过她杀人的事实被警察掌握令他担惊受怕。他是真的怕这孤儿寡母再受什么人生的灾难了！

一切的苦难让他来承担他都愿意接受！

其实现在回头仔细想想，结合齐曼华当初一再劝告自己不要再查下去的言行，那么她指使吴良殴打他的动机就完全可以理解了，无非是担心他继续查案下去会使她的罪行败露，所以干脆让他胡三娃吃点苦头，知难而退，哪里想到他竟然是这样的硬骨头，明知山有虎偏向虎山行。

一念及此，他反而一身轻松、头脑清透，对于辛正刚的劝告也没当回事，泰然一笑："辛警官，你们把我抓了到底要干嘛？"

"到底要干嘛？好家伙，你好像还不知道自己的事情到底有多严重呢！"辛正刚神情严肃得要滴出冰水来。

"我不就是偷着进去看了看东西吗？"胡三娃有点惶然了，顿了顿，又紧问道："对了，你说我偷东西了，到底是什么东西丢了？"

"先别急着问，这马上就到审讯室了，有你畅所欲言的时候！"

胡三娃心中发沉，嗅到了一丝不祥的气息，但他还是不停安慰自己，真相终究会弄清楚的，谁也栽赃不到他头上。

警车开进派出所大院，他被警察簇拥着扭送到一个审讯室，算上那次因黄二愣之死过来接受调查，他这也算是二进宫了。

没有任何停顿，审讯即刻展开，还是辛正刚主审，两个警察陪审，另有两个警察威严地站在他身后，防止他的异动或者暴动。

接待规格显然比上次提升不止一个档次。

辛正刚正襟危坐，开始发话：

"您好，我叫辛正刚，警号XXX……由我们三个负责审查您冒充警察入室盗窃一案，请如实回答我们所提的一切问题，坦白从宽、抗拒从严，这是我们的政策，

三十

希望你能够理解透彻！"

他很流利地说出警察审讯前的那一套贯口。

"对不起，我依然要纠正一下，不是入室盗窃，而是入室查看。"胡三娃一听那个罪名，心里如同背负一座大山。

辛正刚撇撇嘴，冷冷地一笑："好啊，嘴巴很硬朗啊，那咱们就一步一步来吧！"

胡三娃心中慌乱，却还是故作镇定地耸一下肩膀，一副悉听尊便的架势。

"如果你没有其他什么要强调的，那咱们就开始吧！"

"你问吧！"

"说一下你的姓名？"

"你不是知道了么？"

"别废话！"

"胡三娃！"

"籍贯？"

"XX省XX县！"

"职业？"

"俞氏粮油食品公司总经理！"

"知道我们为什么抓你吗？"

"不太知道！"

"说一下你昨晚的行踪吧！"

胡三娃心想，这么兜圈子有意思吗，我直截了当告诉你吧，于是娓娓道来，将自己潜入刑侦物证鉴定中心查看尸检标本的整个环节丝丝入扣地交代一溜够。

"你的意思是你只是看了看那些检材标本？"

"千真万确！"

"难道那些标本不翼而飞了？"辛正刚疾言厉色道。

果不其然，真的是自己查看的标本被盗了，胡三娃后背猛地蹿过一阵凉意，心中一片惶恐，额头不禁渗出冷汗。这是怎么回事？刚好自己查看过后就失盗了，世事哪有这么蹊跷？这摆明了是有人想要栽赃陷害自己。但他却毫无办法，只能硬着

罪与赎
——万象惊魂记

头皮回答道：

"这我就不知道了，反正不是我偷的！"

"你不觉得你这话可笑么！"

"有什么可笑的！"

"那标本百年未动地摆放在那里，从来没人理会过它，你老夫子一夜神游后，它就不见了，说不是你偷的，鬼都不信！"

"据我所知，你们警察办案凭证据，不凭推理！"

"好啊，还将起我的军来，那我就来告诉你我们的证据吧！"

"愿闻其详！"胡三娃还真是竖起耳朵来了。

"我们已经调出监控录像前前后后一秒不落地看了个通透，案发前后，整个大楼里，也就你一个闲杂人等出没过，不是你偷的，那真得闹鬼才行！"

胡三娃脑子快速转了转，梗着脖子道："闲杂人等就我一个，非闲杂人等那可是走马灯一般吧！"

"难道你认为是楼里的工作人员监守自盗？"

"我没这么说！但按照你的风格，不妨这么推理！"

"扯犊子吧你就，楼里的工作人员想看这玩意儿啥时候不能看，还用得着把它偷走？再说，这玩意儿又不是什么值钱的东西，不顶吃不顶用的，谁脑子进水了，偷它干嘛！"

"那我又偷它干嘛？"

"先自问你偷看它干嘛吧？"辛正刚讥嘲道。

"偷看一下已经达到目的了，用不着再偷走！"

"谁知道你是什么居心呢？也许光看一下还看不透什么，所以干脆拿回去仔细研究！"

"又来了，你干脆通过推理定了我的罪算了！"胡三娃不满地嘟囔道。

"还用得着推理来定你的罪吗？你是罪证如山！"辛正刚神情一肃。

"好啊，你拿出罪证来啊？你是看到我把标本瓶子塞进衣兜里了，还是在我办公室和宿舍搜出标本来了，但凡符合一条，我都认账！"胡三娃也豁出去了。

三十

"哪用得了那么麻烦,光是你穿着警服冒充警察擅闯公安机关,这一条罪状就足以让你蹲一阵子大牢了!"

"这,这也这么严重吗?"胡三娃心里有点慌了。

"当然,再加之你根本洗清不了偷盗标本的嫌疑,你这大牢估计是蹲定了!"

"唉,这冒充警察的罪状大概要坐多久的牢?"

"这就要看你的认罪态度了!"

"没问题,这个我认,男子汉大丈夫敢作敢当,自己做过的事,绝不抵赖!"

"你想抵赖你抵赖得了么?"辛正刚讥讽道。

胡三娃张了张嘴,话被噎在喉咙里,无言以对。

"嘿,不过你也还有争取宽大处理的机会!"

"什么机会?"胡三娃急不可耐。

"老实交代一切!"

"没问题,关于这个罪状,我没什么可隐瞒的!"

"那就说说你的警服从哪里来的吧?"辛正刚突然提出关键问题。

胡三娃略一错愕,赶紧答道:"我从旧货市场上买的,也不知道是不是真货!"他想起当时穿的那身警服半旧不新的,所以就信口雌黄了。

"哪个旧货市场?"辛正刚紧追不舍。

"很多年前买的了,真是想不起来了!"他装作一副凝眉回忆的样子,最后无奈地摇摇头。

"为什么买它?"

"以前看警察叔叔穿警服很威风,有一天逛市场,看到有人卖,就立刻买了下来,只是觉得好玩,一直没敢穿,上次想去偷看那标本,就正好派上了用场!"

"你的钥匙从哪里来?"

"什么钥匙?"

"标本室的钥匙!"

"奥,那是我弄到的一把万能钥匙!"

"可别再告诉我,也是你记不起来的若干年前,从某个摆地摊的开锁王那里弄

罪与赎
——万象惊魂记

来的！"

"呵呵，真是想不起来了，也许还真是这样的！"胡三娃已经有点厚颜无耻了。

"我想，坦白从宽、抗拒从严，老实交代还能争取宽大处理，这句话你应该不会想不起来吧！"

"我说的都是实话啊！"胡三娃已经下了死决心，无论如何也不能把李再芬招供出来，哪怕判他死刑，他也不能辜负她的恩情。

"你刚才那一套说辞哄三岁小孩还差不多，用来敷衍警察，你也太能幻想了吧！"

"我不觉得我的话有何不对之处，信不信由你！"

"就你这态度还想减刑？"

"我总不能为了减刑而胡说八道吧！"

"我看你已经是胡说八道的始祖！"

"随你怎么说吧！"胡三娃已经动了心底豪气，绝不出卖恩人的情怀也给了他无限力量。

"你真以为我们治不了你的罪？"

"该当何罪就定什么罪吧！我希望你们能够客观公正一些，严格按照法律规定来，别给我按一个莫须有的罪名我就知足了！"

"真的不愿意交代了？"

"不存在交代什么！"

"还有什么要补充的吗？"

"没有了！"

"警服和钥匙分别在哪里？"

"你们不是派人去搜查了么！"

"搜是搜，交代是交代，两码事！"

"警服就在办公室的套间里，钥匙从马桶里冲走了！"

"你还是想着要毁灭证据嘛，说明还是心虚嘛！"

钥匙是李再芬吩咐他完事后从马桶冲走的，警服没法从马桶冲走，所以就保留

三十

了下来。他毫不示弱："你不是也说了嘛，毕竟冒充警察擅闯公安机关也罪名不小，能别留下麻烦还是尽量别留下麻烦呗，举手之劳毁了它，也没什么可奇怪的吧！"

辛正刚目光炯炯地盯着他，突然意味难明地笑了笑："你还真是铁嘴钢牙，好啊，我倒要看看，你能不能一直嘴硬到底，否则你只要一松口，必然在劫难逃！"

还不等胡三娃琢磨出其中意味来，他就霍然起身："如果再没什么补充的，就在笔录上签个字吧，今天的审讯就到这！"

然后，他抬步要走，胡三娃忙道："那我怎么办？可以走了吗？"

"走？哈！你想得也太美了！"他哈哈一笑后，又神情一肃："你就在这里面壁思过，如果想老实交代问题了，呼唤一声，我们马上就有人来！"

"我真没什么可交代的了，刚才讲的一切就是全部事实，你们要么放我走，要么定我的罪让我坐牢去，别把我不当不正地搁在这里，像什么话！"

"像什么话？哈，既然到了局子里，就得像局子里的话，这就很像话了，想坐牢？嘿，且着呢，不过估计不会让你失望！"

话落，抬脚就走，很快就到了门边，胡三娃无奈，只好央求道："辛警官，我能不能见一下俞萍音！"

"不可能，案件没审结之前，你就死了这条心！"

"那通知她一下，就说我在这里好好的，啥事都没有，让她放心，这总可以吧！"

"这个你放心，按正常程序，我们也会通知你单位的！"

话落，他已大步而去。

剩下的警察们将剩余的手续办理完，也相继离去，结实的铁门哐当一锁，胡三娃就算是沦为了阶下囚。

他做梦也想不到，在最终履行完黄二愣的轨迹，从容赶赴那惨烈结局之前，他居然还有一次牢狱之灾，如此说来，从他的经历反推，那么黄二愣当初也应该是坐过牢的，这么大的事，俞萍音不可能不知道，她为什么不跟自己讲呢？

再一联想到她在刑侦物证鉴定中心现场的突然出现，胡三娃心里蓦然一跳，不由自主地打起鼓来。难道那尸检标本是她偷走的？她也一直在暗中查案，干脆借着自己潜入公安机关的东风，一不做二不休地将那标本拿回去研究去，而把黑锅交给

罪与赎
——万象惊魂记

自己来背？

想到这里，他又连忙摇头否认，暗暗咒骂自己该死，别说俞萍音潜入公安机关根本不存在技术上的可能性，就是居然怀疑自己心爱的女人那都是该遭天打雷劈的！

可是，黄二愣坐过牢的事实，她却隐瞒不报，这一点无论如何是他心中绕不过去的块垒。除非，除非什么呢？除非黄二愣其实并未坐过牢，那么以此推之，其实他也根本用不着坐牢，只是辛正刚危言耸听吓唬他而已，他不是也警告过自己嘛，只要一松口，就会在劫难逃。那么反过来，如果他铁嘴钢牙就是不松口，也就在劫可逃了！

他越想越觉得是这么回事，越想越觉得光明已在铁窗外徘徊，只要过了一定的时限，它就会破窗而入，来迎接他回家了！

他大学时选修过一点法律知识，印象中好像是如果公安机关不能找到进一步的证据，无法提请检察院批捕的话，过了一定的时限，公安机关就得放人。

他逐渐地从身陷囹圄的慌乱中回过神来，竟没心没肺地产生出一种和警察斗智斗勇的奇特乐趣来，心中打定主意，一定死硬到底。

他心中彻底踏实下来，歪靠在椅子上，疲累交加之下，竟安睡了过去。

果然，接下来的几天，各种级别的警察轮番前来轰炸，讲事实，摆道理，或苦口婆心，或威逼利诱，或以情动人，或以德感人，或以理服人，哲学思想灌输、政治觉悟感化、玄学意境熏染，各个使出浑身解数，心里咬牙切齿恨不得将胡三娃吃掉，胡三娃却像茅坑里的石头，又臭又硬，硌得他们神经酸麻疼痛，熏得他们一个个掩鼻逃窜。

副所长、所长、小队长、大队长、副局长、局长等等各级与罪犯斗争经验丰富的老警官们一个个都败下阵来，不过公安们拿出的这一副志在必得的架势也着实表明了他们对这个案子有多重视。

直至某天，某人的突然造访才着着实实对胡三娃的心弦造成了震动。

三十一

罪 与 赎
——万象惊魂记

其时，胡三娃正躺在椅子上为自己这几日来横扫千军的英雄气概而自得其乐呢，突然门打开了，威风凛凛走进三个人来。

胡三娃连忙坐端正了，细细审视来者，顿时不免暗暗吃惊，只见派出所长和公安局长一左一右地簇拥着一个貌相庄严的中年男子走了进来，由两级公安机关的最高首长贴身相随，这肯定是个大官了。

而且看这男子一副不怒自威、宝相庄严的样子，那也一定是长期养尊处优培养出来的气派。甚至，胡三娃总觉得这幅眉眼有种似曾相识的感觉，好像在哪里见过，尤其是他眉宇间那股子阴鸷之色，更是激惹了他脑海中的某种记忆。

印象就要呼之欲出了，可就是差那么点火候，总也出不来，就那么悬在脑子里，令他倍感迷茫。

不过很快他就用不着苦恼了，待中年男子用犀利的目光将胡三娃细细玩味一遍后，派出所所长就拿腔捏调了："胡三娃，这是万东区区长、政法委书记贾明田同志，由贾区长亲自来主审你，你享受的待遇够高了吧，你要还是执迷不悟、顽固不化，那就真是没人能救得了你了！"

一听到"贾明田"这个名字，胡三娃心中咯噔一跳，不由自主从椅子上飙身而起，他惊讶地望着他，颤声道："贾明田？哪个明字，哪个田字？"

三位大官没想到他突然冒出这么一句不伦不类的话来，此等情形下居然还有闲心关心别人的名讳，也真是天下奇闻了。彼此面面相觑，贾区长皱了皱眉头。

派出所所长顿时面色一沉，怒声道："胡三娃，区长面前，不得无礼，还不赶

三十一

紧道歉!"

胡三娃如同还在梦游中沉醉呢,根本不理睬他。

派出所所长再要发飙,贾区长挥挥手制止了他,然后趋前一步道:"西贝贾,明天的明,田地的田,正是鄙人的名号,怎么,你对我的名字有什么疑义吗?"

胡三娃想着辛德勒名单上的"贾民天",先有一种恍然大悟的感觉,紧接着又如坠五里云雾。

真是恨不相逢未嫁时,早不见晚不见,偏偏在这牢狱里邂逅了"贾民天",在这牢狱里头离死又近一步,倒是相当应时应景啊!

那么黄二愣一定也是在这里遭遇贾明田的吧,他俩遭遇雷同现在已经完全激不起他心中任何感觉了,他现在感觉惊奇的是黄二愣为什么要在辛德勒名单上将贾明田的名字记为"贾民天"?

已经不容他思索了,贾明田步步紧逼道:"如果对我的名字没有什么可说的,那就请坐下来吧,咱们好好聊聊案子的事!"

"案子的事,我第一次被辛正刚警官审讯的时候,就已经毫无保留地全部讲完了,再也没什么可讲的了,你想了解,就去翻阅案卷吧,不用在我这浪费时间精力了!"胡三娃管他什么区长不区长的,他一视同仁地断然拒绝。

派出所所长气得七窍生烟:"你还真是不识好歹,贾区长百忙之中来帮助你,你就这幅德性啊,看来不给你点厉害瞧瞧真是不行了!"

贾明田朝所长摆摆手,对胡三娃平静道:"也好,那就不聊案子的事,咱聊聊天吧,如何?"

"聊天?咱俩有什么可聊的?"

"当然有得聊,不信试试看!"

"好吧,反正闲着也是闲着,你说吧,想聊什么?"

贾明田转身对两位下属道:"我跟这位小兄弟聊聊闲天,你们就不用作陪了!"

派出所所长有点为难:"贾区长,这小子是个刑事犯,把你一个人搁这儿,出了啥事,我担不起这责啊!"

贾明田瞪他一眼:"我跟这小兄弟聊聊天,能出什么事?你们呀,就是爱把事

罪与赎
——万象惊魂记

情搞复杂,所以总把事情搞砸!还不快出去!"

最后,他几乎是喝令道。

派出所所长和公安局长连忙地退了出去,把门关上。

贾明田又转过头来,对胡三娃温和一笑:"他们是不是给你吃了很多苦头啊?你告诉我,我给你做主!"

胡三娃狐疑地看了他一眼,缓缓摇头道:"苦头倒没给,就是连篇累牍地来说一些废话,让人不得安生,搞得人心烦气躁的!"

贾明田叹口气道:"这就是他们所谓的疲劳战术,搞得你吃不好睡不好,精神恍惚的时候,就容易顺着他们的话说,你说这么搞有什么意思,又不是人家的真心话,这和屈打成招有什么区别!"

胡三娃听他完全站在人性化的立场说话,似乎完全跟那些警察们不是一路货色,本来还精神抖索准备迎接战斗的,这下反倒被他弄得有点精神恍惚了,他摇摇头,苦笑道:"不是说过不谈案子,只聊天的么,怎么又扯那些了!"

贾明田点头道:"只是顺便发表点看法,对,咱不聊那个,咱叙叙旧吧!"

"叙旧?咱俩以前又不认识,叙什么旧?"

"你不认识我,我可是认识你的!"贾明田突出惊人之语。

堂堂万东区的区长居然认识他胡三娃这个无名小卒,着实令胡三娃大感震惊,他恍然如梦道:"奥!不可能吧!您是区长,您怎么会认识我呢?"

"犬子贾仁剑,他跟你是好朋友,他经常在我面前提起你呢,说你的各种可歌可泣的事迹,所以你对我来说已经算是老朋友了!"

"原来如此啊!"胡三娃如梦方初,只是确实没想到贾仁剑居然会在他老爹面前说他的事。

不过他能说他什么事呢?无非就是他和俞萍音的恩爱,他看在眼里,恨在心里吧!胡三娃心中不无戏谑地想着。

"这只是其一,其实我对你最真切的了解,还不是来自这方面!"贾明田卖个关子。

"哦,还有什么呢?"

三十一

"你是俞氏粮油食品公司的老总,我就不可能不认识你,何况你还把俞氏公司经营得这么好,你们的强龙食用油东山再起,远近闻名,行销全区全市,已经成了本区的纳税大户,你们公司那个什么美食文化节,也是本区有史以来开天辟地头一遭,极富创新精神,我作为本区的父母官,岂能不认识辖区的这等能人!"

"这样啊,呵呵,区长您过奖了,这还得是因为您领导有方,给我们企业创造了良好的发展环境!"

"咱们也用不着互相吹捧了,就说点知心话吧,说真的,我一看到你就觉得特别亲切!"

"哦,咱们好像没什么深厚渊源吧,这种亲切感不能凭空而来吧?"

"要说深厚渊源确实谈不上,要说渊源,却还是有的!"

"什么?"

"你知道我和俞伟民是什么关系吗?"

"不太清楚!"

"他曾经是区食品药品监督管理局的副局长,算是我的得力干将,我们工作中配合得很好,因为投缘,私交甚笃,甚至可以算是把兄弟关系,我这是在跟你私聊啊,所以就不说那么多冠冕堂皇的官话,就用特别生活化的语言,你不介意吧?"

"不介意,我也不喜欢那些虚头巴脑的官话套话,就这么放开了聊挺好!"一听说他跟自己的准岳父关系不错,他还真是倍感亲切,不自觉间就对他敞开了心扉。

"如果他继续留在食药监局,我是会逐渐培养他当局长的,不过后来他下海经商了,虽然觉得惋惜,但也照样不影响我们的感情,毋庸讳言,我对他的事业也是有过帮助的!这点我想你能理解吧!"

"能理解!毕竟咱们是人情社会嘛,谁都得讲点感情!"

"你能这么想我很欣慰,不过我连这个都跟你讲,主要是想告诉你,我和俞伟民真的感情很好,说把兄弟甚至说亲兄弟都不为过!"

"我相信,也能感觉出来!"胡三娃点点头,转念一想,又感困惑:"不过,您为什么要跟我讲这些呢?"

"这不闲聊就聊到这里了嘛,而且,咱们刚才不是在讲渊源么,要探究咱们的

罪与赎
——万象惊魂记

渊源,就得讲这些!"

"那倒是!"

"然后再往近一点说吧,因为我和俞伟民关系好,结果我们两家的娃娃也走得越来越近,最后发展成恋人关系,给我和俞伟民的亲密关系又添了一条纽带,如果他们最终能够结婚的话,那简直就是亲上加亲,太美好了,只是可惜,唉!"他面带悲伤,长长地叹了口气。

他的悲伤把胡三娃也带入了过往那段不堪回首的悲沉往事,不由得也惆怅满怀,满面感伤。

"唉,痛失俞伟民这个兄弟,我真的很难过,所以与其说俞伟民不幸,不如说我更不幸,亡者一闭眼,什么悲伤痛苦全烟消云散,未亡人的痛不欲生,才是世间最凄惨的事情!"

胡三娃不自禁点点头,想安慰这个完全被忧伤埋葬的沧桑男子,却不知道如何开口。

贾明田沉湎片刻,才又凄楚一笑:"其实啊,仔细想想,说俞伟民不幸,说我不幸,都不值一提,最不幸最痛苦的,反而要算我的儿子贾仁剑!"

"哦,他有什么痛苦的?"

"他痛失最心爱的女人俞萍音,这种打击,没有几个男人能够承受!"

"可是是他自己抛弃俞萍音的啊,这不是咎由自取么?"胡三娃心里酸溜溜的有点义愤填膺了。

"唉,说他咎由自取也有点不公平,因为当初发生这件事,他有责任,但主要责任在我!"

"哦,这怎么说?"

"你想啊,当时俞氏公司发生那么大的食品中毒事件,影响多大多坏,虽然事件通过艰苦努力暂时得以平息,毋庸讳言,这种努力也有我的参与,本指望事态随着时间慢慢就淡化无形了,哪里料想得到俞伟民突然就离奇死在了广场上,完全让人摸不着头脑,在这样蹊跷的情形下,我哪里还敢跟俞氏公司有任何牵扯,如果让人顺藤摸瓜捋清楚我和俞伟民的深厚渊源,对我的影响会有多坏,所以为了避嫌,

三十一

我就逼着贾仁剑断绝和俞萍音的关系，贾仁剑本身也因为那件突然的灾难有点心慌意乱，再加之又有别的感情牵绊扰乱他的心，弄得他无所适从，我就干脆找个机会，把他送出国，他本就心情烦乱，半推半就听从了我的安排，出国躲清闲去了，在国外清净一段时间后，他最终明确了自己的内心，他对俞萍音的爱恋是无法割舍的，所以又从国外跑回来了，结果回来一看，俞萍音已经和黄二愣热恋上了，他气得吐血，费尽心机想要拆散他们俩，再和俞萍音破镜重圆，但根本已经不可能做到了，俞萍音那孩子性格太倔强了，认定了贾仁剑抛弃了她就绝不原谅，哪怕后来黄二愣也离奇死去，她宁愿跟你再相恋，也绝不和贾仁剑复合，弄得现在剑儿整日郁郁寡欢、痛苦不堪，都快变成精神病了，唉，真是造孽啊！"

贾明田难以自抑地悲叹了口气，显然，他此时的情绪是真切感人的。

胡三娃还是首次听闻贾仁剑具有这样的情怀，不免也有点百感交集，他暗叹口气，茫然道："可是据贾仁剑跟我交谈时流露出的态度来看，他对俞萍音是真的释然了，他自知已经无法挽回俞萍音的心了，又真心爱她，希望她好，看出俞萍音对我有了好感，所以就极力鼓舞我去追求她，甚至还为我们的感情升温创造条件，这也从侧面反映出他应该是真心悔改，真的放下了，也确实领悟到了爱的最高真谛，那就是愿自己所爱的人幸福，他已经有了这样崇高的精神境界，理应不会再出现您说的那种消极状态了吧？"

"呵，你要是这样理解他，那你就是高看他了，或许他对俞萍音已经绝望了是事实，并且真心希望她好，有意撮合你和她也不排除出自真心，但要说他能做到不痛苦，那真就是神化他了，不可能的，爱情本就是自私的，何况还是一个从小被娇惯坏了的公子哥，他能够容忍自己心爱的女人和别的男人谈恋爱就已经修炼到了极致了，更何况还要做到不痛苦，那太难为他了，不可能的！"

贾明田一边喃喃说着，一边苦笑着大摇其头。

胡三娃细一想想也确实是这个理，虽然如此看来，贾仁剑算是自己的情敌，但他还是动了菩萨心肠，很是为贾仁剑感到忧伤，一点胜利者的喜悦感都没有，只是觉得心里沉沉的难受。

他望着贾明田怅然道："没想到表面平静的他内心却是这样的复杂，确实不知

罪与赎
　　——万象惊魂记

道该怎样帮他了！"

　　贾明田突然抬起目光定定地望着他，好一会儿，眨眨眼道："你和俞萍音发展到什么阶段了？"

　　胡三娃愣了愣："还不好定义算是什么阶段，就一切顺其自然地在进行着！"

　　贾明田点点头，郑重其事道："如果有可能，你们最好尽快结婚，这样他毫无念想了，可能就会慢慢好起来！"

　　胡三娃好一阵错愕，苦笑着耸耸肩："结婚不是儿戏，有太多的影响因素，不是说结就结的！"

　　贾明田茫然点点头，兀自惆怅了一会儿，突然一甩头说："嗨，老说这些儿女情长的事情干嘛，其实，我更愿意谈谈我和俞伟民的兄弟情谊，兄弟之间的情感，因为壮怀激烈，更加荡气回肠！"

　　胡三娃心道，你要真把俞伟民当兄弟，就不会在他落难时，在兄弟的孤女身上再狠狠踩一脚！

　　所以他只是冷冷一笑，不置可否。

　　贾明田如同看出他的心声一般，顺势叹口气道："他公司当初出事时，我是豁出自己的身份保了他的，只是他后来突然离奇死亡这事实在太具冲击性，弄得我一时间完全慌了神，甚至发生错觉以为这事是专门冲着我来的，所以难免举止失当，一时糊涂做出割袍断义的蠢事来，当然，其实也有个心理就是留得青山在不愁没柴烧，先保住根本，慢慢地再做打算，别中了敌人的圈套，总之，就是这么糊里糊涂莫名其妙地进展下来了。后来等事态稳定下来了，我其实是做过一番努力想要搞清楚我兄弟的死因的，希望以此告慰他的在天之灵，但是费尽千辛万苦，包括也仔细研究了他的尸检标本，结果一无所获，后来实在没有什么思路了，也就不了了之，但这件事一直是我心中难言的痛，这么多年了，一直横在我心里，不吐不快，如今听说你居然也在探查我兄弟的死因，当真是如雷贯耳，欣喜若狂，所以甚至毫不避嫌，以区长的身份跑到这小小派出所的审讯室里来和你会晤，可见我的心情有多急切！"

　　胡三娃望着他脸上流露的奕奕神采，完全迷惘了，如此说来，他当真不是来审案的，而只是来和他惺惺相惜的？

三十一

　　他还真是不自禁和他产生了共鸣，不由得叹惋道："也是，好端端一个人就那么突然死了，而且还是自己的兄弟，搁谁心里都过不去！"

　　贾明田下意识地往门口方向看看，压低声音道："是啊，所以一听说你在查我兄弟的死因，而且也已经查到尸检标本上边来了，我立刻就假借亲自过来审案的名义和你会面来了，一来希望你已经查明我兄弟的死因，二来，如果你还没查明的话，看咱们是否能够通力合作，在这件事上做些工作，如果因为我的努力使我兄弟的死因大白天下，我也才能心安，也算是对得起我兄弟的在天之灵了！"

　　望着贾明田一脸期待的表情，胡三娃心中有点波荡了，他能把齐曼华用药慢慢毒死俞伟民的真相告诉他吗？想来想去，答案是否定的，一来他还没有完全坐实这件事情，二来，即便已经完全证实齐曼华就是杀人凶手，他就能忍心把她端出去吗？吴良怎么办？这个本就破败不堪的家还要再次陷入灭顶之灾吗？无论如何，齐曼华杀人虽然不对，但终究她只是为了报仇雪恨，从情理上考量，她其实是能够获得支持的！

　　一念及此，他便清清嗓子，无奈地摇摇头："可惜的是，虽然经过重重努力，我也跟您一样，至今一无所获啊！"

　　"哦，难道你在尸检标本上也没发现什么特别之处吗？"

　　胡三娃故作叹惜道："没有啊，就是什么肝硬变，这又能说明什么呢？反而似乎更加证实了警方的结论，他是死于自身疾病！"

　　"那你相信警方的结论吗？"

　　"我要是相信的话就不会这么千辛万苦地来查案了！"

　　"那你是不相信这个肝硬变的结论了？"

　　"这个结论我是相信的，但什么导致他肝硬变呢，这就大有文章了嘛！"

　　"这不，所以要查清楚我兄弟的死因，归根结底还得依赖对尸检标本的深入研究嘛！"

　　"对啊，可不就是这个道理！"

　　"所以我觉得，下一步咱们的工作思路就是对尸检标本展开深入探究，我因为在政府，不方便做这个工作，你就在暗地里进行，我可以暗地里为你提供支持！"

　　胡三娃一听聊出这么一个话题，不免暗生警觉了，他微微一皱眉头："这倒不

罪与赎
——万象惊魂记

失一条好思路,问题是,不是听说尸检标本被盗了么?我们拿什么做研究?"

贾明田面上神情微微一晃,然后目光炯炯地凝望着胡三娃,好一会儿,兀自一笑:"小胡兄弟还是不相信我哈!"

"不相信你?"

"我都这么对你交心交肺了,你还是没把我当朋友!"

"哪有啊,我说的都是真心话,没有半点虚言!"

"我再重申一句,我不是来查案的,我是来给你提供合作的,如果有我在政府的帮助,你接下来的查案会不会更加顺风顺水呢!"

"那当然了,果真如此,我会很感激你的!"

"我不用你的感激,因为我也只是在帮我的兄弟,我只需要你的坦诚相待,开诚布公!"

"对,要合作必须要以诚相待!"

"那么,你下一步打算将尸检标本如何处置,或者准备拿到什么地方去研究呢,大体有个什么方向?说说看,看我能提供什么帮助么?"

"我真的没有拿那些个尸检标本,你不要再诬我了!"胡三娃欲哭无泪,心道,为了套出他的话,居然不厌其烦地说了这么多,也真是难为这个大区长了!

如果他当真拿了这些标本,并且真有心展开后续研究,很可能就会着了这个区长的道道,被他牵着鼻子走了。区长真心不是白当的,水平远远高于他的下属,胡三娃不得不由衷佩服。

贾明田眼神中掠过一丝戾气,但一闪即没,仍不死心,故作朗然:"哈,小胡兄弟这么看待我也可以理解,但我的苦衷无人能懂,本以为你小胡兄弟能够略知一二,现在看来也是枉然了,既然这样,我也不指望你能跟我合作,但我对查明我兄弟死因一事耿耿于怀,实在无法放下,现在既然经你点醒,通过深入研究尸检标本或许能够查明死因,那我就无论如何要开展这事了,当务之急就一定是要把尸检标本拿到手,所以不妨咱们来做笔交易,你看如何?"

"什么交易?"

"你看啊,你冒充警察擅闯公安机关,而且警服也已从你的宿舍搜查出来了,

三十一

这罪名已经坐实了，你是难逃罪罚，最起码也要蹲一阵子大牢，你说你蹲在大牢里头，还怎么研究那尸检标本，所以，你不妨就把标本给我，我去替你研究，同时，我以我的职位保证，尽可能给你缩短刑期，甚至就是象征性坐坐牢就可以了，这样，你刑罚轻得可以忽略不计，查死因的事也有人替你做了，你是何乐而不为啊！"

胡三娃听得心中直起腻，哭笑不得道："如果我有本钱，和你做这笔交易当然很划算，问题是我没有你所谓的尸检标本啊，估计你是不会和我做无本生意的吧！"

贾明田终于有点沉不住气了，面色一沉，冷冷一笑："你冒充警察擅入标本室，之后标本就离奇失踪了，视频监控显示就你一个人夜闯大楼，你说你没拿，你自己听起来不觉得荒唐可笑么？"

"虽然听上去是那么不可思议，但事实就是我真的没拿，真的没拿，我到底要说多少遍你们才肯相信！"胡三娃恨不得掏心掏肺指天发誓了。

贾明田面色阴冷如铁，开始露出峥嵘本色，恶声恶气道："你这样顽抗到底，只能是自寻死路啊，你以为死不开口，就可以逍遥法外吗？告诉你，别做梦，你现在唯一的出路就是交出尸检标本，算是自首，可以从轻处罚，否则，你在这大牢里头估计就永无出头之日了！"

胡三娃听到心里一片冰雪碎裂的声音，脊梁骨上如同被寒霜冻住了，区长大人对他说这样的狠话，他还能有好果子吃？

但又能怎么办呢？一方面他被人栽赃陷害了却毫不知情，另一方面被人误解之深已经到了无法澄清的程度，越澄清反而越显得他态度恶劣、死不悔改。

他苦不堪言："贾区长，我知道我怎么说你们都不会相信的，所以我干脆就不说了，但是要让我替人背黑锅，自己诬陷自己，那是绝对不可能的，而且就算我按照你们的意愿承认了，我也交不出来那标本啊，又有什么意义呢？所以就到此为止吧，你们谁也别来惊扰我了，我真是受不起这种打击了，尤其您刚才的那番疾言厉色的话，真是把我惊着了，我不敢再面对您了，您也快点让相关方面给我定罪量刑吧，该怎么坐牢就踏踏实实坐牢去，总比悬在这里像只惊弓之鸟一样强得多！"

贾明田面露冷酷之色，诡异一笑："好啊，心理够强大啊，看来你是吃了秤砣铁了心要顽抗到底了，不过我再提醒你一句，如果你在这牢房里永远出不去，跟

罪与赎
——万象惊魂记

外界没有任何联系，估计你那尸检标本也就只有在某个犄角旮旯的地方慢慢风化，千百年后变成化石的命运了吧！"

胡三娃心中生寒，干脆双眼一闭，不再理他。

贾明田自讨没趣，凶相毕露，狠狠地瞪了他一眼，冷笑一声，就决然而去，外边立刻响起一片杂乱的脚步声。

两个警察进屋来巡查了一番，以好奇的神色扫视了他几眼，就锁门出去了。

胡三娃兀立屋中，好久回不过味来。

从这些日子的见闻来看，警察方面对这个尸检标本的下落重视到了不可思议的程度，这到底能说明什么呢？确实公安机关丢了东西本身要比一般社会机构丢了东西严重很多，但也不至于严重到如丧考妣的程度吧？况且这个案子在公安机关已经结案，那尸检标本无非就是个案子的纪念品，虽然丢失了确实应该千方百计找回来并且严惩罪犯，但如果实在找不回来也不至于让堂堂一个区长跑到派出所的审讯室里对嫌犯威逼利诱吧？

除非这个尸检标本对他们而言意味着一桩不可告人的惊天秘密，结合尸检标本对应的案件本身，那么自然就应该是俞伟民的死亡真相了。可是俞伟民不是已经被基本证实是齐曼华杀害的么？政府方面这么紧张干嘛？难道齐曼华有政府背景和势力？不太可能，她和吴良孤儿寡母的，绝对就是孤苦伶仃一个普通百姓家庭，再有政府关系也不会关系到惊动区长的程度。

那么又能是什么呢？他使劲开动他那所谓具有超凡思维能力和思想管理技能的大脑，也还是毫无头绪。

最后他只有仰头苦笑，从肺叶里呼出一口郁闷的气息，又从黑压压的空气里吸进来一股苦闷之气，在这样的社会和天地里，这体内体外、屋里屋外循环往复的，总是那声声苦、息息痛。

他的闹心日子还没有结束，在贾区长造访他的第二天，他正在屋里神游天际的时候，门咣当又开了，又是三个人比肩接踵走了进来，胡三娃木然地望了他们一眼，看到这回是副所长和副局长陪着一个面目慈和的老者进来了，不免有点好气又好笑。

他心道，这还有完没完了，难道非得自己把自己的舌头割下来，他们才会死

三十一

心吗？

不过这回来的这个老者慈眉善目、仙风道骨的样子，三人也只是联袂而来，不是贾区长进来时的那种前呼后拥、威风凛凛的架势，倒是让他减了几分反感之情。

但他也还是懒得跟他们打招呼，冷冷地瞥了他们几眼，就垂眉低目准备继续想入非非。

副所长关切地问道："胡三娃，你身体还吃得消吧？"

胡三娃狐疑地瞥了他一眼，心道，又来黄鼠狼给鸡拜年这一手了，还是省省心吧！继续爱答不理。

副所长又说："你要是身体还吃得消的话，就接待一下咱们区的大领导，区党委书记，如果感觉吃力，那就等你休息一会儿我们再来！"

胡三娃心道，区长败下阵来，区委书记登场，自己当真是享受到了万东区的国家元首级的接待规格了，不由得心中就来气，怪眼一翻："我能拒绝么？"

副所长再要答话，那位老者已经干脆利落回答了："不能！"

胡三娃见他仔细审视着自己的眼神里带着微微笑意，说出的话简单直接，却自有一股令人不愿拒绝的威严，不由得眨眨眼，愕然道：

"为什么？"

"因为我是党兴政！"

"啊！"

"很惊讶吗？"

"党员的党，兴奋的兴，正确的正？"

"应该是政治的政，不过也通正确的正！"

"您真是党兴正？"

"如假包换！"

"咱们可以聊聊吗？"

"我正是来找你聊天的！"

胡三娃望了望副所长和副局长，迟疑道："他们不回避吗？"

"没什么可回避的！"

罪与赎
——万象惊魂记

"好，就喜欢这种正大光明的感觉！"

"对，你先问我还是我先问你？"

"你先问吧？"

"我还是那一套，你别嫌烦！"

不知怎的，胡三娃还真不烦他了，哪怕他要问的也是尸检标本的事，他也会一五一十地重新诉说一番。

果然，他问的就是这个。

"听说你在查俞伟民和黄二愣的案子？"

"你认识黄二愣？"

"现在是我在问你的时间！"

"对，就是在查他们的案子！"

"他们的案子不都有公安机关定论了么？"

"我不相信！"

"有什么依据么？"

"这个就不方便跟您讲了！"

"好，就具体到你眼下这桩案子吧，你拿了那尸检标本么？"

"没拿！"

"看了么？"

"看了！"

"有什么发现没有？"

胡三娃迟疑了一下说："没有什么实质性发现！就知道俞伟民大概是死于肝硬变的并发症！"

"你怎么想起要来公安机关查看尸检标本的？"

"一直在探案，查啊查，探啊探的，什么实质性线索都没有，情急之下，就突然想起或许尸检标本上会有什么线索，就这么做了！"

"怎么想到冒充警察这个方法的？"

"这个不难想到吧，那公安机关森严壁垒，我只有鱼目混珠混进去这唯一的

三十一

办法！"

"钥匙哪里来的？"

"钥匙是很多年前配的万能钥匙，忘了哪里配的了！"

"钥匙去哪里了？"

"扔马桶里冲到下水道里了！"

"这么说，你还是知道自己是在犯罪？"

胡三娃哑口无言，尴尬地低下头，像个犯错的孩子，这还是他第一次在这些警察和官员面前表现出认错的姿态。

"不过还好，如果没拿标本的话，罪过还不算大！"

"您相信我？"胡三娃抬起头，眼中闪烁着希望的光。

"我当然相信你！"

胡三娃心里一颤，喜悦感陡然升起，由于冲击幅度过大，他都有点呆住了，只有眼角泌出温热的光芒。

"不过……"

胡三娃心跟着提到了嗓子眼。

"不过光是我的信任还不足够，还需要事实说话！"

"事实就是我确实没拿标本啊！只是我没法证明而已！"胡三娃有点沮丧了。

"我们也证明不了你确实拿了，这也是一种事实！"

"这种事实对我有帮助么？"胡三娃的心又跟着提起。

"警方办案需要证据，举证责任在警方而不在你，警方拿不出证据来，也就治不了你的罪，这也是事实！"

"这么说，我…我不会因此获罪了？"

"这就还要看你的意志，会不会因为顶不住压力而不用事实说话！"党兴正意味深长地看了他一眼。

胡三娃心中豁然一亮，胸脯一挺："这个原则是绝对不会突破的，无论如何，我只会陈述事实，就是把我打死，也只有一句话，我没拿那标本！"

顿了顿，又叹气道："怕就怕有些人狗急跳墙之下，罔顾事实，硬生生往我头

罪与赎
——万象惊魂记

上扣帽子,那我就没辙了!"

党兴正朗朗一笑,正色道:"这个你大可放心,共产党的朗朗乾坤之下,还不会这么暗无天日,有我党兴正在,法律的尊严和威严就将照耀万东区的每一个角落!"

完全显而易见了,党兴正今天如果不是过来别有用心地麻痹他的话,那就一定是来表态支持他的,胡三娃心中当真升起一股力量,他大为感动,多日来的精神压力和绝望情绪突然崩解,一瞬间泪湿眼眶。

党兴正怜惜地看他一眼,又道:"不过,你终究冒充警察擅入公安机关,这个罪罚是免不了的,我只能确保法律定罪量刑时在法律允许的范围内尽量给你从宽处理,你要有心理准备!"

胡三娃的心又绷紧了一点:"大概会判多久呢?"

"现在还不好说,不过刑拘期限马上也快到了,你这案子很快就会有个公断了,你做好一切准备吧!"

胡三娃长长地吁了口气,不管怎么说,党兴正给他吃了颗定心丸,把贾明田在他心头造成的无限恐怖给驱散了不少,心身顿感轻快多了,他感激地望了一眼微微笑望着他的党兴正,突感好奇道:

"对了,党书记,我又不认识您,您为什么要这么帮我呢?"

"现在是不是到了您问我的时间了?"

"如果您再没问题问我的话,就算是了!"

"行,您问吧,是从这个问题开始还是从您刚才问我是不是认识黄二愣开始?"

"就从这个问题吧!"

"那我就能一气回答你两个问题,我为什么要帮你是因为我也认识黄二愣!"

"是在这里边认识的吗?"

"具体怎么认识的就不跟你细讲了,总之,我们认识!"

"你认识他和帮我这两者之间有什么关联吗?"

"因为我很赏识黄二愣,他不畏艰险要为屈死的俞伟民讨回公道很令我敬佩,我也不相信公安机关对俞伟民死因的定论,但没有依据也不能随便就翻案,所以黄二愣在民间查案甚得我心,但没想到他也死啦,又冒出你胡三娃接替他查案,同时

三十一

也在查黄二愣的死因，你说我怎能不支持你！"

胡三娃恍然大悟，陷入沉思。

党兴正笑道："你就这么两个问题吗？"

胡三娃愣了愣道："我问更深入的问题您又不肯回答，我干脆也别问了！"

党兴正爽朗地笑道："好，就喜欢这股子干脆利落的劲，你不问了，我可还得问最后一个问题！可否？"

"您问吧！"

"你下一步打算怎么查案？"

"我都马上要坐牢了，还查什么案子？"

"我问的是出狱之后！"

胡三娃迟疑片刻，敷衍道："到时候再说吧，现在满心满眼都是怎么才能把这漫漫铁窗生涯打发走！"

他知道自己出狱后第一桩事肯定就是去找齐曼华，但是不能告诉党兴正。

党兴正朗朗一笑："好，那咱们就共同将这段艰苦时期度过再说吧！如果再没什么要问的，我就告辞了！"

胡三娃茫然望望他，缓缓点头。

在党兴正离去后，胡三娃思绪逐渐展开，又陷入了一团新的迷雾。贾明田苦口婆心地说要和他合作查案，党兴正也循循善诱地表达了要和他合作查案的意向，贾明田最后恼羞成怒放出狠话给他施压，党兴正则热情洋溢地灌输力量给他减压，这万东区两大巨头，到底是在唱什么对台戏？

最让他迷茫的其实还不是这个，而是辛德勒名单上的这倒数第二第三号人物居然让他在狱中遭遇了，还剩下最后一个叫楚天舒的，会不会紧接着就出现了呢？现在万东区的区长和区委书记都出马了，难道这个楚天舒是万象市委书记不成？理论上讲，如果遭遇他之后，自己就会奔赴广场死去，可这是在狱中啊，他想去广场赴死技术上也不可行啊？

要么就不是见到他之后即刻死去，而是要磨蹭一段时间直至出狱后才在某种神秘力量的引导下来到广场惨死。

罪与赎
——万象惊魂记

要么就是在这狱中还见不着他,得等到出狱后才见得到他。可是出狱后自己就要去找齐曼华彻底了结案子,结案后自己也不可能再去探访什么人了,估计就得天天困守在家里为是否揭发齐曼华的罪行而得抑郁症了,又怎么可能再去认识什么楚天舒?

除非?除非齐曼华还不是最终杀害俞伟民的凶手,他还得继续为查案而艰苦奔波,甚至还得找贾明田或者党兴正合作呢!

可是这怎么可能呢?齐曼华杀人动机,证据,行为表现全都吻合,要说人不是她杀害的,真很难让人相信。

就在这样的想入非非当中,胡三娃度过了在派出所的最后日子,经历各种程序后,他被法院判了三个月拘役。对此,他已经很知足了!看来,党兴正没有违背对他的承诺,他心中感到一种无形的力量。

期间,俞萍音也通过辛正刚向他传话,让他在里边安心呆着,公司一切都好,大家都在盼着他回归。

由此他心里更是增添了一抹浓浓的温暖,他没有被社会、单位和……家庭抛弃,他真是命运的宠儿啊!即便经历再多的艰难险阻,也值了!

胡三娃在这样的自我安慰当中,如同老天听到了他的喃喃自语一样,响应他的要求,来给他增添艰难险阻了。

这一天,他正在看守所的监室里做手工活,看守所的犯人们每天都会从事一定的生产劳动,比如乔一些粗制滥造的手工艺品之类的,活计的繁重程度就看跟"号长"的关系怎么样,"号长"说白了就是牢头狱霸,每个监室都无一例外有一名这样的牢头,这样的人是监室的土霸王,这方寸之地的最高权威,实际上也可以算作是监室的"管理员",是协助管教和狱警做管理工作的,他负责给同监们分配工作任务,跟谁关系好,就给些轻活,看谁不顺眼,就苦活累活重活全往他身上招呼。规定时间内完不成任务,还会被重重处罚。刚进号子时,他这监室的号长对他还不错,没有虐待新人,给的工作任务和工作量都是常规活儿,虽然没受特别关照,但也不至于吃不消。

不知道咋的,这天突然给他的工作任务和工作量严重加码,规定时间内根本不

三十一

可能完成。但号长一改平日对他的淡泊态度，在胡三娃叫苦抱怨时，还恶声恶气地扬言恐吓，事先跟他声明，如果他规定时间内完不成任务，就等着找人给他收尸。

在这牢房里，牢头就是天，要是叫天天不应的话，叫地也就地不灵了，胡三娃哪还敢多话，只好咬着牙吭哧吭哧使劲干活，虽然指定完不成任务，但是能多干一些算一些，或许任务量剩余得越少，他受到的严惩也就越轻。

而且也是怪了，那些平日里跟他关系不错经常互相搭把手的狱友，好像都被特意叮嘱过一般，都对他敬而远之，即便有的人眼里充满同情，也只是远远地望着，黯然神伤。

胡三娃心中升起一股不祥之感。但终究什么头绪都没有，徒费心思猜忌反而影响干活效率，只好什么都不想，聚精会神地拼命干活。

幸运的是，下午临近收工时分，号子里又来了新人，这是一个五大三粗的壮汉，满脸横肉，铁塔一般巍峨。来了新人，号长的注意力就转移了，虽然新人雄壮剽悍，但号长是无所畏惧的，他必须要给新人一个下马威，告诉新人他是这个地方的王者，必须被无条件服从。从而在新老员工面前再次确认他的不可撼动的威信和地位。

果不其然，本来号长一直在盯着他干活的，一看又来新人了，立马就双眼放光、满脸邪笑地向新人走去。

胡三娃看新人那威武雄壮的样子和架势，便暗暗祈祷新人也不是吃素的，能够和号长势均力敌，甚至取而代之号长的位置，至少也要和他分庭抗礼。这样自己或许才能免于今天这顿重罚。

于是，虽然手底下的活儿丝毫不敢懈怠，也还是同时暗暗观察着这场"见面礼"的动静。

可是，令他大失所望的是，新人表面一座大山一般，实际上就是一块面团，三下两下，就已经被号长和他的属下们收拾得服服帖帖、唯唯诺诺，简直就如同老鼠撞见猫。

胡三娃暗叹一声完了，进来的非但不是帮手，反而已经沦为号长的打手，今天这顿大苦头无论如何也绕不开了。不由得闭上眼睛，连连叫苦。

果然，号长收拾完新人，也到收工时分了，一扭头就冲着胡三娃来了。

罪与赎
——万象惊魂记

嘴里高声嚷嚷道："他娘的，这么多任务没完成，你还敢偷懒，当爷不存在是吧，那就别怪爷不客气了，小的们，给我上，往死里揍，看他以后还敢不敢偷懒耍滑！"

在他的号召下，他冲在头里，他的拥趸们一拥而上，把胡三娃死死摁在床铺上，拳头像雨点般往胡三娃各处要害部位毫不留情地狠狠砸落。胡三娃疼得撕心裂肺，差点晕厥过去。不过照这狠毒的打法，再有个几分钟，他就不是晕厥那么简单了，很快也就要粉身碎骨，灵魂出窍了。

他猛然间在心底滑过一个念头，这帮人根本就不是在惩罚他，而摆明了是要他的命。他和这帮狱友无冤无仇，早些日子不说相敬如宾吧，至少也是相安无事的，怎么突然如此发狂起来？难道？

一念及此，他心底一阵寒流，浑身一串冷战，铁拳重掌击打造成的疼痛反而显得不那么鲜明了。

完了，如果是这样的话，这条小命今天就算交代在这里了，而且是冤死屈死，连报仇雪恨的可能性都没有了，法不责众，最后定性为因为分工不均监室发生群殴事件因犯意外致死，连这些参与群殴的因犯都不用负什么责，幕后的罪魁祸首更是完全逍遥法外。

就在他心生绝望闭眼等死的关口，惊天意外突然发生了，扑在他身上殴打的因犯们突然一个个像被狂风卷走的纸片一样飞了出去。包括号长本身。顿时，监室的地面上七零八落洒落一地人体，到处都是痛苦呻吟声。

胡三娃大感惊诧，强忍着剧烈的疼痛，勉力睁开眼来，惊讶地发现，刚才还在号长面前唯唯诺诺、俯首帖耳的新人此时像天降神兵一样巍然屹立在他的身前，双手叉着腰，一只脚还踩在眼前的一个因犯的身体上，眼里射出愤怒的火焰，那飒爽英姿、无上气概，当真如同猛虎出山、蛟龙出海，哪里还有人敢撄其锋芒。

躺倒一片的因犯们一个个好不容易挣扎起来，没有一个人敢对新人发难，包括号长，此时也是目瞪口呆地望着新人，眼神中泌出畏惧的光芒。

成王败寇，这小小的方寸之地就是个武力为王的天下，谁心狠手辣手底功夫过硬，谁就是王者，标准相当简明扼要。

胡三娃因祸得福，直接在监狱医院度过了他的刑期。

三十二

罪与赎
——万象惊魂记

出狱的这天终于来了，俞萍音和秦方泰来看守所接的他。秦方泰激动得老泪纵横。俞萍音则紧紧拥抱着他，把头深埋在他的怀里，半天不撒手、不起身。

他轻轻抚摸着俞萍音的秀发，望着秦方泰傻傻地笑着，感受着阳光照在身上的和煦，一种无比温馨惬意的感觉传遍他的四肢百骸。

他们就这么紧紧相拥、静静相望好一会儿，他突然想起自己的使命还没有结束，即便现在出了看守所，理论上讲，他依然还是生死未卜的。还不能敞开心扉让俞萍音沉湎在他温情的怀抱里，还没到他可以完全放开自己感情的时候。

他一咬牙一狠心，将俞萍音从他的怀抱里扒拉出来，俞萍音不情愿地从他怀里立起，抬起朦胧的泪眼，眼中幽光闪烁，不解地凝望着他。

胡三娃苦笑了下，突然想起一事，借机问道："萍音，我被警察拘留太过突然，以至于都没来得及跟你沟通，我想问你一件事！"

"嗯！"俞萍音呢喃着点点头。

"当年黄总是不是也去公安那边偷看了尸检标本？"

"嗯！"

"他有没有像我一样坐过牢？"

"没有！"

"哦！"胡三娃心中大动，紧问道："为什么？"

他已经想当然地认为黄二愣应该也像他一样坐过牢的，现在他跟黄二愣的不一样反而令他震惊了！

三十二

"二愣哥只是查看了标本，没有带走，所以没被发现，也就没坐牢！"

"我也没带走标本啊！难道你也认为那标本是我带走的？"

"不是不是，但是那标本确实不见了嘛，所以就连累了你！"

"对，关键是标本不见了，这事太蹊跷！"

"你有什么思路么？"

"萍音，我问你件事，你必须如实回答！"

"嗯！"俞萍音有点错愕地点点头。

"我去公安机关里头探查标本那天晚上，出来时在大马路边发现了你，你去那里干什么？"

"啊！"俞萍音先是惊呼一声，很快就恢复平静，微苦一笑道："既然你发现了，就不瞒你了，其实我自从产生了要亲身经历一遍二愣哥的人生轨迹的想法之后，就再也放不下这个念头了，但是我怕你担心，就没敢告诉你，其实我暗地里还都在一一进行着！"

"你知道黄总曾经去过公安机关查看标本，所以你也打算去看看？"

"是有过这想法，但是毕竟那里边我也进不去，所以也就在外边多少体验了一下二愣哥当年的那种心境而已！"

"只是这样吗？"

"难道你还不相信我吗？"

"那接下来你打算做什么？"

"接下来？"俞萍音扑闪着一双美目，颇为不解。

"你不是打算亲历一遍黄总的经历吗？接下来他该做什么了？"

"如果我没记错的话，二愣哥从公安那边查看完标本之后，做的第一件事就是去找了齐曼华！"

"这件事你到现在还没进行吗？"

"没有，你入狱了，我哪里还有心思去做这些！"

"可是我现在跟黄总的经历有了截然不同，你还愿意把我当成他吗？"

俞萍音好一阵错愕后，眼中射出迷茫之意，喃喃苦笑道："这个，呵，我也说

罪与赎
——万象惊魂记

不清,我好像对此并不是那么介意了,再说,你和他还是没有什么本质的不同吧,你只不过是出了桩小插曲,进了趟看守所,你现在出狱之后肯定也是一样要去找齐曼华的吧!呵!"

"嗯,没错,我现在就打算去找齐曼华!"

"啊!现在就去?你刚出狱,不回去休养一段时间吗?"

"事不宜迟,不休养了!"

"那我跟你一块去!"

"不可以!"

"为什么?"

"因为黄总当年是一个人去找的齐曼华!咱俩一起去就不符合历史事实了!"

"呵呵!也是!"

"那我就去了!"

"我开车带你一段吧!"

"不用了,你和秦叔赶紧回去吧,公司离不开你们呢!"

"好吧!"

现在已经到了向最终结局吹响冲锋号的时候了,越是这种关头,就越是会暗流涌动,胡三娃本能地感觉到,最近各个方面一定都不会太平。他找借口不愿意带俞萍音一起去见齐曼华,一方面不想让她直接面对她父亲的杀人凶手,另一方面也希望她就老老实实在公司呆着尽量不要卷入各种漩涡。

胡三娃稳步走到秦方泰身边跟他说明缘由,秦方泰就愉快地挥挥手:"放心去吧,好小子,公司和萍音就交给我来保护即可!"

告别二人,胡三娃大踏步走到街边,先招手打上车,上车之后,才给齐曼华打电话。

接通之后,齐曼华一扫往日的低沉气息,干脆爽朗地说:"我在上次你去过的那个重生寺,到这里来找我吧!"

胡三娃即刻让司机转向,一路风驰电掣来到陵渡镇,然后徒步穿山越岭,来到了重生寺。

三十二

其时,齐曼华正在天王殿前虔诚地烧香拜佛,她知道他已经来到身边,但是恍若未知,继续有板有眼地履行着敬拜仪式。那种全副身心的投入状态,应和着香炉里头袅袅的佛烟,很有感染力。

望着她那副潜心礼佛的郑重模样,胡三娃心中酸涩难忍,早知今日何必当初呢,难道向佛祖忏悔祈祷,就能免除你的罪恶吗?

佛祖再怎么慈悲为怀,对于罪恶也是不会放过的!消除罪恶的唯一方式只有一种,那就是永不作恶!

他耐心静候齐曼华礼佛完毕,看着她向自己款款走来。

走到他面前,她竟然对着他嫣然一笑,那邪魅的笑容里,分明染着一丝血色。

胡三娃愣了愣神,暗叹口气:"咱们找个地方好好聊聊吧!"

"还找什么地方呢,这种事情在佛祖面前聊最合适了!"

"你知道我要跟你说什么了吗?"

"当然,所以你没有带着警察一个人前来,我很惊讶!"

"你一点都不辩解了吗?"

"有什么好辩解的,做了就是做了,我等这一天好久了,等来了竟然有如释重负的感觉!"

"黄二愣当年不是已经找过你了么?"

"当年我可没有对他老实交代!"

"啊!真的?"

"是的,这很奇怪吗?"

"你没跟他交代,他又是怎么确定真相的?"

"他最终确没确定真相我不知道,不过他这个人相当聪明,一点就透,凭我跟他说的一丁点信息,他或许就能描绘出一张世界地图来!"

"你当年给他透露了什么信息呢?"

"他当年专门找上门来,问我家里为什么储藏那么多甲氨蝶呤!"

"你怎么回答他的?"

"我说自己有点类风湿,所以常备这种药!"

罪与赎
——万象惊魂记

"事实上呢?"

"事实上我也确实有点类风湿,但我不用这个药!"

"你知道我问的不是这个!"

"事实上我拿这个药害人的!阿弥陀佛、罪过罪过!"

"我一直有个疑问?"

"你问吧?"

"你这药是怎么送进俞伟民的嘴巴里的?"

"俞伟民的嘴巴?"齐曼华吃了一惊。

"对啊!你不是用这个药害死了他么!"

齐曼华愣愣地看着他,好久才惊呼道:

"天!你搞错了吧!"

"什么意思?俞伟民不是你害死的?"

"我怎么可能害得了他呢!嘿!太荒谬了!"

"啊!那你用这个药害的是谁?"

"俞萍音!"

"什么啊?"胡三娃惊得魂飞魄散、面如土色。

"难道你今天来质问我,不是因为我害俞萍音的事吗?"

"你,你,你在信口胡说吧?"

"既然真心悔罪,那就毫无隐瞒了,我建议你立刻报警!"

"你,你先说说看,怎,怎么害的俞萍音?"胡三娃这一下不亚于被雷击中,完全慌神了。

齐曼华看来已经彻底放下了心中包袱,交代罪行口若悬河:

"好,当年你们俞氏公司不是发生了食用油中毒事件么,几百号人中毒,五个家庭有人遇难,这五个家庭你也都知道了,那场事件给我们五个家庭带来的深重灾难你也体会过了,我们当然是痛不欲生,对俞氏公司恨得咬牙切齿,可是最后你们俞氏公司老总居然勾结政府官员,让一个副总做了替罪羊,用点钱草草将我们打发,而他这个真正的罪魁祸首却逍遥法外,我们无论如何咽不下这口气,因为共同的苦

三十二

难我们几个受害者家庭彼此之间就有了交往,也有了商量,有一次,我们几户家属在墓地里举行受害亲人悼念活动,那个植物人蔡义姝虽然还没下葬,但她也是半个死人了,墓地里其实也算是有她的灵位,她的丈夫周向明,哥哥蔡义诚也参加了那个群体悼念活动。大家想着自己死去的亲人,悲伤的情绪又容易互相感染,痛不欲生的情绪也催生出了愤怒的火焰,那个蔡义诚借机突然撩拨起来,他说我们的亲人不能白死,一定要为他们报仇雪恨,不能让罪魁祸首像个没事人一样,一定要让他血债血还,让他也体会到失去亲人的痛苦滋味,我们那会都被愤怒烧昏了头脑,居然引起了全体共鸣,一个个全都振臂响应。然后我们就商量复仇计划,蔡义诚出主意说,以牙还牙以眼还眼,俞伟民是用毒物害死了我们的亲人,我们也要用毒物杀死他的亲人,但是不能直接投毒,那样容易被发现,而是要慢慢投毒,杀人于无形,最后他就提到了甲氨蝶呤这个药,他说这个药本身是个治风湿病的好药,但是它有一种副作用,就是不加规范地长期慢性应用会引起肝硬变,如果发展成这个病,也就离死不远了,而这样的死亡,只会让人以为是病死的,根本怀疑不到是被药物毒副作用毒死的,这样既报了仇,又安全可靠。大伙一想十分稳妥,就都同意了他这个方案。最后大伙就商量怎么实施这个方案,蔡义诚就提出,既然是大家商量决定的,那么也就是大家必须一同参与,谁都别想清清白白,这样的话,也避免了如果有人没参与进来有可能把大家招供出来的风险。这一点大家都认可,既然是一条绳上的蚂蚱,那自然要同进退共生死,群策群力,真出事了,也大家一起共同承担,法不责众,也许能减轻点刑罚。这么考虑好后,便谁都没意见了,于是蔡义诚根据每个人的特点给大伙分配了任务,蔡义诚算是有担当,他说主意是自己出的,那他就算主谋,真出事,他首当其冲负主要责任。舒婉雯认识俞萍音,她负责介绍周向明跟俞萍音认识,周向明负责带着俞萍音去素林饭店吃饭,我在医院工作,负责提供甲氨蝶呤,谢云在在药学院工作,负责提供甲氨蝶呤长期慢性使用方案,做到周密而科学、不显山不露水地投毒施害,王怀林开饭店的,他就负责把甲氨蝶呤按照谢云在提供的方案投入俞萍音的饮食中。就这样分工明确,一荣俱荣一损俱损地把大家紧紧捆绑在了一起。蔡义诚害怕大家冷静下来后悔,就督促大家很快把这个计划投入了实施。一开始大家被仇恨控制了头脑,都不计后果地投入进来,再加之每

罪与赎
——万象惊魂记

个人只负责杀人环节的一小块，对心灵造成的冲击也没有直接实施杀人行径那么巨大，虽然心中困苦难安，但也慢慢顺应了下来。最后随着时间的推移，上了贼船就已经下不来了，已经没有回头路可走了！而且当初缔约的时候大家都是发过毒誓的，绝对不能中途反悔，那样就是对自己死去亲人的伤害，是对同仇敌忾的战友们的不负责任。所以再怎么愧疚难安，也只能强忍着，硬着头皮一条道走到黑。后来就连俞伟民突然死去之后，再伤害他的亲人已经对他造不成所谓的心灵打击了，我曾经找到蔡义诚表达过是否应该终止这个计划的意思，但被他恐吓说这是一种背叛行为，如果事情败露，坐牢的只会是我们这些具体实践过的人，他没有实质参与，没有证据，主谋什么的说法那都是虚的，他完全可以全身而退。又说计划已经实施到这个阶段了，实质性伤害已经造成了，此时终止不终止已经没有任何意义了，还不如尊重大家伙的公约，既然已经不可能对得起自己的良心了，不能再对不起自己的承诺吧！就这样，又被他死死地诓在了这个计划框架里，丝毫动弹不得。这些年，良心上背负着一座巨大的大山活下来，实在是太难受了。经常做噩梦，感觉自己精神都要崩溃了，不得不到大山里来向佛祖忏悔以求得心灵的片刻安宁。有时候，真想要豁出去自首算了，但一想这牵连到那么多的家庭，还有自己孤苦无依的孩子，就退缩了！所以，当知道你和黄二愣在查俞伟民的案子，最后又都查到了甲氨蝶呤身上的时候，我是既害怕暴露又其实在内心隐隐希望你们能够把我们的罪行揭露出来，这种矛盾心理更是弄得我困苦不堪。当初黄二愣来问我甲氨蝶呤的事的时候，我下意识地隐瞒了，后来又后悔不迭，恨自己为什么不干脆一股脑儿交代了呢，再让自己去主动交代真没那份勇气，最后就又指望黄二愣能够按图索骥把我们一锅端出来，但是左等右等，等来的却是他的死讯，而不是他带着警察来抓我们。神乎其神的是，他死后，你又开始查起案来，而且跟他的模式和轨迹如出一辙，结果把我的矛盾心理、复杂情怀又生拉硬拽地牵扯了一番，直至你上次打电话气势汹汹地约见我，如同黄二愣当年约我一样，我就知道这一天又来临了，我已经下定死决心，这一次无论如何要向你彻底交代清楚明白，要杀要剐，都比良心上端着这么一座大山过日子要强得多。没想到你居然被警察给抓走了，但我知道你出来后肯定第一时间会来找我，所以我在你出狱这天就选择到佛祖面前来等着向你交代罪行，好啦，说得有点语无

三十二

伦次，意思都在这里边了，你可以报警了，或者我跟着你去公安局自首！"

胡三娃已经听得七魂六魄完全出窍了，他呆若木鸡地望着齐曼华，脑子里一片空白，心里乱成一团，额头上开始滚下豆大的汗珠。

他呆愣了好一会儿后，直至齐曼华再次声明"我已经做好了一切准备，你尽管报警吧！"，他才蓦然惊醒过来，抬起手背抹一下额头上黄豆粒大的汗珠，强行压制住心里头那种几乎使他丧失思考和行动能力的恐慌感，愤恨地望一眼齐曼华："你这笔账迟早会跟你算，我现在先去处理别的事情，有种你别跑，等我回来，看我如何处置你！"

一边说着，一边已经撒腿往庙门外跑去，他几乎是以百米跑的速度跑完整个山路，在陵渡镇坐上公共汽车时已几近瘫痪，然后公共汽车一出山，在能打上车的地方就立刻下车打出租车，一路飞奔入城，到了公司门口，给出租车司机甩上几张大票，也不让他找钱了。匆匆下车，跑过公司广场，跑过张合军惶惑的眼皮底下。蹭蹭蹭几步爬上楼梯，往俞萍音的办公室奔去。

果然，俞萍音就在她的办公室里办公，看到他突然出现，一阵惊喜还没有消散，就已经被情急的胡三娃一把扯住娇嫩的胳膊，往办公室外边猛拉。

俞萍音惊讶道："怎么啦？出啥事了么？这么慌张？"

胡三娃上气不接下气："快，快，跟我去医院！"

"好端端地去医院干啥啊？"

"回头再跟你解释吧，快，快！"

"难道有谁住院了么？"

"现在一言难尽，但必须尽快去医院！"

就这样，在他惶急的督促下，俞萍音懵懵懂懂跟着他来到人民医院，消化科门诊没号了，齐曼华又没得求助，胡三娃急中生智，让俞萍音在门诊大厅等着，自己跑去急诊科找到刘大夫。

刘大夫听他说明来意，眉头紧皱，二话不说，也不用他们再去门诊各种排队了，直接在急诊给俞萍音开通了绿色通道，所有相关检查一股脑儿全开了出来。并且许诺跟各个检查科室打招呼，让检查结果第一时间出来。

罪 与 赎
——万象惊魂记

胡三娃又走绿色通道交完费，几乎是分秒必争，虽然作为学医的，他深知如果俞萍音真患上了肝硬变，即便抢回来一周两周的时间都意义不大了，何况这么一分半秒，但他就是控制不住自己的紧急情绪，恨不得马上就给俞萍音吃上阻挠肝硬变发展进程的药。

直至胡三娃紧紧拽着俞萍音的手去做检查时，她才知道是给自己看病。当在放射科、超声科、血检室、生化检验室等各个检查场所转一溜够，她才意识到问题的严重性。

但胡三娃眉头紧锁，只是拽住她小手的力度越来越大，却不做任何解释，弄得她一头雾水，满心疑惑。

终于完成检查了，然后就是巴心巴肺地等检查结果，好在有熟人关照，各项检查报告加急赶出来了。

胡三娃紧张得浑身冷汗，结果真到眼前了，他反而节奏变慢了，每取到一项结果，都要闭着眼睛酝酿一会儿，才抖颤着手指将检查报告置于眼前，视线还不敢一蹴而就，一个字一个字地辨认着，如同幼儿园小朋友初识汉字一样。直至看到结论，略略放下心来。

就这么一项一项地看，一次一次地接受折磨，但令他颇感意外，检查结果竟然出奇地好，每看一项，他的心就放下少许，这样到最后一项时，他感觉自己似乎已经不再是惶急如鼠，而是惊奇如幻。

最后一项结果看完，他心中已经略略浮现的惊喜感立刻冲天而起，紧缩的眉头立刻被冲开了。不过，虽然他自信作为医学生，即便只是个半吊子，看懂检查报告还是没问题的，但还是隐隐有点不放心，又急急忙忙找到刘大夫，请他帮忙审核把关。

刘大夫一张一张认真仔细地看完，也跟着眉头舒展，长吁一口气道："放心吧，所有相关检查结果和指标都没问题！"

胡三娃有点难以置信："这就太奇怪了，会不会因为赶得太急了，结果有误差？"

刘大夫将头摇得像拨浪鼓："不可能，如果检查差错，不会所有的结果全都出错，你认为我们医院的水平会如此不济吗？"

"这么说？她其实没有服用过甲氨蝶呤？"

三十二

"有没有服用过甲氨蝶呤不敢绝对下结论,但没有肝硬变迹象却是肯定的,不过如果毫无规范地胡乱服用过那么多年甲氨蝶呤,肝脏不出毛病也确实古怪,所以似乎也可以反证她没有服用过甲氨蝶呤!"

胡三娃略作沉思,对刘大夫点点头,满心感激:"谢谢您,刘大夫,您帮我大忙了!要不是您,我今天非得急死不可!"

刘大夫寓教于乐:"也没帮什么,不过貌似您的经历也太凶险了,您可得保重啊,别每次我看到您都是十万火急,咱还能不能轻松愉快点了!"

胡三娃强颜欢笑配合着刘大夫说笑了几句,就此作别,匆匆走了出来。

他拉上在急诊大厅等他的俞萍音,向医院大门走去。

俞萍音看他神情不再那么凝重了,就小心翼翼地再次试探着问他怎么回事。

他自恍惚中惊醒过来,对她安然一笑:"检查结果都没事,萍音你放心吧!"

"我不是问检查结果,我问为什么突然拉我来检查?"

他装作若无其事的样子:"哦,就想着你出院后这么久没复查,应该全面查一下了!也没别的事!放心吧!"

俞萍音困惑地望着他,美丽的丹凤眼眨了好几下,没再追问。

出了医院大门,抬头望天,已近黄昏,胡三娃止住脚步,柔声道:"萍音,你自己打车回公司,我还得去办点事,然后就回公司找你,好么?"

俞萍音愣愣地望他一眼,轻抿樱唇道:"好吧,那你自己当心点!"

胡三娃一时情动,将她娇弱的身子揽过来,在怀里紧紧抱了一下,故作镇定地微微一笑,招手给俞萍音拦上出租车。

直至出租车载着俞萍音绝尘而去,消失在马路尽头,他才招手拦下另一辆出租车,往素林饭店风驰电掣。

此时临近饭点,正是热闹时分,饭堂内外,人声鼎沸,王怀林正在后厨和前堂来回奔跑忙活着。

不过胡三娃已经考虑不了这么多,在他眼里,王怀林已经是个杀人犯,杀人犯连人权都要被剥夺,何况自由。

为避免影响过大,他还是耐心等候,逮着个王怀林从后厨出来准备去前堂的空

罪与赎
——万象惊魂记

当,冷不丁冒出来拦住他的去路。

王怀林吃了一惊,看清是他,马上笑逐颜开:"原来是干儿子啊,怎么,来陪你干妈吃饭吗?呵!"

"我不是你干儿子,请你以后别这么叫了!"胡三娃声如寒冰。

"啥?怎么啦?"王怀林惊讶地望着他。

胡三娃左右瞥了一眼:"如果你还顾忌影响的话,咱们就去你办公室说吧!"

"咋啦?干……三娃仔,我能有……有什么影响不好的事啊?"王怀林眼里闪烁狐疑之光。

"去你办公室说吧!"胡三娃想着他毕竟是自己干爹,还是动了恻隐之心。

"能等我忙一会儿么?"

"不能!"

"那好吧!"

于是两人来到王怀林位于偏僻一角的办公室,走进去后,胡三娃下意识地锁上门,并左右望望,审视一下屋内环境。

房间很朴素,里侧墙壁上有一扇窗,屋里办公桌椅简单而陈旧,一侧墙角有个立柜,屋中间有张长条旧沙发,沙发旁有个饮水机,此外再无他物。

王怀林热情地让座倒茶,胡三娃没领情,摆手制止住,硬邦邦地说:"这一切都免了吧,咱之间任何客套都是浪费,我只问一件事,问完了,咱们就立刻结束!"

他语调森冷,语意玄奥!

王怀林怔怔地看了他一眼,兀自苦笑一下,叹口气道:"小胡你不必这样剑拔弩张的,有事慢慢说!"

"没办法,我这人就是这样,嫉恶如仇,好声气从来不会留给坏人!"胡三娃过于义愤,说话已经毫不留情了。

"唉,你是想要质问我用甲氨蝶呤毒害萍音小丫头的事吧?"王怀林突出惊人之语。

他这样爽快的认罪态度倒把胡三娃给惊着了,张口结舌好一会儿,才结巴着问:"你,你,你怎么知道我要问这个?"

三十二

"我王怀林一向行得正走得端，自问平生也就这件事还算是有点亏心！"王怀林悠悠叹了口气，脸上是无尽的怅惘。

"还算是？天，都要杀人了，还只算是有点亏心？您老人家的心可真够大的！"胡三娃气得浑身发抖，肝都颤了。

"嗨，就知道你会这么想，来吧，嫉恶如仇的小伙子，一看你就明白了！"

王怀林淡定地向墙角的立柜走去，拉开柜子里的一个抽屉，然后侧立一旁，微笑着做了一个请的姿势。

胡三娃狐疑地望一眼王怀林，又望一眼一目了然的柜子，确认不会有什么危险，好奇心驱使下，快步走到柜门处，探头一看。

略一错愕，恍然大悟。

只见抽屉里整整齐齐地码放着一排一排、一板一板的甲氨蝶呤薄膜片，满满当当一抽屉，每板药片的包装上都还贴着一张小纸条，上边标注着日期和数量。

胡三娃看得头皮都炸起来了，要是这么多的药经年累月地在俞萍音的身体里悄然作恶，纵是钢筋铁骨只怕也要形销骨毁了吧，何况她么一副娇弱似水的杨柳身条！

光是想想就一身冷汗，他心有余悸地望着王怀林，目光显然已经剥除了锋芒，略感不解道："你没有把药投放到俞萍音的饮食里？"

"这不明摆着嘛！"

"为什么？"

"其一，我做不出这么惨无人道的事来！"

"其二呢？"

"或许这一点更起主要作用，作为开饭店的，我的职业道德不允许我用食物去伤害我的顾客！"

"那为什么要答应？"

"答应什么？"

"蔡义诚挑唆你们集体犯罪！"

"唉，当时不是一时气愤么！再说，如果我要不答应在我的饭店做这件事，难

罪与赎
——万象惊魂记

保他们不会选择别的地方实施计划,那萍音那个可怜的小丫头就真是在劫难逃了,所以我答应下来,其实是保护了她!"

胡三娃心里变得温软,酝酿了一下语气:

"干爸,我错怪您了,对不起!"

王怀林凄楚一笑:"你也没错怪我,我这些年其实过得也很不好受,有一种很强烈的亏心感!"

"救人一命胜造七级浮屠,怎么还会有亏心感呢?"

"说实话,我两头都有亏心感,很矛盾很纠结,这种滋味不比犯罪带来的压力小啊!"

"怎么讲?"

"一方面,我知道有人在犯罪,甚至包括我自己,却没有去公安局检举告发或者自首,这其实应该算是犯了包庇罪了!这是一种很大的精神压力!另一方面,我违背当时集体作出决定时的誓言,违反了集体的约定,这种对集体的背叛又何尝不是另一种形式的犯罪呢?这种精神压力甚至更揪心!这些年,这两种性质截然相反的亏心感轮番攻击着我,弄得自己心如乱麻、脑子里一塌糊涂,说句不应该的话,还不如就选择其中一种压力呢,一种压力再巨大,也要比两种滋味交相压迫来得更轻快!"

胡三娃干巴巴地劝慰道:"虽然我理解你的心情,但是你其实完全不必自责,相反,你选择弃恶从善,无论从哪个角度讲都不应该觉得亏心!"

王怀林苦笑着摇摇头:"劝皮劝不了瓢,道理谁都会讲,但搁在心里的感受只有自己知道!"

"那您现在痛快说出来了,是不是就要轻松很多了!"

"那是当然,而且,这种轻松一些的感觉早就存在了!"王怀林神秘地眨眨眼。

"哦,怎么讲?"胡三娃心中隐隐有了呼应。

果然,王怀林说的正是此事:"早在一年多以前,差不多得快两年了吧,黄二愣那会儿就已经找我兴师问罪过了,不过他没你今天这么冲,嘿,然后我也一股脑儿地告诉了他事实真相,也是怪了,这种不可告人的沉重秘密一旦告人之后,心里

三十二

还真就轻松好多！"

胡三娃更加迷茫了："黄二愣既然已经知道了你们集体犯罪的秘密，他为什么不横加干预，或者检举揭发呢？甚至，为什么不把俞萍音其实并未受害的真相告诉大家，给那些承受着巨大心理压力的未遂犯减压呢？"

"犯罪计划在我这最后一环已然断掉，不会给俞萍音姑娘造成伤害，横加干预就没有必要了，不检举揭发当然是因为二愣仔心存良善，怕这些本就可怜的家庭再陷入牢狱之灾，至于不把真相告诉大家，用二愣仔的话说，只要犯过罪的人都必须受到惩罚，哪怕不是刑罚，也必然要遭受良心不安的罪罚，这些可怜又可恨的人们，就让他们接着承受良心困顿的残酷罪罚吧！何时能够得到解除，自然会有天意！那时便自相告！"

顿了顿，王怀林又苦笑道："我还一直等着他什么时候告诉我能够把真相告诉大家呢，哪料到他突然就辞世了！老实说，听到这个消息，悲伤过后，也有点哭笑不得！"

胡三娃想着有可能还在寺庙里等候处置的齐曼华，看她那副表面风平浪静其实内心悔不当初、痛苦不堪的模样，既然自己知道真相了，又如何能够忍心让她继续在痛苦悔恨的海洋里苦苦挣扎？

难道自己要破了黄二愣的规定吗？又或许，他当年所说的自有天意相告，说的就是他胡三娃？他不是已然在他们共同认识的人眼里基本等同于黄二愣了么？他胡三娃现在告诉王怀林不也就等于黄二愣告诉他么？莫非当年黄二愣说的"那时便自相告"并非信口开河，而是语含玄机？

越想越离谱了，他不由得苦笑一下，晃晃脑袋将自己的神思拽回来，放弃这些玄之又玄的思考，逼迫自己回到技术层面来考量，他想了想道："其实齐曼华的心理压力是最大的，因为杀人的工具就是她直接提供的，她不敢直接把药品送到你手里来，而是委派她的儿子送过来，就可见一斑，这些年，她也痛苦不堪，一直在寺庙烧香拜佛求得心安，所以，我想，她受到的罪罚也已经够了，还是应该把真相告诉她了！"

王怀林耐心听完，连忙说："药可不是她儿子送的，每次都是直接从她手里接

罪与赎
——万象惊魂记

过来的，不过，她心中有悔意应该没错，每次送药过来其实能隐隐感到她眼中的愧疚，只是我们基于某种复杂的心理彼此不做任何交流而已！"

"什么？不是她儿子送过来的？"

"是啊！每次都是她自己！"王怀林也有点诧异。

"你从来没从她儿子手里接过药？"

"绝对没有！"

胡三娃心中蹭地升起一股不祥之感，他脑海里冷不丁浮现出俞萍音和舒婉斐坐在那小桌旁吃饭，齐家小少爷殷勤侍奉一旁的画面，稍加联想，他本已平复多时的心跳又开始加速，额头再次沁出汗迹。

难道吴良拿着齐曼华的甲氨蝶呤也去陷害俞萍音了？他有什么理由要祸害俞萍音呢？莫非也是齐曼华教唆的。联想到她曾经为了阻挠自己查案不惜派她儿子殴打自己，后背蓦然间一片冰凉。难道她在寺庙那痛彻心扉的表白只是在跟他演戏？要真是这样，这妇人心机之深、性子之毒，实在太恐怖了！

胡三娃越想头皮越麻，浑身鸡皮疙瘩乱蹿，他抬起头来，对王怀林强自一笑："干爹，我想叫齐曼华到你这屋里来，一是让她看看你这抽屉里的药，另外，想跟她对质一下，看她儿子从她那里拿的药是偷的还是受她指使！"

王怀林惊诧道："吴良那小鬼头也拿了甲氨蝶呤吗？他又是要干嘛？难道，他也要给俞萍音的饮食里投毒吗？啊，这太不可思议了吧！"

他可能也想到了舒婉斐和俞萍音对坐吃饭吴良鞍前马后服务的场景。

胡三娃趁机问道："干爹，据说凡是给后厨那个小桌上的菜都是由您亲自主厨，那舒婉斐和俞萍音吃饭时，上的菜岂不是也是您做出来的？"

王怀林摇头苦笑道："哪里啊，那都是为了哄骗蔡义诚他们的噱头，因为我得让他们放心，我确实在不折不扣地履行着自己的任务，所以就放出这种风来，其实，我根本就不打算把药物往俞萍音的饮食里投放，所以就连俞萍音和周向明一起吃的饭菜我也只是偶尔为之，俞萍音和舒婉斐在一起吃的饭菜，我更犯不着亲自下厨了！不过虽然如此，我还是装得很像，按照当时的约定，在周向明和俞萍音吃饭时，给他们端过去的菜盘子上都有标记，有标记的就是有毒的，周向明只吃没有标记的

三十二

饭菜!"

胡三娃听得心中五味杂陈,叹惋道:"干爹,您先去忙活吧,等齐曼华过来,再叫您!抱歉,耽误您工作了!"

"哪里,你这是大事,你今天又给我减一次压力,我感谢你还来不及呢!"

两人对视一笑,有点相逢一笑泯恩仇的意味。

王怀林走后,胡三娃赶紧联系齐曼华,齐曼华果然还在那寺庙死守苦等呢。

胡三娃让她马上赶到素林饭店来听审,她二话不说,抬腿就跑。

胡三娃望穿秋水,齐曼华一到,立刻将王怀林叫了过来。

即刻就形成会审局面,齐曼华垂首低目,不安地立于屋中,王怀林让胡三娃坐在他的办公椅上主审,他陪坐在沙发上陪审。

齐曼华对于王怀林这个同犯能够如此安然不惊有点不解,不过她也没有什么表示。

胡三娃本想即刻发问,突然灵机一动,不妨看看当她知道王怀林其实并未投毒时的反应。

于是他故作庄严地喝问道:"齐曼华,现在王老板也在场,你确实将准备伤害俞萍音的甲氨蝶呤按时按量地提供给他,这点你不否认吧?"

齐曼华幽怨地看看他:"不否认!"

"你还记得大概其有多少药量么?"

"年头有点久了,准确的数记不得了,不过供药都有规律,根据时间,脑子里大概有个印象吧!"

"好!那你跟我来看看吧!"

胡三娃站起身,走到柜门前,拉开抽屉,做出恭请检阅的姿势。

齐曼华好奇地眨眨眼,略一迟疑,还是期期艾艾地走上前来,探头往抽屉里看了一眼。

她眼神顿时凝固了,好一会儿,蓦然转身,瞪圆了眼睛,望望胡三娃,又看看王怀林,略带沙哑的声音抖得厉害:

"这,这,你,你,王哥,你,你……"

罪与赎
——万象惊魂记

她过于激动,语不成句。

胡三娃微一耸肩:"你看看,你提供给王老板的药是不是都在这里了!"

齐曼华使劲吞咽了一下口水,才又强行发声:"王,王哥,你,你,你没有把这些药放,放到俞,俞萍音的食物里?"

王怀林斩钉截铁道:"没有,我狠不下心来,对不住你们了!"

齐曼华静默了几秒钟,眼角陡然滚出来豆大的泪珠,一会儿,就像断了线的珍珠一样,形成涕泗滂沱之势,而她的身体,两腿不停地打晃,终于支撑不住,轰然倒塌下来,就势栽倒在地板上,整个身体匍匐在地面,喉咙里先是呜咽作响,声息越来越大,最后竟转化成嚎啕大哭,声震屋瓦。

胡三娃仔细观察了一下,感觉她的确像是巨大心理压力骤然间释放引发的情绪狂涛,而不是阴谋没有得逞的失望表现,要是这样都能造假,那也实在太耸人听闻了。

他一瞬间恻隐之心大动,怕她嚎哭过度伤了元气,又怕声音太大引发饭店里食客的注意,连忙蹲下身子将她扶起来,好言安抚道:"好啦好啦,别哭坏了身子,保重身体当紧,还有无限美好的人生没完成呢!"

齐曼华软哒哒地趴在他身上,任由他扶持到沙发上斜斜躺下,兀自哭个不休。

这样哭下去何时是个头,胡三娃还急于让她解疑释惑呢,便有点烦躁,干脆放出猛药:"齐曼华,你别高兴得太早了,现在到了该为你儿子洗脱罪责的时候了!"

齐曼华的哭声戛然而止,立马抬起头来,满面惊惶:"什么意思?这跟我儿子有什么关系?"

"你儿子也拿着甲氨蝶呤去伤害俞萍音,你可别说你不知道!"

"胡说什么呀!这怎么可能呢!太荒谬了!呵!"齐曼华竟有点不怒反笑了,意思是这等荒诞不经的论调简直只可能是笑话。

"你儿子拿你的甲氨蝶呤,这个事实你是知道的!"

"我不是跟你解释过了么,他只不过是蹭点药去讨好他的那帮狐朋狗友们!"

"你拿甲氨蝶呤去实施杀人计划,正好你的儿子别的什么药都不蹭,偏偏蹭这种杀人的药去讨好朋友,你不觉得巧合得有点过头了吗?"

"什么意思?难道你怀疑……啊!"齐曼华面色骤变,刚刚释放的精神压力瞬

三十二

间又爬上了眉梢眼角。

她猛然起身,转对王怀林大声道:"王哥,这个您可得给我作证啊,咱们当年商议这个计划时,可都做过约定的,为了避免将来万一出事,导致全家覆灭,绝对不能让彼此的其他家庭成员知晓这个计划,我完全信守着这一约定,再说,虎毒还不食子呢,我怎么可能让自己的孩子去参与这样的事呢!"

胡三娃忙向王怀林求证:"是这样的吗?"

王怀林干脆点头:"是的,是有这样的约定,我家老婆子也对这事完全不知情!"

看齐曼华真不像装出来的,而且她说的句句在理,胡三娃一时间如坠五里烟云:"那这到底是怎么回事呢?"

齐曼华如同惊弓之鸟,惊惶道:"什么怎么回事?"

胡三娃想了想,干脆将吴良陪侍舒婉斐和俞萍音一起吃饭的事倾情相告,看她有什么思路。

齐曼华花容失色,颤声道:"真有此事?"

"都什么时候了,还有心情跟你开玩笑吗?"胡三娃紧蹙眉头,顿了顿,又问:"你比较了解你儿子,你觉得他在耍什么花样?"

齐曼华皱眉蹙额仔细凝想了一下,一脸迷茫:"只知道这混小子天天在外边跟哥们胡混,从来没想到他还会为了追求女孩子甘愿去饭店当服务员!"

胡三娃略作思忖,突然提高声气:"那现在只有一个办法了,传唤你儿子过来问话,务必让他老实交代,你愿意配合我们吗?"

齐曼华眼神畏缩了一下,有点迟疑不决。

胡三娃正色道:"实话告诉你吧,如果想为他好,就必须让他把问题说清楚,否则他成了重大嫌犯,就会无休无止地被警察带去审讯,这对他的心灵会造成多大影响,你是应该明白的!"

齐曼华嘴唇一瘪,眼泪又吧嗒流出:"可是如果这混小子真干了这混蛋事,我可咋办呀,呜呜!"

胡三娃安慰道:"这个你放心吧,一方面他是未成年,即便真有罪,也不会判刑,顶多被管教一下,另外,我还要告诉你一个好消息,我已经带俞萍音去医院全面查

罪与赎
　　——万象惊魂记

体了，她的身体没有受到任何损害，也就是说，即便小孩真做错事了，那也是犯罪未遂，罪责又大大减轻了！而假如有重大嫌疑又拒不交代的话，等待他的就是无穷无尽的盘问和审讯，说不定就是在看守所候审了！"

　　齐曼华惊得浑身筛糠，连连说："好，好，我一定让他老实交代！"

　　胡三娃郑重点头："那就叫他过来吧！"

　　齐曼华哆哆嗦嗦掏出手机，打了几次电话，终于联系上了她的儿子。

三十三〇

罪与赎
——万象惊魂记

她一阵好说歹说,总算把她儿子哄过来了。

胡三娃紧张地听着,如释重负。

三人各怀心思,默默苦等,终于等来了他。

吴良吊儿郎当地晃荡进门,看到胡三娃也在,愣了愣,马上一脸嬉笑:"胡老大也在啊,是你让我妈叫我过来保护你的吧?"

齐曼华气恼道:"不得无礼,快向胡叔叔还有王伯伯问好!"

吴良怪眼一翻:"老妈你啥都不懂,老大可要比叔叔官大,我叫他胡老大那才是大大地有礼呢!"

齐曼华哭笑不得,张嘴还要训斥,胡三娃连忙摆摆手:"别扯这些没用的了,直接问吧!"

齐曼华惶然看他一眼,点点头,酝酿了一下情绪:"吴良,妈妈有件很重要的事要当着叔叔和伯伯的面问你,你一定要如实回答,好么?"

吴良在这屋里根本呆不住,先是左顾右盼,然后吊儿郎当地转了两圈,一边转圈一边说:"什么破事啊?非把我搞到这里来问,你问吧,快点啊,一帮哥们还在等着我主持工作呢!"

齐曼华气得扬起手来想揍他,被胡三娃狠狠使个眼色制止住,她只好苦笑着放下手,皱着眉头道:

"妈妈问你,你每次拿了妈妈从医院带回来的甲氨蝶呤干嘛使了?"

吴良马上撅嘴不高兴了,白了他母亲一眼:"老妈你有完没完啊,就为这破事

三十三

把我大老远薅过来，影响我多少大事知道不？我不是都告诉过你多少回了么？哎呀，真是气死我了，哼，你要不是我老妈，看我……，我去！"

他还真是够给他妈面子的，没有发作打人，不过他已经完全呆不住了，就要愤然而去。

胡三娃不得不出面了，起身拦住吴良的去路，板着面孔望着他。

吴良还真是有点忌惮他，愣了愣："胡老大，怎么啦？还有何指示？"

胡三娃严肃道："如果你还把我当老大，就老老实实地留下来，回答你妈的问话！"

吴良嘟嘴不满："可是她问的都是废话，实在太没劲了！"

胡三娃面露威严："就算她问的是废话，你也给我老老实实再回答一遍！"

吴良撅撅嘴巴，老气横秋地叹口气："唉，真拿你们这帮大人没办法，谁叫你是我老大呢，也只能这样了！"

他转过身来，对着他母亲一本正经地说："看在我老大的面子上，就不跟你计较了，你问吧，我保证回答！"

齐曼华啼笑皆非，眉头紧皱道："我还是刚才那个问题，你拿着甲氨蝶呤干嘛去了！"

吴良漠然道："给我的朋友了啊！"

齐曼华又问："哪个朋友？"

吴良本能地又想要横装派头，记起他的承诺，按捺住了，翻个白眼道："多个朋友！"

齐曼华紧追不舍："都有谁，把名字都说出来！"

吴良愣了愣神："有这个必要吗？"

胡三娃忙出声警示："只管回答，不得提问！"

吴良怯怯地望他一眼，嘟囔道："可是太多了，说不过来啊！"

胡三娃忙道："说两三个就行！"

吴良不解道："为什么非得知道他们的名字啊？"

胡三娃正色道："知道名字，我们才好叫他们过来问话！"

罪与赎
——万象惊魂记

吴良惊呼道："不要吧，老大！"

胡三娃神情一肃："这件事必须做，作为老大，现在我命令你，赶紧回答你妈的话，这些药都给谁了？"

吴良天不怕地不怕的眼神中终于现出犹疑之色，默然片刻，突然一跺脚道："罢了罢了，告诉你们又能怎样，我这药都给我女朋友了！"

"什么？你都有女朋友了？啊，难道还真是？"齐曼华先是错愕不已，继而面色大变。

胡三娃心中也跟着一紧，果然一语成谶，舒婉斐和俞萍音一块吃饭也暗藏腾腾杀气。

他顿时失去老大那种泰山崩于前不露声色的范儿，忍不住颤声道："你指的是舒婉斐还是另有他人？"

吴良撇撇小嘴，一脸庄严："老大你这话问得就不咋有水平了，我今生只爱婉斐姐一个人，怎么可能还有别的女朋友！"

胡三娃想笑都笑不出来了，也没耐心让齐曼华慢悠悠地问了，紧问道："舒婉斐用这药干什么？"

"用来让俞萍音变丑！"吴良满不在乎。

"什么啊？"

屋内三个人同声惊呼，这论调实在过于新鲜过于离奇了，完全超出所有人想象的极限。

胡三娃连声道："这药怎么可能会让人变丑呢？这是谁告诉你的理论？"

"不知道，反正我女朋友这么说，我很爱她，当然就很信她了！"吴良一脸庄重之色，情感状态之真，绝无半点虚假成分。

胡三娃继续追问："舒婉斐为什么要让俞萍音变丑？"

"这个我就不知道了！"

接着，他竟嘻嘻一笑，一副小大人的样子调侃道："也许因为俞萍音长得太美了，女人嘛，总是喜欢攀比长相，有俞萍音在，婉斐姐成不了天下第一美人，所以就心生妒忌，想让她变丑些，自己好当天下第一美人，唉，婉斐姐真是多虑了，不管她是天下第几美人，我这辈子都只爱她一个，何苦非得当那天下第一美人呢！就让给

三十三

俞萍音当呗!又怎么啦?唉,也免得让本少爷沾惹这么多麻烦!"

胡三娃本来心里乱成一锅粥,脑子里火烧火燎的像是神经着了火,愣是被他这一番话给气笑了。

王怀林更是被逗得呵呵直乐,连齐曼华面上都绷不住了,气也不是,笑也不是,只在紧绷的面肌里含着一股笑意。

吴良见大家都乐了,以为气氛友好了,就小胸脯一挺,小脑袋一晃道:"老大,没我啥事了吧,没事我就撤了,兄弟们真的都在等着我呢!"

胡三娃心念电转:"好啊,你走吧,我好叫舒婉斐过来!"

"什么?你要叫婉斐姐过来?"吴良抬腿欲走的姿势马上撤回,惊慌地望着胡三娃。

胡三娃心中好笑,耸耸肩道:"是啊,我得问问她,为什么想让俞萍音变丑!"

吴良一脸无奈道:"我不是已经帮她解释了么?"

"你那是胡扯,我们要听听她怎么说!"

"唉,非得这么做么?"

"必须!"

"我回头问问她,然后转告你行么?"

"不行!"

"唉,老大,那你能不能答应我一个请求!"吴良突然换出一副哀求的语气。

"你说!"

"一会儿她来了,你别告诉她是我告诉你们的,好么?"

"为什么?"

"因为她不许我把这些事说出去,不过虽然女朋友要讨好,但是老大的命令更不能不服从,我是服从你的命令才说出来的,现在我听了你的话,但也不想让女朋友不高兴,所以不能让她知道!"

"我答应你便是!"

"太好了,谢谢胡老大!"吴良一蹦三尺高。

"你可以走了!"

"我又不想走了!"

罪与赎
——万象惊魂记

"为什么？"

"因为我好久没看到婉斐姐了，很想看看她！"

"你不是在她和俞萍音吃饭时总陪着她么？"

"她们那饭局好久才有一次呢，也只有在那时我才能见到她，其它时间她特忙，不容易见！"

"你给她送药的时候不能见吗？"

"都是在饭局的时候带给她，供下一次饭局使用！"

"好吧，你想见她，就留下来吧！"

胡三娃心道留下来更好，这样也好随时跟舒婉斐对质。

然后他就给舒婉斐打电话，不知道怎么地，舒婉斐对他特别信赖和顺从，听电话那头，她此时貌似还在忙活着，一听他要召见她，连声应允。看样子，完全一副要放下手头所有急活前来求见他的架势。

胡三娃放下电话，心底沉沉的好不难受，心头则漾满了惆怅、迷茫和忧郁的复杂滋味。

时间过得很快，感觉没过多久，舒婉斐就兴冲冲地赶过来了。

她一进门，看到一屋子的人，不免吃了一惊。

吴良看到舒婉斐，兴奋得满脸放光，早把自己刚刚才出卖了她的事忘个精光，完全一副没心没肺的样子凑上去说："婉斐姐好啊，我好想你啊！"

舒婉斐厌恶地皱了皱眉头，没理他，望着胡三娃困惑地说："胡大哥，为什么叫我到这里来啊？"

胡三娃暗叹口气，柔声道："婉斐你先坐下来，喝口水再说！"

说着，他就去饮水机给舒婉斐接了杯水。舒婉斐听话地坐到沙发上，接过他的水喝了一口，眼含温情地望着他，用眼神继续发问。

胡三娃心如乱麻，真不知道该如何开口，兀自酝酿了好久，才一狠心道："婉斐，大哥问你这件事没有什么特别的含意，只是想知道事实真相，你不用害怕什么，好吧！"

舒婉斐茫然地望着他，黑宝石般晶莹的眼珠子滴溜溜转了一下，不置可否地微一点头。

三十三

胡三娃想先给她渗透一下，让她有点心理准备，眼珠一转看到她旁边的吴良，灵机一动："不过我事先声明啊，这件事不是吴良告诉我的，你一会儿可不要怪他！"

舒婉斐面上神情微微一动。

吴良先是很满意地点点头，继而惊觉不对劲，也藏不住心机，竟张口就说："胡老大，你这话不能这么说，哦，也不对，应该是不能说，根本就不应该提我！"

胡三娃心中窃笑，故作庄重："我答应过你，要帮你澄清的嘛，所以就先声明一下！"

吴良不满地呼叫道："啊，胡老大，你这不是在要我吗？"

舒婉斐已经渐渐明白胡三娃想问什么了，她脸上浮现惊异之色，狠狠地瞪了吴良一眼，然后垂下脑袋，一脸懊恼之色。

胡三娃走近一步，亲热地拍拍吴良的肩膀安抚他："没事，迟早都得知道的，而且知道也不是坏事，长辈们都是想保护你们，才这么费尽心思，你会明白的！"

然后就不再理他，转头望向舒婉斐，神情一肃："婉斐，告诉大哥，你为什么要用甲氨蝶呤对付俞萍音姐姐？"

舒婉斐咬着粉嫩的樱唇，双手搅着衣角，头越垂越低，显然内心慌乱已极。

胡三娃暗叹口气，温言抚慰道："别害怕，婉斐，你要相信，你胡大哥是要保护你，而不是伤害你，这点你应该很清楚！"

舒婉斐低垂的小脑袋微微点了点。

胡三娃紧声道："那你就抬起头来，勇敢地看着胡大哥，看胡大哥到底是在审问你还是想要给你提供保护！"

舒婉斐犹豫了一下，终于期期艾艾地抬起了头，她面上几乎已变成沼泽，美眸含泪，一片朦胧，眼角泪珠还在汹涌。她竟在无声无息地流泪。

于一派朦胧泪光中，她看到了胡三娃温情款款的目光和无限怜爱的眼神，她感知到了强有力的精神支柱和信念依靠，绷紧的心神突然如泄洪的闸门一样放开了，她压抑的嗓子眼里爆发出洪大的哭泣，一瞬间满屋都是悲怆的哭声。

胡三娃没有干预，任由她泼洒满腔情绪，这个小小的身子骨里积累的悲苦太厚重了，需要一番痛痛快快的发泄。

终于，她逐渐安静下来，胡三娃递给她一块纸巾，她接过来在脸上胡乱抹了一把，

罪与赎
——万象惊魂记

然后抬眼望着胡三娃,那梨花带雨、楚楚可怜的样子,令人肠断魂伤。

胡三娃心中凄楚,柔声软语道:"好点了么?"

舒婉斐点点头,凄然一笑:"不好意思,胡大哥,我控制不住情绪,让你难堪了!"

胡三娃摇摇头:"没事,只要你痛快就好!"

舒婉斐感激地看他一眼,挺挺酥胸道:"胡大哥,你有什么就问吧,我都告诉你!"

胡三娃鼓励地微笑道:"好,婉斐好样的,你先告诉我,为什么想着要用甲氨蝶呤去对付俞萍音姐姐?"

舒婉斐瞅了吴良一眼,淡淡道:"小吴良应该已经告诉你们了吧!"

一直被舒婉斐的哭声慌了手脚的吴良回过神来,连忙叫屈道:"冤枉啊!"

胡三娃不理他的茬,好奇道:"难不成还真是想让萍音姐姐变丑?"

"是的!"舒婉斐干脆利落。

"为什么想让她变丑呢?"胡三娃实在太好奇了,先放弃其他重要问题。

"只有她变丑了,黄大哥才不会那么依恋她,才会分出很多时间来陪我!"

"啊!"

"嗯!"

"你,你真是这么想的?"

"是的!"

"为什么这么想让黄大哥多陪你呢?"

"我爸爸过世得早,妈妈又被毒死了,姐姐也不管我,我孤苦伶仃一个,只有黄大哥对我好,关怀有加,呵护备至,像爸爸一样给我慈爱,像妈妈一样给我关心,像大哥一样给我呵护,又像姐姐一样跟我谈心,有他在身边,就觉得无比踏实、安心、温暖、愉快,我太依恋他了,觉得自己完全离不开他了,可是他的心却只在俞萍音姐姐那里,给我的只是关怀照顾而已,我不满足,也不甘心,所以就不知不觉发了狠心,走了歪路!"

胡三娃心中酸涩如潮涌起,眼睛都湿润了,惆怅了好一会儿,才振作精神道:"那为什么你认为让俞姐姐变丑了,黄大哥就会离开她呢,难道你觉得俞姐姐吸引黄大哥的就只是外貌吗?"

三十三

"女人吸引男人的，不都是靠外貌么？"舒婉斐有点迷茫地反问道。

胡三娃苦笑了笑，放弃跟她探讨这个话题，接着道："好吧，这个话题不是咱们今天能够讨论清楚的，我接下来要问的是，为什么你觉得甲氨蝶呤能够让人变丑？你是从哪里得知的理论？"

舒婉斐略作迟疑，突出惊人之语："蔡义芮告诉我的！"

"蔡义芮？"胡三娃惊得好半天回不过味来。

"是的！"

"是蔡氏粮油公司那个蔡义芮吗？"

"我不知道什么粮油公司，我只知道她是那个植物人蔡义姝的姐姐！"

胡三娃一愣神间，心中已是一片空明，怪不得那次蔡义芮神秘兮兮地劝告他尽快和俞萍音结婚，看来，她还是古道热肠地在为他考虑了！

胡三娃心中苦笑不迭，强作镇定道："你是怎么认识蔡义芮的？"

"以前在那次食物中毒事件中就认识了！"

"用药害俞萍音是她的主意还是你的主意？"

舒婉斐回想了一下说："应该算是我们共同商量的主意吧！"

"那你们是怎么就混到一起商量出这么一桩主意呢？"

"有一天她特意来找我，问了我很多事情，然后就说起她每去病房看她妹妹一次，心里的仇恨就多一层，虽然罪魁祸首已经死了，但她的仇并没有报，然后就说罪魁祸首的女儿还在世，要在她身上报复一下，让罪魁祸首的在天之灵不得安心，也才能出心中一口恶气。然后就怂恿我和她一起行动。我说报仇的事情我不考虑，人都已经死了，冤冤相报何时了。她就又说也不是要杀人，只是报复一下，出口恶气。我问她怎么报复，她就说那个罪魁祸首俞伟民为什么能够无法无天，就是仗着他女儿长得漂亮和区长家公子哥儿是情侣，所以才弄出有毒食物来也没人敢管，害死了这么多无辜生灵，因此要报复就报复这一点，让他女儿变丑，等他女儿变成丑八怪，那坏蛋的在天之灵都会气得吐血，这样咱也就气顺了。然后又鼓动我说对我来说是一举两得，既替家人报了仇，同时如果俞萍音变成丑八怪，黄二愣大哥就会离开她，这样肯定就有时间经常来陪我了。听她这么一说，我就心动了。问她人好端端地怎

罪与赎
——万象惊魂记

么会变丑?她就说有一种药特别神奇,如果慢慢地用,能够一点一点让人变丑,根本发现不了,直至日积月累,变成丑八怪,还以为是自己经不起时间的打磨,根本怀疑不到自己被人下了药。我就问她这药会不会还有别的害处,她拍胸脯保证说这药特别安全,除了让人变丑的副作用,其他什么损害都没有。这样我就完全动心了,心想又害不死人,就是让人变丑点而已,俞姐姐都那么美了,就是再丑十倍,也要比普通人好看,或许还真能让黄大哥对她不再那么迷恋,分出很多时间来陪我。这样一想,我就答应了下来,和她共同商量出了这个主意!"

听完这段荒诞不经的描述,胡三娃百感交集,哭笑不得。蔡义芮利用舒婉斐少不更事来蒙蔽她,将她卷入是非漩涡,到底所为何来?总不能她也认为甲氨蝶呤真能让人变丑,然后贾仁剑就会放弃对俞萍音锲而不舍的追求,转而回归她的怀抱?不可能,她那么精明的人,不会傻到真以为甲氨蝶呤能够让人变丑。如果不是这样,那她就是蓄意谋杀?这也说得过去,干脆让俞萍音死掉,贾仁剑毫无念想了,自然就投入她的怀抱了!

再一想起她哥哥蔡义诚的毒计,真可谓不是一家人不进一家门,胡三娃后背凉意嗖嗖直蹿。

他不敢再细想了,继续追问:"那你怎么想起要跟吴良要这个药呢?"

"也是蔡义芮提醒的,说吴良他妈妈在医院工作,开这个药很方便!"

"那你拿到这个药后,又是怎么往俞萍音的饮食里头放呢?总不能吃饭时当着她的面投药吧?"

"我不直接放,我拿到药后交给另一个人,蔡义芮说后边的环节我就不用管了,我只管取药给那个人,然后约俞姐姐吃饭的时候,通知她们就可以了!"

"那你把药交给谁了?"胡三娃的声音再次发颤。

"宋菲婷大姐!"舒婉斐完全说开了,什么都往外倾倒。

"老天,她也被拉进来了!"

想起宋菲婷也像齐曼华一样去重生寺忏悔的场景,一时间恍然大悟。

"那宋菲婷的药又是怎么到俞萍音碗里去呢?"胡三娃奋起直问。

"这个我就不知道了!"舒婉斐茫然摇头。

三十三

胡三娃苦笑一声，望着王怀林调侃道："干爹，你这办公室今天可算热闹了，马上又得添丁进口！"

王怀林原本以为只有自己是那个惊天秘密的唯一知情者，这会才总算知道天外有天山外有山，他听天书一样已经目瞪口呆好几回了，这下也只好苦笑着应和："我半老头子活了也大半辈子了，今天才知道我的见识有多窄！"

胡三娃不再犹豫，连线宋菲婷进行召唤。

唯一值得庆幸的是，这一个个包藏"祸"心的"杀"人嫌犯还都挺给他面子，他稍加召唤，人家还都赶紧放下手头的活儿巴巴赶来会他。

他对宋菲婷反复强调，就她一个人过来，一定不能带着谢云在或者小菲儿。

宋菲婷匆匆敲门进来，看到满屋子的人，吓一大跳。

当她看到舒婉斐的时候，明显神情一愣，眼中滑过一丝疑惧的神色。

但她还是强打精神，望着胡三娃微微一笑："好热闹啊，胡兄弟是要在这里开派对吗？"

胡三娃看她气色盈润、精神饱满，还懂得插科打诨了，跟以前那个悲悲戚戚的疯癫妇人形象判若两人，看来母爱的光辉真有脱胎换骨之神效。

只是可惜，这么一个有着慈母心肠的健康形象却也会包藏祸心，难道人真就是这么一个一半天使一半魔鬼、时而天使时而魔鬼的复杂玩意儿吗？

胡三娃一时间惆怅满怀，浮思联翩，竟忘了问话。直至宋菲婷看到大家都在注视着她却不说话，颇不自在地说："胡兄弟，你总不会是让我来供大家参观的吧？"

胡三娃才堪堪醒过神来："抱歉大嫂，劳您受累了！您坐吧！我给您倒杯水！"

宋菲婷摇摇头："别整那一套了，快人快语吧，我看你今天架势这么大，应该是有惊爆消息要透露！"

胡三娃还是走过去给她倒了一杯水，她接过来连喝几口，貌似有点渴了，却没有入座，看来腿脚还没有发软。

然后她还故作镇定，以一种向胡三娃挑衅的口吻来强撑着自己发虚的内心："胡兄弟，客套话讲了，水也喝了，没有什么可拖延时间的了吧，有什么惊天好消息就发布吧，我挺得住！"

罪 与 赎
——万象惊魂记

他不再迟疑:"大嫂,我知道您有苦衷,但是我也需要知道真相,麻烦您告诉我,舒婉斐给了您甲氨蝶呤后,您把它弄到哪里去了?怎么进到俞萍音的碗里的?"

宋菲婷沉沉地叹了口气,如释重负一般,她竟悠然一笑:"看来你们都知道了,好啊,总算等到这一天了!"

"难道您一直在盼望这一天吗?"

"那可不,天天心头顶着一座大山过日子,那日子能好过吗!"

"早知今日何必当初啊!"

"胡兄弟,您是站着说话不腰疼啊!"

"这怎么讲?"

"虽然做了这事,很是后悔,痛苦不堪,但是如果不做这事,我想会更加后悔,更加痛苦!"

"为什么呢?"

"您体会不到那种痛失爱女的痛苦滋味,用天打五雷轰形容都嫌苍白,那心里孳生的仇恨,那种要为死去爱女报仇雪恨的念头,天天在心里撕扯着你,在精神上狠狠敲打着你,你如果不去做点什么的话,真地会被仇恨之火吞噬掉灵魂的,我那段时间像个疯子一样,精神处于崩溃边缘,就是真实写照。我还算好的,即便这样了,也只是苦苦压抑着自己,宁愿自己变疯。如果不是后来蔡义芮找到我进行鼓动,又后来在您的帮助下重获爱女,我肯定也就疯掉了!"

"对,我就想听听,蔡义芮当初是怎么鼓动你的?"

"唉,其实也基本用不着她鼓动什么,我早就憋了一肚子邪火,她只不过起到一个导火索的作用,一开始我还没答应她,后来每去一次孤儿院,在小菲儿那里碰一次壁,我的仇恨之火就增长一圈,我心里也越来越不平衡,心想,凭什么我的女儿被人活活害死,害人者的女儿却活得有滋有味的,这世道也太不公平了吧!我没了女儿,害人者至少也得付出同样的代价!用蔡义芮的说法,就是让害人者的亡魂在阴间继续痛不欲生吧!您可以想见,我那会儿本就已经精神狂妄了,在这种精神状态下闪出这样的念头有多么可怕,所以后来二话不说就同意参加蔡义芮的计划,结果真参加进去后,又被伤天害理带来的愧疚之心弄得魂不守舍、苦不堪言,才发

三十三

觉这又是另外一种难以忍受的痛苦，在后来您帮助我们重新获得小菲儿这个女儿后，我想着不能再作孽了，得为女儿谋点福报，积点阴德，然后找蔡义芮提出这个想法，却被她恐吓说现在大家在一条船上已到达湖心了，必须同心协力尽快到达终点，否则大家只能漏水沉船、同归于尽。我刚刚重获女儿，幸福人生才刚刚开始呢，我哪里舍得就这样放弃啊！所以就硬着头皮继续呆在那条贼船上下不来了！但是心里的悔恨和愧疚却是与日俱增，也很害怕自己刚刚获得的女儿因我的罪恶而遭遇什么报应，没有办法，只好得空就往寺庙里头跑，听说那寺庙能帮人悔罪获得重生，这就是您在寺庙里看到我的原因！唉！"

她长叹一口气，又道："所以你们发现了我的罪恶对我来说也算是一种解脱了，要不我自己真没有勇气去自首或者豁出自己的一切去摆脱身上这条死死缠住的枷锁！而那种背负着一座悔恨的大山过日子的滋味又实在难熬。现在好啦，干脆得很，一切就交给法律去解决吧！我要说的就这些了，你们报警吧！"

胡三娃微苦一笑："我不是叫您来自首的，我是叫您来了解真相的！"

"还需要了解什么呢？"

"您拿了甲氨蝶呤之后怎么使用的啊？又是怎么用到俞萍音身上去的？"

"怎么使用的可以告诉您，我爱人是个药学家，他在家里墙上贴了张甲氨蝶呤的药品使用说明表，听他说是治疗风湿病的药品使用方案和流程图，蔡义芮告诉我这个药长期无序使用可以杀人于无形，所以我就照着我爱人那张表上的规范治疗量完全反着来，这样就把有序变无序了，使用方式就是这样！"

胡三娃心中气极，却又感荒唐可笑，谢云在在墙上贴着的是甲氨蝶呤的杀人流程图，宋斐婷将它完全反过来，说不定就真变成了治病救人的治疗图呢！要是有闲时，还真得好好研究一下这个课题！

不过眼下他是没这份闲心了，危险还在继续波涛汹涌，眼下这才冒出几个小浪头呢！

他紧追不舍："最关键的问题呢，怎么用到俞萍音身上的？"

宋菲婷摇摇头，一脸郑重："我只想交代我自己的罪行，不想牵连别人！"

胡三娃哭笑不得："你不把事实真相全部还原出来，你的罪行就不算完啊，公

罪与赎
——万象惊魂记

安局查案难道一节一节地查，查完一节，判个罪，然后接着查？怎么可能呢！"

"那我不管，反正我不能牵连别人！"

"你糊涂啊，你的罪行大小跟别的环节的罪行是密切相关的，不知道别的环节罪行怎样，你的罪行就定不下来！"

"定不下来就定不下来呗！"

"定不下来你就要永远被关在看守所，不知道何时是个头，如果定下来了，判个三五载的，熬一熬也就过去了！"

"啊，还能这样啊！"

"当然，你以为法律是开玩笑的啊！"

"可，可是我真不想伤害别人啊！"

"你以为你的下家不像你这样悔不当初，期待赶紧让罪行暴露好得到解脱啊，所以你把他供出来，其实是在帮他！"

"好像是这么回事！唉，老天，我该怎么办！"

"而且，我还可以给您吃颗定心丸，你们要施害的对象，俞萍音，我已经带她到医院做了全面检查，检查结果都是正常的，也就是说，你们的施害行为还没有产生损害后果，你们的罪行又减轻了很多，所以赶紧都将戴罪之身显出身来，交给法院去清洗罪恶，重新做人，这是最明智的选择！"

"真的吗？俞萍音身体健康无碍？"宋斐婷的声音有点发颤，悲沉的神情中飞出希望的亮光。

这下就连齐曼华、舒婉斐都是神情大动，萎靡不顿的身子注入了几分生气。

只有吴良还在没心没肺地只管盯着舒婉斐看个不停，估计今天这些惊天内幕他一条都没有入耳。

胡三娃肯定地点点头，给宋斐婷的希望增加亮色。

宋斐婷犹豫片刻，一咬牙道："好吧，我把药都交给这个饭店的老板娘薛素萍大姐了！"

"啊！"

平地一声春雷，整个小小的屋子都快炸锅了。

三十三

胡三娃和王怀林面面相觑，大惊失色，如见鬼魅。

好半响，胡三娃愣是没回过味来。

王怀林率先发声："这，这不可能吧，我那傻婆娘，傻乎乎地，什么都不懂，而且，她那么善良的一个人，无论如何也不可能做这种事的！"

胡三娃被惊醒，立刻附和："是的，我干妈傻倒不是，她聪明着呢，主要是她太善良了，绝对不会做这种事！"

宋菲婷两手一摊："反正我说的是事实，你们不信就没办法了！"

这时心不在焉的吴良冷不丁冒出一句："我可以证明，因为我每次去厨房里头端盘子的时候，就都是那个傻大娘递给我的！"

胡三娃和王怀林对望一眼，心中骇异自不待提。不过事已至此，他们也无话可说，唯一要做的就是召唤薛素萍过来问话，不管她对他们来说有多亲，也必须一视同仁，否则难以服众！

为了避嫌，王怀林还不能出门去找人，只好硬着头皮打电话，嗯嗯啊啊了几句，王怀林挂断电话就说："她在饭店，一会儿就过来！"

等了一小会儿，门悄然推开，薛素萍安静地走了进来。

令大家好奇的是，她手里还拎着一个黑色垃圾袋。

这一点胡三娃尤其有感触，镜头如同回到了他初来俞氏公司站岗夜，薛素萍拎着垃圾袋从公司大门里像个幽灵一样走出来的场景。

她那黑色垃圾袋里到底装的什么呢？胡三娃产生了强烈的好奇。

薛素萍站在屋中央，望着众人，嘻嘻一笑，似乎对于屋子里这么热闹，很是高兴。然后就走近胡三娃，只盯着他细细地凝望着，眼神里温情闪耀，面上柔光流转。一瞬间这个世界就只有她干儿子一个人了。

胡三娃倍感温馨，一股暖暖的亲情融化了他的心，差点就要沉醉于他和老妇人那种艰苦修炼得来的母子亲情交流模式，蓦然想起老妇人如今是以杀人嫌犯的身份亮相，众人正在等着他的公断呢，后背冒出一身冷汗。

他对老妇人眨眨眼，郑重其事道："干妈，把你叫来，是想求证一件事，你愿意配合吗？"

罪与赎
——万象惊魂记

薛素萍憨笑着点点头。

胡三娃酝酿了一会,终于鼓足勇气:"宋菲婷大姐是不是交给你一种叫甲氨蝶呤的药?"

薛素萍毫不犹豫点头。

胡三娃颤声问:"那你把它们放到哪里去了?"

薛素萍想也不想,就伸出她那只拎着垃圾袋的手。

胡三娃心中一动,哪里还按捺得住,一把就抢过她手中的垃圾袋,急忙打开来看,一看之下,脑子一阵天旋地转,差点晕倒在地。那是一股狂喜冲天而起,把他那颗一直提在嗓子眼的心给冲得一阵晃荡,喜悦的血液潮涌而上,激荡了心灵。

这下好啦,俞萍音彻底没事了!干妈也安然无恙了!

这两个信念都快让他乐疯了,他终于顿住身形,平静下来,将手中垃圾袋一阵抖动,嘴里呼喊着:"大家都平安了,你们自己看看吧!"

满屋子的人全都一拥而上,脑袋挤在一块往垃圾袋里紧张地观望。那还能有假,垃圾袋里全是一板一板的甲氨蝶呤片。只不过没有像王怀林那样做标签而已。毕竟老妇人因为丧子之伤,已经没有那么缜密的思维了嘛!

胡三娃虽已喜极而泣,还是小心求证:"干妈,你把宋斐婷交给你的药都存起来了,没有往俞萍音的饮食里头放?"

薛素萍安静地点点头。

"为什么不放?"

薛素萍张一下嘴,没说出来,再张一下嘴,蹦出一个短句:"不害人!"

"对,不害人,我们不害人,说得多好啊!"胡三娃几乎要振臂高呼了。

随着他的话落,噗通一声,有人跪下了。

胡三娃好奇地看过去,发现宋斐婷双膝着地跪在了薛素萍的面前。胡三娃愣了愣,闹不清她是巨大压力得到彻底消解后的身体发软,还是某种极度失望情绪的表达。

直至她匍匐在地,对着薛素萍磕头如捣蒜,嘴里呜呜咽咽响起,泣不成声地连连说着:"谢谢,谢谢,谢谢,谢谢!"

才明白原来她是在向救命恩人表达心头澎湃的感激之情。

三十三

　　不仅如此，她的行动引发连锁反应，舒婉斐也朝着薛素萍跪了下来，嘴里虽然没说话，眼泪却像断线珍珠一般啪嗒啪嗒往下翻涌。吴良这个没大没小的愣头青看舒婉斐跪下来，也鬼使神差地居然朝着薛素萍跪下，也不知道他是对舒婉斐亦步亦趋呢，还是一种触景生情激发了内心中那份最原始的感动。

　　齐曼华则冷不丁对着王怀林跪了下来，也是连磕好几个响头，她的眼泪刚才几乎已经掉光，但此时依然激情涌起，喉咙里嘶嘶作响，眼中泪光盈盈。

　　王怀林连忙慌手慌脚地要将她扶起，她却坚辞不受，使劲磕头不休。

　　薛素萍则有点茫然地望着面前跪着的三个人，似乎有点不明白他们在干什么。

　　胡三娃没有去劝阻他们的跪拜，其实跪罪谢恩，也是一种很不错的释放心头压力的方式。

　　这一晚一直折腾到临近午夜才结束，这是一个足以树碑立传的重大日子，所以必须用足够的时间才能释放它的伟大内涵。

　　胡三娃跟这晚到场的人们约定，暂时不要将这晚所见情形回去跟自己的家人透露，除了王怀林夫妻俩从来未曾犯罪，齐曼华一家子业已得到解脱，其他每户家庭都还有一个成员仍然在承受着负罪感的残酷敲打呢！

　　他在回去的路上一直想着这个问题，到底该不该给他们减负，选择什么时机给他们减负？

　　黄二愣说的自有天意会为他们减负，那天意指的到底是不是他胡三娃？

　　直至回到公司，这个问题也没有得到解决。

　　俞萍音仍然坚守在黄二愣的办公室里等着他，令他大为感动。她也没有焦急之色，见到他，喜上眉梢，然后挽住他的胳膊。

　　遵循黄二愣以来千年不变的模式，他们两个相依相偎着走过张合军恭顺的眼皮底下，穿越广场，开上小车，从容回家。数月的监牢生活，并没有改变他们之间涓涓细流般的绵密情感，一拉上手，又是千年！

　　在路上，胡三娃顺便问了一下自己坐牢期间公司是否有什么新气象。

　　俞萍音就讲了一件令他很愤懑的事：高副总居然以他品行不正、行为不端已经沦为罪犯为由几次要求董事会废掉他的总经理职务。不过现在在董事会他已成孤家寡

罪与赎
——万象惊魂记

人，其他所有董事都一致反对，胡三娃给公司带来的勃勃生机以及发展势头是大家有目共睹的，他入狱的事由大家也都清楚，他是为了替前董事长沉冤昭雪才以身涉险，这样的人在大家心目中已经不亚于英雄，不给他升职都愧对他了，又怎么可能反而废掉他的总经理职务呢！除了居心叵测之人，任何有头脑有良知的人都不会答应。

俞萍音最后这番阐述让他心情高兴起来，还好，群众的眼睛是雪亮的，公司几乎全体都支持他信任他，高副总还能折腾出个什么事来！

还有一个振奋人心的消息，公司美食文化节第二季又准备鸣锣开场了，为了彰显他入狱并非什么不光彩的事，公司特意选择他出狱之时来举办这个美食节，一来为他压惊兼接风洗尘，二来昭告天下，俞氏公司一切顺利，还是在既定轨道上迅猛地行进着，大家尽管加入这个大家庭同欢共喜。

护送俞萍音到家后，回归途中，他一方面继续沉浸在即将到来的节日的喜庆里，另一方面却也开始思索接下来的行动计划。

今天的经历如同戏剧，虽然以喜剧收场，但对他的查案而言，却只是竹篮打水一场空。从冒险闯入公安机关发现线索，到监牢里莫名其妙被暴打，到本以为已经找到真凶疯疯癫癫闹腾一天，到头来还是回到原点。查案重新开始！想想还真是欲哭无泪、欲笑无声！

现在他的辛德勒名单上也就只剩下一个叫楚天舒的人了，难道所有的谜题都要靠这一个人来解吗？

这么说，明天就应该去寻找这个叫楚天舒的人了，那么找到楚天舒，破开谜题，是否也就意味着他的人生也走到了终点，终于临近了横死广场的这一天？

不啊！还有好多事情没完成呢，美食文化节需要他铿锵有力的告白，还有周向明等一干罪人等着他去解脱，还有，蔡义诚和蔡义芮，这一对心肠歹毒的狗男女，虽然犯罪未遂，但是作为罪魁祸首，且毫无悔罪态度，必须受到足够的惩罚，可他也还没想好应该怎么既让他们受到惩罚，又不波及那些被他们诱入犯罪深渊的可怜人们！此外，最重要的，还有俞萍音，他还没有安排好他死后她的安全保卫工作呢。

那明天到底去不去寻找楚天舒呢？

这个问题，直至他躺在黄二愣的床上也还没有得到解决。

三十四

罪与赎
——万象惊魂记

离开监狱的第一夜风平浪静，他睡得踏实至极，醒来时已日上高杆，脑子里头神清气爽，思路就变得清晰了。

楚天舒这个带着仙气的名字对他来说跟天外飞仙无异，他即便想去寻找都无处下脚，只能求助邹恒明。邹恒明再厉害，也不可能短时间内就找到这么一个籍籍无名的天外飞仙。他大可利用这段时间有条不紊地安排他的后事。

他再不犹豫，联系好了邹恒明，即刻出发。

邹恒明还是那么一副嬉皮士的风格，和他插科打诨一番后，两人进入正题。

两人交流一下查案的事，胡三娃就指着辛德勒名单上那倒数第二个名字"楚天舒"，请他帮忙寻找，邹恒明皱眉道："我们私家侦探不是算命先生，通过测字卜卦就能预知前世今生，你要我寻人，最起码要提供基本信息，哪怕一丁点都行，我得知道这是个什么人，在世界上存不存在，起码得有这个人的基本意象，现在你只提供一个名字，甚至根据你的诡异经历的描述，这个名字会不会是有人搞恶作剧都说不定，形同虚无，这我确实无能为力，要不你另请高明吧！"

胡三娃再三恳请，但邹恒明坚辞不受，显然，他相当明确地判定这是不可能完成的任务，胡三娃无奈作罢，心道，也许正是寻找这个人的艰难性才彰显这个人的神秘性，以及自己最后这项任务的巨大风险性。

他问明当年黄二愣并没有来向邹恒明要求帮助寻找这个人，心里就有点惭愧了，继而又涌起一股豪气，既然黄二愣可以在没有任何帮助的情况下找到这个人，他胡三娃为什么就不能？

三十四

他临走时，灵机一动，想起找到楚天舒之后，自己的命运很可能是死亡，如果就此死去，真相也只会被他带到泥土里，而不会大白于天下，光是自己脑袋清爽了，也太自私了，罪人没有得到应有的惩罚更是不应该，所以他必须对此提前做出安排，那样也才能走得安然，一念及此，脑子电转间，已有了计较，忙对邹恒明道：

"邹大哥，我还有一个不情之请，万望兄弟遂愿！"

邹恒明眨眨眼道："只要我能办得到的，二话不说肯定帮！"

"我想你这应该有那种微型的摄录设备吧，装在衣缝里甚至衣兜里都可以摄像而不被发现的那种小玩意儿！"

"必须有啊！这是基本配备啊！"邹恒明怡然笑道。

"好，那借我一台！"

"没问题！"

"但是有个问题！"

"什么？"

"我有可能不能亲自还你！"

"找个人替你还完全没问题！"

"我不是这个意思！"

"什么意思？"

"有可能需要你亲自来取！"

"这也没问题！"

"但是是在我的尸体上取！"

"啊！？"

"我探访完楚天舒后，应该就要横死公司广场上了，你必须第一时间赶到，在我的尸体被抬走之前，取下这个东西，交给警方！邹大哥，能帮我这个忙么！"

邹恒明愣愣地望了他好一会儿，突然诡秘地笑了笑，拍拍他的肩膀道："你都有以死换取真相的英雄气概了，我难道连在你身上取走真相的勇气都没有吗？好样的，兄弟，就这么说定了！"

胡三娃抱拳行礼，郑重其事道："你的大恩大德，没齿难忘，若此生无望，来

罪与赎
——万象惊魂记

世再报！"

邹恒明泰然一笑："凡事做最坏的打算没错，但却不要忘记去争取最好的结果，兄弟，祝您好运！凯旋归来！"

然后，他快步去里屋取出来一个针孔摄录机，教会胡三娃使用，并亲自将仪器安装在胡三娃的身上，小玩意儿不显山不露水，毫无形迹可循。

告辞出来，胡三娃想着自己身上的摄录机，立刻有一种全副武装的感觉，心道，前方的妖魔鬼怪、魑魅魍魉，尽快放马过来，看本将军的重型核武器，如何将你逮个正着，然后将你置于青天白日下碎尸万段。

他想得得意洋洋，脚底也自轻快，由于暂无楚天舒的任何线索，也只好先回公司，相机而行。

没想到刚到公司，楚天舒没逮着，却另有妖魔鬼怪迫不及待显出原形了。

他还在公司大门口，就听到公司里边一派骚动，忙问张合军怎么回事，张合军怯生生地看他一眼，眨巴着眼睛说："听说是高副总被抓了！"

最近他发现这个张合军看他的眼神总是怪怪的，难道他也知道了公司的传奇故事，认为胡三娃很可能不久就要死在他眼皮底下，所以提前预演一番。又或者是因为他感觉不久就要死在张合军眼皮底下了，自己心里提前产生了幻象？疑神疑鬼地老觉得人家看他的眼神如同在看死人？

不过此时，他已无心琢磨这些荒诞不经的情节了，高副总被抓的消息如同惊天响雷令他错愕不已，木然呆立片刻后，他猛一甩腿往院子里狂奔。

循着哗然声息，很快抵达了目的地，场景竟然在公司食堂。

此时，一向冷寂的公司食堂人声鼎沸、热闹非凡。

现在正是午后食堂本应最清静的时刻，怎么会这么喧嚷？高副总究竟干了什么事能引起这么大的反响？

胡三娃不容多想，快步走进食堂大门，偌大的食堂里，过道和桌椅间，满满当当全是围观者，看样子几乎公司所有员工都倾巢而出了！

几乎人人脸上都是义愤填膺的表情，大家看到他来了，发出一阵欢呼声，纷纷让出一条通道来，供他快速走过。

三十四

  胡三娃几乎是一路小跑来到最后的目的地，公司食堂里为前董事长俞伟民特设的那个小餐厅。

  此时，餐厅里人也不少，俞萍音肃立餐桌旁，方明远、于新安、谷玉芬、秦方泰、宋红琳等一干中层领导悉数在场，另外还有几个部门的主管级别领导也到场帮衬。

  而这惊天事件的主角，高宜和，则垂头丧气地坐在屋角的一把椅子上，身子上甚至被绳子五花大绑着。秦方泰略显苍老的身体此时站在他旁边却如同一尊天神一样，英姿飒爽，眼里射出威严的神光，狠狠地盯视着他。

  俞萍音看到胡三娃到来，如同有了主心骨，脸上困苦沉重的神情明显松缓了一些，对他温情一笑："正想着叫你回来商量这件事呢，没想到赶巧你就回来了！"

  胡三娃好奇道："到底发生什么事了？"

  一直耷拉着脑袋的高宜和听闻他的声息，蓦然抬起头来，原本毫无生气的面上竟突然横眉立目起来，挑衅似的狠狠瞪着胡三娃。

  胡三娃先不理他的茬，满目期待着俞萍音的回答。

  俞萍音欲言又止，最后叹了口气，望着秦方泰道："秦叔，还是您来告诉胡总吧！"

  秦方泰又用愤怒的目光咬了高宜和一下，才依依不舍地移转目光，对胡三娃苦涩一笑："胡总，你可能做梦也想不到，这败类竟能干出这等丧尽天良的事来！"

  "到底什么事啊？"胡三娃有点发急了。

  "咱们公司不是马上要举行第二季美食文化节了么，这败类，唉，我都恨不得说这畜生了，竟然往咱们为美食文化节准备的食材里投毒！"

  "啊！"胡三娃面如土色。

  他呆愣愣地望着秦方泰，然后又望着高宜和，无视他仇恨的目光，只是将惊疑的目光落在他的脸上，好半晌，发僵的心神里似有所悟，他蓦然惊觉自己似乎抓住了无形空气中的一片幻影。

  他颤声问道："什么样的毒药？"

  秦方泰干脆利落，从旁边角落的一把椅子上提溜起一个透明塑料袋，走过来呈给胡三娃检阅。

  但见袋子里头是鼓鼓囊囊的微白淡黄粉末，没有什么气味。

罪 与 赎
——万象惊魂记

胡三娃心头疑云顿起，皱眉道："这是什么毒药呢？"

秦方泰茫然摇头："不知道！"

胡三娃望了一眼高宜和："他不说吗？"

秦方泰愤懑道："这败类还相当顽固，拒不交代！"

胡三娃略一思忖："那你怎么就判断他一定是在投毒呢？"

秦方泰望着俞萍音，微苦一笑："这个就还是让董事长告诉你吧！"

俞萍音心情沉重地点点头："事情是这样的，有一天，方科长向我报告，说金鑫超市的刘总跟他透露过一件事，说高副总曾经找到他，试图跟他共谋在金鑫超市卖的咱们公司的强龙牌食用油里做些手脚，事成之后予以重谢，刘金鑫以前和高副总曾经有过很多合作，但这次他没给高副总留情面，断然拒绝了，并且将此事偷偷告诉方科长，意思是让公司留点神，方科长知道事情重大，就报告给了我。我惊出一身冷汗，连忙暗暗召集除高副总之外的各位董事开会商量应对之策，会上，于科长也说了一件事，更是引起我们的警觉，他说高副总前不久竟然莫名其妙地找到他，说他工作辛苦准备给他放一段时间的假让他回南方老家休养休养，他不在期间的生产工作就由他来主抓，于科长视生产质控工作为生命，从来未曾产生过要暂离工作岗位回家歇息的想法，也绝不可能这样做，就坚决谢绝了高副总的建议。没想到高副总竟然有点不高兴地拂袖而去。他当时不以为然，以为高副总真是体恤下属的仁善之举。所以也没想着要跟董事长汇报。现在听说金鑫超市这事，才恍然知道事情的严重性。结合这两件事，事实相当明显了，高副总试图对公司心怀不轨，这两次阴谋没成功，他肯定不会善罢甘休，所以我们就最后商量由保卫科秦科长暗中盯高副总的梢，秦科长军人出身，又当过这么多年的保安科长，经验丰富，果然，就这么暗中盯梢了一段时间，今天终于把他逮住了，他居然趁着下午食堂没人跑到这里投毒来了，不知道他想没想过，这可是要在美食文化节上给万千群众吃的，那可是成千上万条活生生的生命啊！人怎么可能这么狠毒，想起来就浑身冰凉！唉！"

俞萍音即便现在说起，还是一脸骇然，话落，兀自感慨不休。

这时高宜和冷不丁冒出一句："那药又不会死人，只是……"

他欲言又止。

三十四

胡三娃早心有戚戚焉，忙道："只是什么？"

高宜和冷然望了他一眼，嗤之以鼻。

胡三娃再怎么问他，他都是冷眼以对，一声不吭。

胡三娃冷冷一笑："好啊，我根本用不着你回答，你等着啊！"

高宜和惶然瞥了他一眼，众人也都好奇地望着他。

胡三娃微微一笑，掏出手机给齐曼华打电话。

齐曼华看来仍然还沉浸在投毒事件的余悸中没回过神来，声音都有点发颤："胡，胡兄弟，有，有什么事吗？"

"没别的事，就是想请你把你家里的甲氨蝶呤片全部给我拿到俞氏公司来！"

"啊！"

"怎么？难道你那药还有用吗？"

"没，没用了，绝对没用了，只，只是，你要这个干嘛？"

"放心吧！跟那事无关，只是请你帮忙！"

"那，那好吧，什，什么时候要？"

"现在，马上！"

"那，好吧！"

他想的是，那玩意儿现在对齐曼华也是个负担了，拿过来，一方面给她减负，另一方面充作高副总的罪证最合适不过了！

他怡然自得地等着齐曼华，又一副讥嘲的神情望着高副总，众人不知道他葫芦里卖的什么药，都翘首以盼着齐曼华的到来。

高副总像斗败的公鸡，先是惊奇地望一眼胡三娃，然后目光游移着，不敢和他对视了。

现在齐曼华对他也是言听计从了，没过多久，她就风风火火跑来了。手里拎着一塑料兜子药片。这些药片原本是打算输进俞萍音体内的，胡三娃望着就头皮发麻。

她呼哧呼哧地跑到胡三娃身边，好奇地望望屋里这众多的人们，将手中的塑料袋递给胡三娃。

胡三娃没伸手接，只是泰然一笑："嫂子，你是护士长，干活麻利，里屋灶间

罪与赎
——万象惊魂记

碗筷刀具都有,还劳烦你把这些药片通通倒在碗里都捣碎成粉末状,我有急用!"

齐曼华丈二和尚摸不着头脑,抬脚就要去里屋忙活。

这时高副总突然叹口气道:"算了,别浪费时间了,我投放的就是甲氨蝶呤,要杀要剐要报警,就赶紧吧!"

齐曼华一听高副总也投放了甲氨蝶呤,顿时愣在当场,以为又牵涉到什么事,一脸惊惧。

胡三娃先对她安慰一笑,然后正色道:"嫂子,你没有提供过甲氨蝶呤给我们这位高副总吧?"

齐曼华脸色瞬变,连忙指天发誓:"没有,绝对没有,天地良心,我要是说谎,舌头立刻烂掉!"

胡三娃微微一笑,走到她身边,拍拍她的肩膀:"好啦,嫂子,这里没你什么事了,你回去吧!"

齐曼华惊疑不定:"到底发生什么事了?怎么也跟甲氨蝶呤扯上关系了?"

胡三娃摇摇头:"具体什么事还不是特别清楚,但肯定跟你没关系,你尽管放心,回去吧,等我弄清楚了,有机会再跟你细说!"

齐曼华忙不迭点头,显然,她很不适应这里的气氛,巴不得早点离开,当下抬眼看看众人,就匆匆离去了。

胡三娃站到高副总身前,两道目光冷厉如电地瞪视着他,但高副总失去了刚才的勇敢,目光闪躲,不肯跟他直视。

胡三娃冷笑一声:"说吧,到底是为什么?"

高副总回过目光瞥了他一眼,鄙夷不屑道:"哼,你一个乳臭未干的小娃娃,没有资格来审我!"

胡三娃叹口气:"高副总啊高副总,我想,你落到如今的下场,全是因为这一点吧!"

高副总愣了愣:"哪一点?"

"你总认为是我抢了你的总经理位置,尤其还是被这么一个你所谓的小娃娃抢的,心里极不平衡、极不甘愿,是吧?"

三十四

高副总略一错愕，脖子一梗："是，既然你说出来了，我也就不客气了，你臭小子何德何能，凭什么从一个看大门的直接就当总经理，我跟着俞伟民兄弟拼死拼活打下的江山，凭什么要交给你们这帮小混蛋糟蹋胡搞？我是气不顺，越想越闹心，越想越来气！"

他说着说着，就义愤填膺了。

胡三娃冷冷一笑："你可以不服气，但是你不可以不反省，你作为副总，难道不知道公司近年来的发展状况吗？俞氏公司在你不服气的黄二愣和胡三娃两位娃娃的带领下，业绩有了多么突飞猛进的进步，难道你眼睁睁看不到吗？"

高副总神情略略一滞，狡辩道："如果按照我的发展思路，公司进步会更快，你们只是赶上了好形势，并不一定是你们的功劳！"

胡三娃耸耸肩："你可以嘴硬，但是有个不争的事实，你现在环视一下这个屋里，这里头除了我之外的任何一位哪个不曾经是你患难与共的亲密战友和同志？于情于理，都应该是绝对支持你而不支持我的！可是，他们为什么坚决不支持你呢？你现在再看看他们的眼神，他们有哪个不是对你怒目而视、恨之入骨的？你落得如此众叛亲离的下场，难道还觉得是你自己英明无比，众人皆醉你独醒吗？"

高副总眼神晃了一下，慢慢黯淡下来，无言以对。

胡三娃继续口诛笔伐："所以啊，不要给自己找借口了，你就是私欲熏心，不是从公司利益出发，而是纯粹从私欲角度，觉得公司总经理位置自从前董事长去世后就应该是你的，却不料先是黄二愣给占了，好不容易忍到黄二愣去世了，却又被我横插一杠子，你心理彻底失衡，实在忍无可忍了，就做出这等惨无人道的事情，如果我猜得没错，你认为只要我领导下的公司出了大事，就必然会被赶下台，这样总经理的位置就当仁不让地该还给你了，是也不是？"

高副总惊讶地瞪着胡三娃，显然没料到胡三娃如同他肚子里的蛔虫，将他的心思全部吃透了，他面目凄楚地笑笑："罢了罢了，不得不承认，你小子还是有点厉害的，我顺便还可以告诉你，我为什么想起在美食文化节的食材上打主意，是因为你在上次美食节开幕式上的一句话诱惑了我！"

"哪句话？"

罪与赎
——万象惊魂记

"不得不承认,你那句话说得很有力度,我很受触动,就是:我们绝不容许俞氏公司生产的食用油再出任何安全隐患,一丝一毫一分一厘都不容许,如违此誓,天诛地灭,如今后俞氏食用油出现哪怕一丁点安全隐患,就停止生产,永不重启!天地为证,万众为证!"

胡三娃愣了好半晌:"难道我这句话对你的触动就是让你更加坚定了要对俞氏食用油动手脚的决心吗?"

高副总凄然一笑:"我承认后来还是没有克服自己的心理障碍,也或者是你说的那种贪恋引诱了我吧,嗨,现在说这些还有什么用,总之,你赢了,我输了,虽然即便现在我也还不打算服你,但我已经沦为阶下囚了,成了你们案板上的肉,任你们宰割,还有什么好说的!"

胡三娃气恼道:"你到现在还执迷不悔,你怎么能这么想呢?我想,我们今天在场,包括屋子外边的所有员工,没有一个人是抱着幸灾乐祸的心态在对待你,之所以恨你那是无不痛心疾首地为你感到惋惜,毕竟你是他们曾经亲爱的同事和敬爱的领导啊,你可以问问,即便现在,他们哪个不希望你能好好的?"

高副总眼神一呆,下意识地扫视了一下屋内屋外的众人,逐渐领会到了胡三娃所说的那层意思,他眼皮垂了下来,面色黯然,神情落寞,眉梢眼角总算浮现出了一星半点悔意来。

胡三娃趁热打铁:"你只要真心悔罪,把你的罪行说清楚,认识到自己的罪恶,并决心洗心革面,痛改前非,我想,我们公司都是一个大家庭,这个大家庭的每个人都是自己的亲人,只要我们的亲人愿意回到我们的怀抱,我们都是要敞开胸怀拥抱他的,你们说,是也不是?"

胡三娃干脆扭头对着屋外的众人喊口号,外边的人们马上齐声附和:"是!"

声音洪亮、余音绕梁。

高副总眼神一阵迷离,眼眶里似乎冒出蒙蒙雾气,叹道:"我的罪行你们不是已经很清楚了么,还有什么好说的?"

胡三娃冷冷一笑:"不清楚的事情太多了!"

"还有什么不清楚的,你问吧?"

三十四

"甲氨蝶呤从哪里来的？"

"啊！"

"说！"

"这个，从药店里买的啊！"

"胡扯，甲氨蝶呤是处方药，药店怎么可能卖给你这么多药！"

高副总不说话了，垂下眼皮陷入沉思，胡三娃冷冷逼视着他。

过了一会儿，高副总抬起头来，望了望屋外众人，却不说话。

胡三娃心领神会，他站起身来，走到屋门外，对众人说道："大家都回去工作吧，高副总这件事，等我们查清楚了，一定会给大家一个交代的，现在大家都在这里，可能会不方便我们的调查工作！"

胡三娃在公司众人心目中已经很有威信，他一发话，大家都纷纷点头表示认可，很快地，就都散去了。

现在屋里就剩下胡三娃、俞萍音、秦方泰、方明远、谷玉芬、于新安、宋红琳等一干公司骨干力量，也大都是高宜和当年出生入死的战友或者战友遗孤，他自然没什么意见了。

胡三娃定定地盯着他："现在可以说了吧！"

高宜和还在紧咬着嘴唇犹疑不定。

胡三娃失去耐心了，突出惊人之语："如果你还负隅顽抗，我只好把你另一桩罪行也公之于众了！"

众人俱皆一呆，面面相觑。

"我还有一桩什么罪行？"

"你杀害了前董事长俞伟民！"

"啊！"满屋子的人惊得眼珠都快瞪爆了。

高宜和气得浑身发颤："你，你，你个小娃娃怎么能这么信口雌黄，你这是严重诽谤啊，俞伟民是我亲如手足的兄弟，我，我怎么可能去杀害他，你，你也太胡说八道了吧！"

胡三娃冷哼一声："没有依据的话，我是不会随便说的！"

罪与赎
——万象惊魂记

高宜和气急道:"你,你说吧,你有什么依据胡说我杀害了俞兄弟!"

众人也都紧张地望着胡三娃,这样的惊天秘闻实在太耸人听闻。

胡三娃泰然道:"其一,你有杀人动机,既然你一直觊觎俞氏公司总经理的位置,所以动了杀人夺权的念头顺理成章!"

"你,你胡说,俞兄弟做董事长兼总经理,乃众望所归,我没有丝毫不服的,只是后来你们两个娃娃先后当了总经理,我才耿耿于怀的!"

"你先别着急插话嘛,听我说完有的是你辩解的机会!"

"你,你说吧!"

"其二,我有你杀害俞伟民的证据,因为,俞伟民就是死于甲氨蝶呤引发的肝硬变!"

"啊!"

一语激起千层浪,满屋子的人再次遭受心灵的巨震。

包括高宜和,也惊得目瞪口呆,下巴摇摇欲坠。

好一会儿,他喉结一阵翻滚,连咽几口唾沫,才堪堪说出话来:"你,你说的是真的?"

"当然!"

"你,你有什么证据么?"

胡三娃心想,不见棺材不掉泪,也没什么舍不得的了,于是二话不说,掏出手机来,调出那张俞伟民的肝脏尸检标本,把那张标有"肝硬变、药物性"字样的标签纸放大,赫然呈现在高宜和的眼前。

高宜和认认真真、仔仔细细地看过后,抬起头来,骇然失色:"这真是俞兄弟的尸体标本?"

"千真万确,我冒着风险去公安局拍下来的,你不是为此还说我是个罪人,还想夺我的权吗?我犯的就是这个罪,为屈死者讨回真相罪!"胡三娃讥嘲道。

高宜和已经无心理会他的讥讽了,面色阴沉如铁,眼神中逐渐透射出愤慨之色,陷入一时沉思。

胡三娃知道他在回忆着如烟往事,就耐心静候。

三十四

高宜和突然一抬眼皮,目光如炬,神色如水,冷静地望着胡三娃:"小胡,我能问你一个问题么?"

这还是他第一次以这么友好的口气,如此不伤人的称谓来对待胡三娃,胡三娃一时都没反应过来,忙不迭点头说"好"。

高宜和郑重道:"你刚才怎么一看到我的这包药粉,就能想到甲氨蝶呤,而且叫来一个医院护士,拿来样品,看那护士的神色,似乎也跟这甲氨蝶呤有着什么联系,这是怎么回事?"

胡三娃心思电转:"具体的细节不方便跟你讲,至少现在不方便,但是我可以告诉你的是,我之所以能立刻想到甲氨蝶呤,是因为蔡氏粮油公司那一家子,这个甲氨蝶呤跟他们蔡家有千丝万缕的渊源!"

高宜和静静点头:"好,有这一点就足够了,唉,没想到我高宜和一世英名,竟然糊涂到了与狼共舞、与虎谋皮的境地!唉!"

他兀自感慨不已。

胡三娃心中已基本通明:"说吧,到底怎么回事?"

"我的甲氨蝶呤就来自蔡家!"高宜和已完全放弃抵抗,也变得前所未有的平静。

"啊!"屋内诸人震惊不已。

胡三娃心中还是禁不住咯噔跳了一下,如此看来,那蔡家已经形同魔窟。想起自己前不久,还在那个魔窟里和一屋子魔鬼谈笑晏晏,不由得浑身冒出一身冷汗。

他克制着自己内心的复杂情怀,对高宜和淡淡道:"说吧,你是怎么成了魔鬼的傀儡的?"

高宜和凄苦一笑:"还有什么好说的,你不是已一针见血了么,利令智昏呗,当年俞兄弟死后,我满以为自己肯定是总经理了,谁料到冒出个黄二愣,后来看那黄二愣能力还不错,也就忍下心中这口恶气,不料他也突然死掉了,我心想,真是老天开眼,俞氏公司的总经理非我莫属啊,谁知道这个念头还没在心口捂热呢,你又突然半路杀出来当了这个总经理,我当真是哭笑不得,苦心孤诣数十载一下子落空,那种又气又急、恨不得食其肉寝其皮的心态,你是无法理解的,怒火攻心之下,

罪与赎
——万象惊魂记

我完全丧失了本性,结果轻易就被恶魔利用了,那蔡家找到我,说只要我按照他们说的做,就一定能当上俞氏的总经理,而且将来强强联合,还不定会成为多么伟大公司的总经理呢,我那会完全被怒火和妒火烧尽了理智和良知,就彻底沦为了他们的工具。甚至还不以为然,以为是在和蔡家共襄义举呢!所以发展到居然听信他们的妖言,以为这些药品只会给参加美食文化节的老百姓们吃点苦头,而不会有多大的伤害,只是要破坏他们对俞氏公司的信任,使俞氏公司一落千丈的时候就能浑水摸鱼,助我当上总经理,然后可以促进两个公司的强强联合!实现共赢的美好目标!唉,现在看来真是他娘的可笑,我怎么糊涂到这样的地步!小胡,要不是你刚才拿出俞伟民兄弟因甲氨蝶呤而致死的证据来,我现在可能还不会相信蔡家会如此用心险恶呢!"

胡三娃下意识地望了一眼俞萍音,发现她已经花容失色,形同痴呆了。

他暗叹了口气,继续问道:"这么说,高副总,你也认为俞伟民董事长是那蔡家害死的了?"

高宜和叹道:"事实摆在眼前了吧,用你的话说,其一,蔡氏公司视俞氏公司为眼中钉肉中刺,务必除之而后快,有强烈的杀人动机,其二,俞兄弟死于药物性肝硬变,而甲氨蝶呤就可以导致肝硬变,蔡家又指使我用甲氨蝶呤来祸害俞氏公司的客户,你又说你那边也有甲氨蝶呤事件牵涉到蔡家,这就绝对不可能是巧合了,那蔡家百分百是杀人凶手!"

胡三娃点点头:"你分析得有道理,高副总,如果将来我们要指控那蔡家杀人,你愿意做证人么?"

高宜和义愤填膺:"我何止做证人,我就要做那指控者,俞伟民是我结义兄弟,比亲兄弟还亲,他被人杀了,我焉能袖手旁观!"

胡三娃拍手道:"好,这才是英雄好汉行径嘛!"

当即转头对秦方泰道:"秦叔,把高副总绳子解了吧!"

秦方泰愣了愣:"就这么放过他?"

胡三娃淡淡道:"毕竟他是一时糊涂,所幸也还没有造成后果,而且也有悔罪表现,再说,将来在指控蔡家杀人时,他这事也必然会被端出来,至于法律将来怎

三十四

么惩罚他，就交由法律做主吧，咱们现在无权决定！"

他说完，就对高宜和肃声道："高副总，你认可我的意见吧！"

高宜和神色肃然地凝望他片刻，重重点头："小胡，要说以前我还对你有什么不服气的话，从这一刻起，我对你彻底服气了，你的这种大度，我高宜和白活了大半辈子，也没有学到丝毫，就冲这一点，你也比我更有资格当这个总经理！"

胡三娃苦笑道："都什么时候了，还扯这个，你今天也受惊了，赶紧回去好好休息，等候着警察或者法院的随时传唤吧！"

秦方泰很不情愿地给他松了绑，高宜和满脸愧色地望着大家，伸伸胳膊腿，想跟大家握手道个歉，谁都没有搭理他，只有胡三娃和他握手道别。

待他离去后，胡三娃示意屋内其他诸人也都离开，他想单独和俞萍音说说话。

众人今天经历了锥心刺骨的故事激荡和心灵洗礼，还都有点恍然如在梦中呢，一个个眉梢眼角挂满不可思议的神色，踏着梦幻的脚步离去。

屋内就剩下他和俞萍音了，两人谁也没有说话，任时间默默流淌。俞萍音一脸凄清、满目怅惘，胡三娃一时间不忍心打扰她的心境，只好默默陪伴着她。

好久好久，看她还木然呆立，如遭魔怔，就有点担心她在悲伤中沉沦太深，会伤心伤肺，不得不狠心打断她的忧思：

"萍音，知道自己的父亲是怎么死的，是不是很不好受？"

俞萍音呆滞的眼珠滴溜转了一下，终于转出一点生气来，她痴痴望着胡三娃，缓缓地点头"嗯"了一声，随着这一声启动，她凄迷朦胧的眼角，陡然滚出一滴豆大的泪珠。

她抬起手背试图擦拭掉，却不擦还好，一擦如同启动了泪水开关，眼泪如断线珍珠般哗哗流下。捂都捂不住。

胡三娃连忙找出纸巾来，一边柔情款款地给她擦拭着眼泪，一边不停地劝哄着她。

也不知道过了多久，俞萍音被触动的忧思终于收拢了，她抬起略略有点哭肿了的眼皮，对胡三娃凄然一笑："三娃哥，对不起，我想起小时候和爸爸在一起的情景来了，实在控制不住！让你担心了！"

罪与赎
——万象惊魂记

胡三娃摇摇头说:"我这没事,我能理解,只是不知道该怎么才能帮到你!所以就有点手足无措!"

俞萍音感动地望着他,慨然道:"三娃哥,你已经帮了我太多了,我真的很感激你,你现在把杀害我爸的凶手也找出来了,了却我一桩心事,真不知道该怎么谢谢你才好了!"

胡三娃缓缓摇头,铿然道:"谢什么呢,再说,现在说谢谢还为时过早,凶手还没有被绳之以法呢!"

俞萍音默默然看他好一会儿,正色道:"三娃哥,这就是我接下来要求你的一件事!"

胡三娃昂然道:"不用求,将凶手揪出来绳之以法,这本是我义不容辞的责任,也是我当初对你的承诺,哪还用得着你求什么求!"

俞萍音连忙摇头:"我不是这个意思,我是想求你,事情就到此为止,不要再去追究那些恶魔的什么责任了!"

胡三娃惊讶道:"难道你不想替你爸报仇了吗?"

俞萍音深情款款道:"替我爸伸冤雪恨,又何尝不是我日思夜想的夙愿,但是,三娃哥,我更怕的是失去你啊!"

"替你爸报仇雪恨和失不失去我,这两码事不挨着吧?"

"这两件事密不可分啊,而且当年二愣哥已经用生命做出回答了!"

"你认为黄总也是被蔡家杀害的?"

"虽然二愣哥没告诉我当年情形,但我基本可以推测,二愣哥通过查案知道了蔡家是杀害我爸的凶手后,决定要继续行动将凶手绳之以法,结果触怒了凶手就被杀人灭口了!我想,除了这种情形,我想不出二愣哥还有其他死法!"

"虽然我也同意你这个逻辑,但是我实在想不明白,凶手要灭口找个暗无天日的偏僻角落多好,为什么非要在煌煌广场上在岗哨的眼皮底下灭口呢?所以恐怕情形不是这么简单的!"

俞萍音美丽的凤目频频眨动,她也想不出个所以然来,一脸的云烟。

胡三娃接着宽慰她:"即便当年黄总是被凶手灭口的,那也是因为他太大意了

三十四

没有防范，现在我们知道凶手有可能灭口，那就多加小心，处处提防，不给凶手可乘之机，而且要速战速决，快速找到凶手的杀人证据，在他尚未来得及展开疯狂行动前就将其绳之以法，不也就安全了！"

俞萍音点点头，又困惑地摇摇头："可是凶手如此阴险狡诈，现在也只是能够推断我爸是他杀的，并无真凭实据，又如何能够快速找到杀人证据呢？"

胡三娃心道这蔡家人确实狡诈无比，包括主谋害死俞萍音的事，以及教唆高副总投毒的事，他们都没有直接参与，没有留下任何痕迹，真要案发了，完全可以一推六二五，把自己洗得干干净净。想必做下这桩案子来，也一定没有留下什么痕迹！

他皱着眉头陷入沉思，最后剑眉一挑："现在多想无益，唯一的思考方向就是蔡家的毒药是怎么进入俞伟民董事长的嘴里的，那么很显然，首先要考虑的是通过饮食，而据你以前所述，俞董事长喜欢在这个食堂开小灶，也就是在这个小餐厅里，御用厨师是牛志远，而且你说过他基本上都是在这里用餐，因为他特别喜欢牛志远做的饭菜口味，也就是说，蔡家的药要进入俞董事长的嘴里，基本上只能靠牛志远的饭菜一条通路了！"

俞萍音面色变了变，骇然道："其实我刚才也想到过这点，但是，公司食堂这么封闭，我们跟那蔡家又是势不两立，从来没有过来往，他们的药又怎么能进到我爸这个小餐厅里头来呢？除非像高副总那样有内奸，但是高副总也是后来才变坏的，而且他跟我爸的感情绝对是真的，这一点毋庸置疑，他不可能伤害我爸。那么，难道牛大哥？啊，不可能，也绝对不可能，牛大哥多么质朴善良的一个人啊，而且我爸对他很好，他对我爸也很尊敬，不可能，打死我也不相信他会干这事！"

胡三娃当然也绝对不相信善良宽厚的牛志远会干这样丧尽天良的事，却由此及彼想到了另外一桩事。

那就是王副总的爱人林曼英曾跟他讲过，俞伟民因为自己公司制造不合格食品由此及彼地怀疑市场上的一切食品，要求牛志远给他做饭的食材必须亲自到农村老乡家里或者菜地里直接采买。

难道牛志远没有遵照俞伟民的指示？又或者遵照了指示，却还是被别有用心的人利用了？

罪与赎
——万象惊魂记

一念及此,他心中大动,连眉眼都开始跳动了,急于和牛志远取得联系的心情一发不可收拾:

"不管怎么说,向牛大哥了解一下情况还是非常有必要的,事不宜迟,我打算马上去和他谈谈,萍音你觉得呢?"

俞萍音困惑道:"牛大哥回万象了吗?好久没联系,未必联系得上!"

"我先试着确认一下吧!"

打电话的结果一如既往,"你所拨打的电话不在服务区",这也在胡三娃的预料之中。

他毅然决然道:"这趟谈话,无论如何是要进行的,我先去他住的地方看看,如果不在,即便再去一趟他的老家,也势在必行!"

俞萍音面色大动,眼神里竟浮现些许期待之情:"啊,真要再去一趟二愣哥的老家吗?"

他竟然还是只惦念着那是黄二愣的老家,胡三娃心中苦笑,面上一平如镜:"也不一定,如果牛大哥已经回来了,就没必要再跑那么远了!我这就去看看吧!"

俞萍音愣愣地看着他,惘然点头。

经历这一场大风波,虽然已近黄昏,万西区又在遥远的城西,但胡三娃迫不及待要见到牛志远,哪里还顾得上这些。告别俞萍音,连办公室都不回了,直接出门,一向节省的他也顾不得路途遥远,费用昂贵,直接打车疾驰,如果有飞机可出租的话,估计此时此刻他也会一掷千金的。

其实已经不怎么堵车了,行进道路也很坦直,但他还是觉得山环水绕的,似乎与牛志远隔着千山万水。

又一次靠近牛志远的那个房间时,胡三娃的心不知道怎么竟不受控制地怦怦跳了起来。

当他真切地感知到那个房间里竟然传来响动时,心更是提到了嗓子眼。

难道牛志远真回来了?

他也不知道自己是紧张、激动、忧郁、惶惑、恐慌还是别的什么心情,总之百感交集、五味杂陈,个中滋味难以言传。

三十四

他停驻脚步，鼓起一番勇气，酝酿了一下情绪，才猛然一甩脖子，朝牛志远的房门大踏步走去。

走到门口，他不容自己再有任何犹豫畏缩之感，举起手来就敲门。

"谁啊！"

相当熟悉的声音，胡三娃的心跳都快停止了。

"我！"胡三娃激动得声音发颤。

里头一阵沉默。

然后，门蓦然打开，里头有个人影扑了出来。

胡三娃本能地想要躲避，大概他潜意识里以为牛志远要扑击他杀人灭口了，却被他一个熊抱，满满当当地抱紧了。

牛志远力大无穷，抱着他直接转了好几个圈，才哈哈大笑着将他放在地面。

胡三娃悬在嗓子眼上的心也才归位了，被甩出去的灵魂晃晃悠悠地又被吸引了回来。

他抑制住扑扑乱跳的心，甩开膀子狠狠锤在牛志远的肩膀上笑骂道："一见面你就给我来个灵魂出窍，你就不怕我做鬼也要回来找你玩吗？"

牛志远打趣道："好啊，能见到你的鬼影我也知足了，恐怕也只有你的鬼影比较容易见一些，你这个活人飞黄腾达了，哪里还能想起地下室有个可怜的我！"

胡三娃叫屈道："你还说我，我来找过你好几趟呢，就连个鬼影都见不着，打电话也总是打不通，你到底在搞什么鬼啊！"

牛志远嘻嘻一笑："之前不是在老家嘛，最近才过来的！"

胡三娃眨眨眼，看他确实一身风尘还没有完全消退的模样，脸上还依稀挂着南方山村的那种乡土气息，不由得好奇道："这不年不节的，为什么偏偏最近要过来呢？"

牛志远笑闹道："这不是快连你的鬼影也感知不到了，赶紧过来抓鬼招魂哦！"

胡三娃神情一肃，正色道："老牛，我是在认真问问题，请严肃地回答我，暂时不许开玩笑了！"

牛志远眼神晃动了一下，指着屋里说："那就进屋坐着说吧，站在这里一板一

罪与赎
——万象惊魂记

眼的好像审犯人一样！怪别扭的！"

胡三娃点点头，一脸严肃地走了进去。

他接下来要讲的话题过于沉重，他不想跟牛志远把气氛弄得太轻佻，那样会影响调查工作的严肃性和准确性。

他主动在那张床铺上坐下，牛志远关上房门，垂手立于他面前，眼神中开始露出惶惑之意。

胡三娃不想真弄成审问犯人的样式，就拍拍他身旁的位置说："你不是觉得审问犯人的样子怪别扭的吗，还愣在那里干嘛，坐我旁边来吧！"

不料牛志远却摇摇头说："想了想，既然主题是审问犯人，就还是专业点，别弄得不伦不类的，还是这样子受审自在些！"

胡三娃惊讶至极："你怎么知道我要审问……，不对，我要向你调查情况？"

牛志远一耸肩膀："看你那架势，那表情，不是审问犯人，才真是见鬼呢！"

胡三娃恍然笑笑："牛大哥你别多心，我只是了解点情况，并不是什么审问！"

牛志远满不在乎："没事，又不是第一次被审了，你这种架势太熟悉了，早就有心理准备了，你尽管问吧！"

胡三娃心中一动："什么意思？之前已经有人调查过你了？"

牛志远眨眨眼，面目惘然道："我也不知道你们要审的问题是不是一样，但我凭直觉应该是为了同一件事！"

胡三娃懒得兜圈子了："是不是黄二愣以前也来调查过你？"

"你怎么知道的？"

"你就说是不是？"

"是的！"

"那就省事了，我也不用向你提问了，你就按照之前向黄二愣老实交代的再跟我老实交代一遍吧！"

"啊，你们还真是为了同一件事情！"

"废话，要不我这么生气！"

"你干嘛生气呀？"

三十四

"这么重要的事情你不告诉我!"

"你也没问呀!"

"这么重要的事情还需要我问吗?"

"我怎么会知道这事情对你也重要!"

胡三娃一句话噎在嘴里,半天说不出来。也是啊,他算哪根葱,牛志远跟他说得着吗?

不过,现在既然他兴师问罪了,那就表明他的确算得上整个事件中一根重要的葱了,牛志远就不应该再有丝毫隐瞒了,于是他淡定地说:

"好,那你现在总可以说了吧!"

"说什么?"

他还在打马虎眼,胡三娃气急,干脆先扔一颗炸弹出来:"说你是怎样在给俞伟民做的饭菜里头投毒害死俞伟民的!"

"啊!难道俞总真是被毒死的吗?"牛志远惊呼出声,面色惨白,看那情形绝对不像是装的。

胡三娃惊奇道:"你不是说黄二愣已经调查过你了么?你怎么连这个还不知道?"

牛志远兀自失神了好一会儿,直至胡三娃当头棒喝一声,他才堪堪回过神来,对胡三娃惨然一笑。

胡三娃恼火道:"快回答啊!"

"什么?"

胡三娃只好复述一遍。

"黄二愣当年只是来问我,问我是不是给俞总做饭菜的食材都是从农村老乡家里买的,我说是的,他又问我在哪个老乡家里买的,我就把地址和老乡姓名都告诉了他!"

"就只有这些吗?"

牛志远明显有点犹豫:"算,算是只有这些吧!"

"什么叫算是,快说,还有什么事?"

罪与赎
——万象惊魂记

牛志远叹口气，一咬牙道："也罢，反正当年也告诉了他，现在也告诉你吧，这事在我心里硌了好多年了，没有个了断真是不痛快，希望胡兄帮我如愿！"

胡三娃急切道："你先说吧，什么事？"

牛志远面色逐渐变得恍惚，如同坠入了过往的岁月，酝酿好一会儿，才仰天长长一叹：

"唉，这事想想真是冤得慌啊，当年因为厨艺高给俞总做了专职厨师，俞总不知道怎么回事，就是特别不信任市场上卖的各种食物类的东西，要求给他做饭用的所有食材，油盐米面酱醋茶、菜肉蛋奶葱姜蒜等等之类的，必须全部从农村老乡家里的鸡笼猪圈菜园子等地方原生态采购，于是我就每隔一段时间下一次乡采购一批食材回来，从老乡家里直接购买各种食材的价格也都了如指掌，而且每家基本上八九不离十，差异不大。可是突然有一天，我在乡下采购食材的时候，有户老乡特意找到我，说他为了薄利多销，可以全部食材都半价卖给我，而且他家是种植和养殖大户，什么样的食物都应有尽有，完全不用再购买别家的东西了。我一听有这好事，立刻就答应了。你想啊，我每给俞总买一批东西，就等于能获得一半的回扣，对于我这么个有着想挣钱回那穷山窝窝里盖全村第一座楼房的远大理想的有志青年，这是多大的诱惑啊！虽然明知道价格便宜得有点离谱，但根本就不及多想，脑子里只有铺天盖地的喜悦。于是从那之后，我就一直在他家采购，那家也特别守信，不仅半价提供，时不时还多给点，随着银行卡里的钱越来越多，想着穷山窝窝里冒出一座高楼大厦的美妙场景，我欣喜若狂，简直以为是观世音菩萨下凡来救苦救难了！就这样一直到俞总突然死亡，我的财运才中断，所以我那会其实挺悲伤的，双重的悲伤，一方面为俞总的死，怎么着也算是个好东家，另一方面为自己的滚滚财源被生生截断。所以就算那时我还没有什么意识呢，直至警察的调查结论说俞总是死于多器官功能衰竭，我才冷不丁想起那家低价供给食材的事来，这两者之间会不会有什么特殊的联系？天上不会突然掉馅饼，怎么可能凭空有那样的好事？但是后来俞总死亡的事不了了之，我也就强行安慰自己说只是自己在胡乱联想自己吓自己，又没有确切的证据，所以慢慢地就把这件事忍了下来，虽然时不时会从心底里突然冒出来吓自己一身冷汗，偶尔夜里也会做一些与之相关的噩梦，但这些年还是强忍着

三十四

心底这件事相安无事的过下来了。直至后来,黄二愣突然来问我这件事,我心底深处这些年其实已经被这件亏心事弄得心力交瘁了,所以干脆一股脑儿都告诉了他,期待他能去发现事实真相,然后回来告诉我,该当何罪,也赶紧有个了结!免得这样不明不白地活受罪。谁知道黄二愣不但一去不复返,还莫名其妙自己也死掉了,唉!也不知道他最后到底调查出个啥没有!总之,我又陷入了无边无际的憋闷之苦,甚至有时候还开始胡思乱想黄二愣的死是不是也跟我有关,弄得自己心底更加彷徨苦闷了!所以刚才一看你那副严肃的表情和审问的架势,完全跟黄二愣当年来时的情形一模一样,我心中一个咯噔,就知道可能历史再次轮回了,我的断头之日或者莫如说我的出头之日可能又一次降临了。果然,听你刚才的说法,俞总真是被毒药毒死的,那肯定没得跑了,就是那家便宜卖食材给我的农家害的,我也间接成了杀人凶手!唉!命运啊,造孽啊!"

他感慨片刻后,突然一咬嘴唇,向胡三娃伸出双手:"你把我铐了去报官吧!"

胡三娃听得心里一阵一阵揪心,听完后,眉头都快皱成麻花了,直恨牛志远贪图小便宜把自己害得这样凄惨,可是现在抱怨责骂又有什么用呢?再说,以牛志远这么一个从穷山窝窝里出来到大社会里想要挣钱兴家的穷汉子,要求他能抵御那种金钱的诱惑也实在有点苛求了!

现在唯一的救赎方式就是将功赎罪了,把所有的罪人罪证都挖掘出来,然后投案自首,争取尽量减轻刑罚,除此别无他法!

他不再犹豫,赶紧扯住牛志远的胳膊说:"走!"

牛志远愣了愣,忙说:"你能容我再收拾整理一下么?换身衣服,带点贴身用品,听说那局子里一旦进去就出不来了!"

胡三娃恼怒道:"别扯淡了,你带我去找那户农家,保留罪人罪证,争取为你减轻点罪罚!"

牛志远错愕道:"可是现在不早了,那里挺远的!"

胡三娃气恼道:"都什么时候了,你还有心情挑选黄道吉日?现在是在救命,你知道么?"

牛志远这才意识到事情的严重性,面色有点惊惶,忙点头答应了。

罪与赎
——万象惊魂记

两人当即走出地下室，打上出租车，不管路途多远，费用多大，胡三娃现在流血的决心都有了，哪里还会考虑是否浪费银子。

出租车司机本来嫌太过偏远，不想去，胡三娃许诺费用加倍，并且一会儿肯定还坐他的车回来，保证不让他空车返回，他这才勉强答应了。

在牛志远的指点下，出租车七拐八弯终于驶出城区，向着一个遥远的郊外狂奔。奔着奔着，胡三娃忽然心中一动，虽然外边夜幕降临，尤其是郊外更是黑黝黝一片，他却有种似曾相识的感觉。

慢慢地，他搞明白了，这出租车正是在开往那泱泱大山深处的陵渡镇，一想起陵渡镇，他就不由自主联想到那墓地，难不成那农家的菜园子就在那墓园子里？要是俞伟民的尸骨也埋葬在那墓园子里，那真是一种要命的讽刺啊！

不过还好，出租车到了陵渡镇后没有驶入那条主街的尽头，在街道中间一条岔路处拐进去了，然后在一条坑洼不平的乡村土马路上好一阵颠簸起伏，足足又晃荡了半个小时，才终于抵达一个小山村的村头土路入口处，那条土路泥泞而狭窄，出租车是再也开不进去了。惹得出租车司机好一阵抱怨，若不是有双倍金钱的魅力，他非得在中途将胡三娃他们撂在荒郊野岭不可。

好在大山里头的小山村也不大，那户农家离土路入口处也不远，胡三娃就给出租车司机押上单程路费的三倍作为押金，嘱他一定要等着他们回来。

然后两人就深一脚浅一脚地在泥泞的土路上艰难前行，大山里头又冷又黑，两旁的巨大山峰在黑夜里影影绰绰的，如同鬼影幢幢，夜风带着初春和深山的双重寒气，呼呼直往脖子里头灌。那是一种透彻心肺的寒凉！

不过胡三娃完全顾不得这些自然环境的侵害了，与人类社会里的那些洪水猛兽相比，这实在算是大好河山呀！

终于抵达目的地，牛志远面朝一片模模糊糊的灰影站定了身形。

胡三娃定睛细看，夜色中瞧不清楚，不过那肯定是一片农家院样式的建筑物，旁边不远处也有这样的农家院，但是那里灯火辉煌、隐隐还有谈笑声传来，眼前这片所在却是黑灯瞎火。

胡三娃心中升起一股不祥的预感。

三十四

他转头问:"怎么回事?确定是这家吗?"

牛志远坚定点头,困惑道:"怎么会睡这么早呢?或者,出门走亲戚去了?"

胡三娃沉声道:"快过去看个究竟!"

他心中突然涌起一股奋不顾身抓贼的冲动,不顾山村小路荆棘丛生,一跺脚一振身形,向那片灰蒙蒙的建筑物飞扑过去,倒是没有什么预期中的阻碍,很快就顺利扑到了农家院的大门边,他使劲敲门,里头死气沉沉,毫无反应,于是他又大力撞门,大门却坚如磐石,纹丝不动。这时牛志远也来到门边,两人借助手机屏幕的光亮,在门上一阵紧张的摸索,终于摸到了一把牛尾巴粗的铁链大锁,大锁都生锈了,都快和铁板门粘连在一块了。

胡三娃心中一片寒凉。

这时,旁近的邻居听到异动,走到院子里探头冲这边大声喊道:"谁啊?他家已经不在了,弄这么大声干嘛!"

胡三娃忙道:"老乡,抱歉打扰了,我是这家的远亲,今天到万象出差,就顺便来串个门,您知道他家去哪里了吗?"

老乡诧异道:"咋回事,又来个远亲!"

胡三娃愣怔道:"什么意思?"

老乡答道:"大概一年多以前吧,也有个人深更半夜来敲他家门,也说是远亲!"

胡三娃心中苦笑,那八成就是黄二愣了。

他连忙解释道:"那就巧了,不过我真是他家远亲!"

老乡嘲笑道:"呵,你这亲戚关系还真是够远的,人家都出国了,你还不知道呢!也不打个电话,就冒冒失失到这山沟沟里头来!"

胡三娃声音开始发颤了:"我,我把他电话弄丢了,您知道他什么时候出国的吗?"

"早啦,得有三四年了,老婆子,隔壁哪年出国的你还记得吗?"他很热心地掉头问他的老伴。

院子里有人低声嘀咕了一声,然后老乡就高声传话:"应该是2010年中秋前后的样子吧,具体哪天记不得了!"

罪与赎
——万象惊魂记

"那您知道他家去哪个国家了么？"

"这个就不晓得了，好家伙，你查户口呢，问得这么细！"老乡已经开始警觉了。

胡三娃忙道："不好意思，好久没他家信息了，就想知道得详细点，我还能再问您最后一个问题么？"

"你问吧？"

"一年多以前，那个来敲门的所谓远亲，也是白来一趟吧？"

"那当然了，这家出国后就再没回来过，应该是定居国外，不会再回来了！"

"好，我没问题了，那就不打扰您了，非常感谢啊！"

两人告别老乡，匆匆返回。

胡三娃心中当真是灌了苦酒一样憋闷。

不过其实应该早就想到了，蔡家安排人实现了杀害俞伟民的目的后，不可能还将杀人罪证堂而皇之留在犯罪现场，只是安排出国，还能够容忍他们活在人间就相当仁慈了！

只是自己一时情急，只想着赶紧找到蔡家杀人的人证物证，然后用针孔摄录机录下来，形成铁证如山之势，让蔡家无可遁形，先是交代杀害俞伟民的罪行，然后再顺势深挖出他们是如何稀奇古怪地杀害危及他们安全的黄二愣的罪行，这样势如破竹，他就彻底达到了既还原谜案真相、惩罚罪犯的目的，又免了最后苦苦寻觅那凶险至极的楚天舒给自己招惹杀身之祸的祸患！他怀着这样美好的愿望，就兴冲冲地直接冲过来了，害得牛志远和出租车司机跟着他白受这一顿折腾之苦。

看来在生死关头，他还是心浮气躁，把持不住，乱了心性，失了理智，他还一直以为自己有多么视死如归、气概万千呢，现在看来那都是在俞萍音面前装出来的，想要以此盖过黄二愣的风头来博取大美人的芳心，真是荒唐可笑！

叹过笑过之后，他就想接下来怎么办，想来想去，也就得出定论：要想彻底解开俞伟民和黄二愣的死亡之谜，楚天舒是无论如何也绕不开的最后障碍，想要速成或者速死，必须速速找到这个人！

他不由得加快脚步。

牛志远一边仓促行进，一边怯声问道："对了，一直想问你，实在憋不住了，

三十四

这家到底投的什么毒药害死的俞总,你又是怎么知道的?"

胡三娃想着他的可恶行径,气就不打一处来:"你还有脸问,到牢房里头再问吧!"

牛志远讪讪一笑,噤声不言了。

胡三娃想起他往日挤紧裤腰带接济自己的温情场景,心里又是一软,安慰道:"唉,不过我会尽力想办法为你减轻刑罚的!"

他突然连带着想起一事:"对了,你的赃款到哪里去了?可能到时候需要罚没!"

牛志远陷入了沉默。

胡三娃恼火道:"怎么?事到如今,你还舍不得这种脏钱?"

牛志远苦笑道:"我哪里还有脸面用这笔钱,为了求得心安,就用这笔亏心钱做善心事了,早就都接济给村里的孤寡老人了,一分钱都没留给自己!"

胡三娃想了想:"你当年在俞伟民死后,也没有像黄二愣那样忠诚地留下来辅佐俞萍音,是不是就是觉得有可能是自己害死了俞伟民,再无脸面留在公司了?"

牛志远苦叹一声:"与其说没脸面,还不如说没胆量更合适一些,还留在那犯下罪恶之地,做噩梦都得把自己做死!"

胡三娃故意板着面孔冷笑一声:"所以你就把我推进这火坑里去吃苦受罪!"

牛志远惊呼一声:"啊,天地良心,我那会推荐你去公司绝对是真心实意想要帮你的,没有任何不良企图,再说,你去公司也没吃苦受罪啊,不是还当了公司老总么,听说好像还跟俞姑娘谈起恋爱来呢!"

胡三娃心道,我那入主公司后一系列山高水深的灾难和苦恼你又何曾知道,就在眼下这谈笑风生的时刻,我也是在一步步地向着鬼门关行进,你可知道?

他真有一种要将自己眼下的灾难和自己的好兄弟分享的冲动,不过想想还是强行抑制住了,牛志远有他自己的心灵之苦需要承受,就不要再给他增加负担了!

他只好淡然一笑:"逗你玩的,咱们快点走吧,要不出租车司机该抛弃咱们了!"

两人勉强插科打诨着,各怀心思回到路口,还好,出租车司机还算被金钱挽留住了良心,没有弃他们而去,否则,他们俩只有在这深山窝子里呼天抢地了!

虽然他在车上仍满嘴抱怨,但胡三娃已经觉得他是世界上最可爱的人了!

罪 与 赎
——万象惊魂记

　　将牛志远送回属于他的地下室，又回到令他突然间倍感眷念的公司，就是彻底的深夜了！

三十五

罪与赎
——万象惊魂记

俞萍音竟然还在黄二愣的办公室等着他，那一脸苦苦期盼、望穿秋水的神情，显然，她已经开始呈现出一种如果没有他的存在就不知道自己如何存在的态势了！

胡三娃心里有点没心没肺地得意，紧接着就是一阵揪心般的沉重。

在送俞萍音回家路上，他本不打算告诉她探访牛志远的详情，但在她征询的目光下，又想着她有权知道她父亲死亡的真相，就一咬牙将牛志远被人利用的事情告诉了她，不过他隐瞒了自己和牛志远不辞万里夜访深山的事情，他怕俞萍音因为知道破案无望而阻止他的继续行动。

俞萍音听完后倒是再没有那种激动情绪，也可能是高副总事件已经将她的悲伤情怀彻底宣泄干净了！

她只是沉默，触动心灵的沉默。

胡三娃生怕这种意味不明的沉默也会伤害到她，就小心翼翼地干脆将它打破："萍音，你恨牛志远么？"

俞萍音叹口气，摇摇头："我不恨他，知道他是无心的，我反而松了口气，如果知道他是故意的，那我真无法接受，不是因为仇恨而无法接受，而是如果那样，我真不知道该怎么面对这个社会了，甚至也不敢面对这个社会了，因为连牛大哥那样的人都会杀人，还有什么人可以相信呢？"

胡三娃一时间真想冲口问出："难道我也不值得你信任吗？"

但还是强行忍住了，俞萍音也许只是针对牛志远事件就事论事地一番感慨而已，犯不着跟她较真，再说，自己不日就可以用死亡来证明自己是这个世界上最值得她

三十五

俞萍音信任的人了，何苦争这一时之气。

他没再逞口舌之快，只是没话找话地安慰了俞萍音几句，将她送回家后，返回公司途中，他就开始沉入了如何寻找楚天舒的漫天思考当中。

这一问题困扰得他几乎夜不能寐，苦思冥想，各种找人方案推倒重来，重来又推倒，弄得他心力交瘁、筋疲力尽，一会儿春暖花开，一会儿又死去活来。

这种状态一直持续到第二天下午，还是一筹莫展，他苦笑着拿出手机想看看时间，也不知道咋地，突然间脑中灵光一闪，一个思想的火花冒了出来。

这不是黄二愣的手机吗？黄二愣当年找到楚天舒后，肯定会和他用手机联系过吧，只要联系过，就一定会有历史记录，而楚天舒是他探案过程中最后一个探访的人，那么手机历史记录中最后那个电话十有八九就该是他的号码了？

一念及此，胡三娃的心都快跳出来了，连忙颤抖着手指将历史通话记录调出来，急急忙忙去翻阅自己使用这个电话以前的历史记录中的最后一个通话号码，当看到这个号码的时候，他眼珠都快爆出来了。

那个号码是有对应的名字的，名字就叫"黄二愣"，而这个"黄二愣"名下所显示的那个手机号码，显然不是自己手持本机机主"黄二愣"所对应的那个号码。

难道还有另外一个"黄二愣"，而那个"黄二愣"就是楚天舒？

实在是太玄幻太离奇了，胡三娃蓦然间感觉头皮发麻，后背凉意直蹿。

他猛然间就又联想起了手机当中"黄二愣"发给"黄二愣"的短信，浑身冷汗直流。

他心惊胆战，连忙又将那条短消息找出来，那惊心动魄的几行字就像个魔鬼一样破入他的眼帘：

"黄二愣，你得小心点了，一切的繁荣和美好都是假象，平安和幸福都是美丽的肥皂泡，争斗和罪恶才是这个社会唯一的主题，等着吧，你会为你的逍遥自在而痛悔的，你的敌人就要来了，他将把你杀死或者被你杀死，然后彼此再坠入一个新的罪恶的轮回，好吧，现在请庆幸吧，你的敌人姗姗来到了，做胆小鬼还是做勇士，全看你的了！"

他继续苦思冥想，以前看着这条短信就是觉得好玩刺激，胡乱想了一下，就没再当回事，现在看来，原来这条短信蕴含天机啊！

罪与赎
——万象惊魂记

无疑，这个发短信威言恐吓的"黄二愣"，即便不是杀人凶手，也一定和杀人凶手有着千丝万缕的联系，看最后那句话的口吻，显然是在挑战。而黄二愣何等英雄豪杰，自然不会被这么一句话吓倒，于是他欣然应战，于是就死于敌人毒手。

可是，死于敌人毒手都还好理解，关键是为何能够死在自己眼皮底下？

算了，多想无益，就联系这个"黄二愣"，像黄二愣那样真刀实枪地跟他大干一场吧！

于是，他壮怀激烈地给这个"黄二愣"打电话，电话通了，他的心也怦怦跳着，不过还好，对方没接听。

他先放下电话，按住扑扑乱跳的心，略见冷静了，他就直骂自己没出息，自己代表着正义，怎么反而害怕这个代表邪恶的"黄二愣"呢！

自我鼓励下，勇气陡然大增，他又拨打一次"黄二愣"的电话，还是没通。

这下他就不再庆幸对方没接了，而是皱着眉头想，难道对方也是个胆小鬼？

确立了心理优势，他就再不害怕了，一发不可收拾地使劲拨打，心道，我一直要打到你灵魂瑟瑟发抖为止。

但是折腾了半个下午，也没有打通。

最后他焦头烂额之下，就开始联想，也许对方手机上也显示的是"黄二愣"，本来黄二愣已被他杀害，现在还在不停地给他拨打电话，他大概以为是黄二愣的亡魂向他索命来了，吓得不敢再接听。

就在他越想越觉得是这么回事，放弃拨打电话，准备上电信局去看看有没有可能查到这个号码的机主是谁时，手机里头突然咕咚响了一声。

他心里咯噔一跳，连忙拿起来匆匆一看，一阵兴奋感连着一阵紧张感一齐向他袭来。

"黄二愣"给他发来短信了，他连做几次深呼吸，才点开来看：

"你好，既然找到我了，那就做个了断吧，明天下午三点，咱们不见不散！"

胡三娃愣怔了好一会儿，一时情急，赶紧拨打那个号码，却被对方硬生生切断了，很快，一条短信紧跟而来：

"不要打电话，就短信说吧！"

三十五

胡三娃愣了愣，赶紧发过去一条短信：

"你是谁？我凭什么要跟你见面？"

"凭我是楚天舒！"

"楚天舒是谁？"

"什么都别问了，一切明天见分晓吧！"

"总得把地点告诉我吧！"

"明天上午短信发给你！"

然后，仍凭胡三娃怎么打电话、发短信，那"黄二愣"再不理睬了。

胡三娃逐渐冷静下来，知道这最后一战怎么也躲不过去了，不直面敌人，他是无论如何不会通过电话或者短信老实交代他的罪行，所以自己想既避免死亡又获得真相及罪证的想法真是太幼稚可笑了！

也罢也罢，命运如此，又如何能够抗拒！

且看我明日如何笑谈渴饮匈奴血、怒声直奔黄泉路吧！

他勇气和豪气陡然喷发，刚刚差点被惊魂插曲破坏殆尽的精神和心境再次得到了武装。

于是他开始筹备自己的身后事，首先，他想到应该在自己死前帮助那五户背负巨大良心包袱的可怜家庭获得解脱。他略加思考，就定出了方案，再不犹豫，逐一给那些可怜人们致电，要求他们明日上午九点务必赶到天幕陵园，说有重大事项公告，务请到场。

又请王怀林和薛素萍夫妇俩务必带着那两大袋甲氨蝶呤片，这是对黑暗中挣扎的灵魂进行拯救最重要的武器。

当然，蔡义诚和蔡义芮这两个罪魁祸首是不会被邀请到场的，他们俩在俞伟民的案子中应该就会被严惩了，所以这个杀人未遂的案子连提都不要提了，免得把这五户可怜家庭的成员们牵连进去。

安排完这桩事，最重要的事，就是他死后俞萍音怎么办？当然，随着时间的推移，她一定也会像现在从黄二愣的死亡当中得到解脱一样，关键问题是她刚得知他的死讯时情绪高潮时分产生自杀念头，当然也有可能是他自作多情，他在俞萍音心目中

罪与赎
——万象惊魂记

根本就达不到黄二愣那样的深度，但以防万一，还是必须提前准备。

上次黄二愣死后，俞萍音是在家里自杀的，这次十有八九也会选择家里进行，那就必须得提前安排人，明天在她家附近找个隐蔽的地方蹲守，一旦发现情况，马上冲进去救人。

那么最好就得有她家里钥匙，否则一时间被门板挡住，可能会贻误救人时机，涉及俞萍音宝贵的生命，丝毫都不能大意。

首先是蹲守的人选，谁比较合适呢，很快就想到了谷玉芬，一方面她是个女人，也方便以各种借口去她家，另一方面她是她爸的旧友，算是她的长辈，再者，上次黄二愣死后，及时发现俞萍音自杀的就是她，她已经有丰富的发现并挽救自杀者的经验。

时间不等人，他再不犹豫，马上打电话把谷玉芬叫了过来。

当谷玉芬听他说明意思后，并不是惊讶得合不拢嘴，而是好奇得如见鬼魅。

他微苦一笑："这事情不太好说清楚，但是谷大姐您要相信我，我是真心想要保护俞萍音，不想她出任何意外！"

谷玉芬恍然如梦地摇摇头："胡总，我不是不相信你，我是太相信你了，只是觉得不可思议，怎么历史重演了？"

"什么历史重演了？"

"当年黄总也是这么找到我，不过他倒没明说怕俞萍音可能会自杀，只是让我那些天多找点理由去俞萍音家里转转，他也没说他自己会遇到什么危险，后来他离奇死掉了，俞萍音还真自杀了，我就只当是黄总预感到什么危险，结果不幸被言中而已！没想到你今日竟然也提出这么个情况，我的天，难道，你也预感到什么危险了吗？"

胡三娃听完也是一脸不可思议，没想到自己在这么细节的方面居然也跟黄二愣雷同起来，想来想去，那就只有一种可能，黄二愣当年和自己今日与"黄二愣"联络时感受到的危险是一致的，并且也已经做好了必死的决心，既然必死无疑了，自然就要考虑一些重大的身后事，那么俞萍音的安危是首当其冲要斟酌的，而选择谷玉芬的道理很浅显，所以就这么雷同起来。

三十五

这么一想，也就释然了，他当即微微一笑："谷大姐，您无需担心，虽然有这种预感，但也许就是我的胡思乱想而已，想来世间的事也不会这么巧，但不管怎样，预先做好周密准备还是应该的！"

谷玉芬茫然点点头。

胡三娃想了想道："我今天晚上送俞萍音回家的时候，跟她要一把家里的钥匙，你留着备用，以防万一！"

谷玉芬苦笑道："黄二愣当年已经把钥匙给我了，我一直留着呢，除非她家换钥匙了！"

胡三娃简直哭笑不得，不过他已经对于这类事情基本麻木了，也就不以为意，笑了笑道："那我就还是问她要一把最新钥匙吧，以防万一！"

两人再商量了一些细节，最后胡三娃叮嘱她一定不能把这事告诉俞萍音，她点头答应，也不多话，就告辞离去了。

送走谷玉芬后，他情绪略略起了点波澜，兀自发了一会呆，然后才继续振作起来，有条不紊地再安排了一些后事。就算是交代一切了！

晚上，他送俞萍音回家时，找了个时机问她要家里钥匙，她只是愣了愣神，也没追问什么，就毫不犹豫给了他。

看来她对于胡三娃和黄二愣如此雷同，也已经见怪不怪、习以为常了，连情绪上都不再起波澜。

他回公司途中先去给谷玉芬送了钥匙，然后才回办公室安歇。

因为第二天一大早他就得赶赴那个天幕陵园，完事后还得赶回城里来赴死亡之约，他的事情多着呢！一桩桩的都必须紧锣密鼓进行了！

死亡前夕，受空气中飘忽的死亡气息的滋扰，前半夜他惶惶不可终日，难以自抑地开始思考自己这短暂的一生，所以根本做不到心平气和地入睡，最后，他逼着自己拿出破罐子破摔的精神来，也是因为实在困顿不堪了，才不知不觉沉沉地睡了过去。

当然，由于心中搁着大事，又或者是脑子里的丧钟开始计时，他还是在天蒙蒙亮的时候就自动醒转过来。

罪与赎
——万象惊魂记

脑子里还是有点沉闷，但意识已然清醒过来，他没有立即翻身起床，而是微闭着眼睛赖了一会床，这可能是他人生中最后一次躺在床上了，以后可能就要睡棺木或者骨灰盒了，所以他对这张硬板床产生了一种前所未有的依赖和眷念，也从来没觉得床原来可以是如此一种亲切美好的东西。能多躺一会儿是一会儿吧！

但夺命的冲锋号已经吹响，命运终究无法改变，除非他胡三娃做个缩头乌龟、临阵脱逃，否则就必须起来冲锋了，因为战机一闪即逝，如果赴死的战斗没有打响，并不意味着他就可以活下来了，那种因为贻误战机才苟活于世的滋味，会让他宁愿死一百遍！

于是，胡三娃沉重的心怀被嘹亮的战斗号角吹动，他奋起心劲，蓦然睁开眼来。

然后就在他要翻身坐起的时候，随着视线不经意间的推移，他的目光蓦然瞪直了，心脏"嘭噌"一声差点从胸腔里跳出来。他不是翻身坐起，而是本能地双手撑在床上，猛然往墙角里挛缩。

就在他的床前，什么时候居然坐着一个人，那人默默无声，脸上似乎还带着一抹邪魅的微笑。

老天，这是怎么回事？难道自己神思恍惚之下，看花了眼？

他受惊过度，双臂还在微微颤抖，想抬起手背来抹抹眼睛都做不到了。

然而更令他惊诧的是，床前那人却嘻嘻一笑，还冲他愉快地眨眨眼。

简直天雷滚滚，怎么回事？这人的眉眼怎么这么熟悉？

胡三娃愣怔片刻，逐渐从刚睡醒的朦胧状态和骤然受惊的惊骇心境中回过一点元神来？眼前这人不是鬼嘛！貌似某位熟人！

他这会有点余力了，抬起颤巍巍的胳膊抹了一下白花花的眼睛，这下看得清楚了，也把他完全搞懵了，他先是张口结舌好一会儿，然后不由得吧嗒一下嘴，哭笑不得。

眼前这搞恶作剧的人竟然是老妇人薛素萍。

此时，她似乎还完全不知道自己已经把胡三娃吓得七荤八素了，还在没心没肺地对着他灿烂地笑呢。

胡三娃苦笑一声，元神彻底归位，不由得端了端身子，又是气恼又是心疼地皱

三十五

眉道："干妈，你这大清早地不好好睡觉，跑到我这干嘛来了？"

老妇人就立即弯腰，从床旁的地上拎起一个黑色塑料袋给他看，正是她克扣下来没有伤害俞萍音的那些药片。

胡三娃恍然笑道："你和干爹直接去那墓地即可，不用过来同我一块去的！"

薛素萍嘟哝着嘴摇摇头，虽然满眼温情，但却是有点赌气地望着他，似乎很不满意他的这种说法。

胡三娃心中浓情油然升起，忙道："好吧好吧，那就跟我一块去吧，咱娘俩好久没聚了，正好一块说说话！"

然后他就赶紧起床，薛素萍居然像照顾一个三岁小娃娃一样，动手给他穿起衣服来，胡三娃心中倍感温馨，索性就耍起小孩子脾性来，尽情享受着母亲般的温暖！

在生命临终前，有如此温情相送，当真是一场丰厚的践行了！

他收整完毕，带着薛素萍走出里间，准备开赴深山。

来到外边办公间，他蓦然惊觉不对劲，办公室里怎么如此窗明几净，有豁然一亮的感觉。

仔细一瞧，才发现什么时候地板被打扫得干干净净，窗户玻璃一尘不染，尤其是他的办公桌面，竟然井井有条，更令他触目惊心的是，他桌上供着的那个真空食品包装袋，已然不见。

他转头望着薛素萍，惊讶道："干妈，这是你整理打扫的吗？"

薛素萍神秘一笑，邀功似的点头不断。

他心中蓦然一动，指着桌上那个安放包装袋的位置说："那个袋子去哪里了？"

薛素萍二话不说跑到柜子门口，打开柜门让他看，原来她给收拾到柜子里头去了。

胡三娃则完全被触动了回忆开关，往事如电影胶片一般在他脑海里一一掠过。

他想起了他在这间神秘小屋里里外外经历的那一幕幕离奇又销魂的诡异场景，难道竟然是薛素萍在搞鬼？

再联想起她那次拿着个黑色垃圾袋从他眼皮底下茫茫然走过的情景，还能有得跑？十有八九就是她了！

罪与赎
——万象惊魂记

可是,她是怎么进到这屋里来的呢?

刚才看到她在床旁出现,就想着可能是她请宋红琳给她打开屋门进来的,可是如果以前的那数次闹鬼经历也是她干出来的,那就只能另辟蹊径!

他连忙问道:"干妈,这屋门关得死死的,你是怎么进来的?"

薛素萍干脆利落,把手伸进兜里,掏出一把钥匙来,举在胡三娃面前,一脸得意的神情。

胡三娃好一阵呆愣,然后一把抓过那把钥匙,掏出自己的钥匙与之对比,还能有什么疑问,一模一样!

他惊奇不已:"干妈,你钥匙是从哪里来的?"

薛素萍嘻嘻一笑,竟然像个顽皮的小孩一样拍着手,嘴里费力地蹦跶出一些古怪的音节:"愣娃,三娃,俺的,嗯,娃!"

胡三娃如梦方初,原来黄二愣把这个房间的钥匙也给了薛素萍。其实想来也没什么奇怪的,干儿子把家里的钥匙给自己干妈,完全顺理成章的事嘛!之前怎么从来就没往这方面想过呢?

胡三娃一边暗骂自己糊涂,一边求证道:"干妈,这钥匙是黄二愣给你的吗?"

薛素萍开心得连连点头。

胡三娃继续问道:"你经常来这屋里吗?"

薛素萍眉头微皱,抿着嘴唇,似乎在凝神思考,然后茫然眨眨眼,好像不太懂得胡三娃这句话的含意。

胡三娃估摸她不太明白怎样算是经常,就只好说:"你多长时间会来这里一次?"

薛素萍还是歪着脑袋,茫然眨眼。

胡三娃没辙了,干脆问道:"我这屋里有一天,桌面上莫名其妙突然出现一个袋子,就是你刚才收拾到柜子里头去的那个,那是你放上去的吗?"

对于这种很客观的问题,薛素萍毫不犹豫,连忙点头。

胡三娃苦笑道:"你为什么要这么做?"

这问题又有点主观了,薛素萍又不停眨着眼睛陷入茫然。

胡三娃知道他这位痴憨的干妈是没法跟他交流比较深入的问题的,即便心里焦

三十五

急,也只能徒叹奈何,他只好继续问干巴巴的问题:

"那你又是怎么进入公司院里的呢?为什么我们在大门口值班时除了我见过你一次外,都没怎么见过你?"

薛素萍终于又逮到一个可以作答的问题了,高兴得直点头,喃喃道:"洞,墙,洞洞!"

胡三娃惊讶道:"有墙洞,在哪里?"

薛素萍二话不说,扭头就走。

胡三娃亦步亦趋地跟着她。

最后终于搞明白了,原来在公司废弃多年的那一半大院的一个偏僻的墙角,在荒草丛中,居然在墙壁上破开一个墙洞,与其说是墙洞,莫如说是一条宽缝,也只有薛素萍那样风一般干枯瘦削的身板,才能挤得进来。这宽缝被荒草遮蔽,根本看不出来。即便看得出来,这里荒废多年,形同荒郊野外,也根本没人过来查看。

胡三娃抑制不住问道:"干妈,你为什么要这么费劲巴哈地进到我的,哦,黄二愣的办公室里去呢?有什么特别含意吗?"

薛素萍茫然地摇摇头,又愉快地眨眨眼,嘴里又蹦跶着刚才那一串词语:"愣娃,三娃,俺的,嗯,娃!"

胡三娃脑子里一塌糊涂,但接下来无论怎么向薛素萍求证,薛素萍也只是嗯嗯啊啊、咿咿呀呀说不到点子上了!

无奈,时间不等人,他只好放弃对这个突然冒出来的插曲的苦苦求索,领着薛素萍急忙赶赴天幕陵园。

人生最后的时光,他也变得毫不吝啬钱财了,直接打车飞奔山区。不知道一向艰苦朴素、节俭持家的黄二愣,当年在这最后的生命漩涡里,是否也能变得大手大脚呢!

紧赶慢赶,总算及时赶到了。

天幕陵园一派安详的晨光,时节正值冬春之交,原本就四季如春的陵园各处更是春意盎然,草木青翠欲滴,桃枝柳梢暗红点点。陵园里悄无声息,埋葬在这里的亡魂们似乎也正在安享这一派春光静好,全然不知此时他们的头顶上正在酝酿着

罪与赎
——万象惊魂记

一场惊涛骇浪。

王怀林已经先行赶到了。

见面打过招呼,彼此心照不宣地微微一笑,然后席地而坐,静候他人到来。

接下来,齐曼华母子俩赶到,齐家小少爷经历素林饭店那一场声势浩大的公审后,似乎性情大变,乖顺地跟在他母亲的身后,见到胡三娃也不再满嘴江湖野话了,而是低眉顺眼地问了一声好后,就默然无声,垂头而立。

谢云在随后赶到,看到薛素萍和齐家小少爷也来了,脸上浮现困惑的神色,和众人点点头算是打过招呼后,就和胡三娃握手寒暄。胡三娃强忍着复杂的心情,和他平静地交流起来小菲儿的近况。

然后,周向明和舒婉雯联袂赶来,胡三娃通知他们都是分头通知的,而且也没明说都有谁会参加这次聚首,就是不想让他们对这次墓地聚首的主题有了预感。

然而他们俩还是有了商量,看来自从在阴谋暗杀俞萍音的行动中携手结盟后,他们两就已经结下了深厚的革命友谊,有了同生死共进退的意味了!

不知道他们是否已然猜测到了这次聚首的主题,不过以舒婉雯那么聪明的人,估计已经心里雪亮了!

果然,他们到来后,舒婉雯看到墓地里人才济济的样子,王怀林、齐曼华、谢云在悉数在场,她眉梢眼角原本积聚的疑云便有种豁然洞开的气象,不过她的目光又在薛素萍和吴良两人的脸上停留了片刻,若有所思后,面上又浮现茫然神色。

最后她也只是冷冷地看了胡三娃一眼,似乎并不为之所动,也不跟他打招呼。

周向明则和众人一一打着招呼,又和胡三娃热情地抚肩搭背攀谈了几句。

接着,大家默默无声地恭候下一位的到来。

也许已经猜到今天主题的人们预期下一位到来的应该是蔡义诚。

所以,当宋菲婷从墓园的小道姗姗走来,立时引起了一片不小的哗然。

尤其是谢云在,简直惊得目瞪口呆,完全丈二和尚摸不着头脑地望着他老婆逼近。

宋菲婷看到谢云在也在场,也是张口结舌,一派茫然。

这夫妻俩还在大眼瞪小眼时,随后从墓园小径又拐过来的另一个人更是激起了

三十五

更大的哗响。

那人竟是舒婉雯。

舒婉雯惊呼失声，下巴都快掉下来了。

舒婉斐循声看到她姐姐，吓得缩了缩怯弱的小脑袋，立刻停住脚步，惊惶地眨巴着一对玲珑妙目，如坠五里云雾。

舒婉雯震惊过后，愤而掉头，瞪着胡三娃，怒不可遏："你要搞什么鬼？"

胡三娃冷冷一笑："你应该心知肚明！"

舒婉雯满心愤懑："这跟我妹妹有什么关系？你把她叫来干嘛？"

胡三娃微一耸肩，扭头对舒婉斐苦笑道："婉斐，你是不是也想质问我，这跟我姐姐有什么关系，你把她叫来干嘛？"

舒婉斐心慌意乱之下，竟还真地点了点头。

舒婉雯好一阵错愕后，面色逐渐变得苍白起来。

胡三娃面向众人，清了清嗓子，蓦地提高声气："好啦，既然大家都到齐了，那时间宝贵，咱们就开始吧！"

舒婉雯冷不丁叫道："等等！"

胡三娃愕然望向她："怎么啦？"

"罪魁祸首还没到呢，你开什么始？"舒婉雯当真是爽直得可怕，直截了当就坦陈罪行了。

这话也终于捅破了各怀鬼胎的众人心中最后一层窗户纸，尚未知道自己已经罪行败露的人脸上瞬间变得煞白。面面相觑之下，口中倒吸凉气。

胡三娃悠然一笑："今天的主题不是叩问罪行，而是拯救灵魂，所以不需要罪魁祸首到场，反而更不允许罪魁祸首到场！"

王怀林夫妇俩、齐曼华母子俩都已知道全部情况，所以只是面带凄色，冷眼旁观。

宋斐婷、舒婉斐虽然知道自己今日是被召唤过来清算罪行的，但很是迷茫谢云在、舒婉雯又犯了什么罪行，所以面色还是一样的凄惶。

周向明应该已经预感到自己罪行败露了，他眉梢眼角呈现的竟似一种释然之情，只是微微苦笑着，平静地望着胡三娃。

罪与赎
——万象惊魂记

最苦的就是谢云在和舒婉雯了,他们一方面要承受罪行败露的心理重压,另一方面还要为自己的亲人紧紧揪住一把心。

那心里的慌乱情状,可想而知。

但舒婉雯性格刚烈,岂能这么容易降服,她片刻错愕过后,立刻反守为攻:"你就省省吧,没有谁的灵魂需要拯救,即便要拯救,就你那点斤两,灵魂要飞走恐怕也拽不住!"

胡三娃淡淡一笑:"我能不能把您从魂飞天外中拽回来,一会儿自见分晓,不过现在第一步是先得让您魂飞天外!"

舒婉雯眼神中暗光一闪,已然色厉内荏了:"都到这个份上了,大家也都知道你要说什么了,也别废话了,有什么想法捡干的说吧!"

胡三娃故意摇头晃脑道:"非也非也,即便心知肚明,但话还是得说出来才有力度,否则给当事人留下印象不会太深刻!"

舒婉雯眉宇间已然浮现凄惶之色,她下意识地瞅了舒婉斐一眼,纸老虎般恼羞成怒道:"这里还有两个孩子呢,你当着他们的面讲这样的事合适吗?你不觉得太残忍了吗?"

胡三娃苦笑着摇摇头:"你要是顾虑这一点嘛,那我就干脆先讲讲孩子们的故事吧!"

舒婉雯显然对她妹妹也被召唤过来清算罪行,惊惧至极,也惊奇至极。

听胡三娃这么说,她张嘴欲言,马上又闭上了,只是望着他,眼里泛出好奇的神光。

舒婉斐则把脑袋快低垂到胸衣里头去了,别说看她姐了,看众人的勇气都没有。

宋菲婷面色羞愧,偷偷瞄一眼谢云在,看谢云在也在紧张地看她,连忙触电一般赶紧把头低垂下来。

胡三娃再不犹豫,气贯长虹,把蔡义芮领导着一帮妇女儿童干革命的峥嵘历史倾情相告。其间不加任何演绎,也不做任何精简,不折不扣原汁原味地悉数道来,完全一副草根历史学家的做派。不过,他却故意隐去薛素萍其实并未投毒这一情节。

舒婉斐、宋菲婷面色惭愧得像个紫茄子,脑袋越垂越低,恨不得找个地洞钻进去。

三十五

齐家小少爷虽然无动于衷，但终归也不再是那样没心没肺了，一脸肃穆地呆立着，望向舒婉斐的眼神里却是那种令人哭笑不得的关爱之情。

舒婉雯、谢云在惊得前胸都快脱离后背了，张口结舌地望着他们各自的亲人，好半天回不过神来。

连周向明都是一脸难以置信的神情。

舒婉雯震惊过后，缓缓地，总算元神归位，她再也抑制不住情绪，冲着舒婉斐怒吼道："好你个臭丫头，我辛辛苦苦挣钱为的是什么，不就是为了让你有个出息，有个大好前程，可你，你倒好，心思不好好用在学习上，竟干出这样大逆不道的事情来，你，你，嗨呀，真是气死我了，我的天啦，这可怎么办！呜呜呜！"

说着说着，悲从中来，难以自抑，她竟双手掩面哭了起来，大颗泪珠从她纤细的指缝中滚滚泌出。

这个性格倔强、性情刚毅的姑娘，为她自己的罪行可以慷慨赴死，却为她妹妹的罪行急得涕泗滂沱。估计这也是她人生中第一次流泪。

谢云在当然跟她情怀不一样，只是感慨于他老婆居然和他一样同仇敌忾，一心想着为女儿报仇，结果也沦落了。这个好不容易破镜重圆的家庭貌似又要家破人亡了，堂堂七尺汉子，眼泪也是在眼眶里打着转儿。一时间茫然无措、僵立当场。

被舒婉雯的悲壮情怀所感染，在场诸人无不泛出兔死狐悲之感，舒婉斐和宋菲婷，一大一小两个妇人，虽然知道自己已经没有死罪，但深受感染，那眼泪再也控制不住，也是吧嗒吧嗒往下直掉。

胡三娃任由大家发泄了一番，迫于自己时间无多，只好硬起心肠生生打断："好啦，孩子们的故事告一段落，现在该讲成人故事了！"

已经从嚎啕大哭转为嘤嘤哭泣的舒婉雯身子一震，连忙放开掩面的手掌，急声道："还有什么可讲的，大家都是罪人，就一块死吧，你别啰嗦了，赶紧叫警察过来吧！"

她娇美的面上已然变成泪湖，此刻又惊现急色，当真是楚楚动人，我见犹怜。

胡三娃心中凄酸，但事关重大，他还是硬起心肠："你有权知道你妹妹干了什么，难道你妹妹就没权利知道你干了什么吗？如果不把你们的罪行说出来，就难以对你

罪与赎
——万象惊魂记

们做到真正地拯救！"

舒婉雯珠泪涟涟的面容上神色一晃，过得片刻，她突然哈哈一笑，语声凄怆之极："也罢也罢，都是将死之人，还有什么可顾忌的，让她知道我为母亲以及她所付出的一切心血和代价，也是让她明白我作为一个姐姐的担当！胡三娃，你痛快说出来吧！哈！"

胡三娃强忍心中的酸涩如潮，再不敢犹豫，当下言简意赅地把蔡义诚率领精兵强将们试图加害俞萍音的惊天行动竹筒倒豆、倾倒一空。

这下轮到宋菲婷和舒婉斐呆若木鸡了，直至此时，舒婉斐才敢抬起头来勇敢地看向她的姐姐，那眼神里的复杂神色，已经无法查明到底是一些什么成分了。

谢云在和周向明面面相觑，俱皆一脸苦笑。而舒婉雯似乎根本就没听胡三娃关于她的罪行的陈述，只是傻傻呆立着，神经质般地冷笑个不停。

胡三娃真怕她恐慌情绪积累下去，会发展成精神病。

既然已经声讨了他们的罪行，让他们魂飞天外，也算是得到了惩罚和报应，现在是到了让他们魂魄归位的救赎时刻了！

他强压住心中浮荡的情怀，对着舒婉雯长叹一口气，柔声安抚道："婉雯，你不用太过紧张，事情没你想得那么严重！"

舒婉雯茫然看他一眼，以为他只是一种苍白无力的安慰而已，还是一边摇头一边百感交集地又哭又笑着。

胡三娃转身面向众人，神情一肃："大家伙，现在就到了救赎的时刻了，虽然你们很可能免罪，但死罪可免，活罪难逃，希望你们牢记今天的教训，时刻不忘自己的良知，此生再也不要去干这等泯灭天良的恶行了，要不都不用等着法律严惩，你们的良心就会把你们压死！"

众人听出他话中有话，不明就里的那几个罪人同时眼中泛出亮色，齐刷刷向他望过来，满眼的惊疑和期待。

胡三娃心中感慨，早知今日何必当初啊，他定了定神，望向王怀林和薛素萍道："干爸干妈，把你们的东西拿出来，亮给他们看吧！"

王怀林心中不忍，早就迫不及待了，得到指令，他连忙引导着薛素萍，展开他

三十五

们手里的塑料袋,一一地从那几个还被蒙在鼓里的罪人眼皮底下展示着。

那几位看过之后,先是微微一愣,继而神色大动,齐刷刷地将目光投向胡三娃,一脸不可思议的神情。

胡三娃微笑着点点头,不再犹豫,将真情如实相告。

舒婉雯本来肩膀还在一耸一耸花枝乱颤的样子,听完立刻止住哭声,颤声道:"这么说来,我们都应该算是犯罪未遂了!"

胡三娃欣然点头:"是啊,这一切都得感谢我干爸干妈,他们在最后时刻用良知战胜了恶念!"

舒婉雯大悲大喜之间转换过快,她呆愣愣地看了薛素萍好一忽儿后,蓦然趋前几步,朝着她扑通就跪了下来,吓得薛素萍连连后退。

舒婉雯却趴在地上连磕三个响头,嗓子眼里呜呜咽咽地,也不知道是在激动地哭还是想要出声表示感谢,由于刚才声嘶力竭地嚎哭一番,已经耗尽元气,竟不能支撑她的真情流露了!

她只是想着要向薛素萍表达感谢,可见她还是只为她妹妹的罪行痛悔不已,对于自己的罪行未能让俞萍音受害,不知道她是什么心情,此时已经无法深究了!

但是奇怪的是,周向明和谢云在却并不如何愧不能当,听闻自己只是犯罪未遂后,也没有那种如释重负、重获新生的快感,更谈不上向王怀林夫妇跪下谢恩了!

谢云在只是呆立当场,一脸百感交集的表情。

周向明更是苦笑不迭,连连摇头。

胡三娃心中困惑,有点不悦:"怎么?难道你们俩还因为自己的罪行没有得逞而感到遗憾吗?"

周向明望着胡三娃,深深叹息道:"唉,我这才叫真正地求生不得求死不能!"

胡三娃惊疑道:"什么意思?"

周向明苦笑一声:"事已至此,我也没必要隐瞒了!你们知道那些端上桌来做过标记准备给俞萍音吃的饭菜,都让谁吃了吗?"

"啊!难道?"

"没错,你想对了,就都是我吃了,不是因为我多么高风亮节,也不是什么良

罪 与 赎
——万象惊魂记

心发现，而是我自己也想死了，但是让我自杀我又没有勇气，所以干脆借助这个机会吞食毒药，当然，也确实不排除有种不忍心眼睁睁看着俞萍音那样美丽的女孩受到伤害的心理，但我觉得主要还是自己想跟俞萍音抢毒药，不知不觉，让自己死去，对我来说其实是一件挺美好的事情！"周向明喃喃倾诉道。

"你为什么不想活了？"

"我已经对义妹竭尽心力了，实在是筋疲力尽、无能为力了，她的身子很弱，医生告诉我，她活不过多少年头了，这使我对人生彻底绝望，但对义妹的爱却与日俱增，我想，如果我服用这些慢性毒药，慢慢衰竭，大概就能和义妹同步赴死，那时我们像梁祝一样一起携手双飞，到另一个世界继续缠绵恩爱去，这将是多么美好的事情！否则，等到义妹离去那一天，我虽然舍不得她，但我真怕自己没有勇气自杀！而这是一个多么绝佳的机会啊！嗨，哪知道，这原来只是老天爷开的一个玩笑！"

周向明喋喋不休地嗟叹着，一脸的沮丧之情。

胡三娃简直欲哭无泪，欲笑无声，他愣怔好一忽儿，不知道该怎么劝解周向明，干脆放弃，然后望向谢云在苦笑道：

"谢大哥，你那又有什么惊天秘闻？"

谢云在已经从百感交集中回过神来，他听完周向明的诉说，也是啼笑皆非，这下更是双手一摊：

"得，仇恨这东西太害人了，没有那份狠辣的心性，我们这不一个个都在自找罪受嘛！"

胡三娃愣道："什么意思？请谢大哥详解！"

谢云在微苦一笑："你哪天再上我家里一趟，看看我那张甲氨蝶呤药品使用说明表，你也是学医的，你可以对照一下这种药治疗风湿病的使用方案，然后你就明白我的动机了！"

胡三娃略一思忖，狐疑道："你的意思是，你是按照这种药的治疗方案在往俞萍音的饮食里投放，而非毒害方案？"

谢云在重重点头："是的！"

三十五

　　胡三娃心中浮云乱飘，脑中开始金星直冒，他使劲眨眨眼，想了想道："可是俞萍音并没有得风湿病，你这个药的治疗作用对她没用，而毒副作用则被全盘吸收！就这一点而言也十分不妥吧！"

　　谢云在叹口气："谁说不是呢！自从和众人结成报仇同盟后，我的心情就极为复杂，要说自己没有寻仇的心理也是假的，而且也不想背叛集体的约定，但是我又确实不忍心伤害一个无辜的姑娘，思来想去，唯一能做的就是变毒害方案为治疗方案，因为治疗方案中，药物吸收后的血药浓度毕竟不高，对人体的毒副作用积累不会太重。当然如你所说，是药三分毒，而且还是这种根本就没有治疗价值的用药，所以多多少少肯定也会造成伤害，正因为如此，这也从另一个角度对我进行了安慰，让我感觉并没有背叛集体的约定，还有也确实是在替自己屈死的女儿报仇。就是在这样复杂的心理中，我努力寻求着安慰。但是你也知道，不是自己想得到安慰就能得到安慰的，这种药会给俞姑娘造成实实在在的伤害是客观事实，我再怎么安慰自己也无可否认自己的罪恶。所以我心理的负罪感也是根本无法得以解脱的！以至于我经常做噩梦，甚至害怕面对一切威严的目光。所以我有时候陪菲婷去寺庙烧香拜佛，离庙门还远远地就不敢过去了，真是不敢直视佛祖那穿透一切的目光。嗨，却哪里料想得到，菲婷自己也陷入了这样的罪恶！唉，真是造孽啊！我没什么可说的了，不过我有个想法，即便我们大家都犯罪未遂，但我们不能因此就逍遥法外，还是应该受到严厉的惩罚，胡兄弟，你看看该怎么处理，报警还是别的什么方式，你来决定吧！"

　　他这话一出，在场众人齐声附和，纷纷要求胡三娃对他们的罪行进行清算，以使他们的良心得以进一步安定。

　　胡三娃还在暴风骤雨般的情绪波动中没怎么回过味来呢，这一下子又被谢云在架在了半空，顿感骑虎难下。

　　他今天的本意只是想要刺激一下这些因一时糊涂而被恶人利用的可怜百姓的良心，然后替他们负罪的心灵减压。却从没想过要对他们的罪行进行清算，这下突然被抛出这么一个难题，关键是谢云在说得也很在理，罪行不能因为没有罪果而被宽恕，凡是有过犯罪行为的都必须受到惩罚，所以如果就这么简单放过他们的罪孽，

罪与赎
——万象惊魂记

也确实十分不妥。但是又不能真报警把他们全抓了,可不这样的话到底还能怎么惩罚他们呢?一时之间真是想不到什么合适的方案。可让他慢慢想,他又没时间了,他很快就要去赴死亡之约,这个问题必须在此之前得以妥地解决!

望着众人期待的目光,胡三娃脑子一片空白,急得差点抓耳挠腮。

就在他骑虎难下、左右为难之时,在一片死寂中,冷不丁突然传来一个清脆的声音:

"还是我来跟你们清算吧!"

众人俱皆一愣,纷纷抬眼循声望去。

只见在旁边不远处的一座高大墓碑后边,缓缓走出一个人来。

那人全身素服,黑衣白缟,束缚在她清瘦的身条上,略见憔悴的脸庞上,还有斑斑泪迹,手里还拎着一个沉甸甸的白色帆布袋,那亭亭玉立、楚楚可怜的娇俏模样,不是俞萍音又能是谁?

俞萍音什么时候竟然来到了这里?她是刚刚来到还是早就躲藏在那后边,将刚才的谈话全部纳入耳中?

胡三娃乍见俞萍音,惊得目瞪口呆之余,马上就产生了一连串惊心动魄的疑问。

俞萍音款款走近,对着胡三娃莞尔一笑,然后昂首挺胸,用锐利的眼神,一一扫视着在场的每一个人。

除了胡三娃之外,这里的每一个人,都曾经对俞萍音犯下过罪行或者至少动过恶念,就连王怀林都不例外,当然,薛素萍没动过恶念,但她终归对恶念算是有过助长,所以在进行罪行清算时,也不能完全置身事外。

不过她当然是没有感应的,她那受损的智力使她对眼前发生的事情似懂非懂,所以就扑闪着一双好奇的浑浊的眼珠,看看这个,望望那个,偶尔还嘻嘻一笑。

除她之外,每一个戴罪之人甫一接触到俞萍音犀利的目光,都像触电一般,马上垂下眼皮,面上愧色渐浓,直如阴云密布。

胡三娃惊愕过后,连声道:"萍音,你来这里做什么,赶快回去吧!"

俞萍音回头对他嫣然一笑:"三娃哥放心吧,你们今天讲的所有的事情,其实在素林饭店那天我都偷听到了,我没事,我就是来跟各位哥哥姐姐、弟弟妹妹、叔

三十五

叔阿姨把事情说清楚的,事情都过去了,今天做个彻底了断,便大路朝天各走半边,谁也碍不着谁什么了!"

她这副巧笑嫣然的情状,哪里有半丝听说自己成为别人谋杀对象后的惊骇和愤慨之情。

胡三娃感慨唏嘘之余,好奇道:"那你打算怎么了断这事呢?"

俞萍音悠悠一笑,没正面回答他,而是再次转身面向众人,目光扫视一圈后,郑重其辞道:"各位哥哥姐姐、弟弟妹妹、叔叔阿姨,我知道你们现在心里不好受,我自己也经历过这样的心境,解铃还须系铃人,一切罪恶的根源都源自当年我爸公司那一场食用油中毒事件,我不知道我爸是不是导致当年灾难的罪魁祸首,但无论如何,是他领导的公司犯下的罪恶,他就难辞其咎,所以我在这里,替他郑重地向你们再次道歉,请你们原谅他的罪行,现在他人已经死了,希望您们也不要再追究他的责任了,他会在另一个世界里,悔过自新,重新做人,并且为他曾经伤害过的人们日夜祈福,希望生者从此远离一切伤害、一生安康,希望死者能够安享太平、早登极乐!是吧,爸爸!现在,该您出来向大家问个好,道个歉了!因为不管生者死者,现在可都是在这里齐聚一堂了!以后恐怕再没有这么好的道歉机会了!"

胡三娃被她后边的那句话震住了,心中冷不丁咯噔一跳,错愕不已地望着她。

她说完,兀自微微一笑,然后就放下她手中的那个白色帆布袋,弯下腰去,从袋子里掏出一个物件来。

胡三娃视线落在她手中的物体上,顿时就目光僵直、浑身激颤了。

俞伟民的尸体取材标本瓶,那个在公安机关里头不翼而飞的劳什子,此时,竟然静静地躺在她的手心里。

众人都被她手中的物体吸引住了,纷纷将好奇的目光凝聚于此。

俞萍音淡定一笑:"这是当年尸检时从我爸的尸体上取下来的一部分东西,从公安那边得来的,我想,虽然只是一小部分,但终归也还能代表我爸,就让他向大伙真诚地道个歉,也向已经躺在墓地里的死者大大诚挚地道个歉,如何?我看就这样吧!"

然后,她也不等已经呆若木鸡的大伙儿表态了,就擅自将俞伟民的遗存挨个放

罪 与 赎
——万象惊魂记

置在旁边那四个受害者墓碑前边石台上默哀致歉，她则在一旁代替她父亲念念有词。

她非常投入，也非常认真地完成了这个道歉仪式后，就将她爸的遗存小心翼翼地再次抱回来，放置在众人中间的空地上，突然神情一肃，庄重至极：

"好啦，各位，我爸当年对大家的亲人犯下了罪恶，他已经隆重地向你们道歉了，现在你们对他的女儿犯下了罪恶，轮到你们向他道歉了，一旦道过歉，所有的恩怨情仇就一笔勾销，从此井水不犯河水，大家都各奔自己的美好前程去吧！"

一片死一般的沉默后，突然爆发出一阵热烈的掌声，间或还夹杂着哭泣声。

王怀林率先走到"俞伟民"面前，朝他深深地鞠了一个躬，低声地默念道："老俞，对不起了！"

默哀了几秒钟，才躬身退下。

他率先垂范，其他的人对于这种既震撼人心又能全身而退的赎罪方式如何能够不从，全都跃跃欲试，轮流走到"俞伟民"面前，效仿王怀林致以最深沉的道歉。

仪式终于结束了，每个人面上都有一种如释重负的感觉。

胡三娃虽然仍在震惊中难以自拔，但他清晰的意识里还是对今天问罪和赎罪的效果相当满意，没想到俞萍音竟然会来这么一出，"俞伟民"的突然出现，确实产生了神乎其神的奇效。

但是俞伟民的尸检标本怎么会在俞萍音的手里呢？这一点着实令他心惊肉跳、魂飞魄散。

直至众人来问他如果没有其他事情是否可以散场了，他才骤然醒转，连忙与众人唏嘘感慨中抱拳告别。

最后，当齐曼华带着吴良来向他告别的时候，他本来想将她留下来再叩问另一桩罪行，略略一想，还是放弃了，一方面那罪行跟这墓地没有关系，在这里叩问会惊扰这里的亡魂，另一方面他急着赶回城里赴死亡之约，也实在没有时间跟她磨叽了，再者，那桩罪行，跟预谋杀害俞萍音的罪行相比，实在太微不足道了，既然重罪都已经叩问完毕了，这等鸡毛蒜皮的小罪，就让它随风散去吧！

一念及此，他向着她们微笑点头，就此作别，心道，也许就是永别了！

众人散去，墓地里只剩下他和俞萍音！

三十五

两人默默对望良久，俞萍音也不主动交代，只是眼含柔情、面含笑意地望着他。

胡三娃心里惦记着死亡之约，就对俞萍音说："萍音，咱们回城吧！"

俞萍音点点头，弯腰拎起那个白色帆布袋子，袋子明显有点发沉，连带她的手有点发颤。

胡三娃快步走过去，伸出手说："我帮你拎吧！"

俞萍音本能地往后退缩，忙不迭摇头。

胡三娃伸出的手僵了一会，讪讪一笑，尴尬地缩回来。

心中不无苦涩地想，她对自己还是见外，她的"父亲"不容他染指。

她似乎感应到他的心态，连忙解释说："三娃哥，不是不想让你帮忙，而是怕牵连到你，你最好不要碰它！"

胡三娃似有所悟，点点头："咱们回去吧，边走边说！"

两人默默走出陵园，俞萍音去开车时，胡三娃趁机看了看手机，果然，"黄二愣"已经发来了短信，短信内容相当凝练，只有一个孤零零冷森森的地址：

"万象市人民医院门诊大楼9层9104房间。"

看到这条短信，胡三娃愣了好半天。

三十六〇

罪与赎
——万象惊魂记

怎么会选在医院里呢？难道弄死自己之后还要象征性地抢救一下吗？又或者在医院太平间做一下尸体加工处理后再抬到公司广场上去陈尸吗？

尤其想到那个房间号，稍加联想，那不就是取谐音"就要你死"吗？

这个"黄二愣"用心好险恶啊，而且还如此明目张胆，算准了他胡三娃必定会英勇无畏，所以甚至连遮遮掩掩都省了，直接发出死亡邀请！

胡三娃后背直蹿寒意，脖颈子都开始变冷变硬了，不过，正如"黄二愣"所料，惊骇之余，他心中却反而生出一股逆天的豪气，邪不压正是人间铁律，我就偏不信这个邪，倒要看看到底是何方妖孽兴风作浪，看最后到底是"9104"还是"9154"！

一看时间应该也还来得及，他就放弃翻山越岭抄近道的想法，还是打算坐俞萍音的小车回城，这一别估计就是永别了，他务必要好好珍惜这段和她相处的最后时光。

但在这样生离死别的宝贵时光里，他却还不得不大煞风景地要向她查证一件事情的真相。

在车上默默相守一段时间后，他就打破了旖旎的沉默：

"萍音，请原谅我多疑，我还是想问一下！"

"你不用问了，是李再芬给我的！"

胡三娃面色一僵，以为自己听岔了：

"你说谁啊？"

"李再芬！"

三十六

这下胡三娃不得不相信自己的耳朵了,他心神大震,状如痴呆。这连番的惊涛骇浪,他当真快有点承受不来了!

好久好久,他才眨眨眼睛,强行拽回自己的心神,声线仍然有点发颤:

"她,她为什么要,要给你这个?"

"我曾经请她帮忙要过!"

"你为什么要这个?"

"他是我爸的身体部分啊,说得玄一点,那也就是我的爸爸啊,当年他们警方为了查案,保留了也就保留了,可是他们最后又查的什么案呢?不仅没有为我爸沉冤昭雪,还诬陷我爸是死于自身疾病,这简直太让人气愤了!这样混淆是非的地方,凭什么要让我爸呆在那里?所以我就请她帮忙给我拿回来!"

俞萍音越说越愤慨,一张美丽的玉脸都涨红了!

胡三娃怕她气坏了身体,忙道:"那她以前没帮你吗?"

"没有,她说公安机关的标本丢了,影响会很大,最终还得被追回,她也难逃罪责,所以就不肯帮我!"

"那她这次怎么就愿意帮你了呢?"

"我也不知道,她主动联系我,说可以把我爸的标本还给我了!"

胡三娃脑子一片茫然,心里苦涩如潮,难道,李再芬就是利用他想查看尸检标本的千载良机,通过嫁祸于他胡三娃的方式来实现帮助俞萍音的目的?可是手心手背都是肉啊,帮了俞萍音,却让他胡三娃陷入囹圄。

那就只能是一种解释,她跟俞萍音情同姐妹,而把他胡三娃视如草芥。

想到这点,心里更是憋屈了,但转念一想,李再芬可以视他为草芥,但是俞萍音断然不会啊!俞萍音知道他因为被冤屈而坐牢了,她知道真相为什么不去替自己伸冤呢?

那也就只能是一种解释,胡三娃和她爸相比,还是她爸在她心目中更重要,本来这也可以理解,毕竟老爸是给自己生命的人!但问题是,这只不过是她爸的尸体标本而已,难道仅仅只是自己父亲尸体的一部分,也要比自己的爱人更重要吗?

这一点不仅让他无法理解,还简直让他想要抓狂,他胡三娃为她出生入死,最

罪与赎
——万象惊魂记

后只在她心目中混出这样一种境界!

不过即便心里这样想,他却无法把心中的怨气发泄出来,终归俞萍音也还是个可怜的丫头,她心中的苦楚已经山高水深了,就不要因为一己之私再去给她沉重的心灵施压了!

他在一旁默默地翻江倒海,她好奇道:"你怎么不问了?"

"感觉没什么可问的了!"胡三娃言语中不自觉间还是带着怨气。

"不,你一定在想,我为什么不去帮你洗脱罪责?"她语气也有点幽怨。

胡三娃略一愣怔:"嘿,也确实这么想了想!"

她回头深情地望他一眼,叹道:"三娃哥,你现在是我最亲近最依赖的人了,我怎么可能不想着去帮你呢,只是……"

她欲言又止。

胡三娃平静地说:"你不用说了,只是你不想让你爸得而复失,这我完全理解!"

她连忙摇头道:"不是,但凡能帮你,我愿意舍弃一切!只是,只是李再芬一再跟我保证,你一定不会有事的,她是警察,又跟我关系很好,她的话我当然还是相信的!"

胡三娃想着自己在监狱里差点被打死,这叫一定不会有事吗?不过从最终结果来看,他现在生龙活虎的,倒还真是没事。

胡三娃心中不无苦涩地想着,同时好奇心也被吊起来了:

"她为什么要跟你做这种保证呢?"

"一开始她给我标本时,你还没被警察抓,她就叮嘱我一定不能让你知道她把标本给了我,我本来想着这事是我跟我爸的私事,也不应该让你知道,后来知道你就是因为标本丢失的事情被警察抓了,就去质问她,她就跟我信誓旦旦保证你绝对不会有事的,让我还是遵照以前的约定,不要把标本的事告诉任何人,还告诉我说你顶多只会因为冒充警察擅入公安机关坐几个月牢,而这个牢是坐定了,即便我把标本丢失的真相告诉警方,也免不了这个刑罚,所以就完全没必要去告诉警方真相。我一想也确实是这个道理,又得到她信誓旦旦的保证,就同意了她的意见。后来事情果然照着她说的方向发展,也就更加踏实下来。要不是今天需要我爸出来跟他曾

三十六

经伤害过的人们见个面，一笑泯恩仇，我或许还是不会让你知道真相的！"

胡三娃呆呆地听完，哭笑不得，无言以对。

但他心中还是缠扰着一团挥之不去的谜团，李再芬弄出这么大动静当真只是出于帮助俞萍音实现夙愿的目的吗？

她一个小小的女警察，但是要搬动如此庞大的资源来确保他被抓后的安全，这得是多大的势力啊！

事实果真如此，那她对俞萍音和胡三娃的恩情实在是比那天高比那海深了！

他真有立刻去找李再芬问个清楚明白的冲动。但死亡之约迫在眉睫，也只能无奈作罢！

他本来还想着今天之死将把他打造成一个彻头彻尾的明白鬼，没想到，命运终究还是让他不能完全遂愿，总要留点遗憾在人间！

也罢，什么都别想了，一心一意赴死吧！

两人又陷入了片刻沉默。

随后，俞萍音幽幽叹口气："三娃哥，你是在无声地责怪我吗？"

胡三娃悠然一笑："你做得完全正确，我赞赏你还来不及呢，怎会怪你！"

俞萍音扭头看了他一眼，确认他不是在讥讽她，脸上神情便放松了好多，不好意思地咧嘴笑笑。

胡三娃看她那副娇羞不胜的可爱模样，真想揽过她的脑袋在她香唇上痛吻一口，作为临死之前最后的纪念，但想想还是强行忍住了，倒不是因为她在开车，而是怕她在他死后因为这最后深情一吻而久久不能释怀不得解脱！

他在心底深深地悲苦地叹了口气，突然装作漫不经心的样子道：

"萍音，我已经将杀害你爸和黄大哥的凶手找出来了，也算是完成使命了，我这个总经理，是不是就该解甲归田了！"

俞萍音惊讶地看他一眼："不啊，你总经理当得这么出色，干嘛要卸任啊？"

"可是当初咱们约定过的啊，我当这个总经理只是为了查案的需要，现在目的达到了，自然就不能再当下去了！"

"当时我是不知道你是否有经营才能，现在事实证明，你同样是一个商业天才，

罪与赎
——万象惊魂记

我们到哪再去找你这样的人才，怎么能让你下台呢？"

"可是我真想家了，想回老家了！"

"你想家了就回去一趟呗，公司又不是不让你请假！"

"不是这个意思，是回去了就再也不回来了！"

"啊！"俞萍音好一阵错愕后，连连眨巴着美丽的眼睛，难以置信："为什么不想呆在这里了？厌倦了？"

"不是，经历了这么多之后，我感觉这里可能不太适合我，还是老家更适合我的生存！"

"可是咱们现在不是已经苦尽甘来了么？只要不再纠结于非得替我爸和二愣哥报仇，不也就不会再有什么危险了么？"

"不是因为贪生怕死，而是真觉得一方水土养一方人，这方水土可能真不是我的生存之地！"

"你想清楚了？"

"嗯！"

"决定好了？"

"嗯！"

"那好，那我跟你一块回老家，咱们耕田织布、放牛打柴，做一对快快乐乐的柴火夫妻！"

"啊！"

"很奇怪吗？"

"这怎么可能呢？"

"有什么不可能！"

"你出生在大城市，一向养尊处优，又贵为公司董事长，一方面怎么可能舍下这么大的家业，另一方面又怎么可能受得了那种贫穷清苦的乡土生活？"

"无论怎样的舍不得，怎样的受不了，跟舍不得你、受不了身边没有你比，也就完全不值一提了！"

"啊！"胡三娃心中大受震动，鼻子发酸。

三十六

"有你的地方就是天堂，没你的地方就是地狱！你说，我到底是舍得还是舍不得！"俞萍音仍然在喋喋不休地倾诉衷肠。

胡三娃再也控制不住情绪，一瞬间泪如泉涌。

俞萍音竟然腾出一只手来，摸摸他的脸颊，亲昵地说：

"傻大哥，你不会到现在才明白我的真心吧！难道你天真到竟然以为你回了老家我还可以在这里逍遥自在地生活下去？呵呵，你也太能想了！"

胡三娃心中一股澎湃的激情快把他吞噬了，心情之复杂无以复加。他本想着用自己决意回老家的暗语暗示俞萍音他和她的情缘就要走到尽头了，让她提前有个心理准备，通过现在的伤感触发来提前疏泄他死后她可能会遭受的巨大悲伤。

哪想到激发出来的却是她更加浓烈的情怀，无形之中把他死后她会产生的悲痛都加重了，真是搬起石头砸自己的脚，害人又害己啊！

胡三娃心中懊恼不已，却也只能强行压制，丝毫不露声色。

接下来，俞萍音渐入佳境，竟然已经开始对她们夫妻双双把家还之前的大小事情做出安排。

胡三娃作茧自缚，心中苦不堪言，嘴上也只能哼哼哈哈支应着，本来的生离死别，生生被他导演成了一场双簧荒诞剧！

但他已经没有时间力挽狂澜了！也只好无奈作罢，听之任之！

进城后，他中途不敢要求下车，怕俞萍音非得给他送到目的地不可，硬是硬着头皮陪着她再回了一趟公司。

不过这样也好，在这生命的最后时光，能够和俞萍音多呆一会是一会！

至于在"黄二愣"那里横竖是个死，总不能因为他迟到了，而在他身上多捅一刀吧！

他将俞萍音护送回去后，就悄无声息出门，匆忙赴死了！

还好，他紧赶慢赶，离约定时间大概还有十来秒钟，抵达了目的地。

他环视他即将挺尸的"坟墓"，果然，这里一片死寂，和刚才他经过的门诊大厅以及下边几层人声鼎沸的场景完全天壤之别。虽然是这栋门诊大楼离太阳最近的地方，但是似乎也是最阴森的地方。地盘很宽很大，但廊道纵横交错如同迷宫，廊

罪与赎
——万象惊魂记

道两旁的房间也鳞次栉比,没有一扇房门是打开的,更显其禁卫森严、波谲云诡。他所面对的"9104"房间在一条幽深廊道的最顶头,大白天的,廊道尽头的窗户竟然垂挂着厚重的深紫色窗帘,将人间的灿烂阳光悉数挡在外边。

"黄二愣"还真是会选地方啊,在这样迷幻深邃、形如幽冥的广大世界里,杀一个人产生的影响就跟捏死一只蚂蚁没什么两样。

不过既来之则安之,他已做好全部准备,民不畏死奈何以死惧之?

他心胸中甚至还隐隐蠕动着一种即将破解全部真相的激动和兴奋之感,等秒钟跳到下午正三点的时候,他也就酝酿完全了,迫不及待地举起了手掌,迟疑了一秒钟,他的手成锤子状,总算敲在了门上,那浑浊的闷响,听在耳中,如同丧钟。

里头的"黄二愣"如同正在正襟危坐专门等他这一下震天闷响,不等他敲第二下,洪亮的声音破门而出:

"请进!"

胡三娃心中不由自主地咯噔跳了一下,奋起余威地挺了挺胸膛,脸上挤出英勇威严的壮烈神色,这才一咬牙一狠心,推门而入。

他强抑住砰砰乱跳的心,抬起目光,勇敢地往前方那张办公桌后端坐着的那个"黄二愣"看了过去。

映入他眼帘的是一张慈和的笑脸和一对清朗的眸子。有种似曾相识的感觉!

这是怎么回事?恶贯满盈的"黄二愣"怎么长的这么一副气宇轩昂、慈眉善目的模样?难道他是真的黄二愣吗?

不对啊,这明显是个中年人嘛,他心中蓦然一动,连忙抬起手背使劲揉了揉因为紧张略显朦胧的眼珠,眼前的事物立刻清晰如画,他惊呼一声,一口气松懈下来,差点瘫软在地。

简直天雷滚滚,眼前这个人,哪是什么"黄二愣",分明就是当年在山野偶遇的那个中年人嘛!

此时此刻,他几乎完全还是当年山间相遇时的那番模样,一脸明朗的微笑,一对炯炯有神直欲穿透人心的犀利目光,正在不无玩味地笑望着胡三娃。

胡三娃实在过于震惊,足足和他对视了一分钟之久,总算元神归位,喉结翻滚

三十六

了好几下，才堪堪挤出一句话来：

"你，你就是楚天舒？"

"真名应该叫楚天树！"

"你，你怎么会有黄二愣的手机号？"

"你想问的是，我怎么会有黄二愣的手机吧？"

胡三娃苦笑着点点头。

"因为黄二愣把他的手机给了我，我就有了他的手机！"

"他为什么要把他的手机给你？"

"小兄弟，坐下说吧！"

中年人指了指墙角的一把长条沙发。

胡三娃这才顾得上扫视一下屋内的环境，发现这办公室除了多出墙角这把沙发外，简直跟黄二愣的办公室一模一样，居然也有一个门通向里间，不知道是不是卧室。

胡三娃心中更是起疑，不由得冷眼望了中年人一眼，肃然道："不用管我坐不坐，我着急知道你的答案！"

中年人微微一笑："你不用着急，估计咱们今天这番交谈的程度绝不亚于咱俩在山上的那次，只是可惜的是，这里实现不了那种席天幕地的逍遥惬意，只能委屈你坐在沙发上了！"

面对这个中年人，胡三娃无论如何也感知不到什么危险，虽然他面上那副义愤填膺的神情一时间还难以尽去，其实心里已然踏实了很多，当下不再多话，坐到了沙发上。

中年人给他倒了杯水，他也顺从地接过来。

中年人也不再坐回到他的办公桌后边，把那把椅子搬出来，坐在了胡三娃的正对面。面带神秘微笑，好整以暇地望着他。

胡三娃喝口水润润嗓子，直视着他，故作肃然：

"请回答吧！"

"他需要我的帮助，所以把手机给了我！"

"什么帮助？"

罪与赎
——万象惊魂记

"他是我的病人!"

"什么病?"

"抑郁症!"

"啊!"

"不可思议吧!"

"黄总真有抑郁症?"

"很严重的抑郁症!"

"可是我记得你说你是外科医生?"

"我记得我也跟你说过,当医学技术解决不了病人的很多身心痛苦时,我就开始寄希望于研究人的精神、思想和心理,这也就是咱俩当初为什么能聊得那么投机的主要原因!"

"这么说,你也是个心理医师?"

"是的!"

"好吧,即便黄总需要你的诊治,也没必要把手机给你吧?"

"这个问题比较复杂,后边自有答案,你先看看还有别的问题吗?"

"那条手机短信是你发的吗?"

"哪条?"

"发给黄总另一个手机的,威言恐吓他,他的敌人来向他寻仇什么的!"

"这是抑郁症患者常有的幻觉,或者也可以说是心灵自省!"

"这么说,是黄总用一个手机发给自己另一个手机的心灵叩问?"

"可以这么理解!"

"黄总把手机给你是在他发完这条短信之后的事?"

"是的!"

"这么说,黄总就不是你杀的了?"

"呵呵,什么话!"

"黄总的抑郁症很严重?"

"是的!"

三十六

"知道病因么？"

"这个问题复杂，先看看还有别的问题吗？"

"暂时没有啦！"

"好，那就先来看看黄二愣留给你的信！"

"什么？还有信？"

"对，他有一封亲笔信托我转交给你！"

"快给我！"

"别猴急嘛，咱们今天有的是时间！"

然后，中年人慢慢悠悠地自他的白大褂内兜里掏出一封封口已被封死的普通信件来。

胡三娃几乎是一把抢过，信封上有一行墨绿色的大字，发着幽幽的荧光：

"密件，请胡三娃先生亲启！"

胡三娃抬起头，警觉地看了中年人一眼。

中年人微微一笑："信里的内容我都知道，你无需顾忌！"

胡三娃不再犹疑，急忙将信封拆开，从里头抽出一摞折叠得整整齐齐的信纸来，那信纸的结构端庄而周正，一丝不苟的样子，足见写信之人的认真态度和严谨精神。

不过胡三娃哪里还顾得上去品味这些山野意趣，而是三拳两脚打开柴门，直捣黄龙：

三娃吾弟：

见信如晤！

首先，如果如我所愿的话，祝贺兄弟和萍音有缘人终成眷属！你不要觉得唐突，而且为什么不说'有情人'，而说'有缘人'，为兄自有满腹苦衷，但愿你弄明白后莫要见怪！好吧，废话少说，且听我啰嗦道来：

我出身农家，在湖北的一个鸟不拉屎、雁不留声的穷山窝窝里长大，你是想象不出我老家的困苦模样，用与世隔绝来形容都不为过，我的身世更是凄绝，打小父母双亡，没有任何兄弟姐妹，与一个双腿残疾、又聋又哑的叔叔相依为命，幼小的时候，全靠叔叔撑着残疾的身体含辛茹苦把我

罪与赎
——万象惊魂记

养大,我很感激他,稍微长大一点,我就用稚嫩的肩膀为叔叔撑起了一片天。

别看我出生在那样穷困的地方,而且家境还是整个村里最困难的,但是我却不知道怎么地,非但没感觉到一丝一毫的卑微,反而天生就被一种高傲自大的思想占据了头脑似的,是的,村里的同龄小孩因为我的赤贫以及我那残疾人叔叔经常嘲笑我,甚至在一块玩耍时总要装出主人的样子把我当奴隶一样呼来喝去,即便在这样一种成长环境中,我依然没觉得自己是低下的,而在那样幼小的心灵里就已经有了一副冷眼观世的心态,思维独特,时不时会产生一些奇思妙想有关。

总之,我越来越不屑于与村里的那帮小孩们为伍,甚至连大人都是一样。闲来或者和我的叔叔默默相守,或者抬眼望天,性格越来越孤僻,性子越来越清冷。

就这样一边上学一边干农活,一边照料着我的叔叔。村里上学只能上到小学,我不甘心放弃自己优异的学业,即便这样的生存困境,硬是咬着牙到遥远的镇上上完初中,借着那股劲一发狠还读了一年高中,最后实在支撑不住了,辍学回家,专心务农,伺候叔叔,但是以我那天赋异禀的头脑、与生俱来的高傲心态,我又如何能够安心困守在这样的绝境里度过一生呢?辛苦农活之余,或者月挂中天之时,我就总是默默地遥望着远山,遥想着外边那个丰富多彩的大世界。我就总会感叹,'金麟岂是池中物、一遇风雨便成龙',可是我的那股龙卷风、及时雨又在哪里呢?归根结底我还是懦弱,对于外边那个神秘莫测的大世界,我一方面心生无限向往,一方面却又心存无比敬畏,轻易不敢越界,我就在这样复杂的心境下,在那穷乡僻壤里苦苦憋了很多年。

终于有一天,我按捺不住了,因为机会来了!儿时的玩伴牛志远,他算是我唯一有点好感的儿时伙伴,高中毕业后没考上大学,直接去了大城市打工,居然凭借着他从小练就的好厨艺以及对厨艺一道的天赋,在大公司里做了大厨师,收入很高,风光无匹。那次他就像衣锦还乡一样,家家户户拜访送礼,引来乡亲们一片喝彩和崇拜。他拜访我家,了解到我的情

三十六

况后，就极力鼓动我跟他一块去大城市发展，说以我的聪明才智，绝对可以有一番大作为，而且说他跟他就职的大公司的董事长关系很好，可以走后门先给我随便安排个岗位解决生计问题，然后慢慢再从长计议，图谋长远发展。这么多年的困守，我本来在那逼仄狭隘的穷山窝窝里就已经憋得浑身发紧，心痒难耐，哪里经得起这种劝诱，立马就答应下来。很快就对家里的事情做出安排，把叔叔托付给一个近邻关照，就打点行装，追随牛志远来到了万象市。

万象市的花花世界当真是让我开了眼界，并且心中也陡然生出万千豪情，暗下决心，一定要在这片大世界里扎稳脚跟，而且不止如此，还一定要出人头地。

牛志远确实混得不错，那么大公司的董事长居然很给他面子，不仅很快就给我安排了保安的工作，而且待我不薄，从宿舍到工资待遇都要比一般保安好一些，对我也和颜悦色的，真是礼遇有加。我从内心深处感激牛志远，更感激这个叫俞伟民的董事长！虽然以我那睥睨天下的头脑，这个低下的保安岗位实在是难以振翅高飞，但一来大城市就解决了安身立命的问题，这样的待遇，实属大恩大德！

我就这样安贫乐道地做了一段时间看门保安的工作，慢慢地，我那颗不安分的心又开始兴风作浪了，因为日复一日的看大门工作没有任何技术含量，单调乏味，时间一天一天流逝，自己却完全没有任何进步，也完全看不到命运有任何转机的可能。甚至说是在浪费生命也不为过。其实这个工作岗位要搁一般没有宏图大志的普通农民工眼里，那真是能让人流口水的美差，又轻松又悠闲，保安科长又宽厚慈爱，关照有加，工资待遇还要高出一般公司的保安工资一大截，而且我还是这里头最受优待的，无论从哪个角度讲，我都该心满意足了！但是我就是管不住自己的心，总觉得憋屈，不得劲，像只被捆缚了翅膀的雄鹰，随着时间的推移，就更是浑身不自在，总想蠢蠢欲动，寻找突破点。但我这个人还就是这样，虽然不愿说自己眼高手低，但最起码野心有余、胆气不足这一点我是承认的，想要挣

罪与赎
——万象惊魂记

脱束缚振翅高飞,却又总是害怕遭遇寒流变成冻鸡,那时候掉下来可就不是掉进这么温暖的安乐窝里了,直接掉进冰天雪地里。

就这么矛盾重重地痛苦坚持下来了,本以为自己咬咬牙,狠狠心,或许能够将自己的心态调整过来,无需急躁,慢慢地忍受这份孤独、寂寞和平淡的工作,等待着遥远的未来,有朝一日,时机出现,再择机而动。

然而,事与愿违,老天非但不对我的坚忍予以激励,反而故意作祟,给我的痛苦添砖加瓦来了!

我见到了俞萍音,那天,她是和她的那个官家公子男友来公司找她爸说点事,她那时很少来公司,那是我见到她的第一次。刚看到她的第一眼,我的眼珠都快爆出来了,心脏不知道是跳得太猛还是停止了跳动,反正已经感知不到了。我无法形容她的美,只能感叹天底下竟然会有如此美丽的姑娘,不只是绝顶的漂亮,那种风韵和气质,再搭配着那种温情和善之美,我不知道有什么词语能描述这种集天地灵气和万千美韵于一身的美感。总之,就是彻头彻尾地被击中了心灵,产生了心电感应,完全沦陷在情感漩涡里了。这是一种粉饰自我欲望的说法,其实说白了,就是恬不知耻、歇斯底里地爱上了她!

由于我过于痴迷,眼珠都快掉在她的脸上拔不出来,她那个男友醋意大发,竟然毫无风度地抡起袖子要揍我,是她好说歹说劝住了他,并且诚恳地向我道歉,把她男友拽走了!

此后,我陷入了单相思的疯狂境地。日夜渴盼着她能够再次来公司找她爸,甚至她那风情万种的腰肢被那个粗鲁残暴的男人揽着也在所不惜,只要能再见她一眼,就死而无憾。然而,她再也没来过。但我并不死心,就开始试图了解她的一切。从各种信息渠道有意无意地探听、搜罗关于她的一切,但凡跟她能沾上边的信息和情况,我都如饥似渴、不惜代价地去挖掘和探索。似乎关于她的消息是唯一能够支撑我活下去的生命养料。逐渐地,我对她的了解或许比她爸知道的还要多。

然而,随着对她越来越熟知,我也就越来越沮丧痛苦,几乎万念俱灰,

三十六

她是公司董事长的千金宝贝,她男友是堂堂区长大人的儿子,她自己又是艺术学院的高材生,高贵无比,才貌无双,这样万千宠爱集于一身的天之骄女,又岂是我这等丑小鸭能够觊觎的,别说癞蛤蟆必定吃不到天鹅肉了,光是想一想就是一种罪恶。

一念及此,我简直痛苦万分,虽然不断告诫自己要冷静,不要有非分之想,要安于天命。但一颗平淡的心灵激起如此惊涛骇浪要平息都很困难,何况我这一颗本来就暗流涌动不安分的心灵里掀起的怒海狂涛?

所以痛苦根本无法得以平息,稍微缓解一点都很难做到,而且那种痛苦不同于撕心裂肺那样明快,是一种酸胀、钻心、抽搐、憋屈的闷痛,是一种无法形容无法忍受的滋味,不亲历者根本无法理解。

我动用全身的意志苦苦压抑着,用脑子里薄脆的理智强行支撑着,才堪堪能够不动声色地继续工作、生活下去。但我内心深处却十分清楚,这种状态绝对无法长久坚持,如果不采取断然措施,迟早一天会心灵毁灭、精神崩溃。

就在我考虑是否要舍弃这个优裕的工作,远离令我产生痛苦的环境,用时间的洪流来逐渐平息我波涛汹涌的情怀之时,老天又出来兴风作浪了,愣是不给我重新做人的机会!

有一天深更半夜,俞伟民回公司来了,他将车开到公司广场东北角边缘那个专属他的停车位上停住,然后下车,沿着他惯常的路线向公司大门走来。

我连忙调动情绪,准备着躬身相迎并恭声问候他的到来,大出意料的是,他还没有走到一半,突然倒在地上。

广场上灯光朦胧,暗黑难辨,尤其东北角,是路灯影响最微弱的区域,所以没看出来他为何倒下,我还以为是他不小心摔倒了,但是等半天他也没爬起来,就觉得有点不对劲,连忙跑过去察看,一看之下,大吃一惊,只见他面色苍白,嘴唇青紫,额头冷汗直冒,浑身抽搐,意识已处于迷离状态,我奔跑过去的风声将他的意识堪堪惊醒一些,他勉力睁开奔拉的眼

罪与赎
——万象惊魂记

皮,混沌的眼珠泛出一丝微弱的暗光,嘴里已经气若游丝了,声如蚊蚋地蠕动着嘴皮:"有,有人,害,害我,小,小,小黄,快,快,快叫救,救护车,救,救我!"

我吓一大跳,急不可耐,连忙抬腿就往值班岗亭疾奔,准备打120求救。可是我刚拎起话筒,视线不经意间落在桌面一角的一个大型真空储物袋和一个简易的抽气机上,就在这争分夺秒的生死时刻,心里突然鬼使神差地咯噔跳了一下,准备拨电话号码的手顿时就迟缓了下来。因为我心中蓦然产生了一个念头,这个念头把我自己都惊出一身冷汗。这个念头就是:不但不能救他,还必须让他死,他死了,俞氏公司就万劫不复了,他和俞氏公司都完蛋了,对区长大人家就没有任何吸引力了,那么堂堂区长大人家就不太可能接纳一个无父无母无势力的孤儿俞萍音做自己的儿媳,再加上官家公子哥儿喜新厌旧的特性,十有八九就会抛弃俞萍音,等俞萍音沦落到了那样山穷水尽的地步,自己不就有了追求她的资格了么!且不说有没有资格吧,至少就有了乘虚而入的机会!天,这是多么千载难逢的良机啊!想到这里,我激动得浑身颤抖,心底电流乱蹿,面红耳赤之状,跟那躺在广场上垂死挣扎的俞伟民也没什么两样了。在那样仓促的时刻和紧张的环境下,被压制多时的欲望之火突然像火山一样爆发出来,一旦爆发出来,就完全不可能被再次压制了,理智和良知完全被火舌吞噬,起不了丝毫作用。我无可抑制地放下了电话,颤抖着双手拿起了那个真空储物袋和抽气机。

这里顺便提一下,我在值班岗亭里放这玩意儿干嘛,还是因为我不安分守己的原因,我身在看门岗亭,心却扑在全公司的命运上。当我得知公司的真空包装食品时不时发生漏气事故,时有退货事件发生。我就想着如果我能够找出根源,研究出一种绝对不会漏气的真空包装技术,不就可以令董事长刮目相看,然后提拔我到重要岗位上去。想到做到,我就去找了这么一套东西,寄希望于弄清楚真空包装的原理和程序、特性,然后进行技术改造和提升。就这样,我在看门的无所事事中找到了这么一种乐趣,

三十六

对真空储物袋和真空包装袋反复地进行装气、抽气实验，仔细琢磨其中的原理和漏洞。有时候也闲极无聊地想，要是里头装个人，然后把气体抽光，人体在真空中的死亡，不知道会是什么一种奇特的样子，虽然想得毛骨悚然，却也给无聊的时光增添了一种变态的意趣。结果就这样，现如今，改造真空包装技术的方案还没怎么想透彻，杀人于无形的方案倒是先成形了！

我硬着心肠，拿着杀人工具向俞伟民走去，这短短的一段距离，在我走来不亚于生死两界，但我却越来越坚定了杀人的念头，如果自己不下狠手，俞伟民要是只是病发倒地，并不会死，自己不救他，迟早有人来救，到时候别说错过千载良机不说，还要背一个见死不救的罪名，所以必须干脆利落、丝毫不能拖泥带水。就在这股狠劲的支撑下，我走到了俞伟民的身边，他已经完全瘫软在地，蜷缩成一团，嘴里痛苦地捣着气，感知到我的到来，他还是勉力睁开眼，他以为我已打完求救电话，了无生气的眼神里竟然还扑腾出一点希望的微光。我的心里一阵抽搐，但我狠狠压制了自己。怕自己一迟疑就会心软，一咬牙一狠心，立刻动手，用真空储物袋套住他的身体，然后密封住，用抽气机抽光里头的空气，动作行云流水，简直一气呵成，行动过程中似乎还听到了袋子里头痛苦的呻吟和无声的诅咒，但我也完全忽略了，欲望已经把我变成了魔鬼！

就这样，我天衣无缝地杀了人，没有在他身上留下任何指纹，连鞋上都套着袋子，而且大理石地板光洁如新、一尘不染，也不会留下鞋印。我不得不佩服自己，在任何方面都有无与伦比的天才思想。连杀人也不例外！

我确认他已经必死无疑了，就将杀人工具进行了处理。我没有畏罪潜逃，而是镇静地回到了值班岗亭，虽然心胆俱寒，但我就是能做到对眼前的惨景视而不见！我当然不能逃跑，要是打算逃跑，又何苦杀人！但是你肯定会想，在我眼皮底下死了个人，我无论如何也难逃干系，怎么可能这么淡然处之呢？这就又得归功于我那神奇的思维能力了，我的思路是这样的：俞伟民近段时间来身陷多重利害关系，这样突遭横祸必然是被人害了，

罪与赎
——万象惊魂记

像他这样有权势有背景的人,敢于太岁头上动土的凶手也一定不是凡人,绝不会允许真相大白于天下,十有八九就能干扰警方查案,最终弄出一桩冤假错案来了结此案。那样我就等于大树底下好乘凉,无形中接受了保护伞的保护。既实现了罪恶目的,又做到了全身而退。

果不其然,警方介入后,对我只是流于形式地审问了一下,我坚称自己确实没有看到俞伟民是怎么突然死在我的眼皮底下的,这一点甚至正好遂了幕后黑手的心愿,或许他可能还要担心我看到或知道俞伟民死亡的一些细节,使得警察不得不硬着头皮查下去呢,这样都没经过商量就统一了口径,可能幕后黑手都会有点惊诧,搞不明白到底怎么回事,但肯定随后就大喜过望了,这将给他省多少麻烦啊!

正如所料,警方草草给俞伟民找了个死亡原因,就将此案匆匆了结了!

然后,我就不知道接下来算是我的幸福来临还是灾难降临了!

一切如我所料,树倒猢狲散,本已被食用油中毒事件弄得元气大伤的俞氏公司哪里还有回天之术,员工纷纷离职,公司已临覆灭之厄,官家公子哥儿也干脆利索地抛弃了俞萍音,我唯一没有预料到的是,俞萍音竟然自杀了。当然,事后想想也完全能理解,原本在幸福的云巅,突然跌落到悲痛的谷底,这样惨烈的落差,搁在谁心里都得裂开好几个血口,何况是这样孤苦伶仃的一个柔弱小女孩!好在她被及时发现,送到医院救过来了!使我还能够再见到她!否则我将万劫不复!

不过你不要以为我心愿得逞,有了亲近俞萍音的良机,就开始心花怒放了!

事实上,我更加巨大的悲伤和痛苦就是从得知俞萍音自杀这一刻开始酝酿的!

实不相瞒,杀了俞伟民之后,我就开始浑身发虚,脚底发飘,冷不丁就身体四处冷汗直冒,夜里噩梦连连已经成了睡眠时的常规节目。一开始我只当是自己因为担心案发被抓,紧张害怕造成的,可是直至警方已经定案并且定成了不可推翻的铁案,我的这种生理和情绪反应非但没有减轻的

三十六

迹象，反而变本加厉，愈演愈烈。我就知道自己遭受的可能不是简单的恐惧袭击，而是夹杂着另外一种莫名的慌乱情绪。

此时，我还是不愿意承认这是来自良心的叩问，因为我在不停给自己找借口，俞伟民作为地沟油中毒事件中的罪魁祸首，祸害了那么多家庭，他却找个替罪羊顶罪，使自己逍遥法外，这对那些受害者确实太不公平了！他是最该死的，我杀他那是为民除害，为人间匡扶正义！我不存在什么泯灭人性、灭绝天良！所以根本无需遭受良心的谴责！至于我为什么那么慌乱，忧心忡忡，久久不能平静，可能是跟人生中第一次杀人带来的心理冲击有关，是一种技术环节的问题，做做心理调适就可以了，而非精神和道德层面的撕裂伤！

就在这样勉为其难的自我安慰当中，战战兢兢地过了些日子。

然而听到俞萍音自杀的消息，我彻底颤抖了，一种来自心灵的颤抖！

因为俞萍音是无辜的，而且是我的最爱，她的寻死，我绝对是凶手，不折不扣的凶手，怎么粉饰都没用，我竟然不知不觉就杀害了我心爱的女人！我不是在心里号称爱她到可以放弃生命的地步吗？却怎么自己不放弃生命，反而去伤害她父亲和她的生命呢？如果实在忍受不了不能和她生活在一起的痛苦，那就自杀啊！这也算是一种深爱她的表现！凭什么要去杀害她的亲人？伤害她的心灵！

我如同突然之间才发现了自己的罪恶一样，直至此时，负罪感和良心的谴责才决堤而出，像两座大山一样挟持山呼海啸之势向我脆弱的心灵狠狠压下。

我痛不欲生，但是我又终究还是个欲望的螺旋体，我舍不得离开俞萍音，我内心深处还是强烈渴望她的爱，而且她现在虽然自杀被救，但是身心状态也已经彻底处于风雨飘摇之中，如果不加拯救，终究难逃覆灭的厄运。所以我这个罪魁祸首，赎罪的第一步就是先将她彻底挽救过来。

我就带着这样一种猎取她的芳心、拯救她的心灵的复杂心理走近了她，结果，我用我独特的思辨之才劝服了她，让她放弃了轻生的想法，并取得

罪与赎
——万象惊魂记

了她的信任，寄希望于我能找到杀害她父亲的真凶替父报仇，正因为人生有了希望，也便有了活下去的意义。虽然她仍然因为丧亲和失恋这双重打击痛苦不堪，但是显然在她目光里已经出现了生命的光泽。

你不要以为我承诺帮她找到杀父凶手是在忽悠她，事实上，我义正词严地做出这个承诺时是动了真气的。虽然俞伟民最终是我杀害的，但如果没有之前那个凶手的残暴罪行，也不会诱导我陷入犯罪的深渊。我一方面为自己深陷罪恶之苦迁怒于那个凶手，另一方面，如果为俞伟民找到那位凶手，那我也相当于是戴罪立功，通过为他报仇雪恨而减轻他的在天之灵对我的怨恨，这又何尝不是一种赎罪的方式呢？更何况，这还是帮助心爱女人替父报仇，挽救她苦难深重的心灵，这样一箭三雕的好事，我怎么可能不发自肺腑呢！

于是，我似乎也像俞萍音那样找到了活下去的意义！那就是赎罪！

然后，我就像模像样地展开了探案之旅，梳理了整个俞氏公司以及俞伟民的所有背景资料，把所有可能有杀人动机的人群条分缕析，分门别类加以调查，在探案过程中，我得到了派出所辛正刚警官和私家侦探邹恒明的帮助，使我对很多暗中的线索都有了了解。然而，我也还有着另外一种复杂的心理，使得我查案其实并不太积极，我担心太快找出杀人真凶，完成了对俞萍音的承诺，使命一旦结束，便再没借口和她亲近了，虽然我也在极力告诫自己，自己是她的杀父仇人，已经完全没有资格和她谈情说爱了，但我脑子里告诫是一回事，心中心愿却完全另一回事，从心里产生的行为完全不受脑子里理智的控制，总想着要寻找一切机会和她接触，让她了解自己，赏识自己，信赖自己，从而产生深厚的感情。

于是，在各路心理的交相压迫下，我的行为也产生了撕裂，一方面假模假式地四处出击，深入探访，搜集所有可能的案件信息，另一方面则有意无意地故意拖延查案的进程，使得我和俞萍音的合约尽可能遥遥无期，直至她无可救药地爱上我的那一天。当然，说我故意拖延查案进程其实也是一种不公平的说法，因为我在查案过程中，才深刻地感知到了俞伟民当

三十六

年制造的食用油中毒事件给受害者家庭以及那些在事件中被牵连的其他家庭造成的伤害和遗毒有多深。于是我就一厢情愿地增加了一条赎罪方式，通过替俞伟民向受害者家庭赎罪来向他本人赎罪。所以我的查案之旅甚至一度变成了赎罪之旅，查案甚至已经转变成了赎罪过程中的副产品了，我尽其所能地在每一个受害者家庭中充当受害者原有的角色，并提供我能提供得起的所有精神及物资需求。

也许是时间足够了，也许是为其父查案过程中的不畏艰险使她感动，也许是我在这个过程中确实展现了惊人的心性、能力和智慧，还有我那被伪装出来的道德品质也闪耀着一定的光泽，而且我帮助俞萍音治理公司也出了很多精彩绝伦的主意，总之，俞萍音竟然真开始依赖我了，不仅以方便我深入查案为由极力推荐我当了总经理，还逐渐对我产生了感情。

一开始感知到她对我的感情，我当然有一种本能的窃喜，但很快就是一阵铺天盖地的愧疚。我的心开始发沉发慌发颤，就好像毒瘾发作一样，既对毒品充满毫无理智地渴望，在毒瘾平息之后，又充满着深深的恐惧。

我知道我这颗已经被负罪感压迫和良心谴责得残破不全的心，已经很难坚强地承受俞萍音的爱意带来的冲击。但是她的爱带来的那种漫透身心的甜蜜和幸福却又让我深陷其中，欲罢不能。

在这种复杂心理的压迫下，起初，我还试图回避她的感情，故意疏远和冷淡，我甚至一度萌生过和对我也有了好感的齐曼华结合在一起的想法，因为我试图通过这种表现自欺欺人地告诉我自己，我当初杀害俞伟民并不是为了得到他女儿这样一个不可饶恕的罪恶目的，而是为了替那些可怜的受害者家庭讨回公道这样一个崇高的想法。希望借由这样的概念偷换来减轻内心的负罪感和良心的不安。

然而，随着俞萍音的爱意越来越强烈，甚至突破女儿家的矜持直接表白，我哪里还招架得住，心底的防线土崩瓦解，彻底沦陷在妙不可言的温柔乡里，那种通天彻地的幸福感，曾经一度让我忘却了自己是个罪人！

但是，我终究是个戴罪之身，无论我如何标榜自己，为自己的行为贴

罪与赎
——万象惊魂记

高尚的标签,那也只能是一种自欺欺人的可怜行径,欺骗得了世人的眼睛,欺骗得了自己的脑子,却欺骗不了自己的心。

当初拿着真空储物袋和抽气机阴森森地靠近俞伟民的场景一次又一次地在我脑海里上演,那个"杀了他就有可能得到他女儿"的罪恶念头一次又一次在心里和灵魂里跳动,当夜夜噩梦中,俞伟民披头散发、身体扭曲、满面狰狞地跳到我的床头,拿着一个真空包装袋兜头往我罩来要以其人之道还治其人之身的时候,我便彻底明白了,一旦心灵染上了污点,无论如何也是清洗不掉的,负罪感是植入灵魂的东西,你对灵魂无法实施手术,就不可能将它取出来。唯一不让它伤害你的办法,就是不要犯罪。一旦犯下了,它就油然而生,肆虐吞噬你的灵魂,即便一生的赎罪,也只能弥补些受害者的损失,而削减不了它一分一毫。

尤其还不知悔改,还继续让那个支配自己犯罪的罪恶念头付诸实现,那就真是要遭天谴,要下十八层地狱,要下油锅滚烈焰,永世不得为人的!

先还别说这些深远的报应,如果继续接受俞萍音的感情,光是每夜做噩梦时被俞伟民指着鼻子骂我无耻之尤居然还有脸面和受害者的女儿谈恋爱就能让我濒临精神崩溃。

可是我真的贪恋着俞萍音的爱,太幸福太甜蜜了,别说完全割舍,稍加疏远都如同寸寸割肉一般难受。

我该怎么办?一方面心灵的谴责让我无法正常接受她的爱,一方面情感的需要让我丝毫离不开她的爱。

痛苦啊痛苦!山高海深的痛苦!

我的心理被各种复杂的想法撕扯得七零八落,我的精神也好像五马分尸一样分崩离析,我已经不只是夜里做噩梦了,经常大白天就产生幻觉,感觉到各种各样的敌人都蹦蹦跳跳地向我索命来了。各路天神地鬼都四处冒出来摇旗呐喊唾弃我的惨无人道、死不足惜!

于是在这些幻觉的引导下,我也开始经常冒出轻生的想法,与其这样痛苦活着,还不如一死了之。但是我还不能死,我对心爱女人的承诺还没

三十六

有实现,还没有找到杀害她父亲的元凶,我的赎罪也还没有完成,我还有很多很多任务,还有很多人们需要我的帮助!

我知道自己可能得了精神病或者心理疾病了,但是意识和理智还没有完全丧失,还知道自己肩负着很多社会担当。但是我这种精神状态可能不能很好地履行这些社会职责了,必须获得专业的帮助。

于是我辗转找到了楚天树医师,很幸运,他是个高明的医师,在他的帮助下,我还能勉为其难地继续履行我的职责。

最后,我觉得自己很幸运,在临死之前,完成了一些善事,帮助了一些受害者家庭脱困,最重要的是,我找出了杀害俞伟民的元凶,可叹的是,那元凶也得癌症死掉了,而且我一直感恩戴德的兄弟牛志远居然不知不觉间成了帮凶,有鉴于此,我就无法将这个案件的真相公之于众了,因为报仇对象已不复存在,而报恩兄弟更是需要保护。

所以我对俞萍音又有了另一层愧疚感,为了保护自己的兄弟,却不让她知道她父亲死亡的真相。而且最最重要的,她父亲最终是我杀害的这一事实,她有权知道,我却永远做不到通过自己的嘴亲口告诉她,这种愧疚感真是力压千钧、横扫八荒。

好在俞萍音到了最后,却并不怎么关注她父亲案件的进展了,而是将全副心神投入到了跟我的爱恋当中。她甚至害怕我继续查案会招来很多凶险以及杀身之祸,竟有了让我放弃继续查案和她举案齐眉共浴爱河的想法。

这种状态要是搁别人或许能欣喜若狂,但是搁我身上却成了压垮我的最后一根稻草,俞萍音先前只是跟我谈情说爱我还勉力能够支撑,至少我在噩梦或者幻觉中可以对俞伟民理直气壮地说,我知罪了,我并没有让那种罪恶念头继续付诸现实,我和你女儿只是朋友,我只不过希望照顾好她来救赎对你犯下的罪恶,仅此而已!

通过这种自我开解,我还能获得一丝心灵的平静,迫使负罪感和愧疚感没有掀起滔天巨浪。

但是当她提出婚约,并且在她的一再恳求下,我实在招架不住,竟不

罪与赎
——万象惊魂记

知深浅地同意了,而且还商定好了结婚日期,我就知道完蛋了,我大难临头了!

我的心灵已经混乱不堪,我的精神已经迷幻如烟,我已经不止一次地产生过自杀的念头,只是基于我死后俞萍音怎么办的心理才迟迟没有勇气实施,已经被楚医师诊断为严重的抑郁症,这样一个精神崩溃、心灵残破、噩梦缠绕的戴罪之躯,又如何能够去和那么完美无瑕的姑娘结婚?

随着婚期的临近,我苦不堪言,慌不择路,惶惶不可终日,自杀的想法越来越浓烈。我知道,我肯定是活不成了,在婚期之前肯定得死。但是我死后俞萍音怎么办?我不能抛下她不管!而且说实话,她的爱是天地人世间最弥足珍贵的无价之宝,是足可与日月同辉的盛世华彩,我又如何能够割舍丝毫?付出了这么多,甚至不惜以生命和良知为代价才换来的,转眼间就要失去,我又如何能够甘心?

怎么办?怎么办?

我日夜在心头发出痛苦地呼喊!

后来,还是我神乎其神的奇特思维来拯救我了,冷不丁地我突然冒出一个神奇的想法:既然我只是因为心灵污点和戴罪之躯而不能与俞萍音结婚,而我对她的爱是真挚热烈的,是纯洁无瑕的,既然负罪之心和爱她之心在我身上已经无法剥离,那么能不能再找到一个同样的'我',一个没有犯过罪的'我',一个没有心灵污点和戴罪之躯的'我',让这个'我'去和她结婚,这样就不但实现了我和她结婚的目的,而她最后爱的也还是我,只不过是另一个干干净净的'我'而已,这样她找到了归宿,我也最终没有失去她的爱,我就可以安安心心赶赴黄泉路了!

想到这里,我兴奋不已,再也按捺不住,连忙去向楚医师求助。楚医师一开始坚决不同意,最后看我死意已决,我的抑郁症已经太过严重,无法治愈了,迟早也是一死,还不如满足我的夙愿让我快快乐乐去死,这也是医者仁心的体现。

于是我们俩开始设计方案,几经推敲和雕琢,终于敲定了一个你后来

三十六

应该全程经历了的方案，为了找到一个跟我类似的'我'，楚医师更是亲下江南、遍寻山野，最后终于将你擒获，回来告诉我这一喜讯，我顿时对你充满了神往。巧之又巧的是，楚医师正在经办的一件大事也可以借力我们共同设计的这个方案，所以他也从犹豫不决转变到决定全力推动这个方案的实施。

有了楚医师这样神通广大人物的帮助，又何愁方案不成？

后来当我第一眼见到你，心里咯噔一下，暗中连呼神妙，从你的形象、气质和举止来看，完全就是我的翻版。而通过跟你的交谈与接触，感受到你质朴、坦诚的性格及与众不同的思维方式，我不得不倾倒了，完全不折不扣的一个没有犯罪前的我嘛！

我心中好不欣喜，完全没有了即将赴死的那种忧伤。我如同看到了光明的前景：那个被俞萍音挽住胳膊的满目忧伤、心神不宁的黄二愣不复存在了，取而代之的是一个眉目舒展、心情澄澈、身轻如燕的黄二愣在大街小巷、田间山头和俞萍音追逐嬉戏着，那种郎情妾意，打情骂俏，让黄二愣和俞萍音一齐臻至幸福的云巅。

再没有什么可犹豫的，我将既定方案不折不扣地彻底贯彻实施了。

将方案中设计的诸多事项全部落实后，我可以从容赴死了。

那天夜里，送俞萍音回家后，我从你的眼皮底下再次回到公司，回到那个办公套房，我将早已准备好的私人订制的真空包装袋套住自己，从里头就能通过拉链将其完全封死，又可以通过特殊装置把袋子里的气体排出，只剩留一些稀薄的空气，够我从办公室走到那个广场上俞伟民死亡的位置即可。这就是我潜心研究真空包装技术后获得的研究成果，不过这个技术成果唯一的应用就是将它的研究者杀死。想想还真是荒唐有趣。我想用这个方法自杀由来已久了，因为我在恶梦中不断梦到俞伟民一直耿耿于怀地想以其人之道还治其人之身，那么我就遂了他的意愿，我自己也算得到了等价的报应，而且还顺便临床实验了我的研究成果，真是何乐而不为！岂不快哉！

罪 与 赎
——万象惊魂记

我吞服了早已准备好的麻醉药和肌松剂,经过时间计算,在我走到了那个位置躺倒后,就应该开始发挥作用,避免我在袋中稀薄空气耗尽之后本能地开始四肢乱蹬乱抓,引起你的注意,那就前功尽弃、满盘皆输了!死,一定要死得安详,死得悄无声息,死出一副毫不留恋人世的英雄气概来!

一切都经过算计,时间拿捏到恰到好处,到了规定时间,我就穿着如同衣服一样的袋子,袋子表面颜色也是用药水做过特殊处理,大黑天的根本不可能看到,我没有直接从大门口出来,我还不能那样明目张胆,而是从后院一个偏僻的墙洞里钻出来,慢条斯理地走到了俞伟民横尸的地方,优哉游哉地躺了下来,袋子里最后一丝空气耗尽了,肌松剂也发挥作用了,我一动不能动,表面痛苦,内心安详地彻底睡过去了!永远不再醒来!

在另一个规定的时间,我的某一位神秘的协助者在很远的你看不见的地方,通过系在袋子拉链上的一条很长很坚韧的细绳,将拉链扯开,再使劲一拽,我的尸体就从袋子里漏出来,而那个几乎隐形的袋子咻溜溜地迅速滑向远方,很快便消失在了无边的荒野。

而我,就完完整整、原原本本地呈现在你的眼皮底下,一如当初俞伟民痛苦不堪地呈现在我的眼皮底下一样。

真是善有善报恶有恶报,不是不报时候未到啊,终于得到报应了,好不快哉!

当然,死人是无法发出这么多感慨的,也无法对他最后赴死路上的情景和心情做出描述,这是我临死前夜给你写这封信时对我即将到来的死亡场景做出的浪漫的想象,真实情形到底怎样,我就无法告诉你了!

但是有一点很明确,我到底如何死的一点都不重要,重要的是,你通过重走我的路,重历我的历程,重现我的风貌,终于替我再次获得了俞萍音的爱,一个心灵澄澈、胸怀坦荡的黄二愣和俞萍音心心相印、耳鬓厮磨的美好场景,将是胜却人间无数的绝美风情!

这里顺便说句题外话,由于知道你会重新经历我的历程,所以有一些事情我在死前没有进行处理,我想你也肯定会替我完成的。

三十六

对不起，三娃兄弟，我很自私，竟然让你做了我的替代品，当然，即便是做替代品，从你当初第一眼看到俞萍音和我一模一样的反应来看，我想你也应该不会排斥这桩美丽的差事吧！再说，也许是我过于自作多情了，或许俞萍音爱上的已经不是我，而是真的你。但不管怎样，请你为一个已经死去的灵魂保留一丝面子吧，勇敢地去接受俞萍音的爱，并且保留这个秘密，永不道破！

当然，如果你实在控制不住想要道破，我也没有意见，因为俞萍音真有权知道她父亲死亡的真相！而我这个十恶不赦的罪人，就让他接受本该属于他的最严厉最残酷的惩罚吧，那就是——丧失俞萍音的爱！

到底怎么做，你自己斟酌吧！

无论怎样，我都没意见！

也真心祝福你和俞萍音幸福美满，永远平安快乐！

剩下的疑问，你问楚医师吧！

此致

敬礼

愚兄黄二愣绝笔

阅信完毕，胡三娃持着信纸的手指微微颤抖着，目光凝聚在纸面上足足三分钟，最后才勉力抬起眼睛，直视着楚天树，一脸骇然失色的表情，那是一种来自灵魂深处的震颤。

楚天树没有急着说话，一直微笑着的明眸里浮上了一种深沉的意味。

― 三十七 ―

罪与赎
——万象惊魂记

胡三娃咬一下嘴唇，咽下一口唾沫润润嗓子，艰涩的喉结翻滚了好几下，终于艰难地发出了声音：

"你，你就这么，任由他去死？"

"他犯了死罪，难逃一死！"

"即便要被枪毙，也得先把病治好吧！"

"用得着这么大费周折么！"

"可你是个医生啊！"

"实话说吧，他的抑郁症已经病入膏肓了，即便我人道主义精神爆棚，医术再高明十倍，也无力回天了！"

"那也不能让他这么死啊！"

"你觉得他该怎么死？"

"他犯了罪，应该交由法律来制裁！"

"道德和良知已经制裁他了，难道这种灵魂的撕裂不比法律的枪击来得更威猛吗？"

"既然社会已经制定了规则，咱们还是得按规矩办！"

"如果按规矩办了，还能有你今天和俞萍音的美好姻缘吗？"

"就算我算是个既得利益者，但是君子不饮盗泉之水，我却无意中饮用了，很为自己现在的处境感到尴尬！"

"难道你把黄二愣的忏悔和赎罪看成不义之举吗？"

三十七

"虽然不能这么说,但终归还是有点荒诞不经!"

"所以你只能说他的行为不合法合规,但是合情合理,更谈不上不仁不义!从另一个角度而言,甚至可以说有情有义!"

胡三娃垂下眼帘,若有所思,片刻后,蓦然抬起头来直视楚天树,眼中精光大盛:

"好吧,就算黄二愣的心理和行为可以理解,但是你作为一个医师,竟然配合自己的病人制造这样的惊天迷局,我实在无法理解!"

"能够帮助自己的临终病人在临死前实现夙愿,让他安心离去,何乐而不为呢!"楚天树淡淡地说。

胡三娃茫然地看他一眼,下意识地直摇头,但没有说话。

楚天树泰然一笑:"我知道这样的解释你肯定耿耿于怀,好吧,请跟我来吧!"

他干脆利落地站起身来,向里边套间的门径直走去。

胡三娃好奇心大盛,紧随其后。

楚天树推开门,站在门边,侧身做了个请的姿势。

胡三娃对这种布局的房间太熟悉了,想着黄二愣的办公室,内心里不由得有点紧张,竟隐隐有种担心垂挂心头!

不过还好,待他走进去驻足一看,房间的大小虽然跟黄二愣的那个卧室差不多,但是格调和氛围完全不一样。

这里头充溢着一种梦幻而温馨的气息,甚至有点艺术风情,粉红色或者淡蓝色墙壁上张贴着各色风景秀丽的水墨山水画,两面墙上都有明亮的窗户,有着色彩明快柔和的窗帘,极有分寸地释放进来明丽的阳光。

房间里的陈设倒是简洁,天花板上垂下一盏水仙花瓣一样的琉璃水晶吊灯,靠内墙一张写字台,写字台上有两个弧线优美的音箱,还有一座造型精致古朴的台灯,一把可以仰靠的长条藤椅挨着写字台摆放,其头部就在台灯的窥伺之下,藤椅旁边另外还有一把靠背座椅。此外,再无他物,更没有黄二愣房间那样的硬板床。

胡三娃松了一口气,不过,他的目光却被长条藤椅上躺着的一个人强烈地吸引了过去。

他惊讶地发现,这个人瘦得都快皮包骨头了,而且颤颤巍巍,似乎靠着残存的

罪与赎
——万象惊魂记

一股精气神勉力支撑着他的身躯才没有塌陷。脸上的容颜更是憔悴,用苍白如纸形容都不为过。更可怕的是他的眼神,目光凝滞,状若痴呆,估计要用电子显微镜才能勉强找到一丝生气来。此时,就像两个死气沉沉的虚无黑洞一样瞪视着猝然走进来的胡三娃。

胡三娃从心底深处倒吸一口冷气,再不敢与他对视,移转目光茫然望着楚天树。

楚天树淡定一笑:"这屋子是我的催眠工作室,躺椅上躺着的是我的另一个病人!"

"催眠工作室?"

"对,鄙人不才,粗通催眠之术,用以辅助心理治疗!"

顿了顿,他突又神秘兮兮笑道:"实不相瞒,那次咱们在山坡上聊天,聊到后来我就对你实施了催眠术,对你的心理进行了某种暗示,催眠术原理中有种迟发效应,你后来在广场上,黄二愣在你眼皮底下从容自若地死亡,你毫不知情,有环境因素,有技术因素,其实也不排除有这种心理因素在起作用,不过我不知道我的催眠技术是否达到这样的境界,只能姑且这么聊以自慰一下,呵!"

"真的吗!世间还有这等技术?"胡三娃瞠目结舌。

"这东西说起来太玄,跟咱们今日的主题无关,你就不必深究了!"楚天树悠然一笑。

胡三娃愣了愣,爽直道:"那好,那就说你把我引到这屋子里来的主题吧!"

楚天树点点头,信手从兜里掏出一张照片来:"你先看看这张照片吧!"

胡三娃好奇地接过来看了看,只见照片上是个身材健硕、面容饱满的中年人,但见他神采飞扬、目光炯炯的样子,好一副踌躇满志、意气风发的飒爽气派。

胡三娃茫然望着楚天树:"这个人是谁?你给我看他干嘛?"

楚天树叹了口气,指指藤椅上的那个人说:"照片上的人就是他!"

胡三娃好一阵错愕,惊讶道:"不可能吧,这差距也太大了吧!"

楚天树叹道:"有时候心理疾病,比最严重的躯体疾病还要可怕!"

"他是因为心理疾病,才这样的?"

"是的!"

三十七

"你让我了解一个这样的病例干嘛?"

"跟黄二愣事件有关!"

胡三娃眨眨眼道:"你是想用这个活生生的病例,向我说明黄二愣如果不自杀,最终会变成什么可怕的样子,从而说明你配合他自杀的正确性?"

"我不需要向你证明我是不是正确,而只是想让你明白你在我们的行动方案中吃了那么多苦头还是值得的!"

"我还是一头雾水!"

"且听我慢慢道来!"

接下来,楚天树讲了一件往事。

原来这个饱受心理疾病折磨的患者叫祁东白,也是一名生意人,上世纪90年代适逢国家经济改革浪潮,他敢闯敢干,从万东区政府手里承包了一个濒临破产的国有粮油企业,国家的好政策加上他的能力和魄力,使他的事业打下了扎实的基础,他锐意创新,进行大刀阔斧地改革,也付出了常人难以想象的艰辛和心血,在他如此呕心沥血的苦心经营下,三年时间企业终止亏损,五年时间扭亏为盈,事业蓬勃发展,他更加干劲十足了,此后,借助国家改革开放的东风,他更是如鱼得水、大干快上,公司业绩越来越好,产品行销全国,销量连年翻番,事业呈现一派火旺之势。然而,树大招风,事业的成功给他带来成就感的同时也给他招来了灾厄。突然有一天,万东区政府主管部门通知他要与他终止承包合同,随便找了个莫须有的终止合同理由。他万般无奈,但胳膊扭不过大腿,就想着尽量减少损失,不说所耗费的心血了,只想着能把这些年投入的成本尽数收回再另觅出路。熟料,资产评估公司也被幕后黑手收买了,结果公司以极低的作价被区政府收回。他一下子血本无归,一落千丈。一开始他还能委曲求全,咬牙忍受,想着自己这半辈子的心血终归也还是在国家手里,即便不为自己所拥有,也能用来为老百姓造福,就算是自己为社会做贡献,为下辈子积德了。可是,事情远非他想的那样美好,过了一段时间,回收风波结束后,一下子丧失红火事业整天郁郁寡欢、闷闷不乐的他因为缅怀自己抛洒过热血和智慧的土地,再次造访公司所在地,发现公司什么时候竟然改头换面为"蔡氏粮油食品有限责任公司"。他大吃一惊,立刻着手深入调查。才恍然明白自己经营得好好的

罪与赎
——万象惊魂记

生意为什么突然被政府收回的深层次原因，原来是因为下海经商的原区食药监局副局长蔡进中看上了自己公司的发展潜力，借助区长贾明田的力量，巧施妙手，移花接木，不费吹灰之力就低价将一个拥有无限发展前景的粮油公司揽入怀中。祁东白获悉这个内幕，肺都要气炸了，毕生的心血无端地就进了别人体内，岂能善罢甘休。于是他就从此踏上了漫漫信访的天路，从区里到国家各个层面，各个部门，各个机构，只要他认为能帮他伸冤做主的地方，他都无一不作出十万分的努力。也不是所有的部门都漠视他的信访和主张，确实有部门对此案例介入调查。然而，恶人既然要巧取豪夺这么宝贵的东西，自然是经过周密设计、科学策划的，岂能留下任何漏洞。所以再怎么调查，公司易主的每一道程序每一个环节都是合法合规、有理有据的，说不出半个不字来，所以各种调查要么不了了之，要么以驳回他的诉求而了结。可怜这一个当年意气风发、勤勉能干的青年才俊，就因为斗胆从政府手里承包了一个企业，这么折腾几十年下来，不仅无谓地耗竭了他所有的青春年华，直接进入老年状态，还因为长年累月的信访使自己沦落成了一副怨妇衰男的做派，而愤怒、痛苦、绝望情绪的长期堆积，不得释放，使他患上了严重的抑郁症和厌食症，精神濒临崩溃，躯体日渐衰微。他痛不欲生，越来越厌世，总想一死了之，但一想到把自己戕害成这幅惨况的仇敌借助从自己手里霸占的财富，在人世间活得逍遥自在、有滋有味，而自己却要下地狱，心理产生了极不平衡感，就苦苦强忍着没有对自己下毒手。为了抵抗自杀的念头，只好求助于心理医师。所以就成了楚天树的病人。

胡三娃呆呆地听完这段故事，心中万千感慨自不待提，再联想到黄二愣信中的某部分内容，有种恍然大悟的感觉，他试探着问：

"黄二愣在信中说他坚信第一个杀害俞伟民的人肯定有能力干预警方查案，他指的那种能力就是蔡进中和贾明田狼狈为奸的关系吧？"

"对，蔡进中投毒杀害了俞伟民，他做梦也想不到压死俞伟民的最后一根稻草其实来自他人，一听俞伟民已死，当然以为就是自己毒死的，警方介入后，他马上就找了贾明田，贾明田跟他是一根绳上的蚂蚱，一荣俱荣、一损俱损，虽然跟俞伟民已经有准亲家的关系，但毕竟俞伟民已死，也犯不着为了替一个已经没有价值的死人伸冤而破坏他们之间那么深厚的利益关系，就这样，贾明田在蔡进中的半勾搭

三十七

半胁迫下插手干预警方办案，授意警方找个理由快速结案，此案就这么草草了结，黄二愣也就这么沾了大光！"

胡三娃心中寒意料峭，顿感一片通明，不过，还有一个疑问：

"你跟我说这个故事，不是说为了让我明白我在你们的算计中吃的那些苦头其实都是值得的，可是听完这个故事，我没感觉我吃那些苦头的必要性在哪里啊？"

"必要性太大了，正是因为你的无私奉献，才能将各种丧尽天良的犯罪分子绳之以法！"

"什么意思？我经历一遍险恶江湖，他们就能绳之以法，我不经历的话，他们就逍遥法外，这是什么逻辑？"

"呵，一说你就明白了，黄二愣在信中不是告诉你了么，他探查俞伟民的死因、四处调查走访一开始就是假模假式装样子，后来就逐渐演变为替俞伟民赎罪来向俞伟民谢罪，总之，正经八百查案的成分不多，所以直至后来真把这个案件的来龙去脉都搞清楚了，他还恍然如在梦中。真相是大白了，但是却没有留下任何证据。没有证据又如何控诉那些罪犯，弄不好还要被他们整成诬陷罪。再说，他自己的兄弟也无意中牵连进来了，他就更没有动机去检举揭发那些作恶多端的罪犯了！但是我就不同，一方面你看到我眼前这个可怜的病人了，要想让他活命，什么心理治疗都不顶用了，唯一的也是最有效的治疗方法就是替他伸冤，将罪犯绳之以法，出了心头那口恶气，心病自然就好了！另一方面，你其实也有所涉猎了，还记得你在派出所的审讯室里碰到的区委书记党兴正同志吧，他是我的大学同学，我们俩性格投缘、志向一致，都有那么一股子胸怀天下、悲悯苍生的情怀，在大学是最要好的哥们。毕业后我从事了医学工作，他则从政当官了！我们相约在各自的领域为国为民做一番实事。他是一个不折不扣的好官，清正廉洁、刚直不阿、嫉恶如仇、铁血丹心，并且深富政治智慧、斗争手段高明。以前他不在万东区任职。是刚刚从别的地方调过来的。市委为什么调他过来呢？就是因为贾明田在万东区已经变成了官霸，他在这里为官多年，已经树大根深，建立了庞大的贾氏官场。但由于他在老百姓和官员心中口碑不好，所以迟迟当不了一把手。他自己当不成一把手，也不让一把手好过，每次市委调过来的区委书记，干不了多久就会被他挤走。可是他虽然作恶多端、为

罪与赎
——万象惊魂记

非作歹,却行事严谨、极为隐蔽,没有露出丝毫狐狸尾巴,所以上边还真拿他没有办法。最后就将很有斗争智慧的党兴正同志调过来担任了书记,希望能够扎稳脚跟,对他形成制约,还万东区老百姓头顶上一片蓝天。这对我来说当然是个机会,对我的老同学更是个机会,当他了解到贾明田干了这么多伤天害理的事情,并且有机会借助我和黄二愣的行动计划抓住他的把柄,揪出他的狐狸尾巴,当然就同意给我大力支持,有我缜密的思维和策划能力定方向,有你独特的思维和无边的勇气做配合,再以他的大力支持做动力,何愁目标达不到,结果啊,果然一举成功了!"

说到此处,楚天树竟得意地笑了。

胡三娃心中有点朦胧的意会,但还是不甚明了,当即急切道:"我还是不明白我吃苦头跟你们抓凶手、还老百姓头顶蓝天有啥关系?"

楚天树朗然一笑:"你胡三娃那绝顶聪明的脑瓜子跑哪度假去了,既然黄二愣查案过程中没有留下任何坏人的罪证,所以就得靠你胡三娃再重新经历一遍来提供嘛!"

胡三娃似有所悟,仍感茫然:"可是我查案过程中也没有留取任何坏蛋的罪证啊!"

楚天树朗声笑道:"小傻瓜,既然是我们策划的这个行动,你就是我们棋盘上的一颗棋子,你走过的每一个格子,我们当然会有专家用最专业的工具记录下来的嘛!试想一下,当那帮罪魁祸首们发现要调查他们罪恶行径的人前仆后继,死了一个又来一个,他们心中的慌乱和惊惧将是何等猛恶,他们岂能不赶紧商量对策,横加阻挠,这样,我们自然就可以在暗中从容布局,密布眼线,将他们所有的言行举止和罪恶意图都悉数纳入囊中,连神态和眼神都不会漏掉丝毫!哈!"

胡三娃恍然梦醒,心中随之泛出丝丝凉意,虽然自己无意当中干了一件惊天动地的英雄壮举,但还是本能地觉得心悸。

想了想,他还是心存疑惑:

"可是在黄二愣死前,杀害俞伟民的罪魁祸首蔡进中不是已经得癌症死了么?我也只是查俞伟民和黄二愣之死,并不知道他们还干过那种巧取豪夺他人财富的罪恶勾当,他贾明田有什么可担心的呢?或者他还能跟谁去商量这件事?"

三十七

"此言差矣！不管是当年的黄二愣，还是现在的胡三娃，只要将俞伟民死亡的真相挖掘出来大白于天下，不管蔡进中死没死，蔡氏公司罪恶的发家史必然会被连根拔出来，蔡氏公司也就完蛋了，贾明田的好日子也跟着到头了，你想啊，这样惨烈的下场岂是蔡氏和贾氏能够接受得了的？他们必然会联手予以坚决阻挠。所以说实话，你查案至少还有我们暗中的保护，黄二愣当年查案可完全是孤军奋战，要说凶险程度，他遭受到的应该比你还要厉害。不过，他当年查案没有你这么全心全意、勇往直前，这也相对减轻了他的风险。综合来看，你们经历的江湖险恶、社会风雨应该半斤八两、不分伯仲！"

这一番话激起了胡三娃的翩翩回忆，他略略一想，心有余悸："这么说来，蔡进中的儿子蔡义诚当年派人打黄二愣，后来又派人殴打我，都是为了阻挠我们查案啰！"

"对！而且此事刚好映证了我刚说的那个观点，他当年打黄二愣只是为了给他点惊吓和教训，让他不敢再继续往下查下去即可，后来打你则完全是一副不死不休的架势，因为他从你暴风骤雨般的探案势头和干劲里感受到了真真切切的危险，所以下手绝不留余地了！"

"怪不得他当初敢承认黄二愣是他打的，因为本来就没下狠手，找个吃醋的借口就能敷衍过去，而完全矢口否认派人打了我，因为那是一种杀人灭口的架势，找任何借口都敷衍不过去！"胡三娃细品其中滋味，如梦方初。

"是的，这个蔡义诚的歹毒比他父亲有过之而无不及，我甚至相信，蔡进中用甲氨蝶呤悄无声息杀害俞伟民的计划就是他搞出来的，理由有二：第一，蔡义诚曾经在国外上过学，学的就是药学药理之类的学科，他学这个专业的初衷是因为蔡氏公司准备在食品领域一统天下之后再染指药品领域，学点专业知识会更有帮助，现在看来，他的专业知识还没在药品领域发挥作用呢，先在食品领域应用开来帮助他父亲铲除宿敌。第二个理由，蔡义诚利用俞氏公司中毒事件中受害者家庭对俞伟民的刻骨仇恨，唆使那几户家庭联合起来结成复仇同盟，按照周密计划用甲氨蝶呤向俞伟民的女儿俞萍音的饮食中投毒，来达到彻底铲除俞氏命脉的罪恶目的，好在那些受害者家庭成员中有人最后良心发现，暗中阻断了这个计划，否则连俞氏孤女都

罪与赎
——万象惊魂记

是香消玉殒的命运。这个情况你查案过程中也都知道了。这也可以反证蔡进中懂得用甲氨蝶呤杀人的主谋可能反而是蔡义诚！"

"要是就这一点而言，我倒有个新观点，我觉得杀害俞伟民的主谋还是蔡进中，理由也有二，第一，蔡进中当过区食药监局副局长，对于一些药物的理化特性应该也是略知一二的，第二，还有一桩可怕的案子不知道你知不知道，就是蔡义诚的妹妹蔡义芮，为了消灭情敌，也纠集了五户受害者家庭中没有参与蔡义诚谋杀计划的成员，也是设定周密计划用甲氨蝶呤向俞萍音的饮食中投毒，也是因为受害者家庭成员中有人动了恻隐之心而使暗杀计划搁浅，蔡义芮没有学过药学，她也不知道她哥蔡义诚已经在策划暗杀俞萍音了，为什么她也懂得用甲氨蝶呤来害人，十有八九是从她父亲那里学来的嘛！"

"哈，恰恰相反，你说的这件事是来支持我的观点的，因为蔡义芮懂得这个方法，不是从她父亲那里学来的，而是从她哥那里学来的！不对，不能说是学来的，而是直接由她哥教唆的！"

"啊！她哥教唆的？什么意思？难道她投毒杀人也是她哥指使的？"胡三娃声音有点发颤。

"是的！一点没错！"

"可是蔡义诚已经指挥着一帮人在投毒害人了，还有必要多此一举吗？再说，那可是他的妹妹啊，更没必要将她也拉下水！"

"这就是我说蔡义诚比他父亲还要歹毒的另一条原因，他为了达到目的，不惜将他亲妹妹都拉下水来作陪，本来确实没有这必要的，但后来有件事促使他下了狠心，就是在俞伟民死后，他们那个联盟的复仇计划就丧失了理论基础，因为他们复仇计划的主旨是要让俞伟民也尝尝失去亲人的滋味，既然俞伟民已经去世了，那他就再也不可能尝到失去亲人的滋味了，于是有联盟成员去征询他的意见，询问是否应该中止计划了，他的目的可不是让俞伟民尝滋味，他的目的是彻底摧毁俞氏的命脉，让俞氏公司土崩瓦解，为其所用，尤其后来俞氏公司和俞萍音在黄二愣的扶持下还生龙活虎地活得有滋有味，就更是他无法容忍的，所以威言恫吓了联盟成员，把他们完全绑架在了他的贼船上下不去了。不过，有了这件事后，他还是越想越不

三十七

放心,生怕有人奋不顾身,最终还是会割断绑绳跳海自杀,那样他这艘暗影里行驶的贼船还是一样会暴露影踪。为了确保没有人会干那种壮士断腕的蠢事,他不能只绑架那每户受害者家庭成员中的一个在贼船上,而是要将他们一家子全部拉下水,都绑在贼船上,这样,大家投鼠忌器,也就都老实了,只能乖乖地任由他牵着鼻子走。于是,他就孳生了一个更加歹毒的计划,连他亲妹妹都利用上了,他利用蔡义芮视俞萍音为情敌而恨之入骨的心理,加以巧妙挑唆,让蔡义芮认为只要俞萍音死掉或者哪怕只是变丑了,贾仁剑就会弃俞萍音而去,而心甘情愿回到她的怀抱里。蔡义芮早被爱恨之火烧迷糊了头脑,哪里经受得住这种挑唆,很快就滑入了他精心设计的陷阱,按照他暗示的方案,依葫芦画瓢地到犯罪深渊里给自己画饼充饥去了!蔡义诚的罪恶企图则全部实现,他踌躇满志,自信一切都在他的掌控当中,他似乎看到了美好的未来,万东区的万里晴空上写着一个金光闪闪、足可与日月同辉的大大的'蔡'字!"

"只是他没想到,天外有天、人外有人,最终他这股熊熊邪火,还是被你这团金刚烈焰扑灭了!"

胡三娃附和着帮助楚天树一起感慨。说实话,现在真相大白,他却完全不知道自己心里到底是种什么古怪滋味。

楚天树朗声笑道:"哈,也不能说是我这团金刚烈焰,这团金刚烈焰的火苗主要可是由你胡三娃化成的,所以你才是正义之火、勇气之剑、智慧之盾的舞者,你取得了这场战争的胜利,你为万东区的黎明百姓做出了杰出贡献!"

胡三娃摇头苦笑道:"就别安慰我了,我只不过是你们随意搬动的一颗棋子,说得好听点,是在无意中配合你们的反贪打黑行动,说得难听点,就是被你们玩弄于股掌,说我有智慧,那真是让人笑掉大牙了!"

楚天树连连摇头:"不对不对,如果不是因为你胡三娃有着常人难以企及的思维和勇气,我们这个行动方案根本就无法顺利推动下去,更遑论最终取得这么好的效果,所以你的智慧和勇气绝对是这次扫黑除霸行动的首功。至于如果非得在咱俩之间也论一下成败的话,那就是由咱俩当初在山野中的那一番谈话决定的,你败在你的实诚,我胜在我的狡猾,通过那一番谈话,我对你的思维方式、性格特点、品

罪与赎
——万象惊魂记

性特质有了足够的了解,而你对我一无所知,你进城之后,思想意识里完全就没有我的存在,而在我这边,你的一言一行都如同在我眼皮底下流淌,再加之我对你的一切那么了解,只要顺着你的思维模式稍加引导,又何愁得不到你的大力配合呢?所以,你真一点都用不着气馁,你智慧无双,只是面对这个繁复深奥的社会,你的性情还需要修炼,不是说你的性情不好,而是,你的性情需要根据社会形势的变化不断进行调整!比如这次,你的智慧被我利用,因为干的是善事,为的是公平正义,所以对社会做出了巨大贡献,但是反过来想想,如果被恶人利用了,那么同等程度地,就会对社会构成巨大的伤害!"

"嗯,我知道,关于这次事件本身,即便我吃了那么多苦头,我其实一点怨言都没有,因为毕竟是在给社会造福,为正义献身。我真正气馁的是,我自诩自己分析社会的能力有多么强大,认为能够破解社会上面临的一切困惑、化开一切社会事件带来的谜团,可是真进来了,我却像只呆头鸟,面对猎人给我设置的网格状天空,我一头飞进去,扎在网格上再也动不了分毫,还以为已经飞到了天顶!"

"小伙子,我再跟你强调一次,你分析社会的思维能力的确已经达到炉火纯青的境界,也就是你分析社会的工具已经完全齐备了,你现在欠缺的只是运用工具的舞台,还有,社会这一堆原材料你能不能获取,能获取多少,也是大问题,虽然我们每个人都在社会里沉浮,但是根据每个人的社会地位、思维能力、学识修养、行为模式、背景环境等等不同,每个人深入社会这座汪洋大海的程度完全是不一样的,有的人已经在深海里潜水,一般的人也都在水面戏水了,可有的人还只是坐在岸边试水。所以,你现在还没有做到对这个社会的深刻把握和了解,真不是因为你的思维能力出了问题,而是你能获取的原材料还远远不够,这次社会实践就算是一次'潜龙腾渊、鹰隼试翼'的下水尝试,虽然不是那么波涛汹涌,但是相信对你也是一次绝佳的社会教育活动,让你明白社会大概是个什么样子,而且让你懂得一个道理,社会的本质绝对不是想出来的,也不是看出来的,而是试出来的,你要想真正对这个社会的脉搏进行全面掌控,必须深入社会、勇敢实践,实践出真知,实践多了,社会经验丰富了,再加上你那空前绝后的思维能力对这些原材料予以煎炒烹炸,就将制造出无与伦比的思想盛宴。"

三十七

　　胡三娃心中顿时有种空明的感觉，同时也不由得唏嘘咋舌："如果我这次社会经历还不能算是波涛汹涌的话，那我对真正的波涛汹涌实在是无法想象！"

　　"所以我才跟你说，社会的本质绝对不是想出来的，也是根本不可能想出来的，只能是试出来的，只有你实践过了，经历过了，体会过了，才会恍然大悟，原来社会还可以是这个样子！"

　　"我明白了，怪不得你当初在山坡上批评我完全是在无谓的空想，不深入社会实践完全没有任何意义，我当时虽然反驳不来，但心里也不是特别信服的，只是觉得也许有那么点道理，不过在经历过这一段刻骨铭心的社会实践之后，我是彻底信服了，因为这段社会经历中的那种种奇闻异事、奇谈怪论、奇思妙想，如果不亲身经历，我就是想破脑袋也想不出来！"

　　"对，好啦，既然你有这样的体悟，那我这一番泼洒天地间的苦心孤诣就没有白费，套用你创立的思想管理学中那个概念来结束咱们今天的谈话吧，这句话我那次跟你讲过，现在再跟你讲一遍，小伙子，你认识这个社会的思维工具已经到了原子水平，但是你对这个社会的认识却连分子水平都不到，这个社会在你面前还只是一团混沌的大海，所以你就勇敢地大无畏地投入进去吧，相信你必有一天会'弄潮儿在涛头立、手把红旗旗不湿'！就这样吧，我要给病人治病了，再见！"

　　"我还有个不情之请，万望叔叔能够满足！"

　　"什么？"

　　"告诉我，这段社会经历中，都有谁对我做过什么样的引导！"

　　"难道你还要去找他们算账吗？"

　　"也不是，我作为受害者，有权利知情吧！"

　　"因为他们并没有给你造成过伤害，所以你这个说法不太成立！"

　　"我吃了那么多苦受了那么多罪，还不能算是一丁点伤害吗？"

　　"那都是我安排的，你要算账，找我吧！"楚天树泰然自若道。

　　顿了顿，马上又道："当然，说都是我安排的，也不科学，说实话，你这次能基本上原样复活黄二愣的人生轨迹，也有很多天意和巧合的地方，我们当初设计这个方案和计划的时候，也不指望你和黄二愣的轨迹和模式会完全一样，大概其差不

罪 与 赎
——万象惊魂记

多能达到效果就行,没想到,后来的发展居然吻合度会那么高,这其实也令我们感到神奇,这似乎也能从另一个角度说明,你经历黄二愣的人生之苦,这是天意所在,命中注定,非人力能够更改!不知这么解释你会否心里舒服一些!"

胡三娃万般无奈,苦笑着望着他,一言不发。

楚天树微苦一笑,摇头叹道:"当然,我也不是想要掩过饰非,推诿责任,对你吃的那些苦受的那些罪,我还是发自内心地感到抱歉的,说实话,我们也已经对此作出全力安排了,希望能够在不破坏事件发展方向的前提下尽可能地减轻你的苦楚,但是有些苦头吃过来却是对你大大有利的,我们就没有大力干预,举例而言,比如让俞萍音对你开始产生感情的那次苦头,还有你在监狱里被差点打死的苦头,这两次苦头一次让你俘获美人芳心,一次让你免予牢狱之苦,我想,你现在也该庆幸我们没有剥夺你这两次苦难吧!所以,再换这个角度而言,这次事件你虽然吃了大苦,但是也收获颇丰,尤其是收获了完美的爱情,难道还不足以对你的苦头做出补偿吗?"

胡三娃愣怔片刻,苦笑道:"我并未纠结我的损失,我刚才已经表明观点和立场了,因为这是一次除妖荡魔之旅、一次扫黑打恶之旅,我付出再大的辛苦和心血,也无怨无悔,我只是想要做到的是,死要死个明白,活也要活个明白,不能就这么不明不白地过着!"

楚天树深感无奈地苦笑道:"小兄弟你咋这么倔强呢,那你也得理解我的苦衷吧,那些人们也都是我经过大量思想工作才愿意配合行事的,人家也有人家的隐私,我如果说出来,那不等于出卖他们吗?你只要记住一点,他们没有任何恶意来伤害你,要说让你吃了点苦,那也全是我的责任,你知道他们没有任何意义,今后如要索赔,就全找我来吧,我倾家荡产赔给你就是,呵!"

胡三娃耸耸肩,一脸严肃道:"好吧,那我就不拐弯抹角了,其实这段经历中的关键环节,经过今天的真相大白,不用你再说我也基本都能想通了,但就是一件事,我死也想不通,叔叔就只给我讲这一件事,哪怕是稍微提示一下都行,因为这件事还关系到我和俞萍音今后的幸福,所以绝对不只是出于好奇心,万望叔叔理解!"

胡三娃的一本正经和一脸严肃也吊起来楚天树的好奇心,忙道:

三十七

"哪件事呢?"

"就是一伙暴徒绑架了俞萍音,然后我用自己赎回了她,后来他们被警察发现,暴打我一顿后逃离,虽然辛正刚警官当时说警察并没有介入,这个我现在可以理解为他怕我多心所以故意隐瞒,但是之后的情节我无论如何也理解不了,就是据辛警官说,我在被蔡义诚派的人暴打之后,在警察赶过来救我之前,先有另外一帮义士及时赶到救了我,而那帮救我的义士,竟是绑架俞萍音和我的那伙歹徒,只是可惜没有抓到他们,所以至今是一个谜团。我想问的是,这段情节是不是你们策划的,辛警官说的是不是真的,还是他也被蒙在鼓里,如果我猜测没错的话,辛警官应该也是你安排的人员之一,莫非你们安排的自己人,其实也并不知道他所干之事的全部真相?"

楚天树眉头微蹙地点点头:"小胡你这个问题问得好,辛警官确实是我们安排的人,他知道的事情也是我们所知道的全部真相,我们对自己人不会隐瞒的,这个情节确实不在我们的设计范围,但是,即便如此,你尽可放心,就在咱们今天在这里谈话的时候,党兴正同志已经派人将那些作恶多端、祸国殃民的害群之马一网打尽了,罪证如山,等待他们的即将是法律的严惩,他们再也不可能伤害得了你我了!"

胡三娃面色微微动容,心中感到了鼓舞,却也有着一股难掩的沉重,他苦笑道:"可是真实情况是,这伙歹徒似乎并不是要伤害我,而是反而在拯救我呀!"

楚天树微微耸耸肩膀,这么睿智的智者,也是一脸的茫然,而且绝对不像是装出来的,事已至此,也无需再装了!

看来真如他所言,世事难料,社会变幻莫测,社会的本质一层一层又一层,绝对不是通过思考能够解析的,只能靠实践来打开认识之门,有时候,那就是深重的苦难,甚至生命的代价!

也罢,这么大规模的社会事件,总得留点谜题给后世之人去思考吧,一切都昭然若揭,反而就没有那种遗憾之美了!

他心下彻底释然,对楚天树微微一笑:"好吧,不明白也明白了,那就不打扰楚叔叔诊治病人了,但愿这个患者已经完全听明白了咱们今天的交谈,你接下来对他的治疗就可以一蹴而就了!就这样吧,再见!"

罪与赎
——万象惊魂记

  楚天树朗然笑道:"今天告诉你的信息量太大,对你的冲击太猛,你先回去好好消化消化,等这件大事彻底完毕了,我再请你吃大餐,给你压压惊!"
  顿了顿,又笑道:"咱俩都回归正常社会了,就不要再用黄二愣的手机了,我把我自己的手机号告诉你,建议你回去也更换一个手机,到时候把号码发给我!"
  胡三娃机械地点点头,记下了他的手机号,心里则在酸溜溜地想,只怕我这个手机不能换,如果换掉,俞萍音在我身上感觉不到完整的黄二愣的气息,可能要跟我大声说"拜拜"。
  告别楚天树出来,走到大马路上,他心里这种有关俞萍音、黄二愣和他胡三娃的三角关系的联想激起的波涛,还兀自难平。
  现在一切事情尘埃落定,今后他唯一需要做的事情,可能就是尽快调适自己的心态,如何能够尽早按照黄二愣的遗愿,多快好省地将自己打造成一个彻头彻尾的黄二愣,以慰黄二愣的在天之灵!
  可是这真的容易做到吗?他的心里怎么那么酸涩呢?
  其实他早就已经开始做黄二愣了,他和俞萍音能够发展至此,快速进入热恋阶段,也要归功于此。但毕竟那时候只是一种感觉和推断,他可以在心里进行模糊处理,不用把自己和黄二愣分辨得那么清楚,反正也不用承担道义的负担!可是现如今,黄二愣白纸黑字、红口白牙亲口告诉他,他就是想让他做他的替代品,替他去爱俞萍音,也替他接受俞萍音的爱,那感觉那滋味就完全不一样了,因为假如要满足黄二愣的遗愿的话,他就得把自己的心划分成"胡三娃之心"和"黄二愣之心","胡三娃之心"必须规规矩矩,不能逾越分毫,老老实实地眼巴巴地看着"黄二愣之心"和俞萍音卿卿我我、花前月下,幸福甜蜜得令他流口水。如果"胡三娃之心"没有爱俞萍音之意,那倒也可以相安无事,心平如镜,可事情偏偏不是这样的,"胡三娃之心"也许爱俞萍音更甚!
  胡三娃心里被这个貌似有点无聊的念头搅得七零八落,苦不堪言。
  最后他摇摇头,心道,这个心理问题一时半会看来解决不了了,先把一些后事的后事处理完,再钻研这个课题吧,或许还是需要通过跟俞萍音的相处来寻求突破呢!

三十七

他强迫自己不再苦恼，抬头看看周围，夜色阑珊，感觉这里好像离邹恒明的地盘不远。

想起自己已经没有惨死广场之厄，那衣领里隐匿着的针孔摄像头也就可以归还了，当即便去找他。

邹恒明很是敬业，还在那方寸之地忙得不亦乐乎，胡三娃想着也该吃晚饭了，无论如何，邹恒明也在他的社会经历中提供了不少帮助，从未收过他的咨询费，还那么慷慨地借给他摄像机，更关键的是，现在就回公司去，不知道该如何面对俞萍音，所以还不如请邹恒明一块喝酒吃饭，一来表示感谢，二来让心态随着时间慢慢平复下来。

看到胡三娃飒然走入，邹恒明愣了愣，然后哈哈大笑："哈，看到三娃兄弟真是太高兴了，我还以为下次见你，就是在你们公司广场上了！"

胡三娃爽然一笑："邹大哥你很坏啊，明知道我不会死在那广场上，居然还跟我假戏真做，真给我衣领缝装一个摄像头！"

邹恒明朗声笑道："若不这样，又如何能够让我见识到三娃兄弟那种慷慨赴死的光辉形象，说真的，我邹恒明做了一辈子侦探，阅人无数，能够有你这等勇气和风范的，屈指可数，你已经彻底征服了我，就这点而言，你也没有白戴这玩意儿！"

"好啦，快给我取下来吧，以前觉得有它在身，心中踏实笃定，现在有它在身，浑身都不自在！"

邹恒明油然一笑，找来破拆工具，干脆利落给他取了下来。

胡三娃说："走吧，请你吃饭，咱们好好喝几杯！"

邹恒明张嘴就有要拒绝的意思。

胡三娃故作正经道："再别跟我说什么这案子牵涉政府，你不想蹚浑水什么的，你就是政府派来的最大卧底！"

邹恒明捣了胡三娃一拳，笑骂道："你这小鬼头，讽刺本领见长啊，好吧，今天我做东，就算对你赔不是了！"

两人就近找了个饭馆，胡三娃好久没喝酒了，现在心头重担放下来，就有了宣泄的需要，再加之心里还有点小小的苦恼没有解决，也需要借酒浇愁，他竟彻底放

罪与赎
——万象惊魂记

开了,而且他意外地发现,自己的酒量竟然出奇地好。和邹恒明觥筹交错、猜拳划令,竟似有着千杯不醉的风范!

他们一直吃喝到饭店打烊,到最后他也没醉,心明眼亮、浑身清透。

倒是邹恒明有点醉醺醺病歪歪的,他先打车绕道将他送回家,然后才驱车回公司。

到公司夜已深沉,随着夜色寂寥、寒风低吟,他才发觉自己有多么渴望见到俞萍音。不只是俞萍音孤苦伶仃需要他的安抚慰藉,更重要的是他自己有多么渴望俞萍音的温暖。

心底两颗心的交战暂时平息了战火,他归心似箭,走过公司大门时,都无暇像平常那样和张合军打个招呼,也没有理会他谦卑的问候。而是低头疾行、躬身急奔。

俞萍音一如既往地在黄二愣的办公室里渴盼着他的回归,看到他的出现,她美丽的丹凤眼里立刻拼射出热烈的神采,看来她是真爱恋他了,依赖他了!

闻到胡三娃满身酒气,她也只是略一愣怔,眼神里快速闪过一丝疑问,却并没有多问。而是深情款款地照常挽起他的胳膊,两人相依相偎着依照一贯的模式和程式走了出来。

胡三娃下意识地回头望了一眼办公室虚无的空气,似乎在寻找黄二愣的灵魂,不过想想也是徒劳,黄二愣即便要显灵也是通过他的老干妈来实现,他自己确实已魂归故里,逍遥世外了!

他已放心大胆地将俞萍音交到他的手里,然后寻一片净土专心致志地去洗刷他心灵的污点和灵魂的罪孽去了,也罢,这颗负重前行的心灵确实太不容易!就还是帮帮他吧!

胡三娃轻轻地关上房门,如同关闭了一个世界。

他下意识地揽紧一点俞萍音的细腰,经过张合军的眼皮底下,总算有心劲和他打招呼了,他发现张合军的眼神有点迷离闪烁,不过他也无心警醒他了,现在广场上一片清白,不再需要一双慧眼去发现黑幕了,松懈一些就松懈一些吧!

在护送俞萍音回家的路上,他借着酒劲,很想将黄二愣的故事告诉她,他今天喝酒其实就有这么一个目的,就像黄二愣说的,她有权利知道她父亲死亡的真相,但是在清醒理智状态下,他是无论如何说不出嘴的,所以就使劲给自己灌黄汤,希

三十七

望能够在酒精的麻醉下"胡言乱语"一番,熟料寒风一吹,俞萍音的温情又让他心底一热,这一冷一热之间,他又清醒过来了。既然清醒过来了,那就不可能再说什么了!又怕一张嘴控制不住说出来,所以干脆缄口不言。

俞萍音和他形成了心灵的默契,也不多言,只是时不时有点担心地歪头看他一眼,看他只是一脸淡漠的样子,就只好聚精会神地开车。

到了她家楼下,表明胡三娃已经送她到家,然后她会默契地又将车开到小区大门口,直至胡三娃打上车回公司,她才继续开回来,这是他们俩依依惜别的一贯模式。

这天,她停下车后,犹豫了一下,说:"要不,今晚就别回去了?"

胡三娃心里如遭雷击,现在,没有了任何死亡的顾虑,难道他就可以放任自己和俞萍音的情感了么?

不能啊,心底立刻有个声音进行了反击,他还没有想好自己该以何种心态和身份去和俞萍音相处,他要匆匆忙忙就和俞萍音发生了什么,那实在是对她太不负责任了!

用一个不明身份的躯体去占有俞萍音,那何尝不是另外一种形式的犯罪?这种犯罪比之黄二愣的犯罪,又有什么本质区别呢?

一念及此,他惊出一身冷汗,忙不迭摇头道:"还是回去吧,没结婚前,这样不好!"

"只能这样吗?"

"嗯!"

"那好吧!"

俞萍音也不多话,按照惯常模式,又将他送回小区大门口。

他只是对着俞萍音默默一笑,也没有更多表示,就告别了她,下得车来,一辆的士刚好从前方路口驶过来,他便招手打上,漫不经心地坐了上去,告诉司机地点,然后就两眼望着窗外迷离的夜灯,苍茫的夜景触动了他的情怀,他先还只是思考怎么办,怎么破解心里的纠葛,慢慢地,竟开始转化成思索着他的前世今生。

看着想着,想着看着,冷不丁地,他心里咯噔跳了一下,发现有点不对劲,因为眼前的夜景和风物突然完全变得陌生起来,根本不是去向公司的路线。

罪与赎
——万象惊魂记

他歪头望一眼司机，一看之下，心里更是凉了一大截，因为那司机也扭头看了他一眼，嘴里发出嘿嘿的怪笑。刚才上车时懵懵懂懂，都没怎么留意，直至此时，他才发现那司机根本就不像个出租车司机，只是硬装出一副的士司机的行头和模样而已。

他仍不死心，以为自己疑心生暗鬼，颤声道："你，你走错路线了，这不是去我告诉你的那个地址！"

司机眼睛里突然射出狰狞的光，嘴里桀桀笑道："嘿，别急嘛，一会就去你那里了，现在还得娱乐一下哦！"

胡三娃惊惧道："你想干嘛？"

司机怪声怪气道："一会儿你就知道了！"

"赶紧停车！"

"让你别急嘛！"

"再不停车我报警了啊！"

"你试试你的手还能不能拿起手机！"

胡三娃下意识地动动胳膊腿，让他心胆俱寒的是，果然，他浑身软绵绵的，四肢无力，感觉好像被麻醉了一样。

"你，你给我下毒了？"

"什么叫下毒啊，说得多难听啊，用吸毒这个词多美妙啊！"

胡三娃又气又怕，却无能为力，任人宰割。

"你到底想干嘛，如果要钱，我身上也没有，回去取给你就是了！"

"老子有钱哦，不需要钱了！"

"那你到底要干嘛？"

"要你的命！"

"我跟你无冤无仇，为何要我的命？"

"有人要你的命哦，只好得罪了！"

"谁？"

"抱歉啦，这个没法告诉你！"

毒药的作用越来越强烈，胡三娃几乎快要陷入迷离状态时，模糊感觉车在路边

三十七

停了一下，又蹿上来一个人，但他眼神恍惚，已瞧不清楚了。

神志恍惚中，竟听到那个人发出号令，让司机转向去他的公司。他迷迷糊糊中还自我陶醉地想，莫非公司派人来救他了？

最后这车竟真地开向了他公司的广场，他虽然有点神智不清了，但对于这一点还是有点感知的。这两人在搞什么鬼名堂啊？到底是要害他还是救他啊？

车在广场中央停了下来，这两人却并没有急着下车，后上车的那个人竟然掏出一瓶药水，打开盖子，捏住他的鼻子咕咚咕咚给他强行灌了下去，那药水甜丝丝的，根据他的经验，越剧毒的药水，口感越好，无疑，这么一大瓶毒药灌下去，显然是活不成了。

他虽然神志恍惚，但还是有点残存的意识，心道，这两歹徒也太大胆了，竟然跑到他的公司门前公然杀人，不过也好生奇怪，哪里杀人不行？非得跑到这里来？

然后，当两个歹徒下得车来，一前一后抬着他往公司广场某个角落走去时，他冷不丁浑身打个战栗，一瞬间差点从恍惚迷离状态中惊醒过来。

天灵灵地灵灵，这哪还是人间世事，这分明就是神话传说了嘛！

他也要死在俞伟民和黄二愣死过的广场上了，而且正好就在那个同时见证过生和死之奥秘的玄奇位点。

张合军呢？这两个五大三粗的壮汉，行走在夜光茫茫的广场上，难道他竟然也看不见？没听到有他扑过来的动静啊？

当真是好笑，命运竟然如此搞笑！原本以为自己已经万事大吉了，连留取罪证的摄像头都卸载了，老天爷竟然给他来这么一出。

看来命中注定他必然是要死在这广场上的，黄二愣的故事也只不过是他人生中的一个插曲，老天爷用来给他开玩笑的，在他临死前给他休闲娱乐一下，调剂调剂心态！让他不要带着恐惧赴死，而是莫名其妙意外身死，这样恐惧和痛苦也就不会纠缠他太久！

老天爷要真是这样想的话，也太仁慈厚道了！

可惜的是，他竟害得自己掉以轻心，现在连罪证都无法留取，杀害他的凶手还可以逍遥法外，真是太可恨了！

罪与赎
——万象惊魂记

那么，张合军会不会替自己寻找杀人凶手呢？

他会不会在俞萍音自杀之后乘虚而入，然后取代自己成为公司总经理和俞萍音的乘龙快婿？

天啦，想到这点，胡三娃心中划过一阵剧烈的痛楚，竟忍不住嘴里哼哼了一下，刚才想到死亡，他都没有这么害怕，突然冷不丁想起这点，完全击垮了他。

他感觉身体像块从天上掉下的石头一样，迅速往黑黝黝的深渊中滑落，精神则像强烈地震一样一阵地动山摇，很快分崩离析，意识则沿着一块光滑的锦缎迅速下滑，垂挂在了锦缎的边缘，摇摇欲坠。

他感觉到两个歹徒伸出手指在他的鼻端探了探鼻息，确认他已经气若游丝、离死不远了，就低声嘟哝了一声"撤！"

然后两具幽灵般的身躯，带起一股阴冷的煞气，在无边的黑暗中，悄然隐去。

广场上沉入片刻死寂后，很快，就又响起了轻微的脚步声，应该就是来自岗亭方向，那脚步声小心翼翼，一步一顿，似乎带着无尽的恐慌、彷徨和犹豫。

胡三娃那很快就要在光滑锦缎边缘坠落的意识又神乎其神地停留了一下，已经一片黑洞洞的心灵竟然垂死挣扎般地跳了一跳，张合军原来是看到了的？那他为什么不出声相救呢？

难道，他要做的不是下一个胡三娃，而是又一个黄二愣？

那个罪孽深重、痛苦不堪的黄二愣？

越想越是如此，所以，当张合军终于小心翼翼地蠕动到他的面前，将他那张惨白的脸庞置于他迷离的目光中时，他没有像俞伟民当年向黄二愣那样向张合军求救，而是拼尽全身最后残存的力气，终于勉力撑开了眼皮，却只是对着他热情地一笑，那种邪魅诡异的微笑，足够祈祷他三生有幸了！他弥留之际，还挤出最后的心情戏谑地想着，然后，他全身的力气和精神都灰飞烟灭了，最后残存的那丝垂涎欲滴的意识也咕咚一声，迅疾滴落向了无底的深渊，他，死了……

不知道经历了多少岁月，也许已是千秋万代，自己投胎转世、再世为人了，当胡三娃有朝一日在死亡状态中突然发现自己的脑子里出现了意识，心底里也有了情窦初开般的心思，他首先想到的就是这一点，并且开始坚信不疑，于是，他逐渐地

三十七

缓缓地睁开了那双在前世历尽苦难的眼皮,自苍黄的眼珠里射出迷离的光芒,就像个初生婴儿准备一探眼前这个神秘莫测的世界一般。当视线触碰到一张似曾相识的面孔时,他嘴里还好奇地惊"咦"了一声。

然后他就听到耳旁一声"啊呀!"的惊呼和尖叫声,继而,一个欣喜若狂的声音震荡他的耳鼓:

"三娃哥,你,你竟然醒来了!啊,哈,老天爷啊,你太仁慈了!让我怎么感谢你!啊,呜呜呜!"

说着说着,这个恣意汪洋的声音竟爆出哭腔,喜极而泣起来。

懵懵懂懂的胡三娃瞧出意境,也听出味道来了,眼前这人就是俞萍音,怎么,难道他和她当真是三生有缘、永世有情,她竟追随他到下辈子来了?

他一时情动,不由得出声发问,他问的是"萍音,你怎么这么傻?也跟到这边来了!"

但是他只感觉他的嗓子眼里叽里咕噜,耳朵也听到了,只是一些古怪的字符和音调,他倍感迷茫,难道另一个世道里使用的语言竟是这样一些奇特的咒语和音节?

俞萍音听在耳里,却如同着了魔,她狂乱地喊着:"医生快来,快来啊,医生,他说话了!他说话了!"

她一边呐喊着,一边兴奋地跳起来,旋即,从不远处传来纷乱的脚步声。

很快,就有一大群人围在了他的身旁,都穿着白大褂或者蓝色护士服,有人取出各式工具,在他身上敲敲打打,更有甚者,用小手电筒照他的眼睛,让他本就迷茫稚嫩的眼神,一时间陷入不知所措的窘境。瞪着一双无辜的大眼睛,望望这个,看看那个,一脸的错愕。

最后,这些人脸上竟都冒出喜悦的神情,一个个地都向俞萍音说着什么"恭喜恭喜!""是真醒了!""祝贺祝贺!""真是奇迹啊!"之类的话。

胡三娃一句不落地都听清楚了,却完全不知所云,他脑子里塞满了各式疑问,喉咙里也一直叽里咕噜地说着话,但他们就是听不懂他在说什么。难道他们不懂这个世道里的语言吗?那他们怎么也生活在这个世道里呢?

其中有个面目慈祥的白大褂老者,轻轻拍一下他的额头亲切地说:"小伙子,

罪与赎
——万象惊魂记

你沉睡太久,身体各项机能还没有完全恢复过来,先别急着说话,熬一熬吧,以后有的是向你爱人说情话的时间!"

哈!屋内众人都哄然大笑起来,气氛一时间臻至高峰!

阴间的气氛也会这么明朗欢快吗?难道?胡三娃于一派迷茫当中,心里冷不丁地突然咯噔跳了一下。

众人哄笑过后,都一一退去了,只留下一个医生和护士给他调整各项治疗参数。还有俞萍音兀立一旁,沉浸在无边的喜悦当中没有完全回过味来。

当医生和护士灵巧的手摆弄着他身上插着的各式管路时,不时触碰着他的身体,这种实在的触感和温暖的关照,令他恍然回过一点神来,难道他没死?现在置身于医院?

只是他苦于无法发出完整的声音,所以没法发泄他心头胀满的疑惑!

医生和护士捣弄完毕,又跟俞萍音交代了一些注意事项,也兴高采烈地离去了。

俞萍音一屁股坐在旁边的陪侍椅上,一把牢牢抓住他那乍暖还寒的手,一脸关切地望着他,美丽的丹凤眼里已经泪眼朦胧,眼角滚出一颗大大的情泪。

胡三娃情动心伤,颤颤巍巍地抬起手掌来,轻轻地抹去了俞萍音眼角的那颗晶亮的泪珠,抹掉一颗,又滚出一颗来,胡三娃就又用手掌抹去,再滚出来,再抹……

他们脸上都带着动情的微笑。

这一对屡遭磨难、饱经沧桑的情侣,在经历世事千回百转,经历生命移花接木、生死轮换之后,同时幸存于世的这一刻,竟是用这样一种孩子气的方式来宣泄着他们的离情别意、倾诉着他们的情天恨海。

他们用万年的修炼编织出的情缘,历经千年的磨炼,才锻炼成只能延续百年的正果,而这百年,黄二愣之身已虚度了一半,胡三娃之身又岂敢再浪费!

思绪在电光石火的一刹那间灵光一闪,一直困扰胡三娃的心理命题迎刃而解,黄二愣就是胡三娃,胡三娃就是黄二愣,黄二愣是胡三娃的前半生,胡三娃是黄二愣的后半生,黄二愣用他的罪孽和忏悔造就了一个干干净净、清清白白的胡三娃,为他和俞萍音的万年情缘扫清了最后一丝障碍,使他和她在有生之年的宝贵时光里,能够享尽甜美而又纯洁的爱情果实。

仅此而已,他胡三娃还有什么好纠结的!

三十七

　　胡三娃心里突然酸潮涌动、情感泛滥,他深情凝望着俞萍音的眼睛,已是一片汪洋!

尾声

罪与赎
——万象惊魂记

醒来几天之后，胡三娃恢复了各项身体机能。

这些天，王怀林夫妇、谢云在一家三口、舒婉雯姐妹、齐曼华母子、周向明、辛正刚和李再芬、邹恒明等一干老友，宋红琳、秦方泰等亲密同事，甚至刘金鑫、林曼英、吴倩君等但凡跟他有着些许缘分的朋友故人，乃至党兴正和楚天树这样的重量级大人物，都纷至沓来，看到他已然神志清楚、精神正常、应答自如，一个个都流下了激动的泪水。尤其是楚天树和党兴正，对于他们的行动方案中居然还有这样完全脱离他们掌控的惊天插曲存在，忙不迭声地向胡三娃道歉。其实胡三娃心中清楚，即便没有楚天树他们的计划，他也一样会遭此大难，但是他却没有退回他们的道歉，无论如何，他们未经他的同意，让他遭受了这么一趟天雷滚滚的奇幻旅程，他还是耿耿于怀的，即便他们只是出于好意，而且现在看来，无论过程如何凶险，他终归还是成了最大的赢家。

通过和他们的交谈，他终于弄清楚了一切。

他在危重监护病房（ICU）已经昏睡了三个月，所有医生都一致判定他已变成植物人状态，再难醒转，没想到，在俞萍音的温情抚慰和深情呼唤下，他竟然奇迹般地醒来！

前提是张合军报了警，也报了120，歹徒被捕了，他得救了！他被送到医院抢救了一天一夜，生命体征终于平稳下来，但依然深度昏迷。就被转入ICU，医护人员用尽一切办法后，宣告他成了植物人！

歹徒被抓后，张合军也自首了，所以用不着歹徒老实招供，一切昭然若揭。

尾 声

原来贾仁剑以张合军家人的性命以及许诺给他巨额财富和区保安公司经理的职位来威逼利诱、软硬兼施，收买了他，诱使他成了协同犯罪的罪犯。

而这桩买卖中他其实什么都不用干，甚至算不算犯罪都不好定义，他只需要对于某一天夜里发生在他眼皮底下的谋杀案视而不见，事后咬死他什么都没看见，就万事大吉，等着坐收渔利即可。

一方面受到生命胁迫，一方面巨大利诱令他欲罢不能，再者，自己只是装作没看见又似乎没多大罪恶，张合军就同意了。

直至胡三娃在他眼皮底下性命垂危，他的心灵才感到一阵无可遏制的战栗，想起眼前这个横"尸"当场的人，曾经是自己父亲的救命恩人，他满头大汗、浑身乱颤，终于灵魂惊醒、良知苏醒，再顾不得压在后背上和心灵里的重重威胁和层层利诱，他报警、呼救并自首了！

好在，贾仁剑已经随同他父亲一起被党兴正派人限制了行动，没有来得及对张合军实施打击报复，才使很多无辜的人幸免于难！

至于贾仁剑为什么要近乎无聊地在广场上制造这么一场惨案，他被捕后，精神崩溃、万念俱灰，神经兮兮地说了个痛快淋漓。据说，他在讲这段的时候，一脸得意，好像为他自己这种天才的犯罪思路颇为洋洋自得。

他自己抛弃了俞萍音才导致俞萍音移情别恋，可是当他发现自己依然无法忘记她，而希望跟她重修旧好时，才知道已经万万不可能破镜重圆了，因爱生恨，尤其是俞萍音居然和一个保安谈恋爱更是令他颜面大损，心中对俞萍音的恨意已经令他无法呼吸，他下定决心要对俞萍音实施最惨烈的报复，当然不是直接杀人，尤其是俞萍音在黄二愣死后已经有了轻生的念头，直接杀了她那只能是便宜了她，由此引申开来，最惨烈的报复是什么？那就是要让她在最幸福的云巅对生命充满着无限渴望的时候突然一头栽下深渊，那样才能万劫不复。于是他恶毒的报复计划成形了，他要帮助胡三娃获得俞萍音的芳心，让她歇斯底里、无可救药地爱上胡三娃，然后让他突然死去。经过他对黄二愣人生经历的研究，让胡三娃以同样的经历乃至最终以同样的方式死在广场上最能达到神奇的报复效果。这样就会给俞萍音产生一种绝望的观念：只要是她爱过的人，最终都会离奇地死在那个广场上。说不定，她还会

罪与赎
——万象惊魂记

因此回心转意地来跟他复合，因为和别人相爱都会给别人带去死亡，还不如把这种死亡带给曾经伤害过自己的人。至少他再去要求和她重修旧好时，或许就不会再有先前那么大的阻力，甚至还能彰显他为了爱情而奋不顾身的勇气。就这样，他在想入非非之下，甚至在心里产生这样一些离奇阴森的想法。在被仇恨烧昏了头脑的情况下，这种离奇的想法竟像毒药一样令他欲罢不能。就更加坚定了他的复仇计划。于是，他就搞出了一系列稀奇古怪的行动。包括绑架俞萍音，之前第一次绑架俞萍音，那是为了吓退黄二愣，让俞萍音对黄二愣丧失信心，哪曾想到一个小保安会那么勇敢无畏，结果弄巧成拙，反而促进了黄二愣和俞萍音的爱情。他也由此得到启发，相信胡三娃也会有着黄二愣一样的勇气和气概，于是第二次绑架俞萍音就真是为了促进胡三娃和俞萍音的爱情了。包括之后他派人暗中保护胡三娃的一系列行动，都是怕胡三娃在他的报复计划还没有开花结果时先行死去，那就前功尽弃了。结果一切都照着他的计划在按部就班顺利行进着，没有出过一丝岔子，苦苦地等待终于修成正果，可以收获果实了，他就伸出了罪恶的黑手。熟料张合军最后时刻的幡然悔悟，使他的恶毒计划在分娩时刻流产。

胡三娃弄明白了这一切，心中所受震撼过于猛烈，愣是发了好几天呆，把自己这前世今生的问题和事情翻来覆去想了好几遍，诸般激情和感慨在他温阔敦厚的胸怀里才逐渐平缓下来。

一个月后，在医护人员的精心治疗和护理下，在俞萍音的悉心照料下，他康复了，提出了出院申请。

这段时间，俞萍音日夜守护，完全和他形影不离，齐曼华还想依样画葫芦，和俞萍音轮流照料他，被她断然拒绝了。

不过，她们现在的关系已经变得相当友好，齐曼华经历了那么多事之后，又看出胡三娃和俞萍音着实情深意笃，已经完全掐灭了自己的歪念。只是单纯地想要帮俞萍音减减负担。但俞萍音对于这种甜蜜的负担乐此不疲，所以没让齐曼华沾光。

胡三娃原本已经断掉向齐曼华追究此前那桩打人之罪的念头，没料到齐曼华为了让俞萍音相信她现在已经改邪归正，完全不再是以前那个心胸狭窄、自私自利、被仇恨烧昏了头脑的怨妇毒女，竟然主动交代了这桩罪恶。说她当年指使吴良找人

尾声

揍他，一方面是想吓唬他让他不敢再往下查案，另一方面，其实也是更主要的原因，她当年让黄二愣对她产生好感，就得益于在他受伤期间对他的悉心照料，她希望能够如法炮制，也通过制造这样的机会获得胡三娃的情感。

她既然连这个都主动交代出来了，可见她是真心悔改了！所以她获得了俞萍音和胡三娃的原谅，三人的关系变得前所未有的朴素纯净、生动感人。

胡三娃出院的时候，她暂停手中的工作，也过来帮俞萍音一起办各种手续。直至和俞萍音一起，搀着胡三娃走出病房大楼，走到停车场，安顿他上了俞萍音的车，才和他们俩依依惜别。

在俞萍音开车回去的路上，胡三娃主动提出了回俞萍音的那套清冷的豪宅。

俞萍音错愕地望他一眼，有点迷惑，也有点动情：

"你不纠结了？"

"纠结什么？"

"咱俩还没结婚，不能住一块！"

"错了，咱俩早已经结过婚了！"

"啊！"

"难道你忘了吗，在黄二愣老家，对了，那也是我的老家，就在那个木屋里，咱们可是办了一场中西合璧的婚礼，而我，是明媒正娶了你的！你可不许耍赖哦！"

俞萍音扭头望了胡三娃一眼，眼泪夺眶而出，娇俏的脸上，很快便恣睢汪洋。

胡三娃入住俞萍音的房子后，并没有和她发生什么，因为他还有着自己的另一条思路。他在俞萍音的豪宅里休养了一段时间，就彻底复原了！

复原后的第一件事，他不是提出回公司上班，而是向俞萍音提出，要和她一起再回一趟黄二愣的老家。

俞萍音乍听他这个提议，惊讶万分，很快她脸上就闪动着向往的愉悦神情，一口应承下来。

胡三娃心中百感交集，一旦有了想法，两人都归心似箭，很快就启程动身了！

两人轻车熟路，到了武荆后，直奔汽车站，轻而易举找到张小嘎，一年多没见，张小嘎没什么变化，只是看到老朋友再次归来，高兴得手舞足蹈。

罪与赎
——万象惊魂记

三人即刻赶回古木村,胡三娃这次主动提出让张小嘎通知村长及全村乡亲们,"黄二愣回来了!"

张小嘎满心困惑,却还是兴高采烈地去执行了。

俞萍音错愕地望一眼胡三娃,美丽的眼睫毛上开始闪烁幽冥的泪光。

"黄二愣回来了"的消息再次引发古木村的轰动,村长率众即兴赶来,故友重逢,少不得又是好一阵热烈拥抱、握手寒暄。

胡三娃随即做了热情洋溢的演讲,有选择性地说明了黄二愣事件的来龙去脉,最后当着全体村民郑重宣告:"从现在开始,黄二愣又回到了大家伙的生命当中,而且你们的二愣子从此不再孤独,他有了形影不离、生死相随的亲密爱侣,就是我身畔这位俞萍音女士,虽然他们早已结婚,但是依据古木村老祖宗传下来的规矩,还差一场在这赋予他生命之地举行的婚宴,烦请村长即刻予以安排,这是我们的婚礼费用,还有今年对古木村穷困乡亲们的资助经费,请村长一并予以安排!"

胡三娃将自己在俞氏公司的全部收入所得悉数交到村长手里,这一点俞萍音事先都不知道,不过她已完全沉醉在一种不知名的复杂情绪当中,只是深情幽幽地凝望着胡三娃,再无其他任何反应了!

古木村就此沸腾了,陷入了一派洋洋喜气的浓雾当中。

婚宴结束,已是深夜,胡三娃提出到黄二愣坟头去坐坐,俞萍音似乎正有此意,爽然点头。

两人联袂来到坟头,坟堆维护得很好,坟身上的青草和小花富有朝气、充满生机,两人一屁股坐下来,相依相偎斜倚坟堆,默默沉坐片刻后,胡三娃开始呢喃:

"二愣,咱们和萍音今天终于完婚了,有情人有缘人都终成眷属了,你应该感到心满意足了吧!从此,咱们的心已经跳在了一起,灵魂已经交融,此刻,清风明月,雾瘴和阴霾都一扫而空,身体已净、心灵永洁,你,安息吧!"

清幽的月光下,夜风轻拂着俞萍音的秀发,她轻轻地眨着眼,泛出朦胧的泪花,几分凄楚,几分迷醉。

她突然从随身的包里,掏出长笛,横在动情的嘴角,如泣如诉地吹奏起来,那笛声清透而悠远,贯通了天上、人间、坟墓。

尾声

胡三娃乘兴而起,竟亮起粗哑的嗓子,唱道:

> 远望情哥天际来,
> 彩云托脸头高抬。
> 人多好讲恩爱话,
> 放歌一曲诉情来。
>
> 情哥就是你的哥,
> 情妹也是我的妹。
> 情话唱完一千曲,
> 一阵春风化冰湖。

俞萍音一边吹奏情歌,一边深情款款地望着他,眼角肆意流淌着激情的泪水。

两人结束对过往的哀悼和共鸣,情感已经升华到了难以估量的境界,相携相伴回到黄二愣的祖屋,携手进入他俩上次结婚的洞房,便紧紧地拥抱在了一起……

胡三娃和俞萍音在古木村呆了一段时间,和乡亲们愉快相处,甚至过了一段男耕女织的生活。

然后就告别乡亲们,回到万象市。

宋红琳组织俞氏公司全体员工用新一季的俞氏食用油美食文化节来欢迎他们的回归。

适逢"俞伟民离奇死亡案"审结宣判不久,贾明田、贾仁剑、蔡义诚、蔡义芮、顾海云、高宜和等一干歹人恶徒受到了法律的严厉制裁,从死刑到监禁,罪有应得、无一幸免。至于蔡进中和黄二愣,已遭天谴,自不在话下。张合军因自己的一时糊涂,被判了数年有期徒刑,吞下了他自己制造的苦果。牛志远不知者不罪,被判了有期徒刑一年,缓期一年执行,罪业得报,他也放下了全部心理包袱,来到俞氏公司,做了食堂经理,同时顶替张合军兼职看门保安。那五户受害者家庭成员,因为他们曾经的恶念,也都罪责难逃,不过都是缓刑。尤其舒婉雯,经历了这些世事沧桑后,

罪与赎
——万象惊魂记

终于幡然悔悟，意识到自己的妹妹真正最需要的是什么东西，在胡三娃的盛情邀请下，加盟俞氏公司，接替宋红琳担任办公室主任，宋红琳则因各种丰功伟绩，当仁不让地代替高宜和升任副总。周向明则从俞萍音唤醒胡三娃的奇迹中看到了希望，勃然焕发了无限生机，他的激情和信念从此洒满了蔡义妹的病室。

所以这一季的美食文化节是一场不折不扣的盛宴，既是味道的盛宴，也是精神的盛宴，它属于万东区乃至万象市全体百姓。

开幕式上，胡三娃跳上舞台，平静地说道：

"各位兄弟姐妹、叔叔阿姨、大伯大婶、姑妈姑爷、舅舅舅妈、姨娘姨丈、爷爷奶奶、姥姥姥爷、侄子侄女、外甥外女：

看到你们还好！我就放心了！

告诉你们一个喜讯，万东区的天空换了，从此晴空碧洗、万里无云！

你们的安全，有保障了！

我上次的承诺继续有效，在这样天清地明的环境里，在这样风清气正的时代中，俞氏更有信心制造出永葆安康的食用油！

借此机会，我再次郑重承诺，俞氏将以为我们的同胞们构筑一道强大的食用油安全防线为全部责任，砥砺前行，永不变心！

这一安全承诺将贯彻俞氏公司的千秋万代，若违此誓、天诛地灭！

顺祝俞氏公司的广大亲人们万福金安！

好啦，盛世家宴开饭啦！"

胡三娃跳下舞台，拉着俞萍音的手，走向属于他们的餐位，人们全体起立，他的所有故交好友们都来了，俱皆大声呐喊着，使劲为他们鼓掌。

此时，明月当空，和风习习，照拂着这一片安泰的大地……